瀛海笔谭 【上】

读典浅悟与省思鉴行

冀金雨 著

中国书籍出版社
China Book Press

图书在版编目(CIP)数据

瀛海笔谭. 上 / 冀金雨著. -- 北京：中国书籍出
版社，2024.11. -- ISBN 978-7-5241-0004-1

I. I267.1

中国国家版本馆 CIP 数据核字第 2024RZ0328 号

瀛海笔谭·上

冀金雨　著

责任编辑	杨铠瑞	
责任印制	孙马飞　马　芝	
出版发行	中国书籍出版社	
地　　址	北京市丰台区三路居路 97 号（邮编：100073）	
电　　话	(010)52257143（总编室）　　(010)52257140（发行部）	
电子邮箱	eo@chinabp.com.cn	
经　　销	全国新华书店	
印　　刷	廊坊市印艺阁数字科技有限公司	
开　　本	787 毫米×1092 毫米　1/16	
字　　数	754 千字	
印　　张	53.5	
版　　次	2024 年 12 月第 1 版	
印　　次	2024 年 12 月第 1 次印刷	
书　　号	ISBN 978-7-5241-0004-1	
定　　价	168.00 元（全二册）	

序

"大中道"流淌的诗意
——序冀金雨《瀛海笔谭》

沈 阳

儒道之学，博大精深。儒者以仁义为本，道家以自然为宗，虽路径不同，然皆以求道为归宿。冀君此书，欲以文学之手法，探其精微，抉其奥义。

观上部"大学篇"，首论立志、明德、亲民、至善之四维，此乃儒家修身齐家治国平天下之大纲也。冀君以诗意之笔，描绘其境界，置读者于圣贤之堂。以诗意解读，阐发其深意。再观其"中庸篇"，中庸之道，乃儒家核心理念，亦为人生智慧。冀君以文学笔触，描绘中庸之动态实践，君子与小人之行为准则以及中庸之道在现代社会之应用。又论诚心、正心与修身之实践路径以及德行之极等观点，阐发其深意，皆有诗韵焉！至于省思鉴行部分，则引述日常之践行，将儒家之理念融入朝暮。

至下部"心性归同"与"儒道相通"篇，则将儒道三典另层解读。心性归同，探讨《大学》《中庸》心性修养之归同，以及儒家心性与个人品德修养之关系。而儒道相通篇，则更将儒道之理念融为一体，探讨两者在修身、治国、处世等方面之共通。本书将儒道之博大精深与和谐共生作了深层阐释。

其文学性则以此书文学之笔触，诠释儒道之经典，使读者得以领略中国哲学典籍之文学魅力。总而言之，有四点。结构与诗韵：似有流畅跌宕之押韵对仗，隐有音韵之精心布局，恍有节奏和谐之乐感雅韵。情感之抒发：蕴含作者深情厚意，细腻之处，动生万千，皆能触人心而引发共鸣。意象之创造：以丰富意象，生动描绘，既丰作品内涵，又激读者想象，朦朦胧胧似画镜。思想之深化：蕴深刻哲理，以巧妙构思，细致剖析，言人生、社会、历史，启智增慧。

汉代刘向云："书犹药也，善读之可以医愚。"余言亦可医弊，为何知者寥寥？乃因典籍深奥，文辞艰涩，非浅尝辄止者可得其要。而《瀛海笔谭》一书，以文学之笔触，诠释《大学》《中庸》及《道德经》之奥义，其用心之良苦，用力之勤劬，可谓至矣！

余虽不才，然感其志，遂援笔而为。

是为序。

癸卯年夏月，于通州大运河右岸

目 录

上部开篇

《大学》之道，儒家精髓

《大学》之篇，传乃孔子之遗教，由曾子阐发，子思子、孟子等后儒继之，且后世儒者皆传颂不衰。春秋战国，礼崩乐坏，诸侯纷争，天下大乱。孔子心怀忧国忧民之志，欲以道德教化之力，挽狂澜于既倒，扶大厦之将倾。于是，他述而不作，信而好古，删《诗》《书》，定《礼》《乐》，赞《周易》，修《春秋》，以为后世之法度。而《大学》一篇，尤为重要，盖因其深入阐明修身齐家治国平天下之道，实为后世学者修身立德、治国理政之重要参考也。

自孔子而后，儒家之道历经沧桑，然其思想之光，历久弥新。《大学》之道，亦随儒学之发展而日益彰显。秦汉之际，儒家思想渐趋独尊，董仲舒倡"罢黜百家，独尊儒术"，《大学》遂成为官方教育之重要内容。唐宋以来，儒学更加繁荣，程朱理学兴起，对《大学》之阐发更为精深。朱熹作《四书章句集注》，将《大学》列为四书之首，其影响至今不衰。

及至现代，《大学》之道，仍意义深远。夫社会进步，文明发展，非唯科技之力所能及，亦需道德之基以固之。儒学之精髓，在于修身养性，以道德为本，以仁义为纲。《大学》所阐明的"三纲领""八条目"，实为人生处世之指针，社会治理之要略。故今人读《大学》，当以古为鉴，而汲其智慧也。

《大学》之道，首在明明德。明德者，人心之光明，人性之善端也。人皆有明德，然因私欲蒙蔽，故不能显发。明明德者，即去私欲，存天理，使人心之光明得以彰显。此即儒家所谓"致良知"也。今人处世，当以明明德为本，去除私欲，保持本心之纯净，方能立身处世，无愧于天地。

次之在亲民。亲民者，非徒以仁政治民，亦在于以仁爱之心待人接物。儒家强调"仁爱"，视人如己，泛爱众而亲仁。今人当以亲民为念，视他人如亲人，关爱他人，助人为乐，以构建和谐社会。

终则在止于至善。至善者，道德之极境，人生之终极目标也。儒家追求至善，非唯个人之修养，亦在于社会之和谐、国家之昌盛。今人当以止于至善为志，不断追求卓越，完善自我，同时亦致力于社会之进步、国家之繁荣。

《大学》又言："古之欲明明德于天下者，先治其国；欲治其国者，先齐其家；欲齐其家者，先修其身；欲修其身者，先正其心；欲正其心者，先诚其意；欲诚其意者，先致其知；致知在格物。"此言修身齐家治国平天下之道，层次分明，逻辑严密。修身者，齐家治国平天下之本也；正心诚意者，修身之要也；格物致知者，正心诚意之基也。

且夫《大学》之道，亦强调知行合一。知之非难，行之惟艰。儒家倡导身体力行，知行并进。《大学》所阐发之价值观，如仁爱、诚信、礼义、廉耻等，亦为现代社会所需。且仁爱者，社会和谐之基石；诚信者，人际交往之准则；礼义者，社会秩序之保障；廉耻者，个人品德之底线。

总之，《大学》奥义，深邃广袤，其阐发之道理，能使君子致知力行，修身齐家，进而治国平天下。因此，圣贤之教得以泽被后世，儒家之道得以绵延不绝，光照千古。

《中庸》之道，儒家经典

孔子立教，垂法万世，其思想博大精深，涵盖万有。而中庸之道，尤为孔门所重。孔子尝言："中庸之为德也，其至矣乎！"盖以此道为道德之则，修身齐家治国平天下，无不由之而出。

相传孔子之孙子思，深得孔门心法，作《中庸》，阐发孔子中庸思想，系统论述此道。孟子、荀子虽路径不同，但思想皆与中庸相契。汉代董仲舒独尊儒术，中庸之道广布四海。唐宋儒学复兴，朱熹将《中庸》等编为'四书'，此道得以更广泛传播。元明清三代，儒学虽遭挑战，中庸之道仍绵延不绝。近现代虽历经沧桑，中庸之道仍生生不息，现代新儒家亦多有阐发。

《中庸》之书，原为《礼记》中一篇，至宋代被单独抽出成编，与《大学》、《论语》、《孟子》并称"四书"，为儒家学者必读之经典。

中庸者，非指平庸无奇，而是指达到高明境界同时，仍不偏不倚，无过无不及，此遵循中庸之道，人心之平准也。

夫《中庸》之道，首在明天人之际，合一于诚。书中云："天命之谓性，率性之谓道，修道之谓教。"此言人性本善，源于天命，即人本性善良的，此善良本性源自于天命所赋。顺性而行即为道，修道以化民成俗则为教。中庸之道，即此顺性而行、无过无不及之谓也。又云："诚者天之道也，诚之者人之道也。"诚者，真实无妄，天人合一之境也。

中庸之道，又在于知行合一。知之非难，行之维艰。知而不行，只是未知。故《中庸》强调："博学之，审问之，慎思之，明辨之，笃行之。"此乃知行合一之要旨也。故博学、审问、慎思、明辨、笃行。此五者，缺一不可，皆为中庸之道所必需。博学以穷理，广览群书，以求事物之本原，通达天地之至理；审问以明疑，质疑辨难，以破心中之迷惑，明晰是非之界限；慎思以辨义，深思熟虑，以察道义之所在，分辨善恶之微芒；明辨以择善，甄别精微，以选道德之高标，弃绝奸邪之陋行；笃行以践履，身体力行，以实践所学之道理，验证知行之合一。此乃中庸之要则也！

中庸之道，重家庭伦理与社会责任。家庭乃社会之细胞，家庭和睦则社会安定。人应孝顺父母、友爱兄弟、夫妻和睦、教育子女，如此则能家道兴盛、社会和谐。同时，人亦应承担社会责任，关爱他人、服务社会、回馈社会。此亦中庸之道所倡导之家庭伦理和社会责任也。

中庸之道，教人以喜怒哀乐之发，须持其度，不纵不抑，和谐适中。培养情智，达内心之平和稳定。此乃情感智慧与情绪管理，亦中庸之道所重也。

中庸之道，强调自我修养与人格完善。强调修身不辍，严于律己，反躬自省，克己复礼。以"慎独"为训，提升自我，完善人格。此乃中庸之道之本也。

中庸之道，非僵化之教条，强调灵活变通，因时制宜，随境而变，调整策略，以求至善。此应变之智慧，不仅适用于个人之事，亦可用于社会治理，文化建设，皆能得其宜。此乃中庸之道之处世法则也。

中庸之道，倡'明辨以择善'，故道德之判断，价值之取向，皆为中庸所谨守。坚守道德，明辨是非，择善而从，此亦中庸之道之基本要义也。

【 《大学》篇 】

第一章

原文 1

大学之道，在明明德，在亲民，在止于至善。知止而后有定，定而后能静，静而后能安，安而后能虑，虑而后能得。物有本末，事有终始，知所先后，则近道矣。

冀金雨译曰

追求个人品德完善是个过程，旨在追求至高的德行，亲近民众，并达到最高的目标。确定了最高的目标，才能心无旁骛，心无旁骛才能专心致志去实现目标，专心致志才能思虑周详，思虑周详才能获得成果。世界上的物质都有根本和末节，世界上的事情都有开始和终结，知道了这些规律，就算是离大道不远了。

读典浅悟 立志、明德、亲民、至善的四个维度

大学之道，乃儒家之精髓，明明德为本，亲民为用，止于至善为极。此道至广至深，涵天地之精华，蕴人文之底蕴。夫学子欲求大学之道，必先立志，志定而后心定，心定则能深虑远谋，得至善之境。

本章言："知止而后有定，定而后能静。"此语非虚，知止者，心不妄动，

意不他驰。而后心定如磐石，不随波逐流。定则心静如水，波澜不惊。静者，非但指外在之安静，更指内心之平和。心静则神安，不为外物所扰，不为内欲所困。于是乎，能安于一隅，深思熟虑，而后方有所得。得者，非但指物质之获得，更指精神之升华与智慧之启迪。

夫物有本末，事有终始，此乃天地万物之常理。世间之事物，均具备其根源与本末，欲洞察其细微之处，必先明辨是非。凡事均有始终，半途而废者，难见其功；本末倒置者，易入歧途。唯有知所先后，方可近道，此道即《大学》所言之大道，亦为人生指南。

人当深悟此理，以之为鉴，明明德以为本。明德者，立身之根基，缺失则无以自立。亲民为用，意在仁民爱物，以此实现个人价值。然知止而后有定，心定方能神静，神静则身安，身安则能深思熟虑，深思熟虑后方有所得。

故当以此立志于学，勤勉不懈。以明明德为本，以亲民为用，不断求知探索，以期达到至善之境。止于至善，为人生终极目标。大学之道，实乃修身、齐家、治国、平天下之根本。明明德者，即要彰显人性之光明与善良；亲民者，即以仁爱之心待人接物，与民同乐；止于至善者，即不断追求卓越，力求完美。此乃大学之道之精髓。

夫天下人当立志为先。志不立，则心不定；心不定，则学无成。立志者，当以天下为己任，以国家之兴衰、民族之存亡为忧。而后定心一处，不为外界所扰，方可深究学问。心定则能静，不随波逐流，能坚守本心，不为浮名所惑。静而后能安，安于一隅，勤学不辍，方可厚积薄发。安而后能虑，深思熟虑，方显智者本色。虑而后能得，得者非仅指学识之增进，更在于品德之修养与气质之提升。

夫大学之道，更在于明辨是非、恪守诚信。明辨是非者，即能分清善恶、美丑、真假；恪守诚信者，则言行一致、表里如一。此乃做人之根本，亦为大学之道所强调之品质。大学之道，可谓漫漫其修远兮，乃因大学之道，非唯读书破万卷，更在于行万里路，将所学融入世间百态，以己之德，解民之忧，助民之乐。

夫明明德之本，实乃光明磊落之心也。明明德之人必以诚信为本，言行一致，内外兼修，方可成为真正之君子也。亲民之用，乃儒家仁爱思想之体现也，关爱百姓，与民同乐也。止于至善之极，乃儒家思想之最高境界也。

亲民之道，实乃儒家仁爱之本。以民为念，视之如亲，斯为亲民之真义。夫众生求学，亦当以此为要，非徒积学而已，更须将所学致用于世，以福泽万民。

亲民者，宜何以为之？盖不仅在于心怀天下，忧国忧民，更须身体力行，与百姓同心，共忧乐，同甘苦。视百姓之事为己事，以己之心度百姓之腹。凡"穷理正心，修己治人"之众生，于此，尤当深悟。

大学之道，在明明德，在于实践，在于亲民，在于行善，在止于至善。亲民之道，非但为至善，更为行道致力于实践，彰显自身之才德。故亲民者，儒家之仁爱也。天地之间，人为贵，而人之贵者，在于其有明德也。

省思鉴行 止于至善，君子追求道德之完善

余读《大学》之篇章，深感其教诲之深奥，其义理之宏大。"大学之道，在于明明德，在亲民，在止于至善。知止而后有定，定而后能静，静而后能安，安而后能虑，虑而后能得。物有本末，事有终始。知所先后，则近道矣。"此乃修身齐家治国平天下之根本大道，皆当以此为指南，省思自身，鉴行处世。

明明德，为大学之道之首要。明德者，光明之德行也。吾等当以明德为立身之本，修身齐家治国平天下之基础。明德之人，内心光明，行为正派，方可得到众人的尊敬和信任。吾等当以明德为准则，省思自身之言行，是否符合道德之规范，是否有利于社会之和谐。

大学之道，在乎明明德，亲民，止于至善。此三者，为大学之宗旨，为人之准则。夫知止而后有定，定而后能静，静而后能安，安而后能虑，虑而后能得。此五者，为人生之阶段，为处世之要义。

物有本末，事有终始。知所先后，则近道矣。此言事物之发展，有先后之序，有本末之别。君子处世，当知先后，明本末，以求道之实现。

大学之道，以明明德为首。明明德，即为彰显道德，为人正直。明德者，为人之品质，处世之准则。君子应以明德行事，以身作则，影响他人，使之受益。

亲民，为大学之道之重要。亲民者，关心民众之疾苦，倾听民众之声音，为民谋福祉也。当以亲民为责任，无论身处何地，皆应关心周围之人，尤其是弱势群体，给予他们关爱与帮助。亦当以亲民为佐引，省思自身之行为，是否有利于民众之福祉，是否能够促进社会之进步。

止于至善，为大学之道之终极目标。至善者，道德之极也。当以至善为追求，不断提升自身之道德修养，使自己的行为更加善良、正义。当以止于至善为座右铭，省思自身之言行，是否符合道德之要求，是否能够为社会之和谐作出贡献。

知止而后有定，定而后能静，静而后能安，安而后能虑，虑而后能得。此五者，为大学之道之实践步骤。人当先明确自己的人生目标，而后坚定信念，保持内心的平静，安心于所作之事，深思熟虑，最终达到目标。以此为佐引，省思自身之行为，是否能够持之以恒，是否能够妥善处理所面临之问题。

物有本末，事有终始。知所先后，则近道矣。此言事物之发展变化，有其内在之规律。当以此为佐引，省思自身之行为，是否能够顺应事物之发展变化，是否能够把握事物之规律，以达到更好地处理事物之目的。

君子处世，当以明德为本，以修心为宗，以和为贵，以合作为基，以共赢为目标。亲民，关心民众，为民谋福祉。止于至善，追求道德之完善。当以此为行为准则，不断提升自身之修养，以期达到至善之境界。

读《大学》之文，省思自身之言行，且以明明德、亲民、止于至善为目标，不断提升自身之道德修养。将知止、定、静、安、虑、得为实践之道，持之以恒，妥善处理所面临之问题。以物有本末、事有终始为认识之道，顺应事物之发展变化，把握事物之规律。

人宜以明德立本，修心为要，尚和崇睦，以合作为基石，共赢为目标。居庙堂之高，则心怀万民，恤其疾苦，为民求福祉。居江湖之远，则孜孜以求至善之境，致力于道德之圆满。明德修身，和合共赢，此乃君子之道也；亲民厚生，福泽百姓，实乃大义之举也；止于至善，道德完美，人格之高尚也。

原文2

古之欲明明德于天下者，先治其国；欲治其国者，先齐其家；欲齐其家者，先修其身；欲修其身者，先正其心；欲正其心者，先诚其意；欲诚其意者，先致其知；致知在格物。

冀金雨译曰

古代那些想要向天下彰显光明德行的人，先要治理好国家；想要治理好国家，就要先使家庭和谐有道；想使家庭和谐有道，就要修养自己的德行；想要修养自己德行，就要让自己心念真诚；想要自己心念真诚，就要有坚强的意志；想要坚强自己的意志，就要有相当的知识素养。而知识素养来源于研究事物并探求其原理。

读典浅悟 从修身到治国，儒家伦理的实践路径

古之欲明明德于天下者，先治其国；欲治其国者，先齐其家；欲齐其家者，先修其身；欲修其身者，先正其心；欲正其心者，先诚其意；欲诚其意者，先致其知；致知在格物。此理甚明，而行之者鲜矣。

治国者，非徒以法令为纲，更在于以仁义为本。法令可以惩恶，仁义可以扬善。然治国之前，必先齐家。家者，社会之细胞，伦理之所始。齐家者，非但以礼仪为要，

更在于以和顺为先。礼仪可以定亲疏，和顺可以聚人心。

然齐家之前，必先修身。身者，心之器宇，德之所居。修身者，在于克己奉公，谨言慎行。克己者，可以养性；奉公者，可以立身。然修身之本，在于正心。心者，身之主宰，行之所出。正心者，必须诚意。诚意者，可以明理；明理者，可以致知。

致知之前，必先格物。物者，天地之精华，知识之所源。格物者，在于穷理尽性，以至于命。然格物之道，非易行也。必须用心专一，方可得之。用心专一者，在于无欲则刚。无欲者，可以静心；静心者，可以观物。观物者，必须虚心。虚心者，可以纳言；纳言者，可以进德。

然则治国、齐家、修身之道，皆以明明德为本。明明德者，必须致知在格物。致知者，必须诚意正心。诚意正心者，必须修身齐家治国平天下。此理相因，不可偏废。

是故明明德于天下者，必以修身为本。修身者，必以正心为先。正心者，必以诚意为要。诚意者，必以致知为基。致知者，必以格物为始也。此理显而易见，而行之者寥寥无几何也？盖因未曾涉猎，若夫未解或弗知，乃未曾领悟其奥义也。

今人多求急功近利之心，而乏长远之计；多务虚名，而忽实德之修；多喜浮华之词，而厌质朴之理。是以修身之道日远，而明明德之风不存也！然则吾辈当勉力行之，以求明明德于天下也！

夫欲明明德于天下者，当以修身为本；欲修身者，当以正心为先；欲正心者，当以诚意为要；欲诚意者，当以致知为基；欲致知者，当以格物为始也！此理至明至确，然行之者鲜矣！吾辈当勉力行之，以求明明德于天下也！

且夫修身之道，非徒在于言行举止之端庄，更在于心性品德之修炼也！心性品德之修炼，必须日积月累，方可成也！是以吾辈当勤学不辍，以求进德修业也！进德修业之本，在于诚意；正心之本，在于致知；致知之本，在于格物也！

且夫格物之道，非易行也。必须用心专一，穷理尽性，方可得也！然则用心专一之道，何在乎？在乎无欲则刚也！无欲则刚之本，在于静心；静心之本，在于虚心也！虚心者，可以纳言；纳言者，可以进德也！进德之本，在于修身；修身之本，在于正心；正心之本，在于诚意；诚意之本，在于致知；致知之本，在于格物也！

是故明明德于天下者，必以修身为本，而修身者必以心性品德之修炼为先。心性品德之修炼者，必以诚意正心为要。诚意正心者，必以致知为基。致知者，必以格物为始也！

省思鉴行 修身齐家治国平天下的行动指南

古之欲明明德于天下者，先治其国；欲治其国者，先齐其家；欲齐其家者，先修其身；欲修其身者，先正其心；欲正其心者，先诚其意；欲诚其意者，先致其知；致知在格物。此言道出了为人处世的深刻道理，为世人提供了行为的准则。

天下国家，犹如言之一家，国家不安，何来家庭之和谐？故治理国家，需先齐家。家齐则国治，国治则天下太平。而家庭和谐，又源于个人修养。修身之道，首在正心。心正则意诚，意诚则致知，致知则格物。

本章文之中，君子之道，犹如一条链条，环环相扣。一环不慎，满盘皆输。故君子务本，本立而道生。世间纷纭，万物各异，然而归根结底，皆逃不过这个道理。是以君子务本，以道为本，以德为本，以修身为本。

修身之道，首在正心。心者，神之舍也，神清则心静，心静则意诚。意诚则致知，致知则格物。格物者，致知之始也，物格则知至，知至则意诚。意诚则心正，心正则身修。身修则家齐，家齐则国治，国治则天下太平。以此类推，君子之道，犹如一颗种子，播种在心田，生根发芽，开花结果，最终成就一番事业。

然而，世人多忙于琐事，忽视了这个道理。他们追求名利，却忘记了修身之道。他们追求物质，却忽视了精神的需求。他们追求表面的繁荣，却忽视了内心的宁静。于是，他们变得越来越忙碌，却越来越不快乐。

君子之道，修齐治平，至简而难行。非以时日、精力与耐心修之，无以成其德。

必以心悟、必以行践。

世之纷扰多变，吾辈皆若微尘。举手投足间，虽细微之至，亦能潜移默化，影响周遭。故当常怀警惕、谦卑与敬畏之心，以君子之准则自律，以君子之德行化人。

世间众生，各有使命与担当。吾辈当明己之任，勇担其责。力求至善，不仅对己负责，更应对家、国、天下负责。君子之道，实乃人生指南，修身之本，当勉力行之，以光大门楣，贡献社会，造福苍生。

君子之道，乃进德修业之旅，持续自新，亦化及他众。乃不息之求，逐日精进，自我超越之旅。吾辈应矢志追求，陶醉其中。唯其如此，方可洞悉君子之道之精髓，真正实现自我升华。更当自强不息，时刻警醒，以君子之标准要求自身，方可不断提升，不断超越，最终实现自我价值与社会价值之和谐统一。于世之纷扰复杂中，吾辈须常保清醒之识，持定不移之信。当以君子之绳墨自规，以君子之举止化及他众。务求言行相符，以身作则，以德服人。吾辈当深悟此道，乐享其程。非如此，不足以领略君子之道，亦难以提升自我价值。

君子之道，简而言之，即是"修身、齐家、治国、平天下"。这不仅仅是一种行为准则，更是一种人生哲学，一种对于世间万物的深刻理解。

修身者，个人德行增进之道，乃内心修养之不懈追求也。齐家者，家庭和谐之构建，亲情爱情之深切珍视矣。治国者，社会责任之担当，国家昌盛之殷切期望也。平天下者，普世和平之渴望，人类福祉之不懈追求矣。此乃为人处世之根本。夫心怀善良、正直、勇敢者，其行为必受他人之尊重。修身非唯自我约束，亦为自我超越。不断学习，勤于实践，以增广知识，强化能力，方能更善服务于家庭、社会与国家。

齐家者，修身之延伸也。家之和谐，既显个人之修养，又为社稷稳固之础石。于室家之内，当习尊重与理解之道，悟关爱与支持之理。惟其如是，家方可成避风之良港，吾等得以凭家之扶持，更善应对外界之挑战。

治国之道，以仁爱信义为纲。国者，人民之共同体，治国之目标。国治则人民安，国兴则达世界显。治国者，应以仁爱信义为纲。仁爱者，爱民如子，民胞物与；信义者，诚信为本，言行一致。治国之道，旨在实现国家之繁荣，人民之幸福。此乃治国之愿景也。

平天下者，乃治国之超越也。于今之全球化时代，国与国之间情联愈密，人类已成休戚相关之共同体。平天下之道，以和谐共处为志。天下者，人类之共同家园，和平共处之理想境界。平天下者，应以仁爱信义为纲，以和谐共处为志。仁爱信义，则各国相安无事，人民共享和平。和平共处，乃天下人之福祉也。

一言蔽之曰，修身者，立道之基；齐家者，行道之始；治国者，展道之途；平天下者，达道之终。芸芸众生，各秉异赋，皆有其独特之意义。人当自知其价，展其所长，力求至善，惠及家国乃至天下。

原文 3

物格而后知至，知至而后意诚，意诚而后心正，心正而后身修，身修而后家齐，家齐而后国治，国治而后天下平。

冀金雨译曰

研究事物的原理并获得知识和智慧，然后有真诚的意志，有真诚的意志后有正确的心态，然后再修养自己的品德，修养好自己的品德，才能使家庭和谐有序；家庭和谐有序后，才能治理好国家并使天下太平。

读典浅悟 格物致知之道与修身齐家治国平天下

自一者，格物致知：学问之基，智慧之始。"物格而后知至"，此言学问之始也。格物者，非徒观物之表象，必穷其理，明其所以然。致知者，由此而得真知灼见，智慧得以滋长。儒家谓学问之道，在于实践与理论之并重，通过对外界事物之深究，方能洞悉事物之本原，进而提升自我认知。

朱熹云："格物致知，乃穷理之学。"彼主张通过读书与实践，探求万物之理，使人心明眼亮。然王阳明则别出心裁，以"格竹"之败为鉴，倡"致良知"之说，谓格物即格心，致知乃致良知。二者虽路径殊异，然皆归于一途——智慧与德行之并进。

于今之世，信息如潮，知识日新月异。格物致知之道，警吾辈当怀好奇之心，勇于探索未知之域，不断学习新知，提升自我认知。同时，更需注重培养独立思考与判断能力，于纷繁复杂之信息中，去伪存真，求得真知。盖学问之道，无他，求其是而已矣。

二者，意诚心正：修身之本，立德之基。"知至而后意诚，意诚而后心正"，此言修身之要也。意诚者，意念真诚无妄，不欺心，不欺人。心正者，心态端正平和，不为物欲所惑，不为情绪所动。儒家谓人之修身，首在诚意正心。唯有意念真诚，方能心正；唯有心正，方能修身齐家治国平天下。

《大学》强调："诚意、正心、修身"，此乃修身之三部曲。诚意乃修身之始，正心乃修身之要，修身则是诚意正心之必然结果。佛学之八正道亦有"正见、正思、正语、正业、正命、正精进、正念、正定"，其中"正见"与"正思"与儒家之诚意正心相通，皆强调内心之清净与纯正。

于今之世，诱惑重重，人心浮躁。诚意正心之道，警吾辈当坚守内心之净土，不为外界所扰。于纷扰中保持清醒头脑，于诱惑前坚定信念，方能成就一番事业。同时，更应以身作则，言传身教，影响他人共同向善。盖修身之道，无他，诚其意、正其心而已矣。

三者，修身齐家治国平天下：内圣外王之道。"心正而后身修，身修而后家齐，家齐而后国治，国治而后天下平。"此言儒家之理想社会构建之路径也。修身乃齐家治国平天下之基础与前提；齐家治国平天下则是修身之必然结果与实践体现。

儒家谓人皆可为尧舜，关键在于是否愿修身立德、践行大道。

修身者，修心也，乃去瑕存瑜，砺志笃行之道。排除私心杂念，保持中正平和之心境，则身心清净，德行高尚；齐家者，以身作则也，乃家和万事兴之基。家长率先垂范，则家庭和睦有序，子孙贤良，家道昌盛；治国者，以德才兼备之人为先也，乃国泰民安之要。心怀天下、公正无私，方能治理好国家，使百姓安居乐业，社会和谐稳定；平天下者，则是天下大同之理想境界也，乃人类共同之愿景。此四者相辅相成、层层递进，由内而外，由小及大，构成儒家之完整社会理想体系，彰显儒家修身齐家治国平天下之大道。

综而言之，于今之世，修身齐家治国平天下之道仍具重要现实意义。个人修养之提升关乎社会风气之净化；家庭和睦关乎社会稳定与和谐；国家治理关乎国家兴衰与民族未来；天下太平则是全人类共同之愿景与追求。故吾辈当从我做起、从身边小事做起，不断提升自我修养、促进家庭和睦、关注国家发展、追求世界和平与正义事业。盖儒家之道，无他，修身齐家治国平天下而已矣。

省思鉴行 传统智慧与现代实践的融合

首言，物格知至，求知之道。"物格而后知至"，此言学问之始，必先格物。格物者，非徒观物之表象，必穷其理，明其本原，方能得真知。知至者，由此而得深邃之智慧，洞察天地万物之奥秘。儒家谓人欲求知，必先格物，盖因物有本末，事有终始，知所先后，则近道矣。故格物致知，乃求学问道之基石，人生实践之始也。

于现世而言，科技日新月异，知识更新迅速。吾辈当勤奋学习，不断探索新知，以充实自己之头脑。然求知之道，非徒积累知识，更在于明理。明理者，能洞察事物之本质，不为表象所迷惑。故吾辈在求知过程中，应注重培养独立思考与判断能力，于纷繁复杂之信息中取其精华、去其糟粕，以求真知灼见。

再言，意诚心正，修身之本。"知至而后意诚，意诚而后心正"，此言知之深则意之诚，意之诚则心之正。意诚者，心无妄念，行无辟径；心正者，身无邪

瀛海笔谭

行，品德高尚。儒家谓修身之本在于诚意正心，盖因心为身之主，正心则身行端，身行端则品德高。故意诚心正，乃修身之本，人生实践之要也。

于现世而言，诱惑重重，人心浮躁。吾辈当坚守内心之净土，不为外界所扰。于纷扰中保持清醒头脑，于诱惑前坚定信念。同时，更需注重品德修养与道德实践。以诚信为本、以正直为魂、以善良为心、以宽容为怀。如此则能成就一番事业、赢得他人之尊重与信任。修身之本在于诚意正心，此乃人生实践处世之要义也。

三言，身修家齐，齐家之道。"心正而后身修，身修而后家齐"，此言心之正则身之修，身之修则家之齐。身修者，德行兼备，才情出众；家齐者，家风正和，子孙贤良。儒家谓齐家之道在于身修，盖因身为家之表，身修则家风正，家风正则子孙贤。故身修家齐，乃齐家之道，人生实践之基也。

于现世而言，家庭问题层出不穷，如夫妻不和、子女不孝等。吾辈当以身作则、率先垂范。于家庭中尽己所能、尽己之责。以爱为纽带、以和为贵、以孝为先、以教为重。如此则能家庭和睦、子孙贤良、家族昌盛。齐家之道在于身修，此乃人生实践处世之基石也。

四言，国治天下平，治国平天下之志。"家齐而后国治，国治而后天下平"，此言家之齐则国之治，国之治则天下平。国治者，国家安宁，百姓安乐；天下平者，四海升平，万民归心。儒家谓治国平天下乃大志也，盖因国为家之扩，天下为国之广。故国治天下平，乃人生实践之终极目标也。

于现世而言，国家之间的竞争日益激烈。吾辈当以国家为重、以民族为魂。积极参与国家建设与发展事业中，为国家的繁荣富强贡献自己的力量。同时，更需关注天下大事、关心民生疾苦。以天下为己任、以民生为重托、以和平为目标、以发展为动力。如此则能实现国家长治久安、天下太平盛世。治国平天下之志，此乃人生实践处世之终极追求也。

五言，本章现代启示。观本章文，其言修身齐家治国平天下，实乃人生实践之纲领。物格知至，示人以求知为先，必穷理明本，方能得真知灼见。意诚心正，教人以修身为本，心无妄念，行无邪径，品德乃高。身修家齐，乃齐家之道，身行端则家风正，子孙贤良可期。家齐国治，国治则天下平，此乃儒家之大志。于现世观之，《大学》之道启示吾辈：当勤奋学习，明理求真；注重修养，正直为魂；以身作则，齐家治国；心怀天下，共谋和平。

览本章之述，深谙《大学》之道。物格知至，乃求学之始；意诚心正，为修身之本；身修家齐，齐家之方；国治天下平，儒家之大志也。此皆人生实践之纲领，示人以修身齐家治国平天下之道。于现世而言，儒学之道仍熠熠生辉，佐引吾辈勤奋学习，明理求真；注重修养，正直立身；以身作则，齐家治国；心怀天下，共谋和平。此乃本章之总结，亦儒学于现世之启示矣。

原文4

自天子以至于庶人，壹是皆以修身为本。其本乱而末治者否矣。其所厚者薄，而其所薄者厚，未之有也！

冀金雨译曰

从天子到普通的百姓，全都是以修养品德作为根本。如果修身没做好，而家国天下却治理得很好，那是不会的；对修身该为主却为次，对齐家治国平天下该为次却为主，是不能有恩泽于天下的。这就是知道根本，这就是知识和智慧的最高境界。

读典浅悟 修身立德的核心价值

自天子以至于庶人，壹是皆以修身为本。其修身之道，乃治世之要，亦为人之根本。本立而道生，本固而邦宁。修身者，非徒饰外，更在于修内，内修外饰，方可成其大器。

夫修身之根本，系于正心诚意。心若正则行必端，意若诚则言可信。欲正其心，必先摒除私欲之蒙蔽；欲诚其意，必先唤醒良知之光明。良知觉醒，便能洞悉是非曲直；私欲若被涤除，自可秉持公心，无所偏倚。此乃修身之精髓，亦为治理世事之基石。

人之为人，贵在有一颗公正无私之心。心之正，非由外来，乃自内生。诚意之道，亦在于自我觉醒，不欺于心，不诈于人。修身之道，实乃求诸内心，不假外求。致良知，去私欲，而后可以立身于世，无愧于心。

故修身者，必先修心。心正则身修，身修则家齐，家齐而后国治，国治而后天下平。此乃儒家修身齐家治国平天下之道，亦为世人所应追求之境界。

今观世人，或有务虚名而忽实德。若夫未解或弗知，皆因未尝深究其道，未窥其堂奥也。然则吾辈当勉力行之，以求修身立德。立德者，方可立身；修身者，方能立世。立身处世之道，皆以修身为本也。

又观古今之成大事者，皆以修身为先。舜发于畎亩之中，傅说举于版筑之间，胶鬲举于鱼盐之中，管夷吾举于士，孙叔敖举于海，百里奚举于市。故天将降大任于是人也，必先苦其心志，劳其筋骨，饿其体肤，空乏其身，行拂乱其所为，所以动心忍性，曾益其所不能。此皆修身之道也，亦为成材之路。

夫修身，须锲而不舍，方可渐入佳境。且修身之道，在于心之修炼，性之陶冶。心存善念，行有善举，则身修而德立，家齐而国治，终至天下平。故言修身，实乃人生一大事。能修身者，方能立世；能立德者，才能服人。

夫修身者，必以立德为先。立德者，在于行善积德。行善者，必心存仁爱；积德者，必身怀道义。仁爱之道，在于关爱他人；道义之理，在于恪守正义。此乃修身之魂，亦为立世之本。而立德之要，首在仁爱。仁爱之道，博大深远，涵盖万有，无所不至。虽仁爱之性，人皆有之，然能持中而行、不偏不倚者，寥寥无几。故修身，在于行仁爱而能恰到好处，如此方显大器之成。

修身之途，非囿于一己之私，实乃关乎家、国、天下。欲修身者，必先齐家，由家及国，终至平治天下。家者，社会之微，国家之础。家和则社会和，国泰则天下安。此乃修身所追求之极致，亦为人生攀登之巅峰。

然修身之道，必勤学不辍，以致进德修业。进德者，在于明理；修业者，在于笃行。明理者，必知书达理；笃行者，必身体力行。此乃修身之径，亦为成材之路。

进德修业之本，在于修身；修身之本，在于立德；立德之本，在于行善积德；行善积德之本，在于心存仁爱，身怀道义，以求修身立德也。

行文至此，余反复揣思，感曰：

修身之道，乃立世之本，自天子至庶人皆应以此为要。修身非徒饰外，更重修内，以求内外兼修。正心诚意为其根，心正则行端，意诚则言信。欲修身者，必先摒私欲、唤醒良知，以立公正无私之心。立德为修身之魂，而行善积德、心存仁爱、身怀道义乃立德之本。

修身关乎家、国、天下，欲修身必先齐家，后治国，终平天下。勤学不辍为修身之径，进德修业为其目标。进德在于明理，修业在于笃行，二者相辅相成。然修身之道鲜有人行，世人多急功近利，乏远见，才会世风日下。

至于多务虚名而忽实德，或有未曾涉猎，未曾研读，自然不知其所以然，亦不知其精妙之处。修身之道，何在乎？在于明理、立志、笃行也。明理者，可以辨是非；立志者，可以定方向；笃行者，可以实现目标。此乃修身之三要素也，缺一不可。

省思鉴行 古代智慧与现代生活的指南

古人云："自天子以至于庶人，壹是皆以修身为本。"此言寓意深远，旨在告诫世人，无论身份地位高低，皆应以修身为人生之本，为处世之基石。修身之道，乃人生之道，国家之道，天下之道。修身齐家治国平天下，此乃古人智慧，亦为现代人处世之指南。

修身，为何能为人生之本？盖因修身乃为人处世的根本，为人处世的源头。若修身不得，则为人处世必乱。为人者，若心术不正，则其言行必诡；践行人生，若心术不正，则其行事必偏。故修身之道，至关重要。

修身，为何能为国家之本？盖因国家之兴衰，取决于人民之品质。若人民品质高尚，则国家昌盛；若人民品质低劣，则国家衰败。故修身之道，为国家之基石。

修身，为何能为天下之本？盖因天下之和平，取决于人类之和谐。若人类和谐相处，则天下太平；若人类纷争不断，则天下动荡。故修身之道，为天下之关键。

修身之道，实乃人生之要义。为人处世，若无修身，则无以立身处世。故修身之道，为人处世之根本。修身之道，实乃国家之要义。国家治理，若无修身，则无以治国安邦。故修身之道，为国家治理之基石。修身之道，亦乃天下之要义。天下和平，若无修身，则无以维护和平。故修身之道，为天下和平之关键。

修身之道，实乃人生之道，国家之道，天下之道。修身之道，乃为人处世之指南，为国家治理之基石，为天下和平之关键。故修身之道，必知晓处世之要义。

修身之道，古之君子所重也，其为生之态度，人生态度也。君子务保持其谦冲而谨慎，持敬畏之心，不可一日缓也。修身之道，以道德为基，以诚信为本，以公平为志，以修身为本。唯有保持本色，坚守原则，坚定信仰，方能抵御世间纷扰之诱惑。

修身之道，亦精神之追求，道德之修养也。君子当不断提升其道德之水平，精神之境界。以修身为归，以道德为镜，以行为为度，以心灵为土。不断前进于人生之路，不断超越自我，不断成长。

修身之道，又为社会之责任，历史之使命也。君子不仅要自修，亦需关注他修，关怀社会之修身。以修身为动力，以服务为宗旨，以贡献为目标，以和谐为愿景。创造世界之美好，增益世界之价值。

修身之道，更为全球之视野，人类之情怀也。今世国与国之间联系日密，人类已成为命运共同体。君子以修身为基，以和平为志，以合作为径，以共同发展为目标。共御挑战，共创新未来。

自省，乃修身之道。人之所以为人，在于能自省。自省，能发现自身之不足，能改正自身之错误。自省，能不断提升自身之品质，能不断修身。故自省，为修身之道。

慎独，亦修身之道。人之所以为人，在于能慎独。慎独，方能保持自身之纯洁，方能保持自身之正直。慎独，不受外界之诱惑，坚守内心之原则。故慎独，为修身之道。

夫人之修身，如树之培根。根深则叶茂，本固则枝荣。修身为立人之根本，若本根纷乱，而求其枝末之治，难矣；盖未闻根本动摇而枝繁叶茂者也。若重其所应轻，轻其所应重，则事理颠倒，未之有也。修身之道，在于务本，本立而道生。知此，则可谓知修身之本，知之至也。

修身之要，在于先立其本。本者，心之良知、行之规矩也。良知明则心正，规矩守则行端。心正行端，则身修而德立。

【第二章】

原文

《康诰》曰："克明德。"《大甲》曰："顾諟天之明命。"《帝典》曰："克明峻德。"皆自明也。

冀金雨译曰

《康诰》说："要彰显你光明的德行。"《大甲》说："要重视并顾念上天明确给你的使命。"《帝典》说："要能够彰显你光明的德行。"都是要彰显自己的德行啊！

读典浅悟 明德之光，修身之道与人生境界

《康诰》有云："克明德。"此言修身之本，明德为先，能克己复礼，则德性自明，光辉四溢。《大甲》亦曰："顾諟天之明命。"顾念上天之明命，不辜负天地之恩赐，方能真正体现人之价值。又《帝典》载："克明峻德。"此言人能峻其德，使之高山仰止，景行行止，方为君子。诸经皆言自明之道，盖明德为本，克己修身，方可立身于世。

夫明德者，实非外饰之荣华，乃内心之修为所现。人生于世，皆禀明德之质，

然常为物欲所蔽，致使明德幽隐不现。故欲显现明德之光，必在修心养性。

修心之道，首在涤除私欲。唯心无杂念，进而明心见性，洞悉世间万物之真奥。养性之途，则在于克己奉公，勤行善举，以积德累功。如此，养成浩然之气，使明德自然流露。

又，明德之领悟，非心态平和者不能为之。心态平和之根源，在于知足。知足之人，常怀欢乐，不以物喜，不以己悲。若能安于现状，不贪求无厌，则心态自然平和，得享生活之恬淡与美好。

然明德之修炼，非但理论之探讨，更需实践之履行。理论与实践相辅相成，缺一不可。仅有理论而无实践，则明德难以显现；仅有实践而无理论，则行为易入歧途。故欲修成明德，必须知行合一，以理论为指导，以实践为验证。如此，真正领悟明德之精髓，使之内化于心，外化于行。

实践者，乃能深悟明德之真。实践之道，行善积德为先。行善者，必心存仁爱，以慈爱之心待人；积德者，须身行道义，恪守正义之理。仁爱之道，贵在关爱他人，以己之心，体人之情；道义之理，要在恪守正道，不偏不倚，公正无私，更须重心态之调整。心态平和，则情绪稳定，行为从容。不以物喜，不以己悲，宠辱不惊，方显现明德之本色。故修明德者，宜时时调整心态，以平和之心应对世事。如此，则明德可修，善行可积，道义可守，仁爱可施，实践之道尽在其中矣。

又实践之道，在于持之以恒。持之以恒者，可真正取得成果也。古人云："锲而不舍，金石可镂。"言学者需有恒心毅力，能取得真知也。实践之道，亦需注重方法。方法得当，则事半功倍也。

修身之道，何以为之？曰："诚意正心，格物致知。"诚意者，心无杂念，专一其志；正心者，心无邪念，行为端正。格物者，穷理尽性，以至于命；致知者，明辨是非，通达真理。此四者，乃修身之要道也。古人云："学而时习之，不亦说乎？"言学者需时刻勉励自己，不断学习，不断提高。又云："温故而知新，可以为师矣。"言学者需时常回顾过去，总结经验，以此为基础，不断创新进阶。

且夫诚意正心者，在于去其私欲，心存公道。人之心，若能无私无我，则能公正无私，行为自然端正。诚意正心之本，在于明理。明理者，必知书达理，通达人情世故，明辨是非，行善远恶。

格物致知者，在于用心专一，穷理尽性。用心专一者，可深入探究事物之本质；穷理尽性者，能通达天地万物之理。格物致知之本，在于实践。实践者，必身体力行，进而真正领悟天地万物之理。

诚意、正心、格物、致知，注重言行举止，此为修身之要道也。若能行此四道，则能显现明德之光，立身于世，无愧于天地之恩赐也。

且夫修身之道，亦需注重言行举止。言行举止者，乃人之外表也。外表虽非本质，然亦能反映人之内心。故言行举止需端庄稳重、恭敬有礼、言辞谦和、举止得体方显君子之风范也。

至于《大甲》《帝典》，皆古之圣经，其言至理，深邃而悠远。言"顾諟天之明命"，意在告诫世人须时刻审视天命，不负所托，恪尽职守。而"克明峻德"之语，更勉人以德行为先，力求光明磊落，峻节高风。二者皆以"自明"为要，即人应自知、自明，不断修身养性，以达到至善之境。夫自知者明，自明者强，人若能自知自明，则必能明辨是非，洞察世事，从而在人生道路上行稳致远。

此乃古圣先贤之教诲也。

省思鉴行 克明德，修身之道与人生指南

夫天地者，万物之逆旅也；光阴者，百代之过客也。人生如梦，忽然而已。然而，处世之道，亦如梦中之梦，难以为寻。古之圣贤，留遗教于经典，以启迪后辈，使明其道，寻其真。故曰："《康诰》曰：'克明德。'《大甲》曰：'顾諟天之明命。'《帝典》曰：'克明峻德。'皆自明也。"此三言，为处世之要义，当以此为指南，求得游刃有余，进而无往而不胜。

夫克明德者，即为修身之道。古人云："修身齐家治国平天下。"修身乃齐

家治国之基，为人处世之根本。吾等生活于世间，须明道德之重要性。道德者，为人之准则，处世之规范。故为人者，当克己奉公，严以律己，修身养性，以明道德为首务。

顾諟天之明命者，即为处世之原则。人生而有命，各有天职，当各尽其责，各安其位。古人云："在其位，谋其政。"此言寓意深远，言人之职责所在，当竭尽全力，以尽其才。勿慕虚名，勿贪荣利，但求于心无愧，对得起天地良心。故践行人生，当顾及天命，各安其位，各担其责，各尽其才。

克明峻德者，即为用人之标准。古人云："举贤授能，唯才是举。"治国者，须明用人之道。

用人之道，首在识人。诸葛亮云："知人者智，自知者明。"治国者，当具备识人之明，洞察人才之优缺点，量才而用，各尽其能。用人之道，亦在信任。信任是人与人之间的基石，治国者信任臣子，臣子方能竭尽全力为国效力。用人之道，更在包容。人非圣贤，孰能无过？治国者，当包容人才之过失，给予其改过自新的机会，使之不断成长与进步。

使天下英才尽为我用。故选贤与能，各得其所，使才尽其用，各展所长。如此，国家昌盛，社会进步。故用人者，当克明峻德，选拔贤能，各得其所，以共图大业。

然而，世界纷纭，众生芸芸，为人处世，更当灵活应变，通权达变。故吾等须明，克明德、顾諟天之明命、克明峻德，并非孤立存在，而是相辅相成，相互制约。唯有兼收并蓄，融会贯通，才能从容不迫。

夫经典之所以为经典，因其蕴含智慧，启迪心智。读《大学》本章文，体味其中的智慧，明其道，寻其真。吾等当深入经典，"书读百遍，其义自见。"经典之所以为经典，因其能佐引我们走向光明，使我们明道德，尽责任，选贤与能，各得其所。

人生短暂，如白驹过隙，忽然而已。吾辈处世，若仅明道德、知天命、辨贤能，犹未足以周旋于世也。故圣人又云："君子务本，本立而道生。"务本者，即是守根本，守初心，守人之天性也。

夫守根本，即守仁义礼智信之五常，此为中华民族之传统美德，亦为吾辈立身处世之基石。仁者，爱人也；义者，正道也；礼者，秩序也；智者，明理也；信者，诚实也。五常之道，贯穿于吾等一生，指导吾等行为，使吾等处世不偏离正道。

克明德，守初心，即守人之本心，此心纯净无染，至善至美。然世间纷扰，诱惑无穷，吾辈当守初心，不被外物所惑，不为名利所困，进而保持内心之纯净，行事之公正。

守人之天性，即顺乎自然，合乎人性。吾辈当明白，人之天性，乃是爱好和平，追求美好，厌恶丑恶。故吾辈处世，当顺乎天性，行善积德，扬善抑恶，使人性之美得以彰显。

此外，吾辈处世，还需明辨是非，知所取舍。世间万物，有利有害，吾辈当明辨之，取其利，舍其害。古人云："君子爱财，取之有道。"此言即明辨是非，知所取舍之道。当顾諟天之明命，明道德、知天命、辨贤能、务根本、守初心、顺天性、明辨是非。然则，世事无常，吾辈处世，亦当有应变之策略。世间之事，变化莫测，唯有随机应变，才可应对各种困境。在坚持正道之余，亦需灵活变通，以应对世间百态。克明峻德，守正不阿，同时顺应时势，既保持原则，又不失灵活性，在纷繁复杂之世中，进而游刃有余，立于不败之地。故曰，应变之策，在于明理、守正、灵活三者兼备，以应对天下之事变，而立于时代之潮头。

应变之策，亦贵在守原则而能灵活调整。吾等须明道德之本，知天命之不可违，能辨贤愚，致力于根本，坚守初心，顺应天性，且能明辨是非之理。遇事变而不惊，据实情而灵活应之。或刚强以守正，或柔韧以克难；或直行以达志，或曲折以求成；或锐意进取，或退而结网。一切皆应以应时局之变为要，相机而动，因势而导。

综前所述，《康诰》有言："克明德。"此言非虚，实乃人生至理。明德者，显扬本性之光辉，亦乃修身之本。《大甲》云："顾諟天之明命。"此言提醒吾等，须时刻瞻顾天命，不可逆天而行，应顺天应人，以谦卑之心，承接天之恩赐。《帝典》又称："克明峻德。"峻德者，高尚之品德也。人当不断砥砺自身，以求德行之提升。

明德、知天命、辨贤能，此三者相辅相成，缺一不可。明德为本，知天命为道，辨贤能为术。既显个人之修为，又为社稷和谐之基石。吾等若能修此三者，则处世从容，无往而不利。

初心易得，始终难守，人当矢志不渝，守本初心，不忘初衷，顺乎天性，即顺应自然之道，不强行逆天。人应顺其自然，明辨是非，则为处世之要。人需有明辨是非之能，不为世俗所惑。

第三章

原文

汤之盘铭曰："苟日新，日日新，又日新。"《康诰》曰："作新民。"《诗》曰："周虽旧邦，其命惟新。"是故君子无所不用其极。

冀金雨译曰

商汤在洗澡的盘子上刻着这样的话："如能一天更新自己，就应天天更新，新了还要更新。"《康诰》说："激励人们自我更新。"《诗经》说："周虽然是古老的邦国，但其使命在于更新创新。"所以，品德高尚的君子无不竭尽全力追求更新完善。

读典浅悟 自我更新的哲学与实践

汤之《盘铭》有云："苟日新，日日新，又日新。"其意在人应勤于自我更新，如同日月运行不止，以持续进步为务。

夫自新者，非唯外在之变革，更在于内心之修炼。人若能日日自新，其德必日进，其能必日增。且自新之道，贵在持之以恒，须臾不懈，积小成为大成，终至脱胎换骨之境。

故君子当以《盘铭》之言为鉴，勤于自新，如日月之不息。

又观《康诰》所云："作新民。"此言意味深长，旨在勉励众人以新为志向，常葆初心，持续自我更新，如此在世间立足而不败。新民之作，实乃鼓舞人心之语，催人不断奋进，以期每个人都能自我革新德行，顺应时代之变迁。

夫时代在变，社会在进步，人亦需与时俱进，以免被时代所淘汰。新民之理念，即在于此。它告诫我们，要时刻保持一颗求新求变的心，勇于挑战自我，不断超越旧我，成为真正的新民。

故，"作新民"之言，提醒我们，要时刻保持对自我更新的追求，勇于改变，敢于创新。在不断变化的世界中，成为真正有价值的人。

再览《诗》云："周虽旧邦，其命惟新。"此言道出古老邦国之新生，意味着即便国家历史悠久，其存续之关键仍在于不断创新与锐意进取。诚哉斯言，创新乃国家发展之源泉，亦为个人进步之阶梯。

故邦无新旧，有创新则兴，守旧则衰。人亦如此，唯有秉持创新精神，才能不断进步，适应时代之变迁。创新精神，实乃个人与国家发展之根本。

故而，无论个人抑或国家，均应坚守创新精神，持续探索，勇往直前。进而在变革中把握机遇，于挑战中不断成长。

君子者，宜以此为镜，竭尽所能，以求日新月异，精进无休。夫君子之行，应以日新为己志，勤勉不辍，而稳立不败之地。君子之心，须常存敬畏，时刻保持警醒之态，视新为恒，从容应对世间万变。

是故，君子之行，当以日新为志，持续自新。日新之道，在于勤学不辍，进德修业；在于克己奉公，行善积德；在于和顺齐家，公正治国，仁爱平天下。此乃君子之道也。

故君子之道，自新为贵。唯自新者，可与时偕行，持续超越旧我。君子之行，非但求新于外，更须自新于内，内外兼修。

再者，日新之道亦需注重实践。进而真正领悟日新之真实也。实践之道在于行善积德、勤学不辍与持之以恒。行善积德者心存仁爱之道、身怀道义之理；勤学不辍者进德修业、博闻强识；日日新者方可取得真知、获得成果也。

日新之道，乃修身之本，进步之基。汤之《盘铭》所云"苟日新，日日新，又日新"，寓意深远，勉人持续自新，如日月不息。夫君子之行，当勤勉自励，持续求新。《康诰》之"作新民"，亦告诫我们常葆初心，持续自我革新，以顺应时代之变。

而《诗》云"周虽旧邦，其命惟新"，更彰显创新之重要性。无论个人还是国家，均应秉持创新精神，勇往直前。君子当以日新为志，内外兼修，勤学不辍，进德修业，以应对万变。故君子之道，在于持续自新，不断超越，此乃无所不用其极也。

故，君子当求日新月异，精进不止也。

省思鉴行 君子之道，处世哲学与人生智慧

夫天地者，万物之逆旅也；光阴者，百代之过客也。日月瞬息，星辰移位，世事如梦，人生如戏。

"苟日新，日日新，又日新。"此言人之精神，应如流水不腐，户枢不蠹。唯有不断自新，方能日新月异。又有云："作新民。"此言人之责任，应以新我面对世界，以新的视角，新的思维，新的行动，去创造，去改变。亦有云："周虽旧邦，其命惟新。"此言国家之兴衰，唯有不断创新，方能繁荣昌盛。

是以君子无所不用其极，上下求索，以求真理。然则，世事纷纭，众生万象，如何游刃有余，左右逢源？

首先，君子务本，本立而道生。人之根本，在于道德。道德之高，可使人尊敬；道德之低，必为人所弃。故君子务修其道德，以正其心，以诚其意，以笃其行。道德之道，犹如指南针，引导我们穿越人生的迷雾，抵达理想彼岸。

其次，君子和而不同，周而不比。人际交往，如同一江春水，汇聚百川，而

成其大。然水分子之间，仍有间隙，仍有各自的特质。君子之道，亦应如此，求同存异，兼容并包。若周而不比，比而不周，必将陷入纷争之中，难以自拔。

再者，君子知进退，识时务。人生如棋，进退有序，乃致胜方略。有时需进取，有时需退守。进取之时，勇往直前，无所畏惧；退守之时，明哲保身，静观其变。知进退，才可游刃有余；识时务，方能把握机遇。

此外，君子怀瑾握瑜，低调行事。人之才华，如同一块美玉，晶莹剔透，但不可炫耀于人。低调行事，能避免他人的嫉妒与陷害；怀瑾握瑜，以保持内心的纯洁与宁静。

最后，君子坦荡荡，心怀天下。为人处世，心胸要宽广，不可拘泥于一己之私。心怀天下，须关心国家大事与民生福祉。坦荡荡，方为立足于世间之真正君子。

综上而言，处世之道，在于不断自新，以道德为本，和而不同，知进退，怀瑾握瑜，心怀天下。且岁月如梭，人生短暂。人当不断追求，不断自新，以实现人生的价值，书写属于自己的辉煌篇章。

然世事复杂，人心难测，何以应对？君子之道，犹如一盏明灯，照亮前行的道路。可以君子之道，洞察人心，游刃有余地应对世间百态。

首先，君子以诚待人，以信交友。诚信之道，乃为人之本。待人以诚，友人必多；交友以信，情谊必深。在人际交往中，诚信如同黄金，珍贵而可靠。唯有诚信，才可成为赢得他人的信任与尊重之真正君子。

其次，君子善于倾听，以纳雅言。倾听他人之言，乃明智之举。兼听则明，偏听则暗。善于倾听，可汲取他人的智慧，丰富自己的见识。纳雅言，以不断进步，成为博学之士。

再者，君子严以律己，宽以待人。自律之道，乃成功之基。严以律己，保持谦虚谨慎；宽以待人，包容他人的不足。践行人生，自律与宽容相辅相成，使吾辈得以更好地与他人相处，共同进步。

此外，君子务实，脚踏实地。世间之事，皆源于实践。务实之人，方能一步一个脚印，攀登事业高峰。脚踏实地，方能稳扎稳打，不断取得成就。

最后，君子有勇，有谋。勇者不惧，智者不惑。在人生道路上，若无勇气，难以前行；若无智慧，难以抉择。君子有勇有谋，方能面对困境，勇往直前，方得始终。

综上所述，处世之道，在于以诚待人，善于倾听，严以律己，宽以待人，务实进取，有勇有谋。吾侪当持仁以为心，行义以为路，礼以接人，智以决事，信以立命。于风雨飘摇中，坚韧不拔；于繁花似锦处，谦逊自持。如此，则君子之道尔！

岁月悠长，当怀君子之心，学君子无所不用其极，持续自新，书己之辉煌。而当今之新，更新之速，可比日月之更迭，快若流星之划过天际，片刻不容懈怠。

【第四章】

原文 1

《诗》云："邦畿千里，惟民所止。"《诗》云："缗蛮黄鸟，止于丘隅。"
子曰："于止，知其所止，可以人而不如鸟乎！"《诗》云："穆穆文王，於缉
熙敬止！"为人君，止于仁；为人臣，止于敬；为人子，止于孝；为人父，止于慈；
与国人交，止于信。

冀金雨译曰

《诗经》中说："国都及其周边广阔的土地，都是人民所居住的地方。"《诗
经》中还提到："轻柔而美好的黄鸟，停歇在小小的山丘角落。"孔子说："对
于停歇，黄鸟都知道选择合适的地方，人反而不如鸟吗？"《诗经》中还说："文
王庄重而温和，他不断地追求光明和敬慎。"作为君主，应在仁爱之内自守；作
为臣子，应在尊敬之内自守；作为儿子，应在孝顺之内自守；作为父亲，应在慈
爱之内自守；与国人交往，应在诚信之内自守。

读典浅悟 知所止乃人生选择的智慧

《诗》云："邦畿千里，惟民所止。"

诗中所言，邦国疆域辽阔，然民众之所居，惟此地耳。盖言民心之向背，关乎国家之兴衰。民众如水，可载舟，亦可覆舟。故治国者，当以民为本，顺应民心，方可长治久安。

余思之，诗中所言，岂止治国之道，亦为修身之鉴。人之处世，当以诚信为本，尊重他人，方能得人之心。若以权谋私，欺压良善，必将众叛亲离，身败名裂。

诗中所言"惟民所止"，亦告诫我们，人生之路漫漫，当择善地而居，与善人为伍。若身处污浊之地，与恶人为伴，必将身陷困境，难以自拔。

故治国者当以民为本，择善地而居，与善人为伍，修身者当以诚为先。此吾读《诗》之所感，浅悟之道也。

《诗》云："缗蛮黄鸟，止于丘隅。"子曰："于止，知其所止，可以人而不如鸟乎！"斯言黄鸟之栖息，有其所择，止于丘隅之幽然处。孔子闻之，乃发深省之言曰："于止，知其所止，可以人而不如鸟乎！"此言一出，令人醍醐灌顶，余亦自省，深感其理。

夫黄鸟，微小之禽也，然其于栖息之所，尚能审慎选择，止于静谧之丘隅。彼鸟尚知所止，何况人乎？此孔子之所以有此一问也。

人之处世，亦当如黄鸟之知所止。世事纷扰，人心浮动，人若能于纷扰中寻一静谧之地，安于一隅，静心思索，则能洞察世事，不为浮华所惑。此乃"知其所止"之第一层意义也。

再者，"知其所止"亦指人应有所为，有所不为。世间诱惑繁多，人若能明确自己之目标，不随波逐流，坚守本心，方可成大事。如黄鸟之择栖，非随意而止，必选其适宜之地。

而"知其所止"亦为知足常乐之意。人之心，贵在知足。若贪心不足，欲壑难填，必将陷入苦恼中。反之，若能知足常乐，安于现状，享受生活之美好，则能心态平和，悠然自得。如黄鸟之止于丘隅，安于一隅，不贪求过多，故能悠然自得。

夫"知其所止"之理，非但适用于个人之修身养性，亦可用于治国理政。治国者若能明确国家之发展方向，不盲目跟风，坚守本国之道路，则可使国家昌盛。若治国者无明确之目标，随波逐流，则国家必将陷入混乱之中。

《诗》又云："穆穆文王，於缉熙敬止！"此言周文王之品德也。穆穆者，庄重和顺之貌；缉熙者，光明照耀之意；敬止者，谨慎自持之行。余详读之，心生感悟，遂记之如下。

文王之德，可谓高矣。其为人也，庄重和顺，无骄矜之气；其行事也，光明磊落，有照耀四方之志；其治国也，谨慎自持，以民为本。此乃古之圣君也。

余思之，"穆穆文王"之赞，非但赞其人之品德高尚，更赞其治国之有道。文王能以民为本，故得民心；能谨慎自持，故国家安定。此乃治国之大道也。

又思之，"缉熙敬止"之行，非但适用于治国理政，亦可用于修身养性。人若能如文王般庄重和顺、光明磊落、谨慎自持，则必能立足于世并成就一番事业。

再思之，人虽无君王将相之资，然可习其德性举止。于寻常生计中，持重而和顺；于职务学问中，怀坦诚之心；于人情往来中，行审慎之道。依此而行，必能博人敬重，得人信赖也。

为人君，止于仁；为人臣，止于敬；为人子，止于孝；为人父，止于慈；与国人交，止于信。余读此文，心有戚戚，乃知古人立身处世之要义，皆系于此。

仁者，爱人也。君以仁为本，则万民归心。昔者，尧舜之君，皆以仁政爱民，故能垂拱而治，天下太平。余思当时之世，贤君能以仁为本，则团队和睦，事业必兴。故，"为人君，止于仁"，不惟古之君主当如是，今之企业亦应效法。

敬者，尊重也。臣以敬为道，则君臣相得。昔者，伊尹、周公之臣，皆以忠诚敬业，辅佐君王，成就一代伟业。今日之职场，虽无君臣之分，然有上下之别。为下属者，若能以敬为心，则上司信赖，同僚敬重。故，"为人臣，止于敬"，古今皆然。

孝者，善事父母也。子以孝为先，则家庭和睦。古人云："百善孝为先。"

孝为中华民族之传统美德，亦为立身之本。子女若能恪守孝道，则家庭和谐，父母安乐。余观今日之社会，虽物质丰富，然或有人心不古，孝道日渐式微。吾辈当力倡孝道，以正人心。"为人子，止于孝"，实为至理名言。

慈者，爱子女也。父以慈为怀，则子女成才。昔者，孟母三迁，以教孟子；欧阳修之母，以荻画地，教子识字。此皆慈爱之典范。今日之为人父母者，亦应以慈爱为本，关爱子女，教育成才。故，"为人父，止于慈"，古今一理。

信者，诚实不欺也。与国人交，以信为贵。古人云："人无信不立。"信为立身之本，亦为交友之基。今日之世，虽信息发达，然人心难测。吾辈当以诚信为本，待人以诚。"与国人交，止于信"，实为处世之金科玉律。故此，仁、敬、孝、慈、信，此五者乃人生之大道，亦为处世之要义。

余读此文，悟之意深。仁敬孝慈信，乃修身治国之本。仁者爱人如己，得民心；敬者臣道之要，君臣和谐。孝为子道，家和万事兴；慈为父道，子女皆成器。信者人之大德，交游之基。诗云："邦畿千里，惟民所止。"民心向背定国运。又云："缗蛮黄鸟，止于丘隅。"人当知所进退，不为浮华惑。"穆穆文王，於缉熙敬止"，习其德性，方能得敬重。

五德兼备，人生大道也。

省思鉴行 仁、敬、孝、慈、信，传统美德与现代实践

《诗》有云："邦畿千里，惟民所止。"此言何解？盖言疆域辽阔，而民众得以安身立命之地也。又云："缗蛮黄鸟，止于丘隅。"观此二句，不禁令人深思，黄鸟尚知其所止之处，人岂可不如鸟乎？

夫"止"，非仅停留之意，更蕴含了归宿与定位之哲理。鸟择木而栖，人亦应知所进退，明确定位，而后可安身立命。故子曰："于止，知其所止，可以人而不如鸟乎！"此言真乃振聋发聩，令人警醒。

《诗》又云："穆穆文王，於缉熙敬止！"盖言文王之德，恭敬而明理，知

所当止。由此推之，为人君者，应止于仁；为人臣者，应止于敬；为人子者，应止于孝；为人父者，应止于慈；与国人交，应止于信。此五常之道，乃社会之基石，不可须臾离也。

人生如寄，何处是归程？此乃古今多少人之困惑。观黄鸟之止于丘隅，或可悟出人生定位之重要。黄鸟尚能择善地而栖，何况人乎？人之所以异于禽兽者，岂非在于能明理、知进退乎？

知止而后能定，此乃至理名言。知止，即知道自己在何处应该停下，何处是属于自己的位置。人生在世，诱惑繁多，若能明确自己的定位，便能在纷繁复杂的世界中保持清醒的头脑，不迷失方向。

依本章文所言，古之为人君者，务以仁德为本。仁者，心存爱人，视民如伤，而后可以得民心，保社稷之安。文王之仁，不仅存于心，更见于行，其德表于天下，垂范百世。恭敬而明理，以仁为政，后世敬仰之楷模也。

为人臣者，必以敬慎为重。敬者，非独对君上之尊崇，亦是对所任之职的敬畏。臣子应如临深渊，如履薄冰，以尽职守为己任，而后可以辅佐君王，共成大业。

为人子者，孝道当先。孝，乃中华民族之传统美德，百善孝为先。孝顺父母，实乃天经地义，子女之本分。能孝于亲，则家庭和睦，进而社会和谐，国家安定。

为人父者，应以慈爱为怀。慈父之爱，深厚如海，温暖如春。以慈爱之心抚育子女，如同春风化雨，滋润子女之心田，进而培养出品性优良、心怀仁爱之下一代。

与人交，信义为贵。信者，人之根本，无信则不立。以诚信待人，赢得他人之尊重和信任，从而建立起良好之人际关系。信义之重要，可见一斑。

夫仁者，爱人如己，视人犹己，此乃大道之行也。文王之仁，乃天下之楷模；臣子之敬，为君王之左膀右臂；子女之孝，家庭和谐之基石；慈父之爱，子女成长之温床；与国人交之信，社会和谐之纽带。此五者，皆为人之本，缺一不可。若世人皆能行此五道，则天下大同，社会和谐，国家昌盛矣。

由此可见，"知其所止"不仅是一种智慧，更是一种修养。在纷繁复杂的世界中，众生应该学会知止、定位、明理、守信、仁爱、敬重与孝顺。安身立命，成就一

瀛海笔谭

番事业。

再观"止"之一字，深有意味。水止为湖，为渊，静而深邃；鸟止为巢，为家，安而温馨。人亦应如此，知止方能安定，安定方能深思，深思方能明理。故，"止"非停滞不前，而是为了更好地出发。

古有"三省吾身"之说，每日反思自身行为，检查是否合乎道德标准。今人亦应如此，时刻反省自己是否"知其所止"，是否明了人生的方向与目标。若能如此，则人生之路虽曲折多舛，亦能安然度过。

又思及"知足不辱，知止不殆"之古训，更觉"止"之重要。知足者常乐，知止者常安。在物欲横流的今天，众生更应学会知足与知止，不被欲望所驱使，保持内心的平静与安宁。

回首前尘往事，多少英雄豪杰因不知止而身败名裂；多少庸人俗子因知足而安居乐业。故知止之道，实乃人生之大智慧也。

细品此文段之意蕴，愈发觉得其博大精深。从"邦畿千里"到"止于信"，字字珠玑，句句箴言。它告诫众生要有明确的人生定位、要仁爱敬重、要诚实守信、要知足知止……这些道理看似简单易懂，实则需要用一生去践行与体悟。

大千世界，林也，得观柳槐杨之木，形态各异，树欲静风而不止。概而言之："知止则定，定则静，静则安，安则虑，虑则得。"此乃人生至理。人应于纷扰世间，寻一己之"止"处。觅一隅静好，以此为始，亦为终。深悟"止"之意，心有所止，便可勇二无憾矣。

原文 2

《诗》云："瞻彼淇澳，绿竹猗猗。有斐君子，如切如磋，如琢如磨。瑟兮僩兮，赫兮喧兮。有斐君子，终不可喧兮。"如切如磋者，道学也；如琢如磨者，自修也；瑟兮僩兮者，恂慄也；赫兮喧兮者，威仪也；有斐君子，终不可喧兮者，道盛德至善，民之不能忘也。

冀金雨译曰

《诗经》中说："看那淇水的弯曲处，菉竹丛生，郁郁葱葱。有一位文采斐然的君子，他研究学问就像切割玉石，修养自己像打磨、雕刻、摩擦美玉，精益求精。他仪容庄重严肃刚毅，显赫而有威仪。这位文采斐然的君子，他的美德永远让人难以忘怀。"那些像切割、打磨玉石一样不断追求学问的人，是在修道学；那些像雕刻、摩擦玉石一样不断自我修养的人，是在修身养性；那些仪容庄重而严肃的人，是出于敬畏之心；那些显赫而有威仪的人，是有着威严的仪态；那位文采斐然的君子，他的美德永远让人难以忘怀，因为他遵循着至善的道德，这是人们无法忘记的。

读典浅悟 斐然君子，博学与厚德

予读此文，心有戚戚焉。君子之道，费而隐，然则可见也。何以言之？盖因君子之行，皆源于其内心之修养与外在之学识。如切如磋，非唯治学之勤勉，亦体现了君子对于知识的渴求与敬畏；如琢如磨，则彰显了君子不断完善自我、砥砺前行的精神。

夫瑟兮僩兮，君子之态也；赫兮喧兮，君子之威也。君子之所以为君子，非因其出身之贵贱、财富之多寡，而因其品德之高尚、行为之端正。有斐君子，其言行举止皆可为人师表，故能终不可喧，永存于人心。

细度此文，以深悟君子之道。夫君子者，须经年累月之勤学不辍、修身养性方可达成。然则，何为勤学？何为修身？吾想，勤学者，当如饥似渴地汲取知识之甘泉；修身者，则应时刻保持一颗谦逊而谨慎的心，不断反省自身之行为，以求更进一步也。

世间万物皆有其理，唯有人心难测。然君子者，必能洞察人心、明辨是非。何以故？因其心如明镜、性如止水也。君子之交淡如水，然其情谊之深厚则如大海之不可量也。君子之言行举止皆出于自然、合乎道义，故能赢得众人之敬仰与信赖。

余又思及"道盛德至善"之语，不禁感慨万端。道者何也？乃天地之间最高之法则也；德者何也？乃人之本心、品性也。道盛德至善者，即指那些遵循天地之道、修养自身之德以达到至善境界的君子。此类君子在世间实属罕见，然其影响力却可穿越时空、千古流传。

嗟夫！余愿世间之人皆能以此文为鉴，明了君子之道与德之重要性并付诸实践之中去。若如此则天下太平可期也！

昔人云："高山仰止，景行行止。"余观此文，更觉君子之品行犹如高山，巍峨耸立令人敬仰；其言行举止，则如大道般平坦正直可供人行走其上。嗟乎！世间岂无君子乎？余愿天下之人皆能以君子为榜样努力前行也！

夫人生在世不称意者十之八九，然则何以解忧？唯有修身养性、砥砺前行方可解脱困境也。

再观此文，"瞻彼淇澳，绿竹猗猗"之景仿佛浮现在眼前，"有斐君子"之形象亦随之跃然纸上。《诗》云："瞻彼淇澳，绿竹猗猗。有斐君子，如切如磋，如琢如磨。瑟兮僴兮，赫兮喧兮。有斐君子，终不可諠兮！"此诗描绘了君子的形象与品德，令人敬仰。如切如磋，乃求学问道之喻；如琢如磨，为自我修炼之意。君子勤学不辍，进德修业，故能成其大器。瑟兮僴兮，乃谨慎之态；赫兮喧兮，则显威仪之尊。君子之德，道盛至极，民不能忘。

夫君子之行，当以德为本，勤学不辍，进德修业，以求践行人生之道。君子之道，需日积月累，方有所成。如切如磋，勤学问道，不断提高自身修养；如琢如磨，自我完善，方成其大器。

且夫君子之威仪，非外在之装饰，乃内在之气质。瑟兮僴兮，恂慄谨慎，不骄不躁；赫兮喧兮，威仪堂堂，令人敬仰。君子之德，道盛德至善，民之不能忘也。

夫君子之德，需日积月累，而有所成。如切如磋，勤学问道；如琢如磨，自我完善，乃大器。自古以来，典籍浩瀚，皆以君子之德为尊。君子以德为本，以民为贵，勤学不辍，进德修业，方能立身处世而无悔。且夫君子之威仪，非徒有虚表，更在于内在之修养。瑟兮僩兮，谨慎行事；赫兮喧兮，威仪堂堂。

此文读罢，余心澎湃。斐然君子，其行也端，其言也善，实乃我辈楷模。深悟君子之道，以之为生活指南，求得个人内心状态与社会整体氛围之间的和谐。勤学不辍，修身养性，此乃通往君子之路。愿与共勉，共赴君子之约，以彰显人性之光辉。

再者，君子当注重实践之道，有云：实践是检验真理之唯一标准也。

省思鉴行 道盛德至善，君子之品行与影响力

瞻彼淇澳，绿竹猗猗。有斐君子，如切如磋，如琢如磨。瑟兮僩兮，赫兮喧兮。有斐君子，终不可谖兮！此《诗经》中千古流传之佳句，言辞优美，寓意深远，为世人所推崇。其深意在于阐述君子之道，教导世人如何处世。人应悟透其要义，以立足于这纷纭世界。学而不思则罔，思而不学则殆。君子务本，穷究天人之际，通古今之变，而成一家之言。学问之道，无穷而无尽，如长江之水，滚滚向前，不舍昼夜。吾辈应以诚挚之心，求索知识之海，汲取智慧之泉，使自己成为博学之士，明理之人。

如切如磋，斯为道学之要。君子所循之道，首务勤学不辍，孜孜以求，务求其精而益其粹。古人有言："活到老，学到老"，此言信矣。夫人生在世，理当锐意进取，勇攀知识之巅。博观而约取，厚积而薄发，拓宽视野，以广其见闻，深邃内涵，以厚其底蕴。夫学无止境，勤学则不匮，此君子之所以为君子也。且夫知识之海，浩瀚无垠，君子当扬帆远航，探索未知。孜孜矻矻，勤学苦练，方能洞察秋毫，明辨是非。君子之道，贵在持之以恒，志在千里，才可不负所学，不负此生。故君子务学，必求其博，必求其精，必求其新。

如琢如磨，乃自修之要义。修身者，君子之基也，而后可齐家、治国、平天下。

君子之修为，始于修身，克己奉公，律己甚严，如切如磋，如琢如磨。修身之道，譬如治玉，经打磨而愈显精美；君子之修养，亦如陈年佳酿，历久而愈显醇厚。吾辈当怀砥砺之心，直面己身之不足，孜孜以求自我完善，不断超越，以期臻至道德之巅峰。夫修身，须持之以恒，方可积小善而成大德。君子以修身为本，而后可安人、安百姓、安天下。故修身之道，实为君子之必修课，亦为世人所当效法者也。

瑟兮僩兮，恂慄也。处世之道，需知敬畏，存戒惧。古人云："人有耻，则能有所不为。"敬畏法律，敬畏道德，敬畏自然，方能不至于迷失自我。赫兮喧兮，威仪也。君子之威，并非使人畏敬，而是令人尊敬。威仪之道，在于严于律己，以身作则。有斐君子，终不可谖兮！道盛德至善，民之不能忘也。君子之道，源于内心，表于言行。唯有坚守道德底线，方能赢得世人敬仰。

又者，世间万事万物，皆有其内在的规律与秩序，不可轻忽。君子行事，依道而行，不敢越雷池一步。敬畏之心，使君子言行有矩，举止有度，不至于失足于深渊。

赫兮喧兮，彰威仪也。君子之威，非徒致人畏敬，更在得人尊敬。威仪之道，言传身教并重，尤以身教为先。君子以威仪垂范，人皆自觉效之，遂成良风美俗。有斐君子，德音孔昭，终不喧兮而人自畏敬。君子之道，以德为本，至善为归。其行止，皆为民所仰，其德行，深铭人心，民不能忘也。君子之行，如日月之明，昭示着社会之文明与进步。彼之所为，世所景仰，人皆以之为榜样。盛德至善，彰显着人类精神之光辉，引领世人向善向上。

夫君子者，以威仪之道化育人心，以身教胜于言教。彼不喧而自威，不骄而人敬。其行之昭示，非但为社会之文明与进步之象征，亦为世人内心之楷模与向往。故君子之道，乃人间之大道也。

时当夏令，蝉声连绵，然林中静如深潭，宛若世外桃源。翠影婆娑，清风徐来，叶间露出斑驳之阳，映于青苔，点点金光，如星之璀璨。流水潺潺，似鸣琴瑟，添林间之清音。百鸟群起，或婉转啼鸣，或高飞翱翔，生机勃勃，尽显自然之和谐。

蜿蜒小径，幽深莫测，步步生莲，引人入胜。今著者独游其间，感天地之灵气，思古今之变迁，心中怅然。然则，万物更迭，盛衰兴替，岂非天道乎？此景此情，虽欲言之，却难尽其妙，唯有亲临其境，方可领悟其中之美也。燕山之侧之金雨庐，此刻林间盈满寂静，仿若结界，青翠满目，风拂枝叶。环顾四周，古木凌霄，岁月之痕尽显。心随步履，领略自然之韵，情思纷至，心神怡然。瞻彼淇澳，溪水潺潺，令人心旷神怡；绿竹猗猗，林韵悠悠，使人意满肠欢。人心若静水，波澜不惊。忽一叶落，全林静寂，唯树梢上空微晃，似与此林异天。此景引人深思，万物相连，一叶动，天地心弦亦动。此乃自然之奥，人心当如止水，而感万物之变。

著者漫步其间，步履稍轻，唯恐扰此静境，此林之清幽，涤荡心尘，忽顿然有悟焉。世间纷扰，如蝉之鸣，而君子心应如林静，不为外扰，方能致远，此乃君子之道焉。

嗟乎，君子之道，犹明灯之照道也，导迷者之前行。人生之路，修远兮，如切如磋，如琢如磨，君子之道在学而不厌，修而不倦。如玉之待，君子精心以磨炼己身，求其善与美。瑟兮僴兮，赫兮喧兮，君子之道亦在显己之才，示己之仪。然君子之道，非但显于外，亦深藏于内，含谦逊与敬畏。有斐君子，终不可諠兮！君子之道行稳致远，盛德至善，人之矢志不能渝也。然君子之道，非但显于外，亦深藏于内，含谦逊与敬畏。有斐君子，终不可諠兮！君子之道，盛德至善，人之不能忘也。

原文 3

《诗》云："於戏！前王不忘。"君子贤其贤而亲其亲，小人乐其乐而利其利，此以没世不忘也。

冀金雨译曰

《诗经》中说："唉，文王武王，他们的丰功伟绩永远镌刻在后世人的心中，我们怎能忘记那些之前的君王呢。"那些贤明的君子，他们尊敬那些值得尊敬的贤人，爱护那些应当被爱护的人。而普通的老百姓，他们享受着先王带来的幸福时光，从中学到了利益。伟大的先王们，他们的心意纯正，他们的德行流传至今，因此无论是君子还是平民，都永远不会忘记他们的贡献和功德。

读典浅悟 以史为鉴，知兴替之道

《诗》云："於戏，文王武王不忘！"斯言前代贤王之行迹，深铭人心，传颂至今而未衰。彼贤王以德治国，泽被苍生，其事迹感人至深，故能使人长久记忆，传之不朽。君子观文王武王之行，仰其高德，慕其风采。彼以亲亲之道治国，使百姓安居乐业，社会和谐稳定。君子亦当效法前贤，修身齐家治国平天下，以续文王武王之遗风。小人则观文王武王之乐，享其所利。彼贤王以仁义为本，利益均沾，使百姓得其所乐，小人亦因之而安居乐业。此乃前贤之治化，恩泽广被，历经世代而流传至今。是以，文王武王之德，没世而不忘。彼之高德，垂范百世，令人敬仰。后世子孙当承前贤之遗志，以德治国，使国家昌盛，百姓安乐，以续文王武王未竟之业。

追思前贤，以史为鉴，可以知兴替之道。君子当贤其所贤，亲其所亲，承前人之志，启后世之路，继往圣之绝学，开万世之太平。彼应观古人之行事，取其精华，弃其糟粕，以之为己用，方能立足于世，传承文明。

小人则寻常百姓也，彼之乐在于温饱安逸，所求者无非利益与享乐。然小人亦应知足常乐，不可贪得无厌，以免陷入欲壑难填之境。世间万物，皆有定数，若贪心不足，必招灾祸。故小人当恪守本分，安贫乐道，亦可获得淡泊明志之趣。虽为小人，不贪不奢，自得其乐，亦是人生一大快事。

是以，无论君子小人，皆应以史为镜，追思前贤，以之为榜样或警醒。君子承前启后，继往开来；小人知足常乐，安分守己。如此，则社会得以安宁，文明得以传承，国家得以昌盛。

夫文王武王之所以垂名后世、为人敬仰者，岂非以其兼备仁德、智慧、勇毅之品质乎？彼等以德为本，以仁治国，深恤民瘼，故能名垂青史，为百世所传颂。

今之世人，更应汲取前贤之智慧，以之为人生导航，仰承前贤之遗风，以德修身，以仁待人，则世风可淳，人心可正。是以，可修身齐家治国平天下矣。如此，则不辜负前贤之期望，亦可为后世子孙立下典范。

愿今之世人，皆能汲取前贤之智慧，共筑和谐社会，实现国家长治久安，此乃美事也。

且夫君子之行，必以德为本，以仁为心。德者，为人之根基，无德则不立；仁者，乃爱人之深意，无仁则不亲。君子处世，以德行为先，仁爱为怀，故能立身于世，而得人之尊重与信任。小人虽重利乐，然亦须知道义之重。彼虽寻常百姓，求利乃人之常情，然不可因小利而忘大义，更不可违背道义而行。世间万物，利与义并存，然义重于利，小人当以此为准则，行事不失道义，方为君子所许。是以，无论君子小人，皆应以德为本，以仁为心。君子以德行世，小人以道义自约。如此，则世风可正，人心可淳。

再再者，君子之行，须臾不离进退之道。进时，则鞠躬尽瘁，死而后已，以报国家之厚恩；退时，则反躬自省，修身齐家，以养浩然之气。知进退者，从容立身处世，无愧于心，无悔于行。

小人虽身处寻常巷陌，亦应明察秋毫，辨是非，审时度势，知所选择。彼等不可盲目追名逐利，沉溺于享乐之中，而忘道义之约束。利欲熏心，终将自误，故当以清醒之头脑，审视世间万物，方可得长久之安乐。是以，君子知进退，小人辨是非，皆为人生处世之要义。

夫史者，前人之事迹也。读史使人明智，品史使人明理。文王武王之所以

瀛海笔谭

名垂青史者，非但以其功德卓著也，更以其为后世留下宝贵之经验教训也。是以读史者当深思其意，领悟其中之真。且夫君子之行，当以史为鉴，知兴替，明得失，立身处世而无悔矣。文王武王之所以为后世所敬仰，岂非以其能顺天应人、勤政爱民乎？

文王武王名垂青史，以其持道义而不移，权势不能摇其心。

省思鉴行 文王、武王之道，处世智慧的传承与实践

《诗》云："於戏！前王不忘。"斯言简而意远，深涵处世之大道。君子贤其贤而亲其亲，平民乐其乐而利其利，此理至明，然实践之，又何其难也。盖处世之道，贵在适中，不可过亦不可不及。

君子之贤其贤，非唯誉其人之能，亦赞其德行之高洁。君子知贤而后亲，非以血缘、权势为纽带，而以道义、志趣相投为根基。如此，则所亲者皆贤，所贤者皆亲，形成一和谐之氛围，此君子处世之上策也。

平民之乐其乐，利其利，乃人之常情。然，若过于沉溺于私欲，则易失道义，沦为小人。故，平民当知节制，以道义为尺度，衡量自身之乐利。进而安身立命，亦能赢得他人之尊重。

文王武王之所以不忘，在于其能兼顾君子与平民之利益，调和二者之矛盾，使社会和谐稳定。此乃处世之高境，亦为王者之道。

夫处世之道，千变万化，然总不离"道义"二字。道义者，乃人与人相处之准则，亦为个人修身之要义。君子以道义为尺，量己度人，故能立身不败之地。平民以道义为绳，约束自身行为，故能安居乐业。

然，道义非空谈也。君子之贤其贤、亲其亲，需以真诚之心待人接物；平民之乐其之所以乐、利其利，亦需以道义为约束，不可过于放纵私欲。

处世之道亦需灵活变通。世间万物皆在变化之中，唯有顺应时势、灵活应对，才可立于不败之地。文王武王令人不忘，亦在于其能顺应时势、勇于变革。

吾辈当不断学习进步以适应时代之变迁。

夫处世之道虽复杂多变，然只要吾辈秉持道义、真诚待人接物、灵活应对时势变迁，则定能游刃有余于世间万物之间也。

再者，处世之道亦需注重自身修养之提升。君子之所以为君子，非天生如此也，乃后天不断修炼之结果。故吾辈当注重学习进步，以充实自己之内心与头脑；同时亦需注重品德修养以提升自身之境界与格局。"知人者智，自知者明。"处世之道中，"知人"与"自知"缺一不可。知人者，善于观察他人言行举止，以判断其性格与意图；自知者，则能客观认识自身优点与不足，并努力改进之。二者相辅相成方能成就处世之高手也。言及"忍"字在处世之道中之重要性。"忍一时风平浪静；退一步海阔天空。"世间纷争多起于小事之上，若能学会忍耐与退让则能化解许多无谓之争执与矛盾也。

综观上述所论，《诗》中"於戏前王不忘"之句实为处世之道之精髓所在；君子贤其贤而亲其亲、平民乐其乐而利其利，则为具体实践之方法也。

何谓"君子贤其贤而亲其亲、平民乐其乐而利其利"？

夫处世之道，贵在真诚与坦荡。君子之交，淡如水而情深厚；平民之往，虽质朴而意绵长。故，无论君子或平民，皆应以真诚之心待人，以坦荡之胸怀接物。进而广结善缘，赢得他人之信赖与尊重。

又，处世之道亦需注重言行一致。言行不一者，必失信于人；而言行一致者，则能树立威信，使人信服。故，吾辈当谨言慎行，做到言行相符，以树立良好之形象。

古人云："君子和而不同。"此言处世之精髓，贵在和谐而非盲从。和谐者，非一味附和他人，宜在保持己见的同时，亦能尊重他人，求同存异，要之，处世虽千变万化，然不离真诚、道义、和谐，则为君子之风范矣。

再者，"和为贵"亦为处世之道中不可或缺之要素。无论遇到何种纷争与矛盾；吾辈皆应以和为贵、以忍为高；尽量避免矛盾与争执；寻求双方都能接受之解决方案。

《诗》云："於戏前王不忘。"此言非虚，细品其意，在于尊崇前贤，承其遗德，此乃立德之基，亦是为政之本。文王武王所以为后世称颂，岂唯其政绩卓著，更因其心怀天下，以百姓心为心，此等胸襟，实为我辈楷模。

世事多变，人生无常，处世之道，当如行云流水，随机而变，不可执一而漏万。文王武王之所以垂名青史，正在其能审时度势，因时因地制宜，此等变通，乃处世之要诀。夫处世之道亦包括"知进退"之智慧也。知进者勇于追求梦想与目标；知退者则能审时度势、保存实力以待时机。二者相辅相成才能成就大业也！故，当深悟变通之理，以应世间纷繁复杂之变。

〔第五章〕

原文

子曰："听讼，吾犹人也，必也使无讼乎！"无情者不得尽其辞。大畏民志，此谓知本。

冀金雨译曰

孔子说："审理诉讼，我与人并没有不同。最重要的是让诉讼不再发生！"对于那些隐瞒实情不讲理的人，不能让他们充分表达言辞，而以大德，让人心生敬畏。这就是懂得根本。

读典浅悟 以和为贵，追求无讼的社会

余读此言，心有戚戚，乃知圣人教化之深意。

夫讼者，争之端也。人生在世，难免有纷争。或为名利，或为意气，争执不休，终至对簿公堂。然圣人言"听讼，吾犹人也"，盖言听讼之道，本乎人情。而"必也使无讼乎"，则揭示了圣人对于和谐社会的向往。

世人多以讼为耻，以和为贵。讼之起，多因人忘却了"和、敬、清、寂"的处世之道。圣人深知此理，故提出"无讼"之理想，意在教化世人，回归和睦共

处之道。

"无情者，不得尽其辞"，此言一出，令人警醒。夫无情者，心若寒冰，言辞犀利，却无真情实感。此等人若欲逞其口舌之能，欺瞒法官，扰乱视听，然在圣人眼中，不过是跳梁小丑，其言辞虽巧，却难掩其虚伪本质。故圣人言"不得尽其辞"，意在告诫世人，真情才是最大的说服力。

"大畏民志"，此四字，意味深长。畏者，非畏其威，而畏其德。圣人通过听讼之道，展现其高尚品德，使民心生敬畏。民之所以畏，非畏其权，而畏其公正无私、明察秋毫之智。此乃圣人教化之深意也。

"此谓知本。"知本者，知讼之根源在于道德沦丧；圣人以此自勉，亦以此教化世人。

读罢圣人之言，余心有所悟。讼之起，源于人心之争。若人心向善、和睦共处，又何讼之有？圣人提出"无讼"之理想，实乃高远之见。

夫听讼之道，非止于判明是非曲直，更在于教化世人。圣人以讼为教，意在引导世人回归本心、重拾道德。此情此景，令人感慨万分。

昔人云："天下熙熙，皆为利来；天下攘攘，皆为利往。"讼之起，多因利字当头，人心浮动。然圣人以讼为教，意在点醒梦中人。听讼之道，实乃治心之术也。通过讼之解决，使人心生敬畏、回归本心，此乃圣人教化之真义。

余又思及"无情者，不得尽其辞"之言，更觉圣人洞察人心之深邃。世人多以巧言令色为能事，却忽略了真情之可贵。圣人此言，意在告诫世人：言辞虽巧，若无真情实感，亦难动人心弦。

再观"大畏民志"四字，更觉其分量之重。圣人以公正无私、明察秋毫之智赢得民心，实乃我辈之楷模。吾等当修身养性、努力向善，以期在纷争不断的尘世中寻得一片净土。

细思圣人之言，字字珠玑、句句箴言。读之如饮甘露、如沐春风，令人心旷神怡、茅塞顿开。愿世人皆能深悟其意、身体力行，则和谐社会可期也。

昔岁月之纷争，皆由人心之不足也。世人若能洞察人心，明辨是非，以讼为鉴，教民向善，则天下大同之日可期。圣人之言，如晨钟暮鼓，警醒世人。听讼之道，非一言所能尽述，然当以此为鉴，修身齐家治国平天下，以共建和谐之社会。

世间有巧舌如簧者，虽无情却能言，然其虚伪之本质难掩。"无情者，不得尽其辞"，此言如当头棒喝，醍醐灌顶。当以此为戒，持真诚善良之心，来赢得他人之尊重与信任。

世间万物，皆有其本源，"知本"者才可立足不败之地，洞察是非，"知之至"者，则能以讼为教，引导世人。

圣人以讼为教，意在点醒梦中人，引导其回归本心，重拾道德。"听讼，吾犹人也，必也使无讼乎！"虽难以实现，然值得毕生追求。无情者虽能言善道，却难掩其虚伪，"无情者，不得尽其辞"，此言提醒世人需持真诚善良之心。

子曰："听讼，吾犹人也，必也使无讼乎！"此言圣人对诉讼之看法，以无讼为最终目标，意在使百姓和谐共处，无需争讼。无情者，不得尽其辞，此乃遏制刁蛮无理之徒，使其无法得逞。大畏民志，则是唤起民众对法律的敬畏之心，以维护社会秩序。

夫人之生于世，难免有纷争。然讼之起，多因私欲之争，故圣人提倡无讼，意在使人民和睦相处，共享太平。必也从根本做起，使无讼，达成修身齐家治国平天之目标。

自古以来，典籍浩瀚，皆以修身齐家治国平天下为尊。听讼之道，亦需以此为基石，立身处世而无悔。无情者，不得尽其辞，大畏民志，此谓知本。

夫诉讼之争，起于私欲，若能从修身做起，则能减少纷争，实现社会和谐。修身者，在于提高自身素质，克己奉公，行善积德。

且夫齐家治国平天下之道，亦需以德为本，以民为贵。再者，听讼之道，更在于公正无私，明理辨是非。无情者，不得尽其辞，此乃对刁蛮之徒的遏制之道。大畏民志，唤起民众对法律的敬畏之心，以维护社会秩序的稳定。

省思鉴行 化讼为无讼的处世智慧

昔者，孔夫子有言："听讼，吾犹人也，必也使无讼乎！"此言一出，如黄钟大吕，振聋发聩。非惟法家之精义，亦为处世之良箴。今余欲以夫子之言，探赜索隐，悟透人生处世百态，愿与共勉。

夫"听讼，吾犹人也"，此言听讼之道，圣人亦同于众人，无甚异处。然"必也使无讼乎"，则表现出夫子超越常人的远见与智慧。听讼之道，非以判是非为终，宜以化讼为无讼为本。人生处世，亦当如是。遇事勿急于争辩是非，而应致力于化解纷争，以求和谐共处。

"无情者，不得尽其辞"，此言在听讼之时，对于无情无义之人，不可轻信其言。推而广之，在世为人，亦应慎听他人之言，辨其真伪，不可轻信。盖因人情复杂，世态炎凉，言不由衷者多矣。是以，必须练就一双慧眼，识人辨事，以立足于不败之地。

"大畏民志"，此言大德昭昭，使民心生敬畏。然处世之道，亦应有所敬畏。人若无敬畏之心，便会肆无忌惮，为所欲为，终将招致灾祸。因此，心存敬畏，行有所止，方能长久。

"此谓知本"，此言可谓夫子听讼之道的精髓。知本者，知之至也。处世亦是如此，只有洞悉世态人情之本质，才可游刃有余地应对各种复杂局面。

夫人生处世，如临深渊，如履薄冰。稍有不慎，便可能陷入万劫不复之地。因此，必须时刻保持清醒的头脑，方能行稳致远。

世之纷扰，如乱丝难解。然夫子之言，如明灯指路，使人们能在纷扰中找到方向。听讼之道，虽为法家之事，但其中蕴含的处世哲学，却值得人们深思。无情之言，虽甜言蜜语，亦不可轻信；心存敬畏，才能稳健而行；洞悉本质，方能应对复杂局面。

遇事先求和解，而非争执；听闻先辨真假，而非盲目相信；行事心存敬畏，而非肆无忌惮；处世洞悉本质，而非浮于表面。

夫子的处世哲学，正是教导人们如何辨别是非、化解纷争、心存敬畏、洞悉本质。故而，处世之道，在于和解、慎听、敬畏与洞悉本质。此四者缺一不可，乃人生处世之至理。

又论人生百态，处世之道千变万化。然以夫子听讼之道，可悟出其中之奥。听讼者，当求和解，以达无讼；践行人生，亦当如是，以和为贵，化解纷争。听闻之言，需细辨真伪；处世之时，亦应慎听他人之言，以防被误导。以大德，让人心生敬畏；且处世之道，亦应心存敬畏，不可肆意妄为。践行人生，亦应洞悉世态人情之本质，以更好地应对人生挑战。

人生如旅，人我皆行人。这悠长的旅程中，必遇各色人等。应如何处置这些关系，如何在纷繁复杂之世立足，须用心揣摩与学习。孔子之处世之道，亦乃人生行旅中之重要指南也。

详品孔子之言，不难悟其深奥与智慧。听讼之道，实乃处世之道之缩影。无论是"必也使无讼乎"之和解精神，"无情者不得尽其辞"之辨识能力，"大畏民志"之敬畏心态，抑或"此谓知本"之洞悉本质能力，皆为吾辈在人生旅程中必须掌握之重要品德。

践行儒学，公正无私颇为不易。它要求在面对利益纷争时，心如止水，不为外物所动。孔子所云"无情者，不得尽其辞"，乃告诫在处理事务时，不可因个人情感而偏袒任何一方，即使面对巨大利诱，也要坚守公正之道。

然而，世界广大，众生纷纭，人之利益与诉求皆不相同。此中，吾辈应学会倾听，深入了解各方之诉求，尊重每一个声音。正如孔子所言，"大畏民志"，亦可意为要敬畏民众之意愿与需求，因为民志乃国家与社会之基础。唯有深入民众，了解其思其想，以求真正做到公正无私，使无讼乎。

讼者，解纷之道也，然非唯一途。世间多纷争，或起于微细之事，或由于深厚之隙。然纷争之起，非必然至讼，盖有和谈协商之道也。通过言语相商，或可迅速解纷，免却词讼之累。

故世之君子，当谙熟沟通之术，善于协商之道，力求纷争之不起。夫如是，则社会和谐有望，人民安乐可期。且夫处世之道，非独解已起之争，更在于防患于未然，培养和谐之气。是以，当常秉公正之心，尊人重礼，以成和谐之俗。

夫公正、尊重之道，乃社会和谐之基石也。若人皆以此为行为之则，讼争自可减少，和谐之社会亦自然而成。且夫君子之行，当以道为镜，日三省吾身。须学会自控情愫，勿为私情所扰，以平和之心应对生活之挑战。

于纷繁世界之中，保持清醒之头脑，做出公正之判断，此为处世之要。又当将公正、尊重之道，融入教育、法律、政治之中。夫教育，当育人之公正意识与民志敬畏；法律，当保公正之实施；政治，当以民为本，尊重民意。如是，则社会和谐有望，国家长治久安可期。

且夫诉讼虽为解纷之道，然过于繁琐，耗费时力。而协商则简便快捷，更符合人情世故。然，此亦乃处世之智慧也。

第六章

原文 1

　　此谓知本。所谓致知在格物者，言欲致吾之知，在即物而穷其理也。盖人心之灵莫不有知，而天下之物莫不有理，惟于理有未穷，故其知有不尽也。是以《大学》始教，必始学者即凡天下之物，莫不因其已知之理而益穷之，以求至乎其极。至于用力之久，而一旦豁然贯通焉，则众物之表里精粗无不到，而吾心之全体大用无不明矣。此谓物格。此谓知之至也。

冀金雨译曰

　　这是根本原则！要想使知识完善，就需要接触并深入研究事物的内在规律。人的心灵具有认知能力，而世间万物也都有其各自的规律。当对某些规律还未完全理解时，人的知识就不完整。所以，《大学》一开始就教导人们，要通过接触世间万物，根据已知的规律去进一步探索，直到彻底明白。经过长时间的努力，一旦豁然开朗，就能全面理解事物的表里精粗，里外巨细。同时，内心的认识能力也会变得清晰明了。这就是"格物"的意义，也是知认知达到的最高境界。

读典浅悟 "致知在格物"论及其现实价值

"所谓致知在格物者",此言学问之本原也。致知者,推致吾心之知以至其极;格物者,推究事物之理以尽其微。人心之灵,本具知觉,然知有浅深,识有广狭,非格物无以致其知。故学者当以格物为先,即物而穷其理,以求知识之增进,心灵之豁然。

"言欲致吾之知,在即物而穷其理也"。此言格物之方法也。即物者,接触事物也;穷理者,推究事物之理也。夫事物之理,非徒观其表象所能得,必推究其所以然。故学者当以敬慎之心,即物而穷其理,勿以浅尝辄止为足。

"盖人心之灵莫不有知,而天下之物莫不有理"。此言人心与事物之相通也。人心之灵,本具知觉,能知能觉;而天下之物,各具其理,有表有里,有精有粗。人心之知与事物之理相通相应,故能即物而穷其理。此理之所在,即人心之所在;人心之所向,即此理之所存。

"惟于理有未穷,故其知有不尽也"。此言学问之无穷也。理者,事物之所以然,无穷无尽;知者,人心之知觉,有限有尽。然人心之知可扩而充之,无尽无穷。故学者当以格物为要务,不断推究事物之理,以求知识之增进,心灵之觉醒。勿以已知自足,勿以未知自馁。

"是以《大学》始教,必始学者即凡天下之物,莫不因其已知之理而益穷之"。此言《大学》之教旨也。《大学》者,儒家之宝典,修身齐家治国平天下之要道。其教学者,必使即物穷理,以求知识之完备。学者当以《大学》为指南,遍历万物,因已知之理而更求精进。勿以偏见自蔽,勿以固执自误。

"以求至乎其极。至于用力之久,而一旦豁然贯通焉"。此言格物致知之境界也。学者即物穷理,用力之久,则必有一日豁然贯通,万物之理了然于心。此时,不仅万物之表里精粗无不到,吾心之全体大用亦无不明矣。此乃学问之最高境界,非浅尝辄止者所能及。

"则众物之表里精粗无不到,而吾心之全体大用无不明矣"。此言格物致知之成效也。学者即物穷理，至于豁然贯通之境，则万物之理无不尽知，吾心之知无不尽明。此时，学者之知识已臻完备，心灵已得觉醒。非但学问有所成就，亦能修身齐家治国平天下。

"此谓物格，此谓知之至也"。此言格物致知之终极也。物格者，事物之理已尽；知之至者，知识已达至极。学者即物穷理，至于物格知之至之境，则学问已臻完备，心灵已得觉醒。此乃儒家学者所当追求之终极境界。

夫《大学》之"致知在格物"，实为儒家认识论之精髓。其强调实践在认识过程中之重要性，认为知识之增进须赖格物之功。此说与西方哲学中实践是检验真理之唯一标准相呼应，彰显儒家认识论之深刻与独到。同时，《大学》亦强调理性与感性之统一，认为即物穷理既需理性之思考，亦需感性之体验。二者相辅相成，缺一不可。此乃儒家认识论之全面与深刻。盖人心之灵，天赋之知，无有不具；而天下之物，各具其理，无一不备。惟于理有未穷，故其知有不尽。是以《大学》始教，必使学者即物穷理，以求知识之完备，心灵之觉醒。

于儒家之学说，"致知在格物"一语，实据要津。非徒为儒家认识论之核心，亦乃修身、齐家、治国、平天下之基石矣。儒家之道，在于明明德、亲民、止于至善。而明明德之首要，即在格物致知。学者苟能格物致知，则诚意正心、修身齐家治国平天下，皆可期而至。此乃儒家之常道，亦为儒者所应循之准则。

夫《大学》之教，历千载而犹存。其"致知在格物"之说，至今犹具深意与现实之价值。当世之时，知识日新，科技月异。学者宜以《大学》为佐引，不懈探求事物之理，以求知识之增长与心灵之启迪。同时，亦须重视实践于认识过程中之作用，将理论知识与实践经验相融合，以更善认知世界与改造世界。

盖学问之道，非徒在于知之广，更在于知之深；非徒在于理论之精，更在于实践之实。故学者当以"致知在格物"为宗，勤勉于学，笃实于行，以求学问与德行并进，个人与社会共荣。此乃儒家之道所期，亦为当世学者所应勉力践行者也。

省思鉴行 格物致知在现代社会的实践与应用

"所谓致知在格物者"。致知者，推致吾心之知以至其极；格物者，推究事物之理以尽其微。人心之灵，本具知觉，然知有浅深，识有广狭。非格物无以致其知，非致知无以明其理。故学者当以格物为先，即物而穷其理，以求知识之完备，心灵之觉醒。此乃儒家一贯之道，亦为人生处世所当遵循。

夫天下之物，莫不有理。理者，事物之所以然，无穷无尽。学者即物穷理，必推究其所以然，方能得其真义。故当以敬慎之心，接触事物，推究其理。勿以浅尝辄止为足，勿以偏见自蔽。当以开放之心态，接纳万物，穷究其理，以求知识之增长，心智之启迪。此乃格物之方法，亦为人生处世之智慧。

"盖人心之灵莫不有知，而天下之物莫不有理"。此言人心与事物之相通。人心之灵，能知能觉；天下之物，各具其理。人心之知与事物之理相通相应，故能即物而穷其理。学者当以此相通之理，洞察人生，明辨是非，以指导实践，处世为人。此乃儒家认识论之深刻，亦为人生处世之要诀。

"惟于理有未穷，故其知有不尽也"。此言学问之无穷，亦人生处世之无尽。理者无穷，知者有限。然人心之知可扩而充之，无尽无穷。故学者当以格物为要务，不断推究事物之理，以求知识之增进，心灵之觉醒。勿以已知自足，勿以未知自馁。当以谦逊之心，勤学不辍，以求学问与德行并进。此乃儒家之教诲，亦为人生处世之智慧。

夫《大学》之教，始于格物致知。学者当以《大学》为指南，遍历万物，因已知之理而更求精进。勿以固执自误，勿以偏见自蔽。当以开放之心态，接纳新知，穷究其理。以求至乎其极，达到豁然贯通。此乃《大学》之教旨，亦为人生处世之追求。

至于用力之久，而一旦豁然贯通，则万物之理了然于心。此时，不仅万物之表里精粗无不到，吾心之全体大用亦无不明。此乃学问之最高境界，非浅尝辄止者所能及。学者当以此为目标，勤勉于学，笃实于行。

"此谓物格，此谓知之至也"。此言格物致知之终极。物格者，事物之理已尽；知之至者，知识已达至极。学者即物穷理，至于物格知之至之境，则学问已臻完备，心灵已得觉醒。此乃儒家学者所当追求之终极境界，亦为人生处世所当达到之理想状态。

　　观本章文，盖人心之灵，天赋之知，无有不具；而天下之物，各具其理，无一不备。故欲致吾之知，必在即物而穷其理。此篇之旨，实乃儒家认识论之精髓，为人生实践处世之指南。

　　夫儒家之道，在于明明德、亲民、止于至善。而明明德之首要，即在格物致知。学者苟能格物致知，则诚意正心、修身齐家治国平天下皆可期而至。此乃儒家之常道，亦为人生处世之准则。故当以"致知在格物"为宗，勤勉于学，笃实于行。以求学问与德行并进，实现个人与社会之共荣。

　　于今之世，知识日新月异，科技迭变不穷。学者当奉《大学》为圭臬，孜孜以求事物之理，冀望知识之增益与心灵之开悟。同时，亦须明识实践于认知之途中的重要。融理论知识于实践经验之中，方能更善洞察世事，改造乾坤。此乃"致知在格物"之论于今世之重要启示也。

　　夫人之处世，非唯广知为要，更需深知为本；非唯理论之精妙为贵，更需实践之实行为重。故当以"致知在格物"为宗旨，既崇尚理论之研习，又注重实践之锤炼。如此，更便于在纷繁多变之社会中立足发展，实现个人价值与社会贡献之和谐统一。此乃儒家之道之义，亦为现代社会所亟需也。

〔第七章〕

原文

　　所谓诚其意者：毋自欺也。如恶恶臭，如好好色，此之谓自谦。故君子必慎其独也！小人闲居为不善，无所不至，见君子而后厌然，掩其不善，而著其善。人之视己，如见其肺肝然，则何益矣。此谓诚于中，形于外。故君子必慎其独也。曾子曰："十目所视，十手所指，其严乎！"富润屋，德润身，心广体胖。故君子必诚其意。

冀金雨译曰

　　所谓使意念真诚，就是不要欺骗自己。就像厌恶恶臭的气味，喜欢美丽的色彩，这就是自我满足。因此，君子在独自一人时也必须谨慎。小人平时无所不为，见到君子后才装出厌恶的样子，掩盖自己的缺点而显示自己的优点。别人看待自己，就像能看见自己的心肺肝脏一样，那么这种掩饰有什么用呢？这就是说，内心真诚，外表也能体现出来。因此，君子在独自一人时也必须谨慎。曾子说："十双眼睛看着，十双手指着，多么严厉啊！"财富可以装饰房屋，德行可以修养身心，心胸宽广身体就会安详。因此，君子必须使意念真诚。

读典浅悟 诚其意、不自欺的修身之道

所谓诚其意者，实乃不自欺也。若问何为诚？如恶恶臭、如好好色之心，是为自谦之本。是故，君子于独处之时，尤需谨慎，以防自欺。尝读古籍，深感古人修身之严谨，今取古人之意，以解现代之惑。

夜静更深，孤灯孤室，复读此段文字，心中泛起层层涟漪。世间君子，皆以诚为本，其意在于不自欺。如恶恶臭，如好好色，此乃人性之本然，无法掩饰，亦无需掩饰。君子慎独，非在他人面前作秀，而是真心实意地面对自己的内心。

遥想曾子有言："十目所视，十手所指，其严乎！"此言非虚，当众多目光聚焦于一人之时，其言行举止自然受到监督，故而更加谨慎。然而，君子之诚，不在于外界的监督，而在于内心的自觉。富润屋，德润身，心广体胖，皆是修身之果。君子以诚为本，其意自现。

今人读此，或觉陈腐，实则不然。诚，乃人性之根本，无论古今，皆应秉持。世风日下，人心不古，或许正是未曾涉猎，未曾研读，亦不知其精妙之处。

诚于中，形于外。一个人的内心如何，必然会表现在他的言行之中。小人闲居为不善，无所不至；见君子而后厌然，试图掩饰自己的不善，彰显自己的善良。然而，人之视己，如见其肺肝然，内心的真实想法，又怎能完全掩饰得住？

故君子之诚，不仅在于言行一致，更在于心行一致。他们无需在外界面前刻意表现，因为他们的内心已经足够真诚。这种真诚，不仅体现在他们对自己的要求上，更体现在他们对他人的尊重和关爱上。

读此文，悟此意，方知古人修身之深意。我们或许无法完全达到古人的境界，但至少可以以此为目标，不断努力，让自己的内心更加真诚、纯净。

再品此段文字，又生新解。君子慎独，非仅仅是不自欺，更是对自我的一种超越。在独处之时，面对内心的欲望和诱惑，君子能够坚守正道，不为所动。这种超越，不仅是对自我欲望的克制，更是对人性弱点的挑战。

而小人则不然，他们往往在无人监督之时，放任自我，为所欲为。然而，当

他们面对君子时，却会心生畏惧，试图掩饰自己的不善。这种掩饰，恰恰暴露了他们的虚伪和内心的空虚。

君子之诚，还在于他们能够真诚地面对自己的不足和错误。他们知道，只有正视自己的错误，才能真正地改正和提高。而小人则常常逃避自己的错误，甚至掩盖和否认，这无疑是一种自欺欺人的做法。

曾子"十目所视，十手所指"，实则是对人心的一种警醒。当行为受到他人的关注和评价时，人自然会更加注意自己的言行。然而，真正的君子，即使在无人关注之时，也能坚守正道，保持真诚。

"富润屋，德润身"，此言非虚。物质之丰盈，可使生活之舒适；品德之修养，可使人生之充实。心广体胖，非独身之康泰，亦心之丰盈与宁静也。读此文，深感古人之智慧。以简洁之言，阐修身之要与方法。今人处纷繁复杂之社会，更应秉持古人智慧，以诚为本，修身齐家治国平天下。

时光荏苒，岁月如梭。古人教诲，言犹在耳，而生活已翻天覆地。然人性本质，未尝改变。仍需面对内心欲望与诱惑，仍需在独处时保持真诚与自律。

细品本章所文，字字句句，皆含深意。"所谓诚其意者：毋自欺也。"修身之基石，真诚面对自己，不欺内心，至关重要。"如恶恶臭，如好好色"，真诚自然流露，无需矫饰，如同本能厌恶难闻之气味，喜爱美丽之景色。

"故君子必慎其独也"，君子独处时，仍能保持自律与真诚，重要。非仅行为约束，更是内心坚守。"小人闲居为不善，无所不至"，小人无人监督时，放纵虚伪，面对君子，虽竭力掩饰不善，终难掩内心空虚与丑陋。

人之视己，如窥其肺肝，透明真实，难以掩饰。内心之真诚善良，自然流露于言行之间，无法伪装。故当珍视内心之诚挚与纯善，以此为立身之本。

"十目所视，十手所指。"此言公众监督之力，形象生动。在众人瞩目之下，行为自当谨慎规范，以免失德之行。然君子之行，不依赖于外界之监督，而能自觉恪守真诚善良之道。

又云："富润屋，德润身。"此言物质与精神追求之平衡。物质之丰富，可装点生活之所；品德之修养，则能滋养内心之魂。君子当内外兼修，既追求物质之富足，又注重品德之提升。如此，成为真正之君子，令人敬仰。

反复品读此段，深感其逻辑严密。字字独立又相互联系，构成完整修身理念体系。哲理引人入胜，阅读中不断有新领悟。最后以"故君子必诚其意"完美收尾，强调真诚对君子修身重要性。回首整篇，感叹古人智慧深邃博大。今人虽习惯快节奏生活，碎片化信息，但静心细品古人智慧，仍能带来启迪与思考，此乃经典魅力所在矣。

省思鉴行 诚其意、修身之道的核心

"所谓诚其意者：毋自欺也。"此言何解？盖人生于世，心诚则灵，不欺己心，方得始终。如恶恶臭，如好好色，人之常情，发乎自然，此乃自谦之本。故，君子之行，必慎其独，不欺暗室，亦不自欺。

观大千世界，纷扰熙攘，众生之相，千变万化。然处世之要，不离其诚。小人闲居为不善，见君子而后掩其过，此等行径，岂是长久之计？诚如古语所言："人之视己，如见其肺肝然。"内心不诚，虽掩人耳目，终难自欺。是以，君子之行，必以诚为本，形于外而诚于中。

曾子有言："十目所视，十手所指，其严乎！"此言非虚，人之处世，如履薄冰，如临深渊，须臾不可失诚。富可润屋，德可润身，心之宽广，则体态安详。是以君子修身，必以诚意为先。

吾辈当辩处世之要义。诚者，天之道也；不诚，无物。故君子之行，应以诚为本，以信为基。世间纷扰，人心难测，唯有以诚待人，方能立足于践行人生。众生纷纭，百态人生。有人追名逐利，不惜一切；有人淡泊名利，只求心安。然，无论何种人生态度，均应以诚为本。无诚，则无以立世；无信，则无以服人。

且观世间百态，有欺世盗名者，亦有诚实守信者。前者虽得一时之利，终难长久；后者虽朴实无华，却能赢得人心。此中道理，不言而喻。众生纷纭，各自为营。然，无论贫富贵贱，均应以诚待人。诚者，天之道也；信者，人之本也。无诚则不立，无信则不服。故，君子之行，必以诚信为要。

是以本章所文，首在修心诚意。心诚则形正，形正则言顺，言顺则事成。言既和顺，事无不成。临难不屈，遇厄不惧，惟赤诚之心是赖，以立身于世。论及处世，和而不同，乃其精髓。世界之大，人生之多，性情各异，志趣有别。吾等当以尊重他者为先，异中求同，以求和谐以处。如古训所云："君子之和，异而能同；小人之同，同而不和。"待人以诚，人必以诚应之，尊与信皆由此生。

故曰心诚则身正。身正之言，如春风化雨，润物无声。言顺则事易成，无论逆境顺境，皆能游刃有余。处世之道，贵在和谐，尊重差异，才能广结善缘。诚以待人，人亦以诚待我也。

论处世之道，修身养性乃其要义。世事如云变幻，人心似海难量。然君子持身以诚，守心如一，自能应对万般变化。古有言曰："天行健，君子以自强不息。"此言修身之道，贵在持之以恒，不断精进。

夫修身者，须臾不可懈怠。养性者，亦非一时之举，须常怀敬畏之心。世事虽繁，人心虽杂，然内心坚守诚信之道，便可立于不败之地。君子修身，不在于外物之华美，而在于内心之纯净。养性之道，亦在于清心寡欲，淡泊名利。

君子之处世也，以修身养性为立命之本。世事沧桑，千变万化，而吾心依旧，岿然不动。惟持之以恒，自修不息，从而卓然立世，为人之表率。外物之纷扰，名利之诱惑，皆不足以摇其心志。君子坚守内心之诚信，保持意念之纯净，于纷繁复杂中，独持清醒之头脑，抱定不移之信念，以应对万般挑战与艰难之境。

修身养性，诚为处世之基石也。惟有心志坚定，身心兼修，方能在这个变幻无常中，立于不败之地。持之以恒，守诚信之道，乃君子处世之道。无论世事如何，君子皆能泰然处之，因其内心已有深厚之修养，足以抵御一切风雨。故曰，修身养性，实为处世之要道，不可忽也。

论处世之深道，知进退、明得失乃其精髓。进退有度，则行稳致远；得失不惊，则心安而神泰。世事纷扰，名利惑人，然知进退者，方能合纵连横红尘世界；明得失之理，方可从容应对。平常心是道，面对万般挑战与诱惑，持之可泰然处之。诚信为心，可为立世之根本，无论白云苍狗，守之则稳若泰山。纷扰之中，保持一颗平常心，不为名利所动，不为得失所困，在世事变幻中保持清醒，从容面对一切挑战。故知进退，明得失，乃处世之要义。持平常心，守诚信之道，方可立世长久，从容面对世事纷扰。

又诚其意者，处世之基石也。毋自欺，如恶恶臭，如好好色，乃自然之理。君子慎独，不欺暗室，亦不自欺其心，方得安身立命之本。

观世间纷扰多变之状，吾辈当固守诚信之道，持和而不同之理，修身心以应万变，于纷扰之中，持平常心，清净心，则处世之道，似已了然于胸。何患不能纵横捭阖乎？故著者诗曰：

世间纷扰多变幻，唯有诚信是根本。

和而不同方长久，修身养性守初心。

知进退者明得失，从容面对名利尘。

处世之道诚为本，立世为人信为金。

第八章

原文

所谓修身在正其心者，身有所忿懥，则不得其正；有所恐惧，则不得其正；有所好乐，则不得其正；有所忧患，则不得其正。

心不在焉，视而不见，听而不闻，食而不知其味。此谓修身在正其心。

冀金雨译曰

所说的修养自己的品德和行为，关键在于使自己的心保持正直和专注。如果心中有愤怒和怨恨，就不能保持正直；如果心中有害怕和恐惧，就不能保持正直；如果心中有喜好和快乐，就不能保持正直；如果心中有忧虑，就不能保持正直。心思不集中时，会看到却像没看到，听到却像没听到，吃东西却不知道它的味道。因此，修养自己的品德和行为的关键在于使自己的心保持正直和专注。

读典浅悟 如何保持内心的诚信与纯净

所谓修身以正其心者，乃心志之定向，情绪之主宰也。若身怀忿懥，心即失其正；心存恐惧，亦不得其正；或耽于好乐，或困于忧患，皆可使心离其正途。心不在焉，则目不能视，耳不能闻，口不能味。修身之道，首在正其心，心正则行正，行正则身修。

嗟夫！人心如水面，忿懥、恐惧、好乐、忧患，皆如风起波涌，使心湖荡漾，难以映照天地之真实。唯心之平静如水，方能洞察万物之本质，领略天地之精华。故修身者，必先修心，心静则神明，神明则智生，智生则行正，行正则德立。

然心之不端，岂可修身？身之未修，焉能齐家？家若不齐，治国何凭？国如不治，平天下岂易？故正心者，修身之根本；修身者，又乃齐家、治国、平天下之基石。心若不正，万事皆成空谈。欲成大事，必先正其心，而后方可言其他。心正则身修，身修则家齐，家齐而后国可治，国治则天下平。此理昭然，不可不察。是以君子务本，本立而道生，必先正其心，方可谈治国平天下之道也。

且夫心之不正，非但修身难成，亦且易入歧途。如忿懥之人，易怒易暴，言行无状，伤人伤己；恐惧之人，心神不宁，举止失措，难以成大事；好乐之人，沉溺声色，荒废正业，终致一事无成；忧患之人，愁绪满怀，精神不振，岂能担当重任？故修身者，必先正其心也。

夫正心之道，需勤学不辍，日积月累，从而渐入佳境。每日三省吾身，反思己过，及时改正，以求心正行端。且正心非但为修身之本，亦为处世之要。心正者，言行一致，诚信为本，方可赢得他人信赖与尊重。

夫正心之道，必勤学若渴，日就月将，然后可臻化境。每日必三省吾身，深自反思，寻己之过，速即更之，而后可心正行端矣。且夫正心者，非独修身之基，亦乃处世之枢要也。心若正，则言行相符，信为根基，而后能得人信重。

故言修身在正其心，非徒托之空言也。必也躬行实践，积日累久，而后功效可见。诚以正心为始，修身方得其要，处世乃得其道。身体力行，持之以恒，心正方能行正，行正方能言顺。言顺则事易成，事易成则人皆信服。如此，则修身之道备矣，处世之术得矣。是以正心之道，勤学不辍，持之以恒，实乃修身处世之良方也。

论及正心之奥，实乃调控七情，守一颗平常之心也。人生百态，变幻莫测，唯心静如水者，方有从容应对万般挑战与无常变故之从容。若心境随物而迁，情

瀛海笔谭

绪波荡不定，则将难以立身于纷繁之世。

是以正心之道，首在调心，使喜怒哀乐皆得其正，不逾其矩。无论世事如何纷扰变幻，心若能保持平静，则能洞察秋毫，应对自如，在人生旅途中稳步前行，不为外物所扰，不为情绪所困。

故正心者，当修心养性，调控情绪，以保持一颗平常心。此心若静，则能明辨是非，洞察世事，于纷繁复杂之世界中立足无虞。

且说忿懥之心，此心一起，便如火燃，能烧功德之林。忿懥之人，眼中只有敌意与不满，难以看到世间的美好与善良。恐惧之心亦然，它使人畏首畏尾，错失良机。好乐与忧患之心，则易使人沉溺于私欲或陷入无尽的苦恼之中，无法自拔。

然则如何正心？首要之务在于学会调控情绪。当遇到可怒之事时，先深呼吸三口，让心情平静下来，再作打算。当遇到可惧之境时，要勇敢面对，克服内心的恐惧。对于好乐与忧患之心，则需培养一颗平常心，不以物喜，不以己悲，保持内心的平和与宁静。

再言修身之道，实乃内外兼修之过程。外修形貌，内修心性，二者缺一不可。形貌之修，在于举止文雅，仪态端庄；心性之修，在于平和淡泊，宠辱不惊。而心性之修尤为关键，盖因此乃修身之根本也。

修身在正其心者，通过调控情绪、保持平常心以及学习与修行等方式来正心修身，方可达到内心的平和以及外在的端庄与文雅，从而赢得他人的尊重与信赖，在纷繁复杂的世界中立足，实现自我价值与社会价值的和谐统一。

夫修身者，须持之以恒。且心之正者，非但利于己身，亦可惠及他人。心正则言行正，言行正则家风正，家风正则社会风气正。

省思鉴行 在复杂世界中保持内心的平和

天地之间，万物生于有，有生于无。人生于世，处世之道，若明若暗，若隐若现。

古之圣贤，教人修身齐家治国平天下，首重正心。故曰："修身在正其心。"

"修身在正其心。"诚哉斯言！心者，身之主也，其动其静，皆能左右人之行止。忿懥、恐惧、好乐、忧患，此四者，心之贼也。心若不正，则视而不见，听而不闻，食而不知其味，何以致远？何以为人？

观日月轮回，时光悠悠。处世之道虽千变万化，然其本在于心。心之正则身修，身修则家得以齐，家齐而后国治，国治故天下平。是以君子务修心为先，心正而后行正，行正而后事成。心者，身之主也，心正则诸事皆正。故欲治世者，必先治心；心治则身修，身修则无不成之事矣。

夫心者，神之舍也。神清则心静，心静则神凝。神凝而心正，是为修身。然人心易为外物所扰，忿懥、恐惧、好乐、忧患，皆足以使心不正。心不正则视而不见，听而不闻，食而不知其味。故修身之道，在于正心。

正心之道，难矣哉！夫人在世间，各有志趣，然志趣各异，修身之道亦不同。吾欲论世间百态，以明修身之要义。

世人有所忿懥，则心不得正。忿懥生于私欲，私欲过盛，则心为所累。故修身在于去私欲，存公义。孔子曰："克己复礼为仁。"克己即去私欲，复礼即存公义。去私欲，则心正；心正，则修身。

世人有所恐惧，则心不得正。恐惧生于无知，无知者胆怯，心难坚定。故修身在于求知，增智慧。孟子曰："得一善，则拳拳服膺。"求知之道，在于拳拳服膺，时刻不懈。增智慧，则心正；心正，则修身。

世人有所好乐，则心不得正。好乐生于物欲，物欲横流，心易沉溺。故修身在于泊然，屏物欲。老子曰："不见可欲，使心不乱。"泊然无欲，则心正；心正，则修身。

夫心者，神之舍也。神清则心静，心静则神凝。然人心易为外物所扰，忧患生于无常，心难安定。故修身在于观无常，识大体。庄子曰："吾生也有涯，而知也无涯。"观无常，则心正；心正，则修身。

忿懥之心，令人蔽目。怒焰燎原时，理智尽丧，言行悖乱，常肇巨愆。故怒从心起，宜深息、暂离其境，以冷水濯面，俾心静神凝。如是，则可免一时之冲动，遗无穷之悔懊。夫怒者，心之贼也，不可不慎。当修心养性，以和为贵，则怒火自熄，心境自宁。

恐惧之心，亦复如是。人非圣贤，孰能无畏？然恐惧过度，则使人胆怯不前，错失良机。当恐惧来临时，宜直面之、克服之，方可成长进步。否则，一味逃避，终将一事无成。

好乐之心，人皆有之，然沉溺于逸乐，易生怠惰，荒废本务。故当知止，以养身心，成其事业。若极意于享乐，迷于声色犬马，必至神疲力倦，终无所成，生亦无趣。

然人生亦非尽然乏味，适度之娱乐，可纾解压力，恢复精神。故处世之道，贵在平衡，既勿过耽逸乐，又勿自抑过度。如孟子云："养生丧死无憾。"此言人当重身心之健康，求内心安宁与社会满足，使生活盈满乐趣与意义。

是以，知者乐水，仁者乐山。人生旅途，既需勤奋以成事业，又当适度娱乐以养性情。平衡二者，方得真乐。勿因逸乐而误正事，亦勿因正事而失生活之趣。如是，则人生自得其乐，事业亦能有所成就。

忧患之心，或许催人奋进，然亦可能使人消沉。人生不如意事十之八九，若过分忧虑未来，则难以专注于当下。因此，应学会调整心态，积极面对挑战与困境。

此四者皆心之贼也，若能克之、制之、调之、和之，则心可正而身可修矣。然则如何克之？曰："知止而后有定。"知其所止，则心有所定，不为外物所扰。如此则能静心观察世界、审视自我，进而做出明智之抉择。

世间万物皆有定律，人心亦如是。心之不正者如浮云遮月，使人迷失方向；心之正者如明镜高悬，能洞察秋毫。

红尘滚滚，众生百态各不相同。有以权谋私者、有欺压弱小者、有见利忘义者，然亦有行侠仗义者、有扶危济困者、有诚实守信者，此皆人心之所向也。

窃以为应以"修身在正其心"为佐引，在纷繁复杂的世界中保持一颗正直无私之心。

　　遇事先观己心是否正直无私，再观他人之心是否可交，最后观天下大势是否顺应道义。如此则能明辨是非曲直，在世间游刃有余。若遇不义之事或之人时亦能坚守本心不为所动；若遇可交之人亦可坦诚相待共谋大事；若遇天下有道之时亦可顺势而为建功立业。

　　故，"修身在正其心"乃处世之要义也。吾辈当不断反省自我、修正自我，步步为营、稳扎稳打而践行人生。

　　夫处世之道，千变万化，然心之正则行为端。遇富贵不淫，遇贫贱不移，遇威武不屈，此乃大丈夫之所为也。若心术不正，则富贵为祸，贫贱为苦，威武为惧，何以致远？

　　吾观世人，多因心之不正而误入歧途。有以权谋私而身败名裂者，有欺压弱小而遭天谴者，有见利忘义而自食恶果者。世人有所忧患，则心不得正。忧患生于无常，无常之际，心难安定。故修身在于观无常，识大体。庄子曰："吾生也有涯，而知也无涯。"观无常，则心正；心正，则修身。

　　吾欲论世间百态，以明修身之要义。然则如何修身在正其心？窃以为当以"诚、善、勤"为要。诚者，天之道也；善者，人之本也；勤者，事之基也。以诚待人则得人之信；以善行事则得人之敬；以勤立业则得人之赞。此乃修身在正其心之释也。

　　再者，世间万物皆有其时，处世亦当顺应时势。时来运转，则乘风破浪，一往无前；时运不济，则韬光养晦，静待时机。此乃智者之所为也。心正则能洞察时势，把握机遇，从而立于不败之地。

　　此外，处世亦需知进退、明得失。进则兼济天下，退则独善其身。得则淡然处之，失则泰然处之。如此方能在纷繁复杂的世界中保持一颗平常心，不为外物所扰，坚守本心。

最后，论及处世，和谐之道不可或缺。与人共和，众志成城，得道多助，人心所向；与己和谐，内心安泰，理得心安，神清气爽。与自然相融，顺应天地，天人合一，大道至简。

立诚善勤为根，应时顺势为枝，知进退、明得失为叶，重和谐、融天地为花。如此修身，则能在世间游刃有余，如游鱼得水，似飞鸟在天矣。

〔第九章〕

原文

所谓齐其家在修其身者，人之其所亲爱而辟焉，之其所贱恶而辟焉，之其所畏敬而辟焉，之其所哀矜而辟焉，之其所敖惰而辟焉。故好而知其恶，恶而知其美者，天下鲜矣！故谚有之曰："人莫知其子之恶，莫知其苗之硕。"此谓身不修不可以齐其家。

冀金雨译曰

所说的使家庭和谐有序，关键在于修养自己的品德和行为。人们往往对自己亲近喜爱的人有所偏爱，对自己厌恶的人也有所偏见，对自己敬畏的人有所偏爱，对自己同情的人有所偏爱，对自己傲慢和懒惰的人也有所偏见。因此，能够喜爱某人却知道他的缺点，厌恶某人却知道他的优点的人，在天下是很少的。所以有谚语说："人们往往不知道自己的孩子的缺点，往往不知道自己的庄稼长得好。"这就是说，如果自己不修养品德，就不能使家庭和谐有序。

读典浅悟 读书明理，修身齐家的智慧

所谓齐其家在修其身者，盖言人之情感易使心偏，亲爱之人则易于庇护，贱

恶之人则易于排斥，畏敬之人则易于恭顺，哀矜之人则易于同情，敖惰之人则易于轻视。此乃人之常情，然亦修身之碍也。故好而知其恶，恶而知其美者，天下鲜矣。此情此理，岂非修身之难乎？

身不修，则家不齐。何以言之？身不修，则情感之偏见左右其行为，亲爱者得其所好，贱恶者受其所恶，家之和谐岂可得乎？家不齐，则子女教育无所依从，或溺爱不明，或苛责过严，皆非教子之道也。故谚有之曰："人莫知其子之恶，莫知其苗之硕。"此乃身不修，家不齐之明证也。

是以修身为齐家之本，本立而道德之根基稳矣。修身之道，非惟去其偏见、除其私欲，亦需养其公正之心，使之明辨是非，洞察秋毫之微。人之心若明镜，映照万物，不偏不倚，方能行止皆合道义。修身者，于亲爱之人，不因其情而偏袒；于贱恶之徒，不因其陋而鄙视。畏敬之长，不因其威而盲从；哀矜之弱，不因其怜而纵容。敖惰之辈，亦不因其肆而轻视。皆以公正之心待之，则诸般情感不得其偏。

且夫修身者，必先知礼义廉耻，而后可以齐家。礼者，行事之大端；义者，立身处世之本；廉者，清白自守之要；耻者，人之为人之底线。四者备矣，然后可以言修身也。修身而后齐家，家齐而后国治，国治而后天下平。此之谓也。

然修身之道何在？在明理、在立志、在躬行也。明理者，知所当为，知所不当为；立志者，坚定其心，不为外物所移；躬行者，身体力行，实践其所学所悟。三者相辅相成，缺一不可也。

夫明理者何？读书以明理也。圣贤之书，载道之言也。读之可以明智，可以养性，可以知礼义廉耻之大端。故曰："读万卷书，行万里路。"此之谓也。

立志者何？立志以定其心也。心志坚定则行为果决无所畏惧；心志动摇则行为迟疑难以成事。故立志为修身之本也。

躬行者何？实践以验其所学所悟也。"纸上得来终觉浅，绝知此事要躬行"此之谓也。

然则如何修身以齐家？首在克己复礼也。克己者去其私欲之蔽；复礼者行其所当行之道也。私欲去则公正生；公正生则家可齐也。次之在于教子有方也，教子以义方使其知礼义廉耻之大端；教之以孝悌使其知尊老爱幼之道；教之以勤俭使其知持家之本；如此则子女教育可成也，家之和谐可期也。

世间万物皆有定律，人心亦如是。修身齐家之道亦然，有其固有之法则。故欲齐家者先修其身，身修而家自齐矣。此乃天地之大道也，古今之通义也，人人当遵循之而行也！

再说人之情感易使心偏之理，实乃人性之弱点也。然人性虽有弱点可克服之，可战胜之，可超越之！故修身之道在于克己复礼、明理立志、躬行实践三者并重而行也！如此则身可修矣、家可齐矣、国可治矣、天下可平矣！此之谓也！

是故欲齐家者，先修其身；欲修其身，必正其心。心之如水静谧，波澜不兴，则身如苍松之坚韧，风雨难摧。修身之道，必持之以恒。身修而后家道自齐，家中和睦，父慈而子孝，夫妇情深意长，相敬如宾。此乃家之大道，亦为国之基石。

由家及国，国治政通，人心向和，万邦皆敬仰而来朝。国家昌盛，百姓安居乐业，此乃修身之效也。终至天下太平，四海之内皆安宁，战火不起，灾荒不生。修身、齐家、治国、平天下，此四者相辅相成，缺一不可。此大道至简至真，然行之不易，需持之以恒，方可功成。

然修身需日积月累，齐家亦非易事，需夫妻同心，父子协力。然则，只要心志如铁，勇往直前，何惧风雨？何事不成？何家不齐？

且说人之亲爱，易庇护过甚，致其骄纵；所贱恶者，易生排斥，失之公正。此乃人之常情，却为修身大忌。故修身之士，务必去其偏见，以公正之心待人接物。无论亲疏贵贱，一视同仁。

昔人云："人非圣贤，孰能无过？"然修身之道，在于知过能改，善莫大焉。故当自省其身，察其过失，及时改正。如此，则身修家齐可待也。

世间万物皆有其道，修身齐家亦然。道者，天地之正理，人心之本源也。故修身之道，在于遵循天地之正理，明心见性，以达至善之境。齐家之道，在于夫妇和谐，子女孝顺，以成和乐之家。

然则修身齐家之道虽明，行之者却鲜。何也？盖因此道需用心体悟，非口头空谈所能致也。是以有志于修身齐家者，当静心凝神，深悟此道之精髓，而后身体力行也。

再言修身之道，在于去私欲、存天理。私欲去则心清如水，天理存则行正无邪。如此则身修而心正，心正则家齐，家齐则国治，国治则天下平矣。

省思鉴行 儒家经典中的和谐理念

夫天地之间，万物各有其道，而人者，万物之灵，首当其冲。自古以来，圣贤辈出，论述经世致用之大道，以期引导众生走向光明。其中，《大学》一书记载了修身、齐家、治国、平天下的儒家经典思想，而本章则着重探讨了齐家之道，以为处世之要义。

此言人也，各有其情，各有其性。人皆有所好，亦有所恶；有所畏，亦有所敬；有所哀，亦有所矜；有所敖，亦有所惰。此乃人性使然，不可避免。然而，为人处世，当明辨是非，不可为情所困，为性所迷。

故好而知其恶，恶而知其美者，天下鲜矣。是言人之处世，当有慧眼，能看到事物的两面，既能欣赏其美好，也能洞察其丑恶。唯有如此，方能不受偏见所左右，做出公正的判断。然而，世间之人，往往容易为情所困，为性所迷，难以做到全面客观地看待问题。

故谚有之曰："人莫知其子之恶，莫知其苗之硕。"此言为人父母者，往往过于偏爱自己的子女，难以看到其缺点；为人地主者，往往过于关注自己的庄稼，忽视了其他方面的利益。此乃身不修，不可以齐其家之道也。

然而，处世之道，并非仅限于齐家，还包括了与人交往、处理事务等多个方面。人之相处，贵在真诚与宽容。真诚者，诚以待人，真心实意；宽容者，宽以待人，海纳百川。真诚与宽容，乃是人相处之道，亦是一种美德。然而，真诚与宽容并非无原则，而是在明辨是非的基础上，给予他人改正错误的机会，以及对不同意见的包容。

还需明辨是非，坚守原则。人之行事，有对有错，有善有恶。为人处世，当明辨是非，不可为恶，不可行不善。坚守原则，不轻易妥协，乃是人处世之基。然而，在坚守原则的基础上，也要学会变通，不可过于固执，否则亦难以适应世事变化。

还需善于沟通，协调各方。世间之事，错综复杂，单凭一己之力，难以应对。故而，为人处世，当善于沟通，协调各方利益，以求达成共识。沟通之道，贵在倾听，倾听他人的意见，了解他人的需求，从而找到解决问题的办法。

还需不断学习，提升自我。世间知识，浩如烟海，为人处世，当不断学习，以充实自己。学习之道，贵在坚持，持之以恒，方能取得成果。提升自我，不仅包括知识层面，还包括道德修养、心理素质等方面。只有不断提升自我，才能更好地应对世事变化，成为一个成熟、稳重、有智慧的人。

然而，世事纷纭，众生百态，为人处世之道，远非上述几点所能概括。在复杂的社会环境中，人们往往面临种种诱惑和挑战，如何在纷繁世界中保持本心，如何在变幻莫测中把握方向，是每一个人都必须面对的课题。

首先，为人处世之道，在于懂得自省。自省者，反思也，是对自己行为的审视和批判。在《大学》中所言"身不修，不可以齐其家"，正是告诫我们，一个人的品德和行为，直接影响到他所能治理的家庭。因此，必须时刻检视自己的言行，避免因为个人的缺点和错误而影响到他人。自省不仅是一种自我提升的手段，更是一种对他人的尊重。

其次，处世之道，在于懂得变通。世事无常，环境在变，人心也在变。在不同的环境和情况下，需要有不同的应对策略。固执己见，不知变通，往往会让人陷入困境。因此，为人处世，要学会根据实际情况调整自己的行为和态度，灵活应对各种挑战。

再者，处世之道，在于懂得合作。在现代社会中，几乎没有一个人能够独自完成所有的事情。合作意味着资源共享、能力互补，是事业成功的关键。在合作中，要学会尊重他人，倾听他人意见，学会在团队中发挥自己的长处，同时也要学会接受他人的短处。

此外，处世之道，在于懂得感恩。人生道路上，总会遇到许多帮助和支持自己的人。感恩不仅是对他人善行的认可，更是对自己幸运的珍惜。懂得感恩的人，会更加珍惜眼前人，会更加积极地面对生活，因为他们的心中充满了爱和温暖。

著者论曰：处世之道，平衡之术尤为关键。世间万物，纷繁复杂，人常需周旋于诸般关系与利益间，寻求均衡之道。事上宜敬，遇下当恤，交友必诚，护家应爱。虽追名逐利，亦须兼顾社会之责，不忘义务所系。

原文 1

所谓治国必先齐其家者，其家不可教而能教人者，无之。故君子不出家而成教于国。孝者，所以事君也；悌者，所以事长也；慈者，所以使众也。

《康诰》曰："如保赤子。"心诚求之，虽不中不远矣。未有学养子而后嫁者也！

冀金雨译曰

所谓治理国家，首先要治理好自己的家庭。如果连自己的家庭都治理不好，却能治理好别人，那是没有的事。所以有修养的君子在家里就受到了治理国家方面的教育。以孝顺用来对待君主；以对兄长的恭敬对待长辈；以对子女的慈爱领导大众。《康诰》里说："就像保护幼儿一样。"如果真心去追求，即使没有完全做到，也不会相差太远。没有先学会养育孩子，然后才出嫁的女子。

读典浅悟 儒家思想中的家庭与国家治理

所谓治国必先齐其家者，盖家为国之基，家不齐，则无以治国。其家不可教而能教人者，诚属无有。故君子务本，本立而道生，不出家而成教于国，此之谓也。

孝、悌、慈，乃齐家之要道，亦为治国之本。孝者，所以事君也，尽孝于父母，则能移孝于君王，忠君之心生焉；悌者，所以事长也，悌爱兄弟，则能敬事长官，尊贤之风成焉；慈者，所以使众也，慈爱子女，则能仁爱百姓，民本之思想立焉。《康诰》有言："如保赤子。"此言君王保民如赤子。心诚求之，虽不中，亦不远矣。

夫治国者，若家之不齐，何以服众？何以安民？故必先修其身，齐其家，而后可治国。未有学养子而后嫁者也，此言修身齐家之重要，亦如养子之不可待嫁而始学也。

且夫家之不齐，由于身之不修；国之不治，由于家之不齐。是以君子必慎其独，修其身而齐其家。身修而家齐，家齐而国治，此理之必然也。故治国者，必以修身为本，以齐家为要。

再言齐家之道，在于夫妇和顺，父慈子孝，兄友弟恭。夫妇和则家道正，父慈子孝则家教兴，兄友弟恭则家风和。如是则家齐有望，而治国之本立矣。

夫孝、悌、慈三者，乃儒家之道德基石也。孝以立人伦之序，悌以成人际之和，慈以养万物之生。三者备矣，则人品自高，家风自清，国治自易。故君子务此三者，以之为修身齐家治国平天下之要道也。

又言治国者必以民为本，以仁为纲。仁者爱人如己，故能得民心；得民心者得天下，此古之至理也。然仁者非但言爱而已，亦必有道以行之。道者何？即孝、悌、慈三者也。以孝事君则忠，以悌事长则敬，以慈使众则和。如此则民心可聚，国治可期也。

且说《康诰》"如保赤子"之言，实乃治国之道也。盖言君王当如父母之保育赤子般爱护百姓，视民如子，方能得民心而安天下。然则如何保育赤子乎？必以慈爱为本而教化之也。故君子不出家而成教于国者盖因此也。

世间万物皆有其道，治国亦然。道者天地之正理人心之本源也；故治国者当遵循此道以安民心定社稷也；然则道虽明而行之者鲜矣；治国之道虽繁而修身齐家为本；修身之道虽深而孝悌慈为要。

且说孝、悌、慈三者，乃人之常德，亦为家之基石。尽孝于父母者，必能尽忠于国家；悌爱于兄弟者，必能和睦于邻里；慈爱于子女者，必能仁爱于百姓。故君子务此三者，以之为齐家治国之本也。

再言《康诰》"如保赤子"之教，盖言君王当如父母之保育赤子般爱护百姓，以慈爱之心待之，则民心归附，国家昌盛可期也。

世间万物皆有其道，治国之道亦然。然治国之道虽繁而修身齐家为本；修身之道虽深而孝悌慈为要。

夫治国必先齐其家，家之不齐，国何以安？是以君子务本，修身齐家以治国。孝者、弟者、慈者，乃齐家之要道，亦为治国之本。尽孝则忠君之心生，行悌则尊贤之风成，施慈则民本之思想立。故治国者必先修此三者，而后可以言治国也。

且说世间万物，皆蕴其道。治国之道，策略虽千变万化，然溯其本源，皆在于修身齐家。修身之道，贵在克己奉公，涤除私欲，明理立志，以养浩然之气；齐家之道，则在于夫妇和谐，相敬如宾，子女孝顺，以承家风之正。

由家及国，家道正则国风清，国风清则民心稳，民心稳则国家安。

省思鉴行 家庭和谐到国家治理的路径

本章文云："治国必先齐其家。"此言治国之道，实源于家庭之教育。若家庭不能尽教，而欲以教人，古往今来，未之有也。是以君子不出家门，而能成教于国。此所谓修身、齐家、治国、平天下之序也。

孝者，所以事君之先声也。孝道者，中华民族之美德，家庭之根本也。夫孝敬父母，尊敬长辈，此为人伦之初始，亦为治国安邦之基石。尽孝者，方能尽忠；家道正，而后国道兴。

人若舍孝道而求他途，岂非舍本逐末乎？孝道之重，犹天地之不可无日月，山河之不可无流水。无孝则家道倾颓，国风日下；尽孝则家庭和睦，国家昌盛。夫孝者，始于事亲，终于立身。事亲以孝，则家庭和谐，子女贤淑；立身以孝，则品行高洁，为人敬仰。是以孝道之要，不仅在于养亲之身，更在于顺亲之心，承亲之志。子女皆能行孝道，以孝为先，而后家道正，国风清。

悌者，所以事长也，其道在于尊敬兄长。兄为家之长者，承父母之教，引弟妹以正道。尊敬兄长，亦所以尊敬长辈，维护家庭之和睦也。家庭者，社会之基，和睦之家庭，乃能培育出贤良子女，而后家道昌盛，教化得以流传。家庭和睦，则子女受教有方，品行端正，此为教化兴盛之本。子女既贤，则能为国之栋梁，助国家以安宁。是以，家庭之和睦，实关国家之安宁，亦影响教化之兴衰。故为弟者，当行弟道，以尊敬兄长为先，维系家庭和睦，而后家道正，国风清。

慈者，众心所归也。慈爱者，父母之于子女也，亦家庭之温馨所在。昔人云："父母之爱子，则为之计深远。"父母以慈爱之心抚育子女，子女亦以孝顺之道回报亲恩。家庭和谐，其乐融融，此治国之根本也。为政者，亦当怀慈爱之心，以百姓为念，关怀民生疾苦。盖因民为邦本，本固邦宁。为政者若能以慈爱之心，体恤民情，则百姓安居乐业，国家自然安定富强。故慈爱之道，实为治国安邦之要略也。

《康诰》曰："如保赤子。"此言治国者对待百姓，应如同父母对待幼儿，用心呵护，用心教育。心诚求之，虽不中不远矣。治国者，应以民为本，关心民生，爱护百姓。百姓安居乐业，国家方能繁荣昌盛。

未有学养子而后嫁者也。此言女子在出嫁前，应学会如何养育子女，尽孝道、弟道、慈道。女子为人母，亦为国家之根本。母教子女，亦为治国之道。

然而，世事纷纭，众生百态。在复杂的社会环境中，如何把握处世之要义，实为一大课题。吾辈应以《大学》为本，修身养性，践行孝、悌、慈之道，以此为基础，进而致力于治国平天下。

修身之道，在于自我反省，严于律己。为人处世，当知自省，时刻检视自己的言行，以免影响家庭和国家。自省之道，亦为处世之要义。在于明辨是非，坚守原则。世间之事，错综复杂，为人处世，当明辨是非，坚守道德原则，不为恶行所动摇。在于善于沟通，协调各方。人与人之间，难免有矛盾和不同。为人处世，当善于沟通，倾听他人意见，协调各方利益，以求达成共识。

处世之道，首在宽容待人，以诚为本。世间芸芸众生，性情各异，故待人接物之际，务必怀宽容之心，以真诚之情相待，方可博取他人之尊重。再者，处世亦需勤学不辍，自强不息。盖因知识浩如烟海，无边无际，而人之智慧有限，务必孜孜不倦，勤学苦练，才能不断充实自我，提升道德修养与处世之智。故当以宽容、诚信为基石，以勤学、自强为阶梯，进而立游刃有余。

此外，治国之道，在于法治精神的贯彻。法治乃国家之基石，社会之准绳。治国者，须依法行政，公正司法，使百姓信法、敬法、守法。法治之精神，亦应贯穿于家庭教育之中，使子女自幼养成遵法之习惯，成为国家之良民。还在于人才的培养。人才为国家之栋梁，治国安邦之关键。培养人才，不仅需注重教育之质量，更需注重品德之养成。教育应以德为先，以才为辅，培养出德才兼备之人才，以供国家之用。

治国之道，尤重和谐社会之营造。和谐社会成，则人民安其居、乐其业，国家昌盛而富强可期。治国者当秉持公平正义，致力于民生保障，纾解贫富之悬殊，俾全民得享国家进步之实惠。而和谐社会之根基，在于家庭之和睦。宜倡导家庭和谐，邻里相亲，由家及国，渐成淳厚之风。如此，则社会和谐，国家长治久安矣。

原文 2

一家仁，一国兴仁；一家让，一国兴让；一人贪戾，一国作乱。其机如此。此谓一言偾事，一人定国。尧、舜率天下以仁，而民从之；桀、纣率天下以暴，而民从之。其所令反其所好，而民不从。是故君子有诸己而后求诸人，无诸己而后非诸人。所藏乎身不恕，而能喻诸人者，未之有也。故治国在齐其家。

冀金雨译曰

如果一个家庭充满了仁爱，那么整个国家就会兴起仁爱的风气；如果一个家庭充满了谦让，那么整个国家就会兴起谦让的风气；如果一个人贪婪凶暴，那么整个国家就可能陷入混乱。就是这样，一个人的行为就能影响整个国家，这就是所谓的一句话就能破坏事情，一个人就能稳定国家。尧舜以仁爱来领导天下，人民都跟随着他们；桀纣以暴力来领导天下，人民也都跟随着他们。如果他们的命令与他们的喜好相反，人民就不会跟从。因此，君子先要求自己具备这些品质，然后才要求别人跟随；自己不这样做，才可要求别人不去做。如果一个人自己身上没有仁爱的品质，却能够教导别人要有仁爱，那是从未有过的事。所以，治理国家的关键在于先治理好自己的家庭。

读典浅悟 个人品德与国家治理的关系

一家仁，一国兴仁；一家让，一国兴让。斯言不谬，治国之要在齐家也。一人之行，足以动天下，况一家乎？是以尧舜以仁德化天下，海内皆安，万民乐业，皆因尧舜之仁，由家及国，民从而效之。反之，桀纣以暴虐临下，天下大乱，盖因其暴亦由家始，而万民遭其荼毒。

夫一言偾事，一人定国，机微之处，影响甚大。故君子修身以齐家，而后治国平天下。一家之中，夫妇和顺，父慈子孝，兄友弟恭，则家风正，家教兴。由此及彼，推而广之，则国风清，国治可成。

然一人贪戾，则一国作乱。何也？盖因此人之心不正，其行必偏，所好者私欲，所恶者公义。如此之人，岂能齐家？又何能治国乎？是以君子务本，修身以正其心，而后齐家治国。

尧舜之所以能为天下先，皆因其身正而行仁。其身正，不令而行；其身不正，虽令不从。此乃尧舜之道也。桀纣之所以失天下，皆因其身不正而暴虐。暴虐之下，民不聊生，天下大乱，岂非必然？

是故君子有诸己而后求诸人，无诸己而后非诸人。己所不欲，勿施于人。若己身不正，而欲正人，岂非缘木求鱼乎？故君子必先修身以正其心，而后可以齐家治国。

且说修身之道在于克己奉公、去私欲而存天理。天理者何？即公义也。去私欲则心清如水，存天理则行正无邪。如此则身修而心正矣。心正则家齐有望也；家齐则国治可期也；国治则天下平矣！此之谓也！

世间万物皆有其道也！治国之道虽繁，而修身齐家为本也！修身之道在于正心诚意也！正心诚意而后可以言齐家治国也！

且言一家仁，则一国兴仁之理，盖因家为国之本也！一家之中夫妇和谐，子女孝顺，则家教兴而国风正也！反之，若一家之中夫妇不和，子女不孝，则家教衰而国风乱也！故治国必先齐家也！此理甚明，无需多言也！

再言一人贪戾，一国作乱之由，盖因此人心术不正也！心术不正，则行为偏私，所好者私欲，所恶者公义，如此之人，岂能齐家治国乎？故君子务本，修身以正其心，而后齐家治国也！此理不可不知也！

世间万物，皆有其道也！治国之道虽繁，而修身齐家为本；修身之道虽深，而正心诚意为要；愿天下人皆能以此为鉴，求得国泰民安也！

治国必先齐家，齐家必先修身。此理至明，无需赘述。然修身之道何在？在于正心诚意，克己奉公。心正则行正，行正则家齐，家齐则国治。一人之行，可动天下，岂非机微之处，影响甚大乎？

且言尧舜之道，在于仁德。尧舜以仁德化天下，海内皆安，万民乐业。盖因其身正而行仁，故能齐家治国平天下。此乃君子之楷模，当效法之。

反之，桀纣以暴虐临下，天下大乱。其败兴由家始，而万民遭其荼毒。此乃前车之鉴，当引以为戒。

故君子修身以齐家，而后治国平天下。修身之道在于正心诚意，去私欲而存天理。天理者何？即公义也。去私欲则心清如水，存天理则行正无邪。如此则身修而心正矣。

心正则家齐有望也；家齐则国治可期也；国治则天下平矣！此之谓也！世间

万物，皆有其道。然治国之道，虽千变万化，不离修身齐家之本。修身之道，在于克己奉公，去私欲而存天理；齐家之道，在于夫妇和谐，子女孝顺。如此，则人品高尚，家风清雅，国治民安可期也。

综而言之，治国之要在于齐家，而齐家之本在于修身。修身之道，在于正心诚意，克己奉公，去私欲而存天理。一家仁，则一国兴仁；一家让，则一国兴让。桀纣以暴虐临下，天下大乱，盖因其暴亦由家始，而万民遭其荼毒。尧舜以仁德化天下，海内皆安，万民乐业，皆因尧舜之仁，由家及国，民从而效之。

省思鉴行 仁、义、礼、智、信，治国安邦的五常之德

自古治国安邦之道，不离"仁、义、礼、智、信"五常之德。仁者，爱人之心，国之大本；义者，行事之则，民之所望。礼者，定分止争，和谐之源；智者，明辨是非，决策之基。信者，言行一致，国之栋梁。五常兼备，能立国安民，能成就太平盛世。

曾子有言："一家仁，则一国兴仁；一家让，则一国兴让。一人贪戾，而一国作乱。机在于此，是谓一言可坏事，一人能定国。"此言明治国之本，源于齐家，终于修身。然世事多变，人心难测，于纷繁复杂之世间，如何守正不阿，以正己为先，正家为后，终至正国，实乃我辈所应深思之题。

世间万物，虽变化无常，然人心向善，道义永存。是以，当坚守正道，克己奉公，去私欲，存公心。于家则夫妇和谐，父慈子孝；于国则君臣有序，民安物阜。一人之行，可影响一家；一家之风，可影响一国。故当慎独修身，以齐家为本，以治国为终。如此，纷繁复杂之世间，秉持正道，以正己正家，终至正国。

"尧、舜率天下以仁，而民从之；桀、纣率天下以暴，而民从之。"此言治国者之影响力。按此章文所言，治国者，必以仁爱为本，以暴虐为戒。仁爱之道，乃治国安邦之基石。国之兴衰，系乎君子之德与威。君子之言行，国之典章，皆

应以仁爱为本。惟其如此，民心始能诚悦，而国家得享久安。

然仁爱非空言也，必见于行事。君子有诸己而后求诸人，无诸己而后非诸人。是谓治国者必先修身齐家，以为民范，然后可责人以德行。己所不欲，勿施于人；己所未有，勿求于人。故治国者，在求人之前，必先自省其身，以保其德之全备。

古人云："治国在齐其家。"此言治本在齐家也。家者，社会之细胞；家和则社会和。国之昌盛，离不开家之勤劳、善良与和睦。治国者当重家教，承家风，俾家中人皆能立正价值，修良德。如是，国方有人才辈出，社会得以和谐共进。

然家和之成，非一人之力也，须家人共图之。故人皆应学会宽容大量，善解人意，尊人之愿。当以信待人，不欺不诈；以礼待人，不骄不躁。如此，家可和，社会得以安。古人有言："家和万事兴。"诚哉斯言！家庭和谐，则诸事顺利；家庭和睦，则国家安定。盖因家庭为社会之细胞，家庭和谐则社会和谐可期，国家安定则社会繁荣有望。是以，家庭和谐之重要，可见一斑。每个家庭成员皆能共同努力，共创家庭和谐之美好未来。如此，则家道昌盛，国风和谐，社会繁荣也。

此外，法治之重，不可忽视。法治者，国家治理之要术也，亦为捍卫社会公平之屏障。治国者当厘定公允之法度规则，俾使国家有章可循，有法可依，违法必惩。同时，治国者更应以身作则，恪守法条，以实行彰显法治之威严。

观古今历史，虽众口一词，倡仁爱、言法治，然行径背道者亦有之。彼辈图谋一己之利，不择手段以凌压百姓，终致国家动荡，社会不宁。此等治国之术，实为败笔。真正之治国者，应以百姓为念，持身以正，廉洁奉公，矢志于国家昌盛，人民安乐。

故而，法治之重要，不言而喻。治国者宜深思熟虑，立法以公，确保国家行事皆依法而行，使法治成为稳定社会秩序之基石。且治国者必须身体力行，严守法律之界线，以实际行动彰显法治之不可侵犯。如此，则国家长治久安，人民安居乐业矣。

综观前述，治国之策略，发端乎齐家，归结于正身。怀仁爱之心，身体力行，重家教之道，法治之立，以促国家和谐，社会昌明。又须自强不息，修炼德行，致力于家国天下。

原文 3

《诗》云："桃之夭夭，其叶蓁蓁。之子于归，宜其家人。"宜其家人，而后可以教国人。《诗》云："宜兄宜弟。"宜兄宜弟，而后可以教国人。《诗》云："其仪不忒，正是四国。"其为父子兄弟足法，而后民法之也。此谓治国在齐其家。

冀金雨译曰

《诗经》中说："桃花开得娇艳，叶子长得茂盛。这个女儿要出嫁了，希望她的家人都能和睦相处。"只有家庭成员之间和谐，才能够教导其他国家的人。《诗经》中还说："哥哥和弟弟都相处得很好。"哥哥弟弟之间和谐，才能够教导其他国家的人。《诗经》中还说："一个人的仪态端正，没有差错，就能够成为全国人民的榜样。"只有父亲、儿子、兄弟都值得效法，其他国家的人才会效法他们。这就是说，治理国家的基础在于先治理好自己的家庭。

读典浅悟 家庭和谐与国家治理的内在联系

《诗》云："桃之夭夭，叶蓁繁盛。之子于归，和其家人。"此言家庭和谐之美，犹如桃树繁茂，生机勃勃。女子出嫁，归于此家，和睦相融，成为真正的一家人，此之谓宜家。宜家之美，非仅限于家庭内部和谐，更能推而广之，影响国人。教以父子有亲，君臣有义，夫妇有别，长幼有序，朋友有信之五伦大道。家道正则国风清，国风清则民心稳，此乃治国必先齐其家之谓也。

故知，宜家者，不唯家庭之和乐，亦能推恩于社会，以人伦之道教化万民。愿诸家庭皆能如桃之夭夭，和谐融洽，而后国家安宁，社会昌盛，此亦古人所谓"修身齐家治国平天下"也。

又《诗》有云："宜兄宜弟。"此言兄弟之间，和睦相亲，情深意重。兄弟和睦，乃家庭和谐之要素，亦为国之稳定之基石。兄弟如手足，情深似海，相互扶持，共同成长，此乃家之福祉，亦为国之幸事。家庭之中，兄弟和睦，则家风清雅，子女贤良。兄弟间相亲相爱，互为依靠，共同面对生活之艰辛与挑战。

治国必先齐家，家齐则国风正，国风正则社稷安。而齐家之道，首在和睦兄弟。兄弟和睦，则家庭和谐，进而社会安宁，国家昌盛。是以，当注重家庭教育，倡导兄弟和睦，相亲相爱。兄弟和睦，乃家庭和谐、国家安定之重要基石。

再者，《诗》有云："其仪不忒，正是四国。"此言人之言行举止，若能始终如一，合乎礼仪之规范，则可成为四方之楷模。家庭之中，父子之间有亲情之维系，兄弟之间有序之相处，和谐融洽，此等家风，足以影响世人，成为社会之典范。

家庭和谐，非但关乎一家之幸福，更能推及国人，影响深远。父子有亲，则家庭温暖；兄弟有序，则家庭和睦。如此家庭，其成员之言行举止，自然足为世人所效法。而后，人皆能以此为榜样，相互学习，相互借鉴。

世间万物皆有其道，治国之道亦然。然治国之道虽繁，而修身齐家为本；修身之道虽深，而父子兄弟之序为要。故治国必先齐其家也。

且说家庭和谐之道，在于父子有亲、兄弟有序、夫妇有别、长幼有序，则家风正家教兴；反之则家道衰败，人心涣散也。是以君子务本，修身齐家，以治国平天下也！

且夫家为国之本，本固则邦宁。故治国必先齐其家也。家之和谐在于父子有亲、兄弟有序、夫妇有别、长幼有序；如此则家风正，家教兴，而国风自清也！此乃大道之行也！

　　又言父子兄弟之序者何也？盖因父子有亲则家庭和睦；兄弟有序则手足情深；夫妇有别则家道正；长幼有序则尊卑分明也！此乃家之和谐之道也！

　　夫家为国之本，犹如树之根。根深则叶茂，本固则枝荣。一家之中，父子有亲，兄弟有序，夫妇有别，长幼有序，则家风正，家教兴，而国风自清也。古人云："家和万事兴"，此言不谬。家庭和睦，则社会稳定，国家繁荣。反之，若父子不亲，兄弟不睦，夫妇不和，长幼无序，则家道衰败，人心涣散。家庭破裂，则社会动荡，国家衰亡。是以君子务本，修身齐家，以治国平天下也。

　　修身之道，在于正心。心正则行正，行正则家齐。心正之道，难矣哉！夫人心易为外物所扰，忿懥、恐惧、好乐、忧患，皆足以使心不正。心不在焉，视而不见，听而不闻，食而不知其味。故修身在正其心。正心之道，存乎一心。心正则身修，身修则家齐，家齐则国治，国治则天下平。

　　吾等处于世间，若能做到正心，则修身之道无他。心正则身正，身正则家齐，家齐则国治，国治则天下平。此即修身在正其心之深意。然世事纷纭，众生百态。吾等应以古圣先贤为榜样，修身养性，正心诚意。正心之道，虽难且远，然只要持之以恒，终可达之。达此境界，则世间百态，皆为修身之助。

　　君子先修诸己，而后责诸人，亦以是道；无诸己者，不非诸人也，亦以此理。己之所不欲，勿加诸人，此心之常也。若身之不正，而欲正人，岂非求鱼于木乎？是以君子必修身以正心，而后齐家治国可期也，此道之要也。修身之道，其要在乎克己奉公，去私欲以存天理，此修身之本也。天理何谓？乃公义也，人心之平也。去私欲，则心无挂碍，清如水之澄澈；存天理，则行无偏倚，止无邪曲。如此，则身修而心正，家道昌盛有望，国治民安可期，天下太平之世可致矣！此理之所在，亦修身齐家治国平天下之要道也。故君子修身，必以正心为本，克己奉公为要，去私欲以存天理为纲。心正则行正，犹影随形之不爽；身修则家齐，如根固则叶茂；家齐则国治，犹础实则厦安；国治则天下平，若江海之纳百川。此理之常，亦修身之道也，乃人立身之本。

省思鉴行 正心之道，修身与处世的核心

自古儒者，讲究修身齐家治国平天下。而修身之要，首在正心。何谓正心？心无杂念，不偏不倚，遇事能明辨是非，坚守中正之道也。然则，人心难测，情感易动，忿懥、恐惧、好乐、忧患，皆能使人心失其正。一旦心不在焉，则视而不见，听而不闻，食而不知其味，此乃修身之大忌。

嗟夫！大千世界，纷扰多变。众生纷纭，各自为战。处此纷扰之世，如何保持一颗正直无私之心，实乃处世之难题。

身有所忿懥，心则不得其正。忿懥之火，能烧尽理智，使人陷入盲目与冲动。世间多少纷争，皆因一时之怒而酿成大祸。故而，处世之中，首要之务便是学会制怒。遇事需冷静思考，平心静气，洞察秋毫，不至于被怒火蒙蔽双眼。

有所恐惧，心亦不得其正。人生在世，难免有种种担忧与害怕。然而，过度的恐惧会使人畏首畏尾，错失良机。真正的勇者，应知恐惧为何物，却不被其所困。面对困境，需化解恐惧，鼓足勇气，走向成功。

有所好乐，同样会影响心之正直。人皆有所好，然则过度沉溺于享乐之中，便会玩物丧志，失去进取之心。处世之道，在于平衡。追求快乐无可厚非，但需节制有度，保持一颗清醒的头脑和坚定的意志。

有所忧患，亦会使人心神不宁。生活中总有许多无法预料的困难和挑战，然而过度担忧并不能解决问题。面对忧患，应学会坦然面对，积极寻求解决之道，而非沉溺于无尽的忧虑之中。

心不在焉，乃修身之大敌。一个人若心神不定，便难以专注于当下之事。视而不见、听而不闻、食而不知其味，生活便失去了应有的色彩和滋味。因此，要

学会调整自己的心态，专注于每一个当下，珍惜眼前的人和事。

修身以正心为本，而正心之要在乎驭情制欲。夫修身者，处世之基，为人之本也。然世事纷扰，众生纷纭，何以于喧嚣尘世中守一颗正直之心，不为外物所摇，诚为一大难题。首务修身，必以正心为先。心者，精神之宅，人之行止皆受心之所主。故惟正心，方能修身。何谓正心？乃心中无有贪欲、怨恨、恐惧与过望也。惟心无杂念，方能洞察世间，明人生之价值所在。

然而，人生处世，难免遇诸般诱惑与纷扰。何以守一颗正心，不为外物所惑？先需学会拒之。遇诱惑时，须怀坚定之志，明己之立场，不为一时之私而失大义。遇纷扰时，宜有广袤之胸襟，坦然以对，不为琐碎所累。

又，身体乃灵魂之寓所，惟身体健康，方能载美好之心。故当重身体健康，养成良习，以身为修身之基石。

修身之道，尚须重精神修养。精神修养愈高，内心愈强，愈能应对世间之变幻。何以提升精神修养？先宜读书。读书可拓视野，增广知识，使内心富足。次则修身养性，即培己之品德，为道德兼备之人。终则参悟人生。

再者，修身亦须重人际关系。人乃社会性之生灵，人际处理得当，方能从容践行人生。于人际交往中，当循诚信、尊重、宽容之道，与人为善，以诚待人。惟其如此，方能得人之尊重与信赖。

处世之中，要学会制怒、克惧、节乐、解忧，方能保持一颗正直无私之心。大千世界，风雨交替，岁月如梭。每个人都有自己的处世之道。然而，无论何种方式，都离不开一颗正直的心。只有心正，才能行得正，走得远。

再观古今之成大事者，皆以修身正心为本。如孔夫子所言："君子坦荡荡，小人长戚戚。"心正则行正，行正则事顺。故而，在纷繁复杂的社会中，更应注重内心的修炼和品格的塑造。

当然，处世之道并非一成不变。随着时代的发展和环境的变迁，需要灵活地调整自己的处世策略。但无论如何变化，正心始终是处世之根本。只有坚守内心的正直与善良，才能在纷繁复杂的世界中，保持清醒的头脑和坚定的立场。

此外，与人相处亦是处世之重要环节。要学会倾听他人的声音、理解他人的感受、尊重他人的选择。在与人交往中，以诚相待、宽容大度、不卑不亢，进而赢得他人的尊重和友谊。

最后，处世之道还需与时俱进。在快速发展的社会中，要不断学习新知识、新技能，提高自己的综合素质和竞争力。同时，也要关注社会热点问题和国家大事，增强自己的社会责任感和使命感。

总之，在纷繁复杂的世界中，保持一颗正直无私的心是处世之根本。我们要学会控制自己的情绪和欲望，以诚相待、宽容大度地与人相处，并不断提高自己的综合素质和竞争力。

细思之，处世不外乎人心。心若正直，则行止皆合于道；心若偏斜，则举止皆失其度。故而，修身在正其心，实为处世之第一要义。本次所论，虽为一家之言，然亦希望能为君子处世提供些许启示与借鉴。愿共勉之！

回首前尘，历史长河中那些熠熠生辉的名字，哪一个不是修身正心的楷模？他们或以智慧传世，或以德行著称，或以勇气立身。

〔第十一章〕

原文 1

　　所谓平天下在治其国者，上老老而民兴孝，上长长而民兴弟，上恤孤而民不倍。是以君子有絜矩之道也。所恶于上，毋以使下；所恶于下，毋以事上；所恶于前，毋以先后；所恶于后，毋以从前；所恶于右，毋以交于左；所恶于左，毋以交于右：此之谓絜矩之道。

冀金雨译曰

　　所说的天评定天下，在于治理国家，上级如果尊老敬老，民众就会兴起孝顺；上级如果尊长敬老，民众就会兴起尊敬兄长；上级如果关怀孤儿，民众就不会背离。因此，君子要有制定行为准则的能力。

　　对上级所厌恶的行为，不要以此对待下级；对下级所厌恶的行为，不要以此侍奉上级；对前面所厌恶的行为，不要以此对待后面的人；对后面所厌恶的行为，不要以此对待前面的人；对右边所厌恶的行为，不要以此对待左边的人；对左边所厌恶的行为，不要以此对待右边的人。这是行为准则。

经典浅悟　絜矩之道，治国平天下的伦理基础

　　所谓平天下在治其国者，非空谈也，实有其道。上老老而民兴孝，言上之尊老，

则民效之，尽孝于亲。上长长而民兴弟，言上之敬老，则民仿之，尽悌于兄。上恤孤而民不倍，此言上之慈幼，民不背弃也。故君子之治国，必有絜矩之道。

絜矩者，以己之心，度人之心，推己及人，公平正直也。所恶于上，毋以使下，言己所不欲，勿施于人。所恶于下，毋以事上，此言对下之不敬，无以事上也。所恶于前，毋以先后，所恶于后，毋以从前，此言时序之更迭，不可因私怨而乱其序也。所恶于右，毋以交于左，所恶于左，毋以交于右，此言方位之交涉，不可偏废也。

君子治国，必行絜矩之道。何以言之？盖因此道乃公平正直之本，能使人心服口服，无有怨言。且夫治国者，非但以法治之，更以德行化之。法治者，惩恶扬善，维护秩序；德行者，身体力行，教化万民。二者并行不悖，方可平天下。

世间万物皆有其道，治国亦然。然治国之道虽繁，而修身齐家为本；修身之道虽深，而絜矩之道为要。

且论絜矩之道，实乃公平正直之本，推己及人之义。能行此道者，必得民心，而天下定矣。然问如何行絜矩之道乎？修身齐家，治国平天下之序不可乱也。修身者何？克己奉公，去私欲，存天理也；齐家者何？夫妇和谐，子女孝顺也；治国者何？行絜矩之道，公平正直也；平天下者何？使天下万民皆能安居乐业也！

修身者，乃絜矩之始。身修则心正，心正则行端。夫心之不正，岂能推己及人？是以修身之道，在于去私存公，克己奉公，而后可以言齐家。

齐家者，非但治家之谓，亦含教化家人，使之家道和顺，子女孝顺，夫妇和睦。家齐而后国治，国治而后天下平。是以齐家之道，在于以身作则，教之以德，齐之以礼。

治国者，必以民为本，法为纲，德为化。民心向背，决定国家兴衰。是以治国之道，在于行仁政，重民生，务实效，而后可以平天下。

平天下者，非以武力征服，而以道德感化。天下平，则万民安，四海升平。是以平天下之道，在于广施仁政，兼爱无私，而后可以真正实现絜矩之道。

夫治国者必先修身齐家，而后可以言治国平天下也！修身之道在于克己奉公，去私欲，存天理；齐家之道在于夫妇和谐，子女孝顺；治国之道在于行絜矩之道，公平正直也！

概而论之，著者有曰：

治天下国，必行絜矩之道，此乃古圣先贤之教诲。絜矩者，公平正直，推己及人。上老老而民兴孝，上长长而民兴弟，上恤孤而民不背。此三者，皆君子治国之要道。治国者，以民为本，法为纲，德为化。法治者，惩恶扬善，维护秩序；德行者，身体力行，教化万民。二者并行不悖。

修身齐家，治国平天下之序不可乱。修身者，克己奉公，去私欲，存天理；齐家者，夫妇和谐，子女孝顺。家齐而后国治，国治而后天下平。治国者必以民为本，行仁政，重民生，务实效。平天下者，非以武力征服，而以道德感化。广施仁政，兼爱无私，以真正实现絜矩之道。

君子之行，必以絜矩之道为本。治国者，非但法治，更须德化。法治以惩恶，德化以扬善，二者相辅相成，缺一不可。德化之源，在于修身齐家。修身以克己奉公为本，齐家以夫妇和谐、子女孝顺为要。家风正，国风自清，天下太平。

省思鉴行 絜矩之道在个人与社会中的应用

本章文云："平天下在治其国者，上老老而民兴孝，上长长而民兴弟，上恤孤而民不倍。"此言道出了治国平天下的根本之道，即以身作则，上行下效。君子之道，如絜矩之道，矩者，法也，絜者，绳也。以此绳法，则无不正矣。

世之纷纭，众生百态，然处世之道，莫过乎此。人之处世，如行棋之间，一着不慎，满盘皆输。故君子之道，以矩绳己，以道御世。绳己之道，即修身之基，矩己之道，即处世之要。

夫上老老，民兴孝；上长长，民兴悌；上恤孤，民不倍。此三者，皆以身作则，以道御世之明证。是以君子有三畏：畏老、畏长、畏孤。非畏其权势，畏其德行也。畏其德行，敬其为人，故下行上效，而成风俗。

然则，处世之道，不仅在绳己，更在御世。绳己易，御世难。难在于人各有性，性情不一。故君子之道，以絜矩御世，使各安其分，各尽其道。上以敬下，下以敬上，前以敬后，后以敬前，右以敬左，左以敬右。此即絜矩之道，处世之要。

世之乱，源于道之衰。道衰，则人心不古，道德沦丧。是以君子之道，以道御世，以矩绳己，以絜矩之道，正人心，兴道德，使世风日上。此即君子之责，亦即处世之要。

然则，如何凭絜矩之道，以御世乎？答案在于，修身齐家治国平天下。修身，即正己；齐家，即正家；治国，即正国；平天下，即正天下。正己、正家、正国、正天下，皆以道御之，以矩绳之。故君子之道，以道御世，以矩绳己，以絜矩之道，正人心，兴道德，使世风日上。

故君子有三戒：戒贪、戒淫、戒骄。贪则失道，淫则失身，骄则失德。是以君子之道，以道御世，以矩绳己，以絜矩之道，正人心，兴道德，使世风日上。

夫絜矩之道，即君子之道，即处世之道。道不远人，人之为道而远人，不可以为道。故君子之道，以道御世，以矩绳己，以絜矩之道，正人心，兴道德，使世风日上。此即君子之责，亦即处世之要。

"所恶于上，毋以使下；所恶于下，毋以事上；所恶于前，毋以先后；所恶于后，毋以从前；所恶于右，毋以交于左；所恶于左，毋以交于右。"此言道出了为人处世的禁忌，即不要对他人做自己不希望他人对自己做的事情。这是一种基本的道德准则，也是君子絜矩之道的重要体现。

夫上老老而民兴孝，上长长而民向悌，上恤孤则民不背弃。是三者，皆明证上者以身作则，以道德驾驭世之要义也。上之行为，若春风化雨，润物无声，引导万民向善。故君子心存三畏：畏老、畏长、畏孤。君子所畏者，非关权势之盛衰，实乃敬畏其德行也。

畏老者，尊其经验之丰富，智慧之深厚；畏长者，敬其为人之稳重，识见之广博；畏孤者，悯其处境之孤单，命运之多舛。君子所畏，实乃德行之高洁，为人之典范也。因此，下民仰观上者之行，心悦而诚服，进而效仿之，蔚然成风，此皆上行下效之所致也。

君子以身教言传，身体力行，民从而孝悌慈爱，世风日正。世道因之以宁，人心因之以安，此皆道德之力量，潜移默化，深入人心。君子之德，可谓功成不必在我，而功德自在人心矣。

原文 2

《诗》云："乐只君子，民之父母"。民之所好好之，民之所恶恶之，此之谓民之父母。《诗》云："节彼南山，维石岩岩。赫赫师尹，民具尔瞻。"有国者不可以不慎。辟则为天下僇矣。

冀金雨译曰

《诗经》说："快乐的君子啊，他就像是民众的父母。"民众喜欢的，他也喜欢；民众厌恶的，他也厌恶，这就叫作民众的父母。《诗经》上又说："那巍峨的南山啊，岩石耸立；显赫的师尹啊，民众都在仰望你。"统治国家的人不能不谨慎，稍有偏差，就会被天下人羞辱啊！

读典浅悟 以民为本的治国理念的现代启示

《诗》云："乐只君子，民之父母。"此言君子之乐，在于为民父母，以爱民如子为己任。民之所好好之，民之所恶恶之，此乃君子之为民父母也。余读此句，心有所感，遂援笔而书之。

夫君子者，何以为民之父母？盖以其能体察民情，顺乎民心，故能得民之爱戴，如子女之对父母也。君子知民之所好，而好之；知民之所恶，而恶之。此乃君子与民同心，共好恶也。如此，则民之疾苦，君子能感同身受；君子之仁政，民亦能欣然接受。此之谓和谐，此之谓大同。

《诗》又云："节彼南山，维石岩岩。赫赫师尹，民具尔瞻。"此言师尹之尊严，如南山之岩岩，而民皆瞻望之。有国者，当以此为鉴，不可不慎也。盖国之大者，非一人之天下，乃万民之天下。有国者若能以民为本，行仁政，则民安物阜，国泰民安。若恣意妄为，则天下傺之，不可不慎也。

余读此文，深感古人治国之理念，实乃以民为本，与民同乐，与民同忧。君子之为政，当以民意为依归，以民心为向导。如此，则天下安有不治之理？无论身处何位，皆应以民为本，体察民情，了解民意。古之为政者，以民为本，而得长治久安。若背离民心，则必会为天下所弃，此理甚明。

余又思及古今之事，多少英雄豪杰，因得民心而兴，因失民心而衰。此乃历史之鉴，不可不察也。故君子当以此为戒，时刻以民为本，行仁政也。夫以民为本者，非空谈也。必当身体力行，实践于日常政务之中。如察民情、听民意、解民忧、纾民困等举措皆为实践以民为本之理念也。

夫君子之为政，务求公平正直，怀无私无我之心。盖以私欲为先者，必失民心，终至天下人群起而唾弃之。是以君子应摒弃私欲，秉持公心，以天下兴亡为己任，方称上策。诚能如是，民心自然归附，天下得以太平。

君子之治，须持之以恒，始终如一。为政者若能恪守公平，持正不阿，则百姓安居乐业，国家昌盛。反之，若以权谋私，贪赃枉法，终将身败名裂，为人所不齿。

故君子当以天下为己任，忧国忧民，勤勉为政。去私存公，方显英雄本色。如此，则民心所向，天下归心，太平盛世可期。君子之政，实乃天下福祉之所系，不可不慎也。

再观《诗》中所言"乐只君子，民之父母"，不禁令人深思君子之德与民之关系。君子之乐，非在于权势财富，而在于得民之心，成为民之父母，此乐何极！然君子欲得民心，非易事也。必先行仁政，以公平正直为本，去私欲，存公心，得民之信任与拥戴。

君子之为政，亦当如"节彼南山，维石岩岩"般坚定不移，威严而庄重。师尹之尊，非因其权势地位，而因其品德高尚，为民所敬仰。为政者当行仁政，必当注重教育，以开化万民之心智。教育乃国家之根本大计，不可不慎也。通过教育，可培养万民之道德品质，提高其文化素养，使其成为有用之才，为国家之繁荣昌盛贡献力量。此乃长远之计，非一时之功利也。

余又思及，君子之为政，当以身作则，树立榜样，使万民效仿之。君子之言行举止，皆为民所瞩目，故君子当谨言慎行，行事光明磊落，以赢得民心。

再者，君子之为政，亦当注重法治，以维护社会秩序，保障万民之权益。法治乃国家之重要基石，不可偏废也。通过法治，可规范人们之行为，维护社会稳定，促进国家发展。然法治非严刑峻法也，当以宽严相济为原则，以教育为主，惩罚为辅，方为上策也。

嗟夫！读《诗》之感，何其深也。著者不才亦乃有鉴于《大学》本章之文，援笔而书之，信口所言也。

省思鉴行 君子之道，民之好恶与仁政

夫天地之间，万物各有其道，而人者，万物之灵，处世之道，尤宜谨慎。古人有云："乐只君子，民之父母。"此言君子之道，亦处世之要义也。君子者，民之所好好之，民之所恶恶之，此之谓民之父母。是以君子处世，必以民为本，民之所欲，即为君子所求；民之所恶，君子亦所恶也。

诗云："节彼南山，维石岩岩。赫赫师尹，民具尔瞻。"此言君子之重任，亦处世之原则也。君子如山，坚不可摧，如石之岩岩，赫赫师尹，为民所瞻仰。有国者不可以不慎。辟则为天下僇矣。君子之重任，在为民谋福祉，为国谋安定。

君子处世，必须严于律己，廉洁奉公，为民作则。

然世事纷扰，或有人心不古，君子之道，岂易行哉？吾以文陈此世道之艰，以显君子处世之不易。犹如南山之高，岩石之坚，赫赫师尹之德，君子之重任，不可轻视。君子处世，犹如登山涉水，艰难曲折。而君子之道，犹如砥柱中流，不屈不挠。在世风日下，人心浮躁之时，君子更应挺身而出，以正义之感召民众，以诚信之精神引领社会。君子之道，不在朝夕之功，而在恒心毅力。

故君子之道，既要如山之坚，又要如水之柔。面对世道之艰，君子当以恒心毅力，坚守正道，如山之不可移也。以宽厚之心待人，如水之容纳百川，不以物喜，不以己悲。以廉洁之心治国，如水之清澈，不受污染，不受诱惑。君子之德，非一时之表现，而需日积月累，方彰显其伟大。

观夫古代，诸侯争霸，民生凋敝，君子如行于荆棘之中，每一步皆需谨慎。君子之道，民之所好好之，民之所恶恶之，此乃君子之所以为君子也。然而，世间之君子，寥寥无几，盖因世间之诱惑，太多太多。

诱惑之一，财也。黄金白璧，珠玉满堂，此乃世人所好。然而，君子之处世，应以义为本，不以利为趋。君子爱财，取之有道，不为财所惑，不为财所困。

诱惑之二，名为也。世之君子，都想名扬四海，流芳百世。然而，君子之处世，不应以名为追求，而应以名为负担。名者，负担也，君子应以行为名，不为名所累。

诱惑之三，权也。权势之诱，使人沉沦，使人迷失。然而，君子之处世，应以民为本，不以权为趋。君子有权，当以民为重，不以权压民。

诱惑之四，色也。美人之诱，使人昏沉，使人丧志。然而，君子之处世，应以道为本，不以色为趋。君子好色，当知止乎礼，不为色所惑。

然则，处世之道，非空谈理论，而需结合大千世界之实际。首先要明辨是非，善于分辨善恶美丑，不为世俗所迷惑。其次要坚守正道，不为利益所动摇，不为权势所屈服。再次要宽以待人，以仁爱之心对待他人，尊重他人，理解他人。

此外，君子还需有一颗谦卑之心，时刻保持谦逊，不骄不躁。谦卑之人，能低下头颅，虚心学习，不断进取。谦卑之人，能低调行事，不张扬，不炫耀。谦卑之人，能严于律己，宽以待人，以德服人。

君子处世，还需有一双慧眼，洞察世间百态，看清世间真相。君子能看到世间的美好，也能看到世间的黑暗。君子能看到他人的优点，也能看到他人的不足。君子能看到事物的表面，更能看到事物的本质。

君子之道，民之所好好之，民之所恶恶之，以民之好恶为好恶也。君子之道，非独为己，亦为民也。民之所好，君子好之；民之所恶，君子恶之。此乃君子之道，以民之好恶为好恶也。

民之所好，如仁义礼智信，君子好之；民之所恶，如贪嗔痴慢疑，君子恶之。君子好仁义礼智信，则民亦好仁义礼智信。君子之道，以民之好恶为好恶，实乃以民为本之道。君子之道，非独为己，亦为民。民之好恶，即为君子之好恶。如此，则君子与民同心，共好恶，共进步，共发展。此乃君子之道，民之所好好之，民之所恶恶之也。

原文 3

《诗》云："殷之未丧师，克配上帝。仪监于殷，峻命不易。"道得众则得国，失众则失国。是故君子先慎乎德。有德此有人，有人此有土，有土此有财，有财此有用，德者，本也；财者，末也。外本内末，争民施夺。是故财聚则民散，财散则民聚。是故言悖而出者，亦悖而入。货悖而入者，亦悖而出。

冀金雨译曰

《诗经》上说："殷朝没有丧失民心的时候，它的德行能够与上天相配；我们应该以殷朝为鉴，守住天命并不是容易的事。"这就是说，得到民众的支持就能得到国家，失去民众的支持就会失去国家。因此，君子首先注重的是修养德行：

有了德行才会有民众，有了民众才会有土地，有了土地才会有财富，有了财富才能供给使用。德行是根本，财富是枝末。如果轻视根本而重视枝末，就会与民众争夺利益，对民众进行掠夺。所以，君王聚敛财富，民心就会离散；君王散财于民，民心就会聚拢。因此，你说话违背道理，别人也会用违背道理的话来回应你；你用不正当的方式获得财物，也会以违背道理的方式失去。

读典浅悟 民心向背与国家兴亡

《诗》云："殷之未丧师，克配上帝。仪监于殷，峻命不易。"此言殷商未失民心之时，其德行可与上天相配，天意眷顾，国运昌盛。然天意难测，唯德行之光可长存。是以君子应以此为鉴，修身齐家治国平天下，皆需谨慎修德，方可配天。

道得众则得国，失众则失国。此言治国之本在于得民心。民心如水，可载舟亦可覆舟，是故君子当以德为本，以民为贵。有德则有人，有人则有土，有土则有财，此治国之序也。德者，本也，无德则无以立国；财者，末也，过分追求则会失去民心。

且说殷商之兴衰，皆因德行之有无而定。殷之未丧师时，克配上天，天意眷顾，国运昌盛；然失德之后，则天意难测，终至灭亡。此乃前车之鉴，后世之师也！

再者言，君子之行必先慎乎德，有德则有人，有人则有土，此治国之要也。《诗》云："仪监于殷，峻命不易。"此言君子当以殷商为鉴，谨慎修德，以配天意，如此则国泰民安可期也！愿共勉之！

且论君子之行，务本为先，立道生德，实乃根基，而财货仅为枝末。诚以外本内末，争民施夺，岂非倒置本末，误国误民乎？故君子必以重德轻财为要，立国安邦，致中和，天地位焉，万物育焉。

世间万物，皆循其道，道法自然，非人力可强为。治国之道，亦然。观殷商之兴衰，皆以德行为纲。有德则兴，无德则衰，此乃天道之常，非人力可改。

德者，治国之本也。上自帝王，下至庶民，皆须以德行为先。帝王有德，则国家兴盛；庶民有德，则社会和谐。德行既丧，国家必亡，社会必乱。故圣人说："德者，本也。"

然而，德行需长期修身养性，积累善行，方得成就。人皆知德之重要，然实际行动中，往往忽视德行，追求名利，贪图享受，以至于道德沦丧，社会风气败坏。

是以，治国之道，应以德行为基础，倡导道德，弘扬正气。上至帝王，下至庶民，皆应以道德为准则，修身齐家治国平天下。

德行既失，国家必亡，社会必乱。故圣人说："德者，本也。"人皆知德之重要，然实际行动中，往往忽视德行，追求名利，贪图享受，以至于道德沦丧，社会风气败坏。

君子当深知德行之重，谨慎修德，以顺天意。惟其如此，而后可言治国平天下。治国者，非简单之政事，实为修德之行。德高则民附，德薄则民离。

故君子治国，必先治其身，而后及于家、国、天下。修身者，在于立德；立德者，在于务本。本立而道生，道生而德厚，德厚而民安，此乃君子治国之要道也。

再者，《诗》云："殷之未丧师，克配上帝。"此言殷商未失民心之时，其德行可与上天相配，天意眷顾，国运昌盛。道得众则得国，失众则失国，此言治国之本在于得民心也。民心如水，可载舟亦可覆舟。是故君子当以德为本，以民为贵，如此则国泰民安可期也！

且夫君子之行，必以民为本，而后可以言治国平天下。何以言之？盖因民心向背，关乎国家兴亡。故君子务本，本立而道生。是以《诗》云："殷之未丧师，克配上帝。仪监于殷，峻命不易。"此言得民心者得天下，失民心者失天下也。

是故君子先慎乎德，有德则有人，有人则有土，有土则有财。德者本也，财者末也。外本内末，争民施夺，此非君子所为也。君子当以德为本，财为末，如此则能得民心而国安矣！

再者言，君子之行当以德为本，若舍本逐末，虽得一时之利，终难长久。是故君子当重德轻财，乃求立国安邦也！

省思鉴行 道德在政治中的核心作用

自古以来，先圣先贤论述治世之道，莫不强调德行的重要性。《诗》云："殷之未丧师，克配上帝。仪监于殷，峻命不易。"此言道出了德行对于国家、社会乃至个人的根本性意义。德者，本也；财者，末也。外本内末，争民施夺。有德此有人，有人此有土，有土此有财，有财此有用。君子先慎乎德，此为处世之要义。

夫德者，国家之基，社会之纽带，个人之灵魂。国家欲长治久安，社会欲和谐共荣，个人欲成就事业，皆离不开德行。德行高尚，则得民心、得人才、得资源，进而求得国家繁荣昌盛。反之，若德行败坏，则失民心、失人才、失资源，国家、社会、个人必将走向衰败。故君子务本，以德为先。

然而，或有世间之人，往往过于追求财货，忽视德行。外本内末，争民施夺。财聚则民散，财散则民聚。言悖而出者，亦悖而入；货悖而入者，亦悖而出。人们常因贪图一时之利，而忽视长远之计，结果导致社会风气败坏，人心不古。是以，君子处世，当明辨是非，不为财货所诱，坚守道德底线。

处世之道，在于明德。明德者，既能修身，又能治国。修身之道，在于正心。正心之道，在于诚意。诚意之道，在于格物。格物者，致知也。致知者，明理也。明理者，识时也。识时者，顺乎天下之大道也。故君子处世，当顺应时代，秉持正义，以道德引领社会，以诚信赢得信任。

处世之道，在于尚贤。尚贤者，尊重人才，选拔贤能，用人之道也。国家欲强，社会欲盛，个人欲成，皆需贤才辅佐。贤才者，国之栋梁，社会之精英，个人之导师。尚贤之道，在于发现人才，培养人才，重用人才。君子处世，当尚贤若渴，知人善任，人尽其才，才尽其用。

处世之道，在于仁爱。仁爱者，关爱他人，慈悲为怀。国家、社会、个人之间，皆需仁爱相待。仁爱之道，在于互助合作，共谋发展。君子处世，当以仁爱之心对待他人，以合作之道共谋福祉。

处世之道，在于中庸。中庸者，不偏不倚，恰到好处。世间之事，过犹不及。君子处世，当把握分寸，遵循中庸之道。遇事不偏激，不极端，方能圆满练达，和谐共处。

处世之道，亦在明辨。明辨者，识人之善恶，辨事之真伪。世间事，纷繁复杂，有明辨，则免受欺骗，不受蒙蔽。君子处世，当具慧眼，看清世事，不被表面的繁华所迷惑，不失其本心。

此外，君子处世，更在于自省。自省者，反思己过，修身养性。人非圣贤，孰能无过？过而能改，善莫大焉。君子处世，当常怀敬畏之心，时刻自省，不断修身，方能达到道德之至界。

又，君子处世，当重信守诺。信者，人之根本；诺者，言之承诺。人无信不立，国无信不兴。君子处世，当言行一致，守信用诺，赢得他人之信任，建立良好之人际关系。

综观众生，世间百态，君子处世之道，实为一种智慧，一种态度，一种生活方式。君子处世，以德为本，明德、尚贤、仁爱、中庸、明辨、自省、重信，此为君子处世之要义。

然而，世间之事，并非一成不变，而是不断发展，不断变化。君子处世，当心怀感恩，当顺应时势，灵活应对。思自己之过。人生道路上，皆有所助，有所扶。君子处世，当铭记他人之恩，在得到与失去之间，学会感恩，感恩者，感他人之恩。在不同的环境下，不同的情况下，能屈能伸，能刚能柔。

君子践行人生，当以德为本，明德、尚贤、仁爱、中庸、明辨、自省、重信、顺应、感恩，此为君子处世之要义也。

原文 4

《康诰》曰：“惟命不于常。”道善则得之，不善则失之矣。《楚书》曰：“楚国无以为宝，惟善以为宝。”舅犯曰：“亡人无以为宝，仁亲以为宝。”《秦誓》曰：“若有一个臣，断断兮，无他技，其心休休焉，其如有容焉。人之有技，若己有之。人之彦圣，其心好之，不啻若自其口出，实能容之。以能保我子孙黎民，尚亦有利哉！人之有技，媢疾以恶之。人之彦圣，而违之俾不通，实不能容。以不能保我子孙黎民、亦曰殆哉！”唯仁人放流之，迸诸四夷，不与同中国。此谓惟仁人为能爱人，能恶人。见贤而不能举，举而不能先，命也；见不善而不能退，退而不能远，过也。好人之所恶，恶人之所好，是谓拂人之性，灾必逮夫身。是故君子有大道，必忠信以得之，骄泰以失之。

冀金雨译曰

《康诰》中说：“命运不是永恒不变的。”遵循美德就能得到它，不遵循美德就会失去它。《楚书》中说：“楚国没有什么是宝贵的，只把美德当作宝贵。”狐偃对流亡的重耳说：“逃亡的人没有什么是宝贵的，只有对亲人的仁爱是宝贵的。”《秦誓》中说：“如果有这样一个臣子，正直无邪，没有其他才能；他的心胸宽广，好像能够容纳一切。别人有才能，他就像自己有似的；别人有才德，他心里喜欢；不仅仅是从口中说出来，实际上他也能容纳，因为他能够保护我的子孙和百姓，这当然是有利的。别人有才能，他却嫉妒并厌恶；别人有才德，他却阻挠使对方不得志；他实际上不能容纳，因此不能保护我的子孙和百姓，这也是危险的。”惟有有仁德的君主会把这种人放逐，把他们赶到边境的少数民族地区，不让他们和中原地区的人一起生活。这就叫作只有仁人才能爱人，能厌恶人。看到贤能的人却不能举用，举用了却不能让他居先，这是命，即怠慢、轻慢。看到不好的人却不能罢免，罢免了却不能让他远离，这是过错。喜欢别人所厌恶的，厌恶别人所喜欢的，这就叫作违背人的本性，灾难必然会降临到身上。因此，君

瀛海笔谭

子所行的"孝、悌、仁、义"大道，必须忠诚诚信才能获得它，骄恣放纵就会失去这个大道。

读典浅悟 道德修养与家庭关系的价值

《康诰》曰："惟命不于常。"命者，天命也，亦道之行也。善则得之，不善则失之矣。此言人之得道，犹鱼之得水，草木之得阳光也。

《楚书》曰："楚国无以为宝，惟善以为宝。"此言国之大宝，非金非玉，而是善也。善者，道之体现也。人皆知黄金之美，而不知善之更美；人皆知玉石之贵，而不知善之更贵。故舅犯曰："亡人无以为宝，仁亲以为宝。"人之所以为人，非以其财富，而以其仁亲也。仁亲者，善之至也。

然则，道为何物？道，犹道路也，为人之所共由也。道，又犹规矩也，为人之所共守也。道，又犹文言也，为人之所共述也。故道不远人，人之为道，即道之所在也。

然则，善为何物？善，犹美也，为人之所共爱也。善，又犹真也，为人之所共信也。善，又犹和也，为人之所共谐也。故善不远人，人之为善，即善之所在也。

由此观之，道与善，皆不远人。人能行道，即道在人身；人能行善，即善在人心。故君子务求道，小人务弃道；君子务行善，小人务弃善。道在人身，善在人心，此乃人之所以为人也。

然则，如何行道？如何行善？《康诰》曰："惟命不于常。"命者，道之流行也。道善则得之，不善则失之矣。故人能守道，即道在人身；人能行善，即善在人心。人皆知黄金之美，而不知善之更美；人皆知玉石之贵，而不知善之更贵。故舅犯曰："亡人无以为宝，仁亲以为宝。"人之所以为人，非以其财富，而以其仁亲也。仁亲者，善之至也。

然则，如何行道？如何行善？《秦誓》曰："若有一个臣，断断兮，无他技，其心休休焉，其如有容焉。"此言士之贤，非以其技艺，而以其心也。心者，道之舍也。心善则道存，心恶则道亡。故君子务修身，而道自至；小人务饰貌，而道自远。

道与善，皆不远人。人能行道，即道在人身；人能行善，即善在人心。故君子务求道，小人务弃道；君子务行善，小人务弃善。道在人身，善在人心，此乃人之所以为人也。君子小人，皆为人也，然君子行道，小人弃道；君子行善，小人弃善。故君子为人之所敬，小人为人之所鄙。君子为人之所爱，小人为人之所恶。君子为人之所亲，小人为人之所疏。故君子小人，判若云泥，不可同日而语也。

由此观之，行道行善，关键在于修心。心之善恶，道之存亡；心之休休，道之容容。故君子修心，以道自守；小人丧心，道自远。修心之道，无他，求其放心而已。放心者，去除心中之杂念，使心回归于道，如明镜止水，清澈明净。

"人之有技，若己有之；人之彦圣，其心好之。"此言人之对待他人之技与德也。人之有技，当如己有之，人之彦圣，当如己之彦圣。此乃人之道德修养也。然而，人之有技，媢疾以恶之；人之彦圣，而违之俾不通。此乃人之嫉妒心理也。嫉妒者，人之恶也。嫉妒之害，甚于猛虎，甚于毒蛇。嫉妒之人心地狭窄，不能容人，不能容物，甚至不能容天地。嫉妒之人，何以保我子孙黎民？何以利我子孙黎民？故嫉妒之人，实为我之害，为我之贼。

"唯仁人放流之，迸诸四夷，不与同中国。"此言仁人之对待嫉妒之人也。仁人放流之，使之远离中国，使之不能与我子孙黎民同处。此乃仁人之爱也，仁人之恶也。仁人爱人之所爱，恶人之所恶。见贤而不能举，举而不能先，此乃命也。见不善而不能退，退而不能远，此乃过也。好人之所恶，恶人之所好，此乃拂人之性，灾必逮夫身。故君子有大道，必忠信以得之，骄泰以失之。

由此观之，人之有技，若己有之；人之彦圣，其心好之。此乃君子之道，君子之德。然而，人之有技，媢疾以恶之；人之彦圣，而违之俾不通。此乃小人之道，小人之德。君子与小人，判若云泥，不可同日而语也。君子爱人之所爱，恶人之所恶；小人好人之所恶，恶人之所好。君子之爱，如阳光之普照；小人之恶，如毒蛇之螫人。君子之爱，利国利民；小人之恶，祸国祸民。故君子之道，为国为民；小人之心，为国为民之害。

然则，如何为人？如何为君子？《书》曰："君子有大道，必忠信以得之，骄泰以失之。"此言君子之道也。君子之道，无他，忠诚信实而已。忠诚信实，君子之德也。

省思鉴行 命由天定，运由人造

古人云："命由天定，运由人造。"此言不虚。命者，天也，不可强求；运者，人也为，可自为之。故君子务本，本立而道生。是以《康诰》曰："惟命不于常。"命非恒定，道善则得之，不善则失之矣。

观夫楚国，曾曰："楚国无以为宝，惟善以为宝。"此言至宝非金玉，而是善行也。善行无价，足以庇佑子孙，福及黎民。故舅犯曰："亡人无以为宝，仁亲以为宝。"仁亲者，善之至也，以仁亲为宝，则无往而不利。

然君子之道，非独善其身，亦能容人之善。如《秦誓》所云："若有一个臣，断断兮，无他技，其心休休焉，其如有容焉。"君子之容，如海之纳百川，宽宏大量，无所不包。人之有技，若己有之；人之彦圣，其心好之。是以能保我子孙黎民，尚亦有利哉。

反之，若见贤而不能举，举而不能先，命也；见不善而不能退，退而不能远，过也。好人之所恶，恶人之所好，是谓拂人之性，灾必逮夫身。故君子有大道，必忠信以得之，骄泰以失之。

夫忠信者，为人之本也。忠，即忠诚，对君对友，忠诚为本；信，即诚信，对事对心，诚信为根。忠诚诚信，乃立身之本，处世之基。是以君子务本，本立而道生。

然君子之道，亦非孤立无援，需合乎时宜，顺应民意。夫世间千般，皆循其道，君子处之，宜随遇而安，顺其自然。如古人云："适者生存。"夫适者，适应环境，顺应时势，修德砺能，明理知义，方可立足于世间。勤学不辍，积善成德，而后可以安身立命，无愧于心。

是以君子之道，既要有棱有角，又要圆融通达。有棱有角，乃个性也，坚守原则，不为世俗所屈；圆融通达，乃智慧也，适应环境，以求发展。二者兼备，才可游刃有余，处之泰然。

修炼之道，在于修身、齐家、治国、平天下。修身，即修养自身，提高素质；齐家，即治理家庭，和谐相处；治国，即服务国家，为民谋福；平天下，即和谐世界，促进和平。

君子之道，还需明辨是非，善于抉择。面对世间纷扰，君子能辨是非，勇于担当，坚守正道。如《楚书》所云："楚国无以为宝，惟善以为宝。"夫善者，正道也，君子务本，本立而道生。

自古君子，以道德为舟，以仁义为帆，行于世间，载舟覆舟，系乎民心。故君子处世，非独善其身，亦需善待人，广结善缘。如《易经》乾卦所云："天行健，君子以自强不息。"自强不息，不仅是君子之品格，亦是处世之态度。君子处世，如日中天，不断进取，永不止息。

然而，世间纷繁复杂，君子处之，当如《周易》所警示："君子终日乾乾，夕惕若厉，无咎。"白日奋发图强，夜晚警惕反省，如此而免于咎害。君子之道，在于勤奋向善，不断修炼，以期达到内外兼修之境界。

古语有云："博闻强识而让，敦善行而不怠，谓之君子。"君子处世，当广博学问，强大识见，却能谦让有加；行善积德，不懈怠荒，成就大气格局。此乃君子之标准，亦为处世之要义。

进一步论之，君子处世，当如《周易》兑卦所云："君子以言辞悦人，以诚信交心。"言辞和悦，令人愉悦；诚信为本，令人信赖。君子之道，以诚信为本，以和悦为表，内外合一，方可赢得人心。

又如《论语》中子贡问曰："有一言而可以终身行之者乎？"子曰："其恕乎！己所不欲，勿施于人。"此言君子处世之道，以恕己之心恕人，推己及人，便能和谐共处。

综观世间百态，处世之道，君子之行，当效《诗经》所颂之典范："谦谦君子，其德音长存。"君子立身处世，必以谦卑为基石，以德行为宗旨，既修内在之美德，又展外在之礼仪，故其德音广播，名扬四海。

昔余遇张弦，中海地产之贤达也。彼之德行，足为世范。诚信乃其立身之本，和颜悦色则其日常之态，因此广结人缘，深得众望。其言辞温婉，听之使人如沐春风；诚信为本，令人深信不疑。张弦以和言悦众，以诚信交心，是以人皆尊之信之。夫张弦者，不骄不躁，持重守信，真君子也。彼以中海地产高管之身，行君子之道，其德可为人师矣。世之众人，当效张弦之德行，以诚信为本，以和悦待人，则处世之道得矣。此乃君子之道，非空谈理论，需实践于生活之例证也。

如《大学》所言："所谓修身在于正其心。"君子处世，先正其心，方能正其身，正其言，正其行。正心之道，在于克己自律，严于律己，宽以待人。

君子处世，亦需明辨是非，坚守原则。如《孟子》所云："君子有所为，有所不为。"君子处世，有所为者，正义也；有所不为者，邪恶也。

原文 5

生财有大道：生之者众，食之者寡；为之者疾，用之者舒，则财恒足矣。仁者以财发身，不仁者以身发财。未有上好仁而下不好义者也；未有好义，其事不终者也；未有府库财，非其财者也。孟献子曰："畜马乘，不察于鸡豚；伐冰之家，不畜牛羊；百乘之家，不畜聚敛之臣；与其有聚敛之臣，宁有盗臣。"此谓国不以利为利，以义为利也。长国家而务财用者，必自小人矣；彼为善之。

小人之使为国家，灾害并至，虽有善者，亦无如之何矣。此谓国不以利为利，以义为利也。

冀金雨译曰

增加财富有重要原则：生产的人多，消费的人少；生产的速度快，用的慢，这样财富就可以永远充足了。有德行的人会利用财物来完善自己，而没有德行的人则利用自己的身心去换取财物。没有居上位的人喜爱仁德，而在下位的人却不喜爱忠义的；没有喜爱忠义而完不成事业的；没有国库里的财物不属于国君的。

孟献子说："养了四匹马拉车的士大夫之家，就不应再去计较养鸡、养猪这样的小事；祭祀能够用冰的卿大夫家，就不要再去养牛养羊以牟利；拥有一百辆兵车的诸侯之家，就不要去收养搜括民财的家臣。与其有搜括民财的家臣，不如有偷盗主人财物的家臣。"这就是说，为政者，不要把财货作为利益，而应该把仁义作为利益。有权的人致力于财物的聚敛，这一定是从任用小人开始，因为这些人善于敛财。如果让小人来治理国家，那么祸患就会一起来到，到时候即使有贤能的人，也没有办法挽救了。也就是说，治理国家不能私有利益作为利益，而应以公益为利益。

读典浅悟 仁者生财与用财的智慧

夫生财之道，大矣哉！非深谙此道者，不能明其理也。今余读圣人之言，乃悟生财之道。盖闻生之者众，食之者寡，是谓财之源远流长。为之者疾，用之者舒，此乃理财之要诀也。若此，则财恒足矣，国家得以富饶，人民得以安乐。

仁者以财发身，不仁者以身发财，此二者天壤之别也。仁者视财如浮云，以德润身，财富自至。不仁者则以身攫财，终日奔波，而所得有限。故知，仁者之乐，不在于财，而在于德也。

上好仁而下必好义，此乃天经地义之理。未有上好仁而下不好义者也，亦未有好义而其事不终者也。仁义之道，乃社会之基石，国家之根本。未有府库之财，非其财者也。财聚于府库，乃国家之公产，非一人之所有。故治国者当以公心为先，以民为本，方可长治久安。

夫生财之道也须积德累善，方可达到。然则如何积德行善乎？当以孝为本，以仁为心，以义为行，以礼为范，以智为谋，以信为德，此乃积德行善之道也！

且夫生财有大道兮，众生之者而寡食之者，疾为之者而舒用之者，则财恒足矣。仁者以财发身兮，不仁者以身发财。夫仁者视财如浮云兮，以德润身而财富自至；不仁者则以身攫财兮，所得有限而终日奔波。

未有上好仁而下不好义者也兮，亦未有好义而其事不终者也。仁义之道乃社会之基石兮，国家之根本也；未有府库之财非其财者也兮，财聚于府库乃国家之公产也。

昔孟献子之言畜马乘不察于鸡豚兮，伐冰之家不畜牛羊；百乘之家不畜聚敛之臣兮，与其有聚敛之臣宁有盗臣。此为国者非以利为利兮，而以义为利也；长国家而务财用者必自小人矣兮，此言治国者若过于重视财货，则必近小人而远君子，此乃亡国之道也！

小人之使为国家菑害并至兮，虽有善者亦无如之何矣！此言小人当道则国家遭殃虽有贤能之士亦难以挽回颓势也！故治国者当以公心为先兮，以民为本方可长治久安！

夫仁者之乐不在于财兮，而在于德也；上好仁而下必好义兮，此乃天经地义之理也！

且说生财之道，源远流长，须积德累善，方可达到。然如何积德行善乎？当以孝为本，以仁为心，以义为行，以礼为范，以智为谋，以信为德。此乃积德行善之道也。

仁者视财如浮云，以德润身，则财富自至。不仁者则以身攫财，所得有限，且易招灾惹祸。故知仁者之乐不在于财而在于德也。上好仁而下必好义此乃天经地义之理也。

孟献子有言："畜马乘不察于鸡豚；伐冰之家不畜牛羊。"此言何解？盖言富家贵族不应拘泥于小利，而应重视道义之交也。百乘之家不畜聚敛之臣与其有聚敛之臣宁有盗臣，此为国者非以利为利而以义为利也。此言治国之道不以私利为重而以公益为先也。若治国者过于重视财货则必近小人而远君子此乃亡国之道也！

小人之使为国家灾害并至，虽有善者亦无如之何矣！此言小人当道，国家必遭殃。虽有贤能之士，亦难以挽回颓势。故治国者当以公心为先以民为本方可长治久安！则国家安泰人民幸福善哉善哉！

且夫大道之行，天下为公，选贤与能，讲信修睦。故人不独亲其亲，不独子其子，使老有所终，壮有所用，幼有所长，矜寡孤独废疾者皆有所养。男有分，女有归。货恶其弃于地也，不必藏于己；力恶其不出于身也，不必为己。是故谋闭而不兴，盗窃乱贼而不作，故外户而不闭，是谓大同。此乃大道之行也！

世间生财有大道，非深谙此道者不能明其理。生之者众而食之者寡，为之者疾而用之者舒，此乃财恒足矣之道也。仁者以财发身，不仁者以身发财，此乃仁者之乐，不在于财而在于德也。

未有上好仁而下不好义者也，未有好义而其事不终者也。

省思鉴行 国家治理与道德经济的理念

本章文云："生财有大道，生之者众，食之者寡；为之者疾，用之者舒；则财恒足矣。"此言道出了生财之大道，亦揭示了处世之要义。人生在世，犹如一场修行，若能领悟此中深意，则处世之道自明。

"仁者以财发身，不仁者以身发财。"此言道出了仁与不仁者在财货上

瀛海笔谭

的区别。仁者以财为手段，用以提升自身修养，实现人生价值；不仁者以身求财，财货成为其追求的终极目标。世间之人，多以财货为重，忽视了仁义之道。然而，财货如水，仁义如舟，舟覆则水亦难存。是以，君子处世，当以仁义为本，财货为末。

"未有上好仁而下不好义者也；未有好义，其事不终者也；未有府库财，非其财者也。"此言道出了仁义与财货之间的关系。上好仁，则下好义；好义，则事必终；事终，则府库财为正当之财。反之，若上不好仁，则下不好义；不好义，则事难终；事难终，则府库财非正当之财。是以，君子处世，当以仁义为先，财货为后。

"孟献子曰：'畜马乘，不察于鸡豚；伐冰之家，不畜牛羊；百乘之家，不畜聚敛之臣；与其有聚敛之臣，宁有盗臣。'此谓国不以利为利，以义为利也。"此言道出了国家治理之道。国家不以利为利，以义为利；长国家而务财用者，必自小人矣。小人之使为国家，菑害并至，虽有善者，亦无如之何矣。是以，君子处世，当以义为利，以善治国。

畜马乘者，志在千里，不察于鸡豚之琐屑，此其所以为大也；伐冰之家，位高权重，不畜牛羊之凡庸，此其所以显贵也；百乘之家，声名显赫，不畜聚敛之臣，以免玷污清名，此其所以为人所敬仰也。与其有聚敛之臣，贪财好利，败坏家风，宁有盗臣，虽行窃盗，尚知节制，不致家破人亡。此谓人生不以小利为念，而以道义为重，方为上策。

人生处世，若长国家而务财用者，必为小人所乘，陷入狭隘之境。盖因小人之心，唯利是图，不知大义所在。彼以为聚敛财富为善，实则乃祸之根源。夫小人之使为处世，如狼入室，灾害并至，家无宁日，人心惶惶。虽有善行者，欲挽狂澜于既倒，亦难以回天，无可奈何矣。故人当以道义为本，不以小利为念，方能避小人之祸，远灾害之源。

畜马乘者，非不知鸡豚之利，乃以其小而不为也。人生处世，亦当如此。勿以小善而不为，勿以小恶而为之。小善积多，自成大德；小恶累积，必成大祸。故当慎始慎终，勿以恶小而为之，勿以善小而不为。此伐冰之家，不畜牛羊，以其庸碌无为，不足以显其尊贵。人生处世，亦应如此。勿与庸人为伍，勿与小人同流合污。庸人无能，小人无德，与之相交，必受其累。百乘之家，不畜聚敛之臣，以其贪财好利，易败家风。人生处世，亦当远离贪财之人。贪财者心术不正，易生奸诈之心。与之相交，必受其害。当与正直之人为友，共守道义之门，方能保持清名不坠。与其有聚敛之臣，宁有盗臣。盖因聚敛之臣贪得无厌，易败家业；而盗臣虽行窃盗，尚知节制，不致家破人亡。人生处世，亦当如此。面对诱惑，当知节制；面对困境，当勇于担当。勿因一时之贪念而毁终身之名节；勿因一时之困境而失大义之所在。

夫生财之道，实乃大道之行也。生之者众，食之者寡，是谓开源节流；为之者疾，用之者舒，此乃勤俭持家之本。故而财恒足矣，国富民安，岂不美哉！然则，处世之道，又何尝不是如此？

世人皆知财之可爱，然而财之生也，有大道。生之者众，食之者寡；为之者疾，用之者舒。此四言，财恒足矣。故世人应以仁义为本，以财发身，不以身发财。上好仁，下好义，事必终，财必合法。治国之道，不以利为利，以义为利。君子务财，小人务身。君子理财，小人盗财。此一道，乃处世之大道，亦为人之准则也。

【中庸篇】

【第一章】

原文

天命之谓性，率性之谓道，修道之谓教。道也者，不可须臾离也，可离非道也。是故君子戒慎乎其所不睹，恐惧乎其所不闻。莫见乎隐，莫显乎微。故君子慎其独也。喜怒哀乐之未发，谓之中；发而皆中节，谓之和。中也者，天下之大本也；和也者，天下之达道也。致中和，天地位焉，万物育焉。

冀金雨译曰

上天赋予的叫作本性，按照本性去做的叫作道，修养道的叫作教化。道这个东西，是不能够片刻离开的；如果可以离开，那就不是道了。因此，品德高尚的人在没有人看见的地方也是谨慎的，在没有人听见的地方也是有所戒惧。越隐蔽的地方就越容易显露，越细微的事情就越容易显现。所以，品德高尚的人在独处时也是谨慎的。喜怒哀乐没有表现出来的时候，叫作中；表现出来以后符合节度，叫作和。中，是人人都有的本性；和，是大家遵循的原则。达到"中和"的境界，天地便各在其位了，万物便生长繁育了。

读典浅悟　君子修身的哲学智慧

天命之谓性，性乃本原之真；率性之谓道，道即行止之准。修道之谓教，教以明道，道以化人。道者，人心之所依，宇宙之所系，不可须臾离也。离道而行，则失其本，悖道而为，则乱其序。是以君子之行，必以道为则，以性为本，循中庸之道而为，皆不离此道也。

君子之修身，戒慎乎其所不睹，恐惧乎其所不闻。盖人心之隐微，道之所存，虽目不见而心知之，虽耳不闻而神会之。故君子独处之时，尤宜慎之。莫见乎隐，莫显乎微，此道之所以为贵也。是以君子慎独，非特防微杜渐，亦所以全其天性，守其道心。

喜怒哀乐，人心之常；未发之中，性之正也。发而中节，和之至也。中者，不偏不倚，无过无不及；和者，融洽无间，各得其所。故中者，天下之大本；和者，天下之达道。致中和者，则能参天地之化育，成万物之和谐。

致中和者，其心如止水，其行如平川。天地位焉，万物育焉，皆因其中和之德也。夫中和之道，非高远难及，实乃人心所固有。然人心易动，道心难持，故必须修身养性，以复其本然之性，致其中和之道。

君子之于道，如饥之于食，寒之于衣。必时时勤求，刻刻精进，方能得其真奥。道之所在，虽千万人吾往矣；道之所存，虽千难万险吾不惧也。是以君子之行，坚定如磐，执着如铁，始终不渝于道。

道之修也，非朝夕之功，必积久而成。故君子之于修道，不厌其细，不倦其微。每日三省吾身，时时反求诸己，务求去其不善而存其善，去其非道而存其道。则道日新，德日进，而中和之境可期矣。

夫中和者，天地之大德也。天地以中和而化生万物，君子以中和而化育群生。故君子务致中和，以参赞天地之化育，以协和万物之生长。此即君子修道之旨也。

然修道之路，非坦途也。必有险阻艰难，必有诱惑迷惑。君子于此，必坚定信念，固守道心，不为外物所动，不为私欲所惑。

大道之行也，天下为公。君子修道，非为己私，实为天下苍生。故君子之行，必以天下为己任，以百姓为心。其忧国忧民之心，如春蚕之吐丝，绵绵不断；其济世安民之志，如磐石之立地，坚不可摧。

夫中和之道，既明且备，君子务在行之。行之以身，则身心和谐；行之以家，则家庭和顺；行之以国，则国家太平；行之以天下，则天下大同。此即中和之道所带来之福祉也。

故君子之道，以中和为贵。中和者，乃天地之正理，人心所向往之大道也。能致中和者，必能洞察世间万物之规律，顺应天地之化育，促进万物之和谐。是以君子修身立德，务求内心平和，行为中道，以达致中和之境。进而与天地合其德，与日月合其明，与四时合其序，与鬼神合其吉凶也。

以中和之诚心，行中庸之正道。君子以此化育群生，协和万物，实为至理。于日常生活之中，持中和之心，循道而行，刻刻求进；以君子之高雅行为为范，时时自省其身。当去其不善之行，存其良善之举；涤除非道之念，坚守正义之道。进而日新其德，月异其能，渐至大成之境也。

省思鉴行 理解人性与修养的关系

天命之谓性，性即本心，本心乃万法之源。夫人生于世，皆有天命所归，是谓性也。率性而行，不逾矩，是谓道。人生如行路，道即方向，失道则迷途。是以修道，以求心安，是谓教也。

道，乃生活指南，片刻不离。若离于道，则行为失范，乱了方寸。是以，君子在未见之处亦心存戒惧，于未闻之事亦怀敬畏。道之微妙，在于隐而不显，细而不察，然其影响深远。故君子在独处时，更应谨慎行事，以免偏离正道。

人生喜怒哀乐，情之所至，自然而然。然情未发时，心之平静如水，是谓中；情发而能自制，不逾中道，是谓和。中，乃心之平衡；和，乃情之调和。二者皆为人生处世之大本。致中和，则心境平和，与世无争，天地各安其位，万物得以生长。

大千世界，纷繁复杂，人心难测。然，以中为本，以和为贵，则能洞悟人生。

吾辈当观己之心，察人之意。于独处时，更需谨慎行事，以免偏离正道，误入歧途。

古人云："人非圣贤，孰能无过？"然过而能改，善莫大焉。是以，吾辈当常思己过，及时改正，以求心安。心若安处，即是家；情若和时，便是春。

人生如镜，镜中观我，我即是镜，镜即是我。以中为镜，可观其本心；以和为镜，可察其真情。省思鉴行，明了己心，通达人情。

世间万物，皆有其道。人生之道，在于中和。中则心正，和则情顺。心正情顺，则人生无往而不利。夫观红尘之世，人心浮躁，物欲横流。世人竞逐名利权位，而遗内心所求。然吾侪宜知，名利者，身外物也，非内心真正之追求。当取中道，守和德，勿为浮华所迷。名利虽诱人，终非长久之计。唯修心养性，致知在德，方能安身立命。故当淡泊名利，追求内心平和与社会和谐，此乃长久之道也。

生于尘世，怀有七情六欲，此乃自然之法则，人类之常态。七情者，喜、怒、哀、惧、爱、恶、欲；六欲者，眼、耳、鼻、舌、身、意。此等情欲，如人之血液，流淌于体内，赋予我们生活的色彩与活力。

然而，七情六欲虽为人之常情，倘若任由泛滥，不加节制，便会如同洪水猛兽，伤人伤己。过度的喜悦，易使人心浮气躁，难以自持；过度的愤怒，易使人失去理智，酿成恶果；过度的哀愁，易使人沉溺于痛苦，无法自拔。故曰，情欲之过度，实乃伤身害性之祸根。

是以，当以中为度，以和为贵，调和情欲，使之不逾矩。中者，不偏不倚，恰到好处；和者，和谐共处，相互制衡。调和情欲，便是要在七情六欲之间寻求平衡，既不过度压抑，亦不任其泛滥。当喜悦之时，宜以淡泊之心待之，以免乐极生悲；当愤怒之时，宜以冷静之态处之，以免冲动行事；当哀愁之时，宜以豁达之怀释之，以免沉溺其中。

调和情欲，乃修身养性之要道。只有把握好情欲的尺度，才能保持内心的波澜不惊，进而在纷繁复杂的世界中保持清醒的头脑，做出明智的抉择，真正做到以中为度，以和为贵，实现人与情欲的和谐共处。

此刻，午夜之际，万籁俱寂。著者正于金雨庐书房，手持《中庸》，之心如土壤，沉默而深沉。思想如萌芽，破土而出。此时月光洒落，如流泉涌映时间之河，奔流不息，承载着精神之形状，欲望之化石穿越古今。书房成为一个与时空对话的场所，主人在月光的抚慰下，愈发沉醉于书卷之中。而这如诗如画的景象，也将成为主人心中永恒的回忆。

观乎人生之路，若长河之蜿蜒，明月当天，光洒地，引路前行，其远且深，似藏未卜与变。人于斯漫漫征途，享枝头鹊惊，月光下生动。既是勇者探，亦是坚者行，怀未来之望，求己道之方向。于繁华纷扰之世，亦不得不面对之挑战也。

守中道，行和谐之德，此乃深智之所在，高修养之体现。人生旅途中，当坚守信念，不被外物所摇。亦要学会包容，理解他人，尊重个体差异，理解各自选择之自由。如古人云："照镜观己，己观照镜。"人生若镜，于镜中见世界，实乃内心之映射。故宜常省己心，照心镜，省察言行，及时改过，使人生之路宽广。

与人相交，当以宽心待之，以求和谐融洽。尊重他人，理解其心意，包容其差异，以建立深厚情谊。遇有异见，宜平心静气，从容面对，不必强求一致。顺应自然之道，与万物共存共荣，此乃大智也。尊重与理解并重，包容与接纳并行，如此，则人际交往之道得矣。

综之，守中道，行和谐之德，人生路之准则也。

〔第二章〕

原文

仲尼曰："君子中庸，小人反中庸。君子之中庸也，君子而时中；小人之反中庸也，小人而无忌惮也。"

冀金雨译曰

仲尼说："君子做事总是追求中庸之道，小人则违背中庸之道。君子之所以中庸，是因为君子能在不同的时候都能做到适中、合宜；小人之所以违背中庸之道，是因为小人做事肆无忌惮、无所顾忌。"

读典浅悟 中庸之道的动态实践

斯言也，深中肯綮，道尽君子小人之别。吾今欲解其意，以通俗文言文述之，庶几得其旨焉。

君子中庸者，守其正也。中者，不偏不倚，无过无不及；庸者，平常之道，日用而不知。君子之行，恒守其中，不激不厉，不亢不卑。其心如止水，其行如平川，无所偏倚，无所过当。是以君子之中庸，非特守其本然之性，亦所以全其天地之心。

小人违背中庸者，背其常也。反者，背其道而行；中庸者，平常之道也。小人之行，常背其中，或偏激，或峻厉，或亢奋，或卑屈。其心如波涛，其行如峻岭，忽高忽低，忽左忽右。是以小人之排斥中庸，非特失其本然之性，亦所以悖其天地之心。

君子而时中者，因时而变，不失其正也。时者，天地之变化，人事之推移。君子之行，必因时而变，随事而移，然其守中之道，未尝或失。无论境遇如何，始终如一，守其正道，不为外物所动，不为私欲所惑。此即君子时中之义也。

小人而无忌惮者，恣意妄为，无所顾忌也。无忌者，无所畏惧；惮者，心有所惧。小人之行，常无忌惮，恣意妄为，不知收敛，不知自反。其心如狂澜，其行如脱缰之马，任意驰骋，无所顾忌。是以小人无忌惮之行，必致其祸患之来，贻害无穷。

夫中庸之道，天地之正理，人心之大道。君子守之，则能致其和平之德，成其和谐之行；小人悖之，则必致其纷乱之祸，成其败亡之因。故君子小人之间，中庸之道，实为判别之准绳，修身之要务。

君子中庸之行，必积久而为。其修身也，必以诚为本，以敬为心，以和为贵，以忍为高。日日反省，时时自励，务求去其不善而存其善，去其非道而存其道。如此则能日新其德，日进其业，渐至中庸之境。

小人违背中庸之行，其始也微，其终也巨。其初，或以为小恶无害，或以为小善无益，遂放纵其心，恣意妄为。及其久也，恶行积累，善行消亡，终至大不义，身败名裂。此即小人违背中庸之祸也。

故君子务在守中庸之道，以成其德业；小人当戒违背中庸，以免其祸患。中庸之道，虽似平易，实为难能。君子行之，则能致其和平之德，成其和谐之行；小人悖之，则必致其纷乱生殃，成其败亡之因。此中庸之道之所以为贵也。

人当效法君子，以中庸为处世之道。于庸常生活中，力求涤除恶行、保留善举，摒除邪道、恪守正义。应时刻自我反省，不断鞭策激励，以期臻至中庸之至高境界。此乃人生修养，亦为求道者所应秉持之理念。

然中庸之道，非徒守其常而已，亦必因时而变，随事而移。夫天地万物，无时不变，无事不移。君子守中庸之道，必因时而变，随事而移，以求合其宜。应对万变，无往而不利。

省思鉴行 君子与小人的行为准则

此言何解？盖言君子之行，常守中庸之道，而小人则肆无忌惮，反其道而行之。吾辈当洞悟处世之要义，省察己身之行。

世间百态，众生千姿，人心各异。然则，何以处世？何以自处？吾以为，当以中庸之道为行事之准则，以平和之心应对世间万物。

中庸之道，非但取其中之折中，亦非无原则之调停，求内外兼修，恰到好处之至境。此道，途之遥，心之幽，携经典似怀虚玄。我坐于书房，观典中之大奥，翰墨绵延，犹沙地之途。思及文以载道，道以修身，似见道之忽明忽灭，杳杳远远。感曰：行中庸之道，如行路之远，如怀文章之抽象；守原则而灵活，如日月之交替，如阴阳之互补。此道，君子之所行，亦君子之心也。

君子行事务求坚守原则而灵活变通，不偏不倚，不过不及，以保动态之平衡与和谐。如日月交替，阴阳互补，制衡而万物生长有序。此亦君子行中庸之道之比喻。

历朝历代，多有人心浮躁，物欲横流，多有为求短暂之利，舍道德之底线，行事无忌，为所欲为。此小人之行，无视道德法律，唯私欲是图，岂非与中庸之道背道而驰？然而，背离道德之行虽得利于一时，终难长久。因小人之行事无忌，易招人反感违背，终将自食其果，身败名裂。

君子则不然。君子之行，以中庸为道，时刻保持一颗敬畏之心。在独处时，亦能谨慎行事，不逾矩；在人群中，亦能秉持正义，不偏颇。君子之行，如春风化雨，润物无声；如秋水长天，澄澈明净。

世间万物，繁杂众多，各有其理与规。犹如天地之间，万物各有其位，各有其时。人生之路，深邃广博，博大精深。诸多途径之中，中庸之道最为紧要，亦最为奥妙。

中庸之道，求内外和谐，寻人生平衡。其示人，面对生活挑战，既要持内心之坚定，又要善变通，顺时应势。正如古语所云："莫听穿林打叶声，何妨吟啸且徐行。"风雨之际，不必慌乱，且行且从容，以平和之心对生活之起伏。

君子之行，亦在此，故处世为人，总求适中，既不偏激，亦不妥协。当以学为基，以修为要。学无止境，当不断汲取知识，拓宽视野，以提升修养素质。修无止境，当时刻反省言行，调整心态行为，以求更高境界。唯如此，而真正理解践行中庸之道，实现人生之平衡与和谐。

是以吾言，镜中观己，当以中庸为鉴。观己之心是否平和、观己之行是否中庸、观己之德是否高尚。每日三省吾身，以学为基、以修为要、以中庸为道、以和谐为德。如此方能在大千世界中找到自己的定位和方向。

中庸之道，亦教人以敬畏。人无敬畏，则肆无忌惮；人有敬畏，则恒持清醒，常怀谨慎。故君子独处，亦守正义，不越规矩；与众处，亦持本心，不偏不倚。此乃中庸之道所尚之境也！

众生皆有所欲，须以智识与道德制之。中庸之道，正为此制之良策也！其使世人明乎何为适度，何为节制，何为平衡与和谐。在逐物之利时，不忘精神之追求；在享生活之乐时，不忘德行之修养；在处人际关系时，不忘自省与提升。此乃中庸之道所尚之境也！

然则，世事变迁，时光如梭，古之君子道，今日犹可追乎？或曰："今之世，非古之世也，今之人，非古之人也。"然而，吾以为，道不远人，真理常在。虽时光流转，人事更迭，然中庸之道，仍为世之准则。

余思之，今日之世，新旧交替，纷争不断。然君子之道，不因新旧之异而改，不因纷争之繁而乱。君子仍应时中而行，顺应时代之变迁，大道虽无形，却能穿云破雾，携带着真奥，成就自古以来之君子佳传。是以，吾辈当铭记仲尼之言，时中而行，不失君子之风范。于新旧之中，求中庸之道；于纷争之内，寻和谐之理。以无形之道，应对有形之世，以中庸之姿，行于纷繁之世。

【第二章】

子曰："中庸其至矣乎！民鲜能久矣！"

冀金雨译曰

孔子说："中庸之道真是太高深了呀！人们很少能够长久地实行它。"

读典浅悟 中庸之道，儒家核心理念的实践

子曰："中庸其至矣乎！民鲜能久矣！"此言至道之微，中庸之要，人鲜能守，久矣未彰。夫中庸者，非偏非倚，无过无不及，执两用中，是为至德。然世之纷扰，人心之浮动，鲜有能持此道，以立身处世者也。

夫中庸之道，乃天地之正理，人心之定盘。不偏不倚，无过无不及。夫道者，无形无象，而寓于万物之中；中庸者，不显不露，而存乎人心之微。故中庸之道，非外求而得，乃内省而悟。

昔者圣人，立国之本，首重教化。以中庸之道，化民成俗，以礼义廉耻，约民之行。是以天下太平，百姓安乐，风俗淳厚，此皆中庸之道之功也。然时移世易，人心不古，中庸之道，渐被遗忘。今之或有人也，务外遗内，求末忘本，是以道

德沦丧，风俗败坏，皆中庸之道不彰之所致也。

人当思中庸之道，以求循中庸之道而为。修身者，正心诚意，格物致知，以致中和，此为立身之本。齐家者，和睦相处，亲爱无间，以中庸之道，调和家庭之气。治国者，施政以德，化民成俗，以中庸之道，立国之本。平天下者，协和万邦，怀柔远人，以中庸之道，致世界之和平。

然中庸之道，非易行之事。必须潜心笃志，持之以恒，方可得其精髓。人当以敬畏之心，对待中庸之道；以谦逊之态，学习中庸之道；以坚定之志，实践中庸之道。如此，则中庸之道，可望久矣。

夫中庸之道，虽微而显，虽隐而彰。其要在乎人心之定，行为之中。人心定则道自明，行为中则德自显。故中庸之道，非高远难及，乃日用常行。人若能悟此道，行此道，则天下可治，人心可安，此中庸之道之至也。

中庸之道，人当以敬畏之心，对待此道；以谦逊之态，学习此道；以坚定之志，实践此道。如此，则中庸之道，可望久矣。夫久者，非时间之长短，乃心志之坚定。若心志坚定，则中庸之道，自然长久。

今之世也，纷扰多变，人心浮动。人当以中庸之道为范，以之立身处世，以之待人接物。遇事不惊，遇变不乱，持心守中，此中庸之道之用也。若能用此道，则世事可治，人心可安。

人当知，中庸之道，非空谈之论，乃实行之要。若徒有其言，而无其实行，则中庸之道，终为虚谈。故人当以实行为主，以言行为辅，以此求中庸之道之实践精髓。

夫中庸之道，至大至微，至深至浅。大者，包罗万象；微者，寓于毫厘。深者，入人心髓；浅者，显于言表。人若能悟此道，行此道，则中庸之道，自然显于身心，彰于言行。

且夫中庸之道，乃天地自然之道，人心本然之理。故行此道者，顺天应人，合乎自然。如此，则身心和谐，言行一致，此中庸之道之至也。

修身者，求诸己也；齐家者，和于内也；治国者，化于民也；平天下者，协于万邦也。然中庸之道，非易得也。必须潜心笃志，久久为功，方可得其真义。

夫中庸之道，至简至易，至难至深。简者，一言可明；易者，一事可见。难者，非智不能悟；深者，非诚不能入。人若能以智悟之，以诚入之，则中庸之道，自然明于心目，行于手足。

若能以此道为心，以此道为行，则身心和谐，家国安宁，此中庸之道之至善也。

昔人云："道不远人，人自远道。"中庸之道，亦复如是。非道远离于人，乃人远离于道。人当反求诸己，以求此道。若能求诸己而得之，则中庸之道，自然在于身心之中，彰于言行之际。

故中庸之道，乃天地自然之大道，人心本然之至德。人当以敬畏之心待之，以谦逊之态求之，以坚定之志行之。如此，则中庸之道可望久矣，天下可治矣，人心可安矣。此吾对中庸之道之解意也。

省思鉴行 古代智慧与现代生活

昔者孔夫子有言："中庸其至矣乎！民鲜能久矣！"寥寥数语，却道出了中庸之道的难能可贵。夫中庸者，非折中妥协之谓，乃求恰到好处之境，得和谐平衡之美。嗟乎，大千世界，纷扰多变，人心浮躁，安得中庸之道而行之？

吾辈当反观自省，以求省思鉴行，镜中观我。

纵观世间百态，众生纷纭，或为名利所困，或为情感所扰，鲜有人能久守中庸。然而，中庸之道，实乃处世之要义，非深悟其精髓者，难以在纷繁复杂的世界中保持一颗平常心。

譬如昔日楚汉相争，项羽勇猛无匹，力拔山兮气盖世，然其性格刚烈，行事偏激，终致四面楚歌，乌江自刎。而刘邦则能屈能伸，知人善任，终得天下。此乃中庸之道胜于偏激之行也。

再观古今之成大事者，多秉持中庸之道。如诸葛亮之"淡泊以明志，宁静以致远"，正是中庸思想的体现。又如曾国藩，他在官场中左右逢源，正是得益于中庸的智慧。

夫中庸之道，贵在平衡和谐，不偏不倚，无过无不及。然世事难料，人心多变，如何在纷扰中求得平衡，实乃一大难题。故当修心养性，恒持平常之心，不为外物所扰。遇事沉稳不惊，泰然处之，乃能应对世间万变。在波诡云谲之世，风云变幻，人心难测，唯保持一颗平常心者，方能立足稳固，不为风浪所摇。进而在纷繁复杂的世界中保持清醒之头脑，洞察秋毫，从容面对一切挑战与困境，可成大器。

夫中庸之道，亦在于自省与自我提升。人非圣贤，孰能无过？然过而能改，善莫大焉。每日三省吾身，则智明而行无过矣。是以，欲行中庸之道，必先自知之明，了解自己的长处与短处，进而扬长避短，日臻完善。

观夫君子之道，行于世间，无不在也，无时不有。其在学也，不偏科，不忽视任何一门学科，全面发展，此乃中庸之体现。其在工也，不急功近利，不懈怠懒惰，保持稳健之工作态度，此亦中庸也。其在人际也，不傲慢自大，不卑微屈膝，平等和谐地与人相处，此亦中庸也。

中庸之道，亦体现在对待挫折与困难之态度上。面对困境，不气馁，不放弃，积极寻求解决之道，保持冷静与乐观，此乃中庸之道之体现。如孟子所言："天将降大任于斯人也，必先苦其心志，劳其筋骨，饿其体肤，空乏其身。"此乃中庸之道中坚韧不拔、勇往直前之精神写照。

中庸之道，在乎和谐与包容。居于多元社会，当敬差异，容多样性，觅共赏，图共利。正如《论语》所载："君子和而不同，小人同而不和。"守中庸者，尊人基、寻共点、衡差异、致和谐。

守中庸者，亦需明德齐家治国。治国之道，法德兼备，以中庸之道贯穿始终。法者，维护社会秩序，保障公平正义；德者，教化人心，引导民众向善。法德兼顾，国家求得长治久安。

此外，中庸之道亦体现在处理事务之上。事物繁杂，当以平和之心对待，权衡利弊，寻求最佳方案。不可偏激，不可急躁，不可盲目。应循序渐进，徐图良策，使事物得以和谐发展。

于人际关系，中庸之道更为重要。人际交往，复杂多变，当以宽容待人，理解尊重他人，以求和谐共处。待人以诚，待人以礼，使之感受温暖与关爱，建立良好的人际关系，获得他人的信任与支持。

中庸之道是一种人生智慧，贯穿于个人修养、家庭和谐、国家治理及人际关系各个方面。吾等应以修心为本，追求心正、言正、行正之境界，以中庸之道行事，来实现个人与社会的和谐共生。守中庸之道者，于纷繁世中，保内心平和，持志坚定。如此，方致人生至高之境，处变不惊、逢厄不惧、心若止水、行若流云，得享安宁与社会和谐，终成大智大慧之人。

史河悠远，守中庸之典范比比皆是。唐太宗李世民，在位期间，措政治、兴经济、阐文化，使唐室进入极盛之世。其善听忠言，明辨贤能，重法治、强德治，展中庸之智。若近代之曾国藩，历官场之坎坷，然始终守中庸。其强调"诚、敬、静、谨、恒"五字，以修身、齐家、治国、平天下。此乃处世之哲、人生之慧，至今仍为世所颂。

于常人，面对纷繁之世，当保持平常之心，遇事不乱；当自省，明己之明；勇改过，知己之不足。如此，亦为求平衡，致和谐，促自我提升之中庸，亦为人生之哲也。

第四章

原文

子曰："道之不行也，我知之矣：知者过之，愚者不及也。道之不明也，我知之矣：贤者过之，不肖者不及也。人莫不饮食也，鲜能知味也。"

冀金雨译曰

孔子说："中庸之道不能实行，我知道了：聪明的人以为自己超过了的中庸的标准，愚蠢的人不能理解它。中庸之道不能发扬光大，我也知道了：贤能的人做得过了，而能力欠缺的人做不到。人们天天都要饮食，却很少有人能够真正品味出食物的滋味。"

读典浅悟 道之行，知与行的微妙

子曰："道之不行也，我知之矣：知者过之，愚者不及也。道之不明也，我知之矣：贤者过之，不肖者不及也。人莫不饮食也，鲜能知味也。"斯言至矣哉！大道之行，固非易事；道之不行，亦有其由。

夫道者，天地之准绳，人心之矩尺。其行也，自然而然，无有偏倚。然而世之纷扰，人心之不古，往往使道之行受阻，道之明被掩。此非道之不存，实乃人之不悟也。

知者过之，何也？盖因知者聪明过人，往往自以为得道，而实则未窥其全貌。他们或执一端而忘其余，或泥于成见而不知变通。故其道之行，虽有所得，亦有所失。此知者之过也。

愚者不及，何也？盖因愚者智识有限，难以领悟大道之深邃。他们或困于一隅，不知天地之广大；或泥于物欲，不知精神之高远。故其道之行，往往偏离正轨，难以达于至境。此愚者之不及也。

贤者过之，又何也？贤者道德高尚，志向远大，然有时亦难免有过之之失。盖因贤者心怀天下，往往以己度人，以己之心，推人之腹。虽其志在行道，然或过于严苛，或过于理想，终致道之行难以普及。此贤者之过也。

不肖者不及，又何也？不肖者品德低劣，志趣短浅，难以企及大道之境界。他们或沉迷于私欲，不顾他人之疾苦；或满足于现状，不思进取之道路。故其道之行，往往停滞不前，甚至背道而驰。此不肖者之不及也。

人莫不饮食也，鲜能知味也。此言饮食之道，亦如大道之行。饮食者，人生之必需，然知味者鲜矣。盖因世间或有人往往只知满足口腹之欲，而不知品味食物之精华；只知追求物质之享受，而不知探求精神之富足。故其道之行，虽饮食日常，而大道之味，终难领略。

夫道，在于深悟其理。知者当持虚心以求知，慎勿恃才而误己；愚者更需勤学不辍，以求进益，切忌短视以自缚。贤者宜心存宽恕，待人以诚，勿以己意度人之心；不肖之辈，则当改过迁善，弃旧图新，勿使陋习牵累前程。

倘若人人能深悟道义，则大道之行必将畅通无阻，无所不至；大道之光明，必洞若观火，普照四方。是以，为学者当虚心求知，勤奋进取；为人者宜宽以待人，严以律己。

且夫道之修行，须持之以恒，久久为功。人当怀敬畏之心以奉道，持谦逊之态以求道，秉坚定之志以行道。惟其如此，道之修行，虽艰难亦将变得容易；道之象，虽隐晦亦将显现于世。道者，本无形无象，却蕴含于万物之内；人心，虽有灵性，却能洞察道之奥妙。故人当用心体悟道之精髓，以行动践行道之真义。倘若如此，道之实践，便如春风轻拂面庞，如甘露滋润心田；道之明晰，便如日月照耀世间，如星辰点缀苍穹。

人若能悟此道，行此道，则身心和谐，家国安宁。大道之行也，天下为公；大道之明也，人心向善。此吾对孔子之言解意也。

省思鉴行 道之不行，非道之过

孔圣有言："道之不行也，我知之矣。知者过之，愚者不及也。道之不明也，我知之矣，贤者过之，不肖者不及也。人莫不饮食也，鲜能知味也。"诚哉斯言，人生之道，往往行路难，知音稀。今以圣人之言为鉴，论处世得失，愿共鉴之。

道之不行，非道之过，实乃人之失也。大道至简，却往往难以被世人所领悟。知者过于聪明，往往陷入自我之见的泥沼，反被聪明误，难以窥见大道。他们自恃才高，对于道之精髓视而不见，如同盲人摸象，仅得皮毛，失却全体。

愚者智识有限，难明至理，犹如井底之蛙，仅见一方天地，而不知天地之广袤。然，愚者亦有愚者之福，因其心无杂念，更易专注于学习，循序渐进，逐步领悟大道之精髓。

是以，智者当知其白，守其黑，为天下式。智者应当深知自身之不足，不为表象所迷惑，而是守住内心的平静与深沉，探求大道之本原。他们明白，大道并非浮华之物，而是需要深入探究，才能得其精髓。他们以此作为天下的榜样，引导众人向道而行。

愚者则宜勤学不辍，以求知明道。虽然他们起初对大道一无所知，但只要肯下功夫，勤学好问，必能逐步领悟大道。他们不满足于现状，不断追求进步，如同磨刀石上的刀，越磨越锋利，终能洞察大道之奥妙。

故，道之不行，非道之过，乃人之失也。无论智愚，皆需反求诸己，勤学不辍，以达至道之境。如此，则天下可安，万物可和。道之不明，亦非道晦，乃人心不古。贤者志存高远，行为世范，然过于理想，不切实际；不肖者则品行低下，难明道义。故贤者宜脚踏实地，不肖者应自省改过。

道之所行，乃人生之必需，如每日三餐，不可或缺。然而，真正懂得品味其中奥妙者，却如凤毛麟角，何其珍贵。何以至此？皆因人心浮躁，忙碌于琐事，往往忽略了生活的细节与美好，难以静下心来细品饮食之味。

且人生在世，犹如品茶。茶之道，在于细水长流，品味其中。初尝，或觉苦涩，但细品之下，则体会到其回甘之味。人生亦是如此，需细细品味，方知其甘苦，得其真味。无论是生活中的酸甜苦辣，还是人生的起起落落，都需我们用心去感受，去领悟。处世之道，贵在得中。中庸之道，非智非愚，非贤非不肖，乃是寻求一种平衡与和谐。智者虽聪明，却不恃其智，谦逊有礼；愚者虽愚钝，却不耻下问，勤奋好学。贤者脚踏实地，务实求真；不肖者能改过自新，勇于面对。此四者，皆为处世之大智慧，值得我们学习与借鉴。

人生之道，当持平常心，勿骄勿躁，勿自菲薄。遇生活挑战与困境，宜勇敢面对，积极应对。斯如是，领略人生之真味，悟得处世之智慧。令以茶为鉴，以中庸为道，品生活之美好，当为人生之至也。

然则，何以得中道乎？必也勤学不辍，以求知明理；必也修身养性，以达平和之境；必也省察己过，以及人之善；必也志向高远，而不忘初心。如此，则处世之道可得矣。

又论及人心之莫测，情感之复杂，皆因人性之多样。故处世之道，更需洞察人心，善解人意。智者应知其深邃，不炫耀其才智；愚者当知其浅薄，不耻于下问。贤者宜宽以待人，不恃其高尚；不肖者应自感惭愧，力求上进。

再言人生之路多曲折，世事难料。然则，天道酬勤，皇天不负有心人。只要心怀坦荡，脚踏实地，终能克服困难，达到理想之彼岸。是以，处世之道在于坚持与毅力，不可轻言放弃。

又人生之意义在于追求与成长。无论智愚贤不肖，皆应有所追求，不断进取。智者求其深邃博大，愚者求其明晰通达；贤者求其更高境界。如此，则人生之"道"可得矣。

此刻，吾正于北戴河海船之上。思及子曰："道之不行也，我知之矣，知者过之，愚者不及也。道之不明也，我知之矣，贤者过之，不肖者不及也。"感其言而兴叹矣。亦如远海之影之随形。影，若有若无，似远还近，恍若远古之传来，又若未来之预示。大海，蓝色之镜，映夜之深邃，漾动着秦皇岛孤寂时之忧伤，亦如人心之变幻莫测。夜幕降临，大海宁静，却有影之涟漪，荡漾于心湖。道，亦如此，知者行之，愚者忘之。贤者明之，不肖者忽之。饮食之间，味之差异，亦如道之难明。人皆知饮食，鲜能知味。道之不行，亦在于此。

古人云："民以食为天。"然食之味，千变万化，非止于口腹之欲，更有心性之感悟。道之味，亦在于此。知者，能品味生活，明道之所在。愚者，仅知饮食之表，难以窥见道之真容。夜色之中，孤舟之上，波影涟涟思潮，愈发清晰。道之不行，非道之过，亦非人之过，乃知与愚之差异。若欲明道，必先修身养性，品味生活践行人生，或可求得道之所在。

子曰："知之者不如好之者，好之者不如乐之者。"道之不行，亦在于此。唯有好之、乐之，进而明道、行道。正如这北戴河之海，波澜壮阔中藏着宁静，深邃蔚蓝里映着智慧。知之者，或许能窥见道之一隅；好之者，则能深入其中，探寻道的奥秘；而唯有乐之者，方能与道合一，自在遨游于天地之间。影之波光涟涟，大海之镜，映射出人间之道，明道、行道……

瀛海笔谭

【第五章】

原文

子曰："道其不行矣夫。"

冀金雨译曰

孔子说："中庸之道恐怕很难在世上实行啊！"

读典浅悟 人心与道的微妙关系

夫道者，天地之根本，人心之归宿。其行也，自然而成，无有偏倚。中庸之道，何以不行？人当深思之。

盖因世之纷扰，人心之不古，道之行也，屡遭阻碍。或有人以私欲为先，视道为虚妄；或有人以成见为牢，拒道于千里之外。故道之不行，非道之不存，实乃人之不悟也。

夫道之行也，贵在人心，且须久久为之。人心向道，则道自流行；人心背道，则道自隐匿。今之人心，或为名利所惑，或为物欲所困，何能悟道、行道？故道之不行，亦在人心之不古也。然世风日下，人心浮躁，急功近利，何能持之以恒，行道不辍？故道之不行，亦在人心之不恒也。

夫道者，无形无象，而能成万物；无声无息，而能化万有。其行也，自然而然，无有痕迹。然今之人，多以有形有象为实，以无形无象为虚，何能悟道、行道？故道之不行，亦在人之不识也。而道之行，亦如春风之拂面，如甘露之润心。其明也，如日月之照世，如星辰之点空。然今之人，多不识道之明，不悟道之行，何能行道、悟道？故道之不行，亦在人之不明也。

人当知，道之行也，不在他人，而在己身。若人能以道为心，以道为行，则道自流行，何愁不行？然今之人，多以私欲为先，视道为外物，何能行道、悟道？故道之不行，实乃人之过也。道不在他，而在自心。若人能以心悟道，以行合道，则道自流行，何愁不行？然今之人，多以心为外物，以行为虚妄，何能悟道、行道？故道之不行，实乃人之不悟也。

道之行也，虽难必易；道之明也，虽隐必显。然今之人，多以轻慢之心待道，以傲慢之态求道，以动摇之志行道，何能行道、悟道？故道之不行，实乃人之不敬也。

故道者，至简至易，而至深至奥。其行也，亦无有难易，只在人之心。若人能以诚心求道，以恒心行道，则道自流行，何愁不行？然今之人，多以虚伪之心求道，以无常之恒行道，何能行道、悟道？故道之不行，亦在人之不诚也。

道不在远，而在近心；道不在他，而在自性。若人能以自性悟道，以近心行道，则道自流行，何愁不行？然今之人，多以他性为道，以远心为行，何能悟道、行道？故道之不行，实乃人之不识自性也。

道之行也，不在乎他人之评说，不在乎外物之影响。其行也，只在人之心念之间。若人能以正念求道，以净念行道，则道自流行，何愁不行？然今之人，多以邪念求道，以染念行道，何能行道、悟道？故道之不行，亦在人之不净也。不在乎形式之多少，不在乎规矩之繁简。其行也，只在人之心诚志坚。若人能以诚心行道，以坚志求道，则道自流行，何愁不行？然今之人，多以形式为道，以规矩为行，何能行道、悟道？故道之不行，亦在人之不诚、不坚也。

道不在言，而在行；道不在知，而在悟。若人能以行合道，以悟通道，则道自流行，何愁不行？然今之人，多以言为道，以知为悟，何能行道、悟道？故道之不行，实乃人之不言、不知也。

道之不行，非道之过，实乃人之过也。人当以敬畏之心待道，以谦逊之态求道，以坚定之志行道。如此，则道之行也，自然流行；道之明也，自然彰显。人若能悟此道，行此道，则身心和谐，家国安宁。大道之行也，天下为公；大道之明也，人心向善。

省思鉴行 孔子的处世智慧与人生哲学

昔者，孔圣有言："道其不行矣夫。"嗟乎，此乃圣人对时之世风日下，人心不古之哀叹也。今以圣人之言为鉴，论处世得失，探人生之道，愿共鉴之。

夫道之不行，非道之过，实乃人心之变。世风日下，人心浮躁，求名求利，而忘道义。是以，处世之道，贵在守正，不可随波逐流。守正者，必明理义，知荣辱，不为浮名所惑，不为小利所动。在纷扰之世中，保持一颗明镜之心。

且夫人生之路，多艰多险。道之不行，亦如逆水行舟，不进则退。然则，志士仁人，当以勇毅前行，不畏艰难，不惧险阻。遇困境而不退，遇挫折而不馁，方显英雄本色。是以，处世之道，在于坚韧不拔之志，勇往直前之心。

再言人心莫测，世事难料。处世之道，更需谨言慎行，如履薄冰。智者应知其白，守其黑，为天下式；愚者则锋芒毕露，招灾惹祸。是以，处世之道，在于谨言慎行之智，韬光养晦之谋。

又论及情感之复杂，皆因人性之多样。人生之路漫漫其修远兮，情感之纠葛亦复如是。然则，处世之道在于以诚相待，以心换心。无论亲情、友情、爱情皆应以诚信为本，不可欺瞒哄骗。如此方得人心之相向也。故曰，处世交往，真诚为先。诚者，天之道也；诚之者，人之道也。

论人生意义，在于追求与成长；论成长之道，源于学习与实践。无论智愚，皆应有所追求，不断进取。进取之要，在于勤学与实践。勤学不辍，方得智慧；实践求真，始能成长。纸上谈兵，空谈误事，非真学问也。故处世之道，贵乎勤学之志，实践之行。

再论人生目标，应志存高远，且不忘初心。无论何种困境与挑战，均应保持信念与决心。信念与决心，源于内心之坚守与执着。半途而废，前功尽弃，非君子英雄所为。故处世之道，更在于坚守执着，始终如一。

夫处世之道，博大精深，难以尽述。然借孔圣"道其不行矣夫"之哀叹，可略窥其中深意。道之不行，盖因人心不古，皆以名利为尊。故，处世必以道义为先，而名利次之。重义轻利者，才可深得人心。若迷于名利，则道义沦丧，人心尽失，何以立世？是以，明理之人，必以道义为立身之本，不汲汲于富贵，不戚戚于贫贱。道义者，人心之所向，亦为社会之基石。如此，则人心可聚，事业可成，而世道亦得以清明。

再论人生征途之漫长，其间难免遭逢险阻艰难。当此之际，唯有以勇毅之心应对，方能披荆斩棘，达成所愿。若勇往直前，虽遇千难万险，亦能一一克服，终至目标。倘若遇困即退，畏缩不前，则终将一事无成，空留遗憾。

是以勇毅之心，实为处世之要诀，不可或缺也。愿人皆能怀此勇毅之心，面对人生种种挑战。无论前路如何坎坷，皆能勇往直前，无所畏惧。如此，则人生之路，虽漫漫亦能行至终点，达成所愿，不留遗憾。

又言人生之路，多歧而难行。择其道，首在明理。明理者，能辨是非，知所取舍，识进退之机。倘不明理，盲目而择，必误入歧途，悔之莫及。故明理者，处世之基石也，不可不深思熟虑。明理而后能择善固执，行稳致远。是以君子务学明理，以之为处世指南，则可无往而不利也。

孔圣人之言"道其不行矣夫"，乃是对世风日下、人心不古之哀叹。夫道之不行，非道之过，实乃人心之变。在纷扰之世中，人当以勇毅前行，守正不倚，明理义，知荣辱，不为浮名所惑，不为小利所动。谨言慎行，如履薄冰，以诚相待，以心换心。追求与成长，学习与实践，志存高远，不忘初心。

且夫人生于世，交游不可避免。而交游之要，在于真诚。以真诚待人，人亦以诚相待；若以虚伪之情对人，人亦报以假意。是以，真诚乃处世之根基，片刻不可或缺也。

世间纷扰多变，人心难测，唯真诚可破万难，通万心。无论贫富贵贱，皆应以诚相待，此乃交往之真要。倘若虚与委蛇，虽得一时之便，终失长久之信。是以，智者务求真诚，以心换心。

人生在世，交往之道贵在真诚，以真诚待人，人亦真诚待我。人生征途，险阻艰难不可避免，唯以勇毅之心，披荆斩棘，方可达成所愿。而选择之道在于明理，明理者知所取舍，知所进退。故上述处世之道在于真诚、勇毅与明理三者缺一不可。

第六章

原文

子曰："舜其大知也与！舜好问而好察迩言，隐恶而扬善，执其两端，用其中于民。其斯以为舜乎！"

冀金雨译曰

孔子说："舜可真是具有大智慧的人啊！他喜欢问人问题，又善于分析别人浅近话语里的含义。隐藏人家的坏处而宣扬其好处。他掌握了两端的意见，采用过与不及中正确的部分来治理百姓，这就是他之所以为舜的原因啊！"

读典浅悟 舜之大知与德行

夫舜之智慧，非徒聪明之资，实乃好学之心。好问者，必有所得；好察者，必有所明。舜之好问，非为炫耀才学，实为探求真理。故能闻人所未闻，见人所未见。其好察迩言，非为挑剔瑕疵，实为明辨是非。故能于细微之处，洞察人心，洞悉世事。此其大知也。

舜之德行，更为人所称颂。隐恶者，非为包庇罪行，实为宽宏大量。故能化敌为友，化干戈为玉帛。扬善者，非为炫耀功德，实为激励人心。故能使百姓向善，社会和谐。其执两端，非为犹豫不决，实为权衡利弊。故能明辨是非，择善而从。用其中于民者，非为折中调和，实为公平公正。故能使百姓心悦诚服，国家长治久安。此其所以为舜也。

舜之智慧与德行，实乃相辅相成。智慧使其明辨是非，洞察人心；德行使其宽宏大量，公平公正。故能成就一代圣君之美名。然人当知，舜之所以为舜，其好学之心，宽宏之量，公平公正之德，皆需日积月累。故人当以舜为榜样，勤学不辍，修身养性，以期成为有用之才。

舜之智德，天下之大幸也。其好学不倦，启人心智，示人学问之要；宽宏之量，如海之纳百川，示人大度之美。其行事公正，无偏无倚，使人明平等之真义。夫舜，实为后世之楷模，其德行之光，照耀青史，惠泽苍生。

人当取法于舜，以之为鉴，明辨是非，善恶自明。于疑惑之际，宜虚心以求教，广纳百川，以成其大。闻善言善行，如获至宝，广为传颂，以励世人。修身养性，当以舜为榜样，勤学不辍，宽容待人，公正无私。

且夫舜之所以为圣君，亦在于其善于用人。夫人才者，国家之根本，社会之基石。舜能广开才路，不拘一格，故能使百业兴旺，国家富强。当效法舜之用人之道，不拘一格，广纳贤才，使人才得以尽其用，国家得以昌盛。

夫舜之智慧与德行，实乃天下之所望。人当以此为榜样，勤学好问，修身养性，以期成为有用之才。若人皆能如此，则国家昌盛，社会和谐，百姓安康。

夫舜者，古之圣君，其智慧与德行，皆为后世之楷模。人当以之为鉴，明辨是非，善恶分明。若遇疑惑之事，当虚心请教；若闻善言善行，当广为传播。如此，则社会和谐，人心向善，国家昌盛。且夫舜之所以为圣君，亦在于其善于用人。

省思鉴行 处世之道中的沟通与理解

大千世界，纷扰多变，或有人心不古。处世之道，何其难哉！然舜之智，可为众生指南。舜之好问，非独求知识之广博，亦在倾听他人之言，以明己之不足。

吾等当效之，广纳群言，不耻下问，以求知之广博与处世之圆融。

舜又好察迩言，意在体察民情，了解百姓之所思所想。政者当深入群众，倾听民声，以解民之忧，排民之难。进而得民心，顺民意，处世自然圆融无碍。

舜之隐恶扬善，实乃处世之大智慧。人之有过，宜宽宥之；人之有善，宜赞扬之。进而化解矛盾，促进和谐。吾辈当学之，以宽容之心待人，以赞美之词励人，则能广结善缘，处世自然得心应手。

舜之执两用中，实为处世之精髓。夫世事复杂多变，人心难测。若偏执一端，则易失之偏颇。唯有执两用中，求得平衡与和谐。吾辈当以此为处世原则，不偏不倚，折中而行。

以史为镜，可以知兴替；以人为镜，可以明得失。舜之智与德，实为吾辈处世之楷模。当反观自省，以求省思鉴行。

昔项羽勇猛无匹，力拔山兮气盖世，然其性格刚烈、行事偏激，终致四面楚歌、乌江自刎。此乃偏执一端之祸也。若其能执两用中、折中而行，则或许能避免此悲剧。反观刘邦则能屈能伸、知人善任、终得天下，此乃中庸之道胜于偏激之行也。

再观古今之成大事者，多秉持中庸之道。如诸葛孔明，淡泊以明志，宁静以致远，此中庸思想之典范也。其不偏不倚，无过无不及，以平和之心，成大业于天下。又观曾文正公，在官场中左右逢源，游刃有余，此亦得益于中庸之智慧。其深谙中庸之道，知进退，明得失，故能立于不败之地。

中庸之道，诚为处世之宝典，可令人心存平和，于世间纷扰中求得宁静以致远。故自古迄今，凡成大事者，多依此道而行，以其为行为之圭臬，因而功成名就。观之诸葛亮、曾国藩等伟人，皆以中庸之道为立身之本，处事之则，终至功垂青史，为后人所敬仰。

以此为镜，深悟中庸之精髓，以求在人生征途中，步履稳健，志在远方。非但求个人之成功，更致力于社会和谐，国家昌盛。故处世之道在于平衡与和谐，而中庸之道实为求得此平衡与和谐之法宝，非独对个人修身齐家重要，对治国平天下亦具有指导意义。

众生八苦，皆为尘劳，每个人都在寻求处世之道。有人追求名利，有人渴望真情，然而，真正的处世之道并非一味追求外物，而是内心的修炼与成长。

以舜为镜，可观己身之不足，明己之短，进而修身以求进。中庸之道，儒家之精髓，执其理念，可求得世间万物之和谐与平衡，不偏不倚，无过无不及。圣人言行，皆可为世范。以之为榜样，时时自省，则己之德行可得而提升，不德之处自可改正。书史之中，载前人成败得失，更当以此为明镜，可照见己之错失，避免重蹈覆辙。

嗟乎！处世之道，实乃一门大学问，其难不在外物之复杂，而在内心之纷扰。心若如止水般宁静，则遇事能沉着应对，不为外物所动；倘若心浮气躁，便容易迷失本心，行事难免有失偏颇。

是故，修身养性，乃处世之基石。非但如此，更需时时以舜为镜、以中庸为道、以圣人为榜样、以书史为鉴，在此纷繁复杂之世中，求得世事洞明也。

古人云："君子务本，本立而道生。"何为本？心为本，德为本，故须修心养德。舜之大知，非独其智，亦在其德。其好问、好察、隐恶扬善、执两用中，皆为其德之体现。

故，欲求处世之道，必先修心养德。心静可明理，德厚能载物。

第七章

原文

子曰："人皆曰予知，驱而纳诸罟擭陷阱之中，而莫之知避也。人皆曰予知，择乎中庸而不能期月守也。"

冀金雨译曰

孔子说："别人都说自己很聪明，可自己被驱赶到罗网、陷阱之中，却不知道躲避。别人都说自己很聪明，可选择了中庸之道，却不能坚持一个月。"

读典浅悟 知行合一的中庸之道

此语深矣，乃警世之金玉良言。今欲解其意，略陈固陋，冀得窥见圣人之微旨。

夫知者，人心之灵也，能烛照万物，明辨是非。然世人往往自矜其知，以为无所不知，无所不能。岂知天地之大，宇宙之广，其间奥妙无穷，岂是凡夫俗子所能尽知？故夫子有言："人皆曰予知。"盖言世人皆以己为知也。

然知易行难，知者未必能行。夫子又言："驱而纳诸罟擭陷阱之中，而莫之知避也。"此言何解？盖言世人虽自以为知，然一旦遭遇困境，便如坠罗网，身陷囹圄，不能自拔。何以故？以其知未及行，行未及果也。知者当明辨是非，审时度势，以避祸患。然世人往往为名利所惑，为情欲所牵，不能自拔于罗网之中，此乃知行之悖也。

又云："人皆曰予知，择乎中庸而不能期月守也。"中庸者，道之正也，不偏不倚，无过无不及。夫子尝言："中庸之为德也，其至矣乎！"盖言中庸之道，乃人生之最高境界也。然世人虽知中庸之美，而能守之者鲜矣。何以故？以其心不诚，志不坚也。中庸之道，须日积月累，乃至佳境。然世人往往急功近利，不能持之以恒，故不能期月守也。

夫知者当自知之明，行者当自强不息。知而不行，非真知也；行而不知，非真行也。故夫子之言，实乃警世之良言也。人当自省自身，以求真知灼见，行之不倦。

且夫知者贵乎自知，不贵乎人知。人知者，虚名也；自知者，实德也。世之所谓知者，往往以人知为贵，而不知自知之重要。故夫子言："人皆曰予知"，非真知之谓也。真知之者，自知其不足，故能虚心向学，不断进步。而人知者，往往自满自足，不思进取，此乃知者之大忌也。

又行者贵乎恒久，不贵乎一时。一时之行，易也；恒久之行，难也。世之所谓行者，往往以一时之行为荣，而不知恒久之行的重要。故夫子言："不能期月守也"，非真行之谓也。真行之者，持之以恒，锲而不舍，故能成就大事。而一时之者，往往半途而废，不能善始善终，此乃行者之大忌也。

然则如何真知真行乎？吾以为当以诚为本，以恒为魂。诚者，心之真也；恒者，行之久也。心真则知真，行久则功成。故人当以诚心向学，以恒心行事，以真知真行，成就人生。

夫知行之理，实乃人生之大道也。知而不行，行之不知，皆非人生之正途。故人当以夫子之言为鉴，自省自身，以求真知真行。真知者，能明辨是非，审时度势；真行者，能持之以恒，锲而不舍。如此则能避祸患于无形，成大事于有形矣。

且夫人生在世，当以修身为本，以齐家治国平天下为务。修身者，修心养性也；齐家者，和睦家庭也；治国者，安定国家也；平天下者，协和万邦也。此四者皆以知行为基础。故知行之理，实乃人生之根本也。

省思鉴行 涉猎百家，洞悉世间

此语寓意深远，言人之自负与短视，亦指明处世之要义。吾以此，思辨人生之道，欲在纷纭世界中寻得一席之地，以镜观我，以我观世界。

世人多谓己明智，然往往陷入纷扰之中，不自知其迷。如罟、擭、陷、阱，皆是人为之局，难以自拔。故君子之道，当洞悉世事，得以游刃有余。吾常思，何以跳出此局？何以自辟蹊径？

答案或许在于中庸之道。中者，不偏不倚；庸者，平淡无奇。然择乎中庸，实为不易。期月守之，更是一种境界。吾以为，人之洞悟，在于认识自己，了解自己，而领悟世间至理，终至通达之境。

以镜观我，吾见吾之容貌、衣着、举止，皆为表象。进一步，可见吾之心性、品德、修养。洞悉自己，乃知己知彼，百战不殆也。人当常以此自省，恐己之不足，恐己之谬误。然人生短暂，岂能尽善尽美？故吾以中庸之道自勉，守平淡，安天命。

以我观世界，世界繁杂多样，众生芸芸。吾以为，世间万物，皆有道可循。洞悟世界，需广泛涉猎，博学多才。由此，吾常博览群书，以求洞悉世间奥秘。然书海无涯，吾生有涯，岂能尽读？故吾以中庸之道自勉，择其善者而从之，其不善者而改之。

世间纷扰，人海茫茫。吾怀洞悟之心，深省己身。识己、知己，乃立足于世之基。执中庸之道，广纳博学，涉猎百家。以洞悉世间之玄妙，追寻人生至高之境。愿与志同道合之士，携手共进，同赴人生漫长之旅。

夫人生苦短，何妨放纵思维，追求真知、探寻智慧。立足当下，放眼未来。以中庸之道为行事之准则，以博学多才为修身之本。洞悉天机，体悟人生。此行虽难，然有志者事竟成。

瀛海笔谭

君子之行，静以修身，俭以养德。非淡泊无以明志，非宁静无以致远。夫如是，则可游刃有余于世间，而不为外物所惑。吾等置身于大千世界，如尘埃般微不足道，却也因这份渺小，得以窥见宇宙之浩瀚，人生之奥义。

是以，吾等当洞悉心灵之镜，时常省察，以免沉沦于世俗之网。罟、攫、陷、阱，皆为心魔。唯有明心见性，进而驱散迷雾，找到心中之光明。中庸之道，不偏不倚，乃是一条通往洞悟的桥梁。吾等应择善而行，持之以恒，守到守得之月明花好夜。

然而，人生之路，非一帆风顺。世事难料，变化无常。故君子怀瑾握瑜，时刻准备应对挑战。洞悉世界，亦需洞悉自我。自我之不足，自我之短视，皆为成长之契机。是以，吾等应以镜为鉴，以我为镜，互为参照，以求洞悟。

红尘纷扰，世俗之诺往往沾湿人心，如同晨露润湿青草。然风刀霜剑，屡破长空之静谧，使人生之路显得崎岖不平，践行之道难矣。人生或如画中采蜜，于琐碎生活中寻觅那一丝丝甜蜜与满足。虽挫折难免，然每当觅得满足之感，便能深深抚慰人心。

于洞悟与省鉴之旅中，人应坚毅无畏，勇往直前，如同江湖侠客挥剑指天，心怀壮志。不忘初心，持续奋进，披荆斩棘，无所畏惧。深知自我者，则能洞察世间万物之理，从而游刃有余地应对各种挑战。

中庸之道，可谓人生指南，犹如一把精准之尺，量度吾等言行。它佐引走向更深层次的洞悟，教导如何在纷繁复杂的世界中保持平衡，如何在追求个人理想与社会和谐之间找到最佳的契合点。

吾辈众生，应深思慎行，时刻审视自己的言行，不断修正自己的方向。省思鉴行，既是修身之道，也是交流的桥梁。故应以开放的心态接纳世间的美好，同时也接纳自身的不足。于洞悟与省鉴中，日新其德，月异其能。

〔第八章〕

原文

子曰："回之为人也，择乎中庸，得一善，则拳拳服膺而弗失之矣。"

冀金雨译曰

孔子说："颜回这个人啊，他选择中庸之道，一旦得知好的道理，就会牢记在心，从不让它丢失。"

读典浅悟 中庸之道，善念之行

子曰："回之为人也，择乎中庸，得一善，则拳拳服膺而弗失之矣。"夫中庸者，道之正也；善者，德之粹也。颜回择中庸以为行，得一善以为宝，拳拳服膺，弗失之矣。今吾将以此陈其意旨，以示后学。

中庸之道，非平庸也，乃执两用中，不偏不倚，致中和而天地位焉，万物育焉。颜回为人，择乎中庸，故能行稳致远，不逾矩。夫中庸之道，贵在调和，调和则和谐，和谐则生万物。是以颜回之行，合乎天道，应乎人心，得乎中和。

得一善者，得一心也。心正则行正，行正则德成。颜回得一善，则拳拳服膺，敬之如命，爱之如宝。此善非外物也，乃心中之善念，德行之根基。得一善而弗失之，则善念长存，德行日新。颜回之善，乃长久之积；非一人之得，乃

瀛海笔谭

152

众人之望。

夫善之为德，在乎心之诚，行之实。心诚则善真，行实则善显。颜回得一善而拳拳服膺，此心之诚也；弗失之矣，此行之实也。是以颜回之善，深入人心，流传千古。

人当以颜回为榜样，择乎中庸以为行，得一善以为宝。行中庸之道，则能致和谐之境；得一善之心，则能成德行之美。中庸非平庸，善念乃根本。人当勉力修行，以求中庸之德，善念之行。

然则，中庸之道，非易行也；善念之行，非易得也。必有艰难困苦，必有挫折磨砺。然人当以勇者之心，面对之，克服之。致中庸之境，得善念之行。

且夫中庸之道，非徒修身之要，亦治国平天下之基。夫国者，民之聚也；天下者，国之本也。国治则天下安，天下安则民乐。中庸之道，实乃治国平天下之大道。颜回获一善，拳拳服膺，未尝失之，此亦治国平天下之善念矣。善念之行，存乎心之诚，行之实。心诚则善真，行实则善彰。颜回得善而拳拳服膺，不失之，此乃善念之行也。然善念之行，岂易得哉？必历艰难困苦，必受挫折磨砺。然人应以勇者之心，对之，克之。进而成善念之行，获德行之美。

善念之行，非徒修身之要，亦齐家治国平天下之基。夫家者，民之基也；国者，家之本也；天下者，国之根也。家齐则国治，国治则天下平。是以善念之行，乃齐家治国平天下之大道也。颜回得一善而拳拳服膺，弗失之矣，此亦齐家治国平天下之善念也。人当勉力修行，以求齐家治国平天下之德，善念之行。

夫中庸之道，乃修身立德之本，其要在乎心诚行实。心之诚，为道之基；行之实，为德之成。昔颜回择中庸之道，得一善则深铭于心，奉为圭臬，此诚为心诚行实之表率。

善念之行，非唯修身之要，亦为众人所望。盖众人乃社会之基石，而社会又为天下之根本。若众人皆能行中庸之道，则社会和谐有望；若众人皆能秉持善念，则天下永久太平。故当勉力行之，以中庸之道修身，以善念之行立世。心诚则无往不胜，行实则功成名就。

省思鉴行 和谐、平衡与适度的处世应用

子曰："回之为人也，择乎中庸，得一善，则拳拳服膺而弗失之矣。"此语意蕴深远，实乃处世之至理。颜回之为人，能择中庸之道而行，得一善则拳拳服膺，其精神可嘉，其态度足为世人楷模。今以颜回之行，辩其处世之要义，并以之为生活指南。

万象世界，众生纷纭，人心各异。在这纷繁复杂的世界中，如何处世，实乃一大难题。然而，颜回的中庸之道，给我们提供了一个很好的范例。

夫中庸之道，乃儒家思想之核心，强调和谐、平衡与适度。颜回以其智慧与德行，践行此道，成为后世之楷模。彼之生活态度，不啻为对中庸之道之深刻理解与体现，亦为吾辈提供了处世之良方。当学颜回，安于现状而不失志，积极进取而不忘本，此乃中庸之应用也。

中庸之道，非折中妥协之谓，乃求恰到好处之境。在处世中，我们要善于把握平衡点，不可偏颇。如阴阳调和，刚柔相济，方能保持平衡。在人际关系中，我们亦需寻求平衡，既要坚持自我，又要顾及他人；既要追求成功，又要注重过程。在处世中游刃有余。

颜回恪守中庸之道，其行足为吾辈之楷模。孔子曾言："吾与回言终日，不违，如愚。退而省其私，亦足以发，回也不愚。"言颜回虽表面似愚，实不愿轻易显露智慧。

守中庸之道者，不轻言未熟之见，深知多言必失之理，故在深思熟虑之前，选择默而不语。知真智慧，不在于口舌之辩，而在于心之深入思考与领悟。且生活中多表现为低调深沉。不羡表面之光鲜，而重内心之修养。知人生之价值，不在于所得之多，而在于所付之多。不计得失，不争口舌之利，关键时刻，方显智慧与才能之卓越。

故其内涵深厚，魅力独特。言行举止，皆显深度智慧与成熟之锋芒。生活中，

既能恪守原则，又能灵活变通。内心宁静，应对外界纷扰，游刃有余。总的来说，守中庸之道的人，虽然在现实生活中看似愚蠢，但他们却拥有最深沉的智慧。他们知道如何立身处世，如何将所学内化为己有。他们的存在，就像一股清流，给社会带来正能量，给人们带来希望和启示。

再则，处世需有敬畏之心。得一善，则拳拳服膺，实乃对善的敬畏与珍视。大千世界，纷繁复杂，我们应时刻保持一颗敬畏之心，敬畏天地，敬畏自然，敬畏道德。敬畏，在践行人生中坚守正道，不逾矩。

又者，包容之量亦为处世之要义。大千世界，众生各异，包容是我们在处世中必备的品质。我们要学会包容他人的不同观点和做法，善于倾听他人的声音、尊重他人的选择。海纳百川，有容乃大，包容能让我们在大千世界中广结善缘。

古人云："君子之道或出或处或默或语四海之内皆兄弟也。"此言何解？盖言君子之处世也无论身处何地、无论面对何人皆能以诚相待、以善为本。此乃中庸之道也！

故应以中庸之道为佐引，在为人处世中，遵循中庸之道，做到不偏不倚，无过无不及。洞悉世界之变，省察己身之过，调整心态与行动，坚定信念与意志。

中庸之道，教人厚积薄发，不张扬显摆，不卖弄聪明智慧。颜回恪守中庸之道，又或因颜回深谙中庸之道，环境不允许时，能藏拙自守，安乐自处，积极乐观，积蓄资历，以待他日发展，有所作为，其行足为楷模。

现实生活中，类似颜回者众，貌似愚蠢，不言辞争竞，不计得失。然知守中庸之道，晓此人生哲学为立身处世之本。知在事未明之前，不发表未成熟之见解；知如何体悟，如何思考，如何将所学内化为己有。守中庸之道者，言行举止，皆显深度智慧，透露成熟锋芒。

先贤之智慧，源于生活，高于生活。他们以中庸之道自守，不仅完善自身，且欲传之后世，使后人也能从中受益。其良苦用心，可见一斑。故我们应当体会先贤之苦心孤诣，将中庸之道内化于心，使其成为我们人生之智慧，人格之修为，以此应对生活之复杂性与挑战。

中庸之哲，乃生之理念，处世之姿，亦为修身之境。彼教人无偏无倚，无过无不及，厚积而薄发，不矜不伐。于世间，吾等宜效法颜回，外若愚钝，内实智睿，不轻发未熟之见，惟经体悟、深思，化所学为内富。

故人心皆应树一套价值观，以定己之世界观与人生观，成己之处世之术。此术非天生具备，乃后天生活所塑。若吾等不能正视此世，观周围之人与物，则所取之处世之术及所随之价值观，恐有谬误，致人格不全，甚或扭曲。

故而，修身之道，在于洞察世间万物，持中庸之道以处世，厚积学识，内敛智慧，以成就完美人生。

瀛海笔谭

〔第九章〕

原文

子曰："天下国家可均也，爵禄可辞也，白刃可蹈也，中庸不可能也。"

冀金雨译曰

孔子说："天下国家可以治理，官爵俸禄可以辞掉，锋利的刀刃可以踩，但中庸之道却不容易实行。"

读典浅悟 道之至简至难

昔者夫子有言："天下国家可均也，爵禄可辞也，白刃可蹈也，中庸不可能也。"斯言何解？愿陈微义，以解其旨。

夫天下国家，社稷之基，万民所系。均者，平也，和也。然均天下国家，非易事也。必以仁德为本，法度为纲，而后可致太平之世。然则，均之可能，在于人心之向善，非力之所及也。故夫子言可均，实乃勉人以仁德，务求天下大同。

爵禄者，功名之表，富贵之征。辞者，弃也，不取也。夫爵禄虽贵，然非人生之终极。若贪恋爵禄，则易忘初心，失却本真。故夫子言可辞，意在勉人淡泊名利，勿为外物所累。

白刃者，凶器也，利刃也。蹈者，踏也，履也。夫白刃之险，人所共知。然有时为正义，为信念，人须勇蹈白刃，无所畏惧。故夫子言可蹈，意在勉人坚守信念，勇往直前。

然而，中庸之道，却非如前三者之易行。中庸者，中道而行，不偏不倚。夫中庸之道，虽为至理，然实行之难，莫过于此。盖因人心之偏颇，世情之复杂，往往使人难以秉持中庸之道。故夫子言不可能，非谓中庸之道不可行，实乃叹其难行也。

夫中庸之道，贵在中和，致于平衡。不偏不倚，不激不随。夫子言其不可能，盖因中庸之道，非一蹴而就，须日积月累，而渐入佳境。故人当以夫子之言为鉴，勤勉修行，以求中庸之道。

且夫中庸之道，贵在自知。人须自知其短，不自满；自知其长，不自矜。持中守正，不偏不倚，行中庸之道。故人当以谦逊为本，以平和为魂，方可致中和之境。

又夫中庸之道，重在实践。道虽好，不行则无益；理虽明，不用则无功。故人当以实践为要，以行动为本，体现中庸之道。行之以诚，守之以信，致中和之果。

且夫中庸之道，非独修身之本，亦齐家治国之要。夫家之和谐，国之安定，皆赖于中庸之道。

人当以夫子之言为警，时刻自省，以求中庸之道。夫中庸之道，虽难行，然非不可行。

中庸之道，非独一人之行也，乃天下万民之所共行也。夫天下万民，若能皆行中庸之道，则能致天下大治，万民安乐。

然则，如何行中庸之道乎？吾以为当以诚信为本，以谦逊为魂。诚信者，人心之根本也；谦逊者，品行之要义也。人若能以诚信待人，以谦逊处世，则能行中庸之道矣。

又当以平和为心，以宽容为怀。平和者，心境之安宁也；宽容者，胸怀之广大也。人若能以平和之心对待世事，以宽容之怀包容他人，则能致中庸之境矣。

嗟乎！中庸之道，至简至难，至深至广。

省思鉴行 在纷繁复杂的世界中保持平衡

天下国家，权势财富，乃至生死，皆可权衡取舍，唯独中庸，难能而可贵，需用心体悟，得其至理。

众生万象，人心各异。如何处世，实乃人生一大难题。有人追求权势，有人迷恋财富，更有人为了一己之私，不惜践踏他人。然而，真正的智者，却能在这纷繁复杂的世界中，坚守中庸之道。大千世界，芸芸众生，各有其志，各有其欲。有人为名，有人为利，更有人为权。然，名利权位，终究过眼云烟，何如执中守正？故行中庸之道者，不随波逐流，能于乱世中保持清醒之头脑，于名利场中守住本心。

世事如织，人心难测。天下之大，国家之众，欲均之，谈何容易？爵禄之诱，人皆向往，然能辞者几何？白刃之险，蹈之者需何等勇气？而中庸之道，看似平易，实则难行。何也？盖因人心浮动，易受外物所扰，难以持之以恒也。世事纷扰，人心浮动。欲行中庸之道，需先修心养性。心静则神定，神定则智生。智生则能洞察世事真相，不为表象所迷。如此于大千世界中找到自己之定位，不迷失于纷扰之中。

中庸者，执中守正之道也。非一味妥协，亦非偏激冒进，而是在纷繁复杂之世事中，寻求平衡，保持内心定力。然世事多变，或有人心不古，欲行中庸之道，需有洞察秋毫之智，更需有坚守初心之勇。行中庸之道者，亦需有包容之心。世间万物各有其理各有其道，不可强求一致。中庸之道，乃是一种平衡与和谐的艺术。它要求我们在处世中寻求各方面的平衡点，不可偏颇。如同阴阳调和，刚柔相济，方得长久之道。在人际关系中，我们既要坚持自我，又要顾及他人；既要追求成功，又要注重过程。我们要学会尊重他人之选择，理解他人之难处，与人和睦相处，共同创造和谐社会。

敬畏之心，乃中庸之道的核心。大千世界，纷繁复杂，我们应时刻保持一颗敬畏之心。敬畏天地，敬畏自然，敬畏道德。只有敬畏，才能让我们在处世中坚守正道，不逾规矩。面对权势财富的诱惑，我们能坚守本心，不为所动；面对生死抉择，我们能坦然面对，不失道义。

夫子有言："中庸之为德，至矣乎！"此言彰显中庸之道为德行之极致，实乃吾等所应孜孜以求之目标。世事变幻莫测，犹如梦境；名利转瞬即逝，宛若烟雾。唯中庸之道，历经岁月沉淀，愈显其珍贵。

大千世界，纷繁复杂，倘若以中庸之道为行事准则，则能泰然处之，不为外物所扰。故吾等当努力修行，以期达到中庸之境界。进而在纷扰多变之世界中保持一颗平静之心，从容面对生活之种种挑战。

世事如梦，名利似烟，过眼即逝，唯中庸之道，如北斗之恒，历千年而不衰。

〔第十章〕

原文

子路问强。子曰："南方之强与？北方之强与？抑而强与？宽柔以教，不报无道，南方之强也，君子居之。衽金革，死而不厌，北方之强也，而强者居之。故君子和而不流，强哉矫！中立而不倚，强哉矫！国有道，不变塞焉，强哉矫！国无道，至死不变，强哉矫！"

冀金雨译曰

子路问孔子什么是真正的强大。孔子回答说："是南方的强大呢，还是北方的强大，还是你自己的强大呢？用宽容和柔和的态度去教育人，不对无理取闹的行为报复，这就是南方的强大，是君子所具备的。而那些穿着铠甲、手持武器，即使面临死亡也不退缩的人，这就是北方的强大，是那些刚强的人所追求的。所以，君子能够和谐相处而不随波逐流，这才是真正的强大啊！能够保持中立而不偏不倚，这也是一种强大的表现啊！当国家政治清明时，君子不会改变自己的志向，这也是一种强大的态度啊！当国家政治混乱时，君子即使到死也不改变自己的立场，这更是强大的典范啊！"

读典浅悟 强之本真，德行为本

子路问强，夫子对曰："南方之强与？北方之强与？抑而强与？"夫强之解，非独力之盛也，乃心志之坚、德行之高也。

南方之强，在于宽柔以教，不报无道。夫宽柔者，德之容也，能化戾气为祥和，变暴戾为文明。君子居之，故能化育群生，使民成俗。其强不在筋骨之壮，而在德行之厚，心志之坚。此乃文人之强也，以德化人，以礼治世。

北方之强，在于衽金革，死而不厌。夫金革者，战器也；死而不厌者，志节也。此武士之强，以勇武立世，以战卫国。强者居之，故能御外侮，保家国。其强在于身之勇猛，亦在于心之刚毅。此乃武士之强也，以武卫国，以勇克敌。

然夫子所云，又不止于南方之强与北方之强也。故君子和而不流，中立而不倚。和者，和顺也；不流者，不随波逐流也。中立者，守中也；不倚者，不偏不倚也。此心志之强也，坚守中道，不为外物所动。

国有道，不变塞焉；国无道，至死不变。此乃信念之强也，世道虽变，吾心不变。君子之强，不在于能随世变，而在于能守道不变。故知强者，非徒以力胜人，亦以德服人；非徒以勇克敌，亦以智取胜。

夫强之本真，在于心志之坚、德行之高。是以君子循中庸之道而为，皆以强为本。夫强者，乃长久之积；非一人之力，乃众人之合。故君子务本，本立而道生；务强，强至而事成。

修身之道，贵在自强不息。自强不息者，志在千里，行在足下。每日三省吾身，察己之不足，勉力修行。不为外物所动，不为荣辱所摇，此乃自强之道也。

齐家之道，亦在于和而不流。家庭和睦，乃社会和谐之基。夫妻相敬如宾，兄弟和睦共处，此和家之本也。不为世俗所惑，不为外物所扰，此家道之强也。

治国平天下，更需强者之德。以德治国，则民心悦服；以法治国，则民不敢犯。故知强者，必能治国平天下，以强为本，以德为魂。

昔人云："天行健，君子以自强不息。"此乃强者之志也，不以物喜，不以己悲，但求心之安定，身之强健。夫强之解，在乎心志之坚、德行之高，非徒力之盛也。故知强者，必能循中庸之道而为，以强为本，以德为魂。

人当以夫子之言为鉴，勉力修行，以求自强之道。自强不息者，立足于社会；厚德载物者，造福于人民。

然则，强之道路，非坦途也。必有艰难困苦，必有挫折磨砺。然人当以勇者之心，面对之，克服之。进而致强之境，得强之果。夫强之解，在乎心志之坚、德行之高，人当勉力以求之，以强为本，以德为魂。

强之为义，广矣大矣。既在于身之强健，亦在于心之坚定；既在于力之勇猛，亦在于德之高尚。

省思鉴行 在变局中坚守道义

昔子路问强于仲尼，仲尼答曰："南方之强，宽柔以教，不报无道，此乃君子之所为也；北方之强，衽金革，死而不厌，此乃强者之所处也。"夫南方之强，温文尔雅，含弘光大，以德报怨，何其仁也。北方之刚，勇猛果敢，以直报怨，何其义也。故吾辈当取二者之长，和而不流，中立不倚，此本章之要义也。

处世之道，千变万化，而强者之姿，却如一也。何以言之？强者，心坚如铁，志如磐石，不为权势所屈，不为财色所诱。当世纷扰，或有人心不古，而强者之心，始终如一，何其难能可贵也！

观今之世，人心浮躁，名利至上，弱者随波逐流，强者则能坚守本心。何以故？强者知所进退，明辨是非，虽身处逆境，亦能泰然处之。如孟夫子所言："富贵不能淫，贫贱不能移，威武不能屈。"此乃真强者也。

世间之人，林林总总，有志士仁人，亦有奸佞小人。志士仁人，心怀天下，忧国忧民，以道德为准则，以仁义为行动指南。奸佞小人，则只顾一己之私，损人利己，无所不为。然而，天道有常，善恶有报，奸佞小人虽能逞一时之快，终将被世人所唾弃。

故吾辈当以强者之姿处世。始终坚守道义，不为权势所动，不为财色所诱。立足于世，无愧于心。

然则，何为强者之姿？非以力胜人，亦非以财压人，而是以德服人。强者之姿，在于内心的坚定与外在的从容。无论遭遇何种困境与挑战，强者总能保持冷静与理智，以平和的心态去面对一切。他们懂得忍辱负重，知道何时进何时退；他们明辨是非曲直，坚守道义原则；他们不以物喜不以己悲，始终保持一颗平常心。

大千世界众生纷纭中强者如凤毛麟角般稀少而珍贵。他们像璀璨的星辰照亮着黑暗的天空佐引着众生走向光明与希望。

再观古今之变迁，历史之洪流中，多少英雄豪杰以强者之姿屹立于世。如岳飞之精忠报国，文天祥之正气凛然，他们为国为民，英勇无畏，虽九死其犹未悔。此等英雄气概，岂非强者之姿乎？

当今之世，虽无烽火连天，但竞争之激烈，挑战之重重，不亚于战场。吾辈当以强者之姿处世，从而立足于不败之地。无论商场之战，还是学术之争，皆需强者之心态与智慧。强者，不惧困难，不畏挫折，勇往直前，直至成功。

欲立强者之姿，必持续自修，不断提升，勇于挑战，屡破己限。惟其如此，方可于风雨飘摇中屹立不摇，终成真正之强者。终愿吾辈众生，皆能以强者之态处世，不屈于权势，不诱于财色，坚守道义，恪守良知。若此，则世必更美矣！

夫强者之姿，非仅个人之志，亦国家社会之冀望。因强者之姿，尽显英勇精神、刚毅力量、崇高担当。国难当头之时，强者身先士卒，力挽狂澜于既倒；社会动荡之际，强者擎起火把，照亮前行之途。此皆强者之本色也！

是故，必铸强者之魂，修强者之姿。不为艰难险阻所畏，勇往直前，方显英雄本色。愿中华大地，皆能以强为范，则世道昌盛，民族复兴，可期也。

且夫本章之处世佐引也，在于提醒吾辈，时刻保持强者之心态与姿态。无论顺境逆境，皆坚守道义与原则不随波逐流。且明辨是非曲直，知所进退，则立足于不败之地也！

【第十一章】

原文

子曰："素隐行怪，后世有述焉，吾弗为之矣。君子遵道而行，半途而废，吾弗能已矣。君子依乎中庸，遁世不见知而不悔，惟圣者能之。"

冀金雨译曰

孔子说："那些故意隐藏自己的真实行为，做出一些奇怪的事情来吸引注意的人，后世也许会有人记载他们，但我不会这样做。君子按照正道去行事，即使走到一半遇到了困难，我也不会放弃。君子遵循中庸之道，即使隐居起来不为世人所知，也不会感到后悔，只有圣人才能做到这一点。"

读典浅悟 中庸之道，德行之极

夫素隐行怪者，非真道也。彼幽微之论，怪诞之行，虽或骇人耳目，终非大道之正。后世或有述其言者，亦不过为异端之说，不足以传世立教。故夫子弗为之矣，盖以正道为归，不贵奇谈怪论也。天下人当以此为戒，勿逐浮名，勿骛虚声，务在求真实之道，守中正之心。

遵道而行者，君子之所尚也。夫道者，天地之正理，人伦之大纲。君子循道而行，不偏不倚，不悖不逆。然或有半途而废者，弗能已矣。此何也？盖道之难行也。世之纷扰，欲之炽盛，往往使人迷失方向，忘其初心。故君子须坚定信念，持之以恒，方得始终。人当勉力笃行，勿因艰难而退缩，勿因挫折而气馁。

君子依乎中庸者，其德行之极致也。中庸者，不偏不倚，无过不及，乃天地之大道，人事之至理。君子依此而行，虽遁世不见知，亦不悔其志。盖君子之行，非为求名求利，实乃尽己所能，行其所当行也。唯圣者能之，盖圣者之心，与天地同流，与万物共体，故能行其所当行，而无悔无愧。人当以此为法，修心养性，以臻于至善之境。

吾读夫子之言，深感其意之深远，道之博大。夫子以素隐行怪为戒，以遵道而行为尚，以依乎中庸为极，此皆循中庸之道而为之本也。天下人当以此为准则，修身以立命，齐家以治国，治国以平天下。如此，则大道之行也，天下为公，选贤与能，讲信修睦，故人不独亲其亲，不独子其子，使老有所终，壮有所用，幼有所长，矜寡孤独废疾者皆有所养，男有分，女有归。此乃大道之行也，亦天下人之所愿也。

吾又思之，大道之行，虽难且远，然天下人之心，当怀希望，当存信念。盖希望者，人心之所向也；信念者，行之所依也。人当怀希望之心，以驱前行之路；当存信念之志，以定行之所向。如此，则虽道阻且长，人亦将无所畏惧，勇往直前。

且夫大道之行，非徒在于循中庸之道而为也，更在于心之平和，情之真挚。天下人当以平和之心待人接物，以真挚之情处世行事。盖平和之心，能化戾气为祥和；真挚之情，能融冰冷为温暖。如此，则天下人之所行，皆能合乎大道，皆能利人利己。

吾又思之，大道之行，亦在于敬畏天地，尊重自然。盖天地者，生我养我之父母也；自然者，育我成我之良师也。天下人当敬畏天地之威，尊重自然之律，不逆天而行，不悖理而为。如此，则人之所行，皆能合乎天地之道，皆能顺应自然之理。

省思鉴行 求道而行，不为虚名所动

夫素隐行怪者，或能一时之间博得名闻天下，然其行径皆偏离于正道，非长久之计也。孔子不为也，吾辈又岂可效仿之乎？君子之行，必遵循道义而进取，即使半途而废，亦不能自已。此言何解？盖因君子之志，在于追求真理之道，而非仅仅图求虚名。道之所在，虽远必至，虽难必行。

君子务本，守道而行。夫道，犹如灯塔照耀于黑夜之中，为君子佐引方向，使其不至迷途。君子知道之重要，故而朝乾夕惕，恐失道义。即便身处困境，亦坚守道义，不为世俗所动摇。君子之行，亦如履薄冰，战战兢兢，恐行差踏错，偏离道义。

夫道，博大精深，需君子不断求索。自天子以至于庶人，壹是皆以修身为本，其本乱而末治者否矣。故君子务本，本立而道生。道生之后，君子之行，犹如流水般畅快，虽遇困境，亦能自强不息。

故君子之行，必遵道而进。道义之道，虽远必至，虽难必行。君子以此为志，以此为行，故能成就一番事业，流芳百世。吾辈当效仿之，勿以素隐行怪为务，而应以道义为行事之准则，方能成为真正的君子。

大千世界，人心浮动，名利交织。然君子处世，岂能为外物所扰？依乎中庸之道，行乎平常之路，为处世之循规蹈矩也。中庸者，非平庸也，乃是不偏不倚，无过无不及之谓。遁世不见知而不悔，此等境界，非圣者不能至也。

然则，何为圣者？圣者，非但知行合一，且能洞察世间万物之本质，明辨是非曲直。圣者之行，虽遁世不见知，然其心如明镜，无所动摇。此乃真圣者，亦乃真君子也。

吾辈当以中庸之道处世。不求闻达，但求无愧于心。世间纷扰，吾辈当保持一颗平常心，不为名利所动，不为权势所屈。观古今之变迁，历史之洪流中，多少英雄豪杰因偏离正道而身败名裂，多少庸碌之辈因追名逐利而迷失自我。然君子之行，始终如一，不为外物所扰，坚守道义与良知。此等境界，岂非吾辈所当追求乎？

且夫本章实乃处世佐引也，在于提醒吾辈时刻保持一颗平常心，以中庸之道处世。无论世事如何多变，吾辈当坚守道义与良知，不为权势所屈，不为财色所诱。进而立足于不败之地也。此皆因世间万事，变幻莫测。然君子之行，始终如一。何也？盖因君子知所进退，明辨是非。当世之事，纷繁复杂，然君子能洞察其本质，以中庸之道处之。君子总能泰然处之，无愧于心。此等境界，岂非吾辈所当效法乎？

本章不仅为吾辈提供处世之道，更为吾辈指明人生方向。世间之路，千差万别。然君子所选之路，必为求道之路。道之所在，虽远必至；道之所行，虽难必行。此等志向与决心，岂非吾辈所当秉持乎？

世间万物，各有其道。君子之道，在于求道而行道。求道者，必先知其道之所在，而后能行之。行道者，必先立其志，而后能持之以恒。然则，道之所在何处？道之行何以为之？此皆需吾辈深思而慎行之。

道之所在，非远在天边，而近在眼前。日常生活之中，无处不道。然吾辈常因心浮气躁，而忽略其道之所在。故需静心而思，方能洞察其道之至理。求道而行道者，必先知其本心所愿，而后能顺其自然而行。若逆心而行，则道之所在愈行愈远矣。

然则何为道？道即天地之正理、人心之良知也。君子依乎中庸之道而行事处世，则能洞察世间万物之本质、明辨是非曲直之理矣。故君子之行也，在于求道而行道；在于洞察世间万物之本质，而明辨是非曲直之理；在于秉持一颗平常心，而以中庸之道处世也。

〔第十二章〕

原文 1

君子之道费而隐。夫妇之愚，可以与知焉，及其至也，虽圣人亦有所不知焉。夫妇之不肖，可以能行焉，及其至也，虽圣人亦有所不能焉。

冀金雨译曰

君子的道广大但又很精微。普通男女虽然愚昧，也可以粗略知道君子的道；但道的最高深境界，即便是圣人也有弄不清楚的地方。普通男女虽然不贤明，也可以实行君子的道；但道的最高境界，即便是圣人也有不能做到的地方。

读典浅悟 君子之道，费而隐

君子之道，费而隐也。此道之广，如江海之浩渺，无垠无际；此道之深，似幽谷之深藏，莫测其底。夫妇之愚，可与知焉，此道之浅，在于日用之间，不离其行。及其至也，虽圣人亦有所不知焉，此道之深，在于微妙之际，难以言传。故知者多矣，而能者鲜矣。

夫妇之不肖，可以能行焉，此道之行，在乎日用之间，无贵无贱，皆可践履。及其至也，虽圣人亦有所不能焉，此道之至，在乎微妙之际，非大智大勇，不能至也。

故行者众矣，而达者寡矣。

吾读此语，感慨良多。夫君子之道，非高远难及之物，乃日用常行之道也。然而，知易行难，行易至难。是以君子之道，虽广且深，而能行者鲜矣。

夫道之费，在于无所不包，无所不容。天地之间，万物之中，皆有道焉。夫妇之愚，固不能穷其极，然亦可于日用之间，体验其道之浅。如饮食起居，皆有道焉，知此则能养生；如应对进退，皆有道焉，知此则能和众。然此道之浅，固易知也，而能行者几何？

道之隐，在于微妙难测。虽圣人智周万物，亦不能尽知其道之至。盖道之至处，非言语所能及，非心思所能到。夫妇之不肖，虽不能穷其极，然亦可于日用之间，行其道之浅。如孝悌忠信，皆道之行也，行此则能立身；如礼义廉耻，皆道之行也，行此则能立国。然此道之行，固易能也，而能至者几何？

是以知者多矣，能者鲜矣；行者众矣，达者寡矣。夫君子之道，非徒知焉行焉而已，必也至焉达焉而后可。至焉者，知其所止；达焉者，行其所当。知止而后能定，定而后能静，静而后能安，安而后能虑，虑而后能得。得此道者，其为人也，必也温良恭俭让，必也仁义礼智信。此君子之所以为君子也。

人当以君子之道为修身之本，日用之间，体道而行。虽不能至圣人之域，然亦当勉力以求。知浅行浅，虽不足道，然亦胜于无知无行。至于道之至处，虽不能至，然亦当心存敬畏，不敢稍懈。如此，则人之道，虽不能尽知尽行，然亦可谓尽心尽力矣。

且夫君子之道，不在高远，而在日用。知者贵于能行，行者贵于能至。知而不行，非真知也；行而不至，非真能也。故人当以行为本，以知为用，知行合一，方为至道。

吾又思之，君子之道，虽费而隐，然亦非无迹可循。盖道在人心，人心即道。日用之间，凡所言行，皆道之发见也。故天下人当于日用之间，留心观察，体会道之所在。知此则能明道，明道则能行道，行道则能至道。此君子所以能费而隐，而道终不废也。

且夫夫妇之愚，固不能知君子之道之至；然其能行君子之道之浅，亦足以为道之基。是以道无贵无贱，无智无愚，皆可行也。唯在人心之诚与不诚耳。诚则能明，明则能行，行则能至。此君子之道所以广且深，而能行者终不乏人也。

吾又思之，君子之道虽隐，然亦非无方以求。盖求道者必诚心，诚心者必能得。故天下人当以诚心为求道之本，以日用为行道之方。诚心以求，则道自显；日用而行，则道自成。如此，则虽愚夫愚妇，亦能知能行君子之道矣。

吾读此语，深感君子之道之广大且深微。知者固多，能者固鲜；行者固众，达者固寡。然人当以知为始，以行为终，知行合一，方为至道。且当以诚心为求道之本，以日用为行道之方，则道不难求，亦不难行矣。愿人人共勉之，以期达于君子之道之至处也。

省思鉴行 费而隐，平凡中的不平凡

君子之道，费而隐。此何解？道之广大，如天之不可触，其深奥，又如海之不可量。夫妇之愚，尚可与知，因其近取诸身，远取诸物，道在日用之间，愚夫愚妇，亦能领略一二。然及其至也，深不可测，虽圣人亦有所不知焉。此道之费也，广泛而深远，包容万物，无所不在，而圣人亦难以尽知其极。

夫百姓男女，虽或有行不善者，然道之所在，非在高远之地，而在乎足下之间。人皆有能力行善，不论贵贱，不论男女。日常之行住坐卧，皆蕴含道之元素。然而，道之至境，却是微妙难言，即使是圣人，也有所不能完全领悟之处。

此道之隐，非大智慧者不能洞察其精髓。道，如空气般，无处不在，无时不在。它贯穿于人生，影响着人的行为和思想。道，又如水，顺应万物，随地而成形，无固定的形态，却又无处不在。

君子行道，如履薄冰，如临深渊，小心翼翼，恐失道义。虽日常之行，亦不可忽视道之存在。行住坐卧，皆应合乎道义，方得称为真正的君子。

然而，道之至境，却是难以言表，妙不可言。它需要人们用心去感受，用智慧去领悟。只有大智大慧之人，才能深入理解道的真义，从而在行为上做到合乎道义。

道，虽隐而微妙，但却关乎每个人的生活。君子小人，皆受道之影响。君子能领悟道之精髓，故行事合乎道义；百姓男女则不能，故须不断修身养性，汲取智慧之道，洞悉真奥，致知在行，求得君子之行也。

众生纷纭，愚智贤不肖，各有所长，各有所短。然则处世之要义何在？在于求道而行道。道即天地之正理，人心之本源。求道者，必先知其本心，而后能行之于世。

故君子之行，必以道为本。道之所在，即君子心之所向。君子总能坚守道义，不为权势所屈，不为财色所诱。此等境界，岂非处世之至理乎？

且夫本章文，在于提醒世人以道为本，以平常心看待世间纷扰。道之广大，无所不包；道之深奥，无所不涵。然则道亦在平常之中，愚夫愚妇，皆可与之相知。故处世之道，在于平实，而非高远。

世间万事，变幻莫测。然君子之行，始终如一。何也？盖因君子知所进退，明辨是非，以道为本，故能立足于不败之地。当世之事，纷繁复杂，然君子能洞察其本质，以道处之，故能泰然自若，无愧于心。

且夫道之费也，非独圣人所能尽知；道之隐也，非独圣人所能尽行。故君子之道，虽夫妇之愚、之不肖亦可与知、可行。然则处世之要义在于何？在于求道而行道也！人心如何浮动、名利如何诱惑、权势如何逼迫、困难如何重重、挫折如何接连不断——君子总能坚守道义与良知、不为外物所动、勇往直前！

世界之万象纷呈，人事情形，林林总总。善良淳朴之辈，狡诈阴险之徒，正直无私之英雄，贪生怕死之懦夫，才华横溢之智者，愚昧无知之愚人，皆存于世。君子遇此种种，皆能以一颗平常心待之。不以善良而轻，不以狡诈而惧，不以正直而高，不以贪生而鄙。君子平等视之，尊重每一种人，每一件事。此乃君子处

瀛海笔谭

世之道，中庸之境也。

且夫本章文之所述，亦在于此：以平等尊重为原则，面对众生纷纭，无论其为何人，何事，于我何如，皆以平常心待之。不因其身份地位而偏见，不因其行为举止而动摇。

故本章文所言，非独为君子提供处世之道，亦为我等指明人生方向。以道为本，以平常心看待世间纷扰。无论世事如何变迁，坚守道义与良知，勇往直前。

世间之道，千变万化，而君子之道，始终如一。求道而行道者，必能洞察世间万物之本质，明辨是非曲直之理。

君子之行，在于求道而行道，在于秉持一颗平常心，以道为本处世也。

原文 2

天地之大也，人犹有所憾。故君子语大，天下莫能载焉；语小，天下莫能破焉。《诗》云："鸢飞戾天，鱼跃于渊。"言其上下察也。君子之道，造端乎夫妇，及其至也，察乎天地。

冀金雨译曰

天地如此之大，但人们在其中仍然会有所遗憾。因此，君子谈论及道大，整个天下都载不起他的言论；而当他谈及道小，整个天下也找不出能反驳他的话。《诗经》上说："鸢鸟飞向天空，鱼儿跳跃深渊。"这是说上下明察。君子的学问，是从普通男女的生活开始的，达到它最高深境界却能够明察天地间的一切。

读典浅悟 君子之道，广大深微

天地之大也，犹有憾于其间；人心之微也，尚存疑于其所。故君子立言，语大则天下莫能载焉，语小则天下莫能破焉。此其所以为君子之道也。

夫天地之间，万物并作，品类繁多，不可胜数。日月星辰，照耀其间；山川草木，罗列其内。然天地虽大，人犹有所憾。盖天地虽能生万物，而不能尽解人心之惑；虽能容万物，而不能尽容人心之广。是以君子论道，必求其大，必求其深，以应天地之无穷，人心之无尽。

故君子语大，则天下莫能载焉。其道之高深，如天穹之无垠，如地海之浩渺。其论及天地万物，阴阳五行，无所不包，无所不涵。其辞若春风之拂面，如秋雨之润心，使人闻之而悟，读之而明。故君子之道，虽大而不显，虽深而不晦，如日月之行天，江河之流地，自然而成，无为而为。

余想君子之行，低调而不张扬，内涵而勿浅薄。其君子之风度，如松之挺拔，如竹之坚韧。其心之宽广，如海之包容，如山之稳重。君子之道，不仅是一种生活态度，更是一种人生哲学。

余思君子之志，高远而不拘泥，追求而不懈怠。其志如天之高远，如地之深厚。君子之道，是一种精神追求，是对美好生活的向往，是对人生价值的探索。

然君子之道，非徒大而已，亦能语小。其论及人伦日用，道德仁义，亦能深入浅出，言简意赅。其辞若清泉之出山，如明月之照水，使人听之而悦，视之而喜。故君子之道，虽小而不陋，虽浅而不薄，如草木之生土，鱼虾之游水，自然而成，无为而为。

《诗》云："鸢飞戾天，鱼跃于渊。"此非言鸢鱼之飞跃，乃言君子之道之上下察也。鸢飞于天，察其高远；鱼跃于渊，察其深邃。君子之道，亦如是矣。其论及天地之大，则能察其高远；其论及人心之微，则能察其深邃。故君子之道，既能语大，又能语小；既能察天，又能察地；既能明道，又能达人。

且夫君子之道，其始也，造端乎夫妇，以家庭为基，以伦理为本。夫妇之道，虽微而实，虽浅而真。君子之道，由是而始，由是而兴。其终也，察乎天地，以天地为范，以万物为鉴。天地之道，虽大而全，虽深而广。君子之道，由是而达，由是而成。

故君子之道，始于夫妇，终于天地。其间所历，虽千难万险，而君子不以为苦；虽千变万化，而君子不以为奇。盖君子之道，固在于求其大，亦在于求其小；固在于察其高，亦在于察其深。是以君子之道，既广大又精微，既高远又深邃。

必也积日累月，必也循中庸之道而为。如此，则君子之道可得，君子之德可成。故君子之道，非徒求诸己也，亦当施诸人。夫天地之大，人犹有所憾；人心之微，尚存疑于其所。君子之道，当以明道达人为己任，以解惑释疑为心志。如此，则君子之道愈广，君子之德愈厚。

人当以君子之道为修身之本，以君子之德为立世之基。于日用之间，体道而行；于人心之际，明理而达。如此，则人之道，虽不能尽如君子，然亦可谓近君子矣。

嗟乎！天地之大，人犹有所憾；君子之道，岂易言哉！然人当勉力以求，不懈不怠，以期达于君子之道之至处。如此，则人之道，虽不能尽如天地之大，然亦可谓无愧于心矣。

故当思君子之道之广大且深微，当求君子之道之高远且精微。如此，则人之道，庶几可近君子矣。

省思鉴行 从家庭到宇宙的广博之路

君子之道，起于家常，终至宇宙之广，无所不包，无所不至。故君子处世，应顺应天地之道，以广其心，以达其志。

天下之事，纷纷扰扰，千变万化。然归根结底，不过乎大小之别，远近之差。大者，如国家之兴衰，社会之治乱；小者，如家庭之和合，个人之得失。君子处之，应知其大，明其小，无往不利。

鸢飞戾天，鱼跃于渊，言其上下察也。君子之道，亦应如此。上至天文地理，下至人情世故，皆应了然于胸。天文地理，可修身养性，明道德之理；人情世故，可处世立身，识时务之变。君子之道，源于自然，通于人事，广其志，达其道。

夫妇之道，百姓男女之道也，亦为君子之道之始。夫妇和合，家庭和睦，是为君子之道之基。至于君子之道之至，则察乎天地。夫天地之大，无边无际，其运行不息，生育万物，君子之道，亦应无边无际，广大无私。君子之处世，应以天地为师，学习其宽广之度，深远之志。以自然为法，领悟其生生不息，化育万物之理。以万物为鉴，观察其各具特色，和谐共处之道。以人心为本，体恤民意，关爱生灵。

君子之道，如天地般包容万象，无欲无求。其行为举止，合乎道德伦理，不偏不倚。君子之道，犹如阳光普照，公平公正，给予万物以生机。君子之道，又如清泉涌流，润物无声，滋养人心。君子之道，应用于世间，使人间成为和谐美好的乐土。

君子之道，高远而神秘，需用心领悟。君子处世的智慧，源于对天地万物的洞察，对人生价值的思考。在这个过程中，君子不断修身养性，提升自己的道德品质。以天地为师，以自然为法，以万物为鉴，以人心为本，从而达到与天地同步，与自然和谐，与万物共生，与人心相通的至高境界。

然则，君子之道，实难言也。夫子曾曰："吾道一以贯之。"此言君子之道，虽难言，却可一以贯之。道，即为天地之道；德，即为天地之德；礼，即为天地之礼；和，即为天地之和。君子之处世，能遵循此道，便能顺应天地，合乎人事，修其身，成其道。

君子之道，非独行，亦非孤行也。道在人群，如日月经天，江河行地。君子之处世，如水之就下，自然而然。故君子语大，天下莫能载；语小，天下莫能破。大者，如治国平天下；小者，如修身齐家。皆为君子之道，皆为天下之大道。

《诗》云："高山仰止，景行行止。"此言君子之道，高不可攀，远不可及。然君子之道，亦在日用常行之间。夫妇之间、兄弟之间、朋友之间、君臣之间，皆应遵循君子之道。道在人心，如春风化雨，悄无声息。君子之处世，如草之随风，顺其自然。

君子之道，造端乎夫妇，及其至也，察乎天地。夫妇之道，如天地之造化，阴阳之和谐。君子之处世，应知夫妇之道，以此类推，至于天地之道。天地之大，无边无际；君子之道，亦无边无际。

君子之道，深邃而广博，其始也微，其终也宏。造端乎夫妇，细微之至，然其理蕴含天地，至大无外。此乃君子之道，从家庭之细，至天地之博，无所不至。

夫妇者，家庭之基，人道之本。君子修身齐家，必以夫妇之道为先。夫妇和睦，家道昌盛；家道昌盛，则社会和谐有望。故君子之道，实始于家庭，家庭之道，又为君子修身之基。由家庭而推及天地，君子之道愈显广博。天地万物，皆在君子观照之中。仰观星辰运行，俯察万物生长，皆能悟道。君子持道以德，行之以礼，持之以恒，不忘初心。于家庭之中，成就和睦，亦君子之道之彰也。

是以君子处世，应顺应天地之道，以养其性，明其理，坚其志。鸢飞戾天，鱼跃于渊，言其上下察也。君子之道，造端乎夫妇，及其至也，察乎天地，游刃而有余焉。

〖第十二章〗

原文 1

子曰："道不远人。人之为道而远人，不可以为道。《诗》云：'伐柯伐柯，其则不远。'执柯以伐柯，睨而视之，犹以为远。故君子以人治人。改而止。"

冀金雨译曰

孔子说："中庸之道并不远离人。如果有人实行中庸之道却远离了人群，那就不可以称之为道了。《诗经》说：'砍削斧柄，砍削斧柄，斧柄的式样就在眼前。'握着斧柄来砍制斧柄，斜眼去看看，还是会发现差异很大。所以，君子总是根据不同人的情况用不同的办法来治理，只要能使他改正错误即可。"

读典浅悟 道不远人，人不可远道

孔子之言，犹明烛于暗夜，昭示人心之途。道不远人，然人为道而背人，则非道也。此语虽简，而意蕴深远，吾读之，颇有所感，遂作此篇，以解其意。

夫道者，天地之纲，人心之矩。非高远难及，亦非幽深莫测。道不远人，实乃近在咫尺。然而世人往往舍近求远，执迷于纷扰之尘世，以致背离大道，迷失本心。是以孔子有言："人之为道而远人，不可以为道。"此语直揭人心之弊，警示世人当以道为本，以人为依，不可偏离其轨。

《诗》云："伐柯伐柯，其则不远。"执柯以伐柯，睨而视之，犹以为远。此句以伐柯为喻，道出人心之惑。执柯在手，本可轻易伐木，然若心不专注，眼不正直，则视柯以为远，难以成就。故君子以人治人。改而止。非以严刑峻法，而以人心感人心，以人德化人德。

夫君子者，行道之人也。他们深知道之所在，亦知人心之所向。故君子不以己意强加于人，而以人心为鉴，以人德为则。他们善于观察人心，理解人情，以合适的方式引导人向善。如此，则人心得以安定，世道得以和谐。

道不远人，近在咫尺之间；道者，本乎人心，无形无象，却潜藏于万物之中，不可须臾离也。夫道之妙，非言语所能尽述，然其理昭昭，明若观火。人当以心悟道，以行践道，不可远道而行，亦不可悖道而为。道之所在，即人心之所向；道之所行，即人世之大理。人之处世，皆应遵循此道。家庭之内，夫妇和睦，子女孝顺，此皆道之体现。推而广之，社会和谐，国家安宁，亦皆道之所至。故知，道不远人，人亦不可远道。

伐柯伐柯，其规式近在咫尺之间。执柯以伐木，斜视之际，或觉道之遥遥，此乃人心之惑也，非道之难觅矣。故君子治人，必先明此理，必以人情为本，而后可以言道。人之有过，改之即止，不可妄求于道外，以伤天和。

君子之道，以人为本。治人之法，必顺其性情，因其习俗。不可强求一律，亦不可妄加改变。人有过失，则当以道化之，以德育之。改过自新，即为君子。故君子治人，非以威猛为能，而以道德为本。

勿以道远而畏之，宜以恒心而赴之；勿以道微而忽之，宜以精思而察之；勿以道难而避之，宜以毅力而克之。中庸之道，贵在持中，不偏不倚。道远不畏，道微不忽，道难不避，此乃君子之道也。

夫道者，天地之纲，人心之矩。道不远人，人亦不可远道。天下人当时刻提醒自己不忘初心，牢记使命。以道为纲，以德为魂，行君子之道，修君子之德。

如此，则大道之行，天下为公，人心向善，世道昌明。天下人当以此为志，努力追求，不懈奋斗。庶几可达于至善之境，成就人生之大道也。

然则大道之行，人当以孔子之言为鉴，以君子之道为依，行稳致远，方可成就大业。夫道者，无穷无尽也；人心者，千变万化也。人当以开放之心，包容之道，接纳万物，理解人心。如此，则大道之行，无所不包，无所不容。人当以此为志，努力追求，不懈奋斗。

且夫道者，非独修身之道也。治国平天下，亦须以道为本。故君子当以道治国，以德化民。

省思鉴行 人之为道，亦应不远人也

古人云："道不远人，人之为道而远人，不可以为道。"此言寓意深远，道出了处世之道的经纬。夫道也，源于人心，生于人际，离人群而求道，犹如缘木求鱼，南辕北辙。是以君子务本，从人心出发，以人之行为准则，改过自新，以求得道之真义。

世间万物，纷纷扰扰，处世之道，千变万化。然而，万变不离其宗，归结起来，无非"仁、义、礼、智、信"五字。仁者，爱人也；义者，正道也；礼者，秩序也；智者，明理也；信者，诚实也。此五者，为处世之基石，缺一不可。

仁者，爱人也。人之所以为人，在于有爱。爱人之深，足以容纳天地，包容万物。是以君子行仁，以爱心为本，关爱他人，尊重生命。遇事之时，勿以己为先，而应以人为先。

义者，正道也。人生于世，须明辨是非，坚守正道。君子行义，不畏权势，不趋炎附势，不随波逐流。面对诱惑，心如止水，坚守内心之本真。立足于世，赢得他人的尊敬。

礼者，秩序也。世间万物，皆有规律，遵循规律，求得和谐共生。君子遵礼，以礼仪待人，维护社会秩序。在家庭，尊敬长辈，关爱晚辈；在工作，敬业爱岗，团结协作。礼之用，和为贵。

智者，明理也。人生在世，须明理识事，不轻易被表象所迷惑。君子务本，探寻事物本质，以明智之心，洞察世间百态。遇事冷静应对，不慌不忙。把握人生方向，稳步前行。

信者，诚实也。诚信为人，乃处世之基石。君子言出必行，行出必果。诚实待人，赢得他人信任。在人际交往中，坚守诚信，不做虚伪之事。树立良好的形象，受人尊敬。

君子之行，如诸葛所曰"静以修身，俭以养德。非淡泊无以明志，非宁静无以致远。夫学须静也，才须学也，非学无以广才，非志无以成学。淫慢则不能励精，险躁则不能治性"。此言道尽修身之奥旨，静中炼心，俭中养德。然修身之道，非孤行独步，须于人际交往中得以磨砺。故君子所循之道，宜静亦宜动。静则涤心自观，积厚流光；动则广结善缘，以德化人。君子之行，不仅在己，亦在化人，以己之修为，润物无声。静以修身，得其内明；动以交人，显其外光。故君子之道，既需静以修身，亦需动以交人；既非独行其事，亦需与人共行。

与人交流，不仅能够帮助君子修身，更能使君子更好地理解世事人情。人生在世，诸多挑战，诸多困境。与他人交流，能让人眼界开阔，心胸宽广，更好地应对困境，解决问题。如荀子所言："与人善言，暖于布帛；伤人以言，深于剑伤。"善于与人交流，能让人感受到温暖，亦能修身养性。

君子务本，本立而道生。孝悌也者，仁之本也。忠信也者，义之本也。礼让也者，礼之本也。智慧也者，智之本也。诚信也者，信之本也。正直也者，勇之本也。廉洁也者，洁之本也。谦虚也者，虚之本也。

君子之道，修身之道路也。君子之行，处世之准则也。君子之德，世间之模范也。君子之言，人世之灯塔也。君子之行，人世之楷模也。愿世人都能以君子之道，行君子之行，成为世间之君子，为人所敬仰。

修身，古人谓之"齐家治国平天下"之基。是以君子务本，先修其身，而后可以治家治国。修身，非独善其身，亦需兼善天下。君子广交朋友，以求共进，如山谷之容纳，如海纳百川之胸怀。与人交，取长补短，相互学习，此乃修身之重要途径。人各有所长，各有所短，君子不以己之长凌人之短，反能虚心谦逊，博采众长，以补己之不足。如《论语》云："三人行，必有我师焉。"此言君子能从众人之中学习，以增广见闻，提升德行。

君子之言行，一致而可靠。言出必行，行出必果，此乃君子之信条。言如兰花之清香，行如松柏之挺拔，令人心悦诚服。君子行善，不图回报，但求于心无愧，此乃修身之最高境界。

自省之道，君子日三省乎己，为人谋而不忠乎？与朋友交而不信乎？传不习乎？自省使人知不足，使人慎独，使人不断完善自我，成为真正的君子。修身之道，实乃终身之学，君子处世，亦应如斯。

修身养性，非独个人之志，亦兼社会责任。君子行事，不止于自成长，更在以德服人，以身作则。此乃君子之道，既为己，也为天下也。

是以君子之道，修身为本，广交朋友，虚心学习，言行一致，自省不息。古语有云："知之者不如好之者，好之者不如乐之者。"而修身之行，非但求知，更贵在为。不仅明理，更贵乎践行。此时思起故乡大神塚村，那时所见父亲植树之情景：树初栽为幼生芽苗，必日夕勤劳，月月细照，使得茂盛成林，终成遮日之荫。

故曰："道不远人，人之为道而远人，不可以为道。"此言照鉴人生，乃人之行为，当以道为准则，而道在人之身边，非遥不可及也。君子践行处世之道，应以仁爱之心，对待他人，推己及人，广施恩惠，使人感受到温暖与关怀。

又以正义之道，行事为人，坚持原则，不偏不倚，使公正之光照耀于世。以礼仪之规，待人接物，彬彬有礼，温文尔雅，展现君子之风范。以明智之智，洞察世事，明辨是非，洞悉人心，作出明智之决策。

更以诚信之德，处世立身，言行一致，言出必行，树立诚信之形象。君子之行，无处不体现道之精神，无时不为道之实践。君子之道，即为人之道，即处世之道。

以仁爱之心，以正义之道，以礼仪之规，以明智之智，以诚信之德，此五者，为君子践行处世之道也。君子以此为行为准则，以此为立身之本，以此为处世之道，便是人生道之存也。

故君子之道，不远人，而人之为道，亦应不远人也。

原文 2

"忠恕违道不远，施诸己而不愿，亦勿施于人。"

冀金雨译曰

"忠恕之道离大道并不远，不愿意施加给自己的事情，也不要施加给别人。"

读典浅悟 忠恕之道，近道而行

"忠恕违道不远，施诸己而不愿，亦勿施于人。"斯言也，犹明灯于暗夜，昭人心之途。吾读之，深感其意之深远，遂作此篇，以解其意，以述吾怀。

夫忠者，诚也，尽心也。人臣之于君，子之于父，友之于友，皆当以忠为本。忠者，不欺不伪，实心实意，此乃立人之基，行事之本。然忠非盲目之从，亦非愚忠之奉，当明辨是非，知所进退。故曰："忠恕违道不远"，乃指忠道之行，不离大道之轨，而能行忠道者，亦必能近道矣。

再观恕者，宽也，容也。人心各异，意见纷纭，能以恕心待人，则能化干戈为玉帛，转祸为福。夫恕者，不责人之过，不念人之恶，唯以善心待人，此乃处世之要，交友之道。然恕非无原则之容，亦非纵容之忍，当明辨是非，知所取舍。故曰："施诸己而不愿，亦勿施于人"，乃指己所不欲，勿施于人，以恕心待人，则能得人心之和，世道之宁。

夫忠恕之道，实乃大道之行也。大道至简，至易至难。能行忠恕之道者，必能近道矣。然大道之行，须持之以恒，方可成就。故天下人当以忠恕为本，以大道为纲，循中庸之道而为。如此，则人心向善，世道清明，何愁大道不行于天下乎？

夫君子者，行忠恕之道者也。他们深知人心之复杂，世道之艰难，故能以忠恕之心待人接物。他们不以己之私欲为重，而以天下为公；不以一己之得失为念，而以百姓之福祉为忧。故君子之行，能得人心之和，世道之宁。

然君子之行忠恕之道，亦非易事。须时刻反省自身，修正行为。若稍有懈怠，则可能偏离大道，失去人心。故君子当以谨慎之心，行忠恕之道。勿以善小而不为，勿以恶小而为之。如此，则大道之行，天下为公，何愁世道不昌乎？

吾读此语，深感忠恕之道之重要。夫忠恕者，人心之本也。人心向善，则世道清明；人心向恶，则世道混乱。故天下人当以忠恕为本，循中庸之道而为。如此，则大道之行，天下为公，人心向善，世道昌明。

且夫忠恕之道，非独君子之所行也。凡夫俗子，皆可体道而行。然人心各异，道亦有别。故世人当以开放之心，包容之道，接纳万物，理解人心。如此，则大道之行，无所不包，无所不容。

天下人当以忠恕为本，遵循中庸之道。勿以道远而畏之，勿以道难而避之。当以勇往直前之心，追求大道之行。如此，则人心向善，世道昌明，何愁天下不安乎？

又当以君子为榜样，学习他们行忠恕之德，修身之道。勿以事微而不慎，勿以利小而图之。当以微末之力，行忠恕之道。如此，则大道之行，天下为公，何愁人心不向善乎？

夫忠恕之道，犹日月之行，恒久不息。天下人当时刻提醒自己不忘初心，牢记使命。以忠恕为本，以大道为纲，循中庸之道而为。如此，则大道之行，天下为公，人心向善，世道昌明。天下人当以此为志，努力追求，不懈奋斗。

夫忠恕之道，乃大道之基也。大道之行，必以忠恕为本。天下人当时刻反省自身，修正行为。勿以言轻而妄发，勿以行躁而急进。当以忠恕之心待人接物，以大道之志循中庸之道而为。

嗟乎！忠恕之道，大道之行，皆人心之所向也。

省思鉴行 忠诚与宽恕，成就人生的秘诀

夫忠恕之道，传自孔圣，其义深远，其理无穷。夫子云："忠恕违道不远，施诸己而不愿，亦勿施于人。"此语虽简，涵盖至广，为处世之要义，人生之佐引。吾等若能领悟其深意，践行于世，必能游刃有余，悠然自得。

忠恕之道，以忠诚为本，以宽恕为伴。忠诚之道，首在忠诚于自己，了解自己之所长所短，明确自己之追求所在。然后，推己及人，忠诚于他人，关心他人之需求，成人之美。宽恕之道，在于宽恕他人之过，理解他人之困境，不以己之心度人之心。然后，宽恕自己，不过分苛求，给自己留下成长之空间。

夫忠恕之道，乃处世之要义。人处世间，如行走在刀尖之上，若无人相互扶持，则难以立足。忠诚于人，则人必以忠诚回报；宽恕于人，则人必以宽恕回报。忠恕之道，如阳光雨露，滋润人际关系，使人与人之间和谐相处，共同成长。

忠恕之道，亦为人生之佐引。人生之路，曲折坎坷，若无人指引，易迷失方向。忠诚于自己，明确自己的人生目标，坚定前行；宽恕自己，给自己留下成长之空间，不断努力。立足于人生之路，勇往直前。

察其百态人生，诸相各异，忠诚宽恕之道，实为处世之金科玉律。是以，君子务本，小人务末。君子忠诚于自己，宽恕他人，成人之美；小人则相反，忠诚于他人，苛求自己，最后陷入痛苦之中。是以，忠诚宽恕之道，为君子所践行，为小人所忽视。

人之处世，当以忠诚宽恕为座右铭，时时刻刻反省自己，调整自己之行为。领悟忠恕之道，实践忠恕之道。

吾等处于世间，如旅客之旅，若无人相伴，则旅程孤寂。忠诚宽恕之道，犹如旅途中的伙伴，似可赏彼万象星空，众星闪烁；品其千般滋味，百味纷呈。故著者曰"忠诚宽恕，违道不远；施诸己而不愿，亦勿施于人"。

然世事纷纭，人心易变。于今之世，纷繁复杂之中，忠诚与宽恕之道愈显珍贵。吾辈当以忠恕为航标，于茫茫人海中寻觅真挚情感与和谐之关系。

忠诚之道，贵在求己以诚，待人以真。当今之世，竞争日烈，挑战重重，人心浮动，利欲熏心。人或为利益所诱，背弃道义，不择手段以求成功。然此等行径，虽能逞一时之快，获短暂之荣耀，终难享长久之乐，亦难得心安。

唯忠诚于己心，恪守本真，不随波逐流，方能立足于世。忠诚于人信，守信不渝，始终如一，方能赢得他人之信赖与尊重。是以，忠诚之理，不仅在于己身之修养，更在于人与人之间的信任与和谐。

宽恕之道，务在以宽厚之心待人，予人改过之机。于人际交往中，矛盾误解难免，若处置不当，将致无法挽回之损害。故当宽人之过，此既为对人之仁慈，亦为自我解脱。去怨释恨，心乃得解脱安宁。且人际之间，误解常有，若怀宽恕之心，则可消弭纷争，和谐可期。宽人之过，非唯利人，亦能自利。释怨去恨，心得安宁。若执怨不放，心必受困，何谈安乐？再者，宽恕之道，乃包容之德，能化解怨恨，和谐人际关系。世间恩怨情仇，多由误解与偏见而生。若能心怀宽恕，则能消弭纷争，促进社会和谐。

且宽恕之道，非徒为他人设，亦为自我期许。践行宽恕，可提升品格之魅力，修养之完善。当于日常生活中，无论亲疏，皆以宽恕为心，行为之准则。如此，则人格高尚，行为端正，人皆敬之。

忠诚与宽恕，乃处世之道，待人以诚，宽以待人。遇人有过，当存宽容，给予改过自新之机。自省不足，需持坚韧，不轻言放弃。忠诚宽恕，能维系人际，带给人内心之平和与满足。真诚对人对己，可换得他人之忠诚与宽恕，增进信任与理解，感受生活之美好与人间之温暖。

忠恕之道，如司南之指针，若海航之灯塔。无论身陷何地、逢何逆厄，秉忠持恕，自能寻道，得见曙光。人皆有性，各蕴其志，宜尊人解人，成人之美。

著者感曰：忠与恕，乃处世之哲，亦为对世之姿。临难不屈，持勇而前；遇误不嗔，以容对之。悟忠恕之奥，则可知真智慧，行稳而致远矣。

原文 3

"君子之道四，丘未能一焉：所求乎子以事父，未能也；所求乎臣以事君，未能也；所求乎弟以事兄，未能也；所求乎朋友先施之，未能也。庸德之行，庸言之谨。有所不足，不敢不勉，有余不敢尽。言顾行，行顾言，君子胡不慥慥尔？"

冀金雨译曰

"君子的道有四方面，我孔丘没能做到一个。像儿子侍奉父亲、臣子侍奉君主、弟弟侍奉兄长、朋友间相互真诚一样，侍奉父母、君主、兄长和朋友，没能做到。日常行为中要有德行的修养，在言论上要谨慎小心，这几点我还有不足之处，因此不敢不勉励自己努力，至于其他人做得好的地方，我就更不敢自以为是了。说话要考虑行为是否做得到，行为要考虑言语是否说得出，君子怎能不做忠实诚恳呢！"

炭典浅悟 君子之道，孝忠信悌

君子之道四，丘未能一焉。夫君子之行，以孝、忠、悌、信为本，而天下人皆应以此为则，以修身心，以正言行。然丘言其未能，岂非谦辞，实乃警世之言也。

所求乎子以事父，未能也。子孝父，乃天经地义，人之大伦。然世有逆子，不敬其父，不孝其亲，实乃大不敬。故人当以孝为本，敬爱父母，承欢膝下，以报其生养之恩。然丘言其未能，岂是丘不孝？

所求乎臣以事君，未能也。臣忠君，乃国家之根本，政治之大道。然世有奸臣，不忠其君，不守其节，实乃大不忠。故人当以忠为本，效忠国家，尽忠职守，以报君恩。然丘言其未能，岂是丘不忠？

所求乎弟以事兄，未能也。弟悌兄，乃家庭之和睦，兄弟之情谊。然世有逆弟，不敬其兄，不悌其亲，实乃大不悌。故人当以悌为本，亲爱兄弟，和睦相处，以保家庭之安宁。然丘言其未能，岂是丘不悌？

所求乎朋友先施之，未能也。朋友之间，以信为本，以诚为贵。然世有伪友，不诚其言，不信其行，实乃大不信。故人当以信为本，待人以诚，交友以信，以结天下之善缘。然丘言其未能，岂是丘不信？

夫君子之行，庸德之行，庸言之谨。君子不尚虚饰，不求浮华，唯以平常之心，行平常之事，言平常之语。然行不足，不敢不勉；言有余，不敢尽。此乃君子之谦逊也。

言顾行，行顾言，此君子立身之要也。君子言行相符，不尚空论，不图虚誉。其言出必行，其行必果，故君子之言，重如泰山；君子之行，坚如磐石。人当取法于此，言行合一，内外相应，以寻君子之道。夫言行一致者，品格之基也。君子以此自律，不尚浮华之辞，务求实效。所言者，必身体力行；所行者，必与言相符。如此，则人皆信之，敬之，君子之道成矣。

世人当以此为范，言行不悖，内心与外表相符，近君子之道，而远小人之行。

君子胡不慥慥尔！慥慥者，诚之本色，真挚之体现也。君子举止间，尽显坦诚真挚，无所伪饰，无所假托。是以君子之道，以真诚为贵。人当取法之，以真诚待人，坦诚处世，以求君子之道。

君子之道，重在践行。非唯口舌之能言，更在于身体力行，以为人表率。故当勉力行之，以身为范，以求君子之道。

又，君子之道，尚需自省。人非完人，孰能无过？关键在于过而能改，此乃大善。故人应时常自省，及时改过，以求合于君子之道。

再者，君子之道，包容亦不可或缺。海纳百川，因其广容，故能成其大。君子之胸怀，宜广阔无边，能容人所不能容。人当习得包容之心，和善待人，以近君子之道。

嗟乎！君子之道，人生之大道也。孝、忠、悌、信，乃为人之本，立身之基。人当勉力行之，以求君子之道。然丘虽言其未能，然其谦逊之德，实乃今人所应效法。故人当谦逊待人，虚心向学，以求进步之道。

省思鉴行 中庸的处世哲学与人生智慧

昔者，孔子自谓："君子之道四，丘未能一焉。"斯言也，何其谦卑！而实则，孔子之所以为孔子，非唯学识渊博，亦在于其处世之哲学，深得中庸之精髓。

君子之道，有四焉：子事父，臣事君，弟事兄，朋友之交。此四者，皆人世间之常情，亦为人伦之大端。然孔子自谓"未能一焉"，岂非谦逊之辞？非也，孔子之意，在于表达此四道之难行，亦在于自省其行之不足。夫处世之道，莫难于恰到好处，既无过之，又无不及，此即中庸之道也。

子事父，孝道为先。孝者，百行之先，人伦之本。然孝非盲目之顺从，亦非形式之礼节。孝在于心，在于敬，在于和颜悦色之奉养。孔子虽贤，亦自觉未能尽孝之道。盖因孝之为道，实非易行。所求乎子以事父，未能也。夫孝子之事亲，非徒养其身，亦养其心。然世间多有事父而未尽孝者，或忽于陪伴，或疏于问候。吾辈当时刻提醒自己尽孝须及时，勿待亲不待时而悔之晚矣。故孝为处世之基，不可不慎。若人人能如孔子般自省其孝行，则家庭和睦，社会和谐可期。

臣事君，忠诚为本。为臣者，当尽心竭力以事君，然亦需知权变，明辨是非。孔子身居高位，尚自谓未能尽臣道。可见为臣之难，非唯服从命令已也。所求乎臣以事君，未能也。为臣者，当忠心耿耿，以国家社稷为重。然自古以来，权臣误国者不乏其人。彼等或贪权，或图利，终致国家衰败。凡历朝历代从政者，当以此为戒，持身以正，忠心报国。故忠为处世之本，不可不守。今日之职场，虽无君臣之名，却有上下级之实。为下属者，当以忠诚为本，同时亦需保持独立思考，方能长久立足。

弟事兄，恭敬为要。兄弟之间，虽血脉相连，然亦需以礼相待。孔子自谓在兄弟之间，未能尽恭敬之道。盖因兄弟相处，往往因熟悉而生怠慢之心。所求乎弟以事兄，未能也。兄弟之间，本应和睦相处，然世间多有兄弟阋墙之事。或因家产之争，或因琐事之隙，终至亲情破裂。悲夫！兄弟之情，血浓于水，岂能因小利而忘大义？然兄弟之情，实乃人间至情之一。若能时刻保持恭敬之心，则兄弟和睦，家道鼎兴。珍惜兄弟情谊，和睦共处。故和为处世之要，不可不记。

朋友之交，诚信为先。朋友者，志同道合之人也。交友之道，在于真诚相待，守信不渝。孔子虽贤，亦自觉在朋友之交中未能尽信。所求乎朋友先施之，未能也。朋友之交，贵在真诚相待。然世间多有虚情假意之辈，口蜜腹剑，令人防不胜防。吾辈交友，当慎之又慎，以诚待人，方能得真朋友。故诚为处世之魂，不可不察。盖因人心难测，世事多变。然诚信为交友之基石，不可或缺。今日之世，人心浮躁，交友之道日渐淡薄。若能如孔子般珍视友情，则人生之路不孤单。

庸德之行，庸言之谨。此言虽平淡无奇，却蕴含深刻道理。德行言语皆需谨慎行事、谨言慎行方可长久保持中庸之道。夫德行者，人之根本；言语者，心之声音。然世人多有德行不足、言语不慎者。或虚伪矫情以博取好感；或口无遮拦以致祸从口出。吾辈当以此为戒，注重德行修养、谨言慎行。故德行与言语皆为处世之关键也。孔子以此自省其行之不足、言之不慎之处并时刻勉励自己要不断进步、不断完善自我；同时也不敢过分张扬自己、保持谦逊低调之态度以免招致祸端。此中庸之道，今日仍具重大意义与价值。

言顾行、行顾言是君子处世之基本准则；而言行一致则是其最高境界。有所不足者当勉力补足；有余者则须谦逊低调、不可骄横跋扈。世间万物皆有两面性：

过犹不及也！言顾行行顾言者乃指言行一致也、不虚伪不做作也！君子胡不慥慥尔者乃指君子应真诚坦率、不虚伪不实也！此乃处世之真要也！孔子以此来要求自己并希望人们都能够做到言行相符、表里如一；只有这样才能够真正赢得他人信任和尊重并立足于社会之中，孔子云，"君子胡不慥慥尔！"诚哉斯言！

夫君子之道难以尽述。孔子自谓："君子之道四，丘未能一焉。"盖孔子为万世师表，尚言未能得一君子之道，何况我辈乎？然孔子之言，非自谦也，实欲指明君子之道难求也。然以孔子之言为引，可探其一二。求子事父之孝，求臣事君之忠，求弟事兄之和，求朋友之诚，皆处世之基石也。庸德之行，庸言之谨，乃日常行为之准则。言行一致，不虚伪，不做作，君子之本色也。

综上所言，本章文亦乃处世之哲也。世间纷扰复杂多变，人心难测深似海。然君子之道虽难求却非不可得也！若以本章文所鉴，持身以正，注重德行修养与言语谨慎。在纷繁复杂之世间，结合现实可窥见人生之道也！

第十四章

瀛海笔谭

原文1

君子素其位而行，不愿乎其外。素富贵，行乎富贵；素贫贱，行乎贫贱；素夷狄，行乎夷狄；素患难，行乎患难。君子无入而不自得焉。

冀金雨译曰

君子只求在现在的地位，做好分内的事，不羡慕自己能力以外的事。处在富贵的地位，就做富贵人应做的事；处在贫贱的地位，就做贫贱人应做的事；处在夷狄的地位，就做夷狄人应做的事；处在患难，就做患难中应做的事。君子无论处在什么境地都是安然自得的。

崇典浅悟 自知、包容、诚信与谦逊

君子素其位而行，不愿乎其外。夫君子者，行己有耻，使于四方，不辱君命，此乃君子之德也。吾今读此，颇有感悟，遂作此文，以述吾意。

素富贵，行乎富贵。君子处富贵之境，不骄不躁，不淫不侈。彼以财富为资，以贵显为荣，然其心淡然，不以为意。夫富贵者，固人之所欲，然君子得之，则以之益人，不以之累己。故君子虽富贵，而行止有度，不失其本心，此乃真富贵也。

素贫贱，行乎贫贱。君子处贫贱之地，不怨不艾，不卑不亢。彼以贫贱为鉴，以磨砺为志，其心坚韧，不屈不挠。夫贫贱者，固人之所恶，然君子处之，则以之炼心，不以之丧志。故君子虽贫贱，而志向高远，不失其风骨，此乃真贫贱也。

素夷狄，行乎夷狄。君子居夷狄之乡，不鄙不俗，不妄自尊大。彼以夷狄为邻，以和平共处为念，其心宽广，不存偏见。夫夷狄者，固异于华夏，然君子待之，则以之广见闻，不以之生隔阂。故君子虽处夷狄，而心怀天下，不失其大同，此乃真夷狄也。

素患难，行乎患难。君子逢患难之时，不惧不畏，不退不缩。彼以患难为试，以坚韧为力，其心坚定，不为所动。夫患难者，固人生之厄，然君子遇之，则以之砺志，不以之丧勇。故君子虽遭患难，而精神不挠，不失其刚毅，此乃真患难也。

君子无入而不自得焉。夫君子之行，无论富贵贫贱，夷狄患难，皆能自得其乐，此乃君子之道也。君子之心，如海阔天空，无拘无束；如高山流水，自然而成。故君子之行，无所不入，无所不得，此乃真君子也。

吾读此语，深感君子之道，非易行也。然君子有志，何惧道阻且长？吾当以君子为榜样，循中庸之道而为。

君子之行，如日中天，光明磊落；如月之恒，皎洁无瑕。夫君子者，行己有耻，动必有方，此乃君子之范也。人当勉力行之，以求君子之道。

君子之行，贵在自知。人非圣贤，孰能无过？过而能改，善莫大焉。故君子之行，必先知己之不足，然后能改之；必先知人之所长，然后能学之。此乃君子之智也。人当时常自省，及时改过，以求君子之道。

君子之行，亦贵在包容。海纳百川，有容乃大。君子胸怀广阔，能容人之所不能容。故君子之行，必以和为贵，以忍为高。遇人非礼，不以为忤；逢人过失，不以为嫌。此乃君子之量也。人当学会包容，善待他人，以求君子之道。

君子之行，更贵在诚信。诚者天之道也，信者人之本也。君子之言必信，行必果。故君子之行，必以诚信为本，以实行为先。不欺人以不实之词，不诈人以无信之行。此乃君子之德也。人当诚信待人，言行一致，以求君子之道。

君子之行，亦在于谦逊。满招损，谦受益。君子虽有才，不自矜；虽有功，不自伐。故君子之行，必以谦逊为美，以低调为贵。不矜己之能，不伐己之功，此乃君子之谦也。人当谦逊待人，虚心向学，以求君子之道。

夫君子之道，博大精深，人当勉力行之。愿人皆能行君子之道，成君子之德，为天下之大道，贡献人之力量。虽不能至，心向往之，此乃人之志也。

省思鉴行 君子素位而行，顺应天命的智慧

昔者孔子谓颜回曰："君子素其位而行，不愿乎其外。"此语寓意深远，言人之所处，当安之若素，随遇而安，无求于外。吾等宜守分定位，无论身处富贵贫贱，夷狄患难，皆应顺其自然，自得其乐。

夫君子之道，无入而不自得。盖因其心静如水，处变不惊。素富贵，行乎富贵，不以物喜，不以己悲。素贫贱，行乎贫贱，安贫乐道，不改其志。素夷狄，行乎夷狄，守道不渝，不受世俗之染。素患难，行乎患难，恬淡从容，不改其色。此乃君子处世之要义也。

吾等生活于世，犹如浮萍漂泊，偶有所依，然未尝久也。若欲求得内心之安宁，当学会随遇而安，顺应天命。盖世事无常，人生如梦，唯有内心坚定，才可处变不惊。君子之行，静以修身，俭以养德，非泛泛之辈所能理解。

人犹如演员舞台上演绎人生。角色各异，命运迥然，然皆须顺应剧情，演绎出自己之风采。人生如戏，戏如人生，唯有内心强大，才可坦然面对人生之起伏。君子之行，犹如莲花出淤泥而不染，濯清涟而不妖。身处纷纭世界，仍能保持内心之纯洁，实为不易。

诱惑无数，然君子能抵御诱惑，坚守内心。盖因其明白，诱惑如糖衣之毒药，虽能暂时令人愉悦，然长此以往，必将损害身心。君子之行，犹如苍松挺立，不为风雨所动。身处纷纭世界，仍能保持内心之坚定，实为不易。

首当学会与他人相处。然君子之道，并非迎合他人，而是坚守自我，又能尊重他人。盖因其明白，每个人都有其独特之价值，应被尊重。君子之行，犹如山水相依，各具其美，相互成就。身处纷纭世界，仍能保持内心之独立，实为不易。

更当学会自省。然君子之道，并非自责自怨，而是勇于担当，又能不断进步。盖因其明白，自省乃成长之阶梯，唯有不断自省，得以不断成长。君子之行，犹如凤凰涅槃，历经磨难，终成正果。身处纷纭世界，仍能保持内心之坚定，实为不易。

综本章文所言，君子处世之道，乃顺应天命，坚守内心，与他人和谐相处，勇于自省。吾等应以君子为榜样，努力学习，不断提升自己，以期达到安心乐业与成长。身处大千世界，纷纭变幻，唯有坚守君子之道，方得其乐，安之若素。

然则，世之纷纭，众生百态，如何能在变幻莫测之中，保持内心的宁静与坚定？君子之道，犹如一盏明灯，照亮前行的道路。其素位而行，不为外物所扰，此乃处世之智慧。

夫富贵贫贱，夷狄患难，皆为人生之历练。君子视之如浮云，不以物喜，不以己悲。盖知世间一切，皆为暂有，唯有道义长存。故君子处富贵而不骄，安贫贱而不谄，处夷狄而不忧，面临患难而不惧。此乃君子之胸襟，处世之要义。

人处于世间，当明辨是非，坚守道义。君子之行，如日月之明，无论在任何情况下，都能保持其光亮。不受外物诱惑，不为世俗所移，此乃君子之品格。身处纷纭世界，能坚持正道，实为不易。

君子之行，履于人间烟火，还表现于对人的关爱上。君子爱人，不以私欲害人，而以道义助人。其待人以诚，接物以礼，使人人都能感受到其温暖与关怀。此乃君子之仁心，处世之准则。

能悟君子之道者，处世若莲，出于淤泥而纤尘不染；若松之立，历风雨而坚韧不摧；若竹之节，随四季而色不改。总言之，君子之为人处世，实乃明人生之哲理，所持生活之态度也。而君子之行，如光风霁月，令人敬仰；其言其行，皆为世人所效法。

世人当以君子为楷模，致力于修身养性，以求处世泰然。修身以清心为要，养性以寡欲为先。处世之道，贵在中和，不偏不倚，无过无不及。以此为准则，故能立于不败之地。如此，何惧曲折多舛，必能安然终至成功之彼岸。

愿人人都能领悟君子之道，安之若素，自得其乐也。

原文2

"在上位，不陵下；在下位，不援上。正己而不求于人，则无怨。上不怨天，下不尤人。故君子居易以俟命，小人行险以侥幸。子曰："射有似乎君子，失诸正鹄，反求诸其身。""

冀金雨译曰

"居高位，不欺压下面的人；居低位，不攀附上面的人。端正自己品行而不苛求别人，就不会产生怨恨。上不怨恨天，下不责怪人。所以，君子安心处在平易的地位，等天命的到来；小人却铤而走险以求侥幸成功。孔子说："君子做人与射箭的道理有些相似之处，射不中，就要反过来找自身原因。""

读典浅悟 君子之行，德行为范

在上位，不陵下；在下位，不援上。正己而不求于人，则无怨。上不怨天，下不尤人。读此，深感君子之德，宜为人所效法。夫君子者，身居高位而不骄，处低位而不卑，正直无私，不求外物，此乃真君子也。

君子居易以俟命，小人行险以侥幸。居易者，安心于道，不为外物所动；行险者，冒险以求利，不顾道义之存。君子小人，一念之差，行止之别，判然可见。故君子之所以为君子，非以其位之高低，而以其德之厚薄。

夫君子之行，端己正心，不求于人，则无怨。盖怨由心生，心正则怨不生。君子之心，坦荡无私，不怨天，不尤人，唯求自正其身。故君子之行，无论顺逆，皆能安然处之，无怨无悔。

子曰："射有似乎君子，失诸正鹄，反求诸其身。"此言甚妙，道出了君子之道。射者，求中于鹄，君子之道，亦求中于道。失诸正鹄，非鹄之罪，乃射者之过；失诸道，非道之过，乃行之失。故君子失道，不求诸外，反求诸己，此乃君子之智也。

君子之行，贵在自省。身居高位，不陵下，非以位高而自骄，乃以德厚而自谦；处低位，不援上，非以位卑而自卑，乃以道直而自尊。正己而不求于人，非以己正而责人，乃以己正而勉人。上不怨天，下不尤人，非以天公而怨之，以人非而尤之，乃以天道为常，人事为变，顺其自然，不怨不尤。

君子居易以俟命，非以易而自安，乃以静而待时；小人行险以侥幸，非以险而求利，乃以侥而失道。君子之行，稳健而持重，小人之行，轻浮而冒进。

吾读此语，深感君子之道，非易行也。然人当以君子为榜样，循中庸之道而为。虽不能至，心向往之。愿人皆能行君子之道，成君子之德，为天下苍生谋福祉。

君子之行，犹若流水，清而不浊，静而不躁。居高位而不骄，处低位而不卑，此其所以为君子也。夫君子者，以德为本，以道为行，不求外物之荣，唯求内心之安。故君子之行，皆从心出，不为外物所动，不为名利所诱。

君子居易以俟命，此乃君子之静也。居易者，安贫乐道，不汲汲于富贵，不戚戚于贫贱。俟命者，顺天应时，不强求于人，不妄求于物。君子之所以为君子，盖因其能安于易，静于命，不为外物所扰，不为名利所累。

小人行险以侥幸，此乃小人之躁也。行险者，冒险以求利，不顾道义之存；侥幸者，侥幸以求成，不顾后果之患。小人之所以为小人，盖因其不能安于易，静于命，而求诸外，求诸险，终至失道亡身。

射有似乎君子，失诸正鹄，反求诸其身。此言君子之道，贵在自省。射者求中于鹄，君子求中于道。

人当以君子为镜，照见自身之不足，循中庸之道而为。居高位者，当以君子之德自勉，不陵下，不骄不躁；处低位者，当以君子之行自励，不援上，不卑不亢。正己而不求于人，则无怨无尤；上不怨天，下不尤人，则心安理得。

人当以君子之道为佐引，笃行不息，以求至善至美之境。虽不能至，心向往之，成君子之德。

省思鉴行 自省与自我提升的智慧

孔子曰："射有似乎君子，失诸正鹄，反求诸其身。"此言君子之自省也。夫在上位，不陵下；在下位，不援上。正己而不求于人，则无怨。上不怨天，下不尤人。故君子居易以俟命，小人行险以徼幸。此皆处世之要义，而君子小人之辨也。

盖世之纷纭，众生之万象，皆为道所寓。君子行道，如日中天，光明磊落；小人悖道，若暗夜之行，鬼鬼祟祟。君子之道，居易以俟命，行险以徼幸。易也，非易也，待时也；险也，非险也，求诸己也。

君子之行，光照四方，人皆仰之。然而，君子不以高傲，不以权重陵下。下位之人，如土壤，虽低微，却不失其价值。君子不以位高而自负，不以权重而压迫。下位之人，不以位卑而自卑，不以权重而求援。正己而不求于人，无怨无悔。

上不怨天，天之高也，不可测也。君子不以天之高而自卑，不以天之不可测而畏惧。下不尤人，人之众也，不可胜也。君子不以人之众而自傲，不以人之不可胜而自弃。居易以俟命，以待时也；行险以徼幸，以求诸己也。

君子之道，中庸为要，居易俟命，不险徼幸。易非轻易，乃待时之宜；险非真险，实求于己。君子安居易位，非怠于行，乃顺天命，待时而动，此乃智者之谋。时至则行，时未至则止，此君子守道也，不失其时，不妄其动。行险徼幸，逆天而动，非君子所为，乃小人行径，君子当戒之。

易者，非易行之谓，乃因时制宜，不偏执一端，此乃中庸之道。险者，非真险厄，乃于艰难中自求诸己，以应万变，此乃勇者之德。故易非真易，险非真险，皆在君子一心。

君子当明中庸之道，顺天命，待时而动，不因易而轻之，不因险而惧之，自得于心，则道自在其中矣。君子之道，中庸而已。君子居易俟命，则能安时处顺；行险侥幸，则能临难不屈。皆因君子明中庸之道，顺天地之心，故能立身处世，无咎无誉，而道自在其中。

射之喻，君子之道也。失诸正鹄，反求诸其身。射箭之道，目标明确，正鹄所在，箭矢所向。君子失之，不责他人，反求诸己。盖知自省，方能自新，自新方能自强。君子之行，如射箭之专注，如自省之深刻，如自强之坚定。此乃君子之道，以自省为核心，以自强为目标，不断追求进步，不断提升自我。无论面对何种困境，君子都能保持冷静，自我反省，从中汲取教训，不断成长。如射箭般，专注于目标，不断调整自己的姿势和力度，直到箭矢准确地命中正鹄。君子之道，就是不断自我完善，不断追求卓越，以达到人生的最高境界。

处世之道，有君子小人之别，二者品行，判若云泥。君子之行，高洁如玉，言行举止，皆光明磊落，无所隐瞒，人皆敬仰之。其志在道，不在利；其交在诚，不在权。视人之急，若己之急；视人之难，若己之难。反之，小人之行，幽暗如暗夜之行，常怀鬼胎，行踪诡秘，人皆鄙视之。彼之所求，唯利是图；彼之所为，皆以权谋。见利则趋，见害则避，其品行之低劣，可见一斑。君子之道，在于知天命而居易以俟。彼知世事难料，故常怀敬畏之心，静待时机之来。行险之时，亦能以求诸己为先，不怨天，不尤人。君子之道，实乃处世之高境，小人岂能及之？

世间处世之行，宜若射箭之凝神，自省之深邃，自强之坚毅。处世之道，有君子小人之别，其异如霄壤。君子之行，如日月经天，坦荡磊落；小人之为，则若幽暗之夜行，狡黠难测。君子之道，在于居易以俟天命，临险而求己幸。易者，非谓轻易，乃待时之机；险者，非指危难，实求诸己之力。故君子处世，不怵于难，不拘于易，唯求诸己，以待天时。

〔第十五章〕

原文

君子之道，辟如行远必自迩，辟如登高必自卑。《诗》曰："妻子好合，如鼓瑟琴。兄弟既翕，和乐且耽。宜尔室家，宜尔妻帑。"子曰："父母其顺矣乎！"

冀金雨译曰

君子之道，就好比远行，必从近处开始；就好比登高，必定低处起步。《诗经》说："妻子儿女感情和睦，就像弹琴鼓瑟一样。兄弟关系融洽，和乐相处且沉醉其中。使你的家庭美满，使你的妻儿幸福。"孔子说："这样，父母也就称心如意了啊！"

读典浅悟 君子之道，行远自迩

君子之道，辟如行远必自迩，辟如登高必自卑。观夫君子之行，如临深渊，如履薄冰，慎始而敬终，积微而成大。今读此语，感慨良多，遂成此篇，以抒胸臆。

夫君子之道，必积日累月，方得大成。行远者，必始于足下；登高者，必始于低处。故君子欲行大道，必先修其身，正其心，而后可致远矣。是以君子之行，务在谦逊自守，不骄不躁，方为上策。

《诗》曰："妻子好合，如鼓瑟琴。"此言家庭之和睦，乃君子修身之基。

妻子好合，则家道正；兄弟既翕，则亲情浓。和乐且耽，宜尔室家；宜尔妻孥，宜尔子孙。君子之道，在乎齐家治国平天下，而齐家者，又在乎和睦亲情。是以君子务在和家，以和为贵，以亲为本。

子曰："父母其顺矣乎！"此言孝顺之道，乃君子立身之本。父母之恩，深如大海；孝顺之行，重如山岳。君子之道，务在孝顺父母，敬爱兄长，以尽人伦之本分。孝顺者，心之根本；敬爱者，行之源泉。故君子之行，必以孝顺为先，以敬爱为本，而后可成大器。

夫君子之道，既在乎修身齐家，又在乎治国平天下。修身者，务在明德；齐家者，务在和亲；治国者，务在法度；平天下者，务在和平。君子之道，在乎兼容并蓄，博大精深。是以君子之行，必以大道为纲，以细务为目，以坚心为基，方能立身行道。

读解文意，益发感悟君子之道之深远。夫君子者，非徒以才智出众，更以德行高尚。故君子之行，务在修德养性，以成其大。是以君子务在谦逊自守，不骄不躁；务在和睦亲情，以和为贵；务在孝顺父母，以尽人伦；务在治国平天下，以成大业。此君子之道也，人当勉力行之。

观夫君子之道，慎始而敬终，积微而成大。是以君子之行，必以谨慎为本，以谦逊为怀。夫谨慎者，行之基础；谦逊者，德之根本。故君子之行，必以谨慎谦逊为务，而后可致远矣。

且夫君子之道，在乎兼容并蓄，是以君子之行，必以包容之心待人，以博大之怀容物。夫包容者，心之广阔；博大者，行之高远。故君子之行，必以包容博大为怀，常将智慧慈悲并济。

读解文意，益发感悟君子之道之精深。夫君子者，德行高尚。是以君子之行，必以德行为先，以才智为辅。夫德行者，行之根本；才智者，行之辅助。故君子之行，必以德才兼备为务，以勤奋砥砺为期。

且夫君子之道，在乎自强不息，厚德载物。是以君子之行，必以自强不息为志，以厚德载物为本。夫自强不息者，志之坚定；厚德载物者，德之深厚。故君子之行，必以自强不息、厚德载物为怀器。

读解文意，益发感悟君子之道之广博。夫君子者，非徒以一身之荣为荣，更以天下之福为福。是以君子之行，必以天下为己任，以百姓为心。夫天下者，行之广袤；百姓者，行之根基。故君子之行，必以天下百姓为念，常将万物苍生挂心，常将世间疾苦萦怀。

君子之道，既在乎修身齐家治国平天下，又在乎自强不息厚德载物。是以君子之行，必以大道为纲，以细务为目；必以谨慎谦逊为本，以包容博大为怀；必以德才兼备为务，以自强不息厚德载物为志。

省思鉴行 从近到远、从低到高的君子之道

盖闻君子之道，犹如远行必从迩始，登山必自低处仰望。此言君子行事，起于近，终乎远；起于低，终乎高。行事之初，宜以谦恭自持，方可节节攀升，逐步抵达人生巅峰。《诗经》有云："夫妻和谐，似鼓瑟琴。兄弟和睦，快乐而亲密。宜你家庭，乐你的妻子。"此言君子之道，亦即处世之要旨。

君子之道，以家庭为基础，以亲情为纽带，以和谐为归宿。夫妻之间，应如鼓瑟琴，和谐共处，互相支持；兄弟之间，应如登高，互相尊重，和睦相处。对待父母，更应孝顺为重，顺从父母之意，尊敬父母之志。君子之道，即为孝悌之道，为家庭之道，为处世之道。

君子之行，以孝悌为先。父母养育之恩，深如大海，难以言表。君子顺父母之意，敬父母之志，称为孝。孝，为君子立身处世之基，是对父母深深敬爱和感恩之情的自然流露。

兄弟之间，以和为贵。如鼓瑟琴，和谐悦耳；如登高，互相尊重。君子之道，以和为贵，以顺为美。和，为家庭和谐之象征，为兄弟之间相亲相爱之表现。

夫妻之间，宜你家庭，乐你的妻子。夫妻和谐，似鼓瑟琴，互相支持，共度人生。夫妻之道，以相互理解和支持为基础，以共同经历生活的风风雨雨为目标。君子之行，无论对待父母、兄弟，还是夫妻，都应以孝悌、和顺、互

瀛海笔谭

相支持为原则，这样才能在人生道路上，走得更加坚定，更加从容。

君子之道，辟如行远必自迩。处世之道，当以谦卑为怀。盖登高必自卑，行远必自迩。君子自省，方能自新，自新方能自强。夫自省者，为人之智慧；自新者，为人之进步；自强者，为人之成就。君子之行，如射箭之专注，如自省之深刻，如自强之坚定。

当以仁爱为本，待人以诚，宽以待人。君子之道，以礼义为宗。行为有矩，言谈有度。君当以信誉为重。言行一致，信誉至上。更以廉洁为贵。洁身自好，不受诱惑。君子之道，以勤奋为基。自强不息，勤奋努力。

君子之道，如同远行必自迩，登高必自卑。以仁爱为根本，礼义为宗，信誉至上，廉洁为贵，勤奋为基。君子之道，就是在这复杂多变的世界中，保持内心的宁静与坚定，追求道德的完善与卓越。

而众生世间，核心在自省，目标在自强，不断进步，不断提升自我。无论遭遇何种困境，君子皆能保持冷静，自我反省，从中吸取教训，不断成长。犹如射箭，专注目标，不断调整姿势与力度，直至箭矢准确击中靶心。君子之道，即为自我完善，追求卓越，以达人生之巅峰。

故当效法君子之行，为人行事之准绳，亦为修身齐家治国平天之下之根本。其犹灯炬于人生之路，导夫方向，助我等在纷纭之世中持其本真。遇挑战时，君子之道赐我以勇慧；逐成功之际，又为我提供方向与动力之源。

亦当如水之就下，滋润万物而不争。如风之徐来，悠然自得而不傲。如松之挺拔，直面风雨而不倒。如石之坚实，承受压力而不移。如山之稳重，静观云起而不动。如海之广阔，包容众流而不狭。如日之恒照，驱散黑暗而不隐。如月之常明，洗净铅华而不染。

吾等应习君子之道，在简约中等待天命之安排，于困厄中寻求转机。此既非易，亦非险，而是等待时机，自我求诸。君子之行，如射箭般，需专注、自省、坚定。待人接物，行事作为，均应以君子之道为准则，则必行稳致远，终至目标矣。

【第十六章】

瀛海笔谭

原文

子曰："鬼神之为德，其盛矣乎！视之而弗见，听之而弗闻，体物而不可遗。使天下之人，齐明盛服，以承祭祀。洋洋乎！如在其上，如在其左右。《诗》曰：'神之格思，不可度思，矧可射思。'夫微之显，诚之不可掩如此夫！"

冀金雨译曰

孔子说："鬼神的德行，真是大得很啊！看它也不见，听它也听不到，但它却体现在万物之中使人无法离开它。它使天下的人斋戒净心，穿着庄重整齐的服装去祭祀它，它洋洋乎在上，如同就在人们的头上，如同就在人们的左右。《诗经》上说：'神的降临，不可揣度，怎么能够不恭敬呢？'从隐至显，它的真诚之德是不可掩盖的，如此伟大啊！"

读典浅悟 鬼神之德，敬畏为本

余览中庸，读至夫子之言："鬼神之为德，其盛矣乎！"言犹在耳，意萦于怀，思绪万千，因赋斯文，以畅心怀。

夫鬼神之德，其盛无比。视之弗见，听之弗闻，而体物不可遗。夫何以知其盛哉？盖观天下之人，皆齐明盛服，以承祭祀，其敬畏之心，油然而生。洋洋乎！如在其上，如在其左右，虽无形无迹，而神明之感，若存若亡。此鬼神之德，其盛可知矣。

《诗》曰："神之格思，不可度思，矧可射思。"夫鬼神之微妙，其诚不可掩。格思者，神明之降临也；不可度思者，其变化莫测也；矧可射思者，岂可妄自揣测，怠慢不敬乎？夫微之显，诚之不可掩，鬼神之德，实乃如此。

然鬼神之德，非徒以敬畏之心可感，更以诚敬之行可通。故君子修身齐家治国平天下，必以诚敬为本。齐明盛服，以承祭祀，非徒为形式之礼，实乃内心之诚敬也。夫诚敬者，鬼神之所感，天地之所容，亦人心之所安。故君子务在修诚敬之心，而后可与鬼神相通，与天地相应，与人心相和。

吾再解文意，益发感悟鬼神之德之广大。夫鬼神者，虽无形无迹，而实有庇佑之德。故君子当以敬畏之心尊之，以诚敬之行奉之。夫敬畏者，心之敬畏；诚敬者，行之诚敬。此鬼神之德所感，亦人心之所赖也。

且夫鬼神之德，既盛矣乎，则君子之行，当以之为依。夫诚敬者，鬼神之所感；敬畏者，鬼神之所畏。故君子之行，务在致诚敬之心，而后可与鬼神相依；务在修敬畏之行，而后可与鬼神相畏。夫相依者，心之相依。此鬼神之德所感，亦人心之所托也。

至此，益发感悟鬼神之深远。夫鬼神者，虽无形无迹，而实有护佑之德。故君子当以敬畏之心敬之，以诚敬之行事之。此鬼神之德所感，亦人心之所安也。

省思鉴行 鬼神之德与人生处世

孔子曾言："鬼神之为德，其盛矣乎！"鬼神虽视之不见，听之不闻，然其存在感物而不遗。其德性昭昭，虽不可度量，然而却能感物应事，不遗余力。夫鬼神之存在，虽微妙而显，诚实而不可掩。此亦如人生处世，虽世事纷纭，然只要心存敬畏，保持虔诚，便能感受到鬼神之存在，从而修身齐家治国平天下。

人生处世，当如鬼神之德，虽不可见闻，却能感通。心存敬畏，保持虔诚。

是以，人生处世之道，当以鬼神之德佐引，心存敬畏，保持虔诚。微妙显诚，不可掩藏。处世无不成，人生无不利。孔子之言，实为人生处世之指南，吾辈当谨记之。

夫鬼神之存在，虽不可度量，然而其德性却是昭昭可见。其盛服以承祭祀，洋洋乎如在其上，如在其左右。

《诗》云："神之格思，不可度思，矧可射思。"此言鬼神之德，微妙而显，诚实而不可掩。人生处世，亦应如此。夫鬼神之存在，虽视之不见，听之不闻，然其德性昭昭，感物而不遗。

世事纷纭，众生芸芸，人生处世之道，亦如鬼神之德。人若能以敬畏之心，存诚敬之志，则无往而不胜。夫鬼神之德，微妙而显，诚实而不可掩。人生处世，亦应如此。是以，人生处世微妙显诚，不可掩藏。

心存敬畏，秉持虔诚，则鬼神之存在可感，由是修身齐家治国平天下之道备矣。人若能以敬畏之心，存诚敬之志，则行事无所不胜。鬼神之德，幽微而显赫，至诚而无伪，其存在虽不可见，然其影响力却无处不在。

鬼神之德，幽微而显赫，至诚无伪，不可掩其光。人生于世，处世之道，亦当如是。敬天法祖，畏鬼神之威严，则身心得以端正，家族得以和睦，国家得以安定，天下得以太平。故知鬼神之妙用，可通天地之心，可达人之性，实为修身治国之本。人当存敬畏之心，行虔诚之道，以求身心和谐，家国昌盛。

孔子论鬼神之德，实寓人生处世之深道。鬼神之德，虽不可直观感知，然其影响却无处不在，感物而不遗。

世事虽纷扰多变，然人心若存敬畏，秉持虔诚，如此，则处世之道无不成矣。鬼神之德，虽幽微难测，却显赫于万物之中，其诚实无欺，光明磊落，不可掩盖。

故孔子之言，虽论鬼神，实则教人以处世之道。心存敬畏，保持虔诚，不仅是对鬼神的尊敬，更是对人生之道的体悟。世事多变，人心难测，然以鬼神之德为鉴，便可立身处世而无惑矣。此乃孔子教诲之深意也。

人生处世，亦应以鬼神之德为鉴，心存敬畏，保持虔诚，则能立身处世而无惑。微妙显诚之道，实乃人生处世之本，不可掩藏，亦无需掩藏。是以，欲在人生道路上无往不胜，当效法鬼神之德，以敬畏、诚敬为行事之准则。如此，则处世人生自有亨通之利。

【第十七章】

原文

子曰："舜其大孝也与！德为圣人，尊为天子，富有四海之内，宗庙飨之，子孙保之。故大德必得其位，必得其禄，必得其名，必得其寿。故天之生物，必因其材而笃焉。故栽者培之，倾者覆之。《诗》曰：'嘉乐君子，宪宪令德。宜民宜人，受禄于天。保佑命之，自天申之。'故大德者必受命。"

冀金雨译曰

孔子说："舜真是个大孝子啊！他的德行让他成为圣人，受尊成为天子，拥有四海之内的财富，宗庙祭祀他，子孙保持并传承了他的德行。所以，具有大德的人一定会得到相应的地位，一定的财富，一定的声誉，一定的寿命。因此，天生育万物，都以其材而予以厚待。所以，能种植的要培育，倾斜的就淘汰它。《诗经》中说：'美好的君子，有着光明正大的德行。他适宜于人民，适宜于所有人，因为他受到了天的赐福。天保佑他，天赋予他使命。'所以，大德之人一定会得到天的授命。"

读典浅悟 大舜之德，孝行天下

夫孝者，百行之先，人伦之本。孔子有言："舜其大孝也与！"观舜之德，可谓至孝矣。夫舜以孝闻，德配天地，尊为天子，富有四海。是以宗庙飨之，子孙保之，非偶然也。盖因孝德之至，足以动天地，感鬼神，故得此厚报焉。

且夫大德之士，非但得其位，亦必得其禄，必得其名，必得其寿。此乃天地之公道，非人力之能为也。故大德如舜者，天必佑之，地必载之，人必从之，鬼神必助之。是以舜能承天子之位，享天下之富，子孙百世而绵延不绝。

夫大舜者，孝之大者也。其德为圣人，尊为天子，此皆以德行之高尚，而获天下人之敬仰。富有四海之内，非独指其财富之广，亦指其德行之深。宗庙飨之，子孙保之，此乃天地之福报，亦人心之所归。故知大舜之德，必知其大孝之源，必知其尊天之道，必知其爱人之心。

观大舜之行，知其大德之所在。故曰："大德必得其位，必得其禄，必得其名，必得其寿。"夫位者，非独指高位之尊，亦指德行之所安；禄者，非独指财富之丰，亦指福报之所聚；名者，非独指声名之远，亦指德行之所传；寿者，非独指岁月之长，亦指精神之所存。故大德者，必能得其所应得，此乃大德之佐引，亦众志之所归。

夫天之生物，必因其材而笃焉。故栽者培之，倾者覆之。此非独指草木之生长，亦指人心之向善。栽者培之，乃谓善者必得其助，而德行者必得其扬；倾者覆之，乃谓恶者必得其惩，而悖德者必得其殃。故知天地之道，必知善恶之报，必知人心之向。

且夫《诗》曰："嘉乐君子，宪宪令德。宜民宜人，受禄于天。保佑命之，自天申之。"此诗赞美君子之德，亦揭示天地之意志。嘉乐君子者，以其德行之美，而获天地之欢；宪宪令德者，以其道德之高，而为人民所敬仰；宜民宜人者，以其仁爱之心，而获人心之归；受禄于天者，以其德行之厚，而获天地之福报；保佑命之者，天地之庇佑，亦人心之所望；自天申之者，此乃天地之公道，亦人心之所信。

故知大舜之德，必知天地之大道。夫大德者必受命，此乃天地之意志，亦人心之所归。夫受命者，非独指高位之尊，亦指德行之所承；非独指财富之丰，亦指责任之所担。故大德者，必能承天地之志，必能担人间之责，此乃大舜之所以为圣人也。

夫读解文意，余益发感慨。夫大舜之德，可谓高山仰止，景行行止。其孝之大，其德之高，皆为人之所敬仰。夫天地之大道，亦可谓深远莫测，其善恶之报，其人心之向，皆为人之所信。故知大舜之德，必知天地之大道；知天地之大道，必知人心之所向。

且夫大舜之行，乃长期修为之果。其孝之大，非空言所能表，乃实行之所证。故知大舜之德，必知其修身齐家治国平天下之道。夫修身者，修心养性，以成其德；齐家者，和睦家庭，以立其本；治国者，公正无私，以安其民；平天下者，协和万邦，以成其业。此皆大舜之所行，亦天下人之所当效法。

夫大舜之德，既为圣人之所行，亦为天地之所赞。故知大舜之德，必知天地人之合一。夫天地人者，三才也。天地者，自然之道也；人者，社会之体也。三才合一者，乃大道之行也。故知大舜之德，必知三才合一之道，必知天地人之和谐。

且夫大舜之德，既为历史之所载，亦为后世之所传。故知大舜之德，必知历史文化之传承。夫历史文化者，民族之根也。传承历史文化者，乃民族之责也。故知大舜之德，必知历史文化之重要，必知传承之责任。

读解文意，余益发感悟。夫大舜之德，可谓光照千古，其影响之深远，可谓历久弥新。

省思鉴行 孝道为根，忠信仁义为枝

孔子曰："舜其大孝也与！德为圣人，尊为天子，富有四海之内，宗庙飨之，子孙保之。"此言舜之大德，因其孝道而得尊位，享天下之富贵，子孙传之无穷。故大德必得其位，必得其禄，必得其名，必得其寿。天之生物，必因其材而笃焉。故栽者培之，倾者覆之。《诗》曰："嘉乐君子，宪宪令德。宜民宜人，受禄于天。保佑命之，自天申之。"此言君子之德，因其令德而得民望，受天之福佑，命之自天。

大德者，乃能承天之命。人处于世，宜法舜之孝道，以大德为基，斯可在社会中立足，成就显达。然在世事纷扰之际，如何践行此道，实为人生之难。若吾辈能解孔子之教，以大德为本，积极而行，或可解此难。

孝道为人之根本，如树之根，稳固而深入；忠、信、仁、义则为枝，繁茂而生机盎然。根深叶茂，人在社会之林中如独立之叶，然坚守大德者，方可随风起舞，受阳光照耀。其行为不仅得人尊敬，亦获天之祝福。

《诗》所云："嘉乐君子，宪宪令德。宜民宜人，受禄于天。"

嘉乐君子，君子者，道德之楷模，行为之规范。嘉乐，喜悦也，乐善好施，温文尔雅，此为君子之风范。君子行善积德，不图回报，但求于心无愧。是以，君子之德，如日月之明，如山川之恒。

"宪宪令德"，此语昭示着光明磊落之品质与美好德行之追求。宪宪，意为光芒四射，正大光明；令德，则指高尚纯洁之德行。君子行于世，当以正道自持，廉洁自律，此乃令德之体现。君子以德服人，无需怒喝，自有威严；无需威严，自有严正。

"宜民宜人"，此语君子之德，旨在兼善百姓与他人。民者，国之根本，人者，社会之成员。君子以仁爱之心，普及于民，施及他人。仁者，爱人也；宽者，容人之心也；公者，断事之公正也。君子行仁政，民得安居乐业；君子待人和，人皆亲附乐从。

"受禄于天，自天申之"，此言君子之得福也。天者，自然之大道，宇宙之至理也。君子之德，顺应天道，契合自然之序。故而，天以福禄赐予君子。此非君子之偶然幸得，实为天道之必然规律。君子之所以得福，因其德行符合宇宙之和谐，因其行为顺应自然之法则。天道酬勤，君子勤于修身齐家治国平天下，故得天之眷顾。

故人处于世，应以大德为基，持续修身养性，斯可在社会中立足，成就显达。无论在家庭、职场，无论顺境逆境，人均应坚守大德，以承天之命。

人之生于世，当以大德为本，此理至明至真。大德者，非他，乃孝、忠、信、仁、义也。此五者，犹五岳之镇四方，稳固人心，奠定道德之基。夫人生在世，如行舟于江，五德犹罗盘，佐引方向，使人得以破浪前行，而无迷失之虞。

孝道，百行之首，立人之大端。昔舜帝以孝行卓著，至诚通天，是以尧帝春之，委以大统，终享天下。斯可见孝道之重也。吾友廖军卫，其孝亦堪为世范。其孝心昭然，类舜之诚。日必省亲问安，事无巨细，皆亲力亲为。绍先祖之懿德，宏先贤之雅范，公而忘私，孝且尽忠。其品性高洁，行止端正，敬老慈幼，和邻睦里。

廖军卫之孝，非独于日常供养中见，更在溯源报本，不忘初心。其饮水思源之德，实乃孝道。夫孝者，不止于养体，更在于养心。廖军卫深知此理，故能于物质供养之外，更重精神慰藉，使父母心安而体泰。

世之言孝者多矣，然如廖军卫之实践者鲜。彼以孝行立身，如舜之感天动地。是以人心所向，敬之如宾，赞誉有加。斯人斯行，足为世法。

著者论曰，孝以敬亲，忠以报国，信以待人，仁以爱众，义以处事。如此，则人生之路虽曲折，但必能行稳致远，终达成功之境。忠信仁义，乃人之美德，亦为社会之基石。孔子曾言："君子务本，本立而道生。"此本者，即孝忠信仁义也。人若秉持此五德，则行事光明磊落，无愧于心，自然能赢得他人之尊重与信任。

又论曰，夫万象更新，众生芸芸，犹如繁星点点，各领风骚。人之大德，犹如山之峻岭，水之深潭，其内涵深厚，意蕴悠长。人之生于世，犹如草木之生于土，既需阳光雨露之滋润，又需扎根深厚之土壤。人行于世，当以此五德为修身之本，以其至诚至孝，彰显君子之德，方不负天道之期许也。

第十八章

原文 1

子曰："无忧者其唯文王乎！以王季为父，以武王为子。父作之，子述之。武王缵大王、王季、文王之绪，壹戎衣而有天下。身不失天下之显为名，尊为天子，富有四海之内，宗庙飨之，子孙保之。"

冀金雨译曰

孔子说："没有忧虑的人，难道只有文王吗？王季做父亲，武王是儿子。父亲创业，儿子继承并发扬光大。武王继承了大王（王季之父）、王季和文王的事业，凭借战争统一了天下。他本人赢得了天下人的尊敬和显赫的名声，被尊称为天子，拥有整个国家，享后人在宗庙祭祀，他的子孙也会继续保持这一切。"

读典浅悟 德行立身，仁义行事

子曰："无忧者其唯文王乎！"夫文王以明德承祖业，王季为父，育之以义方。武王继之，子述父道，缵大王、王季、文王之伟业，一戎衣而定天下，赫赫武功，显名于世。尊为天子，富有四海，子孙万世保之，此岂非无忧者乎？

文王之德，如日月经天，昭昭可鉴。彼以仁义为本，以礼乐为教，百姓亲附，万国来朝。王季之父，教之以德，文王之子，武王也，承父之志，述父之道，一以贯之。是以武王能够一统天下，功烈显赫，名垂青史。

武王缵绪先王，以文治武功显赫于世。彼一戎衣而有天下，非偶然也。盖因其承祖业之余绪，加以发扬光大，故有此伟业。彼之尊贵，天子之位也；彼之富饶，四海之内也。子孙保之，宗庙飨之，此乃武王之忧民之心，治国之才所得也。

文王之世，可谓盛世矣。彼以王季为父，承先祖之遗德；以武王为子，传子孙之无穷。父作之，开创基业，奠定王国；子述之，继承遗志，发扬光大。此乃文王之幸，亦天下之福也。

武王缵大王、王季、文王之绪，壹戎衣而有天下。彼以武力定天下，非以暴力取天下也。彼承先祖之遗训，以仁义为本，以道德为纲，故能一戎衣而有天下，实乃天命所归，人心所向也。

武王身不失天下之显名，尊为天子，富有四海之内。彼之尊贵，非因权贵而尊贵，实因其德行之高，为天下所敬仰。四海之内，皆为其所有，非以权势取之，实以德行之深厚，赢得天下人之心也。

宗庙飨之，子孙保之。彼之宗庙，世代相传，祭祖之礼，亦是对先祖之敬仰与缅怀。子孙保之，非但保其宗庙之长久，亦保其国家之昌盛，保其家族之荣耀也。

孔子之言，实乃赞颂文王与武王之功德也。彼以德行立身之本，以仁义为行事之则，故能赢得天下人之心，亦能保其家族之昌盛，此皆因彼之德行深厚所致也。

且夫无忧者，唯文王乎？彼以德行深厚，而赢得天下人之心，亦因其父子相承，而奠定王国之基业，此皆因彼之德行所致也。

读此文，心有戚戚焉。夫文王以明德承祖业，得王季之教，育之以义方，而后传之子武王。此中父子相继，道统不断，实为天下之大幸。

文王之为君也，以仁义为根本，礼乐为教化。彼承祖业之余绪，发扬光大，使周室昌盛，百姓亲附。彼之德政，如春风化雨，润物无声。是以四海之内，莫不宾服。夫文王之无忧，非真无忧也，乃是以天下为己任，忧国忧民之大忧也。彼之显名，非偶然得之，实乃积善累德之所致。

武王继文王之志，一统天下，功烈显赫。彼以王季为父，文王为君，自幼受明德之教，承父祖之余荫。是以能够一戎衣而有天下，非其一人之功，实乃周室历代先王之德政所致。武王身居高位，尊为天子，然彼之尊贵，非为私利，乃为更好地治理天下，使百姓安居乐业。

读至此处，余不禁感慨万千。文王、武王之忧民之心，治国之才，实为后世之楷模。彼等以天下为己任，忧国忧民，其胸怀之大、志向之远，令人敬仰。

夫德者，本也；才者，末也。有才无德，才亦难为所用；有德无才，德亦难以显现。文王、武王之忧民之心，治国之才，实乃德才兼备之典范。彼等不仅自身修德养性，更以仁义教化百姓，使天下归心。

然则，何以修德？何以养性？当从心始。心为身之主，心正则身修。故修德养性者，必先正其心。正心者，必明理义，知荣辱，而后能行仁义之道也。

余又思，文王、武王之道，非仅限于治国安邦。于个人修身养性，亦有莫大之益处。夫修德养性者，必以仁义为本，以礼乐为教。

故曰："修德养性，以仁义为本；明理行道，以礼乐为教，此乃文王、武王之道之精髓也。"

省思鉴行 孝道与家族荣耀的传承

孔子曰："无忧者其唯文王乎！"此言文王之无忧，因其有王季为父，武王为子，父作之，子述之。武王继大王、王季、文王之绪，壹戎衣而有天下。身不失天下之显名，尊为天子，富有四海之内，宗庙飨之，子孙保之。此言文王之无忧，因其有武王之继，得天下之显名，尊为天子，富有四海之内，子孙传之无穷。

人之生于世，当以大德为本。大德者，孝也，忠也，信也，仁也，义也。此五者，乃为人行事之指南，人之立身之本也。夫孝道，感天动地，如文王之孝，使其名声远扬，尊为天子，富有四海之内，宗庙飨之，子孙保之。忠信仁义，人之美德也，如孔子所言："君子务本，本立而道生。"人之行事，必以此五者为根本。

以本章所言，意即以大德为本，孝道为首，忠信仁义为辅，长期修身养性，方能受天之福佑，命之自天，立足于世，显达于世。

看凡间百众，纷纭众生，如处繁花之林。繁花似锦，各展风姿，人亦异彩纷呈。然德之重要，若花木之根，若大厦之基。无德则人无以自立，无德则国无以兴盛。故君子务本，本立而道生。孝道者，人伦之至也，推而广之，则诸事皆顺。然世之行事，非独凭智谋，更需德行以为辅。德行兼备，行孝道者，则将福泽自长远。

故可以意为：君子务修其德，以孝为先，而后家齐国治。曰：德者，人之本也，无德不立，无德不兴。孝道者，百行之先，以孝为先，则诸事皆顺。处世有为，非唯才智之展露，更需德行之内蕴。

是以，欲于世间有所作为，必先修德行孝。德行之修，在于平日之积累，言行一致，显现真本色。孝道之行，在于恭敬侍奉，承欢膝下，方显孝子之心。

夫德之修，在于心之诚，行之实。孝道、忠信、仁义之美德，乃立身之基，缺一不可。孝道者，尊亲敬老，尽孝于父母，以报养育之恩。忠信者，忠诚守信，不欺不诈，以立身处世。仁义者，仁爱正义，尊重生命，关爱他人，以显人道之本。

古人有云："君子务本，本立而道生。"此言得之。修德者，务必以孝、忠、仁为本，本立则道自现。盖德者，道之所生，道者，德之所行。二者相辅相成，不可或缺。故修德者，当持之以恒，致力于微，不断积累，方能成就大德。夫唯如此，方可立身于世，无愧于心，无愧于人。

论修德，首重家伦。孝于父母，敬于长辈，爱于晚辈，如木之依根以汲养，人生亦以孝道为根。忠信者，行事之要，尽忠于行，守信于友，以此得人之信与尊。仁义者，待人接物之本，以仁心待人，以公心处事，可解纷争，促和谐。

修德之道，持之以恒为贵。人须臾不可离德，故当砥砺己身，勤勉不息，以求日进其功。德者，人之本也，失德则失道，失道则事难成。

行事之间，以德修为先。德厚者，行必远；德薄者，行难持久。是以立世显名者，皆以德行为基。夫不修德者，虽有一时之荣，终难长久。盖因德不配位，必有灾殃。

故修德者，须臾不可懈怠。当以诚信为本，仁爱为怀，勤勉为行。夫德之不修，行之不远；德之深厚，则行之无疆。

原文 2

"武王末受命，周公成文、武之德，追王大王、王季，上祀先公以天子之礼。斯礼也，达乎诸侯大夫，及士庶人。父为大夫，子为士，葬以大夫，祭以士；父为士，子为大夫，葬以士，祭以大夫。期之丧，达乎大夫，三年之丧，达乎天子。父母之丧，无贵贱一也。"

冀金雨译曰

"武王晚年，周公成就了文王和武王的文武之德，追尊大王、王季为王，并以天子的礼仪来祭祀。这种礼仪不仅适用于诸侯、大夫、士，也适用于普通的庶民。如果父亲是大夫，儿子是士，那么在葬礼上应该按照大夫的礼仪来安葬父亲，在祭祀时则按照士的礼仪来进行；如果父亲是士，儿子是大夫，在葬礼上应该按照士的礼仪来安葬父亲，祭祀时则按照大夫的礼仪来进行。如果是为期一年的丧期，那么适用于大夫；如果是为期的三年丧期，那么适用于天子。无论是贵族还是平民，父母的丧事一样，没贵贱之分。"

读典浅悟 礼之用，和为贵

昔武王承天之命，定鼎中原，周公辅弼，文武之道乃成。追王先公，尊以天子之礼，此礼也，非独王之尊荣，亦遍及诸侯、大夫、士及庶民。夫礼者，何以致远？岂不以德为本，以仁为心乎？

今读圣人之言，乃悟葬祭之制，非随意而设，实乃维系人伦，明尊卑之分，定长幼之序。父为大夫，子虽为士，葬必以大夫之礼，以显父尊；祭则以士之礼，以明子职。反之亦然。此乃人子之孝，尊亲之道也。

期年之丧，达乎大夫；三年之丧，达乎天子。非贵贱之别，实乃人情之常。父母之丧，无分贵贱，一律同仁，此乃孝道之至理，人伦之大义。

夫礼之用，和为贵。葬祭之礼，所以明孝道，定人伦，非徒虚文也。天子以孝治天下，诸侯以孝治其国，大夫以孝治其家，士庶人皆以孝为本。孝道行，则家和国安，此之谓也。

且夫礼者，天地之序也，人伦之纲也。武王受命于天，周公辅之，以文武之德，定天下之大礼。追王先公，尊以天子之礼，非独尊王室，亦以明尊卑之分，定长幼之序也。葬祭之制，实乃孝道之体现，无分贵贱，一律同仁。

父为大夫，葬以大夫之礼，显其父尊之位；子为士，祭以士之礼，明其子孝之心。此乃维系人伦之大义也。若父为士，子为大夫，亦然。期年之丧，达乎大夫；三年之丧，达乎天子。此乃表达孝道之情深也。

夫孝者，百行之先；礼者，孝之所体。孝道行而家和国安矣，此之谓也。然则今人当勉力行之，以孝为本，以礼为行，则天下平矣。

又夫礼之用，和为贵。非徒虚文也，必以诚心行之，方可明孝道，定人伦。

且礼者何以致远？岂不以德为本，以仁为心乎？文武之道，乃周公所成，且礼者何以致远？以德为本，仁为心也。武王末受命，周公承文武之德，追王先公，礼达四海。父子虽异位，葬祭各遵其位，贵贱虽殊，而父母之丧，一也。礼之所用，无分贵贱，皆以德行仁义为本。由是观之，礼之所以能致远者，岂非以德仁为根基，而周公文武之道得以成乎？

夫礼者非徒虚文也，必以诚心行之，方可显其效。武王末受命，周公成文、武之德，追王大王、王季，上祀先公以天子之礼，此乃尊卑之分，长幼之序也。葬祭之制，明孝道，定人伦，无分贵贱，一律同仁，实乃天下之大义也。且天道有常，人道有序，礼之用，和为贵也。

且夫礼之用，和为贵。天子以孝治天下，则诸侯安其国，大夫治其家，士庶人修其身，此乃维系人伦之大义也。又礼者，天地之序也，人伦之纲也。武王受命于天，周公辅之，定天下之大礼，追王先公，尊以天子之礼，此礼也达乎诸侯大夫，及士庶人。父为大夫，子为士，葬以大夫之礼，显其父尊之位；父为士，子为大夫，葬以士之礼，明其子孝之心。此乃明尊卑之分，定长幼之序也。

期年之丧，达乎大夫；三年之丧，达乎天子，此乃表达孝道之情深也。孝道行而家和国安矣，此之谓也。今人当以孝为本，勉力行之，则天下平矣。

夫礼者何以致远？以德为本，以仁为心也。文武之道，周公所成，追王先公，尊以天子之礼，非独尊王室，亦以教民孝道，人伦之大义也。今人读此，当明其理，以孝为本，勉力行之，则家和国安，天下平矣。此之谓也。

荀思鉴行 仁义礼智信与个人修养

夫天地之间，万物各有其道，而人道居其一。人道者，仁义礼智信也。古之圣贤，仰观天文，俯察地理，中察人事，于是乎人道显。人道显，而世道备。故曰："夫子之道，忠恕而已矣。"

由此观之，人道之要，尊卑有序，上下有别。父为大夫，子为士，葬以大夫，祭以士，所以尊父也；父为士，子为大夫，葬以士，祭以大夫，所以尊子也。期之丧，达乎大夫，三年之丧，达乎天子，所以尊亲也。无贵贱，一也，所以明孝道也。

然世之众生，纷纭复杂，难矣哉！此文有何处世之鉴呢？曰：明人道，行仁义，守礼法，通智信。以此佐引，则无迷失之虞。

夫仁者，爱人也；义者，正也。爱人，故能关心他人之疾苦，以同情心抚慰创伤，以关爱之意温暖人心。正者，所以明辨是非，不偏不倚，坚守原则，正义凛然。仁义之道，人道之基也，如同大地之承载，给予万物以滋养。无仁义，则人道废，世道乱，如同大厦之失去基石，摇摇欲坠。故君子务行仁义，以正己身，以正他人，如同树立之挺拔，给予他人以启迪和力量。

君子之行，以仁义为本，以公正为准则，无论身处何地，皆能秉持此道，以行其道，以正其身，以正其人。其待人以诚，用心倾听，以真诚之言抚慰他人，以关爱之意温暖人心。其行事以公，不偏不倚，以公正之心断事，以公平之意待物。其言辞以仁，温文尔雅，以仁爱之言启迪他人，以宽厚之言感化人心。

礼者，敬也；法者，矩也。敬者，尊贤敬老，敬奉先祖，以恭敬之心对待他人，以谦卑之意对待自己。矩者，遵守法度，不逾矩，以自律之心约束自己，以法治之精神对待社会。礼法之道，人道之维也，如同人体的骨骼，给予人以秩序和力量。无礼法，则人道乖，世道倾，如同大厦失去梁柱，摇摇欲坠。故君子务守礼法，以敬己身，以敬他人，如同树木扎根大地，给予社会以稳定和和谐。君子之行，以礼法为指南，以敬奉先祖之心对待他人，以遵守法度之精神对待自己。其言行举止，无不彰显着礼法的魅力，其待人接物，无不体现出敬奉的精神。行人道，明世道，使世道和谐，人道光大。君子之道，虽难行，然而唯有行此道，方能使人道光大，世道和谐，故君子勤而行之，以期至善。

智者，明也；信者，诚也。明者，洞察事物之本质，不被表象所迷惑；诚者，言行一致，不虚伪，以真诚之心对待他人。智信之道，人道之资也，如同灯塔佐引航程，给予人们方向和指引。无智信，则人道蔽，世道昏，如同世界失去光明，陷入黑暗。故君子务求智信，以明己身，以信他人，如同星星之火，可以燎原，给予社会以希望和力量。君子之行，以智信为根本，以明辨是非之智慧，

瀛海笔谭

以真诚之心对待他人。其言行一致，表里如一，以智者的眼光洞察事物，以信者的真诚感化他人。行人道，明世道，使世道和谐，人道光大。

夫处世之道，难矣哉！然有仁义以为基，礼法以为维，智信以为资，则无迷失之虞。君子之道，仁义礼智信而已矣。吾等当以此佐引，以行人道，以明世道。

夫仁义礼智信，非独君子之修，亦乃众人之基。人之初生，如素丝之未染，唯以五常之德，渐渍熏陶，方能成其人格，立其品行。故曰：教化之本，在于五常；五常之立，在于心田。心田若肥，则五常之苗茁壮成长；心田若瘠，则五常之种难以生根。是以，君子当日三省吾身，察其仁义是否充盈，礼法是否严谨，智信是否坚定。若有不足，则当勉力以补，不可懈怠。又，五常之道，相辅相成，缺一不可。仁者无义，则爱而不别；义者无仁，则严而不和；礼者无智，则拘而不通；智者无礼，则乱而无序；信者无仁义礼智，则诚而不实。故五常之道，当并行不悖，相得益彰。当以五常之道为修身之本，以仁义为心，以礼法为行，以智信为质。

然仁义礼法智信，人道之基维也；尊卑有序，上下有别，人道之维也。明人道，行仁义，守礼法，通智信，以尊亲敬贤，以明世道，此吾等处世之要义也。

第十九章

原文1

子曰："武王、周公，其达孝矣乎！夫孝者，善继人之志，善述人之事者也。春秋修其祖庙，陈其宗器，设其裳衣，荐其时食。宗庙之礼，所以序昭穆也；序爵，所以辨贵贱也；序事，所以辨贤也；旅酬下为上，所以逮贱也；燕毛，所以序齿也。"

冀金雨译曰

孔子说："周武王、周公，大概是最通达孝道的人了吧！所谓孝，就是善于继承先人的遗志，善于继承先人的事业。春秋两季祭祀祖先的时候，修整祖庙，陈列祭器，摆设先人的衣冠，供奉时鲜食品。祭祀的礼仪，是用来分辨昭穆的次序的；安排爵位的礼仪，是用来分辨贵贱的等级的；安排典礼上做事的次序，是用来分辨才能的高下的；斟酒敬酒的礼仪，是辈分低的人先向辈分高的人敬酒，这是为了让地位低的人有机会向地位高的人表示敬意；宴会时安排座位的礼仪，是根据头发的颜色，让年长者坐上位，以排列年齿来安排长幼次序的。"

读典浅悟 武王、周公的孝道实践与传承

吾读夫子之言，如饮醇醪，感慨良多，感悟亦深。

夫言曰："武王、周公，其达孝矣乎！夫孝者，善继人之志，善述人之事者也。"诚哉斯言，武王、周公之孝，可谓至矣尽矣。夫武王、周公，一代之英主贤臣，其孝行可昭日月，其德业可垂青史。孝者，百行之首，万善之原。善继人之志，则能承先启后，光大门楣；善述人之事，则能传颂功德，永垂不朽。故武王克商，追尊父祖，建立周朝，以承文王之志；周公制礼作乐，辅成王以安邦定国，以述文王之事。此皆武王、周公之孝行也，可谓达孝矣乎！

春秋修其祖庙，陈其宗器，设其裳衣，荐其时食。此乃后世子孙追思先人之德，敬仰先人之功，以表孝思之诚也。祖庙之设，所以示不忘本；宗器之陈，所以显家族之尊；裳衣之设，所以存先人之形；时食之荐，所以奉先人之养。此皆后世子孙之孝行也，可见孝道之广大矣！

宗庙之礼，所以序昭穆也。昭穆者，宗庙中排列辈分之次序也。古者，宗庙为尊崇先祖之所，奉行礼仪，序昭穆，以示尊卑之序，明长幼之别。昭穆之序，亦是对家族血脉的传承与维系。子孙后代，依此序昭穆，可知其根源，可知其尊卑，从而怀着敬畏之心，对待先祖，对待家族。

序昭穆者，所以明尊卑，辨长幼，使子孙后代知所本，知所尊，不敢忘本忘祖。此亦孝道之体现也。序昭穆，实为孝道之具体表现。孝道，乃儒家学说之核心。尊卑有序，长幼有别，这是孝道在宗庙礼仪中的体现。而孝道的精神，更应贯彻于日常生活的方方面面。无论是尊敬长辈，还是关爱晚辈，都应该怀着孝道之心，以诚以敬。

故，宗庙之礼，序昭穆。通过这种礼仪，教导子孙后代，要知所本，知所尊，不忘初心，不忘祖训，保持对家族的敬畏与忠诚。

序爵，所以分尊卑也。尊卑者，身份之差异，地位之高低也。分尊卑者，所以示长幼有序，尊卑有别，俾社会和谐，人心安宁。此亦孝道之广义也。序班位制，礼之

大体，用以分尊卑，明身份之高低。尊卑有别，长幼有序，封建社会和谐之基，人心安宁之始。故序爵位非独分尊卑之术，亦维护社会之秩序也。

分尊卑，实孝道之广义。孝道，儒家之核心，为人处世之根本。尊长爱幼，孝道之体现。而序爵位制，正是将孝道精神扩展于社会全体，使人人知其位，尽其责，尊其所应尊，爱其所应爱。

故序爵位，既分身份之高低，亦推广孝道之广义。由此教民知所本，知所尊卑。

序事，所以辨贤也。贤者，德才兼备之人也。辨贤者，所以任贤使能，使国家昌盛，人民安乐。此亦孝道之实践也。夫人之贤否，国家之兴衰所系；贤者，国之栋梁，民之楷模。是以圣王治国，必先辨贤，而后任之，使各尽其才，各司其职。贤者在上，则政通人和；贤者在下，则风俗淳厚。国家因贤而昌盛，人民因贤而安乐。贤者，孝道之体现也。盖孝道者，尊父母，敬师长，修身齐家之基。而辨贤任能，正所以推孝道于国家，使天下咸知孝敬之道，共兴仁义之风。是以辨贤之事，至关重要，不可忽也。

宴席之间下对上举杯敬酒，此乃旅酬之礼。旅酬者，宴会中表达敬意之举也。下敬上，彰显尊卑有序，而逮及贱者，乃使卑微之辈亦能获得尊重。此乃孝道之广泛体现也。在孝道观念中，无论贵贱，皆应得到尊重。盖因孝道强调的是尊长爱幼，上下有序，而旅酬之礼正是将这种观念延伸至社交场合，使得每个人都能感受到尊重与关爱。如此，不仅强化了社会等级秩序，也促进了人际关系的和谐。故旅酬之礼，不单是宴会间的习俗，更是孝道精神在社会交往中的具体应用，体现了儒家文化中重视礼仪、讲究尊卑的价值观。

燕毛，所以序齿也。燕毛者，宴会时按年龄长幼安排座位之礼也。序齿者，所以明长幼有序，使老少咸宜，和睦相处。此亦孝道之体现也。古之人，重视家庭伦理，以孝道为根本。凡家中宴会，必依长幼之序，安排座位，以示尊卑之别，此乃燕毛之礼也。而序齿，则是对长幼之序的进一步强调。长幼有序，不仅是家庭之礼，亦是社会之序。老少咸宜，和睦相处，方可营造和谐社会。

综观本文所述，其乃以武王周公论及孝道。依本文所言，武王、周公之孝行，以及后世子孙之孝思，可见孝道之广大深厚，无所不包。而本文所论孝道者，不仅在于养亲敬亲，更在于承先启后，光大门楣；不仅在于个人修身齐家，更在于治国平天下。

省思鉴行 孝道对个人品德的影响

孔子曾曰："武王、周公，其达孝矣乎！"此语寓意深远，旨在揭示孝道之义。孝者，善继人之志，善述人之事者也。故吾辈应以孝道为立身之本，推而广之，以处世之要义。

孝道，是中华民族的传统美德，是家庭和谐的基石，更是个人品德的体现。孝者，不仅仅是尊奉父母，更在于继承和发扬先辈的优良品质，传承家族的优秀传统。吾辈应以孝道为立身之本，以父母为榜样，学习他们的智慧和品质，做一个有道德、有责任、有爱心的人。

在处世之中，吾辈应广推孝道，将孝道的精神融入与人相处的各个方面。尊重他人，关爱他人，助人为乐，以诚待人，这些都是孝道的延伸，是处世之要义。只有这样，吾辈才能在社会中立足，赢得他人的尊重和信任。

同时，吾辈还应以孝道来对待国家和社会。尽自己的所能，为国家的发展和社会的进步贡献自己的力量，这是对祖先最好的孝敬，是对社会最好的贡献。

夫孝道，源于家庭，扩至社会，终至于国家。春秋修其祖庙，陈其宗器，设其裳衣，荐其时食。此乃孝道之具体表现，寓意着对祖先的尊敬与怀念。宗庙之礼，所以序昭穆也；序爵，所以辨贵贱也；序事，所以辨贤也。此三者，皆为处世之准则，寓含尊卑有序、明辨是非之道。

然则，处世之要义，并非仅限于孝道。旅酬下为上，所以逮贱也；燕毛，所以序齿也。此二者，揭示出人世间相处之道，即以平等、和谐为基础，尊重他人，关爱他人。是以，吾辈应以孝道为根本，兼顾其他处世之道，方能立足于大千世界。

　　吾辈处世，当明辨是非，坚守道德底线。序昭穆、序爵、序事，虽为旧制，仍为处世之则。尊卑有序，贵贱分明，方能维护社会之和谐。而旅行酬酢，应以平等为原则，不以身份地位论人。燕毛序齿，寓意着关爱他人，关注人性。

　　复杂的世间百态中，吾辈处世，首先需明辨是非，这是为人处世的基石。坚守道德底线，意味着在面临诱惑和挑战时，能够坚持正确的原则，不随波逐流，不做违背良知的事。在行为准则上，序昭穆、序爵、序事，是处理人际关系的重要原则。它们分别代表了尊卑有序、地位分明、能力辨别的社会规范，是维护社会和谐稳定的重要因素。

　　在社交场合，旅行酬酢时，应尊重他人，不以身份地位论人。这意味着在交往中，不论对方的社会地位如何，都应给予平等的尊重和待遇，这不仅是对他人的尊重，也是自我修养的体现。而燕毛序齿，则是对年长者的尊重和关爱，寓意着在人际关系中，应关注他人的感受和需求，尤其是对年长者应给予更多的关怀和尊重。

　　在这些准则的指导下，吾辈处世，不仅能够维护个人品德的纯洁，更能够促进社会的和谐与进步。在行为上，我们应当做到既不失自己的尊严，也不侵犯他人的权益，以此来实现个人与社会的和谐共处。

　　小小人间，百态纵横。吾辈处世，当秉持孝道以及其他处世原则。夫孝者，善继人之志，善述人之事者也。

　　孔子曰："武王、周公，其达孝矣乎！"此语犹如明灯，照亮吾辈处世之道。吾辈当以此为座右铭，践行孝道，以及其他处世之道，以期成为达孝之人。

　　夫孝者，善继人之志，善述人之事者也。

原文2

　　"践其位，行其礼，奏其乐，敬其所尊，爱其所亲，事死如事生，事亡如事存，孝之至也。郊社之礼，所以事上天也；宗庙之礼，所以祀乎其先也。明乎郊社之礼、禘尝之义，治国其如示诸掌乎。"

"恪守自己的职位，奉行那应有的礼节，演奏那适当的音乐，尊敬他所应该尊敬的人，爱护他所应该亲近的人。侍奉死者如同侍奉生者，侍奉亡者如同侍奉存者，这是尽孝的最高境界。祭祀天地之礼，是用来侍奉上天的；宗庙之礼，是用来祭祀祖先的。明白了祭祀天地和宗庙的礼仪以及四时祭祀的意义，治理国家就如同看自己的手掌一样易如反掌了。"

读典浅悟 孝道乃行为之始与德行之宗

践其位，行其礼，奏其乐，敬其所尊，爱其所亲，此乃孝之常道也。事死如事生，事亡如事存，孝之至也，诚哉斯言！夫郊社之礼，所以事上天也；宗庙之礼，所以祀乎其先也。明乎郊社之礼、禘尝之义，治国其如示诸掌乎。感慨良多，遂作文一篇，以述吾读解文意之心得。

孝道，行为之始，德行之宗。居其位，当尽其职；行其礼，必循其矩。音律和鸣，以谐人心；敬奉尊长，以显其德；亲爱骨肉，以扬其仁。此乃孝之根本，亦为人之天性。

事死者，如事生者；事亡者，如事存者。非独敬祖尊亲，亦兼敬天法地，心存敬畏，不敢忘本。

思往古之时，孝道被视为人伦之至，行为之极。凡为人子，必尽孝道，以尽其为人子之责。尽孝之道，先在敬亲，敬亲之道，重在尊祖。封建社会其尊祖之道，乃在维系家族之延续，记忆家族之历史，传承家族之文化。

而孝道之实践，不仅表现在亲人之爱与尊敬，亦表现在对天地万物之敬畏与珍视。事死如事生，事亡如事存，此乃孝道之延伸，亦是对生命之尊重。无论是敬祖尊亲，还是敬天法地，皆是对生命之源之敬畏，对生命之本之尊重。

心存敬畏，不敢忘本，此乃孝道之真践。敬畏生命，珍惜生命，尊重生命，此为孝道对众人之要求。按本章所言，无论为人子，还是为人父，皆应以孝道为楷模，尽其责，循其矩，以谐人心，显其德，扬其仁。

故孝道，不仅是家庭和谐之基，亦是社会稳定之保障。孝道，即人道，即天道。为人者，不可不学孝道，不可不践行孝道。

郊社之礼，乃事上天之道。郊者，祭天之所；社者，祭地之处。事上天者，敬天畏命，遵天道以行人事。上天之尊，无可比拟；郊社之礼，庄重肃穆。夫能明此礼者，必能敬畏天地，顺应自然，以达天人合一之境。然郊社之礼，不止于祭祀，更在于修身齐家治国平天下。郊社之礼，序昭穆，辨长幼，分尊卑，辨贤能，皆为治国之道。宴席之间，旅酬之礼，序齿之义，皆显孝道之广义。孝道，儒家之核心，为国之本。尊卑有序，长幼有别，社会和谐，国家昌盛。故孝道之广大，无所不包，无时不在。然孝道之广，远不止于家庭之内。古之人，以孝道治天下，尊卑有序，长幼有别，社会和谐，国家昌盛。今之人，亦应秉承此精神，应用于社会交往之中，以礼待人，尊重他人，促进人际关系之和谐。

宗庙之礼，乃追思先祖之仪。宗庙者，祭祖之宫；祀者，膜拜之举。追思先祖之德，缅怀先祖之绩，此乃宗庙之礼所以庄重而神圣也。祭祖之心，虔诚而恭敬，必能明此礼者，方能孝亲敬祖，承先启后，以光大门楣。

古者，宗庙为尊崇先祖之所在，奉行礼制，祀先祖，以显尊卑之序，明长幼之别。宗庙之礼，寓含对先辈的崇敬与怀念。子孙后代，依此礼，可知其根源，可知其尊卑，从而怀着敬畏之心，对待先祖，对待家族。

宗庙之礼，实为孝道之具体体现。孝道，是为人处世的根本。尊卑有序，长幼有别，此乃孝道在宗庙礼仪中的体现。而孝道的精神，不仅仅体现在宗庙之中。无论是尊敬长辈，还是关爱晚辈，皆应怀着孝道之心，以诚以敬。

故，宗庙之礼，祀乎其先，也是对孝道的传承。通过此礼仪，教导子孙后代，要知所本，知所尊，不忘初心，不忘祖训，永远保持对家族的敬畏与忠诚。宗庙之礼，是尊崇先祖的仪式，更是传承孝道的载体，它承载着对先辈的敬仰与怀念，也寄托着对后人的期望与祝福。

明乎郊社之礼、禘尝之义者，治国其如示诸掌乎。禘尝者，四时之祭也。禘者，大祭也；尝者，秋祭也。明此义者，必能顺应四时之变，调和阴阳之气，以安邦定国。乃昭示古之治国者若能以孝为本，以礼为纲，则国家必能昌盛繁荣，人民必能安居乐业。

吾读解文意，深感孝道之重要。孝道者，非唯家庭之私事，亦乃国家之大事。夫能孝于家者，必能忠于国；能敬于亲者，必能顺于君。是以孝道为立国之本，为治国之要。

人当以郊社之礼、宗庙之礼为鉴，敬畏天地，缅怀先祖。明乎禘尝之义者，必能顺应自然，调和阴阳。

吾读解至此，也深感孝道之广大深厚。孝道者，不仅在于养亲敬亲，更在于承先启后，光大门楣。人当以孝为本，以礼为魂，身体力行孝道之精神。如此则孝道之道可得光大，孝道之德可得传承。

孝道者，至德也。践其位，行其礼，奏其乐，敬其所尊，爱其所亲，此乃孝之常道。事死如事生，事亡如事存，此乃孝之至也。明乎郊社之礼、宗庙之礼、禘尝之义者，必能明修身齐家之要。人当以孝为本，以礼为魂，身体力行孝道之精神。如此则孝道大兴，家庭和睦，社会和谐，国家昌盛。此吾读此之所感也。

省思鉴行 孝道于现代社会的实践与应用

本章文云："践其位，行其礼，奏其乐，敬其所尊，爱其所亲，事死如事生，事亡如事存，孝之至也。"此语寓意深远而言简意赅，为吾辈处世之指南也。吾等若能领悟其精髓，践行其道，必能游刃有余于世间，和谐共处，上下同心，国家昌盛。

古之礼义之道，行为之范。践其位，乃尽其职也；行其礼，乃尊卑有序也；奏其乐，乃和人心也；敬其所尊，明其德也；爱其所亲，扬其仁也。此乃为人处世之根本，亦为孝道之体现。事死如事生，事亡如事存，此乃对生命之尊重，对先祖之敬仰。

夫孝者，百行之首，万善之源。若人能明此道，行之而成习惯，则其为人必孝，为官必廉，为民必和。如此，社会和谐，国家昌盛，上下同心，共筑美好未来。故吾辈应以孝道为处世之指南，践行其道，使生活和工作皆能得心应手，和谐共处，共同创造美好社会。

自古以来，我国崇尚礼仪之道，以孝悌为先。孝者，尊父母之道；悌者，和兄弟之谊。此二者，为立身之本，处世之基。人之所以异于禽兽者，孝悌而已。故孔子曰："孝，天之经也；地之义也。"又曰："君子务本，本立而道生。"

推而广之，吾辈应敬奉自然，祭祀祖先，以尽孝道。郊社之礼，所以事上天也；宗庙之礼，所以祀乎其先也。上天为万物之尊，祖先为子孙之根，敬奉二者，即可传承文明，延续血脉。是以，明乎郊社之礼、禘尝之义，治国其如示诸掌乎。

君子之行，必以礼为准绳，持道义，敬天地，尊长亲，和谐相处。世事纷扰，善恶美丑交织，唯有辨明是非，坚守道义，方能免于尘世之迷惑，保持心灵之清明。又，君子宜宽以待人，尊重异见，和而不同。与人交往，以礼为本，和为贵，以谐调之道处理各种关系，使人人均在和谐氛围中共同进步。且，君子当敬业乐群，忠诚守信。不论身处何职，均应以敬业之心致力于事业，以乐群之道与人共事。同时，坚守忠诚与信用之原则，以诚信赢得人之心。世间万事，复杂多变，吾辈当培养辨是非之能，坚守道义之矩。以道德为尺，量善恶美丑，皆须心灵之过滤与审视。犹法官以法为度，吾辈亦应以道德之法，评断红尘之世。

遇诱惑与压力，今人更应保持独立之格，不随波逐流，不被外界喧嚣所惑。

君子怀德，追求精神之富足与完善，不以小人之见，只见物质利益与眼前得失。君子之所以高于小人，在于能超脱尘世，坚守内心之原则与道义，即使在纷纭复杂之世，亦能保持其高尚之品格与德行。

故人当以道德为绳，辨是非，择善而从。行为上，时刻警惕，避免陷入利益之泥沼，保持清明之判断，使每一步行动皆符合道义之要求。其次，当宽以待人，和而不同。世间之人，性格各异，今人应以宽容之心待人，尊重他人之差异。和而不同，意味着在保持个性的基础上，与他人和谐共处。君子和而不同，小人同而不和。君子所以不同于小人者，以其能和谐共处，上下同心也。

再者，当敬业乐群，忠诚守信。世间之业，千姿百态，今人应以敬业之心投身于事业，以乐群之道与他人共事。忠诚守信，为君子之品质。君子所以不同于小人者，以其能敬业乐群，忠诚守信也。

君子异于小人者，岂唯位之尊卑、财之多少乎？盖在于其自强不息，好学不倦之志也。小人易满足，君子则求进无止境。故君子之道，贵在自强与好学。夫自强，则能立身于世；好学，则可博古通今。二者兼备，方为大家所敬，显名于世。愿人人皆能自强不息，好学不倦，以成君子之德，显君子之风也。

〔第二十章〕

原文 1

哀公问政。子曰："文武之政，布在方策。其人存，则其政举；其人亡，则其政息。人道敏政，地道敏树。夫政也者，蒲卢也。故为政在人，取人以身，修身以道，修道以仁。仁者，人也，亲亲为大。义者，宜也，尊贤为大。亲亲之杀，尊贤之等，礼所生也。故君子不可以不修身；思修身，不可以不事亲；思事亲，不可以不知人；思知人，不可以不知天。"

冀金雨译曰

鲁哀公问孔子如何治理国家。

孔子说："文王和武王的治国政策，都记载在典籍上。有贤人，政治才能办得好；贤人不在了，政治就会衰败。治理百姓在于遵循正道，犹如种树要培养好树根。政治就像芦苇一样，要生长就必须有适宜的环境。所以，治理国家在于得到贤人；选拔贤人在于君主自身能修养品德；修养品德必须先端正思想；端正思想则必须遵循仁的原则。仁就是爱人，亲爱亲族是最大的仁；义就是做事适宜，尊重贤人是最大的义。亲族有亲疏等差，贤人也有等级，这都是礼所规定的。处于下位的，如果得不到上级的信任和支持，就不可能治理好百姓。所以，君子不能不修养自身品德；要修养品德，不能不侍奉父母；侍奉父母，不能不了解人性；了解人性，不能不知天理。"

读典浅悟 古代政治哲学中的政道与个人品德

哀公垂询，子以政道解之。文武之政，载于典册，政之兴替，系乎其人。夫政者，犹蒲卢之待春，春至则生，人存则政举。是以为政在人，人存政举，人亡政息，此自然之道也。

取人者，必以身先；修身者，必以道为本。道者，天地之正理；仁者，人心之大本。故修身以道，修道以仁，此为政之要也。仁者爱人，亲亲为大；义者宜事，尊贤为先。亲亲之杀，尊贤之等，礼之所生也。是以政者，必明礼义，以化民俗，而天下治矣。

然在下位者，若不得乎上，则民不可得而治。故君子务在修身，修身则心正，心正则神明，神明则能洞察万物，应变无穷。修身者，又必以事亲为先，事亲者，所以尽孝也。孝者，百行之本，尽孝则能齐家，家齐而后国治，国治而后天下平。

知人者，善任之本；不知人者，无以善任。故知人为修身之要，亦为政之基。知人者，又必知天。天者，自然之道也；知天者，所以顺时应变，而能成其功。是以君子修身治国，必体察天道，顺时应物，而后可以致君尧舜，上参天地。

故为政者，务在得人；得人之要，在于修身；修身之本，在于明道；明道之要，在于行仁。仁则亲亲，义则尊贤，礼则定分，智则明理，信则成德。此五者，为政之大纲，修身之要务也。

若夫为政者，能明此理，行此道，则民安物阜，国富民强，而天下大治矣。是以君子不可以不修身，修身则能齐家治国平天下，而功成名就矣。哀公闻之，乃悟政道之要，遂致力于修身治国，而鲁国大治。

夫政者，固非易也。然苟能明理行道，循中庸之道而为，则何难之有？故为政者，宜深思子之言，勉力行之，庶几可以致君尧舜，辅弼星辰，下映山川。

为政者，当明洞察事物之理，行正道，秉持中庸之原则，不偏不倚，方能稳中求进，循序渐进。治国如烹小鲜，需精心料理，细心呵护，方能治理得当，百姓安居乐业。

为政者，当以民为本，以民生为重。施政之时，须思民之所思，急民之所急，方能得到民心，得到民众的支持与拥护。

昔者文武之政，布在方策，载诸史册，传之后世。今读此文，观子之言，深觉为政之难，然亦知为政之要。政之难者，在于得人；政之要者，在于修身。修身者，务在明理行道，以成其德；为政者，务在得人善任，以成其功。此二者，实为政治之根本，不可不察也。

夫修身者，固在于明理行道，然亦须知人善任。知人者，能辨贤愚，明是非，而后可以善任；善任者，能使人尽其才，事尽其理，而后可以成功。是以知人善任，实乃修身治国之要务也。知人者，能辨贤愚，明是非。贤者，国之栋梁；愚者，国之累赘。故知人者，能辨贤愚，而后可以善任。善任者，能使人尽其才，事尽其理。人尽其才，则国家富强；事尽其理，则事业成功。

修身之要，首在明理。明理者，洞察事物之本质，明辨是非之真伪。人若能明理，则行事有准则，不为物欲所惑，不为俗世所困。行道者，行正道也。修身之道，在于秉持正道，以正直之心待人，以公正之道行事。修身者，应以明理行道为本，以知人善任为用。

且夫知人者，亦须知天。天，即自然之理；知天者，能顺时应变。君子欲修身治国，必先洞悉天道，随时应变，如此方可致君于尧舜之境，与天地并参。此乃修身治国之重。天道深远，非浅尝辄止者所能悟。君子务学，以探天地之秘，而后能顺天应人，治国平天下。不知天，则无以立命安身，更何谈治国乎？故知天者，修身治国之本也。

省思鉴行 古代政治智慧与个人品德的培养

昔者哀公问政于孔子，孔子答曰："文武之政，布在方策。其人存，则其政举；其人亡，则其政息。"此言政之得失，关键在于人。人道敏政，地道敏树。

夫政也者，蒲卢也。故为政在人，取人以身，修身以道，修道以仁。

仁者，人也，亲亲为大。尊亲之至。义者，宜也，尊贤为大。亲亲之杀，尊贤之等，礼所生也。故君子不可以不修身；修身以立本。思修身，不可以不事亲，事亲以尽孝；思事亲，不可以不知人，知人以达理；思知人，不可以不知天，知天以顺命。

吾等置身于斯世，若要行事通达，必先修身养性。修身之道，在于明理、正心、笃行。明理，即知晓仁义之道，明白人生之价值所在。正心，则心无旁骛，一心一意追求道德之完善。笃行，乃身体力行，将所学之道付诸实践。

修身后，当事亲。事亲之道，在于敬爱、顺从、关怀。敬爱，则心生敬意，时刻缅怀亲人恩泽。顺从，乃顺亲之意，使亲人心情愉悦。关怀，则关心亲人福祉，时刻关注其生活起居。

事亲毕，当知人。知人之道，在于明辨、欣赏、尊重。明辨，即辨识人心，洞察世事。欣赏，则发现他人优点，给予肯定。尊重，乃尊重他人之个性，不以己度人。

知人后，当知天。知天之道，在于顺应、敬畏、修身。顺应，即顺应天意，不强求。敬畏，则敬天敬地，心怀感激。修身，乃以天为师，以地为镜，时刻省察自己。

吾等置身于世，若能做到修身、事亲、知人、知天，则人生无憾。然而，世事纷纭，众生芸芸，吾等如何能在喧嚣之中，保持一颗宁静之心，实践此道？

古人云："不忘初心，方得始终。"吾等当牢记修身之志，以仁义为准绳，以亲人为念，以贤者为尊。在人事纷扰中，保持一颗向善之心、向道之心、向天之心。立足于世，行事通达，终得人生之圆满。

回首往昔，历史长河中，诸多英雄豪杰，皆因修身、事亲、知人、知天，而名垂青史。诸如孔子、孟子、曾子、子思等，皆以仁义之道，教化世人，成为后世的楷模。

今日之世，人心却愈发浮躁。吾等应当借鉴古人之智慧，回归本源，重修身之道，以期在这个物欲横流的时代，保持内心的宁静与善良。

然则，世事复杂，或有人心不古。在今日之世，吾等如何修身？如何事亲？如何知人？如何知天？此四者，实为人生之大事，不可不察。

修身之道，首在克己。克己，即克制自己的私欲，使言行符合道德规范。吾等当以"仁、义、礼、智、信"五常为座右铭，常省自身，克己奉公，方能修身养性，成为社会之良材。

事亲之道，贵在孝顺。孝顺，不仅仅是表面的奉养，更在于心存敬爱，言行一致。吾等当以父母之心为心，时刻关怀，不辞劳苦，使亲人心情愉悦，家庭和睦。

知人之道，难在识人。人心如海，深不可测。吾等当以宽容之心待人，不以物喜，不以己悲。赏识他人之长，宽容他人之短，尊重他人之个性，方能广结善缘，得到他人之尊重。

知天之道，重在顺应。天意难测，吾等当以顺天应人为准则。顺应自然，顺应社会，顺应人心。在变化无常的世界中，保持一颗平和之心，安时处顺，方能无忧无虑，享受生活之美好。

吾等生于世间，如白驹过隙，忽然而已。在短暂的人生中，若能遵循修身、事亲、知人、知天之道，实为难得。故吾等应时刻反省，修身养性，以期在纷繁复杂的世界中，实现人生的价值。

机遇与挑战并存，吾等当以古人之智慧，应对现代之挑战。修身、事亲、知人、知天，这四者不仅是人生之大事，更是处世之准则。吾等应以之为指导，行走于世，方能无怨无悔，享受人生的美好。

愿吾等在人生的道路上，不忘初心，砥砺前行。以修身、事亲、知人、知天之道，佐引自己的人生，实现人生之价值，成就人生之美好。

原文 2

"天下之达道五，所以行之者三。曰君臣也，父子也，夫妇也，昆弟也，朋友之交也；五者，天下之达道也。知、仁、勇三者，天下之达德也，所以行之者一也。或生而知之，或学而知之，或困而知之，及其知之一也。或安而行之，或利而行之，或勉强而行之，及其成功一也。"

冀金雨译曰

天下人共通的大道有五种，而能实践这些大道的方法有三种。五种大道：君臣之道、父子之道、夫妇之道、兄弟之道、朋友之道。这五种关系，就是天下人共通的大道。而智慧、仁爱、勇敢，这三种品质，是天下人共通的德行。用来实践这些大道的方法，其实是相同的。

有的人天生就明白这些道理，有的人通过学习才能明白，有的人在遇到困难后才会明白。一旦他们明白了这些道理，其结果都是一样的。有的人在心境安宁时去实践这些道理，有的人为了利益去实践，有的人勉强自己去实践。但无论他们是如何实践的，一旦他们成功实践了这些道理，其结果也都是一样的。

读典浅悟 知仁勇，个人品德修养的三个维度

达道五者，乃天地之经纬，人心之准则。君臣父子，夫妇昆弟，朋友之交，皆人世之伦常，贯通天地，为天下所共循。知仁勇三者，德行之精髓，人心之要义。知者明理，仁者爱人，勇者无畏，此三者乃行达道之根本。

夫达道之行，虽途殊而归同。或生而知之，天赋异禀，明理达道，自然而行；或学而知之，勤学好问，渐入佳境，以理导行；或困而知之，历经磨难，方悟大道，以行证理。虽知之途径各异，然一旦明理达道，则心同此理，行同此道，归于一也。

至于行达道之法，或安而行之，心境平和，从容不迫，自然合道；或利而行之，因势利导，趋利避害，亦能行道；或勉强而行之，虽初心未定，然勉强以求，终能渐入佳境。行法虽殊，然一旦成功，则功同此德，名同此道，亦归于一也。

故知达道之行，非徒在于知之深浅，亦在于行之坚忍。知者未必能行，行者未必尽知。唯知行合一，方能达道。是以君子务在修身养性，以明理达道为本，以行达道为务。知仁勇三者，相辅相成，缺一不可。知者明理而不迷，仁者爱人而不残，勇者无畏而不惧。三者并行，则达道之行，无往而不利矣。

夫达道之行，贵在持之以恒。或生于富贵之家，或长于贫贱之地，或遇顺境之时，或遭逆境之难，皆不能阻其行达道之志。唯坚韧不拔，方能始终不渝。是以君子不以物喜，不以己悲，心志坚定，行达道而不渝。

夫达道之行，亦在于善与人同。君臣父子，夫妇昆弟，朋友之交，皆需以诚相待，以和为贵。知者不以智傲人，仁者不以仁责人，勇者不以勇凌人。同舟共济，方能行达道而无阻。

故知达道之行，非一蹴而就之功，亦非一己之力所能成。需众人同心协力，共襄盛举。是以君子务在团结众人，以共行达道。知者启迪愚蒙，仁者抚慰孤寡，勇者保护弱小。众人齐心，则达道之行，无往而不胜矣。

嗟乎！达道之行，固非易也。然苟能明理达道，修身养性，以知仁勇为本，以行达道为务，则何愁达道之不行哉？愿天下人共勉之，务在行达道以循中庸之道而为，庶几不负此生矣。

且夫达道之行，亦在乎应变通权。世事纷纭，变化无常，唯知者能洞察先机，仁者能体恤民情，勇者能担当重任。是以行达道者，需审时度势，因势利导，应变通权而不失其道。

夫达道之行，又在乎谦逊自持。知者不以智炫人，仁者不以仁骄人，勇者不以勇凌人。谦逊者方能容纳百川，自持者方能守道不渝。是以行达道者，需保持谦逊自持之心，方能始终不渝其行。且夫达道之行，亦在乎持之以恒，亦在于锲而不舍，遍寻幽径有始终。

故知达道之行，非仅在于知之深浅，亦在于行之始终。知者能明理达道，行者能持之以恒。知行合一，则达道之行，无往而不利矣。

噫！人生于天地之间，当以达道为行。君臣父子，夫妇昆弟，朋友之交，皆需以达道为本。知仁勇三者，乃行达道之要义。

省思鉴行 五达道与三达德的处世哲学

孔子曰："天下之达道五，所以行之者三。"此言人之在世，必行五达道，而用三达德。五达道者，君臣、父子、夫妇、昆弟、朋友之交也。三达德者，知、仁、勇也。此十者，乃处世之要义，须臾不可离也。

君臣之义，如天地之定位，不可易也。孔子曰："君使臣以礼，臣事君以忠。"君臣相得，国家兴矣。父子之义，如日月之明，不可掩也。父慈子孝，家道和顺，此为人之本分。夫妇之义，如琴瑟之和谐，不可乱也。夫妇相敬，白头偕老，此为人生之乐趣。

昆弟之义，若手足之情，不可稍疏。兄弟笃爱，家门昌盛，此乃手足之深情也。朋友之交，宜以宾主之礼相待，不可轻慢。友人往来，言而有信。余知"北洼路三杰"者，周健、曹阳凯、罗习习也。其朋友之交，非止于言辞之交换，更在于行谊之落实。信守然诺，相扶相助，于友有需时，不惜代价，此乃友道之践行。正直无欺，言行相符，俾友无疑，情义乃厚。宽以待人，解人之难，不较锱铢，友谊乃久。同好相投，共追所趣，友情愈坚。尊彼此异，虽意不合，亦能礼待，友谊乃和。忠诚不渝，临难不背，遇诱不移，友情乃纯。适度自立，保其本我，不倚他人，友谊乃逸。互学互鉴，各取所需，共谋进步，友谊乃博，堪称友道之楷模也。

夫友之为道，贵在真诚。无虚情，无假意，方能交心。北洼路三英，实为友道之典范。彼等相交，以诚为本，以信为基，故其情谊深厚，坚如金石。以诚待人，以信交友，则友情自能长久矣。

然行此五达道，必须具备三达德。知者，明也。明乎人事之理，通乎世故之变，而后可以治国平天下。仁者，爱也。爱人和而敬人，而后可以和人相处。勇者，决也。决乎事之是非，而后可以任重道远。此三者，乃处世之基，无之则无以行五达道。

或生而知之，或学而知之，或困而知之。知之一也。生而知之者，上智也。学而知之者，中才也。困而知之者，下愚也。及其知之一也，无贵无贱，无长无少，天下归仁焉。

或安而行之，或利而行之，或勉强而行之。及其成功一也。安而行之者，顺也。利而行之者，诱也。勉强而行之者，勉也。及其成功一也，无怨无悔，无怨无尤。

人生世间，遭遇不同，或生而知之，或学而知之，或困而知之。然及其知之一也。知之者，行之始也。知之真，行之切。知之深，行之笃。安而行之，利而行之，勉强而行之，及其成功一也。成功者，功业之成也。

吾等处世，当以五达道为指南及规范，以三达德为根基及修养。无论处于何种境遇，皆应坚守此道，力行此德。观夫红尘滚滚，众生扰扰，或为名利所诱，或为私欲所困，皆有不能行五达道，备三达德者。

夫人生在世，无论顺逆，皆应坚守五达道，力行三达德。观夫，众生纷纭，皆为尘劳，或为名利所诱，或为欲望所困，或为私欲所驱，皆未能彻悟此道此德也。吾等处世，当明辨是非，坚守正道。勿以私欲害人，勿以偏见蔽目。见义勇为，扶贫济困，成人之美。

吾等处世，当以和为贵，以谦逊为怀。勿以己之长傲物，勿以人之短薄人。尊重他人，包容他人，善待他人。与人和谐相处，共享世间美好。当勇于担当，奋发向前。勿以困难为惧，勿以失败为耻。

是以君子之行，静以修身，俭以养德。非淡泊无以明志，非宁静无以致远。

此言君子之行，静以修身，俭以养德，明志致远之道也。静者，心无旁骛，专心致志。修身之道，在于静心。心静则神清，神清则智明。君子之行，以静制动，以静养德，以静修身。静者，心无杂念，一心向道，方能修身养性，成为德才兼备之人。俭者，节俭也。养德之道，在于节俭。俭以养德，德行为先。君子之行，以俭朴为本，不为物欲所惑，不为俗世所困。俭朴之道，可以培养人的品德，使人成为品德高尚之人。

非淡泊无以明志，非宁静无以致远。淡泊者，不为名利所动，心静如水，志存高远。宁静者，心无杂念，静如止水，方能致远。君子之行，以淡泊宁静为本，方能明确自己的人生目标，追求卓越，成就非凡。

夫学须静也，才须学也，非学无以广才，非志无以成学。学也者，修身之基也。才也者，学之成果也。非学无以广才，非志无以成学。君子之行，以学为乐，以才为用。夫学须静也，才须学也，非学无以广才，非志无以成学。愿天下人共勉之，修身治国，以成其功，以立其名，庶几不负此生矣。

盖闻："夫天地者，万物之逆旅也；光阴者，百代之过客也。"夫天地之大，光阴之速，人生之短，世事之繁，皆为吾等处世之警示。夫处世之道，无他，明理、和顺、勇毅而已。明了世间之理，通晓世故之变，爱人利物，慈悲为怀，勇毅奋发，担当责任。立足世间，成为真正之人，成就大事，成为世间之英雄。

吾等当以此自勉，方能不负天地之养，不负人生之短暂，不负世间之美好。夫以铜为鉴，可以正衣冠；以古为鉴，可以知兴替；以人为鉴，可以明得失。夫处世之道，亦在其中矣。

原文 3

子曰："好学近乎知，力行近乎仁，知耻近乎勇。知斯三者，则知所以修身；知所以修身，则知所以治人；知所以治人，则知所以治天下国家矣。"

"孔子说：'爱好学习就接近于智慧，尽力行善就接近于仁爱，知道羞耻就接近于勇敢。知道这三点，就知道怎样去修养自身品德了；知道怎样去修养自身品德，就知道怎样去管理他人；知道怎样去管理他人，就知道怎样去治理天下和国家了。'"

读典浅悟 儒家伦理中的个人品德修养

乾坤之道，广袤无垠；孔圣之教，博大精深。天下人读典解意，意在明理修身，以达天下太平之境。昔者仲尼有言："好学近乎知，力行近乎仁，知耻近乎勇。知斯三者，则知所以修身；知所以修身，则知所以治人；知所以治人，则知所以治天下国家矣。"余不揣浅陋，试以文述之，冀以阐扬圣道，启迪人心。

夫好学近乎知者，盖言学无止境，知有深浅。学者，求道之途；知者，明理之果。故好学之士，必致知在格物，诚意在正心。观古今之书，识天地之理，而后能明辨是非，洞察幽微。是以好学为修身之本，知为立身之基。天下人当以好学为务，以求知为乐，方能渐进于知之境。

力行近乎仁者，乃言行仁之道，在乎身体力行。仁者，爱人如己，推己及人。力行仁者，必能自强不息，厚德载物。故仁者之行，不在于高谈阔论，而在于实践躬行。是以修身之道，重在力行。天下人当以仁为本，以行为先，以成就仁者之德。

知耻近乎勇者，言知耻之心，能激人奋进，近于勇也。耻者，所以激人奋发；勇者，所以立人之本。知耻者，必能自省其身，改过迁善。勇者，必能临危不惧，勇往直前。故知耻而后勇，方能砥砺前行，无畏无惧。天下人当以知耻为鉴，以勇为志，以成就勇者之业。

知斯三者，则知所以修身矣。修身者，修心养性，砥砺品德。心正则行端，性善则德全。是以好学为知之本，力行为仁之基，知耻为勇之源。三者并行不悖，以成就修身之业。

知所以修身，则知所以治人矣。治人者，非以力胜，而以德服。以德治人者，必能化育万物，使人心悦诚服。故治人之道，在于修身养性，以德化人。天下人当以修德为基础，则"知所以修身，则知所以治人矣"。

知所以治人，则知所以治天下国家矣。天下国家者，乃人民之集合，社稷之根本。治天下国家者，必以民为本，以法治国。法治者，定分止争，保民权益；民本者，重民生，恤民困。故治天下国家之道，在于明理达情，善于引导，使人心向善，风俗淳厚。天下人当以治天下国家为己任，以法治为本，以民为本，此为治天下国家之业也。

夫仲尼之言，实乃千古不易之至理。好学、力行、知耻，三者并行不悖，乃修身治国之要道。天下人当勉力行之，以期循中庸之道而为。嗟乎！大道至简，而人心难测。

且夫，修身之道，贵在自省；治人之术，妙在得民。故修身者，宜常思己过，勿以恶小而为之；治人者，宜广开言路，察纳雅言。夫天下之事，莫非人心之所系；国家之治，莫非民意之所归。是以修身治国者，必以民为本，以德为魂，方能长治久安，永葆太平。

吾观古今之治乱兴衰，皆系于人心之向背。其修身治国者，必先修己之心，而后能治人之身；必先明己之德，而后能化人之俗。是以好学、力行、知耻三者，实乃修身治国之根本。人当以此为准则，笃志力行。

夫大道之行也，天下为公。当以仲尼之言为鉴，以好学为基，以力行为本，以知耻为心。噫！如《道德经》所言"天地之间，其犹橐龠乎？虚而不屈，动而愈出"。是以君子情怀，亦如橐龠之虚，以求真知；如橐龠之动，以行大道。是以好学近乎知，力行近乎仁，知耻近乎勇。此三者，乃人修身治国之本，人当勉力行之，以成大道之行也。

省思鉴行 以好学、力行、知耻为核心

孔子曰："好学近乎知，力行近乎仁，知耻近乎勇。知斯三者，则知所以修身；知所以修身，则知所以治人；知所以治人，则知所以治天下国家矣。"此言寓意深远，言简意赅，为今人处世之金科玉律。吾愿借此文阐述此言之要义，以期于纷纭世界，寻得一份宁静与明智。

夫好学，乃修身之基。自古以来，学者皆以勤学好问为美德。好学之人，敏于事，勤于思，以求真知。故好学近乎知。然而，世之学者，并非单纯求知，更在于明理。易经云："穷则变，变则通，通则久。"好学之人，善于变化，以求通达。于是，好学而成智者，智者又能反哺社会，此为良性循环。

力行，乃修身之道。古人云："言传不如身教。"力行之人，身体力行，以身作则。故力行近乎仁。仁者，爱人也。力行之人，关心他人，乐于助人。然力行并非空谈，而需付诸实践。如孟子所言："仁者，人也。"仁者关注人类福祉，以民为本，此为治国之基。

知耻，乃修身之魂。古人云："知耻而后勇。"知耻之人，有所为，有所不为。故知耻近乎勇。勇者，果断也。知耻之人，面对困境，勇往直前，迎难而上。然而，知耻并非自惭形秽，而是一种自我反省的精神。如曾子曰："吾日三省吾身。"知耻而成勇者，勇者又能担当重任，此为治国之关键。

修身之道，源于好学、力行与知耻。三者相辅相成，缺一不可。今人应以三者佐引，以修身齐家治国平天下。修身，乃人生之首务。如《大学》所言："所谓修身在于正其心。"修身之道，在于正心。心正则身正，身正则家齐，家齐则国治，国治则天下平。

治人，需以修身为基础。诸葛亮云："吾视其人，必先察其器。"治国之君，需明察秋毫，知人善任。故治人者，应以修身之道，识人之优，用人之长，使人尽其才，才尽其用。是以，治人而成治国之道。

治天下国家，需以治人为前提。古人云："民为邦本。"治国之道，应以民为本，关注民生。如唐太宗所言："民如水，君如舟。水能载舟，亦能覆舟。"治国者，需重视民生，福利百姓。百姓安居乐业，国家方能繁荣昌盛。是以，治天下国家，需以民为本，以治国之道，安民、富民、强国。

好学、力行与知耻，为今人处世之要义。修身、治人、治天下国家，皆以此为基石。

好学之功，在于持之以恒。夫学，非一日之功，亦非一事之成。吾等应以恒心致学，如河伯观海，每日皆有所进。好学之人，当如子贡般不耻下问，如孔丘般温故知新。学而不思则罔，思而不学则殆。好学者，思与学并重，以求真知。

其次，力行之实，在于身体力行。君子之行，静以修身，俭以养德。力行者，不仅言传，更以身作则。如孟尝君之养士，曹操之求贤，皆力行之表现。吾辈处世，当以力行为准则，做到言行一致，以身作则，方能服人。

再者，知耻之勇，在于勇于改过。人非圣贤，孰能无过？过而能改，善莫大焉。知耻者，勇于面对己过，不文过饰非，不以恶小而为之，不以善小而不为。勇于改过，方能不断进步。

修身之道，实乃一生之课。吾辈应以好学、力行、知耻为座右铭，时时刻刻，修身养性。如颜渊般"三月不知肉味"，如曾子般"吾日三省吾身"，如孟子般"得道多助，失道寡助"。修身之道，在点滴之间，在日常生活之处。

治人者，当以修身之道，推己及人。君子之德风，小人之德草。草上之风必偃。治人者，应以德服人，以德治国。如唐太宗之"水能载舟，亦能覆舟"，如宋太祖之"杯酒释兵权"。治人者，当知人善任，用人所长，使人尽其才，才尽其用。

治天下国家，更当以治人为基础，以民为本。君子之政，民为根本。观古之治国者，皆关注民生，福利百姓。如文景之治，如贞观之治，皆以民为本，关注民生。故可言，治国之道，在安民、富民、强国。

原文4

"凡为天下国家有九经。曰：修身也，尊贤也，亲亲也，敬大臣也，体群臣也，子庶民也，来百工也，柔远人也，怀诸侯也。修身则道立，尊贤则不惑，亲亲则诸父昆弟不怨，敬大臣则不眩，体群臣则士之报礼重，子庶民则百姓劝，来百工则财用足，柔远人则四方归之，怀诸侯则天下畏之。齐明盛服，非礼不动，所以修身也。去谗远色，贱货而贵德，所以劝贤也。尊其位，重其禄，同其好恶，所以劝亲亲也。官盛任使，所以劝大臣也。忠信重禄，所以劝士也。时使薄敛，所以劝百姓也。日省月试，既廪称事，所以劝百工也。送往迎来，嘉善而矜不能，所以柔远人也。继绝世，举废国，治乱持危，朝聘以时，厚往而薄来，所以怀诸侯也。凡为天下国家有九经，所以行之者一也。"

冀金雨译曰

治理天下国家有九条原则。即：修养自身，尊崇贤人，亲爱亲族，敬重大臣，体恤群臣，爱民如子，招纳工匠，优待远客，安抚诸侯。君主修养自身，道德就会确立；尊崇贤人，就不会思想困惑；亲爱亲族，就不会产生怨愤；敬重大臣，就不会遇事迷乱；体恤群臣，士人就会尽力报效；爱民如子，老百姓就会受到勉励；招纳工匠，财用就会充足；优待远客，四方百姓就会归顺；安抚诸侯，天下人就会敬畏。

君主穿着整齐，仪容庄重，不符合礼仪的事绝不做，这是用来修养自身的办法；摒弃谗言，远离女色，轻视财货而重视德行，这是用来鼓励贤人的办法；提高贤人的地位，加重贤人的俸禄，与贤人同好同恶，这是用来亲爱亲族的办法；让众多的贤人担任官职，充分发挥他们的才能，这是用来敬重大臣的办法；用忠诚守信的人，并给他们优厚的俸禄，这是用来勉励士人的办法；合理使用民力，薄收赋税，这是用来勉励百姓的办法；每天考察工作，每月考核成绩，按劳付酬，这是用来勉励工匠的办法；来客要热情迎接，去客要礼貌相送，嘉奖有才能的人，怜悯无能的人，这是用来优待远客的办法；续封已绝的世家，复兴已经废灭的国家，治理祸乱，扶持危弱，按时接受诸侯朝见，赠送丰厚，纳贡微薄，这是用来安抚诸侯的办法。总之，治理天下国家有九条原则，但实行这些原则的道理却都是相同。

读典浅悟 修身治国九经

昔者圣人立言，垂训万世，为天下国家定九经，修身尊贤，亲亲敬大臣，体群臣子庶民，来百工柔远人，怀诸侯。此九经者，乃治理之要道，安邦之根本。吾今读之，深思其意，乃知古人之智，深远广大，非人所能及也。

夫修身者，道德之基也。齐明盛服，非礼不动，此修身之要也。盖人之所以为人，在于道德之立。道德既立，则言行必正，举止必端，可以为人之表率，可以为世之楷模。故修身者，非独一身之修，实为天下国家之修也。

尊贤者，国之本也。去谗远色，贱货而贵德，此劝贤之方也。贤才者，国家之根本，社会之栋梁。无贤则国不立，无才则民不安。故当广开才路，不拘一格，使贤才得其所用，国家方能昌盛。

亲亲者，家之亲也。尊其位，重其禄，同其好恶，此劝亲亲之道也。家庭者，社会之细胞，国家之基础。家庭和睦，则社会安定；家庭不和，则国家动荡。故当以亲亲为本，使家族之间和睦相处，国家方能安定。

敬大臣者，政之要也。官盛任使，此劝大臣之法也。大臣者，国家之柱石，政治之关键。大臣得其任，则政治清明；大臣失其任，则政治混乱。故当明辨是非，选贤任能，使大臣各尽其职，国家方能长治久安。

体群臣者，君之德也。忠信重禄，此劝士之略也。群臣者，国家之辅佐，君王之臂膀。群臣得志，则国家兴旺；群臣失意，则国家衰微。故当以诚信为本，重禄养士，使群臣尽心竭力。

子庶民者，民之福也。时使薄敛，此劝百姓之术也。庶民者，国家之根本，社会之主体。庶民安乐，则国家富强；庶民困苦，则国家衰弱。故当以民为本，轻徭薄赋，使百姓安居乐业，国家方能富强。

来百工者，国之富也。日省月试，既廪称事，此劝百工之方也。百工者，国家之技艺，社会之财富。百工兴旺，则国家富饶；百工凋敝，则国家贫弱。故当重视技艺，鼓励创新，使百工各展所长。

柔远人者，邦之交也。送往迎来，嘉善而矜不能，此柔远人之术也。远人者，异国之士民，邦交之对象。远人归心，则邦交和睦；远人离心，则邦交紧张。故当以和为贵，广结善缘，使远人归心。

怀诸侯者，天下之势也。继绝世，举废国，治乱持危，朝聘以时，厚往而薄来，此怀诸侯之策也。诸侯者，天下之分封，国家之藩篱。诸侯安定，则天下太平；诸侯动乱，则天下不宁。故当以安抚为主，以恩威并施，使诸侯归心。

凡此九经，皆治国安邦之要道，非一日之功可成，非一人之力可致。必须君臣同心，上下协力，方能行之有效。故为君者，当明察秋毫，善于用人；为臣者，当尽忠职守，不负君命。如此，则九经之道可行，天下国家可安矣。

嗟乎！古人之智，何其深远广大也！人当以之为鉴，以之为师，努力修行，以求治国安邦之道。然则九经之道，虽为古人所立，然其精神，实可贯通今古，为天下国家所共用。

夫九经之道，虽繁而有序，虽深而有浅。当循序渐进，由浅入深，以求得其真。夫修身者，当以诚为本，以信为魂；尊贤者，当以德为贵，以才为重；亲亲者，当以和为贵，以亲为本；敬大臣者，当以明为要，以忠为心；体群臣者，当以宽为怀，以容为德；子庶民者，当以民为本，以福为念；来百工者，当以技为尊，以创新为魂；柔远人者，当以和为贵，以交为心；怀诸侯者，当以安为念，以和为基。如此，则九经之道可得矣。

省思鉴行 九经之道，古代智慧与现代社会的应用

古人云："天下兴亡，匹夫有责。"此言道出了为天下国家者，当以九经为行事之准则，以修身、尊贤、亲亲、敬大臣、体群臣、子庶民、来百工、柔远人、怀诸侯为行事之要义。此九经，实为天下国家之根本，为治国安邦之关键。然而，世事纷纭，众生百态，如何在这复杂多变的世界中把握处世之道，实为一大难题。笔者试图以文，结合现代社会之实际情况，对九经进行解读，以期为读者提供一份处世佐引。

修身，为人之本。古人云："修身齐家治国平天下。"修身之道，在于明道、正己、克己、奉公。唯有修身，方能立道；唯有立道，方能治国。今日之世，物欲横流，人心浮躁。许多人追求物质享受，忽视精神修养。故修身之道，首在明道，以道义为准则，树立正确的人生观、价值观。其次，正己，要求我们严于律己，克制欲望，做到心中有道，行为有度。再次，克己，意味着在面对诱惑时，要有自制力，不为私欲所动，坚守道德底线。最后，奉公，即忠诚于公共利益，为社会、为国家、为人民作出贡献。

尊贤，为国家之基。贤者，国之栋梁。尊贤之道，在于敬贤、用贤、养贤。敬贤，则不惑；用贤，则国家昌盛；养贤，则人才辈出。今日之世，人才为各国所争夺。一个国家要想强大，必须尊重人才，善用人才。故尊贤之道，首在敬贤，尊重他人的智慧和才能，不以其人为敌。其次，用贤，大胆启用有才能的人，给予他们发挥才华的机会。再次，养贤，提供良好的教育环境，培养人才，为国家的发展储备力量。

亲亲，为人之常情。亲亲之道，在于爱亲、尊亲、顺亲。爱亲，则家庭和睦；尊亲，则家族昌盛；顺亲，则亲情融洽。今日之世，家庭依然是社会的基本单位。一个和谐的家庭，有利于成员之间的相互支持，共同成长。故亲亲之道，首在爱亲，关爱家人，给予温暖和关怀。其次，尊亲，尊重长辈，孝顺父母，维护家族的尊严。再次，顺亲，顺应亲人的意愿，做到家庭和睦，亲情融洽。

企业之辅佐。敬管理者之道，在于信任、尊重、宽容。信任管理者，则管理者竭尽全力；尊重管理者，则企业政治稳定；宽容管理者，则政治清明。今日之世，政治人物常常受到舆论的监督和评价。一个明智的企业管理者，应当信任管理者，给予他们施展才华的空间。故敬管理者之道，首在信任，相信管理者的忠诚和能力。其次，尊重，尊重管理者的意见，虚心倾听，共同商议企业大事。再次，宽容，宽容管理者的失误，给予改正的机会，共同成长。

成功之企业家，当以关怀员工为道，注其成长与发展。故体群臣之要，首重关怀，心系员工之生活与工作，施予关爱与支持。次则尊重，敬其权益，保障其法益无虞。再则激励，激其奋发之志，营造和谐之工作环境，共谋发展。

百工者，国家之瑰宝也。来百工之道，贵在尊重、培养、重用。若尊重百工，则国家技艺必昌盛；若培养百工，则人才济济；若重用百工，则国家富强矣。当今之世，技艺人才乃企业兴旺之基石。明智之企业领导者，当尊重技艺人才，予其施展才华之天地。故来百工之道，首在尊重，敬其劳动与创造之精神。次则培养，强化职业技能之教育，提升百工之素质与能力。再则重用，将百工之专业技能应用于国家发展之大业，尽展其深厚的潜力。

柔远人，为国家之广。远人，国之邻邦。柔远人之道，在于友好、包容、互利。友好交往，则四方归之；包容差异，则国家和谐；互利合作，则共同繁荣。今日之世，全球化趋势日益明显，国家间的交流与合作至关重要。以本章文所见，应当柔远人，促进国际友好关系，共同应对全球性挑战。故柔远人之道，首在友好，以诚相待，建立互信。其次，包容，尊重文化差异，促进文明交流。再次，互利，寻求共同利益，推动国际合作。

今之世也，社会持续发展，文明不断繁荣。于此时势之下，九经之价值观，仍深具现实意义。古人遗智，宜承且扬，以之引导今人之行与决。

九经所蕴，乃古人修身、齐家、治国、平天下之大道。其内含仁爱、诚信、礼义之要，均为立人之本，亦为国之基石。虽时代变迁，科技崛起，然人心之善恶、道义之真伪，岂因时代而异？吾等当取九经之精华，以之为生活指南，决策之依据。于科技盛世中，持古人之智，辨是非，明道义，不失本心。进而在波澜壮阔之时代，立稳脚跟，行走在正道之上。

古人之智，历经千年而弥新。今人当珍视之，择之为师，启迪前行。

原文 5

"凡事豫则立，不豫则废。言前定则不跲，事前定则不困，行前定则不疚，道前定则不穷。"

冀金雨译曰

"凡事，有准备就能成功，没准备就会失败。说话先有准备，就不会词穷理屈站不住脚；做事先有准备，就不会遇到困难挫折；行事前先有计划，就不会发生错误后悔的事；懂得道理事先决定妥当，就不会行不通了。"

读典浅悟 事前定则不困，计划的重要性

夫凡事豫则立，不豫则废。言前定则不跲，事前定则不困，行前定则不疚，道前定则不穷。此语出自古人之经，意在告诫世人，行事须有预备，方能稳健立足；言语须有深思熟虑，方能言辞流畅；事前须有周全计划，方能避免困境；行动须有明确目标，方能心安理得；道路须有清晰方向，方能行而不穷。吾今读此经，颇有感悟，遂作此篇，以解其意。

古人之言，虽历经千年，然其智慧之光，犹能照亮今人之路。夫豫者，预备也。凡事豫则立，犹工匠之制器，必先备其材；农夫之播种，必先耕其田。预备者，成功之基也。夫不豫则废，犹舟行无舵，车行无轮，必至颠簸倾覆。故行事，必当深思熟虑，预备周详，方能立于不败之地。

言为心声，语为气使，二者乃人际交流之重要工具。言前定则不跲，犹舞者之步舞，必先定其足；歌者之歌，必先调其声。

言语者，交流之桥也。桥之稳固，取决于其基础之坚实。故言谈之间，必当言之有物，语之有据，方能令人信服。若言语浮夸，空洞无物，则桥断人亡，交流无法进行。言语者，亦需调其声，使之和谐悦耳，如此方能更好地传达心意，实现有效沟通。

言之有物，语之有据，需在平时积累中不断锻炼。如舞者之练习，必经千锤百炼，方能舞姿优美；如歌者之练声，必经反复调试，方能歌声动人。人之言语，亦需不断磨砺，方能言辞流畅，语惊四座。

事者，人所为也。事前定则不困，犹行路者之定向，必先明其途；作战者之布阵，必先审其势。事前定者，明辨是非，审时度势，方能趋利避害。不定则盲目行事，必陷困境。故行事，必当明辨是非，审时度势，方能化险为夷。

凡行事，预则立，不预则废。如行舟于江海，必先定其航向，量水深浅，方能乘风破浪，顺利前行。如用兵之道，必先审时度势，明辨敌我，方能出奇制胜，克敌制胜。事前之定，需深思熟虑，谋定而后动。

行事之定，亦需因时制宜，因地制宜。如农夫耕作，必根据季节变化，选择适宜作物；如医者治病，必根据病情，对症下药。事之不定，如盲人摸象，只见一斑，难见全貌。故行事，必当因时制宜，因地制宜，求得事半功倍。

行者，动之本也。行前定则不疚，如旅者行路，必预定其程；学者求学，必先明志。行前定者，目标昭然，意志如铁，行而不辍。不定则心意纷扰，易致中道而废。故行动，宜目标明确，意志坚定。

行路者，须明所向，而后可稳步前行。若漫无目的，随流而往，终将迷途，难以抵终。学者亦如是，须立志向学，而后可持之以恒，孜孜以求。若心浮气盛，好高骛远，难有成就。

行前定者，须规划路径，以顺利达成目标。如舟行江海，先定航向，量水深浅，而后可破浪前行。如用兵之道，先审时度势，明辨敌我，而后可出奇制胜。事前之定，非旦夕之功，宜深思熟虑，而后动。更须调心，以应诸困厄。如农夫耕作，依季节而选作物；如医者疗疾，因病状而施药。事之不定，如盲人摸象，难见真章。故行动，宜调心以自如应对。

行前定者，须立志，志定则无疚悔。行事之中，恒守初心，不忘使命，如此可无悔。行事有常，如行路之中，须明途而识路，不为歧途所惑。否则，迷途而必疚悔。故行事之中，宜守原则，不忘初心，而后可致远。是以君子慎行，行必端，疚必无。

道，人生之路也。道前定，如航者定标，先明所向；如修者悟道，先修其心。道前定，心有所向，志有所求，行而不迷。不定则迷途，必至末路。故修道，宜心有所向，志有所求。道于心，如指南针，引之前行。心有所向，则目标明，步履坚。志有所求，则动力足，勇往直前。道前定，人生路明，行事有循。心无向，如盲人摸象，志无求，如游魂无所依。

修道即修心。心静如水，则洞世间万象。心宽如海，则容万物。心坚如石，则御诱惑。心明如镜，则见真我。心慈如母，则爱他人。心狠如狼，则面挑战。心正如松，则守原则。心虚如谷，则学无已。

道前定，修心之道明。心有所向，志有所求，则行己之道。人生路曲，然心有所向，志有所求，则得归宿。故修道，宜心有所向，志有所求。

读典至此，感悟良多。古人之智慧，犹如明灯。预备、言语、行事、行动、修道，皆需有定。

经书所载，皆为古人之智慧结晶，然其意义深远，非一蹴而就所能领悟。亦须心怀敬畏，又须以虔诚之心，向古人学习，汲取其智慧之精华，以充实自身。

人当以谦虚、敬畏、虔诚、开放、感恩、恒心、毅力为伴，潜心研读典书，领悟其智慧，以循中庸之道而为，不负古人之智慧传承。

省思鉴行 豫则立，处世之道的智慧与实践

夫万事之理，豫则立，不豫则废。此言前定则不跲，事前定则不困，行前定则不疚，道前定则不穷。此四者，乃处世之要义，导引众生于纷纭世界，得以安身立命，游刃有余。

言前定，则不跲。盖言者，心之声也。心有所定，则言有所依。古人云："言之无文，行之不远。"故发言之前，须深思熟虑，筹谋周详。非但要言之有物，更要言之有序，方能服人之心，行人之路。否则，出口伤人，必致跲绊，为人所笑。是以君子慎言，言必信，行必果。

事前定，则不困。凡事豫则立，不预则废。行事之前，须筹谋规划，豫备周详。谋定而后动，动则有所依。故行事有序，不致困顿。如农夫耕种，须择良时，备农具，耕土壤，然后播种。若豫备不周，则农事难成，收成无望。是以君子慎行，行必果，事必成。

行前定，则不疚。行事之中，须坚守初心，勿忘使命。行事有恒，方能无悔。如行路之中，须识途分明，不受歧途所诱。否则，迷失方向，必致疚悔。故行事之中，要坚持原则，勿忘初心，以致行稳致远。是以君子慎行，行必正，疚必消。

道前定，则不穷。求道之道，须明心见性，悟透真理。道之所在，心生向往，行有所依。如行路之道，须识途分明，勿入歧途。否则，迷失方向，必致穷途。故求道之中，要明心见性，悟透真理，以持之以恒，不失其所。是以君子慎道，道必正，途必远。

夫世事纷纭，众生芸芸，处世之道，在乎豫备之功。言前定，则不跲；事前定，则不困；行前定，则不疚；道前定，则不穷。此四者，犹如人生之四大支柱，支撑着我们在纷纭世界中立足、成长、前行。

回首历史，汉高祖欲取天下，先定策略而后动。其军师张良，深谙兵法，知天下大势，豫则立之道也。张良先为高祖画策，以弱胜强，以柔克刚，预定战术而后战，终致胜敌，此豫则立之明证矣。三国时，诸葛孔明辅刘备以复汉室，每

行兵布阵，必先深思熟虑，万事豫备而后行。如草船借箭，豫知大雾，故借得东吴箭矢十万余支，此乃事前定则不困之典范也。唐太宗李世民欲征高丽，先命将校察地理，详知敌情，而后出兵，一战而定之。此道前定则不穷之实例也。

夫凡事豫则立，诚如古人所言。豫者，先见之明，定而后动，故能成功。不豫，则盲目行事，终至困穷。是以，言前定不跲，事前定不困，行前定不疚，道前定不穷，此皆豫则立之义也。古人行事，皆以此为准则，而后世之人，亦可鉴之。此类例子，不可胜数。

反之，若缺乏豫备，又无法应变，则难免陷入困境。如楚霸王项羽，忽视豫备，轻敌出击，终致垓下之围；如隋炀帝，无法应变，沉迷享乐，终致隋朝灭亡。此类教训，亦不可胜数。

故处世之道，豫备与应变，缺一不可。豫备，使我们得以立足；应变，使我们得以求生。然豫备之道，非但筹谋于事先，亦需适时调整，以应世变。盖世事如棋，局局新，不变者唯有变。是以君子之心，须如流水，随形就势，方能无碍流通，顺应自然。豫备之功，非一成不变，而是与时俱进，随时而变。

夫处世之道，亦如用兵之道。兵法云："兵者，诡道也。"处世亦需诡道，因时制宜，因地制宜。非但要豫，更要巧。巧者，智也。智如泉源，不竭于使用权谋，而在于洞悉人心，把握时机。是以君子处世，豫而不骄，巧而不猾，处变不惊。

古之人，诚智者，处世之道，莫不注重豫备与巧变。如孔子之言："不患寡而患不均，不患贫而患不安。"此言豫备之道，亦言巧变之理。盖人心难测，世事无常，唯有豫备周详，巧变应变，才可处之泰然。

老子有云："天下难事，必作于易；天下大事，必作于细。"此言既明豫备之深道，亦阐巧变之要理。易者，简易之谓也；细者，精微之所在也。夫豫备之道，要在简约不繁，精细入微。是以君子之为人处世，当崇尚简朴，注重细节，豫备周详，无所遗漏，而后可从容面对纷繁复杂之世事。

凡事豫则立，不豫则废，此理与老子所言，实有相通之处。简约之中见精细，细节之处定成败。故君子行事，必先深思熟虑，从易处着手，从细节出发。夫豫备之道，实乃成功之基石也。

夫世之难事，皆起于易；世之大事，皆成于细。君子当豫备在先，方可游刃有余于世间万物。简约而不简单，精细而不繁琐，此乃处世之至理也。

综观众生，或忙于功名利禄，或疲于交际应酬，未能深知豫备之道，巧变之理。夫豫备之道，非但为事，更为心。心豫备，则无事不能为；心巧变，则处世无虞。

故著者叹曰：君子处世，可谓以心为本，以豫备为基，以巧变为术也。

原文6

在下位不获乎上，民不可得而治矣。获乎上有道：不信乎朋友，不获乎上矣。信乎朋友有道：不顺乎亲，不信乎朋友矣。顺乎亲有道：反诸身不诚，不顺乎亲矣。诚身有道：不明乎善，不诚乎身矣。

诚者，天之道也；诚之者，人之道也。诚者，不勉而中，不思而得，从容中道，圣人也。诚之者，择善而固执之者也。

冀金雨译曰

"下位的人，得不到在上位的人信任，就不可能治理好平民百姓。得到在上位的人信任有办法：得不到朋友的信任，就得不到在上位的人信任；得到朋友的信任有办法：不孝顺父母，就得不到朋友的信任；孝顺父母有办法：自己不真诚，就不能孝顺父母；使自己真诚有办法：不明白什么是善就不能使自己真诚。"

"真诚，是上天的原则，追求真诚，是做人的原则。天生真诚的人，不用勉强，做人处事合理，不用思索言语，行动得当，从容不迫地达到中庸之道，这就是圣人。做到真诚，就是选择美好目标，执著追求它。"

读典浅悟 诚信在人际关系中的重要性

在下位不获乎上，民何能得而治？夫获乎上者，非偶然也，必有其道焉。道在何处？道在信乎朋友。朋友者，人伦之始，信之基也。故不信乎朋友，则何能获乎上乎？是以君子务本，本立而道生。朋友之道既立，则获乎上之道可期矣。

然信乎朋友，非易事也。其道在乎顺乎亲。亲情者，天性所系，人之大本也。不顺乎亲，则朋友之道何能立乎？故君子事亲，不敢不竭其力。竭力以顺亲，则朋友之道自然而成矣。

顺乎亲者，亦非易得也。其道在乎反诸身而诚。诚者，天之道也，人心之本也。反诸身而不诚，则亲情何能顺乎？故君子修身以诚为本，诚则明善，明善则能顺亲矣。

诚者，天之道也，至诚无息，自然之道也。诚之者，人之道也，择善固执，致诚之道也。诚者，不勉而中，不思而得，从容中道，此诚之至也。是以圣人能之，不勉而中，不思而得，从容中道，成其至诚也。

夫诚者，心之本体，性之真源。诚则心明，心明则性见。性见则善知，善知则身修。身修则家齐，家齐则国治，国治则天下平。故诚之为道，大矣哉！

是以君子必诚其意，诚意则心正，心正则身修。身修而后家可齐，家齐而后国可治，国治而后天下可平。此诚之为道，所以为治之本也。

夫治之本在于诚，诚之本在于善。善者，天理之所存，人心之所向。故君子必明乎善，明善则能诚身，诚身则能信友，信友则能获上，获上则能治民。此诚之为道，所以为治之本也。

然诚之为道，必须持之以恒，积善成德，以至致诚。故君子必择善而固执之，固执则善积，善积则诚成。诚成则心明，心明则性见，性见则善知，善知则身修。此诚之为道，所以为修身之本也。

夫修身者，治之本也；治者，平天下之道也。故君子务本，本立而道生。诚之为道，修身之本也；修身之本，治天下之道也。

夫诚之为道，至矣尽矣，蔑以加矣。君子务本，本立而道生。诚之为本，修身治国平天下之道生焉。故君子必诚其意，诚意则道生，道生则万物成。万物成则天下治，天下治则百姓安。百姓安则社稷固，社稷固则国家昌。此诚之为道，所以为立国之本也。

嗟乎！诚之为道，微妙玄通，深不可识。然其用也至大至广，无所不在。故君子必诚其意，诚意则心正，心正则身修，身修则家齐，家齐则国治，国治则天下平。此诚之为道，所以为循中庸之道而为之本也。

夫诚之为道，虽微妙玄通，然其行也至简至易。不过择善固执，积善成德而已。是以君子必诚其意，诚意则善积，善积则诚成。诚成则心明，心明则性见，性见则善知，善知则身修。身修则家齐，家齐则国治，国治则天下平。此诚之为道，所以为简易之行也。

故读此经义，当深解其意，以诚为本，以善为行。诚意则心正，心正则身修；身修则家齐，家齐则国治；国治则天下平，天下平则百姓安。此诚之为道，所以为至善至美之境也。

省思鉴行　诚信为本，赢得上下信任的关键

夫治世之要，在乎上下相得，亲疏相合，内外相应。是以古人云："在下位不获乎上，民不可得而治矣。"此言上下之关系，犹如人之两臂，一臂不振，则全身无力。上之信任，乃下之所以积极进取之动力，而下之成就，亦为上之所赖以治理国家之基石。

获上之信任，非易事也。孔子曰："获乎上有道，不信乎朋友，不获乎上矣。"此言信友之道，乃获上之关键。人之所以为人，在乎情谊，情谊之深，在乎信任。无信任，则无朋友；无朋友，则无信于上。是以，为人处世，应以诚信为本。

信友之道，又非孤立存在，乎亲亦至关重要。孟子曰："信乎朋友有道，不

顺乎亲，不信乎朋友矣。"此言顺亲之道，乃信友之基础。亲亲为大，故不顺乎亲，何以信友？是以，为人处世，应以孝顺为先。

顺亲之道，又乎身之修养亦不可或缺。孔子曰："顺乎亲有道，反诸身不诚，不顺乎亲矣。"此言身之修养，乃顺亲之关键。身正则亲顺，身诚则亲信。是以，为人处世，应以修身为主。

孔子曰："诚身有道：不明乎善，不诚乎身矣。"此言善之追求，乃修身之关键。善为人之本质，不明乎善，何以修身？是以，为人处世，应以向善为主。

夫诚者，天之道也；诚之者，人之道也。诚者，不勉而中，不思而得，从容中道，圣人也。诚之者，择善而固执之者也。是以，为人处世，应以真诚为本。

天地之间，万物皆备于我，我之所以为我，在乎心也。心者，神之舍也，志之所在也。心正则志坚，心诚则神往。是以，君子务本，本立而道生。本何在？在修身也。修身何为？在明善也。明善何求？在诚信也。诚信何重？在顺亲也。顺亲何为？在信友也。信友何用？在获上也。获上何利？在治国也。治国何据？在民也。民何安？在上下同心也。

同心何成？在吾心也。心静则神宁，神宁则志清。志清则言顺，言顺则事成。事成则国治，国治则民安。民安则天下平。是以，君子必慎其独也，小人闲居必败。

独处何惧？在慎独也。慎独何难？在克己也。克己何迫？在制欲也。制欲何忍？在明志也。明志何坚？在弘毅也。弘毅何重？在任重道远也。任重道远何惧？在恒心也。

恒心何在？在不懈也。不懈何为？在勤也。勤何贵？在早也。早何利？在时也。时何贵？在逝者如斯夫，不舍昼夜也。不舍昼夜何求？在及时也。及时何为？在行善也。

行善何如？在积德也。积德何报？在福也。福何求？在自求多福也。自求多福何为？在修身为本也。修身之本，在诚信也。诚信之本，在明善也。明善之本，在亲亲也。

亲亲之本，在信友也。信友之本，在获上也。获上之本，在治国也。治国之本，在民也。民之本，在同心也。同心之本，在吾心也。吾心之本，在天道也。天道何在？在诚也。

诚之至，天地为之动容，鬼神为之变色。是以，君子怀德，小人怀土；君子怀刑，小人怀惠。怀德怀刑，是为君子；怀土怀惠，是为小人。君子小人，相去几何？在一念之间也。一念之间，善恶立判。

是以，诚者，为人生之津梁，渡人渡己，共赴彼岸。彼岸何在？在和谐也。和谐何求？在同心也。同心何成？在吾心也。心即道，道即心。心道相成，即可让诚信、孝顺、修身、向善之道，永远在生活中也。

原文 7

"博学之，审问之，慎思之，明辨之，笃行之。有弗学，学之弗能弗措也；有弗问，问之弗知弗措也；有弗思，思之弗得弗措也；有弗辨，辨之弗明弗措也；有弗行，行之弗笃弗措也。人一能之，己百之；人十能之，己千之。果能此道矣，虽愚必明，虽柔必强。"

冀金雨译曰

广泛地学习，审慎地提问，深入地理解；明确地分辨；坚定地实践中。不论是学习、提问、思考、分辨还是实践，只要遇到难题或困境，都不应轻易放弃，而是要坚持下去，直到真正理解和掌握。别人做一次就能做到的事情，自己要做一百次；别人做十次能做到的事情，自己要做一千次。如果真能这样去实践，那么即使原本愚笨，也会变得聪明；即使原本柔弱，也会变得强大。

读典浅悟 慎思与明辨，深入理解知识的钥匙

夫学之道，实为人生之基、智慧之源也。人非生而知之者，必求博学拓识。

故学者当以博学为先，广纳百川，汲取群书之精华，以充盈大脑之府库。

然博学之余，必有疑惑生焉。是以审问之环节不可或缺，通过提问、质疑以解心中之困惑，使知识更加明晰。慎思之，则能深入剖析，明辨是非，洞悉事物之本质。学者应静心思考，不盲目接受，以求真知。明辨之亦为关键。世间信息纷繁复杂，真假难辨，唯有明辨之力，能正其视听，不受谬误之惑。笃行之乃学问之归宿。学者应将所学付诸实践，以行动验证知识之真伪，实现知行合一之境。

此五者——博学、审问、慎思、明辨、笃行，乃学者所当务也。循此五道，则学问可成，智慧可生，人生可立也。愿共勉之，共探智慧之道，以造福天下。

有弗学者，其心如枯井，何以滋养智慧之泉？学之弗能，弗措也，必勤耕不辍，方得硕果满枝。有弗问者，其疑如蔽月之云，何以照亮前行之路？问之弗知，弗措也，必虚心求教，方得拨云见日。

学者，求知之徒也。若心存懈怠，不勤于学，则其心如枯井，干燥无生机，何以滋养智慧之泉？故学者当持之以恒，不懈于学，如农夫勤耕不辍，得以收获丰硕之果。问者，求知之途也。若面对疑惑，不求甚解，则其疑如蔽月之云，厚重且遮蔽光芒，何以照亮前行之路？故问者当虚心求教，不耻下问，如学子虚心求教，寻求至理之所在。

学而不问，问而不学，皆为学者之大忌。学而时问之，问而时学之，不断进步，日益丰富自己的知识体系。夫知识如海，无边无际，唯有不断学习，不断探索，渐行渐远，达到理想的彼岸。

是以学者当勤学不辍，虚心求教，不断丰富自己的知识储备，不断提升自己的智慧。如此，面对种种困境，则游刃有余，泰然自若。愿天下人共勉之，修身治国，以学为乐，以问为梯。

夫学问之道，广博而精深。学者当以五者为纲，以恒心毅力为本。昔人云："书山有路勤为径，学海无涯苦作舟。"此言非虚也。学者宜勉之哉！勿负此身，勿负此学。

观夫学问之道，其深也若海，其广也若天。学者欲求其精，必当博学之；欲解其惑，必当审问之；欲明其理，必当慎思之；欲正其视，必当明辨之；欲实其学，必当笃行之。

夫弗学者，其心如枯井，虽有清泉，亦不能滋其心灵；弗问者，其疑如蔽月之云，虽有明月，亦不能照其前路；弗思者，其智如未磨之剑，虽有宝剑，亦不能斩其荆棘；弗辨者，其识如混沌之海，虽有明珠，亦不能辨其真伪；弗行者，其志如未燃之火，虽有烈火，亦不能燃其激情。故学者当以此为戒，勿以弗学、弗问、弗思、弗辨、弗行为耻，而应以之为勉，持之以恒，方得学问。

孔子云："人一能之，己百之；人十能之，己千之。"此语非虚也。夫学者当以勤为径，以苦为舟，以人一己百、人十己千之志。盖因学问之道，必当积学以储宝，积勤以致富。学者若能持之以恒，必能得学问之甘泉，解疑惑之云翳，磨智慧之剑锋。

夫学问之道，利益无穷，应用无尽。学者得五者精义，可启智慧之门，照前行之路，断人生之棘，明是非真伪，燃情之火。故学者当自勉，不负此身与学。学问如登山，虽峻险崎岖，而高攀则远见。学者以五者为足，恒心毅力为心，步步营谋，可登峰造极，众山皆小。人言："学如逆水行舟，不进则退。"诚哉斯言！学者以五者为舟，恒心毅力为帆，乘风破浪，勇往直前，可逆流至学问之彼岸。

毋庸置疑，学问乃人生进修之要道，得五者精义者，如获至宝。智慧之门由此敞开，前行之途光照明亮。斩断荆棘，明辨是非，心中激情如火燃烧。学者当持之以恒，莫负此身与学问。攀登知识之峰，虽道路崎岖，然越高则视野越广。五者如足，恒心毅力如心，步步为营，必至高峰，尽览群山。逆水行舟，非进则退，学者当扬帆乘风，勇往直前，直达学问之彼岸。

观夫学问之道，其深也似海，其广也似天。学者当以五者为纲，以恒心毅力为本。昔贤云："锲而舍之，朽木不折；锲而不舍，金石可镂。"

有弗思者，其智如未磨之剑，何以披荆斩棘？思之弗得，弗措也，必深思熟虑，方得灵光乍现。有弗辨者，其识如混沌之海，何以明辨是非？辨之弗明，弗措也，必明察秋毫，方得澄清玉宇。

人之智慧，如未磨之剑，需深思熟虑，才可发挥其锋芒。遇困境而不思不辨，则无法洞察本质，难作出明智之决策。故君子务虚思考，深思熟虑，以求灵光乍现，洞察真理。

人之见识，如混沌初开之海，必明察秋毫，才能看清世界。思与辨，此君子之两大要务。前者关乎智慧之启迪，后者关乎见识之广博。深思熟虑，明辨是非，二者相辅相成，方显君子之卓越品质。

有弗行者，其志如未燃之火，微光黯淡，难以照破人生之夜。火若未炽，岂能驱散前路迷雾，指引至成功之岸？故志不坚者，行亦难远。行之不笃，不足为外人道，更不可止步。必持之以恒，笃行不息，如日中天，四方光耀，才可功成名就，显赫于世。半途而废，岂非前功尽弃，遗憾终生？

学者当怀壮志，以人一能之己必百之，人十能之己必千之之决心，锐意进取。不因小成而自满，不因挫折而退缩。持之以恒，才可攀登学术之巅，成就非凡之业。若学者心浮气躁，朝三暮四，岂能深入钻研，洞悉学问之经纬？

故学者立志须坚，行而不辍，以百倍之努力，追求真知，才可不负韶华，成就人生。夫学问也，非一日之功，亦非一蹴而就。必以恒心毅力，才可登堂入室，窥见学问之深邃。果能行此道，虽愚者亦必明理，虽柔弱者亦必刚强。盖因学问可启智慧，砺意志，强体魄，修身心。

如此，人生之路虽曲折多舛，然有志者事竟成。深思熟虑，明辨是非，立志坚定，持之以恒，必能功成名就，不负此生。

夫学也者，人生之大事，国家之根本。学者当以五者为基，以恒心毅力为魂，务在精进，务在求实。昔人云："读万卷书，行万里路。"此言学者之恒心毅力，实至名归也，学者宜勉之哉！

省思鉴行 博学与审问，知识探索的双翼

夫博学之，审问之，慎思之，明辨之，笃行之，此五者，盖处世之要道也。人若能深悟其理，而行之，则虽愚必明，虽柔必强。

夫学也，非一日之功。有弗学，学之弗能，弗措也。人之一生，若能持之以恒，百折不挠，则知识之积累，如江海之纳百川，日积月累，终成浩瀚。

问也，非徒言也，亦非浅尝辄止。有弗问，问之弗知，弗措也。人之处世，若能虚怀若谷，勤于探究，则智慧之火花，如流星之划夜空，璀璨夺目，照亮前程。

思也，非空想也，亦非胡思乱想。有弗思，思之弗得，弗措也。人之一心，若能专注致志，深思熟虑，则思维之深度，如挖掘之矿井，愈深愈见宝藏。

辨也，非辨嘴也，亦非狡辩。有弗辨，辨之弗明，弗措也。人之处世，若能明辨是非，坚持真理，则行事之准则，如北斗之指夜空，引领前行，不迷方向。

行也，非行之炫耀也，亦非行之草率。有弗行，行之弗笃，弗措也。人之一生，若能言行一致，身体力行，则行事之成就，如大厦之积累砖石，一砖一石，终成高楼。

人一能之，己则百之；人十能之，己则千之。此乃励志之道，勤勉之本。夫唯如此，方可与时俱进，不落后于时代。人之处世，应以此为准则，无论身处何地，面对何种艰难困苦，皆需保持坚韧不拔之志，迎难而上，奋勇前行。不懈怠，不气馁，持之以恒，方可攀登事业之巅，实现人生之价值。故曰：人一能之，己百之；人十能之，己千之。此乃成功之秘诀，亦为人生之至理。

观夫人间纷扰，众生繁忙，有人勤于学习，有人懒于探究；有人善于思考，有人停滞不前；有人明辨是非，有人模糊视听；有人身体力行，有人空谈理想。夫如是，则人生之轨迹，或光明磊落，或曲折坎坷。

然则，人生之路，非一道而千差万别。盖因人之性格、环境、遭遇，各不相同。然而，无论身处何地，无论面对何种困境，若能牢记博学、审问、慎思、明辨、笃行之要道，则人生之路，必将越走越宽广，越走越明亮。

夫博学之，审问之，慎思之，明辨之，笃行之，此五者，犹如人生之五味，缺一不可。人之处世，若能以此为佐引，则人生之道路，必将充满希望，充满光明。

故曰：学而不思则罔，思而不学则殆。学习与思考，如车之两轮，鸟之双翼，相辅相成，缺一不可。人之处世，若能博学而审问，慎思而明辨，则知识之树自然根深枝繁，花实并茂。

然知识之道，浩如烟海，人智虽有限，而求知之路无尽焉。故博学之要义，非广博，乃深入也；非繁多，宜精炼也。诚如《庄子》所言："吾生也有涯，而知也无涯。"是以，人当以博学为立世之基，筑审问为进步之阶，慎思之火熊熊而燃，明辨之剑熠熠生光，笃行之马疾驰如风。凭此五者，勤学不辍，日积月累，可晓万物之理。

处世之道，亦如行路。路途漫漫，诱惑重重。若心无旁骛，坚定信念，则虽千万人吾往矣。是以，人之处世，当以博学明理，以审问求真，以慎思决断，以明辨是非，以笃行致远。

人之处世，当虚心若愚，好学不倦。如《礼记·大学》所云："所谓修身在于正其心。"修身之道，在于正心；正心之道，在于好学。好学之人，如饥似渴，孜孜不倦，不断充实自我。

世事如棋局局新，人生如戏幕幕真。大千世界，当以博学为戏中之棋，以审问为棋中之势，以慎思为棋中之计，以明辨为棋中之局，以笃行为棋中之胜。

原文

自诚明，谓之性；自明诚，谓之教。诚则明矣，明则诚矣。

冀金雨译曰

从内心真诚而明晓道理，这叫作天性；从明晓道理而生出的真诚，这叫作教化。内心真诚就会明晓道理，明晓道理也会内心真诚。

读典浅悟　诚明之道，修身治国之根本

自诚明，谓之性；自明诚，谓之教。诚则明矣，明则诚矣。吾读此语，深感其义之深远，乃作文以述吾心之所感。

夫诚者，人心之本也。自诚而明，乃天性之自然，无需外求。盖人心本善，天性本真，诚于中而形于外，此之谓性。性者，天赋之质，与生俱来，无需教化，自然而成。故自诚而明者，天性之光辉，自然之流露也。

然人非生而知之者，必假于学而后能明。自明而诚，则教化之所为也。教化者，导人以善，化人以诚。人非圣贤，孰能无过？过而能改，善莫大焉。教化之道，在于明理，明理则心诚，心诚则行善。故自明而诚者，教化之功也。

266

诚与明，相辅相成，互为表里。诚则明矣，明则诚矣。诚者，心之真；明者，理之通。心真则理通，理通则心真。此二者，不可须臾离也。

人当以诚为本，以明为用。诚于内，则明于外；明于理，则诚于心。心诚则行善，行善则积德；理明则知止，知止则不殆。是以诚明相济，乃人生之大道也。

诚明之道，既是个人之修养，亦是社会之基石。夫社会者，众人之所聚也。众人皆诚明，则社会和谐；社会和谐，则国家安定。是以诚明之道，实乃国家之根本，社会之福祉也。

吾读此，深感诚明之重要。愿人皆能诚于内，明于外，以诚明之道修身齐家治国平天下。如此则天下太平，人民安乐矣。

诚明之道，深矣远矣。人当以敬畏之心，探求其义；以虔诚之志，实践其行。如此则诚明之道可得，人生之价值可期。

夫诚明者，心之真也，理之通也。诚明之道，既在于修己，亦在于达人。修己者，修心养性，以诚为本，以明为用；达人者，化人以诚，导人以善，以诚明之道化育天下。

修己之道，首在明理。夫理者，天地万物之所由也。明理则能辨是非，知善恶，从而立身处世，无往而不宜。是以人当勤学好问，博观约取，以求明理之真。明理之后，则心自诚矣。心诚则言行一致，表里如一，无伪无诈，此诚之明也。

达人之道，贵在诚心。夫诚心者，不欺不伪，真实无妄。以诚心待人，则人亦以诚心应之。如此则人际和谐，社会安宁。是以人当以诚心为本，以善行为先，以诚明之道化育天下。诚心所至，则金石为开，鬼神可感，此明之诚也。

诚明之道，既修己又达人，既明理又诚心。人当以此为准则，身体力行，以诚明之道立身处世，化育天下。如此则人心向善，社会和谐，国家昌盛，天下太平矣。

且夫诚明之道，非独善其身者所能至。必须推己及人，兼善天下。人当以仁爱之心，广施善行，以诚明之道化育万物。如此则天地之间，无不充满诚明之气，无不洋溢仁爱之情。

诚明之道，博大精深，人当以敬畏之心探求之，以虔诚之志实践之。诚明之道，既在于内修，亦在于外化。内修者，修心养性，明理知止；外化者，化人以诚，导人以善。内外兼修，则诚明之道可得矣。人当以此为勉，以诚明之道立身处世，化育天下。

省思鉴行 诚意与明心，人生修养的两大基石

夫天地之间，万物生于有，有生于无。是以圣人之治，虚其心，实其腹，弱其志，强其骨。此言也，明示天下之至诚，能载物而不能自失其本心。故曰："自诚明，谓之性。"人皆有其性，能诚其意，明其心，而后可以载物，可以成人。

然而，小小寰球，人处其间，或迷或悟，或明或暗。是以，有"自明诚，谓之教"之说。教者，引导也，启示也。人之所以为人，非唯其生理之特征，更在于其心灵之升华。教，旨在引导人由明及诚，由诚及明，循环往复，以至于无穷。

夫明，乃人对天地万物之认知，是对宇宙人生之理解。明者，知善恶，辨是非，明大理。是以，明为诚之基础，无明则无诚。诚，则是对明之深化，是对明之实践。诚者，言行一致，表里如一。是以，诚为明之归宿，无诚则无明。

然则，世人多追求明，而忽视诚。盖因明可见，可触，可感，而诚则隐，难以捉摸。然而，诚者，乃人生之根本，为人处世之准则。无诚，则人生如浮萍，无所依附；无诚，则人心如枯木，毫无生机。故曰："诚则明矣，明则诚矣。"

世人应以诚为本，以明为用。诚为本，则人心归附，万物生长；明为用，则人生有方向，行事有准则。是以，人处世间，应以诚意待人，以明心观物。诚意待人，则人皆愿与之交；明心观物，则万物皆入我眼。

然而，诚意难为，明心不易。人处世间，诱惑繁多，易于迷失。是以，人应

以教为引导，以诚为本，以明为用。教，旨在引导人回归本心，找回诚意。人能诚意，则人生无憾；人能明心，则世间无谜。

夫人生之路，曲折坎坷。人处其间，应以诚意、明心为杖，以教为灯，以引导为伴。如此，虽千难万险，亦无所惧。是以，世人应以诚意、明心、教化为人生之指南，随世事变迁，而内心不变，最终达到"诚则明矣，明则诚矣"之境界。

然则，诚意、明心、教化，皆为锻炼磨砺。世人皆知诚意、明心、教化之重要，然如何实践，如何修身，如何处世，此乃一大难题。

首先，诚意也。诚意者，心无旁骛，专心致志也。人处世间，诱惑繁多，若心意不专，则易于迷失。故诚意之道，乃修身之本，处世之基。吾等应以诚信为本，言行一致，不做虚伪之事，不说虚假之言。

其次，明心也。明心者，明白自己之心也。人处世间，若不明己心，则易于迷失方向，易于随波逐流。故明心之道，乃处世之关键。须以宽厚之怀，包容世间百态，洞察得失荣辱，洞察心灵人性之奥秘。

再者，教化之道，旨在引导他人，启迪心智。人生在世，非孤立无依，实乃与众共生。因此，教化之重，显而易见。应以善良为怀，领悟诚明之性。诚意乃立人之本，明心为修身之要，教化则是传道之基。吾等当持之以恒，践行此三者，以毅力坚守，以真诚之心待人，以明确之志立身，以教化之道传世。

【第二十二章】

原文

唯天下至诚，为能尽其性；能尽其性，则能尽人之性；能尽人之性，则能尽物之性；能尽物之性，则可以赞天地之化育，可以赞天地之化育，则可以与天地参矣。

冀金雨译曰

只有天下最真诚的人，才能充分发挥他的本性。能充分发挥本性的人，就能够充分发挥他人的本性。能够充分发挥他人的本性，就能够充分发挥万物的本性。能够充分发挥万物的本性，就可以帮助天地化育万物。可以帮助天地化育万物，就可以与天地并列为三了。

读典浅悟　至诚者洞察万物之奥秘

唯天下至诚之士，乃能尽其性也。性者，人心之本源，天地之精气所聚。至诚者心如明镜，无所不照，洞悉万物之真相；其行止则如规矩之尺，可衡量天地之大义。至诚之道，实乃修身之本，至诚者，不欺于心，不诈于人，言行一致，表里如一。能尽其性者，必能深察万物之微妙变化，体悟天地运行之大道。此乃因至诚之心，故能洞察秋毫，无所不知。是故，欲修其身者，必先修其心；欲尽其性者，必先致其诚。

能尽其性者，亦能尽人之性。何也？盖人之性皆天赋，虽有异同，然皆有其可贵之处。至诚者不恃己长而骄人，亦不因人而蔑之。彼深知尺有所短，寸有所长，故能赏他人之美，容他人之瑕，不以一眚掩大德。

能尽人之性者，进而能尽物之性。世间万物，各具其性，各尽其用。至诚之士，深谙此理，故能识物之性，用其所长，避其所短。彼不浪费一草一木，皆能物尽其用，此乃大智也。

物之性，千变万化，无穷无尽。如山川之壮丽，如草木之繁茂，如日月之运行，如四时之更替。至诚之士，能观物之性，洞悉其奥秘，因而能顺其自然，导其所长，制其所短。

物尽其用，显其价值。如田间耕作，因时制宜，因地制宜，合理密植，使土地生产丰收；如匠人制器，因器而成其形，使器物美观实用，不辜负一木一石。至诚之士，对待万物，皆以诚心，使物尽其用，此乃大智大慧也。

世间万物，各有其道。至诚之士，能尽人之性，尽物之性，故能顺应万物之道，和谐共处。彼以诚心对待万物，万物亦以诚心回报，此乃天地之大义也。故曰：能尽人之性者，进而能尽物之性，此乃至诚之道，万物之道也。

能尽物之性者，终可赞天地之化育。天地化育万物，生生不息，皆因其无私无欲，顺应自然。至诚者，心怀天地，与天地同心，以己之善行助天地化育。播种希望之种，收获丰硕之果，此乃与天地合其德也。

夫至诚之道，实乃修身、齐家、治国、平天下之要道。能以至诚之心，尽己之性，尽人之性，尽物之性，以赞天地之化育。则天下太平，百姓安乐，万物和谐共生矣。

吾读解文意，深感至诚之重要。唯至诚者，可洞察万物，体悟天地。故当修心养性，以诚为本。进而尽其性，尽人之性，尽物之性。

至诚之道，既修于内，又显于外。内修者，心诚则性明；外显者，行诚则德彰。故至诚者，其心如镜，其行如尺，内外兼修，德业双馨。

心诚则性明，光明磊落，无所不包。至诚者，心无杂念，志在千里。故能洞察万物之微，体悟天地之道，明了人生之真。

至诚者，其心如镜，照见万物；其行如尺，衡量天地。人当以此为勉，修心养性，以诚为本。至诚之道，既为修身之本，又为处世之要。修身者，修心养性，以诚为本；践行人生，行诚则德彰，言诚则信立。故至诚者，无论身处何地，皆能立足于世，成就一番事业。

然至诚之道，非独善其身者所能至。必须推己及人，兼善天下。故至诚者，不仅修己之身，亦化育万物；不仅尽己之性，亦尽人之性、物之性。

至诚之道，乃修身立命之根基，亦为处世应对之要略。人应以之为勉，恪守诚信，以此为行事之准则。中庸之道，实乃儒家思想之精髓，不偏不倚，无过不及，寻求万事万物之平衡。吾读此深感其理，遂有所悟。人之在世，贵在真诚，以诚待人，则人亦以诚待我。若行欺诈之术，虽得一时之利，终失长久之信。故吾以为，至诚之道，非但为修身之本，亦为处世之要。

省思鉴行 天地至诚与尽性之道

夫天地者，万物之逆旅也；光阴者，百代之过客也。夫天地至诚，故能尽其性；能尽其性，则能尽人之性；能尽人之性，则能尽物之性；能尽物之性，则可以赞天地之化育；可以赞天地之化育，则可以与天地参矣。故曰："天地之大德，生而无有，成而无毁，广大无私。"

自古以来，圣贤辈出，皆以尽性为宗旨，以尽人之性为重任，以尽物之性为境界。尽性者，明心见性，悟道修身，以道自守，以德自持。尽人之性者，以仁爱之心，关爱他人，以礼待人，以义正己。尽物之性者，顺乎自然，把握规律，利用万物，造福人类。

吾辈生于世间，如白驹过隙，忽然而已。人生短暂，岂能虚度？当以天地之至诚，尽己之性，尽人之性，尽物之性，以赞天地之化育，与天地参。此乃处世之要义，人生之至理。

然世事纷纭，众生芸芸，如何能在喧嚣尘世中，坚守本心，践行此道？吾以为，当从以下数方面着手。

一、修身齐家治国平天下。修身乃齐家治国平天下之基。吾辈应以道德自律，修养品性，端正行为。所谓"身正则影子斜"，身修则家齐。家庭是国家之细胞，家庭和谐，国家亦能安定。人应以仁爱之心对待家人，以礼待人，以义正己。

二、以诚信为本，以仁爱为怀。诚信乃立身之本，人无信不立。吾辈应以诚信待人，言行一致，言出必行。仁爱乃处世之怀，人无爱不交。吾辈应以仁爱之心关爱他人，乐于助人，无私奉献。诚信与仁爱相辅相成，使人与人之间的关系更加和谐，社会更加美好。

三、顺应自然，把握规律。万物皆有道，道法自然。吾辈应顺应自然，把握规律，利用万物。在科技日新月异的今天，更应注重科技创新，以科技之力，推动社会发展，造福人类。同时，还应注重环境保护，珍惜自然资源，实现人与自然和谐共生。

四、以文化育人，以道德传世。文化乃民族之灵魂，道德乃社会之基石。吾辈应以文化育人，传承优秀文化，弘扬民族精神。以道德传世，倡导道德风尚，树立社会正气。文化道德相辅相成，使民族更加繁荣昌盛，社会更加和谐稳定。

五、心怀天下，担当责任。吾辈应心怀天下，关心国家大事，关注民生福祉。在国家有需要之时，勇于担当，挺身而出。在全球面临挑战之际，积极参与，共克时艰。心怀天下，担当责任，成为国家之栋梁，民族之骄傲。

然则，如何在具体的日常生活中，实践此道，以尽性、尽人之性、尽物之性，从而赞天地之化育，与天地参乎？

首先，于己身，当修身养性，致良知。吾等应以诚为本，以敬为基，修身齐家治国平天下之根本也。修身之道，不外乎克己复礼，存天理，灭人欲。每日三省吾身，以道德自律，不为外物所诱，不为俗世所移，不为名利所动。尽己之性，明心见性，悟道修身。

其次，于人际，当以仁爱为本，以礼仪为矩。与人交往，贵在真诚，以心换心，以情动情。待人以礼，敬人敬己，不以物喜，不以己悲。推己及人，达人达己，尽人之性，成人之美。于家庭，尽孝悌之道，养亲老，教子幼，家和万事兴。于社会，行善积德，助人为乐，以仁爱之心，暖世人心。

再者，于自然，当顺应天时，尊重物性。人类生于自然，受恩于自然，当知恩图报，与自然和谐共处。不以人为破坏自然，不以私欲掠夺资源，不以短视损害长远。草木山川，皆有灵性，皆需尊重。尽物之性，不是掠夺，而是珍惜，不是征服，而是共生。

此外，于文化，当传承优秀，弘扬美德。文化是一个民族的灵魂，是一个国家的根基。吾辈应以开放的心态，吸收多元文化，以我为主，为我所用。同时，不忘初心，牢记根本，传承中华优秀传统文化，弘扬社会主义核心价值观，以文化育人，以道德传世。

最后，于责任，当心怀天下，担当道义。当有胸怀世界之志，当有服务人类之心。在国家有难之时，勇于挺身而出，临危受命。在世界面临挑战之际，积极参与，共谋发展。心怀天下，担当责任，不仅是个人之责，更是民族之责，国家之责。

应以天地之至诚，尽己之性，尽人之性，尽物之性。在处世之中，当以道德为导航，以仁爱为灯塔，以诚信为基石，以责任为担当。在日复一日的实践中，不断修炼自我，不断提升自我，不断超越自我。

【第二十三章】

其次致曲，曲能有诚。诚则形，形则著，著则明，明则动，动则变，变则化。唯天下至诚为能化。

冀金雨译曰

比圣人差一点的贤人致力于某一方面，致力于某一方面也能做到真诚。做到了真诚就会表现出来，表现出来就会逐渐显著，显著就会发扬光大，发扬光大就会感动他人，感动他人就会引起转变，引起转变就能化育万物。只有最真诚的人能化育万物。

读典浅悟 致曲以求诚，诚之道的微妙与深远

其次致曲，曲能有诚。诚之为道，微妙而深远，既非泛泛之谈，亦非一时之得。曲者，细也，微也，诚在其中，不显山不露水，却能在细微之处见真章。是以人当致曲以求诚，于细微处下功夫，而得诚之奥义。

诚则形，形则著，此言非虚。诚，乃心之真，虽无形质，然可化有形。心之所发，诚之所至，形于外，著于迹。形者，诚之显；著者，形之昭。人

275

心之真，由是而露，不可掩也。

夫诚如明镜，照见人心。心诚则形于色，见于行，人皆可见。形之著，乃诚之证，无所隐匿，无所遁逃。是以君子修身以诚，待人以信，形著于外，而人信之。

故诚之形著，实乃人心之真实写照。心之诚，形于外，人皆可见，此之谓也。君子当以诚为本，形著于心，立世而为人所信。

著则明，明则动。著，显著之谓也；明，昭然之状也。诚之形既著，其显著自见，不言而喻，无所遁其真形。明者，乃诚之内在光华外溢，显耀于世；动者，乃明之所感所应，物因之而变。

诚之明动，有若天风骤起，吹动云海翻腾，不可阻挡；又如清流激湍，引得游鱼欢跃，自然而然。此乃诚之力量，沛然莫之能御。人心之诚，一旦显著，必能触动他人，引发共鸣，如春风化雨，润物无声。

故诚之著明而动，实乃人心之真实力量所致，不可轻视，不可阻挡。动则变，变则化，此乃天地万物之常理。动者，乃诚之内在活力，源源不绝，生生不息。变者，动之所至，结果自然显现，非一成不变之态。诚之动，非静止之状，而是充满生机，变化莫测。

变者，诚之不断进化也，日新又新，永无止境。化者，乃变之最终升华，万物由此而生成，大道由此而成就。唯诚之动变，方能催生化育，使万物欣欣向荣，各得其所。

故动变之道，乃天地万物之根本，大道之所在。君子当顺应此道，以诚为本，求新求变，而后能与时俱进，立于不败之地，终成大道。

唯天下至诚为能化。至诚者，诚之极致，化之源泉。天下万物，皆由诚而化，由化而成。至诚者，能化育天地，能成就万物。故至诚之道，乃天地之大道，万物之根本。

读解文意，深感诚之重要。诚者，人心之根本，万物之源泉。无诚则无真，无真则无善，无善则无美。故当以致曲求诚为本，以形著明动为用，以变化成就为果。

夫诚者，至善至美之境也。诚之形著，乃人心之真实显露于外，昭然醒目，无所遁形。诚之明动，如风之起兮云飞扬，水之流兮鱼翔跃，自然而成，不可遏止。诚之动变，生生不息，变化无穷，能化育万物，能成就大道。

至诚者，能化育天地，成就万物。故当以至诚为本，修身齐家治国平天下。诚者，内修之基也，外化之原也。

内修者，修心养性，以诚为本；外化者，化育万物，以诚为用。诚者，既为修身之本，又为处世之道。修身者，修心养性，以诚为本，践行人生，待人接物，当以诚为用。故曰，诚者，至善至美之境也。

省思鉴行 道德品质与处世智慧的融合

夫天地之间，万物各有其道，而人之道，莫大于诚。故《易》曰："曲能有诚。"此言人之行事，必以诚为本，动则变，变则化，终成大事。是以君子处世，必以至诚之道，行至善之事，立足于斯世也。

世之纷纭，众生百态，或忠诚，或狡黠，或正直，或邪曲。然无论何等人，皆应秉持至诚之道。昔者孔子曰："巧言令色，鲜矣仁！"此言人之外表虽美，然内心无诚，终难以为仁。故为人处世，必以诚为本，感动他人，获得尊重。

夫诚者，内心之真实也。内心真诚，则言行一致，表里如一。是以君子处世，必以真诚之心，行善良之事，才可赢得声誉，著则明，明则动，动则变，变则化。若夫内心狡黠，表面忠诚，则难免虚伪之嫌，难以立足于世间。故君子处世，应以真诚为本，行稳致远。

然而，世人往往难以做到至诚之道。盖因世事繁杂，诱惑众多，使人易于迷失自我。是以君子处世，必以坚定之心，抵御诱惑，坚守真诚之道。昔者孟子曰："大人者，不失其赤子之心者也。"此言君子应保持内心纯洁，不为世俗所染，秉持至诚之道。

然则如何保持内心真诚，以免迷失于世事之中呢？首先，君子应修身养性，培养自己的道德品质。昔者曾子曰："吾日三省吾身。"此言君子应时刻反省自己的言行，以确保不合乎道德规范。其次，君子应广泛涉猎学问，以增长自己的见识。盖学识丰富，则内心充实，难以被世俗所迷惑。最后，君子应交结仁义之友，以受到良好的影响。昔者孔子曰："益者三友，损者三友。"此言君子应选择正直的朋友，共同进步，保持真诚之心。

夫至诚之道，既是一种道德品质，亦是一种处世智慧。君子秉持至诚之道，既能感动他人，获得尊重，又能从容于世间，成就大事。然而，至诚之道，需君子时刻修身养性，反省自己。

然至诚之道，非独为人所重，亦为天地所佑。故《中庸》有云："诚者，天之道也；思诚者，人之道也。"是以君子处世，必以诚心对天地，以敬意对万物。盖宇宙之间，万物相感，以诚相待，感物斯通乎天地。诚如清人戴震《原善》所言"知其自然，斯通乎天地之化；知其必然，斯通乎天地之德；故曰'知其性，则知天矣'"。

夫然至诚之道，非独为人所重，亦为天地所佑。宇宙之间，万物相感，以诚相待，感物斯通。《中庸》云："诚者，天之道也；思诚者，人之道也。"君子处世，当持中庸之道，必以诚心对天地，存诚养性，以敬意对万物，致中和。

至诚之道，广大无私，包容万象。君子处世，当以宽厚之心待人，以慈悲之怀接物。盖宽则得，厚则载，慈悲则恒。是以君子能容人之短，谅人之过，成人之美。动人心弦，使人归心悦诚服。

然至诚之道，非惟施于人际交往之间也。君子之处世，宜持诚心以应事，秉精心以治事。盖天下之事，无分巨细，非诚心无以尽其善，非精心无以达其美。是以君子夙夜匪懈，孜孜矻矻，以求至善之境。无论巨细之务，皆以诚心处之，以勤勉对之，精益求精，唯恐有失。夫唯君子之勤勉不懈，使事业日新又新，蒸

瀛海笔谭

蒸日上。

且诚心乃事业之基，精心为成功之本。君子以诚待人，人亦以诚待之；以精处事，则事无不成。故君子之道，贵在至诚至精。

至诚之道，亦是一种精神追求。君子处世，当以诚心对己，以严修身。盖修身之道，首在诚心，心诚则意坚，意坚则行笃。是以君子时刻警醒，不懈自强，养性育德。

夫至诚之道，既是处世之准则，亦是人生之境界。君子处世，当以诚心对世界，以爱意对人。盖世界虽繁杂，人间却充满真情。是以君子应以诚心感受人间真情，以爱意传递温暖。化干戈为玉帛，使世界充满和平与爱。

至诚之道，乃处世之要义，人生之指南。君子处世，当以诚心对天地，以宽厚对人，以精心处事，以爱意对这个世界。与自然和谐共处，与人交往融洽，与物相得益彰，与世界共享和平与爱。

第二十四章

瀛海笔谭

原文

至诚之道，可以前知。国家将兴，必有祯祥；国家将亡，必有妖孽。见乎蓍龟，动乎四体。祸福将至：善，必先知之；不善，必先知之。故至诚如神。

冀金雨译曰

至诚到极点，可以预知未来。国家将要兴盛，必定会有吉祥的征兆出现；国家将要衰亡，也必定会有不祥的预兆。这些征兆，可以从占卜的卦象中看到，也可以从人们的行动中察觉。当祸与福将要来临时，好的事情，必定能够提前知道；不好的事情，也必定能够预先觉察。所以，真诚到极点就如同神明一样灵验。

读典浅悟 洞察先机与修身治国

夫至诚之道，可以前知。犹天地无私，而覆载万物；日月无息，而照耀乾坤。国家将兴，必有祯祥，犹龙腾云海，凤舞朝阳；国家将亡，必有妖孽，似狼烟四起，虎啸山林。观乎蓍龟，动乎四体，心有所感，神有所通。祸福将至，善者必先知之，犹春风拂面，预知花开；不善者亦先知之，似秋霜满地，预知叶落。故至诚如神，洞察先机，明辨是非，此乃大智也。

夫至诚者，心之至纯，行之至善。犹白玉无瑕，明珠无垢。其心如镜，照见万物；其行如水，润泽四方。是以能前知未来，洞察祸福。盖人心至诚，则与天地相通，与神明相应。故能预知国家兴衰，祯祥妖孽。此非神明之力，乃人心之诚也。

夫国家者，百姓之依，社稷之基。

国家将兴，必有祯祥，此祯祥者，非金玉之瑞，乃民心之向。百姓安居乐业，社会和谐稳定，此即国家兴盛之祯祥也。故国家之兴，在于民心之向，人心之诚。若人心离散，则国家虽富，亦难长久。

国家之兴，非天意之赐，非权势之强，非财富之厚，而在于民心之所向。民心者，国家之根本，兴衰之关键。民心向背，即国家之兴衰也。故治国之道，在于安民之心，遂民之愿，使民安居乐业，国家兴盛。

民心者，如水之流动，如风之无形，既能载舟，亦能覆舟。国家之兴，民心所向，如阳光照耀，如雨露滋润，使万物生长，使国家繁荣。若民心离散，国家如失去了根基，虽有金玉之瑞，亦难掩衰败之象。

治国者，当以民心为重，以民生为念。民心向背，国家兴衰，治国者不可不察也。治国之道，民心所向，心之所归。则国家兴盛长久。

国家将亡，必有妖孽，此妖孽非鬼怪之邪，乃人心之失也。奸佞当道，民生凋敝，国家衰败之妖孽也。故国家之亡，人心之失，道德之沦也。若人心向善，国家虽衰，复兴之望亦存。

国家之亡，非天意之降，非外敌之强，非自然灾害之肆虐，而在于人心之失。人心者，国家之灵魂，兴亡之关键也。人心向背，国家安危也。故治国之道，正人心，淳风俗，使民向善，则国家长治久安。古之贤能治国者，莫不以民心为本，道德为纲。国家之兴衰，取决于人心之向背。是以君子务本，以诚心感人，以善政安民。

人心者，如水之清浊，如木之曲直，既能载舟，亦能覆舟。国家之亡，人心所失，如阳光被乌云遮蔽，如雨露被尘埃污染，使万物枯萎，使国家衰败。若人心向善，国家如得到了根基，虽有妖孽之象，亦难掩兴盛之实。

观乎蓍龟，动乎四体，此乃古人预知未来之法。然蓍龟之术，非神秘之力，乃人心之诚也。人心至诚，则能见微知著，洞察先机。是以古人能以蓍龟预知祸福，非蓍龟之灵，乃人心之诚也。

祸福之将至也，善者必先觉之。此觉非由神明之垂示，实乃人心自有之灵觉。人心若向善，则能洞察秋毫，明辨是非之曲直，预知祸福之将至。是以善者常能趋吉而避凶，转危而为安，化险而为夷。

不善者虽亦能先知祸福，然其心意不诚，目光短浅，不能深辨是非之理，故常自误而蹈险境。盖因不善者之心，多被私欲所蔽，不能如明镜般洞察真相。

是以人心向善，实为趋利避害之本。善者之心，如明镜高悬，能映照万物之真相，故能预知未来之变化，而得以提前应对。不善者则如盲人摸象，虽有所觉，却难以洞悉全貌。

夫善与不善，皆能先知，然其结果迥异。善者因先知而得益，不善者则因短视而招损。此乃人心向善与否之所致也。

故至诚如神，非神明之尊，乃人心之伟。人心至诚，则能洞察万物，预知未来。是以君子务本，本立而道生。务心之诚，则能明道立德，成就大业。

夫至诚之道，犹长江大河，源远流长。自古圣贤，莫不以此为本。孔子曰："诚者，天之道也；思诚者，人之道也。"孟子云："至诚而不动者，未之有也；不诚，未有能动者也。"此皆言至诚之道，能动天地，感鬼神，非虚言也。

夫至诚者，其行也直，其言也信。直则无邪，信则无欺。是以能得人心，成大事。昔日周公制礼作乐，以诚心感人，故能成周室之盛；汉高祖约法三章，以信义服人，故能定汉家之基。此皆至诚之道之功也。

然至诚之道，非易得也。修身者，去其私欲，存其天理；齐家者，和睦家庭，孝顺父母；治国者，公正无私，为民除害；平天下者，协和万邦，共享太平。此四者皆至诚之道之要也。

夫至诚之道，其用无穷，其功无量。人当以此为镜，时刻自勉，务求至诚。

若人人皆能至诚，则天下太平，万民安乐，此即至诚之道之大功也。

省思鉴行 预知未来的智慧与实践

夫至诚之道，可以前知。国家将兴，必有祯祥；国家将亡，必有妖孽。见乎蓍龟，动乎四体。祸福将至：善，必先知之；不善，必先知之。故至诚如神。然何谓至诚之道哉？余览《中庸》全章，进而得思，试一述也。

至诚之道，其义在彰人心之真与德之修，以为天地万物及社会交际之根本法则。至诚内涵博大精深，涵盖诸端：

一者，内心之真。至诚首重心之清纯与真挚，无论自处或与人交，皆以真为本，此为人之根基。

二者，言行相符。真非唯内心之质，亦应显于行。言行一致，内外如一，此至诚之要也。

三者，德之修。至诚强调自省不息，进德修业。

四者，化人之心。以真之心行，感人之情，建和乐之群，促世之安定与进步。

五者，顺天之时。至诚亦含顺天之道，人应与天合其德，与时偕行。

六者，就事之功。于己而言，至诚有助于事成。真与德之力，可获人之信与助。

七者，天人合一。至诚追求天人合一之境，即使人行合于天道，达于超然之和合。

总之，至诚之道，既为修身之本，亦为处世之则。勉人在日用常行中持真守德，通过不断自我精进，以达与天地合其德之境。

夫宇宙洪荒，天地初开，万物皆备于我。处世之道，贵在游刃有余，左右逢源。本章文云，至诚之道，可以前知。国家兴衰，祯祥妖孽，皆可见微知著。国家将兴，有祥瑞之兆；国家将亡，必有妖孽之征。此皆可见于蓍龟之占，四体之动。善与不善，皆可预知，至诚之道，如神助也。

世间万物，皆有其规律。国家命运，人事变迁，皆蕴含于玄妙之道中。至诚之道，乃探知此规律之钥匙。唯至诚，可前知。预知国家兴衰，人事祸福，此为至诚之妙用。国家兴盛，祥瑞显现；国家衰败，妖孽横行。此皆可通过观察蓍龟之变化，体悟四体之动态而得知。善与不善，至诚者可先觉之，此乃神秘如神之道也。

至诚之道，为修身、齐家、治国、平天下之要义。以至诚之心，待家国天下，则人事清晰，吉祥自然相随。自古圣贤，皆求至诚之道。孔子云，修身齐家治国平天下，其道一也。孟子亦言："诚者，天之道；思诚者，人之道。"顺应天命，遵循人事，即为至诚之道。唯至诚者，能洞察世间之奥秘，预见吉凶祸福。

儒家之学说，至诚为核心。以至诚之心，待家国天下，则诸事明了，吉祥随之。观古代贤达，昔日周公、孔明等圣贤，皆行至诚之道，治家理国，功成名就。皆循此道而行，造福于世而名垂青史，尽显至诚其妙。

然而，世事纷纭，众生百态。有人追求至诚之道，有人却背道而驰。背离至诚之道，便会导致国家灭亡，家庭破碎。历史上，诸多王朝的覆灭，皆是因为统治者背离至诚之道，荒虐无度，鱼肉百姓。家庭中，夫妻反目，亲子成仇，亦是因为彼此缺乏至诚之心，相互猜忌，导致家庭破裂。

人宜持至诚之心，为政者宜行至诚之道，以治国家，可致昌盛，使民众安乐。于家庭之中，夫妇当以至诚相爱相待，可得和睦美满。于个人修身，更应以至诚自处，以养性情，终致事业有成。至诚之道，乃探知世间玄妙，预知祸福之要诀。持至诚之心以应家国天下事，必能洞悉人情世事，自然吉祥顺遂。

夫至诚之道，微妙难识，若存若亡，若见若隐。其理深奥，其意无穷。吾等若欲领悟其深意，必须用心体察，日积月累，方显其真义。

国家之兴衰，如春华秋实，有其自然之道。国家将兴，必有祯祥，如日东升，万事充满希望。国家将亡，必有妖孽，如月将沉，万事趋于衰败。至诚之道，能使人预见此种变化，从而防患于未然，兴利除弊。

至诚之道，亦在于观察自然之兆，如蓍龟之占卜，四体之动作。蓍龟能预知未来，四体能反映内心。至诚之人，能从中洞察天机，预知祸福。善者，因祸福而修心养性，不善者，因祸福而改过自新。至诚之道，神妙莫测，实为人之指南针。

吾等处世，当以至诚为本。至诚之人，言行一致，心口相应。其心公正，其言坦荡，其行光明。至诚之道，能使人在纷纭复杂之世界中，保持本心，不受外界诱惑，不为世俗所累。

古之人，至诚如神，其言行足以影响一时，流芳百世。如孔子之教化，如孟子之仁政，如诸葛亮之忠诚，皆为至诚之道之体现。吾等虽不能至，然亦应努力追求，以期在世间留下一片清名。

处世之道，至诚为本。人当不露声色，淡然处之。至诚之道，亦关乎自我修为。人当以至诚之心待己，明己之优劣，从而自完善，至身心和谐。至诚之道，可使人于世间纷扰中持心静如水，洞悉外事。

无论家国私事，至诚皆为首务。唯至诚，可预见未来，防患于未然。至诚之道，幽微难识，须臾不忘，恒求恒行，便有世间光影交错，故至诚如神。

第二十五章

瀛海笔谭

原文

诚者自成也，而道自道也。诚者物之终始，不诚无物。是故君子诚之为贵。诚者，非自成己而已也，所以成物也。成己，仁也；成物，知也。性之德也，合外内之道也，故时措之宜也。

冀金雨译曰

真诚者，自我完成也；道者，自行其导也。真诚是万物的开始和结束，没有真诚就没有实体或存在。因此，君子认为真诚是非常宝贵的。真诚不仅仅是为了自我完善就可以了，而是用来成就万物。自我成就叫作"仁"；成就万物叫作"智"。这是人的本性的道德品质，是融合外在行为和内在修养的道路，因此，随时什么时候行动都是合适的。

崃典浅悟 立身行事与成物成人

夫诚者，天地之心，人性之本也。非诚无以立人，非诚无以成物。观夫世间万物，皆以诚为本，以信为根。诚如金石，可开，然非自成而已，亦可以成物。道者，自道也，而行之以诚，则无往而不胜。

君子知诚之为贵，以之为立身之本，行事之则。诚者，非自成己而已也，更可成物。何以言之？盖诚能通物，物之终始，不离其诚。不诚，则无物矣。是以君子务本，本立而道生，道生而德成。德者，性之发见也，诚者，性之本体也。

夫君子之诚，不独成己，亦且成物。成己者，仁也，修身以齐家治国平天下；成物者，知也，明理以通权达变。仁且知，君子之道备矣。性之德也，合外内之道也，诚之所致也。

君子之行，必以诚为本，以信为用。无诚，则无以立人；无信，则无以行事。故君子之道，必先立其诚，而后可以行其道。道者，自道也，然必以诚为本，方可得其道。是以君子务诚，而后可以立身于世，可以行事而无悔矣。

夫诚者，物之终始也。天地之间，无一物能离诚而存者。何以言之？盖物之生死盛衰，皆系于诚。诚者存，则物存；诚者亡，则物亡。是以君子之道，必以诚为本也。

又，诚者，非自成己而已也，所以成物也。何以言之？盖君子之道必以仁为本，以知为用，以诚为体，方可得其道也。仁则能爱能悯能慈能悲；知则能明能辨能通能达；诚则能真能实能信能立。三者合一，君子之道备矣。

夫君子之道也，必先立其诚，而后可以行其道。是以君子务本矣，本立而道生也，道生而德成焉，德成而功立，此君子之道也。矣，本立而道生也，道生而德成焉。

且夫诚者，自成也；而道者，自道也。二者相辅相成，缺一不可。诚如天地之心，不可无；道如行路之指南，不可失。是以君子之道必以诚为本，以道为用，方可立身于世，无愧于心矣。

又君子之行也，必以仁为本，仁乃心之德也；以知为用，知以明理而行；以诚为体，诚乃立身之本也。仁则爱人，知则明理，诚则立身，受人之托，忠人之事，此君子之行也。

今余读圣人之言，乃悟诚之为贵，非但自成己也，亦所以成物也。成己者，仁也；成物者，知也。性之德也，合外内之道也，故时措之宜也。勉力行之，以诚为本，以仁为用，以知为助，则君子之道可得而行矣。

天地之间，诚为贵，道为本。君子务本，必以诚为先，仁、知辅之，而后可以通达于世，无愧于心。诚者，物之终始，道者，行路之指南，二者缺一不可。以诚立世，以道行事，则天下平矣。

且夫君子之道，贵在立诚。诚者，物之根本，道之源泉。无诚则无物，无道则无行。是以君子务诚以立本，务道以行事。诚如金石，可开物之终始；道如明灯，可指路之迷津。二者相辅相成，缺一不可。

君子之行也，必先立其诚而后可以行其道。诚者自成也，道者自道也。二者合一，则君子之道可得而行矣。勉力行之，以诚为本，以道为用，立身于世，则无愧于心矣。

夫君子之道也，必以仁、知、诚三者合一为本，而后可以通达于世，无愧于人矣。仁则能爱能悯能慈能悲，此乃君子之本性也；知则能明能辨能通能达，此乃君子之智慧也；诚则能真能实能信能立，此乃君子之品德也。三者合一，君子之道备矣。

省思鉴行 仁知合一的实践智慧

夫诚者，自成也；道者，自道也。物之终始，无诚则无物。君子以此为贵，非独成己而已，亦欲成物也。成己者，仁也；成物者，知也。此性之德，合外内之道，措之时宜也。

盖闻世间万物，纷纭复杂，千变万化，然皆以诚为本，以道为宗。人处世间，若不明此理，何以自处？何以处人？何以处事？是以君子务本，守道，以求其诚。

夫诚者，实乃仁之本也。能成己之诚，即行仁之道矣。仁者何也？爱人者也。人异于禽兽者，以仁心故也。若无仁心，则无以立人之本，更无以称君子。

君子致力于仁，意在爱人，亦以成己。所谓成己，非唯自利，实乃修身、齐家、治国、平天下之谓也。修身者，贵在正心诚意，敬业乐群，言而有信。齐家者，在于正家风，和亲属，教子女以孝悌之义，奉养老人以终天年。治国者，必须仁爱百姓，珍视国土，保安黎民，充盈国库。平天下者，应协和万邦，亲睦邻国，取信友邦，怀柔远人。

凡此种种，皆成己之诚、行仁之道也。能如是者，方可谓之真君子，诚矣，仁矣。

夫诚者，亦可谓之知也。何以言之？盖以成物之诚，实乃知之体现。知者，明理之谓也。必明乎物之情状，达乎事之条理，然后可以言成物。非知之深者，不能尽其物之用也。

所谓成物，其要在利用、厚生、正德、崇礼四者。利用之道，在于顺应物性，尽其所能，既无浪费之虞，又无贪得之心。物尽其用，则百事俱兴。

厚生者，意在养育万民，使之乐业安居，群居和洽。民生厚，则国家安，此诚之所致也。诚者之道，以厚生为本，盖因民为邦本，国以民为本，民以生为本。故诚者务本，必先厚生。

厚生之道，在乎丰衣足食，安居乐业。王者当勤政爱民，轻徭薄赋，使民得以养生送死，无冻馁之患。又当崇文兴教，使民知礼仪，讲信修睦，和衷共济。如此，则民生厚，国家安矣！故厚生民为本，视民如子，用心呵护。盖民之乐，即国之乐；民之安，即国之安。王者若能厚生，则国家昌盛，百世流芳。

正德之道，贵在彰明德行，尊师重道，敬仰贤能，嘉奖才艺。德正则民风向善，才艺出则国家昌盛。

崇礼者，尊古今之先贤，敬长幼之有序，礼遇四方之宾客，和谐万众之心意。礼之所至，则人心归附，社会秩序井然。

凡此四者，皆以诚为本，以知为用。能行此道者，可谓之真知，真诚也。诚者知也，知者诚也，二者相辅相成，而后可以成物，可以立国，可以安民。此之谓成物之诚，亦即知之至理也。

然而，欲成己成物，非独赖仁与知也，亦必合乎道。道者何？自然、和谐与中庸之谓也。

自然之道，在于顺应天理，合乎人情。不事勉强，无所造作，一切皆出乎自然，此之谓也。和谐之道，贵在和衷共济，相得益彰。不图名利之争，摒弃自私之念，众志成城，共同进退，此乃和谐之显。中庸之道，则讲求不偏不倚，无过无不及。避免走向极端，摒弃偏激之行，取其中道而行，方为中庸之精髓。

是以君子处世，必以诚为本，以道为宗。成己而成物，仁知合一。务本守道，以求其诚。合外内之道，措之时宜。

世间万象，众生千般。或求名逐利，或修身养性，或明理致知，或崇礼敬德。然无论何者，皆应以诚为本，以道为宗。否则，虽短时得志，终将败亡。是以君子之道，诚也。

人处于世间，若不明此理，何以自处？自处不明，则内心无以安宁；何以处人？处人不善，则人际难以和谐；何以处事？处事不当，则事业难以成就。是以君子务本，守道，以求其诚，诚至则万物皆备于我矣。成己而成物，仁知合一。务本守道，以求其诚。合外内之道，措之时宜。

愿众人皆明此理，皆行此道，以诚为本，以道为宗。则世间必和谐安宁，人人幸福安康。此诚君子之所愿，亦吾等所共求也。

然则，世人若欲行此道，求此诚，必先自省，明心见性。心者，人之主也；性者，人之本也。心正则性善，性善则道凝。故君子务求其心，使其正，使其善，使其合于道。心正则无邪，性善则无恶，道凝则无散。是以君子之道，心、性、道三者合一，如出一辙。

然，心性之道，非一曝十寒，非一事之成。君子之道，勤而行之，敏而思之，恒而持之。于日常生活中，无论大小事务，皆以诚心处之，以善意待之，以道义决之。养心性，修道行，成己成物。

人处世间，当知时务之变，当明世事之理。时移世易，事物变迁，然诚道不变。是以君子应时顺势，而守道不变。处顺境而不骄，处逆境而不馁。

顺境中，不忘初心，不骄不躁；逆境中，坚守道义，不怨不悔。此乃君子处世之道，此乃诚者自成之理。

人处世间，更以诚为本，以道为宗。成己而成物，仁知合一。务本守道，以求其诚。合外内之道，措之时宜。

［第二十六章］

原文 1

故至诚无息，不息则久，久则征，征则悠远，悠远则博厚，博厚则高明。博厚，所以载物也；高明，所以覆物也；悠久，所以成物也。博厚配地，高明配天，悠久无疆。如此者，不见而章，不动而变，无为而成。

冀金雨译曰

故而，至高的真诚是没有止息的。没有止息就会长久，长久就会显现出征兆，有了征兆就会悠远，悠远就会广博深厚，广博深厚就会高大光明。广博深厚，是用来承载万物的；高大光明，是用来覆盖万物的；悠久，是用来成就万物的。广博深厚可以比得上地，高大光明可以比得上天，悠久则是无穷无尽的境地。像这样，不显现也能明显，不活动也能改变，无所作为也能有所成就。

读典浅悟 至诚之道，博厚高明与悠久

读本章文，著者感曰：诚者，恒久而不息，其力其势，日积月累，至于广大深远，高明光大之境。诚如大地，载物而不遗；诚如苍天，覆物而无间。其

瀛海笔谭

势其力，无有穷尽。虽不显不发，不事作为，而诚自能动，能变，能成。此诚之德，至高无上，至善至美。

夫至诚之道，无息为本，久矣则征，征矣则悠远。悠远故博厚，博厚故高明。此道之微，虽不见而章，虽不动而变，虽无为而成。乃天地之根，万物之原，人心之基，道德之宗。

博厚者，地之德也。载物而不辞其重，容众而不厌其烦。故君子体博厚之道，胸怀万物，包容天地。如山之静，如海之深，无物不包，无物不容。是以循中庸之道而为，皆以博厚为本。

高明者，天之德也。覆物而不显其辉，照世而不露其迹。故君子法高明之道，洞察秋毫，明辨是非。如日之光，如月之明，无所不照，无所不明。是以行事处世，皆以高明为用。

悠久者，时之德也。成物而不居其功，化育而不留其迹。故君子怀悠久之心，持之以恒，历久弥新。如河之流，如木之长，生生不息，历久弥坚。是以建功立业，皆以悠久为基。

夫博厚配地，高明配天，悠久无疆。此三者，至诚之道之体用也。君子得之，则能立身处世，行道化民；小人失之，则终身碌碌，无所成就。故君子务至诚之道，以求循中庸之道而为。

且夫至诚之道，微妙玄通，深不可测。虽不见其形，而能感其气；虽不闻其声，而能知其意。故君子体至诚之道，则能通达人天之际，明了生死之因。是以行事处世，皆能从容不迫，泰然自若。

夫至诚无息，无息则久，久则征，征则悠远。悠远故能博厚，博厚故能高明。此道之至，虽无形无迹，而能化物成器；虽无始无终，而能成己成物。故君子当以至诚之道为鉴，修身养性，以成其德；齐家治国，以立其功；平天下事，以显其能。

至诚之道，至简至易，至深至奥。君子得之，则能通达人天之际；小人失之，则终身碌碌无为。故君子当以至诚之道为心，以博厚为体，以高明为用，以悠久为基。

至诚之道，乃天地之心，万物之魂。君子得之，则能明心见性，通达人天；小人失之，则终身迷惑，无所归依。故君子当以至诚之道为本，循中庸之道而为。成己始终，天地立心，为生民立命。

至诚之道，蕴于天地，无形无象，而实充塞寰宇；无始无终，乃与造化同流。虽不见其形，而能感其气之浩然，充溢于六合之间；虽不闻其声，而能知其意之深微，默运于万物之内。至诚无息，动则必彰，静则必藏，与天地合其德，与日月合其明。君子体之，修身齐家，治国平天下，皆以至诚为本。诚则明，明则诚，诚明合一。故可曰：至诚之道，虽无形声，而实贯通万物，为天地人心之要枢也。

至诚之道，博厚配地，高明配天，悠久无疆，此其大要也。博厚者，如地之载物，无所不容，无所不载，乃为德之基。高明者，如天之覆物，无所不照，无所不明，乃为德之崇。悠久者，如日月之经天，江河之行地，历万古而不朽，乃为德之恒。至诚之人，行此三道，不见而章，其德自显。盖至诚之道，本乎天性，出乎自然，非由外铄，亦非矫揉。唯其心之诚，故能感天地，动鬼神，化万物，而无所不通。

省思鉴行 悠远、博厚、高明，承载与覆盖的哲学

故至诚无息，不息则久，久则征，征则悠远，悠远则博厚，博厚则高明。博厚，所以载物也；高明，所以覆物也；悠久，所以成物也。博厚配地，高明配天，悠久无疆。如此者，不见而章，不动而变，无为而成。

吾等生活于世，秉持至诚之道，须臾不可离也。人之初，性本善。然世事纷纭，诱惑无穷，使人迷失本性。是以，修身齐家治国平天下，必先正心。心正则诚，诚则久，久则悠远，悠远则博厚，博厚则高明。

夫至诚之道，根于心也。无息之坚志，如磐石之不可摧。久持而不变，乃显其本色。真者，深邃且长久，博厚兼高明。物之成败，系于一心。宏远之志，皆

因至诚。虽幽隐而自彰，虽静默而善变，无所作为而事自成，此诚处世之大端也。

言博厚者，比于地也，指人之底蕴。地厚以载万物，人厚以容众事。容事之要，在于广纳。容人之过，亦自容其短。世之纷争，多起不容。故处世之先，必在广容。宽宥他人之失，亦恕己之误。唯容乃大，可载万物，可称博厚。

论高明者，拟于天也，言人之境界。天高以覆万物，人高以超诸事。超事之机，存乎明理。明理者，能辨是非，不惑于世俗之纷扰。世之诱惑，多因不明。故处世之次，务在明理。明辨是非之际，乃能覆物，可谓高明。

言悠久者，述人之深邃也。深邃者，志之长久不渝也。世之变故，常起于志之不坚。故处世之终，在于持久。持久之道，系于守恒。守至诚之心，可至久远，可称无疆。

至诚之道，虽不显而自著，虽不动而善应，虽无为而事成，此其妙也。处世之道，亦同此理。至诚存心，志坚如石，久持其真，乃见其大。真者，深远广博，厚载高明。物之成败，皆由心造。宏志之源，起于至诚。不显而彰，不动而变，无为而成，此诚处世之要也。

世态纷扰，人心各异。吾辈处世，宜以至诚为基，广容为怀，明理为舵，持久为志。心存至诚，胸怀广容，手握明理，志在持久。如此，则物之成败可得而主。深远广博，高明厚载，可期而至。虽幽隐而事自显，虽静默而势自变，虽无为而功自成。

然世事纷纭，众生百态，或有人心不古，至诚之道，何在？故圣人云："不见而章，不动而变，无为而成。"此言人之处世，非徒言也，实乃行动之指南，心灵之座右铭。

不见而章，言人之诚，不待显露，自能感召人心。如日月之明，不待皎洁，自能照临万物。人心之诚，不待言表，自能感动天地。故为人者，当以诚为本，以信为基，言行一致，表里如一。不见而章，使人景仰，使人归附。

不动而变，言人之智，非徒言变，而是应变。世事无常，千变万化，唯有智者，能因其变，而应其变，因其不变，而求其变。故为人者，当以明智为导，洞察先机，顺应时势，灵活变通。不动而变，处变不惊，随机应变。

无为而成，言人之功，非徒言为，而是为之。天下难事，必作于易；天下大事，必作于细。故为人者，当以恒心持之，以耐心守之，以决心行之。无为而成，功不唐捐，业不虚作。

至诚无息，不息则久。久则征，征则悠远。悠远则博厚，博厚则高明。博厚配地，高明配天，悠久无疆。此乃为人处世之至理，亦为立身之道，治国之理，平天下之术。

故圣人云："夫诚者，天地之根，万物之本。"无息之志，犹如春日之苗，不见其增，而日有所长。久持其志，不渝其心，乃显本色之真。真者，必历岁月之沉淀与洗礼，而后乃显。物之成败，系于心之坚贞，久而不渝，显其坚韧。久持之道，在于心之定力。历经磨砺，自能应对万难，显其真我，终至成物。

修身齐家治国平天下，必先正心。心正则诚，诚则久，久则悠远，悠远则博厚，博厚则高明。博厚配地，高明配天，悠久无疆。如此者，不见而章，不动而变，无为而成。

原文2

天地之道，可一言而尽也。其为物不贰，则其生物不测。天地之道：博也，厚也，高也，明也，悠也，久也。

冀金雨译曰

天地之间的道理，可以用一句话来概括。它创造万物都是独一无二的，因此它所孕育的生物也是无法预测的。天地之道，它是广博的，深厚的，崇高的，明亮的，悠久的，长久的。

读典浅悟 至诚，天地之道与人心之志

天地之道，至理幽玄，一言可尽。其为物不贰，涵育万物，无有差殊。天地之生物，无穷无测，奥妙难穷。博也，厚也，高也，明也，悠也，久也，此天地之道，尽在其中。

夫天地之道，博矣哉！涵盖乾坤，囊括万有。日月星辰，山川草木，飞禽走兽，人类万物，皆为其所育。其广博无垠，岂是言语所能尽述？故曰"博也"。

厚矣哉！天地之德，深厚若海。雨露滋润，阳光照耀，四时更迭，风调雨顺。万物得以生长繁衍，皆因天地之厚德。其厚如地，载育万物，无所不包。故曰"厚也"。

高矣哉！天地之势，高峻无匹。高山峻岭，耸入云霄；苍穹之上，星辰灿烂。其高远辽阔，令人望而生畏。故曰"高也"。

明矣哉！天地之光，明照四方。日月之光，照耀大地；星辰之光，点缀夜空。其光明磊落，无所不照。故曰"明也"。

悠矣哉！天地之长，悠久无疆。自鸿蒙初开，至无极终末，天地之存在，无始无终。其悠久长远，超越时空。故曰"悠也"。

久矣哉！天地之运，恒久不息。春夏秋冬，周而复始；日月星辰，运行不息。其久矣矣，无有终时。故曰"久也"。

天地之道，博厚高明，悠久无疆。夫人为天地之心，亦当效法天地之道，以循中庸之道而为。修身者，当博采众长，厚积薄发；齐家者，当高明远识，厚德载物；治国者，当悠久为政，久安长治；平天下者，当以天地之道为法，博施济众，厚泽苍生。

然天地之道，虽可一言而尽，而人之行之，必当持之以恒，克己奉公。故君子务本，本立而道生。夫本者何？天地之道也。是以君子之行，必以天地之道为准则，行之以诚，守之以信，进而成己成物，利人利己。

夫天地之道，既已明矣。然则人之行之，何以能至？曰：志在道焉，心在物焉。

志在道者，必能持之以恒；心在物者，必能格物致知。是以君子之行，必以志为先，以心为本。志定则心静，心静则神明。神明则能洞察天地之道，体悟万物之理。

故曰：天地之道，虽高且远，然人之心志，可与之齐。是以君子必当修养心志，以合天地之道。心志既合，则言行皆出于道，自然能成己成物，利人利己。

天地之道，博厚高明，悠久无疆。人之行之，必以心志为本，以天地之道为则。天地之道，广矣大矣，深矣远矣。其生物也，无穷无测；其化育也，无始无终。人之行之，亦当如天地之道，广博深厚，高明悠久。天地之道，非独在于物理，亦在于人心。人心之广，可包天地；人心之深，可通鬼神。

夫天地之道，虽高且远，然人之心志，可与之齐。故君子当以天地之道为法，以修心养性为本。心志既定，则能持之以恒；心志既明，则能洞察天地之道。如此则能循中庸之道而为，共赴大同之世。

天地之道，博厚高明，悠久无疆。至诚为本，贯乎其中。人为天地心，当效法天地，循中庸而行。心志乃人之本，可齐天地之道。君子修心养性，以合天地，至诚为道，持之以恒。心志既定，言行皆道，成己成物，利人利己。天地人心，至诚相通，共赴大同，此中庸之道也。

省思鉴行 博厚高明与悠久无疆的哲学探索

天地之道，可一言而尽也。其为物不贰，则其生物不测。天地之道：博也，厚也，高也，明也，悠也，久也。此八字，乃宇宙之至理，万物之根源。吾等置身于大千世界，纷纭众生，若欲求处世之要义，当从领悟天地之道开始。

吾等生活于世间，如尘埃之微，然而，宇宙之广大，天地之深厚，皆蕴藏于吾等心田。故吾等应以天地之道为佐引，以八字真言为座右铭，定能游刃有余，悠游世间。

首论天地之道，"博也"，吾辈宜怀博爱之心以应世间万物。视人之亲如己亲，视人之子若己子，由己推人，和谐共处之道也。世间之争，起于私欲，使人人怀博爱之心以待他人，则争端自消，和平可期。

再言天地之道，"厚也"，吾辈应修厚德以载物。处世为人，当以德为本。德厚者，容人之不足，谅人之失。宜以德自约，宽以待人，如此则人皆敬之，事皆可成。

复论天地之道，"高也"，吾辈当立高远之志。人生若梦，苟安现状，不思进者，终将虚度。志存高远，可激潜力，勇攀生巅。以天地之道为鉴，持续求卓，成非凡之业。

又议天地之道，"明也"，须明理以识事。世间之变，层出不穷，当明辨是非，洞察真相。明理者，不误入歧途，可策明智之举。

且说天地之道，"悠也"，应怀悠然之心。人生苦短，当珍现时，享生活之乐。悠然者，心自平和，可淡看世间纷扰。以天地之道为引，悠然处世，品生活之美。

天地大观，万物苍生，人如尘埃之微。然而，宇宙之广大，天地之深厚，皆蕴藏于吾等心田。以此八字真言为佐引，进而领悟天地之道，方可看见"一切众生皆具如来智慧德相"，从而淡然自如，悠游世间。

然则，吾等处世，犹如行走在江湖之中，波诡云谲，变幻莫测。是以，除了领悟天地之道，还需明辨世事之变，而求得淡定自如，游刃有余。

天地之间，万物并育而不辞，此乃"物不贰"之理。吾等处世，亦应秉持此心，不以物喜，不以己悲。世间纷扰，皆为过眼云烟，唯心中宁静者，洞察万物。吾辈宜以平和之心，待世间万象，以应不测，处变不惊。

天地至公，覆载群生，无所偏倚，此天地之大德也。人之处世，当法天地，怀无私之心，视世间万物皆同。勿以物喜，勿以己悲，心若止水，自可洞悉万物之真意。世间纷扰，皆如梦幻泡影，如露如电，瞬息即逝。吾辈当持平和之心，观世间万象，不为外物所摇，以静制动，应变不穷。

万物芸芸，各循其性，各行其道。吾辈当以平等心，观世间万物，勿以己意，轻下评断。心中宁静者，自可深悟万物之奥理，通晓世间大道。是故宜持平和之心，观世间纷纭，以无私之爱，护佑万物，以恬淡之怀，应对世间变迁，如此，则不测之忧可应，无常之变可处。

天地之道，广大无垠，深邃无边。其博也，如星辰之无穷；其厚也，如大地之坚实；其高也，如山岳之巍峨；其明也，如日月之辉映；其悠也，如江河流长者；其久也，如沧桑岁月之恒。

人当以博爱为怀，如天地之无私；以厚德为本，如大地之包容；以高远为期，如山岳之巅望；以明理为宗，如日月之照明；以悠然为态，如江河流畅；以恒久为志，如岁月之不居。

无论世事纷扰，无论命运起伏，吾等皆应坚守此道，如星辰之固定，如大地之稳固，如山岳之坚定，如日月之不渝，如江河流畅，如岁月之恒。

然而，宇宙万象，世间百态，并非只有黑白之分，更有灰色地带。是以，吾等除了明理识事，还需懂得变通，以应对世间之复杂。天地之道，变化无常，吾等当以变应变，顺应时势而为。

进一步言，践行人生，除了自身修养，还需懂得人际交往。是以，吾等当以天地之道为佐引，博爱待人，厚德载物，高远立志，明理识事，悠然自得，持之以恒，同时，还需以智慧去经营人际关系。以博爱之心，润万物而无声；厚德之行，载道义以立身；高远之志，凌云霄而励志；明理之智，照幽暗以启明；悠然之心，淡名利而自得；持之以恒，磨岁月以成金。

宇宙之广大，万物并育而不相害，道并行而不相悖，然天地之深厚，皆蕴藏于人之心田，故君子能领悟天地之道。

原文3

今夫天，斯昭昭之多，及其无穷也，日月星辰系焉，万物覆焉。今夫地，一撮土之多，及其广厚，载华岳而不重，振河海而不泄，万物载焉。今夫山，一卷石之多，及其广大，草木生之，禽兽居之，宝藏兴焉。今夫水，一勺之多，及其不测，鼋、鼍、鲛、龙、鱼、鳖生焉，货财殖焉。

冀金雨译曰

天那么广大无垠，它点点光明积累成无边无际，日月星辰都靠它维系，万物也都受到它的覆盖。地尽管只是一撮撮的泥土累积而成，但它的广袤与厚重，它承载着像华岳那样巍峨的山峰，却不觉其重；它滋养着河流海洋，却不会泄漏其力。万物都在这片土地上生长、繁衍。山虽是由拳头那么大石头堆积而成，但它广大的山上草木茂盛，各种禽兽在此栖息，还蕴藏着丰富的宝藏。水虽是一勺勺积聚而成，但于它的深邃与神秘中，鼋鼍、鲛龙、鱼鳖等各种生物自由生活，水也是财富滋生的源泉。

读典浅悟 天地山水与君子之道

今夫天，昭昭然广袤无垠，日月星辰皆系于其间，万物亦得其所覆。天之高远，其无穷也，令人望而生畏，叹而观止。天之浩渺，犹如君子之心胸，包罗万象，无所不容。是以君子当效法天之道，心怀广大，志向高远。

地者，一撮土之积聚，然其广厚无比，载华岳而不觉其重，振河海而不泄其力。地之厚德，犹如君子之品德，厚重而深沉。是以君子当效法地之道，厚德载物，循中庸之道而为。地之广大，亦如君子之胸怀，能容人所不能容，纳人所不能纳。

地之形成，源自细微之处，积累而成广大之土。其广博无垠，承载万物，不以华岳之高而觉重，不以河海之深而泄其力。地之德性，坚实稳定，犹如君子之品德，厚重而深沉。君子应以地为楷模，修厚德，载物利他，以中庸之道行事，不偏不倚。

地之广大，犹如君子之胸怀，宽广无私，能容人所不能容，纳人所不能纳。君子应以地为榜样，宽以待人，厚德载物，以包容之心面对世间万象。地之无边无际，君子之胸怀亦应如此，不拘小节，包容众志成城。

地之稳重，君子之品德，应以地为佐引，修身齐家治国平天下。地之广大，君子之胸怀，应以地为楷模，厚德载物，利益众生。地之无边无际，君子之志向，应以地为榜样，立鸿鹄之志，追求卓越。

山者，一卷石之积聚，然而其广大无边，草木生于其上，禽兽居于其间，宝藏兴于其中。山之峻拔，犹如君子之风骨，挺拔而坚韧。是以君子当效法山之道，立身正直，品行高洁，不为世俗所屈。山之包容，亦如君子之度量，能容人之短，学人之长。

山之形成，源自细微之处，积累而成巍峨之山。其高大雄伟，草木繁茂，禽兽栖息，宝藏蕴藏。山之德性，坚毅不屈，犹如君子之品格，挺拔而坚韧。君子应以山为楷模，立身正直，品行高洁，不受世俗之物欲所诱惑，不为世俗之偏见所动摇。

山之高大，犹如君子之风骨，挺拔而坚韧。君子应以山为榜样，保持坚定的信念，追求崇高的理想，不畏艰难险阻，勇往直前。山之包容，亦如君子之度量，能容人之短，学人之长。

山之雄伟，君子之志向，应以山为榜样，立鸿鹄之志，追求卓越。

水者，一勺之积聚，然其深不可测，鼋鼍鲛龙鱼鳖生于其间，货财殖于其中。水之柔顺，犹如君子之性情，温和而谦逊。是以君子当效法水之道，处世圆融，待人以诚。水之灵动，亦如君子之智慧，能随机应变，化险为夷。

水之形成，源自细微之处，积累而成浩瀚之海。其深不可测，万物生于其中，财富蕴藏其间。水之德性，柔顺而包容，犹如君子之性情，温和而谦逊。君子应以水为楷模，修柔和之性，处世圆融，待人以诚，以宽广之心胸面对世间万象。

水之灵动，犹如君子之智慧，能随机应变，化险为夷。君子应以水为榜样，灵活应对世间复杂之事，善于变通，化解难题。水之流动，君子之思维，应以水为楷模，活跃思维，勇于创新，追求卓越。

水之润物无声，君子之善行，应以水为榜样，默默奉献，利益他人。水之泽民无私，君子之品德，应以水为楷模，关心民生，为民谋福。水之无边无际，君

瀛海笔谭

子之志向，应以水为榜样，立鸿鹄之志，追求卓越。

夫天地山水，各有其道，然皆可为君子所效法。君子当以天为鉴，以地为基，以山为骨，以水为魂。如此则能循中庸之道而为，成就非凡之业。

今夫天之道，昭昭然明矣。日月星辰之行，皆循其轨；万物生长之序，皆合其度。天之高远，非人力所能及也，然君子之心，可与之齐。是以君子当效法天之道，明理知命，顺应自然。不以物喜，不以己悲，心如明镜，行如流水。

地之道，厚德载物也。载华岳而不重，振河海而不泄，此乃地之厚德也。君子当效法地之道，以厚德为本，循中庸之道而为。身正则家齐，家齐则国治，国治则天下平。是以君子当以地之厚德为鉴，厚德以修身，修身以齐家，齐家以治国，治国以平天下。

山之道，峻拔而包容也。草木生于其上，禽兽居于其间，宝藏兴于其中。山虽高峻，然能包容万物；君子虽高尚，亦应包容众人。是以君子当效法山之道，立身正直而包容并蓄。不因人之短而弃之，不因己之长而傲人。以山为骨，立身高洁；以山为鉴，包容万物。

水之道，柔顺而灵动也。一勺之水，深不可测；涓涓细流，汇聚成海。水虽柔弱，然能穿石；君子虽谦和，亦能成大事。是以君子当效法水之道，处世圆融而智慧过人。不因困境而退缩，不因成功而骄傲。以水为魂，智慧处世；以水为鉴，灵动应变。

夫君子之道，既明且广。明者，知天地山水之道也；广者，包容万物也。君子之行，必以天地山水之道为鉴。行之以诚，守之以信；持之以恒，克己奉公。

省思鉴行 探索自然中的君子品质

夫天地者，万物之逆旅也；光阴者，百代之过客也。日月星辰，昭昭之多，及其无穷也，皆系焉。一勺之水，及其不测，鼋、鼍、鲛、龙、鱼、鳖生焉，货财殖焉。故曰：天之广大，无所不覆；地之广厚，无所不载；山之广大，无所不生；水之不测，无所不养。此四者，皆含养万物，无所遗弃。

夫人生于世，如行走在茫茫宇宙之中，若非明灯指路，易迷失方向。故需悟天地之理，以明处世之道。天文昭昭，地理广厚，山水广大，水无不载。人之行为，亦应如天地山水之包容、广阔、深邃。

天文昭昭，示人应时刻保持明辨是非之眼。日月星辰，系焉无穷，犹如世间之善恶美丑，纷纷扰扰。明辨是非，则不受外界诱惑，坚守内心之道。

君子之行，静以修身，俭以养德。非淡泊无以明志，非宁静无以致远。而昭昭天文，又指引我们保持清醒头脑，志存高远。

地理广厚，寓意应具备包容万物之胸襟。地之广厚，载华岳而不重，振河海而不泄。世间纷纭，众生百态，我们应以包容的心态对待他人。容纳不同的观点，接纳不同的性格，方可成就大业。地理广厚，教导我们胸怀宽广，容纳百川。

山水广大，寓意着人生应有坚韧不拔之意志。山之广大，草木生之，禽兽居之，宝藏兴焉。水之不测，鼋、鼍、鲛、龙、鱼、鳖生焉，货财殖焉。山岳之雄伟，流水之深邃，皆需持之以恒。人生如行路，艰辛曲折，唯有勇往直前。

水之不测，更寓意应时刻保持谦卑之心。一勺之多，及其不测，鼋、鼍、鲛、龙、鱼、鳖生焉，货财殖焉。世间之事，变幻莫测，我们应时刻保持谦卑，对待万事万物。谦卑者，敬畏自然，敬畏生命，敬畏规律。水之不测，教导我们谦卑处世，敬畏人生。

应以天地山水为师，悟透处世之道。保持明辨是非之眼，具备包容万物之胸襟，拥有坚韧不拔之意志，保持谦卑之心。

然则，夫处世之道，非止于明辨、包容、坚韧与谦卑也。天文之昭昭，地理之广厚，山水之广大，水之不测，皆为人生之启示，寓言着世事之无穷。日月星辰，鼋鼍鲛龙，皆为自然之精灵，象征着人生之多彩与变幻。

日月星辰，昭昭之多，及其无穷也，提示我辈应追求知识的广博与深邃。如天文之无穷，学问之海洋，无边无际。我辈应以探索真理为己任，不断学习，不断进步。日月星辰，犹如人生之光明，引导我们前行，照亮我们前行的道路。

瀛
海
笔
谭

　　鼋鼍鲛龙，及其不测，象征着人生之变幻莫测。世间之事，往往出人意料，难以预料。我辈应以平静之心面对人生的起伏，以坦然的态度接受生活的考验。鼋鼍鲛龙，犹如人生之挑战，激发我们的勇气与智慧，让我们在困境中成长，在挑战中进步。

　　夫山水之广大，草木生之，禽兽居之，宝藏兴焉，提示我辈应珍惜自然资源，保护生态环境。山水之广大，犹如人生之舞台，万物在此共生共荣。我辈应以和谐之心对待自然，以保护之心对待环境。山水广大，教导我们与自然和谐共处，共同创造美好的未来。

　　夫水之不测，鼋、鼍、鲛、龙、鱼、鳖生焉，货财殖焉，提示我辈应把握机会，勇于冒险。水之不测，犹如人生之机遇，稍纵即逝。我辈应以敏锐之眼捕捉机遇，以果断之手抓住机会。水之不测，教导我们勇于冒险，敢于追求，成就一番事业。

　　综上所述，天文昭昭，地理广厚，山水广大，水无不载，皆为人生之启示。日月星辰，鼋鼍鲛龙，均为人生之寓意。

　　夫人生之须臾，若白驹过隙，倏忽而逝。愿芸芸众生都携手同行，仰览天文之昭昭，俯瞰地理之广厚、山水之壮阔、水势之莫测，于此纷繁多姿之世间，书写己之绚烂篇章。

　　盖人生虽短，志趣却可高远。人当锐意进取，不畏艰难险阻，以坚毅之心，勇往直前。仰观星辰，俯察江山，以满腔热情，志存高远，心怀天下，不负韶华，不辱使命。

　　"一切因缘皆可得，唯用此心观世间。"

原文 4

　　《诗》云："维天之命，於穆不已！"盖曰天之所以为天也。"於乎不显，文王之德之纯！"盖曰文王之所以为文也，纯亦不已。

冀金雨译曰

《诗经》中这样写道："上天赋予的使命，庄重而深远，永不停息。"这正是说，天之所以成为天，就是因为它拥有这种永恒不变的使命。"啊，多么显赫啊，文王纯正无比的德行。"这也是说，文王之所以被称为文王，就是因为他拥有这种纯正无瑕的德行，并且这种德行也是永不停息的。

读典浅悟 天命文德与君子之行

夫《诗》云："维天之命，於穆不已！"此盖言天之运行不息，道之恒常无穷也。夫天者，至高无上，至广无边，孕育万物，统摄群生。其命所系，乃万物生长之本源，亦是群伦依循之准则。是以天之行健，自强不息，其道光明，穆然不已。此乃天之所以为天也。

又云："於乎不显，文王之德之纯！"此言文王之德，显而不露，纯而不杂，实乃人间之楷模，百世之师表。文王之德，纯然一体，无所偏倚，无所杂糅。其德之行，如春风化雨，润物无声；如日月光照四方。是以文王之德，不显而显，不彰而彰，纯亦不已。此乃文王之所以为文也。

夫天之行健，文王之德纯，皆道之所在，理之所系。天以运行不息为命，文王以德行之纯为文。天道无亲，常与善人；文王之德，亦是以善为本，以和为贵。是以天之道，与文王之德，相得益彰，互为表里。

今吾欲解此意，非徒以言辞为能，必以心领神会为本。夫天之行健，盖由日积月累，循序渐进，方得至此。是以人当效法天道，勤勉不息，自强不息。文王之德纯，亦非一蹴而就，必经历千锤百炼，方得至纯至善之境。是以人当以文王为镜，循中庸之道而为之。

然则，天之行健与文王之德纯，虽各有其妙，却亦有其同。盖皆以道为本，以理为纲。天道运行不息，文王德行之纯，皆在于道之恒常，理之昭著。是以人当明道达理，以道为行，以理为言，合乎天地之道，顺应万物之理。

夫天之行健，文王之德纯，皆人当学之榜样。夫学天之行健者，必自强不息，勤勉不息；学文王之德纯者，必循中庸之道而为。是以人当以天为师，以文王为友，以道为行，以理为言。如此则能立足于天地之间，成就一番事业；亦能光耀于人间之世，成就一番德行。此即《本章解意》之旨也。

夫天之行健，犹君子自强不息之志；文王之德纯，犹君子循中庸之道而为之愿。人当以自强不息为心，以循中庸之道而为为行。如此则能合于天地之道，顺于万物之理，亦能成就一番事业与德行。夫天地之道，无穷无尽；人生之路，亦复如是。

且夫天之行健，非徒以力胜，亦以智胜；文王之德纯，非徒以德显，亦以行显。是以人当以智求健，以德求纯。夫智者知天命之所系，知德行之所归；德者行天命之所命，行德行之所行。则能合于天地之心，顺于万物之性，亦能成就一番智慧与德行。

夫天之行健，文王之德纯，皆在于心之所系，行之所归。是以人当以心为本，以行为表。夫心者藏智德之源，行者显智德之用。是以人当修心以明智，行德以显纯。天之行健，犹江海之不息；文王之德纯，犹玉石之无瑕。是以人当以江海为喻，以玉石为镜。夫江海之所以不息者，以其深广也；玉石之所以无瑕者，以其纯净也。是以人当以深广之心求不息之行，以纯净之心求无瑕之德。

夫天地之间，道之所在；人生之路，德之所系。人当以天为鉴，以"文"为镜，以道为行，以德为心。如此则能合乎天地之道，顺应万物之理；亦能成就一番智慧与德行。

省思鉴行 君子如何顺应天命，秉持道德

盖闻："维天之命，於穆不已！"此言天之所以为天也。天命之谓性，率性之谓道，修道之谓教。故天命不已，则道亦不已，教亦不已。人禀天地之灵气，赋万物之生机，当顺乎天命，率性而行，修道而教。是以天之命，不已于穆，人

之道，亦不已于纯。

"於乎不显，文王之德之纯！"此言文王之所以为文也。文王，道德之化身，仁义之楷模。其德纯乎，不已乎，显乎。故文王之道，显乎德，纯乎仁，义乎义。文王之德，纯亦不已，故显亦不已。人法地，地法天，天法道，道法自然。文王法德，德法自然，故文王之道，显乎德，纯乎仁，义乎义，不已乎显。

夫天地之命，不已于穆，文王之德，不已于纯。故世人应以天命为志，以文王之德为榜样，修道而教，率性而行。然而，乾坤万里，众生云云，世事无常，或有人心不古。人当如何处世，顺应天命，秉持道德，而不失其纯？

首先，世人应明辨是非，坚守道德。盖世之事，纷繁复杂，善恶美丑，交错其中。世人须具备一双慧眼，洞察世间百态，分辨是非善恶。遇善则行，遇恶则避。坚守道德底线，不为世俗所染，不为名利所诱，不为权势所屈。是以，明辨是非，坚守道德，为处世之首要。

其次，世人应秉持中庸之道，调和阴阳。天地之道，阴阳相济，刚柔并济。世人处世，亦应遵循中庸之道，不过不及，不偏不倚。对待人事，要有宽容之心，包容万物，调和矛盾。对待自己，要有严于律己之心，自强不息，厚德载物。是以，秉持中庸之道，调和阴阳，为处世之原则。

再次，世人应顺应自然，无为而治。道法自然，无为而治。世人应顺应天命，遵循自然规律，不强求，不蛮干。在事业上，要有进取之心，但不可急功近利；在生活中，要有恬淡之心，但不可消极懈怠。顺应自然，无为而治，心安理得则可悠然自得。是以，顺应自然，无为而治，为处世之智慧。

最后，世人应修身齐家治国平天下。修身在于正己，齐家在于治家，治国在于安民，平天下在于和谐。世人应从自身做起，正己修身，以德服人。治家之道，在于家和万事兴；治国之道，在于仁政爱民；平天下之道，在于各国共荣。是以，修身齐家治国平天下，为处世之目标。

综上所述，人当明辨是非，坚守道德；秉持中庸之道，调和阴阳；顺应自然，无为而治；修身齐家治国平天下。顺应天命，秉持道德，而不失其纯。

然则，处世之要义，非但上述所述。尚需洞察时事，适应变化，以在瞬息万变的世界中，保持内心的宁静与致远。

时事多变，人当具备洞察时局之眼，审时度势，顺应时代之潮流。不可固守旧观，墨守成规，而应开放心态，接受新知。与时俱进，勇于创新，实现自我之价值。是以，洞察时事，适应变化，为处世之关键。

世间万物，皆有生灭兴衰，人生亦然。面对生活的起伏，人当保持一颗平常心，接受一切好坏，如意与不如意。在变化中寻找机遇，于挑战中成长。适应变化，不对生活的妥协，而是一种生活的智慧。是以，适应变化，接受生活的不完美，为处世之态度。

君子之道，以道德为基，明辨是非，坚守不渝。如镜照物，不使微尘掩其光；如松立雪，凌寒而青翠愈显。此君子所以秉持道德，为立身之本也。秉持中庸之道，君子调和阴阳，平衡万物，使各遵秩序，无过不及之弊。中庸非折中，乃恰到好处之义，君子修身齐家治国平天下，皆以中庸为纲。

洞察时事，君子如观水之源，知流之向，因势利导，无往不胜。世事变幻，如风云之莫测，君子以道德为本，适应变化，如风随形，无往不利。

顺应天命，非盲从也，乃知其不可违而顺之；秉持道德，非矫揉也，乃知其可贵而守之。故君子之行，纯而不杂，坚如金石，守道德而不失其本真。天命所归，道德所系，君子以之立身，以之处世，方能立于不败之地。

是以，君子之道，道德为先，中庸为要，明辨是非，洞察时事，顺应变化。

然世事难测，人生多变。于岁月悠长之中，世人尚须勤学不辍，修身养性，以御生活之诸般挑战。无论遇何困境，均应守信念，勇往直前。自信、信未来、信德之力。于人生道上，不断求进，不断自我超越。

【第二十七章】

原文

大哉圣人之道！洋洋乎！发育万物，峻极于天。优优大哉！礼仪三百，威仪三千。待其人而后行。故曰苟不至德，至道不凝焉。故君子尊德性而道问学，致广大而尽精微，极高明而道中庸。温故而知新，敦厚以崇礼。是故居上不骄，为下不倍。国有道其言足以兴，国无道其默足以容。《诗》曰："既明且哲，以保其身。"其此之谓与？

冀金雨译曰

啊，圣人的道真是伟大！它广阔无垠，滋养万物，直达苍穹之巅。多么宏大啊！礼仪有三百种，威仪有三千种，但都要等待有德之人来实施。因此说：如果没有至高的道德，至深的道义就无法凝聚。所以，君子尊重德性，追求学问，使自己的思想广大无边，精细入微，智慧卓越而又坚守中庸之道，通过复习旧知来获得新知，用诚挚的心态来崇尚礼仪。因此，君子处于上位时不骄傲，处于下位时不自卑。政治清明时，他们的言论足以振奋人心；政治昏暗时，他们的沉默足以容纳一切。《诗经》中说："既明且哲，以保其身。"说的就是这种情况。

读典浅悟 圣人之道与君子之德

大哉圣人之道，洋洋乎如江河之不息，发育万物，峻极于天。观其道之广袤，浩渺无际，优优大哉！夫礼仪三百，威仪三千，皆待圣人而后行，可见其道之尊严，德之深厚。若非至德之人，岂能凝聚至道之精义乎？

圣人之道，犹如江河之奔腾，永不停歇，滋养万物，直至天涯。其道之广博，犹如天空之浩瀚，无边无际，令人叹为观止。礼仪三百，威仪三千，皆为圣人所定，以此彰显道之尊严，德之深厚。圣人以其至德，凝聚至道之精义，为后世树立楷模。

故圣人之道，含弘光大，发育万物，使万物得以茁壮成长。其道之施行，犹如阳光普照，遍洒大地，使万物受益。圣人以其至德，引领世人遵循圣道，使社会和谐，人民安居乐业。其高峻无比，犹如泰山之巅，俯瞰众山小。其道之修行，需要至德之人领悟。圣人以其至德，凝聚至道之精义，使世人得以窥见真理之奥。然其又深远流长，犹如长江黄河，蜿蜒曲折，终抵大海。其道之传承，需要至德之人担当。圣人以其至德，凝聚至道之精义，使世人得以继承和发扬。

故可曰，圣人之道，犹如天地之造化，生育万物，使万物得以茁壮成长。其道之施行，犹如日月之运行，永恒不变，照亮世人前行的道路。圣人以其至德，凝聚至道之精义，为世人指明方向，引领未来。其乃君子所尊，德性所系。尊德性者，必道问学，以求致广大而尽精微。

居上不骄，为下不倍，此乃君子之操守，以德为本，不以物喜，不以己悲。国有道，其言足以兴，以正直之言，激励世人，振兴家国；国无道，其默足以容，守身如玉，静待时机。此君子之智也。

《诗》云："既明且哲，以保其身。"此言君子当以明哲之道，保身兼济天下也。明者，洞察世事，不为表象所惑；哲者，深谙人生，不为情感所困。故君子以明哲保身，既保全己身，又兼济天下，此乃大道之行也。

明者，君子之慧眼也，善观世间百态，不为浮华表象所蔽。君子行走于世，必明辨是非，审视形势，免遭困境之厄。明者，识时务之士也，善于洞察时机，能顺时应变，制定出明智的决策，以确保自身安全。

哲者，君子之睿心也，深悟人生至理，不为情愫所牵绊。君子修身养性，宜陶冶性情，淡泊名利，以显高志，免沦于世俗之欲。哲者，通进退之道也，能驭人生之节奏，使己身游刃有余。

此乃君子处世之智慧，以明晰之眼，洞悉世间真相，洞察是非，明晰真理，淡泊名利，从而在纷繁复杂的世界中保持清醒与理智。故君子当以明哲为身，在世间纷扰中保持清明，于人生起伏中游刃有余。明以择道，哲以养心，君子之行也。

明哲君子，既能洞察世事，又能深谙人生，故能保全己身，兼济天下。其行事，公正无私，使万物得以和谐；其处世，宽厚仁爱，使人民得以安居。此乃君子之道，亦是大道之行也。

君子以明哲保身，身处乱世而不迷失，面对困境而不屈服。明哲之道，君子修身之准则，亦为世人处世之指南也。

夫圣人之道，广大精微，无所不包，无所不容。君子学之，必求其至善至美之境。是以尊德性而道问学，以致广大而尽精微，以极高明而道中庸为本。温故而知新，不断学习，不断进步；敦厚以崇礼，以礼待人，以德育人。此乃君子之道也。

圣人之道，博大深邃，滋养万物，高耸入云，令人心生敬仰；君子之德，宏伟壮观，礼仪威严，皆成世人楷模，值得赞颂。故而，君子应尊崇德行，并致力于学问，以追求尽善尽美的境界。

圣人之道，不仅为君子所推崇，亦为万民所依赖，这是为何呢？皆因此道乃顺应天地之大道，符合人心之所向。再者，君子求学，必须寻求至善至美。因此，君子致力于根本，根本稳固则道义自然产生，道义产生则德行自然形成，德行形成则功业自然建立，此乃君子之道。

且夫君子之行，务必以道德为根基，以学问为羽翼。道德为本，学问为用，二者相辅相成，缺一不可。君子以圣人为榜样，不断修身齐家治国平天下，以达成至善至美的理想境界。如此，为世人树立典范，引领社会风尚，实现个人与社会的和谐共进。

此时再品本章文，感慨万端而言之不尽，夫圣人之道，大哉洋洋，发育万物，峻极于天，令人叹服不已；君子之德，优优大哉，礼仪威仪，皆为人所敬仰，可歌可颂也！故天地之间，圣人之道为尊；人世之中，君子之德为贵。尊道贵德，人心共襄盛世之道也！

省思鉴行 尊德性而道问学，致广大而尽精微

大哉圣人之道！洋洋乎！发育万物，峻极于天。优优大哉！礼仪三百，威仪三千。待其人而后行。故曰苟不至德，至道不凝焉。故君子尊德性而道问学，致广大而尽精微，极高明而道中庸。温故而知新，敦厚以崇礼。是故居上不骄，为下不倍。国有道其言足以兴，国无道其默足以容。《诗》曰："既明且哲，以保其身。"其此之谓与？

夫至道者，道德之极致，宇宙之至理。圣人以此发育万物，使万物各得其所，洋洋乎盛大无边。礼仪三百，威仪三千，皆为待其人而后行。盖圣人知人之性，故能因其材而笃其行，使人各尽其能，各得其所。苟不至德，至道不凝焉。故君子尊德性而道问学，致广大而尽精微，极高明而道中庸。温故而知新，敦厚以崇礼。此君子所以居上不骄，为下不倍也。

国有道其言足以兴，国无道其默足以容。此言君子之道，无论在任何时候，皆能保持其道德之高尚，不随波逐流，不忘初心，坚守正道。君子之道，既明且哲，以保其身。身者，人之本也。保其身，济世救人，传道授业。故君子之道，以明哲保身为前提，而后谈及其他。

吾等生于世间，犹如沧海一粟，渺小无比。然而，吾等若能以圣人之心，行至道之事，则亦能发育万物，使世界因我而有所不同。故君子之道，不在于言，而在于行。不在其位，不谋其政。居上不骄，为下不倍。此乃君子之道，亦为人处世之要义。

吾等处于世间，当以礼仪三百，威仪三千为尊，待人以诚，接物以敬。温故而知新，敦厚以崇礼。使道德之花开遍大地，使世界因道德之光而光彩夺目。

然吾等亦应明白，道德之极致，并非高不可攀。至道不远人，人之所学，皆为至道。故君子之道，既高明，又中庸。高明者，明哲保身；中庸者，不偏不倚，中立而不失其正。此亦为君子之道，亦为人处世之要义。

故《诗》曰："既明且哲，以保其身。"此言君子之道，亦为吾等处世之指南。吾等应以君子之道为人生之准则，使道德之光照耀自己的人生之路，使自己的人生因道德之光而熠熠生辉。

则道德之美，如花似玉，令人心醉。吾等应以道德之美为人生之追求，使道德之美成为自己的人生目标。无论身处何地，无论面临何种困境，都坚守道德之准则，使道德之美成为自己前行的动力。

故君子之道，既为处世之准则，亦为人生之追求。吾等应以君子之道为人生之指南，使自己的人生之路，充满光明与希望。使自己的人生，因道德之光而璀璨夺目，使世界因吾等之道德之美，而更加美好。

然道德之美，君子之道，需日积月累，需时刻修身养性。故君子尊德性而道问学，致广大而尽精微。

尊德性，乃修身之本。人之所以为人，在于其德。德者，道也，人之行为规范也。君子尊德性，即尊重并遵循道德之道，以此为行为的准则。道问学，乃求知之途。问学之道，广大而精微，需用心体悟，用行动实践。君子之道，既广大又精微，需致广大而尽精微，以此领悟至道之至理。

极高明而道中庸，此君子所循之道也。高明者，能洞察世事，明哲保身；中庸者，守中而立，不失其正。君子之行，兼高明与中庸，以此为处世之则，既得明哲保身之术，又守中立之德。君子之道，以高明之智，洞察万物之理，明辨是非，知所进退。同时，以中庸之德，守中而行，不偏不倚，保持正道。如此，则君子之行，既能保全己身，又能坚守正义，无愧于心。

温故而知新，敦厚以崇礼。亦为君子之道。温故，即回顾历史，从历史中汲取智慧。知新，即创新，以新的视角，新的思维去理解和面对世界。敦厚以崇礼，即待人以诚，接物以敬。以此为人处世之准则，使自己既能坚守传统，又能适应时代。

是故居上位而不骄矜，处下位而不悖逆。国家昌盛时，其言辞足以振兴国家；国家衰败时，其沉默足以自保。《诗经》有云："既明且哲，以保其身。"此言君子之道，亦为吾辈处世之要。君子之道，首在明哲保身。明者，洞察世事，哲者，深谙人生。唯明哲，方能于纷扰中保持清醒，于困境中坚守正道。君子处世，当以明哲为先，既能保全己身，又能坚守正义。如此，则君子之行，既能明哲保身，又能中立不失其正。

此岂非立身处世之道乎？

〔第二十八章〕

原文 1

子曰："愚而好自用，贱而好自专，生乎今之世，反古之道。如此者，灾及其身者也。"

冀金雨译曰

孔子说："愚昧的人喜欢自以为是，卑贱的人喜欢独断专行。生于现在的时代，却一心想恢复古代的制度。这样做，灾祸一定会降临到他的身上。"

读典浅悟 古道今用与君子之行

子曰："愚而好自用，贱而好自专，生乎今之世，反古之道。如此者，灾及其身者也。"斯言至矣哉！余读此语，深有感悟。

夫愚者之病，在于自用；贱者之弊，在于自专。彼愚者不知学，不知问，一味自持己见，固执不通。贱者则不自量力，欲以一己之力，擅专大事，不知谦恭逊让。此二者，皆病也。

然生于今世，反古之道，尤为可叹。夫古之道，乃先贤所传，历经千百年之考验，方得流传至今。今人当以之为鉴，以为行事之准则。岂可因一时之私欲，而悖逆古道，自取其祸？

夫愚而自用者，如盲人骑瞎马，夜半临深池，不知前路之险，不顾后果之凶。其行也悖，其言也妄，人皆避之如虎。故曰："灾及其身者也。"此非危言耸听，实乃警世之言也。

贱而自专者，如井底之蛙，不知天之高也；如夏虫语冰，不知冬之寒也。彼自以为得计，实则谬之千里。一旦事败，悔之何及？故曰："灾及其身者也。"此非空言无补，实乃劝世之语也。

夫生于今世，当以明理为先，以学问为本。不可因愚而自用，不可因贱而自专。当以古道为鉴，以先贤为师，谦恭逊让，以求进德修业。进而避祸趋福，成为有用之才也。

夫君子之行，贵在知止。知止者，知所当为与不当为也。故愚者当自知其愚，不可自用；贱者当自知其贱，不可自专。若皆能知止，则世之纷扰可息，人之祸患可免矣。

如前所论，古道之传承，非唯言辞之传递，实为心灵之交融。心者，道之根源也。今人若能深悟古道之精髓，即可明晰事理，通达大道，免为愚昧与卑贱所牵绊。故而，能游刃有余地行走于世，不悖逆常理；能稳健地立足于世，不陷危险之境。此乃古道传承，亦应为今人修行之指南。

吾观今之世，愚而自用者不乏其人，贱而自专者亦有其徒。彼皆不知学问之重要，不知古道之可贵。故当以孔子之言为警，以明理达道为本，以求进德修业为务。夫君子之行，亦贵在自省。每日三省吾身，则能知愚贱之所在，而勉力去之。若皆能如此，则世之君子可多矣，世之祸患可少矣。

吾又思之，夫古道之所以可贵者，非因其久远也，实因其有益于人也。今人若能体会此理，则能敬古而不悖今，守道而能应变。进而成己成物，利人利己矣。愚而自用，贱而自专，生乎今之世而反古之道者，皆因不明理、不知学所致。故当以明理为先，以学问为本。若皆能如此，则世之君子可多矣，世之祸患可少矣。

今人读古书者，当求其心，不当泥于其言。心者，道之本也。苟能求其本，则能明其道，而不为枝叶所蔽。此读古书之法也，解文意之所感也。

故当以古道为鉴，以明理为本，以求进德修业为务。吾又思之，夫君子之行，不在于位之高下，权之大小，而在于其德之厚薄，行之端否。故当以德为本，以行为先。若皆能如此，则世之君子可多矣，世之小人可少矣。夫学问之道，无穷无尽。故当以谦虚为怀，以好学为心。每日孜孜以求，则能积小流而成江海，积跬步而致千里。此乃本章文所以勉诸君子也。

且夫人生在世，当以善为本，以恶为戒。行善则积福，作恶则招祸。此理至明，无待多言。故当勉力行善，以求福报；戒慎作恶，以免祸殃。

吾观今之世，虽纷扰多变，然亦有诸多君子，彼皆以明理为先，以学问为本，以德行为先。人当以之为榜样，勉力行之。

省思鉴行 择善而从，明悟处世之要义

自古以来，世间纷纭，众生万象。吾辈生于斯，长于斯，必当明悟处世之要义，行走于滚滚红尘之中。孔子曰："愚而好自用，贱而好自专，生乎今之世，反古之道。如此者，灾及其身者也。"此言简明扼要，指出愚昧与固执之弊端，告诫世人应以古为鉴，择善而从。吾将以此阐述处世之要义。

首先，愚而好自用，谓之不明。世间知识广博，人事繁杂，若愚昧无知，自以为是，必将陷入固步自封之境。是以，智者求教于师，博采众长，时刻保持谦逊之心，虚怀若谷。不断进步，拓宽视野，洞察世间百态。

其次，贱而好自专，谓之不智。人处社会，各有分工，互为依存。若自视甚低，专用己长，忽略他人之优，则易陷入孤立无援之地。故应懂得尊重他人，欣赏他人之长，互补不足，共同成长。世间并无绝对之贱贵，关键在于摆放自身位置，找准角色，发挥所长。

再者，生乎今之世，反古之道，谓之不慧。历史车轮滚滚向前，时代变迁，

社会发展日新月异。若一味固守陈规，排斥新事物，必将无法适应时代之需求，被社会所淘汰。是以，明智者顺应时代潮流，勇于创新，敢于突破，不断适应新环境，求得与时俱进。

综上所述，愚昧、固执、守旧均为处世之大忌。吾辈应以古为鉴，择善而从，明悟处世之要义。

首先，当勤学好问，拓宽知识面。世间知识浩如烟海，吾辈应虚心求教，不耻下问，日求一进。此外，还需注重实践，将所学知识运用到实际生活中，以提高自身能力。

其次，要学会尊重他人，欣赏他人之长。世间众人，各有所长，吾辈应以平等心态对待他人，善于发现他人之优，互补己短，共同成长。

再者，要顺应时代潮流，勇于创新。世间事物不断发展变化，吾辈应紧跟时代步伐，敢于尝试新事物，突破固有思维，以适应不断变化之环境。

最后，要时刻保持谦逊之心，虚怀若谷。世间知识无穷尽，吾辈应时刻保持敬畏之心，不断学习，不断提高。

总之，处世之道，在于明悟愚昧、固执、守旧的弊端，择善而从。吾辈应以古为鉴，拓宽知识面，尊重他人，顺应时代，保持谦逊。

然而，世事纷扰，众生嘈杂，如何在喧嚣尘世中保持清醒的头脑，如何在纷繁复杂的人际关系中把握自我，如何在瞬息万变的社会环境中坚守本心，这是每个人都需有的智慧。

首先，愚昧之辈，好自用也。彼等不知天地之广，不知学海之深，故而自以为是，夜郎自大。此等人，犹如盲人摸象，只见一斑，不见全豹。吾辈处世，当以博学为座右铭，以谦逊为行事准则。学而不厌，诲人不倦，不断超越自我，达人成己。

其次，贱而好自专者，犹如井底之蛙，不知天之大，不知海之深。彼等以己之短，比人之长，自怨自艾，自卑自怜。吾辈处世，当以平等为原则，以尊重为前提。知人之长，补己之短，相互学习，偕同进步。

再者，生乎今之世，反古之道者，犹如逆水行舟，不知顺水推舟之易，不知与时俱进之重要。彼等守旧固执，不知变通，故而难以适应社会之发展，难以迎合时代之需求。吾辈处世，当以开放为心态，以创新为动力。顺应潮流，方能与时俱进；拥抱变化，才可走在时代之前沿。

综上所述，愚昧、固执、守旧，此三者乃处世之大敌。故应以古为鉴，明悟处世之要义。博学、谦逊、平等，此三者乃处世之准则。

然而，处世立身，非止于知识之积累，更在于心性之修养。且应以道德为根基，以仁爱为出发点。己所不欲，勿施于人；成人之美，勿夺人功。赢得他人之尊重，获得人际关系之和谐。

此外，践行人生，尚需深识自我。知人者称为智，自知者方为明。人当深探己身，明辨己所擅，以扬长避短，更尽其才。同时，宜知自我调适，守心静气，不为外物所扰，从而持守本心，不忘初心。故而处世之道，系于对生活之态度。生活如镜，展颜则回以笑颜，垂泪则报以愁容。人当以乐观之心向生，视每挫为进身之阶，视每难为砺志之石。斩荆前行，勇往直前，终至理想之境。

综之，处世之道，千变万化，归根结底，还是在心。心若向善，何处不是天堂；心若向恶，何处不是地狱。人应以博学、谦逊、平等之心处世，以道德、仁爱、自知之态度人生，以积极、乐观、向上的态度面对生活。真正领悟孔子之言，真正实践处世之要义，真正成为世间之智者。

原文2

"非天子，不议礼，不制度，不考文。今天下车同轨，书同文，行同伦。虽有其位，苟无其德，不敢作礼乐焉；虽有其德，苟无其位，亦不敢作礼乐焉。"

冀金雨译曰

不是天子，就不要议订礼仪，不要制订法度，不要考订文字规范。当今，天下车辙之宽皆相同，文字亦统一，伦理道德标准一致。纵使人居高位，若无相匹配之德，亦不敢擅自制定礼乐之制；反之，虽有高尚德行，若无相应之地位，亦不敢轻易涉足礼乐之事。

读典浅悟 天子德位与礼乐之道

非天子不议礼，不制度，不考文。盖因礼乐制度，乃国家之根本，非天子莫属。今天下车同轨，书同文，行同伦，一统天下，皆因天子之德位兼备，方能制定礼乐，以安天下。

夫礼乐者，国家之大端也。无德而居其位，则无以服人心；有位而无其德，则无以安天下。

礼以序尊卑，乐以和上下，制度以正法度，考文以明教化。天子居九五之尊，德承天命，位配上帝，故能总揽全局，制定礼乐。非天子不足以当天下之望，非天子不足以统御万民。

礼乐之道，繁复而精微，乃天子之所独揽。天子之道，仁义礼智信，五常兼备，则可当天下之望，制定礼乐。礼者，尚仁义，明尊卑，序人伦，和谐社会也。乐者，和天地，顺万物，养性情，陶冶人心也。礼乐相辅相成，乃治国安邦之基石。

天子行仁义，则天下归心；行礼制，则天下有序；行智谋，则天下畏服；行诚信，则天下信服。五常兼备，天子之道也。礼乐之制，天子所定。天子以礼乐教化天下，使民知仁义，明尊卑，和顺天地，和谐社会。礼乐之制，非单纯之仪轨，而是国家治理之精髓，是维护社会秩序和谐之重要手段。

昔者，周公制礼，孔子述《春秋》，皆为天子之职分。今天子继承古圣先王之遗志，秉持礼乐之道，以安天下。天子者，位高权重，非德高望重者不能任之。德者，人之根本，无德则无以服众；位者，权之所在，无位则无以行事。故天子之位，非有德者不能居之，非有位者不能行其德。

故礼乐之道，乃国家之根本也。非天子莫属，"非天子，不议礼，不制度，不考文。"盖因此也。今天下车同轨，书同文，行同伦，一统天下，皆因天子。可知天子之责任重大，非德高望重者不能胜任也。

仁者，爱人也；义者，正道也；礼者，规范也；智者，明理也；信者，诚实也。天子行仁，则民心得；天子行义，则社会正；天子行礼，则秩序然；天子行智，则国家治；天子行信，则天下服。天子之德，言行一致，表里如一，才可赢得民心，稳定天下。

车同轨，书同文，行同伦，皆象征天下统一。车同轨，意味着交通顺畅，无阻无碍；书同文，意味着文化统一，无异无别；行同伦，意味着道德规范，无乱无悖。此三者，皆天子德位兼备之成果。

天子以德居位，以位行德，德位兼备，进而一统天下。使车同轨，书同文，行同伦，实现国家繁荣，人民安居乐业。此乃国家统一、社会和谐之关键。若非天子，安敢议礼、制度、考文乎？

天子以圣德仁心，秉持中庸之道，考诸古圣先王之道，察纳百官之言，以制礼乐。故知，天子之责重大，非德高望重者不能胜任。德者，行之本也；位者，权之所在。

且夫天子者，非但议礼、制度、考文也。更需以德为本，以位为权。无德者，虽居其位，亦无以服人心；有位者，若无其德，亦无以安天下。故天子必以德为本，以位为权，安邦定国也。

若无其德，虽有其位，亦无以安天下也；若无其位，虽有其德，亦无以行其志也。且夫天子者，非但有其位也，亦需有其德。本章文所言"虽有其位，苟无其德，不敢作礼乐焉；虽有其德，苟无其位，亦不敢作礼乐焉"，盖因此也。

省思鉴行 礼乐之道与自然、社会关系

夫天地之间，万物生于有，有生于无。故曰：无中生有，有中归无。此乃万物运行之道，礼乐之道，莫不如此。自古以来，论述纷纭，莫衷一是。然则，吾辈后学，当以圣人之言为指南，探寻今时礼乐新义，求索处世之鉴。

孔子曰："礼之用，和为贵。"礼，非严刑峻法，而是一种和谐有序的社会规范。乐，非简单的音乐，而是和谐社会的象征。古代圣贤，通过礼乐教化，使人民和睦相处，国家繁荣昌盛。

孔子曰："非天子，不议礼，不制度，不考文。今天下车同轨，书同文，行同伦。虽有其位，苟无其德，不敢作礼乐焉；虽有其德，苟无其位，亦不敢作礼乐焉。"此言道出了礼乐之道，更揭示了处世之要义。礼者，序也；乐者，和也。无序则乱，无和则分。故其为国之根本，为人之准则。

夫礼乐之道，源于天理，寓于人事。天理者，自然之道也；人事者，社会之关系也。天下万物，各有其道，各有其序。知序者，谓之明；守序者，谓之智。明者，洞察万物之理；智者，顺应万物之性。

礼也者，敬而已矣。敬者，尊他人之所在，守己之节也。乐也者，和而已矣。和者，谐万物之声，顺天地之德也。礼乐相辅相成，内外兼修，致和谐之道。是以君子务本，本立而道生。修身齐家治国平天下，莫不以此为纲。

礼乐之道，非一人之力。古之圣贤，以礼乐教化人民，使上下有序，内外和谐。吾辈后学，当继往开来，在家庭，尊长爱幼，长幼有序，家和万事兴。在社会，尊重他人，遵守规范，和谐共处。在国家，忠诚奉献，爱国守法，共筑礼乐之道。根源在于虽其犹如江海之水，汇聚百川，兼容并包。然则，又并非一成不变。古之礼乐，寓教于乐，寓教于礼。今日之世，亦应因时而变，因地而异。吾辈后学，当以古人为师，又不失时代特色，创新以适应社会之发展。当以开放之心，博采众长，融合古今，使之与时俱进，得以促进社会和谐。

礼者，敬之表现，让之实践也。敬者何？尊贤敬能之谓，亦包含敬天法地之深意。盖贤能之士，其德其才，皆值得我辈尊崇；而天地之大德，生养万物，更当敬畏。让者，非唯谦逊退让，亦含包容和睦之精神。世间万物，各有其位，能相互包容，方可和谐共处。

礼之精神，其要在尊重他人，关爱生命。人生于世，无论地位贵贱，寿命长短，皆应秉持敬让之心。此心一起，则人人相亲，社会和谐，天下太平。

君子行礼，非流于形式，而是内外兼修，以仁爱为本，和谐为宗。内修者，在于正心诚意，培养仁爱之心；外行者，则在于待人接物，皆以礼为先。如此，则君子之德风，小人之德草，风行草上，社会自然和谐有序。

故礼者，实乃社会和谐之基石，人际交往之准则。能行礼者，不仅提升自我修养，更能促进社会和谐，实乃大善也。

乐者，乃和谐之象征，亦调和之艺术也。和之深意，在于阴阳之平衡，五行之相生，天地万物各安其位，相辅相成。谐之内涵，则指人心之和睦，社会之安宁，群生共处而无争。

乐之精神，旨在调和人心，使纷争得以化解。盖因音乐能触动人心，引领情感，故可调和人之性情，平息纷争之气。是以，无论贫富之别，老少之差，皆应以和谐为贵，以乐为纽带，将人心紧密相系。

乐之力量，无形而强大，能凝聚人心，促进社会之和谐。在乐曲的旋律中，人们找到共鸣，情感得以交融，心灵得以沟通。是以，乐不仅为娱乐之物，更为教化之具，能引导人心向善，促进社会安定。

故乐者，实为和谐之纽带，人心之桥梁。以乐化人，以乐和民，则可致社会和谐，人心安宁。乐之精神，当深入人心。

处世之道，明礼为先。明礼者，能知进退之理，懂分寸之度，识大体之要。进退之间，有序而不乱，不越雷池一步，以保身之安全，亦显人之智慧。分寸之把握，宜得当而不偏不倚，既无过之，亦无不及，恰到好处，方显人之成熟。识大体者，能顾全大局，不拘小节，以整体利益为重，此乃大智慧也。

明礼之人，与人相处和谐，能共谋发展之道。盖以礼相待，则人心相向，共同进步。若不明礼，则易生纷争，难以成事。故明礼乃处世立身之基石，亦为成功之要诀。

其次，处世之道亦在和乐。和乐之意，乃人心和睦，社会安宁之象征。人心和睦，则家庭和顺美满，夫妻相敬如宾，子女孝顺恭敬，共享天伦之乐。社会安宁，则国家昌盛富强，百姓安居乐业，处处呈现一派繁荣景象。

和乐之道，其要在以诚待人，以心换心。待人以诚，不虚伪，不欺诈，则人必以诚信相应，坦诚相待，互信互助。待人以心，用真心去体会他人之感受，以善心去待人接物，则人必以真心回报，心心相印，情感交融。

实现人际和谐，需摒弃自私自利之心，以大局为重，多替他人着想。进而化解矛盾，消除隔阂，达到人际关系的和谐融洽。共创美好未来，需我们共同努力，秉持和乐之道，以诚待人，以心换心，共同营造一个和睦、安宁、繁荣的社会环境。

此外，修身亦为处世之要。修身者，旨在克己奉公，致力于自律自强。克己，即克制一己之私欲，不使其泛滥而害人害己。人若能克己，则可避免诸多纷争与过错。奉公，意在以公心为先，尽忠职守，对社会贡献己力，不负所托。此乃公民之责任，亦为人之本分。

自律自强，更是修身不可或缺之要素。自律，即严于律己，不放纵自己，恪守道德规范。自强，则力求上进，不断提升自我，以求为人所敬重，为国家社会所用。

最后，尚德乃处世之根本。尚德之士，品性高洁，人皆敬仰。其言行相符，内外一致，故而能取信于众，获人尊敬。是以尚德者，立身之本，处世之要。以尚德为心，修身养性，以成高德之士，则能于世间立稳脚跟，赢得世人敬重。

综上，处世之道在于明礼、和乐、修身、尚德。明礼以知进退，和乐以求和谐，修身以成己，尚德以立人。四者相辅相成，缺一不可。能行此四者，处世之从容也。

原文 3

子曰："吾说夏礼，杞不足征也；吾学殷礼，有宋存焉；吾学周礼，今用之，吾从周。"

冀金雨译曰

孔子曾言："我谈及夏代的礼仪制度，夏朝的后继者杞国已无法充分证明其存在；我研习商朝的礼制，注意到商朝的后裔宋国仍保留着部分遗迹；我深入学习周朝的礼制时，发现它至今仍在被实践应用。因此，我选择遵循周礼。"

读典浅悟 礼仪与时代变迁

昔孔子有言："吾说夏礼，杞不足征也；吾学殷礼，有宋存焉；吾学周礼，今用之，吾从周。"斯言矣，盖表礼仪之变迁，亦示人以时移世易之理。余读之，感慨系之，遂作文以言其意。

夫夏礼之遥，已难考其详，杞国之遗，不足以证。殷商之制，尚有宋国以存其风，然亦渐行渐远。唯周礼者，今之所用，孔子从之，亦吾辈所应遵循者也。

夏朝之礼，远矣，其详已不可考。杞国，夏之后裔，然其礼已失，不足以征信。商朝之制，部分保存于宋国，然亦逐渐消逝于历史长河。周朝礼制，则为今日所用，孔子亦曾学习并倡导之。

周礼者，和谐有序，内涵丰富。其包括君臣、父子、夫妇、朋友等各关系之礼，涉及政治、经济、文化、教育等各个方面。周礼强调"仁爱""忠诚""孝敬""友恭"，乃吾辈为人处世之准则。

夫礼者，天地之序，人伦之纪也。无礼则乱，有礼则安。夏礼虽古，已难寻其迹；殷礼虽存，亦难以全窥。唯周礼者，集前代之大成，定后世之规模。孔子学之，亦以教人，使知礼义，识廉耻，明是非。

今人读孔子之言，当明其理。礼仪之制，非但古之遗产，亦为历朝历代之所需。

盖闻古之礼仪，如长河绵延，随时代而变迁，映射时俗人文之演进。昔孔子备述夏、商、周三代之礼制，意在揭示往古之价值观与道德典范。然礼之更迭，非唯形式之改变，亦体现不同时代文化之独特气质与社会秩序之要求。故礼仪者，既为道德规范，又为社会文化之印记，承载着历史与民族之记忆，不可轻忽也。

夏礼也，远迈古昔，今不可考其详。杞国承夏之后，虽欲继其礼，终难全其貌。殷商之礼，较夏为显，宋国承殷之后，保存殷风，然随时代移易，痕迹亦渐消。

周礼，孔子之所尚。周礼承前启后，发达完善，成系统之仪制。涉政治、经济、文化、宗教，为古社会秩序之体现，亦后世制序之基。

孔子学周礼，且以教弟子，愿其明辨是非，知廉耻，成为德修之社会人。周礼之周备与严整，为古社会之模，官方之冠婚丧祭，民间之朝会燕飨，无不详载。显礼仪之庄重，示社会之和谐。

孔子遵周礼，不独因其制之完备，亦因其中所含道德之理念与社会之理想。愿后嗣续遵此美德，以维社会之稳定与和谐。

吾等今日读孔子论礼，当悟其深意。礼，非但古之遗产，亦每代精神之支柱。新时代当继往开来，扬礼之大义，以促社会之和，成人与人之和。

故读古人言辞，当明其礼义之精神。礼，不仅是古之所用，亦今之所需。在新时代，当弘扬礼义，以构和谐社会，促人类文明之进步也。

省思鉴行 仁爱、敬意、和顺、智慧与诚信

孔子曰："吾说夏礼，杞不足征也；吾学殷礼，有宋存焉；吾学周礼，今用之，

吾从周。"此言寓意深远，言简意赅。其深意在于说明礼制之重要，而处世之要义亦在于此。

自古以来，礼制代代相传，沿袭不息。夏商周三代，礼制初创，不断完善，终成一套完整的人生哲学。孔子曰："夏礼吾能言之，杞不足征也。"言夏礼虽存，然杞国已不足以验证其完整性。由此可见，礼制之传承，需得适宜之土壤与环境。若环境已失，礼制亦难以存续。

"吾学殷礼，有宋存焉。"商汤革命，取代夏朝，礼制得以延续。然汤崩之后，礼制逐渐式微。至宋国，礼制仅存一线。孔子感叹，殷礼虽衰，然仍有宋国保存其遗风。此亦说明，礼制之传承，需得明君贤臣之力，至而绵延不绝。

"吾学周礼，今用之，吾从周。"周公制礼，完善礼制，使其达到巅峰。孔子认为，周礼乃至于今，仍具有现实意义。故而他主张，吾辈应遵循周礼，以此为处世之道。周礼之核心，在于"仁、义、礼、智、信"五常，此乃中华民族之道德准则。

吾辈生于繁华之世，周遭充满诱惑与挑战。故循礼而行，诚为保持人生道路通畅之要略。论及处世之道，何以致游刃有余之境？首务在以"仁"为基石。仁，即爱人之心也。若心怀仁爱，关爱他人，则自然赢得他人之尊重，而人际关系亦趋和谐。

次而论之，当崇尚"义"。义之所指，乃公正无私也。人若持身正直，公平待人，则口碑自佳，人皆敬之。

再者，"礼"亦不可忽视。礼，即待人接物之仪节也。以礼待人，乃处世之常规。礼貌之举，可消除隔阂，使人与人之间关系愈加融洽。

此外，"智"之培养尤为关键。智，即明理辨是之智慧也。人若善于思考，能明辨是非，自可从容应对各种困境。

最后，当恪守"信"字。信，即诚实守信也。人以诚信为本，言行相符，则自然赢得他人之信赖，从而助力事业之成功。

今日之世界，日新月异，变化万千。然无论时代如何变迁，礼制之重要性仍不褪色；世事诸多变幻，道德之根本又何曾动摇。吾辈应以仁、义、礼、智、信为处世之准则，以古为今用，洋为中用，继承和发扬优秀传统礼制，使其与时俱进，为现代社会所用。

总结而言，孔子所述"吾说夏礼，杞不足征也；吾学殷礼，有宋存焉；吾学周礼，今用之，吾从周。"乃寓意深远之言。吾辈应以之为处世之佐引，领悟礼制之要理，遵循仁、义、礼、智、信五常，应对大千世界之纷纭，深入探讨处世之要义，以礼为舟，度人生之海。

夫礼也，不仅仅是外在的规范，更是内心的修养。孔子所言之礼，不仅仅是尊卑长幼的序列，更是仁爱、敬意、和顺、智慧与诚信的集合。吾辈在学习周礼的同时，更应深化学问之内涵，使礼成为生活的自然流露，而非刻意的矫饰。

吾等处于世间，如百川汇海，各色人等，性格迥异。面对这些人，吾辈应以礼待之，不可因其贫富、美丑、智愚而有所区别。礼之用，和而不同，各得其所，此乃处世之大道。

然而，礼亦非一成不变。时代在变，社会在进步，礼制亦应随之而适应新的环境。吾辈在学习古礼的同时，亦要开明思想，吸收新知，使礼制与现代文明相融合，成为适应时代发展的处世准则。

在现代社会，竞争激烈，吾辈更应注重礼仪之道。无论是在职场还是在生活中，礼仪都是人际交往的桥梁，能够有效沟通，增进彼此的了解与信任。礼仪之道，不仅仅是个人素质的体现，更是国家软实力的象征。吾辈应以礼仪之道，展现中华民族的传统美德，为国家的发展贡献力量。

礼亦是一种精神追求。在快节奏的生活中，吾辈应保持一颗敬畏之心，对待生活、对待自然、对待他人，都应存有敬意。在礼的指导下，吾辈可以更好地处理人与自然、人与社会、人与人之间的关系，实现和谐共生。

礼是一种自我修养。吾辈应时刻检视自己的行为，是否符合礼的要求，是否体现了仁爱、敬意、和顺、智慧与诚信。通过礼的修养，吾辈可以提升自己的道德水平，完美自己的人生。孔子所述礼制，既是处世之道，更乃人生之哲学也。

瀛海笔谭

【第二十九章】

原文 1

王天下有三重焉，其寡过矣乎！上焉者，虽善无征，无征不信，不信民弗从。下焉者，虽善不尊，不尊不信，不信民弗从。

冀金雨译曰

治理天下有三个重要的方面，做到了这些，就能减少过失。上等的治理者，即使他们的行为善良，但如果没有实际的验证，没有验证就无法让人相信，不相信，人民就不会跟从。下等的治理者，即使他们的行为善良，但如果不受到尊敬，不尊敬就无法让人相信，不相信，人民也不会跟从。

读典浅悟 道德为本，礼法为纲的治国理念

王者，天下之主也，其任重而道远。孔子曾言："王天下有三重焉，其寡过矣乎！"此言寓意深远，言简意赅。上焉者，道德之高尚，虽善无征，无征不信，不信则民弗从。王者之道，应以道德为本，以高尚之行，树立榜样，使民敬仰。下焉者，礼法之尊崇，虽善不尊，不尊不信，不信亦民弗从。礼法，乃社会秩序之基石，国家治理之关键。王者应以礼法规范自身行为，尊重他人，使民知所遵循。

礼法之道，亦需长期传承与弘扬，使民深入人心。

此外，王者还需重视法治之重要。法治，为国家之根本，社会之准则。王者应以法治为国之基础，公正无私，使民信服。法治之精神，需深入民心，使民明白法律之公正与权威。

斯三者——道德、礼法、法治，实乃治天下之坚基。王者欲安邦定国，必须并重此三者，且身体力行，如此则民心可得，国家自能长治久安。故王者之行，宜深思熟虑，以道德为本，以礼法为纲，以法治为鉴，三者相辅相成，而后可望海内晏然，万民乐业。

夫道德者，人心之根本，行为之准则。王者若以道德为基，则能立国之本，安民之心。然道德之善，往往难以实证，无征则不信。故王者当身体力行，以身作则，使万民观之而信之，从之而化之。如此，则道德之光辉可普照四海，人心向善，天下太平矣。

夫礼法者，社会之秩序，民众之规范。王者若以礼法为纲，则能定国之法，维民之权。然礼法之善，亦须尊贵方显其威。故王者当尊礼法如命，守法如宝，使万民畏之而敬之，守之而行之。如此，则礼法之权威可深入民心，秩序井然，天下安定矣。

至于中间者，乃智慧之运用。夫智，断事之机，应变之要也。王者以智为魂，则能明辨是非，洞察细微。然智之用，非得民心之助不可。故王者宜广开言路，集众人之思，俾万众共谋国是。如是，则智之光可照未来，断事明达，应变裕如矣。

王者之智，非孤立而存，乃源乎民众，用于民众。王者须知，民众者，智之源泉，国之本根。故王者当谛听民声，知其欲求，以为政策之基，导国运之发展。

广开言路者，非徒许民表其意也，更在于王者之勇于纳异言。于决策之际，王者当深思熟虑，权衡得失，以求策之科学、公正也。

集思广益者，俾万众共策国是也。是谓王者应善用集体之智，发众力之所长，同谋国运之发展。以此方式，王者更能动民众之积极，激其创造，为国运注入绵绵不绝之活力。

夫王者若能兼具此三者，则天下可定，万民可安。然三者之中，尤以道德为首。盖道德者，人心之根本也。王者若失道德之基，则礼法虽严而民不服，智慧虽高而民不信。故王者当以道德为先，修身齐家治国平天下。

昔者尧舜禹汤文武之世，皆以道德为本，礼法为辅，智慧为用。是以四海宾服，百姓安居乐业。夫道德之高尚者，其行必也正；礼法之尊崇者，其法必也明；智慧之运用者，其策必也远。此三者相辅相成，乃王者治天下之道也。

天下之势，虽有太平之景，然亦不乏纷扰之事。是以王者当深思此三者之重要，以道德为魂，礼法为骨，智慧为血，方得立国之本，安民之心。

昔人云："千里之行，始于足下。"从自身做起，以道德修身，以礼法齐家，以智慧治国。嗟夫！王天下者，任重而道远矣。夫王者之治天下，实乃人心之治也。人心向善，则天下太平；人心向恶，则天下纷扰。故古之当政者，以道德化民成俗，使万民皆向善而行。如此，才有古之各个盛世矣。

省思鉴行 诚信为本，尊严为魂的处世立身

夫王天下有三重焉，其寡过矣乎！上焉者，虽善无征，无征不信，不信民弗从；下焉者，虽善不尊，不尊不信，不信民弗从。此言王者之信，非徒言也，实为王者处世之要义。信者，言出必行，行出必果，民得以信而随之。尊者，德之显也，王者之尊，非徒自尊，亦为尊民，民尊王，王尊民，此乃互动之道。

自古以来，世间纷纭，众生万象。人处于世，犹如浮萍，皆需寻一根蒂而立足。故曰：无根之木，不长；无蒂之花，不香。寻根蒂者，乃为人处世之道也。

上焉者虽善，然无实证则人弗信之，弗信，则民不从。此言治国之要略，亦为处世之佐引。人在世，非有诚信不能自立。诚者，信也，乃立身之基。人

若无诚，譬如树无其根，花失其蒂，岂能稳立于世乎？是以，人之在世，必以诚信为先。诚则得人之心，信则取人之助。人若失诚，则难以取信于人，亦难立足于社会。故欲处世立身，必先修其诚信。

坚守诚信之道，而赢得他人信赖。人之相交，贵在诚信。有诚信者，人皆敬之，无诚信者，人皆远之。是以，人当以诚信为本，求得行事无阻，处世泰然。故曰：诚信者，人之根本也。无诚则无信，无信则难立。

然而，世间之人，种种品行，难以一一而论。有人表里如一，有人表里不一。须臾之间，难以见证一个人的诚信。故上焉者，虽善无征。无征不信，不信民弗从。此言治国之道，亦处世之要义也。

下焉者，虽行善事而不自尊，不尊则难以取信于民，民弗从也。此言非独为治国之策，亦为处世之要旨。人处世间，非有尊严不能自立。尊者，威严也，乃立身之魂。人若无尊，犹如树折其枝，花损其叶，岂能从容于世乎？

是以，人之存世，尊严为先。有尊则人重之，无尊则人轻之。尊严乃人身之支柱，失之则人轻之，得之则人重之。坚守尊严之道，从而赢得他人敬重。人之相交，贵在有尊。有尊严者，人皆畏之敬之；无尊严者，人皆侮之慢之。是以，人当以尊严为魂，以使行事有威，处世从容。

故言：尊严者，人身之魂也。无尊则无威，无威则难立。人当以此为警，修身养性，以尊严为魂，以正气立身。

然而，世间之人，地位各异，难以一一而论。有人地位高贵，有人地位卑微。一时之荣，难以见证一个人的尊严。故下焉者，虽善不尊。不尊不信，不信民弗从。此言治国之道，亦处世之理也。

为人处世，当寻根蒂，守诚信，立尊严。然世间之人，种种品行，难以一一而论。故为人者，当明辨是非，择善而从。勿以善小而不为，勿以恶小而为之。积小善而成大德，修德砺能，明理知义而立足于世间。

王者之道，以信为本，以德为宗。信者，民之根基；德者，政之灵魂。故王者之道，非独行其德，亦须昭示于信。信德兼备，民归之若流水之趋海，众星之拱月。

信为人之根本，无信则无以立身处世。人无信，则无友，无友则孤；王无信，则无民，无民则亡。故信，为人王者之根基。德为人之王道，王者之德，民之所仰，政之所归。德高者，民敬之，政稳之。是以王者必以德为本，以信为宗。

观历代成功王者，莫不信德兼备。然信德之重，非王者之专利，亦为众人所崇尚。昔之圣王，若尧、舜、禹之辈，皆以信德兼全而得民心，致国家安宁。彼等以德化人，以信得人，故能无为而治，受万众之敬仰。

然信德兼备，殊为不易。王者须不断修身养性，坚守道德之底线，以诚信取信于百姓。同时，王者更应以德治国，以信为根，方可保国家长治久安。观古之各朝各代，为君主者，皆亦须以信为基，以德为魂，方可保其江山社稷无虞。

然信德兼备，非一成不变。王者须随时代之变，不断调整完善。于现代社会，信德之挑战更甚，盖因此不仅关乎个人品德之修养，更涉及国家治理之智慧。王者当具前瞻性之思维，洞察世变，以德感人，以信取人。

故信德兼备，既为王者之重任，亦为世人所共求。无论王者或庶民，皆应以信为基，以德为魂，于此纷繁多变之世，寻得自我之地。

原文 2

故君子之道，本诸身，征诸庶民，考诸三王而不缪，建诸天地而不悖，质诸鬼神而无疑，百世以俟圣人而不惑。质诸鬼神而无疑，知天也；百世以俟圣人而不惑，知人也。是故君子动而世为天下道，行而世为天下法，言而世为天下则。远之则有望，近之则不厌。

冀金雨译曰

因此，君子治理天下时，应以自身的德行为基石，并从民众那里获得认可与验证。再借鉴和审视夏、商、周三代先王的成功之道，以确定其是否存在失误；将其置于天地之间不违背自然规律，质询于鬼神而无疑虑，甚至百世之后圣人再现也能理解其深意。质询鬼神而无疑，说明他深知天理；百世之后圣人仍能理解，说明他深谙人意。因此，君子的举止能够世世代代成为天下的典范，行为能够成为永恒的法度，言语则能成为流传千古的准则。在远方非常仰望他，一直想接近他；走近他之后不讨厌他。

读典浅悟 修身立命与治国平天下

夫君子之道，深且远矣。本诸身者，立其根基；征诸庶民者，验其德行。考诸三王而不缪，乃知古圣先贤之智；建诸天地而不悖，方显天人合一之境。质诸鬼神而无疑，足见心诚则灵；百世以俟圣人而不惑，实乃识见高远。故君子之行，动辄为天下道，行辄为天下法，言辄为天下则。远观之，则有望其风骨；近处之，则不厌其德馨。吾今读此，深有所感，遂作文以解其意。

夫君子修身立命，必先固其本。身正则影直，行正则言端。诸身之本，在于诚敬。心诚则神明应，志敬则天地通。故君子日三省乎己，以修身齐家治国平天下为念。庶民观其行，听其言，则知君子之德矣。是以君子之行，足以征诸庶民，而民信之不疑。

夫三王之道，历世弥新。考诸三王，非徒效其法，亦学其神。王者之心，在于为民；王者之行，在于利国。故君子考诸三王，得其精义，而后能行之于世，而不缪于古。是以君子之道，既合于古，又宜于今，实乃经世致用之学也。

夫天地之间，道法自然。建诸天地而不悖者，乃顺天应人之举。君子观天地之运行，悟阴阳之消长，体四时之更迭，而后能立身处世，不悖天地之道。是以君子之行，合乎天地之心，顺乎万物之性，自然无往而不利。

夫鬼神之说，虽难实证，然其理则存。质诸鬼神而无疑者，非谓真能与鬼神相通，实乃心诚至极，无所畏惧。君子心存敬畏，行事谨慎，故能质诸鬼神而无疑。此非迷信，乃是对天地万物之尊重与敬畏也。

夫百世以俟圣人而不惑者，乃识见高远之士。君子之学，不在一时一地，而在终身不倦。故能历百世而智慧不减，遇圣人而不惑其志。是以君子之道，历久弥新，愈久愈明。

夫君子之行世，举足则为天下之道。彼行也，端表正直，无偏无倚，万民瞻之，四海传颂。君子之言，信实无欺，字字珠玑，为世所尊。是以君子之行，显而易见，世所共仰。

夫君子之法世，举止皆为天下之法式。彼之行也，合乎道义，顺应天理，万民效之，四海从之。君子立法，公而无私，明而有信，为世所法。如规矩定方圆，权衡量轻重，君子之法，截然可守，世所遵循。

夫君子之则世，出言则为天下之准则。彼之言也，简明扼要，博大精深，为万民所信奉；其则也，明晰通达，简约详尽，为四海所传习。君子之言，如金石为之开，珠玉之润，字字铿锵，世所传颂。故君子之则，则明而达，约而详，为四海所传习。皎然可鉴，如金石之铿锵，珠玉之温润，无不皎皎然可鉴也。

君子之行世、法世、则世，皆为天下之表率。彼以道德为基，以诚信为本，立法立则，为世所尊。君子之行，如日月之光，普照大地；君子之法，如山川之定，稳固不移；君子之则，如江河之流，源远流长。世所敬仰，其行、其法、其则，皆为天下之表率也。

夫君子之德，既立诸身，又征诸民；既考诸古，又建诸今；既质诸神，又待诸圣。是以君子之德，高远而深邃，广大而精微。其行世也，如春风之化雨，润物无声；其法世也，如秋霜之肃杀，涤荡尘埃；其则世也，如北斗之指南，引领迷津。

夫君子之道，既为天下所道，又为天下所法，还为天下所则。其影响之深远，实非言语所能形容。是以君子之道，既为当世所重，又为后世所传。其风骨之卓然，应乃百世之师表也。

省思鉴行 君子修身的内在修养与外在行为

夫君子之道，广大无私，本诸身，征诸庶民，考诸三王而不缪，建诸天地而不悖，质诸鬼神而无疑，百世以俟圣人而不惑。是故君子动而世为天下道，行而世为天下法，言而世为天下则。远之则有望，近之则不厌。

自古以来，君子之道为世人所崇尚，然其深意何在？今人当细加探讨，以此辩其处世之要义，结合大千世界众生纷纭，以期在繁华世界中找到一席之地。

首曰：本诸身。君子之道，以自身为本，修身齐家治国平天下，皆自一身始。吾等当正心诚意，修身养性，使言行一致，内外兼修。孟子曰："人之所以异于禽兽者几希。"故君子务本，自省其身，培养高尚品德，感化庶民，为天下树立楷模。

次曰：征诸庶民。君子之道，需深入人心，贴近百姓。太史公曰："夫民者，国之根本也。"君子应关心民生，体察民意，以民为本，为民谋福祉。故君子之道，不独行其是，亦需倾听庶民之声，使政策得民心，国家得以长治久安。

又曰：考诸三王而不缪。君子之道，源远流长，历经三王而不改。夏商周三代，王者之道，仁义礼智信，为天下所遵循。君子之道，亦应取法乎上，继承传统文化，使之与时俱进，发扬光大。然考诸三王，亦有所缪，故君子之道，当去其糟粕，取其精华，修德砺能，明理知义。

曰：建诸天地而不悖。君子之道，与天地同呼吸，与万物共存亡。孔子曰："天地之大德，生而无有。"君子之道，顺应自然，尊重万物，不以自我为中心，而是与天地万物和谐共处。故君子之行，合乎天地之道，不悖自然规律。

曰：质诸鬼神而无疑。君子之道，敬畏鬼神，信仰道德。鬼神者，人心也。君子之道，源于人心，高于人心。君子敬奉鬼神，实则敬奉人心，以此为准则，行事为人无愧于心。

曰：百世以俟圣人而不惑。君子之道，传之久远，百世之后，圣人出现，亦无惑于此道。君子之道，放之四海而皆准，历经岁月而弥新。故君子之道，需传承不息，使后人得以遵循。

远之则有望，近之则不厌。君子之道，既高远又贴近，令人向往而不觉疲惫。君子之行，为天下楷模，使人景仰。君子之言，为天下法，使人信服。君子之道，犹如明灯，照亮世人前行之路。

综上所述，君子之道，为广大无私，修身、治国、平天下，以民为本，顺应自然，敬畏鬼神，传承不息。人当以此为处世之佐引，成为道德之楷模，为国家民族之繁荣昌盛贡献力量，不负君子之道，不负天地之望，不负世人之心。

然而，世事纷纭，众生百态，如何在复杂多变的社会中践行君子之道，还需深入探讨。

首先，君子之道强调的是内在修养。一个人的品德、修养和智慧，是决定其行为和处世之道的基础。故君子应当时刻反省自己的行为，修身养性，培养自己的道德品质。正如《大学》所言："所谓修身在于正其心。"只有内在的品德高尚，才能在外在行为上表现出君子的风范。

其次，君子之道注重的是社会责任。作为社会的一员，君子应当关心社会大局，关心国家民族的未来。孟子曰："天下兴亡，匹夫有责。"在国家民族面临危机时，君子更应该挺身而出，为国家的繁荣昌盛尽自己的一份力量。

再者，君子之道强调的是人际和谐。在人际交往中，君子应当以礼待人，尊重他人，善于倾听他人的意见，做到"己所不欲，勿施于人"。只有这样，才能赢得他人的尊重和信任，形成良好的人际关系。

此外，君子之道还强调的是知行合一。君子不仅要有高尚的道德品质，还要将这种品质付诸实践，以实际行动去影响和改变周围的环境。正如王阳明所言："知之而不行，等于不知。"只有将知识付诸实践，才能真正地发挥其价值。

终而述之，君子之道，重在传承与宏扬。君子为传统文化之承载者，身肩重任，须将有价值之思想与道德绵延下去，俾众人皆能蒙其益。如《论语》有云："君子不器。"言君子不可局限于一技之长，当广博学识，深厚文化底蕴，以应时代之变，同时传承与宏扬传统文化之精髓。

总而言之，君子之道，实为高尚之处世哲学。是道也，要求我们在日常之生活中，内修外攘，既重个人之内在修养，又须顾及社会之大局；既着眼于人际之和谐，又须知行合一，以行践言；既承担传统文化之传承与宏扬，又须顺应时代之变迁。

君子之道，实乃人生指南，佐引我们走向更高境界。就而论之，君子肩负责任，以传承良思美德，俾众受其益。如《论语》所云："君子不器。"言君子当博学多识，深具文化底蕴，既传承古典，又应时变。

故曰，君子之道，乃高尚之处世哲学。是道也，要求吾辈于日常生活中，内修外攘，双管齐下。须重内在修养，又应顾全社会大局；须求人际和谐，更应知行合一，言行相符；既要承传与宏扬传统文化，亦须顺应时代变迁。

原文 3

《诗》曰："在彼无恶，在此无射。庶几夙夜，以永终誉。"君子未有不如此而蚤有誉于天下者也。

冀金雨译曰

《诗经》中说："在那里没有人憎恶，在这里没有人厌弃。希望君子们从早到晚，都能保持这样的态度，从而永远获得美好的声誉。"君子们没有不这样做的，因而能早早地获得天下的赞誉。

读典浅悟 持正不阿，守心不移

夫"在彼无恶"，乃指君子之行，无论身处何地，皆能秉持正道，不为恶行。彼之所在，清风徐来，恶念不生，此乃君子之自律也。世间纷繁复杂，诱惑多多，而君子能守心如一，不为外物所动，此乃难能可贵之处。

又云"在此无射"，射者，指诋毁也。君子立身处世，无论面临何种境遇，皆能保持本心，不为他人所诋毁。非但如此，君子更能以身作则，行为世范，使得他人无从诋毁。此乃君子之智慧与定力也。

"庶几夙夜，以永终誉"，此言君子应时刻警醒自己，不断努力提升自己的品德与才能，以赢得长久的赞誉。夙夜匪懈，勤勉不辍，持之以恒，或可终得美誉。

文中又言："君子未有不如此而蚤有誉于天下者也。"此言君子若能如上所述行事，则天下之人皆将赞誉之。盖因君子之行，合于道义，顺于人心，故能赢得世人之尊敬与赞誉。

余读此文，深有感触。思及人心浮躁，物欲横流，能秉持正道、坚守本心者寥寥无几。然君子之行，却如一股清流，涤荡人心，使人重新审视自己之行为。

君子之道，需不断学习、修身养性、勤勉努力方能达成。然则君子之行又非遥不可及之事也。只需我等从日常小事做起、从自身做起、从现在做起即可逐步向君子靠近。

若世间人等皆能以君子为榜样、以君子之道为行事准则、以君子之德为修身目标、以君子之志为奋斗方向、以君子之行为处世哲学、以君子之智慧为人生指南、以君子之胸怀为包容天下之心胸，则为修身齐家治国平天下矣！

世间万物，道蕴其中，而人道之根在于修身以齐家、治国、平天下。然何以为修身之道？吾想，当效法君子之行。《诗》有言："在彼无恶，在此无射；庶几夙夜，以永终誉。"此乃君子修身之要诀也。

君子之行，无论身处何地，皆能持正不阿，不为恶行；面临各种境遇，均能守心不移，不为他言所伤；且能勤勉不懈，以赢得恒久之名声。此真君子之风范也！

今人多陷物欲，失其本心，忘其初衷，可悲可叹！若能效法君子之道，以之为行事之准则，则必能寻回本心，重归初衷；能深悟君子之道，融入日常，身体力行；非但独善其身，更在于兼济天下！故君子应以天下为己任，勇于承担，敢于行动！真正彰显君子之价值。

观今世之纷扰，人心多变。然君子之道，仍具现实意义与价值。因君子之道，乃高尚之道德情操与人生追求，佐引我们如何为人、处事，如何面对困境与挑战。

夫君子之行，贵在内外兼修。在彼无恶，非徒外表之端庄，亦内心之纯净。在此无射，非仅言辞之和婉，亦举止之得体。彼与此，皆君子所居之处，无恶无射，乃其为人之本。故君子修身，当如琢如磨，以求内外皆美。

庶几夙夜，以永终誉。此言君子之勤勉不懈，日夜孜孜以求，务在终身保持美好之声誉。夙夜匪懈，乃君子之常态；永终誉，乃君子之目标。夫君子之行，非一朝一夕之功，是以君子当持之以恒，不懈追求，以期永保其誉。

然君子之誉，非自封也，必有其因。君子未有不如此而蚤有誉于天下者也。此言君子之所以能获得天下之赞誉，皆因其行为符合道义，言行一致，故能赢得众人之尊敬与敬仰。君子之行，合乎天地之道，顺乎人心之理，是以能得天下之誉。

夫君子之道，贵在真诚。真诚者，心无伪饰，言行一致。君子之心，如明镜高悬，映照万物；君子之言，如金石掷地，铿锵有力。故君子之言行，皆能感动人心，赢得信任。是以君子之誉，非虚名也，乃实至名归。

夫君子之誉，又贵在持久。持久者，非一时之荣耀，乃终身之美名。君子之行，非图一时之快，务在终身之益。故君子之誉，非易得也，必经千锤百炼。是以君子当珍视其誉，慎言慎行，以保终身之美名。

今观天下之士，能得君子之誉者，寥寥无几。盖因世风浇漓，或有人心不古。然吾辈当以君子为榜样，深解其意，勉力修身。务在内外兼修，言行一致；勤勉不懈，以求永终誉。

夫君子之行，又贵在自知。自知者，明己之长短，知己之得失。君子当常思己过，勇于改过；常念己善，勉力行之。进而不断进步，日臻完善。故君子之誉，非偶然也，乃其自知之明，改过迁善之功。

省思鉴行 知进退，明得失，守本分，尽人道

夫天地之间，万物各有其道，而人亦然。孔子曰："君子务本，本立而道生。"故君子处世，必以道为本，而道之要，在乎无恶无射。庶几夙夜，以永终誉。此《诗》之深意，亦为君子处世之指南。

夫无恶，即为人正直，不去做恶事。恶，即恶行也。人若存恶，则失其道，失其道则离群，离群则孤。故君子必无恶，与人和谐相处，以得众人之心。

夫无射，即不嫉妒他人。射，即嫉妒也。人若射人，则心生怨恨，怨恨则伤身，伤身则离道。故君子必无射，心怀宽广，以容他人之长。

庶几夙夜，以永终誉。庶几，即庶几人，言人人皆应如此。夙夜，即早晚也。言人应随时而行其道，不论早晚。

然则，处世之要义，又岂止无恶无射而已。观夫人间万象，吾辈亦应知进退，明得失，守本分，尽人道。

夫知进退，即知时务，顺天命。进，即进取也。退，即谦退也。言人应知何时进取，何时谦退，不可贪得无厌，亦不可骄傲自大。

夫明得失，即明辨是非，不贪小利。得，即得利也。失，即失利也。言人应明辨是非，不可为小利而失大义，不可为失利而丧其志。

夫守本分，即守其职，尽其责。本分，即人所应尽之职责。言人应守其职，尽其责，不可越俎代庖，不可尸位素餐。

夫尽人道，即尽其为人之道。人道，即人之应为，人之不应为。言人应尽其为人之道，不可为非人之事。

静也，即心静如水，不为外物所扰。静者，心不妄动，意不旁骛。人能静，

则神清志明，可以明辨是非，不为物欲所惑。静亦制动，静观其变，而后动，方能进退得宜，不失其道。

虚也，即心虚若谷，能受人之善。虚者，心无自满，常怀谦逊。人能虚，则广纳百川，取人之长，补己之短。虚亦实之基，心虚则实，心实则道生。

恒也，即心恒如石，不为外变所移。恒者，心志坚定，持之以恒。人能恒，则道不远人，行事有终，不半途而废。恒亦变之基，心恒则变，心变则道生。

庶几动静之间，以永终誉。动静，即事物之变化也。言人应知时应变，动静自如，不失其道。永终誉，即长久得到美好的名声。言人应始终如一，行善不倦，以得长久之美誉。

君子未有不如此而蚤有誉于天下者也。蚤，即早也。言君子未有不先做到静、虚、恒，而能早得誉于天下者也。此言君子之道，需终身行之。

然则，处世之要义，又岂止静、虚、恒而已。观夫世间万物，各有其命，吾辈亦应知时务，顺天命，明辨是非，不贪小利。

夫知时务，即知时势之所趋，顺时而动。时务，即时势之变也。言人应知时势之变，不可逆时而动，不可固步自封。

夫顺天命，即顺天之所命，尽人之所能。天命，即天之所命也。言人应顺天命，不可强求，不可逆天而行。

夫明辨是非，即明辨善恶，不行非道。是非，即善恶之别也。言人应明辨善恶，不可为非道之事，不可丧其良知。

夫不贪小利，即不图小利，不失大义。小利，即微利也。言人应不图小利，须存远见，不可为小利而失大义，当守正道，不可为失利而丧其志，宜坚初心。

故君子处世，必以道为本，而道之要，在乎静、虚、恒。庶几动静之间，以永终誉。此《诗》之深意，亦为君子处世之指南。吾辈当谨记之，行之，以期成为真正之君子。

然君子之道，非独行其事，亦需明其心。心者，道之根也。故君子处世，必以心为本，而心之要，在乎静、虚、恒。庶几动静之间，以永终誉。此《诗》之深意，亦为君子处世之指南。

终日乾乾，反复道也。君子行道，如日中天，不息其光。言人应终日乾乾，不懈于道，反复行之，以明其心，以行其道。

君子怀德，小人怀土；君子怀刑，小人怀惠。君子怀德，即怀仁义之道。小人怀土，即怀私欲之地。君子怀刑，即怀法度之绳。小人怀惠，即怀小利之惠。言君子之心，怀仁义，怀法度，不以私欲为念，不以小利为怀。

君子坦荡荡，小人长戚戚。君子坦荡荡，即心胸开阔，无纤毫之私。小人长戚戚，即心胸狭窄，多忧愁之事。言君子之心，无私无畏，泰然自若；小人之心，多私多惧，难以自安。

综而论之，本章文以无恶无射为本，强调心之静、虚、恒，教人知进退、明得失、守本分、尽人道。君子应时务，顺天命，明辨是非，不贪小利，以道为本，心为道之根。故君子怀德义，坦荡荡无私欲，不以小利乱志，不以私欲丧道。小人反此，怀土怀惠，心胸狭窄，难以自安。君子行道，如日中天，光而不息，终日乾乾，反复其道，此乃中庸之精髓。中庸之道亦强调和谐，君子与人和谐相处，得众人之心，故能早誉于天下。故当修身养性，以静制动，以虚受善，以恒持道。在动静之间，不失其道，以永终誉。

【第三十章】

瀛海笔谭

原文

仲尼祖述尧、舜，宪章文、武，上律天时，下袭水土。辟如天地之无不持载，无不覆帱，辟如四时之错行，如日月之代明。万物并育而不相害，道并行而不相悖。小德川流，大德敦化。此天地之所以为大也！

冀金雨译曰

孔子效法尧舜的治国理念，以文王、武王为楷模，思想既顺应天时的变化，又契合地理的规律。就如同天地一般无所不包，无所不覆。他的学说又如四季更迭，如日月交替，光明而普照。万物得以和谐共生，互不侵扰；各种道路并行不悖，相互融合，共同促进社会的进步。小的德行如流水绵延不绝；大的德行敦厚纯朴，使万物回归本真。这就是天地的伟大之处。

读典浅悟 天地和谐与人文精髓

吾读《中庸》之文，深感其内涵之丰富，意蕴之深远。孔子祖述尧、舜，宪章文、武，上律天时，下袭水土。其言如天地之无不持载，无不覆帱；如四时之错行，如日月之代明。万物并育而不相害，道并行而不相悖。小德川流，大德敦化。

346

此天地之所以为大也！吾从中感悟到，天地之道，即为和谐共生之道。

天地之间，大道至简，而中庸之道，实为天地之心，人文之髓。天下人读其书，解其意，当以敬畏之心，谦逊之态，探求其真，领悟其精神。

天地之间，万物并作，各尽其性，不相妨害。仲尼之道，亦犹是也。其德如川流不息，润物无声；其理如日月之明，照彻幽暗。盖天地之所以为大者，以其包容万物，化生无穷；仲尼之所以为圣者，以其阐明道义，垂范后世。

夫天地之化育，四时之运行，皆有其序。仲尼之道，亦犹是也。其言仁义礼智信，五常之道，乃天地人心之所同然。其论忠恕之道，一以贯之，实乃天地之道之精髓。故天下人当以仲尼之道为准则，修身齐家治国平天下，庶几可以致中和而天地位焉，万物育焉。

天地之大，以其包容万物。吾等应以天地为榜样，学会包容，懂得尊重。万物并育而不相害，此乃和谐之道。道并行而不相悖，此乃共生之道。小德川流，大德敦化，此乃道德之道。吾等应学习天地之道，以和谐共生为目标，以道德为准则，上下相协，内外和谐，方能成就大业。

昔者尧舜之世，政治清明，百姓安乐。仲尼祖述其德，宪章其制，意在复古以开新，垂范以立教。故其学也，博大精深，贯通天人之际；其教也，因材施教，启迪众生之心。天下人读其书，当以心领其意，以意会其神，庶几可以得其门而入，窥其堂奥矣。

仲尼祖述尧舜，宪章文武，观天地之道，法日月之行。上律天时，下袭水土，可谓深得天地之精髓，领悟人文之奥义。吾今读其书，解其意，如登高山，如涉大川，心旷神怡，获益良多。

以信念治国，以信念修身。信念，乃治国之魂。信念坚定之人，面对困难，才可坚定不移，一往无前。如孔子所言："志士仁人，无求生以害仁，有杀身以成仁。"吾等应坚定信念，践行道德，使国家得以繁荣昌盛。

读《中庸》之文，深感其意蕴之深远。天地之道，即为和谐共生之道。尧、舜、文、武之德行、智慧、信念、皆为以德治国，以智慧治国，以信念治国，以文化治国，上下相协，内外和谐，之例证也。

夫仲尼之道，浩渺深邃，融贯天人。世人览其典籍，宜以心悟其神髓，以意会其深旨。诚能如此，或可寻得其门径，进而探其深奥，领略其风采。仲尼之学，既注重内在修养，又强调外在行为。其言"仁者爱人"，乃内在修养之要义；其言"礼之用，和为贵"，乃外在行为之准则。天下人读其书，解其意，当以内修外行为己任，不断提升自我，完善自我。庶几可以成就一番功业。

且夫仲尼之道，非徒空言也。其行也，如春风之化雨，润物无声；其教也，如明灯之照夜，破暗启明。故其弟子三千，贤者七十二，各得其所，各有所成。天下人读其书，当以行践其言，以言证其行，庶几可以得其实而化其神矣。

盖天地无穷，人心无尽，道亦无垠。天下人当以开放之心，包容之怀，继往开来，创新发展。读仲尼之书，解其意，如饮水思源，如登高望远。天下人当以之为鉴，以之为镜，观照自身，反省自我。庶几可以明得失，知进退，立身处世，无往而不利。

仲尼祖述尧舜，宪章文武，上律天时，下袭水土。天下人读其书，解其意，庶几可以继承先贤之遗志，践行中庸之精神到位呢？

省思鉴行 顺应天地之道的处世哲学

吾等宜法尧、舜、文、武之德行，以德治邦，以德正身。德行，实为安邦之基，载舟之大道。德厚者，人自怀敬信之心。是以，吾等当以德行为先，由修身而齐家，由齐家而治国，由治国而平天下。德行之道，不独施于治国理政之场，亦显于日常行为之间。如孔子云："君子怀德，小人怀土；君子怀刑，小人怀惠。"吾等宜怀德，以求道德之极，使国长治而民安。

吾等宜法尧、舜、文、武之智慧，以智治邦，以智正身。智慧，乃治国之要道。智明者，能引领企业之兴盛。是以，吾等当以智慧为重，勤于求知，精于进步。如孔子云："智者乐水，仁者乐山。"吾等宜乐水，以求真理之真，引领其走向繁荣发展。

吾等宜法尧、舜、文、武之文化传承，以文化管理企业，以文化正身。能引领企业之文明发展。是以，国家亦当以文化为重，推广文教，使国文化之繁荣。如孔子云："小德川流，大德敦化。"吾等宜敦化大德，使企业文化之延续，使国长治而民安。

夫天地者，万物之祖，载舟覆舟，无所不包。四时错行，日月代明，道并行而不相悖，此乃天地之至理也。夫人生于世，应顺应天地之道，以大德敦化，以小德川流，勤学不辍，积善成德，而后可以安身立命，无愧于心。

吾等生活于世，当如天地之无不持载，无不覆帱。天地公平无私，无偏无倚，承载万物，覆盖万物。吾等应学习天地之广大，以公平之心待人之生，以博爱之心爱人之死。世间之贫富贵贱，得失荣辱，皆为天地之间，吾等当以平等心对待之，不以物喜，不以己悲。

世间之万物，并育而不相害。夫物之生于世，各有其道，各有其性。万物各得其所，各尽其能，互相依存，互相促进。吾等处世，亦应尊重他人之道，他人之性，不可强加己意于人，不可破坏他人之生活，不可损害他人之权益。世间纷争，皆因私欲过盛，不尊重他人之道，不遵循天地之道。吾等当以和为贵，以和谐之心，对待世间之人，对待世间之事。

世间之道路，纵横交错，各有其道。吾等处世，当顺应时势，遵循世道，不可强求一致，不可硬性规定。世间之事物，千变万化，吾等当以灵活之心，应对之。世间之矛盾，皆因不理解世道，不顺应时势。吾等当以理解之心，对待世间之人，对待世间之事。

小德川流，大德敦化，此言德之大小，各有其用。夫小德，乃日常之行范，处事之微细。人处世间，宜重小德，慎于日常之行，不疏为人之小节。盖因小德虽微，却能积少成多，汇流成海，故不可忽视。

大德者，乃天地之大道，宇宙之至理。人当以大德为导，依天地之道，顺宇宙之理，以为人生指南。大德恢宏，能佐引人走向更高境界，使人明理通达，洞悉世间万物之生生不息。

故，人处世间，宜兼顾小德与大德。小德以修身，大德以立志。以小德为基础，方能累积成大德；以大德为佐引，不迷失于纷繁复杂之世界。

人处于大千世界，当以天地为师，以万物为友。学习天地之广大，学习万物之生机。吾等处世，当以公平之心，博爱之心，对待世间之人，对待世间之事。当尊重他人之道，他人之性，顺应时势，遵循世道。当以理解之心，对待世间之人，对待世间之事。

世间之万物，并育而不相害，道并行而不相悖。吾等处世，当以此为原则，以此为信念。无论世间之人，如何纷纭复杂，无论世间之事，如何变幻莫测，吾等当以公平之心，博爱之心，对待之。以此为佐引，修身齐家，读书积学，诚信立品，勤勉奋进，方得以立足于世间，安身立命。

天地之大，无边无际，吾等之心，亦应无边无际。世间之万物，皆为吾等之所学，皆为吾等之所行。然则，吾等处世，不仅需学习天地之广大，更当修身齐家治国平天下。修身者，先正己身，以德行为先，以品德为本。吾等应以小德川流之精神，注重日常行为之规范，严谨修身之道。

齐家者，乃治理家室，使之和睦有序也。家为国之基本，国之安宁，实源于家之和顺。人当秉持大德敦化之理，深爱其亲，尊其眷属，重和谐，尚谦恭。于家中培养美德，以为治国安邦之基石。

家庭者，乃情之港湾，爱之源泉。夫妇和顺，父慈子孝，兄弟和睦，此乃家庭之大道。家人之间，宜互敬互爱，以礼相待，则家庭和谐，幸福可期。

夫治国者，必先齐家。家道正则国道正，家国一体，不可分割。故，齐家之道，实为治国之本。人当以家庭之和谐，促社会之稳定，以家庭之幸福，助国家之昌盛。

治国者，治理国家，使之繁荣昌盛。国家之治理，当以天地之道为佐引，以

瀛海笔谭

公平之心，博爱之心，对待国民。吾等应以道并行而不相悖之原则，顺应民意，尊重民权，以德治国，以法治国，实现国家之和谐发展。

【第三十一章】

原文 1

唯天下至圣，为能聪明睿知，足以有临也；宽裕温柔，足以有容也；发强刚毅，足以有执也；齐庄中正，足以有敬也；文理密察，足以有别也。

冀金雨译曰

唯世间至圣之人，方能耳聪目明，才智卓绝，以担天下重任；胸怀宽广，性情温和，足以包容万物；精神抖擞，意志坚强，足以执掌国柄；庄重严谨，品行端正，足以令人敬畏；思维缜密，洞察秋毫，足以明辨是非。

读典浅悟 聪明睿知与人生智慧

唯天下至圣，聪明睿知，足以有临也。夫至圣之聪明，非徒耳目之利，亦心志之明。其视之也，能洞察秋毫，烛照幽微；其听之也，能闻弦歌而知雅意，辨风声而识人心。是以临事处变，能应付裕如，不失其宜。此至圣之所以聪明睿知，足以有临也。

宽裕温柔，足以有容也。夫至圣之宽裕，非徒度量之广，亦心境之宽。其待人接物，如春风之拂面，如甘霖之润物。无贵无贱，无荣无辱，皆能一视同仁，

瀛海笔谭

宽容以待。是以人心归附，众望所归，皆愿亲附其德。此至圣之所以宽裕温柔，足以有容也。

发强刚毅，足以有执也。夫至圣之刚毅，非徒筋骨之强，亦意志之坚。其行事也，如雷霆之迅疾，如松柏之挺拔。无惧无畏，无屈无挠，皆能勇往直前，百折不挠。是以事业有成，功业可建，皆能持之以恒，不达目的誓不罢休。此至圣之所以发强刚毅，足以有执也。

齐庄中正，足以有敬也。夫至圣之中正，非徒形貌之端，亦品德之正。其言行举止，如规矩之方圆，如权衡之平正。无偏无颇，无过无不及，皆能恪守中道，秉持正义。是以人皆敬之如命，畏之如神，皆以之为楷模，师法其德。此至圣之所以齐庄中正，足以有敬也。

文理密察，足以有别也。夫至圣之密察，非徒知识之博，亦思维之细。其察物也，能辨真伪，明是非；其辨理也，能析毫厘，分秋毫。是以是非分明，黑白不淆，皆能洞察事物之本质，揭示真理之所在。此至圣之所以文理密察，足以有别也。

读解文意，深感至圣之德，实乃人天共仰，百世之师。夫至圣之所以为圣，非徒天赋之才，亦后天之学。其聪明睿知，宽裕温柔，发强刚毅，齐庄中正，文理密察，皆由学养而成，修炼而得。吾辈当修身齐家治国平天下，以期臻于至圣之境。

夫聪明者，岂独耳目敏锐之谓？心志之明亦为其要。是故，人当广学博识，不断拓宽视野，以使心志愈发明亮，聪明才智日益增进。非唯如此，宽裕之心，不仅指度量宏大，更在于心境之开阔。人应胸怀壮志，容纳万物，以达心境宽广、度量恢宏之境。

论刚毅，非但筋骨强健，意志之坚韧尤为关键。因此，人应勇往直前，无惧艰难险阻，如此则意志愈发坚定，刚毅之气自然显现。再言中正，非仅形貌端庄，品德之正直更为重要。故，人须恪守中庸之道，秉持正义，以使品德高洁，形貌亦随之端庄。

至于密察，非徒以知识广博为足，思维敏捷、细致亦为必需。是故，人应深思熟虑，明辨是非曲直，如此则思维愈发细腻，观察力自然更加敏锐精准。

总之，聪明、宽裕、刚毅、中正、密察五者，乃人之美德也。人若能兼具此五德，则必能成就一番事业，为世所敬仰。愿共勉之！

吾辈若能以此五者为修身之本，必能渐臻至圣之境。夫至圣之德，实乃百世之师，人天共仰。吾辈当以此为榜样，努力学习，不断修炼，以期成为有德有才之人，为社会、为国家、为人类之进步贡献自己的力量。

夫至圣之所以为天下所仰，非徒其德行之高，亦其学问之博。故吾辈当以学问为基，以德行为本，内外兼修，而成就一番事业。夫学问者，求知之道也；德行者，立身之本也。二者缺一不可，相辅相成。故当以至圣为榜样，致力于学问之追求与德行之修炼，以期达到至善至美之境。

夫至圣之所以聪明睿知，足以有临也，盖因其好学不倦，博采众长。故吾辈当勤于学习，广纳百川，使心智愈明，见识愈广。夫至圣之所以宽裕温柔，足以有容也，盖因其心怀天下，与人为善。故吾辈当宽以待人，和以处世，使心境愈宽，度量愈广。夫至圣之所以发强刚毅，足以有执也，盖因其意志坚定，百折不挠。故吾辈当坚定信念，勇往直前，使意志愈坚，毅力愈强。

夫至圣之所以齐庄中正，足以有敬也，盖因其品行端正，行为规矩。故吾辈当恪守道德，秉持正义，使品行愈正，举止愈端。夫至圣之所以文理密察，足以有别也，盖因其思维缜密，明察秋毫。故人当深思熟虑，明辨是非，思维愈细，洞察力愈强。

省思鉴行 洞察世间的智慧与人生境界

夫天下之至圣，聪明睿知，临而有容；刚毅庄重，执而有敬；文理密察，别而有辨。此乃处世之要义，众生日用而不察也。

吾等处于世，若未能察圣人之智，是犹盲人不知日之辉煌，聋人未闻天之和鸣。

聪明睿知，足以让我们洞察世间万象，明白事理，不为纷纭所惑。是以圣人能游刃有余，处变不惊，皆因明睿之故。

然聪明睿知，非孤立之物，须与宽裕温柔相辅相成。宽裕温柔，载睿智而行，使智者不至冷漠，乃能容世间之不完美。是以圣人宽以待人，和而不同，此乃处世之大道也。

发强刚毅，乃处世之骨架，无刚毅之骨，则无法立足于世间。刚毅之人，坚定如磐石，不屈如松柏，任何困难挫折，皆不能使之动摇。是以圣人刚毅而有为，担当道义，勇往直前，此乃处世之准则。

然刚毅非卤莽，须以齐庄中正为基。齐庄中正，刚毅之风采，不偏不倚，中立而不倚。圣人以此自持，敬以直内，义以方外，此乃处世之风采。

文理密察，乃处世之慧眼，无密察之眼，则无法明辨是非。圣人以此观物，细致入微，洞察秋毫，任何诡辩虚假，皆不能逃之网矣。是以圣人辨析是非，决断如神，此乃处世之关键。

然而，文理密察，非独圣人所能，吾等皆应具备。是以圣人呼吁：广博学问，审慎思考，明辨是非，此乃处世之基石。

综观众生，纷纭复杂，圣人提醒：应以聪明睿知洞察世间，以宽裕温柔包容差异，以发强刚毅面对挑战，以齐庄中正立身行事，以文理密察明辨是非。夫如是，则游刃有余，处变不惊，立足于大千世界。

吾等应以圣人教诲为指南，日积月累，修心养性，终成处世之高手。夫如是，可与时俱进，担当道义，成为天下之至圣。

然则，处世之要义，非一朝一夕可蹴而就。吾等应时刻警醒，不断自省，以圣人智慧为灯塔，照亮前行之路。夫如是，能洞察世间真相，游刃有余，成为大千世界之至圣。

今以圣人教诲为引，愿天下人都能聪明睿知，宽裕温柔，发强刚毅，齐庄中正，文理密察。夫如是，世间将更加和谐美好，吾等可立足于盛世之中，成为一代处世高手。

然而，世事纷扰，众生扰攘，往往使人迷失方向，难以保持内心的清明和平衡。故圣人再告曰："君子务本，本立而道生。"吾等应以圣人教诲为根本，日积月累，修心养性，立足于世间而不失其本真。

夫聪明睿知，非一日之悟；宽裕温柔，非一事之成；发强刚毅，非一时之勇；齐庄中正，非一端之仪；文理密察，非一刻之察。此五者，皆为君子终身之修为，日慎一日，月省一月，岁修一岁，如行远自迩，登高自卑，循序渐进，或能至乎其极尔。

人处于世间，如行走在江湖之中，须得五者兼备，得心应手，游刃有余，不被世俗所累。聪明睿知，能洞察人心，不被人所欺；宽裕温柔，能容人之短，不与人斤斤计较；发强刚毅，能面对困难，不屈不挠；齐庄中正，能立身行事，不偏不倚；文理密察，能明辨是非，不错不误。

然此五者，非孤立而存，相互之间，相辅相成。

原文 2

溥博渊泉，而时出之。溥博如天，渊泉如渊。见而民莫不敬，言而民莫不信，行而民莫不说。是以声名洋溢乎中国，施及蛮貊。舟车所至，人力所通，天之所覆，地之所载，日月所照，霜露所队，凡有血气者，莫不尊亲。故曰配天。

冀金雨译曰

圣明之人的道德和知识既广泛又深厚，就像深不可测的泉水，随时涌现。他们的品德就像天广阔无边，像泉一样深不可测。人们见到他们，无不心生敬畏；听到他们的言谈，无不深信不疑；按照他们的道理去做事，无不感到满意和快乐。因此，他们的美名在中原地区广为流传，甚至远播到偏远的地方。无论是船只和车辆能够到达的地方，还是人们能够行走的角落，从天空覆盖的广袤之地到大地承载的万物之间，只要有生命存在的地方，没有人不尊敬和爱戴他们。正因如此，才说圣人的品德可以与天相匹配。

经典浅悟 君子之德，溥博如天，渊泉如渊

夫溥博者，广大也；渊泉者，深邃也。溥博如天，涵括万象，无边无际；渊泉如渊，深不见底，莫测其源。是以君子之德，应如天之溥博，涵养生灵；应如渊之渊泉，滋养万物。时而出之，乃君子之行，显于外也。

夫见而民莫不敬，言而民莫不信，行而民莫不说。此三者，乃君子之化民成俗也。其见也，如日月之经天，光明磊落，令人敬仰；其言也，如金玉之掷地，铿锵有力，令人信服；其行也，如春风之和煦，润物无声，令人欢悦。是以君子之行，能化民成俗，使民向善，此其所以为君子也。

是以声名洋溢乎中国，施及蛮貊。夫声名者，君子之德行之显也；施及者，君子之仁心之广也。君子之行，既显于内，又扬于外。其声名之洋溢，如江河之东流，不可遏止；其仁心之广施，如雨露之均沾，无远弗届。是以声名能洋溢乎中国，施及乎蛮貊，此其所以为天下所仰也。

夫舟车所至，人力所通，天之所覆，地之所载，日月所照，霜露所队，凡有血气者，莫不尊亲。此言君子之德行之广也。无论舟车所至之处，人力所通之地，皆可见君子之德行；无论天之所覆，地之所载，日月所照，霜露所队之处，皆有君子之仁心。凡有血气者，莫不尊亲之，此其所以为天下所亲也。

故曰配天。夫天者，至高至大，至公至明者也。君子之德，既能如天之溥博，又能如渊之渊泉；既能化民成俗，又能广施仁心；既能显于内，又能扬于外；既能尊亲于民，又能配天于上。是以君子之德，可谓至矣尽矣，蔑以加矣。

吾读斯句，深感君子之德行之伟大。夫君子者，非徒有溥博渊泉之德，亦能时而出之，化民成俗，广施仁心。其声名之洋溢，施及之广远，皆可见其德行之

伟大。是以吾辈当以君子为榜样，修身齐家治国平天下，以期达到君子之境界。

夫君子之行，贵在持之以恒。非一朝一夕之功，乃长期修炼之果。吾辈当以溥博渊泉为心，以化民成俗为任，以广施仁心为志，以声名洋溢为望。如此，则吾辈之行，亦能如君子之行，显于外而化于内，广施于人而尊亲于天。

吾辈当知，君子之行非易行也。必有溥博之心，渊泉之志，而后能行君子之行。必有化民之志，广施之心，而后能得君子之名。必有尊亲之德，配天之志，而后能成君子之业。故吾辈当勉力行之，以期成为君子。

夫君子之行，既显于外，又藏于内。显于外者，其声名之洋溢，施及之广远；藏于内者，其溥博之心，渊泉之志。是以君子之行，既可见之于外，又可感之于内。吾辈当以心体之，以行效之，以期成为君子之人。

溥博之心，如深渊之泉，源源不绝，此君子立世之根本也。有志于化民，心存广施，此君子所负之使命也。尊亲之德，配天之志，此乃君子终生追求之目标。

君子之行，表里如一，既显达于外，又深藏于内。其声名远播，功业显著，此其外显之象也；而内心则怀揣溥博之爱，志向深远如渊泉，此其内藏之质也。故君子之行动，既能让世人目睹其成就，亦能让人感受到其内心的深厚与博大。

君子以化民成俗为己任，广施仁爱，致力于社会和谐，国家昌盛。其尊亲之德，彰显孝道，配天之志，则展现了君子的雄心壮志。是以君子之行，内外兼修，既注重外在的表现，也不忘内在的修炼。

是以君子之道，博大精深，其行止皆可为世人楷模也。

省思鉴行 学识渊博，德行高尚，处世之道的核心

"溥博渊泉，而时出之"，此言人之德性应如天之溥博，地之渊泉，广大无边，深不可测，且能应时而出，泽被万物。夫德性者，人之本也，无德不立，无性不存。故人之生于世，首在修身养性，以成其德。如天之溥博，则能包容万物，无所不容；如地之渊泉，则能涵养万物，无所不养。是以君子应当时时省察己身，扩充德性，

使之如天地之广大，渊泉之深邃，以应世事之变。

"溥博如天，渊泉如渊"。此言德性之广大与深邃，应如天地之自然。天之溥博，非有意为之，乃其自然之性；地之渊泉，亦非人力所能为，乃其自然之理。故人之修身养性，亦应顺乎自然，不可强求。强求则失其本真，逆乎天理，终无所成。是以君子应顺应天性，涵养德性，使之自然流露，如天之溥博，地之渊泉，而无矫揉造作之弊。

"见而民莫不敬，言而民莫不信，行而民莫不说"。此言德性之作用于人也。夫德性高尚之人，其见于世，则民莫不敬之；其言于世，则民莫不信之；其行于世，则民莫不说之。盖因其德性之高尚，足以感人之心，化人之行，故能得民之敬信与悦服。是以君子应修身养性，以成其德，使之见于世而能感人，言于世而能信人，行于世而能悦人。

"是以声名洋溢乎中国，施及蛮貊。舟车所至，人力所通，天之所覆，地之所载，日月所照，霜露所队，凡有血气者，莫不尊亲"。此言德性之广被天下也。夫德性高尚之人，其声名必能洋溢乎中国，而施及于蛮貊之地。盖因其德性之广大与深邃，足以感动人心，化被万物，故能声名远播，而广被天下。是以君子应修身养性，以成其德，使之能广被天下，而无所不至。

"故曰配天"。此言德性之极致也。夫德性高尚之人，其德性之广大与深邃，足以配天。盖因天之德性为至大至公至正，而人之德性亦应如此。故君子应修身养性，以成其德，使之能配天之德性。今观现实人生，纷扰复杂，诱惑众多。人之生于世，易为外物所迷，而失其本真。故当以《中庸》之教为镜鉴，修身养性，以成其德。当如天之溥博，地之渊泉，包容万物，涵养万物。当顺应天性，涵养德性，使之自然流露。当修身养性，以感人之心，化人之行。当广被天下，而无所不至。当修身养性，以配天之德性。

关于齐家治国平天下。夫家者，人之所依也；国者，人之所聚也；天下者，人之所共也。故君子当以修身养性之本，齐家治国平天下。当以孝悌、忠诚、仁爱为本，以和睦、勤勉、公正为道。现实人生中，诱惑众多，易使人迷失本真。如名利之诱、权势之诱、情欲之诱等。故当如《中庸》之教所佐引，坚守本真，不为外物所迷。淡泊名利、谦逊谨慎、自强不息。

德性乃人之根本，无德则无以立身。人之德性应如天之广博、地之深邃，既能包容万物，又能涵养万物，且能顺应自然，不可强求。德性高尚之人，能赢得人们的敬信与悦服，其声名能广被天下。修身养性是达到这一境界的途径，君子应以此为追求，使自身德性配天。

【第三十二章】

原文

唯天下至诚，为能经纶天下之大经，立天下之大本，知天地之化育。夫焉有所倚？肫肫其仁，渊渊其渊，浩浩其天。苟不固聪明圣知达天德者，其孰能知之？

冀金雨译曰

唯有世间最真诚之人，方能制定治理国家的法则，奠定国家的根基，领悟天地间万物生长的道理，这需要什么依靠呢！这样的人心中满怀仁爱，智慧深广犹如辽阔天际。若非那些才智出众、深通天地之道的人，又有谁能真正理解并达到这样的境界呢？

读典浅悟 肫肫其仁，渊渊其智，浩浩其志

唯天下至诚，能经纶天下之大经，立天下之大本，知天地之化育。夫至诚者，其德之所倚，肫肫其仁，渊渊其智，浩浩其志，诚矣哉！

夫至诚者，心无二念，志在四方。肫肫其仁，犹春阳之融冰，破冬寒而布生机；渊渊其智，若深海之藏珠，蕴宝藏而显光华；浩浩其志，似长空之展翼，翔九天

而揽星辰。至诚之道，乃天地之大道，非至诚者孰能知之？

夫经纶天下之大经者，非至诚者莫属。经纶者，经纬也，犹天地之纲纪，万物之法则。至诚者，以仁心为经，以智慧为纬，经纬天地，织就万物和谐之图景。是以天下之大经，唯至诚者能经纶也。

夫立天下之大本者，亦非至诚者莫属。大本者，根本也，犹树木之根本，江河之源泉。至诚者，立仁爱为本，以智慧为源，根深叶茂，源远流长。是以天下之大本，唯至诚者能立也。

夫知天地之化育者，更非至诚者莫属。化育者，生育也，犹天地之生育万物，日月之照耀四方。至诚者，洞察天地之奥秘，领悟万物之真理，以仁爱之心，智慧之眼，观天地之化育，悟万物之周循。是以天地之化育，唯至诚者能知也。

然夫至诚者，其德之所倚，非外物之所能移，非俗念之所能扰。肫肫其仁，如春风之拂面，温暖而恒久；渊渊其智，似秋水之澄明，深邃而广远；浩浩其志，若夏云之变幻，高远而莫测。苟非固聪明圣知达天德者，孰能知之？

至诚者，能经纶天下之大经，立天下之大本，知天地之化育。其仁如春，其智如秋，其志如夏云，浩浩荡荡，无所不包。吾辈当以至诚为心，以仁爱为本，以智慧为用，以壮志为行。

夫至诚者，诚矣哉！是以吾辈当以至诚为心，涤除杂念，专心致志，探求至诚之道。

夫至诚之道，微妙玄通，深不可测。吾辈当以至诚为心，探求其真，领悟其奥秘。当涤除杂念，专心致志，以仁爱之心待人，以智慧之眼观世。当以至诚为本，立仁爱之心，修智慧之智，养浩浩之志。明辨是非曲直，以壮志之行建功立业。

夫至诚者，德之本也，非外力可移，非俗念可扰。至诚为心，则仁爱智勇皆得其所，浩浩之志可期。是以，当以至诚为心，守仁爱而扬智慧，不屈于物欲，不迷于世俗。坚守此心，则德行之基立矣。

又当以至诚为行，践仁爱而展智慧，行事皆出于本心，不为外物所左右。行仁爱之事，则人心向善，社会和谐；施智慧之策，则事业有成，功成名就。此乃中庸之道之实践也。

经纶天下，非至诚不可；立天下之本，非仁爱莫属；知天地之化育，非智慧不达。故，中庸之道，实乃至诚、仁爱、智慧三者之合一。以此为行，则"经纶天下之大经，立天下之大本，知天地之化育"可成矣。

此乃著者浅悟也，愿与共勉，共赴智慧之道，至诚为本，仁爱为心，智慧为行，同行儒学之旅。

省思鉴行 诚信乃君子立身处世的基石

夫天地之大德，生而无有，成而无毁，广大无私，至诚无息。此所谓经纶天下之大经，立天下之大本，知天地之化育。

吾等生活于世，若不知本，犹如航海无指南，易迷失于茫茫大海。故古人云："民无信不立。"信者，本也。人之根本，在于诚信。诚信者，天下之达道，万物之根源。

至诚者，不虚假，不矫饰，真实流露。唯至诚，感人至深，令人信服。故为人处世，应以至诚为本，以赢得他人尊重，成就大事。

天地化育，万物生生不息，各有其道。人能明道，则知己知彼，游刃有余。知天地化育，洞察万物规律，顺时而动，应势而为。故君子务本，本立则道生，道生则德养，德养则事成。

然世间事千变万化，难以预料。唯有聪明圣知者，可应对自如。聪明者，洞察事物本质，明了人心。圣知者，具高度智慧，预见未来，把握大局。故君子务求聪明圣知，以立于不败之地。

然聪明圣知，需长期学习，不断积累。学而不思则罔，思而不学则殆。故君子务求博学多才，以通晓天下大道。博学多才，则明辨是非，不惑于世俗。

天地之大经，万物之纲纪。人循天地之大经，可立足于世，成就事业。循天地之大经，即循人道。人道者，仁义礼智信也。君子务求仁义礼智信，以处世无往不胜。

仁者爱人，人仁爱则可感化他人，赢得尊重。义者正也，人正直则可立足于世，成就事业。礼者秩序也，人守礼则和谐相处，共创美好社会。智者明道也，人明智则洞察事物本质，应对自如。信者诚信也，人诚信则赢得他人信任，成就大事。

然仁义礼智信，君子务求内外兼修，以达"天德"之境。天德者，天地之道德也。人具天德，则与天地同行，同频共振。

夫人生在世，务求诸德兼备，以修身齐家治国平天下。诸德之中，诚信为基，仁义为本，礼智为用，此乃君子立身之要道也。故当勤学不辍，日新其德，以成贤达之士。

夫天地之大德，生而不有，为而不恃。佐以人生，可立足于目下，循天地大经，明道识途为要。而明道识途，需修聪明圣知，内外兼修；秉持仁义礼智信，以诚信为本。

君子务求固聪明圣知，达天德之境。达此境者，领悟天地大德，经纶天下大经，立天下之本，知天地化育。何所倚？肫肫其仁，渊渊其识，浩浩其志。不固聪明圣知、不达天德者，岂能知之？

君子处世，以诚信为本，聪明圣知为纲，仁义礼智信为道。循此处世之道者，如江海纳百川，广大深远。诚信为基，聪明圣知为翼，仁义礼智信为导航，此君子立身处世之义。世事纷纭，众生芸芸，保持本心，灵活应对，诚为要务。

诚信为本，如大地载物，默无声而至关重要。人无信不立，国无信不兴。诚信者，显个人品德，亦为社会和谐基石。君子行诚信，不欺不伪，以真诚待人处世，可赢他人信任，成事业辉煌。

故知诚信之重，为立身之本。以诚信为基石，修聪明圣知，行仁义礼智信之道，则世之和谐有望，事业可成。

聪明圣知，犹如有炬之眼，在黑暗中也能洞察一切。君子务求智慧，不断学习，不断思考，以明辨是非，预见未来。聪明圣知者，能顺应时势，把握机遇，避凶趋吉，处变不惊。在大千世界中立足，成为真正的强者。

仁义礼智信，乃是君子立身处世之五常。仁者，爱人如己，推己及人；义者，坚持正道，不偏不倚；礼者，尊重他人，维护秩序；智者，明辨是非，善于思考；信者，言出必行，守信如初。五常之道，乃是君子处世之指南，能使人在复杂的社会中保持道德之纯洁，行为之端正。

然而，世间之事，千变万化，非单一之品质可应对。君子需灵活运用五常，结合实际情况。如孟子所说："得道多助，失道寡助。"君子处世，需知时务，顺天应人，得众人之助力，成其目标。

在现代社会，君子之处世更应与时俱进，不断创新。科技之发展，信息之爆炸，给君子提供了更广阔的舞台，也带来了新的挑战。君子需善用科技，吸收新知，提升自我，以适应这个快速变化的世界。

第
三
十
三
章

原文 1

《诗》曰:"衣锦尚絅。"恶其文之著也。故君子之道,暗然而日章;小人之道,的然而日亡。君子之道,淡而不厌,简而文,温而理,知远之近,知风之自,知微之显,可与入德矣。

冀金雨译曰

《诗经》上说:"身穿锦绣衣服,外面却罩着粗布衣裳。"这是因为厌恶锦衣太过显眼。所以,君子的道,虽然初时暗淡,却日益彰明;小人的道,看似鲜明,却日渐消亡。君子的道,平淡而不令人厌倦,简约而有文采,温和而有条理,能预知远事而由近事推知,能洞察风源而明晓风向,能从细微处预见显著之事,这样便可以进入道德的境界了。

读典浅悟 衣锦尚絅,君子的谦逊之美

诗云:"衣锦尚絅",此语道出了君子的谦逊之美。锦绣华服,本是荣耀之象征,然君子却于其上再罩以单衣,非为掩其华丽,实乃不欲其文饰过显。恶其文之著,非恶文饰,乃是不愿以虚饰掩真,以浮华盖质。故君子之道,暗然而日章;小人之道,的然而日亡。此间道理,深矣远矣。

夫君子之道，淡而不厌。淡者，非平淡无奇，乃淡泊明志，不为物欲所动，不为名利所诱。君子之心，如静水深流，波澜不惊，故能守其真，行其善。其行也，简而文，不尚繁文缛节，不务虚饰矫揉。简则易行，文则可观，此君子之行也。

温而理者，君子之性。温者，如春风拂面，如暖阳照人，和煦而不炽热，温润而不失节。君子待人接物，温良恭俭让，和气生财，和气致祥。理者，条理分明，合乎情理。君子处世，必循理而行，不悖人情，不逆天道。其理也，既合于天地之道，又适于人心之欲。

知远之近，君子之明。远见者则能洞察先机，把握未来。君子之目，能穿云破雾，见微知著。知风之自，君子之智。风起于青萍之末，浪成于微澜之间。君子能于细微之处，洞察大势所趋，此其智也。知微之显，君子之察。微者，细节之处；显者，大局之观。君子能见微知著，由小及大，此其察也。

故君子之道，乃长久之修。淡泊明志，宁静致远，此君子之所求也。简而文，温而理，此君子之所行也。知远之近，知风之自，知微之显，此君子之所明也。能与君子同行，共入德之门，此乃人生之大幸也。

且夫君子之行，非独善其身，亦兼济天下。其以身作则，垂范百世，使人皆能向往而效之。故君子之道，不仅在于修身齐家治国平天下，更在于以道德之光，照亮世间之暗。此君子之道也，可与天地同久，与日月争光。

夫小人之道，与君子殊途。其以炫耀为能，以虚饰为荣，不知内修之重要，唯务外饰之繁华。故其光华虽暂，终必黯淡；其道虽显，终必消亡。此小人之道也，不足道也。

然君子之道，虽美矣善矣，亦非易行。须得持之以恒，"日拱一卒无有尽，功不唐捐终入海"渐入佳境。

嗟乎！君子之道，虽难以尽述，然其精髓在于修身养性、淡泊明志、简而文、温而理、知远知微。君子当自强不息，厚德载物，以修身齐家治国平天下为己任。其行也，必以道义为先，以仁爱为本，以诚信为基。如此，则君子之道，可日益彰显于世间矣。

夫君子之行，以诚为贵。诚，乃天道之常，而人亦应以诚为本。君子之行，必以诚为先，以信为基，此乃立足于世之根本。君子之诚，不仅体现于言辞之中，更彰显于行动之上。言行相符，表里如一，此乃君子之本色。

君子之道，乃诚之道也。以诚待人，则能感人至深；以诚化物，则能成就人生；以诚通天地，洞察世间万物之周流不息。诚如金石，坚定不移；诚如日月，光照四方。君子之诚，可谓至真至切，无一丝虚假。

故君子之行，必以诚为本，以信为根。进而立足于天地之间，无愧于心，无愧于人，无愧于天地。君子之诚，乃其立身之本，亦是其感人、化物、通天地之秘钥。

再者，君子之行，和亦为贵。和者，乃和谐、和睦之意，亦为和平之象征。君子秉持和谐之理念，以此为美，故能与人融洽共处，携手共进。君子之心胸宽广，如海纳百川，兼容并蓄，此即君子之和之显也。

君子之道，和之道也。和则人心齐聚，和则百业兴旺，和则万事顺遂。君子以和为贵，则能聚人聚财，带来吉祥与繁荣。反之，若失和，则人心涣散，诸事难成。

故君子之行，必以和为要，以和谐为基石。进而汇聚人心，共图大业。和之道，实为君子处世之智慧，亦为成功之关键。

君子之道，和、诚并重。诚以立身，和以处世。诚为本，和为贵。诚则人信，和则事成。此君子之道也，人当深悟之，践行之。

省思鉴行 知远之近，明风之自，察微之显

昔者，《诗》云："衣锦尚絅。"此言君子之道，暗然而日章；小人之道，的然而日亡。衣锦尚絅，恶其文之著也。是以君子之道，淡而不厌，简而文，温而理，知远之近，知风之自，知微之显。由是观之，君子之道，淡泊以明志，宁

静以致远。

夫君子之道，淡泊明志，不为物欲惑，可致远；宁静致远，不为俗世扰，可显微。君子之道，简文温理，如春风化雨，润物无声。知远之近，明风之自，察微之显，可入德。

首以淡泊明志为先。世间繁华，诱惑纷至，唯淡泊之心，可抵物欲之惑。人心不浮，志不摇，淡看名利，坚守本心，此君子之行也。不逐浮云，不随流水，唯志存高远，心若静水，才可致远大前程。淡泊之中，见真章，明真理，行真道，此君子修身之本也。君子之处世，不受外界干扰，专注于内心修养，以淡泊明志。正如诸葛亮所说："非淡泊无以明志。"今人当以君子之道佐以人生，培养淡泊之心，追求高远之志。

其次，宁静以致远。世间纷扰，喧嚣不已，唯持宁静之心，才可洞察世间真相。君子之处世，不被俗世所扰，保持内心宁静，以致远显微。正如古人所言："静以修身，俭以养德。"保持宁静之心，追求长远之志。

再次，简而文，温而理。君子之处世，应以简约为原则，不为琐事所累。同时，注重文化修养，以文气温润他人。正如古人所说："简以养德，文以饰才。"简而文，温而理，成为有德有才之人。

最后，知远之近，明风之自，察微之显。君子之处世，应具备洞察世间的能力，明白远近之距，风向之变，微末之显。正如古人所说："知远之近，知风之自，知微之显。"培养洞察之力，成为知远之近、明风之自、察微之显的人。

总之，君子之道，为吾辈处世之佐引。淡泊以明志，宁静以致远，简而文，温而理，知远之近，知风之自，知微之显。

世之纷扰，如混沌初开，人心多变。于斯乱世，吾辈更当坚守君子之道，犹如暗夜中的一盏明灯，为人生之路洒下光明。淡泊世俗之欲，以明己志；心境宁静，以致远大前程。言辞当简洁而富有文采，性情应温和且通情达理。能洞察远近之因果，了解风起之缘由，明辨微小之征兆。

祈愿君子之道如和煦之春风，轻拂世间每一寸土地；又似璀璨明灯，为吾辈照亮前行的征途。身处错综复杂之世界，吾辈当以君子之道为航标，致力于成为品德高尚的君子，携手共创绚烂未来。

然而，世间纷扰不绝，人心日趋浮躁。时至今日，众生多追求名利与物质享受，却往往忽视了内心的修为与道德品质之提升。因此，道德沦丧与社会风气败坏之现象屡见不鲜。在此背景下，君子之道愈发显得弥足珍贵，且为时势所需。

君子之道，乃人生哲学，亦为处世之法则。于物欲炽盛之世，君子当持淡泊名利之心，致力于精神富足与道德完善。君子之道昭示，人之真价，非在于财富之多少，乃在于品德之高下，对社会责任之承担，及其所献于社会者。

世间众生，各司其职，各有其责。学子当勤学不辍，尊师重道，与同窗和睦，力求成社会栋梁。为职者，宜敬业乐群，守信重诺，锐意进取，以助社会进步。身为国民，更应遵纪守法，心怀家国，兼爱他人，热心公益。此乃君子之道也。

君子之途，亦教我辈，与人相交，必以诚信为本，尊重他人，善听人言，勇于任事。待人接物，宜公平正直，不偏不倚，以和为贵，以诚相待。赢得人之心，建立良好之人际。

于瞬息万变之世，君子之途为我辈提供稳定之人生坐标。求个人之发展的同时，勿忘关注社稷大局，关心国家民族之兴衰。君子之途，是一种责任，一种担当，一种情怀。

原文 2

《诗》云："潜虽伏矣，亦孔之昭！"故君子内省不疚，无恶于志。君子之所不可及者，其唯人之所不见乎？

冀金雨译曰

《诗经》上说："即使潜伏深藏，也是极其明显的。"所以，君子自我反省，没有愧疚，思想上也就没有什么可愧疚的了。君子让人赶不上的地方，大概就是在他人所看不见的地方吧。

读典浅悟 君子内在修养的重要性

夫君子之行，虽潜藏于内，然其光辉必昭然于外，此非虚言也。故君子内省不疚，无恶于志，其所行所为，皆出于正心诚意，何愧之有？

夫君子之所以为君子，非徒以其外在之表现，而更在于其内在之修养。其品性高洁，志向远大，无论身处何地，皆能自持自重，不为外物所动。故君子之所不可及者，非其位高权重，亦非其才华横溢，而唯在于其人之所不见之处。此所不见者，非谓形体之隐匿，乃指其心灵之深邃，品行之高洁。

夫君子之行，贵在自省。每日三省吾身，以求无过无不及。其内省不疚，非谓无过，乃能正视己过，勇于改过，故能无愧于心。其无恶于志，乃因志存高远，心向善道，故能远离恶念，保持纯净。

夫君子之所不可及者，非徒在于其外在之成就，而更在于其内在之修为。其人之所不见之处，乃是其心灵深处之真善美。此真善美，非肉眼所能见，唯用心才可体会。故君子之所以为君子，非以其显耀于外，而以其深沉于内。

吾读中庸，深感其意。夫君子之行，贵在内心之修养，非徒外在之表现。人当内省不疚，无恶于志，以求心灵之纯净；当追求内在之修为，以求品德之高尚。以求成为人所敬仰真君子。

夫君子之行，犹如明珠藏于匣，虽不显于外，然其光华必照人心。人当以此为勉，不断修身养性，以求成为真君子。当知，君子之所以不可及，非因其位高权重，亦非因其才华横溢，而唯在于其内在之修为与心灵之深邃。

夫君子之行，贵在自知之明。自知者明，知人者智。人当自知己之短，知人之长，以求共同进步。当以谦虚之心，向他人学习，以提升自己的品德与修为。

夫君子之行，亦贵在坚守道义。道义者，人心之所向，社会之所基。人当坚守道义，不为外物所诱，不为权势所屈。当以正义之心，行正义之事，以维护社会之公平与正义。

吾读中庸，深感君子之道之深邃与博大。夫君子之行，非徒在于其外在之表现，而更在于其内在之修为与心灵之深邃。吾辈当不断追求内在之完美，以成为真君子。夫君子之行，犹若流水之清，不杂尘滓；犹若松柏之茂，不畏风霜。其内省不疚，无恶于志，固已超然物外，何愧之有？其所不可及者，非其形貌之伟岸，亦非其才智之超群，唯在其心之广大，德之深厚。

人皆应以君子之行为楷模，以自省为本，立无恶之志。日必三省吾身，务求己无过；心持善念，以远恶行。

君子之难及，源于心之静谧、志之坚定。心若静水，能洞察世间微妙，不为浮华所惑；志若磐石，能奋然前行，无惧任何险阻。是以，人应以君子为镜，修炼心性，以图触及君子之境界。

夫修心之道，贵在持之以恒。每日必自省，去恶存善，使心灵日渐净化。勿以小恶而为之，勿以小善而不为。心之所向，当以道义为指南，行善积德，方得心安理得。

君子之行，亦在于言行一致，诚实守信。言之有物，不尚空谈；行之有果，不负所托，赢得人心，树立威望。

夫人生在世，如逆旅之行。追求君子之道，虽艰难困苦，然终成大事。

是故，当以君子之行为典范，自省、静心、立志。

省思鉴行 在隐微中显现的道德力量

《诗经》上说："潜虽伏矣，亦孔之昭！"此言深微之至，而显而易见也。盖谓君子之德，虽潜藏而不露，然其光明之质，犹能洞照四方，无所遁形。故继之曰：“故君子内省不疚，无恶于志。”此乃言君子之所以为君子，非以其外在之显赫，而以其内心之纯净。君子于无人见之处，亦能持守正道，不为恶念所侵，此其所以高于众人也。又云：“君子之所不可及者，其唯人之所不见乎？”此言君子之德，人所难及者，正在于其隐微之处，人所不能见也。今欲论君子之德，必明此理，而后可以知君子之所以为君子，亦可以知吾人处世之道矣。

夫人生在世，境遇千变万化，有顺境亦有逆境。于顺境中，人皆能守正不阿，此易也；然于逆境中，犹能持守正道，不为外物所动，此则难矣。然君子之道，正在于此。逆境之中，人心易摇，恶念易生。君子则不然，虽处困境，犹能内省不疚，无恶于志。此乃因其心有主，不为外物所移也。故曰：“富贵不能淫，贫贱不能移，威武不能屈，此之谓大丈夫。”大丈夫者，君子之谓也。

君子之所以能在逆境中持守正道，非以其力胜人，而以其德服人。德者，心之平；心平，则气和；气和，则行正。君子之心，如明镜止水，物来则照，物去则空，不留一物于胸中。故能于逆境中，泰然处之，不为外物所扰。此其所以能显道德之力量于隐微之处也。

夫人之处世，必有所为，亦必有所不为。为与不为之间，即道德之所在。君子于为也，必以其道；于不为也，亦必以其道。道者，天理之公，人心之同。君子行道，不以其私欲乱之，故能得其正。私欲一起，则道心亡；道心亡，则行为僻。故君子必慎其独也。

独者，人所不知而己所独知之地也。于此地而能持守正道，不为恶念所侵，此君子之所以为君子也。夫人之恶念，多起于独知之时。盖因独知之地，无人见，无人知，故易为恶念所乘。然君子则不然，虽处独知之地，亦能如临大敌，不敢稍懈。此乃因其心有主，不为恶念所动也。故曰：“君子慎其独也。”

慎独者，非徒畏人知也，乃畏天知也。天者，理之所在；理者，心之平。君子畏天，故能慎独；慎独，故能守道；守道，故能显德。德者，人之本；本立，则道生。故君子之德，如日月之经天，江河之行地，无所不在，无所不照。

夫人之处世，必与人交。交则必有是非、得失、荣辱之辨。君子于此，必以其道。道者，公也；公则明，明则正。故君子之交，淡如水；小人之交，甘若醴。君子之交，以其道；小人之交，以其私。以其道者，久而不渝；以其私者，久而必败。

故君子之处世，必以道德为本。道德者，人心之平；人心平，则天下平。君子以道德为本，故能于处世之中，显其道德之力量。此力量非由外来，乃由内生。内生者，心之平；心平，则气和；气和，则行正。行正者，道德之力量也。

夫人之生也，有始有终；始者，生也；终者，死也。生死之间，即人生也。人生之中，有顺有逆；顺者，境之善也；逆者，境之恶也。然君子于顺逆之间，皆能持守正道，不为外物所动。此乃因其心有主，道德为本也。故曰："君子固穷，小人穷斯滥矣。"固穷者，守道也；穷斯滥者，失道也。守道者，道德之力量也；失道者，道德之沦丧也。

故知君子之德，非徒在于其显赫之外表，更在于其隐微之内心。内心之德，如日月之光，虽潜藏而不露，然其光明之质，犹能洞照四方。此乃君子之所以高于众人也。吾人处世，当以君子为榜样，以内心之德为本，以外在之行为表。内心之德固，则外在之行正；外在之行正，则人生之路平。故曰："在隐微中显现的道德力量。"此乃君子之德也，亦吾人处世之道也。

综观上述，可知《诗》之所言，非徒为诗词之美，更寓道德之深。君子之德，如日月之光，虽潜藏而不露，然其洞若观火之质，犹能照亮人生之路。吾人当以此为鉴，以道德为本，以行为表，于处世之中显其道德之力量。

原文 3

《诗》云："相在尔室，尚不愧于屋漏。"故君子不动而敬，不言而信。

冀金雨译曰

《诗经》上说："看你独自在屋里，做事也应当无愧于心。"所以，君子就是在没做什么的时候也是恭敬的，就是在没说什么的时候也是可信的。

读典浅悟 不动而敬，不言而信：君子之修身的根本

《诗》云："相在尔室，尚不愧于屋漏。"此言诚矣，君子之修身养性，非徒在于庙堂之上，亦在于私室之间。夫君子独处一室，心静如水，行止有节，虽无人见，亦无愧于心。此所谓不动而敬，不言而信者也。

夫君子之行，贵在敬与信。敬者，内心之诚敬，非徒形式之尊崇；信者，言行之一致，非徒口舌之敷衍。故君子之敬，非待人接物之礼数，乃心存敬畏，敬畏天地，敬畏神明，敬畏道义。君子之信，非泛泛之诺言，乃言出必行，行必果决，始终如一，无欺无诈。

夫君子之敬，必自微末之事始，积小善而成大德。日省吾身，夜思己过，以求无愧于心。故君子独处时，亦能自律自警，不敢稍有懈怠。其居室之内，虽无他人之眼，然有天地之心，神明之灵，道义之鉴。君子之心，常怀敬畏，不敢稍有违逆。

夫君子之信，亦非易事。必言行一致，表里如一。不以人言为转移，不以物欲为动摇。其诺言之出，必深思熟虑，量力而行。既出之口，则必践之足。故君子之言，重于泰山；君子之行，信于四海。

夫君子之所以为君子，非以其位高权重，亦非以其财富丰盈。唯以其品行之高洁，道德之深厚。其不动而敬，不言而信，实乃君子之根本也。故君子之行，虽无赫赫之功，无扬扬之名，然其人格之伟大，品德之高尚，足以垂范百世，光照千秋。

吾读中庸，深感君子之修身养性，实乃人生之大事。敬与信，乃君子立身处世之根本。人当敬天地之神明，敬父母之养育，敬师长之教诲；信朋友之情谊，

信同仁之合作，信国家之法度。如此，则人之行，可无愧于心；人之言，可信于众。

夫君子之修身，如磨刀之石，愈磨愈利；如炼金之砂，愈炼愈纯。其敬与信，非一蹴而就，须经年累月之修炼与磨砺。故人当持之以恒，不懈努力，以求达到君子之境界。

且夫君子之敬与信，非徒对人之态度，亦对己之要求。敬己者，方能敬人；信己者，方能信人。故君子之修身，必先修心；修心者，必先修己。人当以此为勉，自省自警，以求达到内外兼修之境。

夫君子之不动而敬，不言而信，实乃人生之最高境界。人虽不能至，然心向往之。当以君子为榜样，不断追求内在之完美与高尚。如此，则人之行，可日趋君子；人之言，可日益可信。

思君子之修身养性，吾深感其意义之深远。夫君子之行，贵在敬与信；人之修身，亦当以此为根本。敬天地之道义，信人事之真诚。如此，则人之人生，可充实而有意义；人之社会，可和谐而进步。是为读解文意之终焉。

夫君子之敬与信，犹日月朗照，江河奔流，恒久而不衰。其不动而敬者，心之定也；不言而信者，行之诚也。夫心定则神安，行诚则人服。是以君子之修身也，必致力于敬与信之养成。

夫敬者，心之主宰，行之纲领。敬天地，则知天命之不可违；敬父母，则知孝道之当尽；敬师长，则知学业之须勤；敬朋友，则知情谊之可贵。故君子之敬，非特对人之尊敬，亦对事之认真，对己之严格。是以君子之行，无不合乎道义，无不合乎人心。

夫信者，行之本，言之根。信己者，能立定脚跟，不为外物所动；信人者，能坦诚相待，不为私欲所惑。故君子之言，一出则必行，一行则必果。其言行一致，表里如一，故能得人之信任，树人之威信。是以君子之信，非特对人之承诺，亦对己之要求，对社会之责任。

夫君子之修身也，必以敬与信为本。敬则能自重，信则能自立。自重者，不为物欲所诱；自立者，不为困难所屈。故君子之修身也，必能自强不息，厚德载物。

且夫君子之敬与信，非特一身之修养，亦为社会之风气所系。君子之行，若风行草上，百姓皆能见而效之。故君子之修身也，必能影响于社会，使之趋于和谐，趋于进步。

省思鉴行 君子的自我修养与社会责任

《诗经》上说："相在尔室，尚不愧于屋漏。"斯言深邃，寓君子修身之奥义，亦含处世之大道。屋漏之地，人所难窥，然君子之修身，无论显隐，皆需慎独，唯恐心有所愧，此乃道德之极致，君子修身之本原也。今欲论君子之修身与社会之责，必明此理，方能得其要义。

夫君子者，道德之楷模，社会之表率。其修身之道，非一朝一夕之功，而需日积月累，持之以恒。心者，身之主宰；意者，心之动向。心正则行正，意诚则事诚。故君子修身，首在养心，使心之清静无染，如明镜照物，无所遁形。诚意者，无欺于己，无欺于人，言行相符，表里如一。如此则心正意诚，修身之道得矣。

"相在尔室"，此言君子之修身，不惟在人前显赫，亦在人后隐微。人前之行，易为众睹，故多谨慎；人后之行，难为人知，故易放纵。然君子之道，不在于人知之与否，而在于己之无愧。故虽处幽室，亦必如临大宾，如承大祭，唯恐失德于人。此乃真君子之修养也。夫修身之道，内外兼修，方为上策。内者，心之修养；外者，行之规范。心之修养，需正心诚意，以道德为准则，时刻保持清醒之头脑和纯净之心。

"尚不愧于屋漏"，此言君子之修身，必求无愧于心。屋漏之地，人所不睹不闻，最易生恶念、行恶事。然君子之心，如日月之经天，光明磊落，无所愧怍。故虽处隐微，亦必慎独，唯恐一念之差，而失其本心。此乃君子之至高境界也。夫修身之道，非惟养心而已，亦需注重外在之行为规范。君子之行，必循礼义，守规矩，以彰显其道德之崇高。故君子之修身，既需注重内在之心灵修养，亦须注重外在之行为规范。如此则能内外兼修，成就君子之大道。

君子之修身，既在于内，亦在于外。需以道德为准则，时刻保持清醒之头脑和纯净之心灵。夫道德者，立身之本，处世之基。君子修身，必以道德为先，而后能立身于世，处事不惊。故君子之心，必以道德为依归，时刻保持清醒之头脑，不为外物所惑。同时，亦需注重外在之行为规范。行之规范，则需循礼义、守规矩，以保全其身、成就其德。夫礼义者，社会之秩序，规矩者，行为之准则。君子修身，必循礼义、守规矩，以彰显其道德之崇高，亦能保全其身、成就其德。内外兼修，方能成就君子之大道。

然君子之处世，非惟修身而已，亦必兼及社会责任。夫社会责任，乃君子之担当，亦其道德之体现。君子之于社会，如栋梁之于屋宇，无之则不成其为社会。故君子必以天下为己任，忧国忧民，鞠躬尽瘁，死而后已。此乃君子之大义也。夫社会责任者，乃君子处世之必要担当。君子修身之后，必能担当起社会责任，为天下苍生谋福利。故君子之处世，不仅在于个人之修身养性，更在于对社会责任的担当。

君子之处世，必以诚信为本。夫诚信者，立身之本，处世之基。君子无信不立，故必以诚信为处世之准则。无论对人还是对事，皆需以诚信为先，而后能取信于人、成就事业。故君子之处世，必以诚信为本，而后能立足于世、成就大业。同时，君子之处世亦需注重中庸之道。中庸者，道德之极致，处世之良法。君子守之，则能处变不惊、应对自如。无论遇事之大小，皆能以中庸之道处之，则能化解矛盾、和谐共处。在困境之中，君子更需坚守中庸之道。夫困境者，人生之试金石也。君子遇困境，不怨天尤人、不自暴自弃，惟以道德为依归、以责任为担当。如此则能转危为安、化险为夷，而成就其大德。故君子之处世，必能勇于面对困境、积极寻求解决之道。同时，在困境之中亦能坚守中庸之道、保持平和心态。

中庸之道亦适用于日常生活之中。夫日常生活者，琐碎繁杂、易使人迷失本心。然君子以中庸之道处之，则能心平气和、从容不迫。无论遇事之大小，皆能以道德为准则、以责任为动力，而行之有方、处之有度。

君子之自我修养与社会责任相辅相成。自我修养是内在之质，社会责任是外在之用。质既立，则用自显；用既显，则质更固。故君子必以自我修养为本，以社会责任为用。如此则能内圣外王、而成就其伟大人格。夫自我修养者，乃君子立身之本；社会责任者，乃君子处世之用。二者相辅相成、缺一不可。

夫君子之修身，如春起之苗，不见其增，日有所长；如磨刀之石，不见其损，日有所亏。故修身之道，贵在有恒，无恒则不成。君子以恒心修身，则道德日益深厚，而人格日益完善。如此则能立于不败之地，而成就其伟大事业。故君子修身之道，需持之以恒、方能见效。如春起之苗、如磨刀之石，虽不见其增损，然日积月累、必有所成。

"相在尔室，尚不愧于屋漏。"此言君子之修身，必求无愧于心，无愧于人。故君子不动而敬，不言而信。动则必循礼义，言则必守诚信。此乃君子之修身之道，亦其处世之法。

原文 4

《诗》曰："奏假无言，时靡有争。"是故君子不赏而民劝，不怒而民威于铁钺。

冀金雨译曰

《诗经》上说："祈祷时默默无言，此时不再有纷争。"因此，君子不用赏赐，百姓也会勉励自己；不用发怒，百姓就会敬畏他如同敬畏斧钺一般。

读典浅悟 不言之教，君子静默中的影响力

《诗》曰："奏假无言，时靡有争。"此言君子之行，非徒以言语为能，亦以静默为德。其行止有节，进退有度，虽不言而人皆知其意，虽不行而人皆服其

威。是以君子不赏而民劝，不怒而民威于铁钺。吾读中庸，深感其义，遂作此篇，以解其意。

夫君子之行，贵乎自然，不刻意而为之。其言辞简练，不尚冗繁；举止沉稳，无半点浮躁。心如静止之水，波澜不惊；行若天边流云，随风而展，顺其自然。

君子处世，淡然自若，神色从容。纵遇艰险之境，亦能泰然处之，不惊不怖；即便困厄重重，亦能安之若素，不失方寸。是以，君子之静默，非是寡言少语，而是其言简意赅，字字珠玑，使无言之处胜似千言万语，静默之间更胜高声喧哗。

君子所行，皆以道义为纲，顺应人心所向。其言行一致，诚实守信，故能得到众人信赖；其举止得体，为人称道，因此众人皆愿效仿。是以，君子之教化，不在于制定严明的赏罚，而在于其高尚的德行。彼以身作则，行为世范，自然而然地成为民众的楷模。

君子所到之处，风俗为之改变，民众受其感化。彼不言之教，化民成俗，其影响力深远而持久。民众观其行为，察其言行，自然心生敬仰，从而效仿其行，习得其德。如此，一方之风俗，因君子之教化而日趋纯厚。

故君子之行，实为天下人之福祉。其以身作则，以德服人，使人心悦诚服。愿天下多有此等君子，则世道自然昌盛，人心自然向善。此乃君子之行，实乃天下幸事。君子之道，不在言传，而在身教。其静默之处，教化已行，德风已播。

夫君子之威，非关声色之显赫，而系于德行之崇。彼之威仪，宛若春风轻拂，细雨滋润，物受其恩而无声；又似秋霜初降，露珠点点，自然凝结其华彩。君子待人接物，温文尔雅，举止之间谦逊有礼。彼虽不言威，然人皆感其威严；虽不轻易发怒，然人皆折服于其严谨之态。是以，君子之威，非如斧钺般凌厉，实乃德行之威，内在品格之威矣。

且论君子之威，不单显现于形貌之庄重，更流露于气质之高雅。其威严，又若春雷初响，唤醒沉睡之万物；亦如夏日之艳阳，光芒四射，普照世间。君子与人交往，和颜悦色，然又保持应有之礼数。虽未明言其威，然众人皆心生敬畏；

瀛海笔谭

虽不轻易动怒，然其严谨自律之态令人信服。因此，君子之威，实则源自内心之坚韧与强大，精神之刚毅不屈也。

君子之行，以德为本，其威严自然流露。彼无需借助外力之强势，亦无需刻意彰显自身之威猛。其言行举止间，自然而然地散发出一种令人敬畏之气质。此乃因君子修心养性，注重内在品质之提升，故其威严非但令人畏惧，更能激发人们向上之心志。

再者，君子之威，更彰显于其担当与矢志。遇困境而能挺身而出，勇于负千钧之重；临危难而毫无退意，坚守道义之信念。故君子之威，非仅源于品行高洁，更在于其对家国社稷之深沉忧虑与担当大义。

终而言之，君子之威，非徒以外在之态显，实乃内在修为与责任担当之融合。此等威严，自是高尚品格之流露，令人心生敬意，久仰不已。愿世人皆能以君子为楷模，修心炼性，致力于内在修为，以期成就自身之威严，兼备担当之精神。如此，则世道清明，人心向善，可期可待也。

夫君子之所以能不赏而民劝，不怒而民威于铁钺，盖因其言行一致，表里如一。

吾读中庸，深感君子之德行，其静默之中，蕴含智慧；其威严之中，透露出崇高之人格。寡言而行重于言，谦逊而威胜于怒。

省思鉴行 君子处世的智慧与影响力

夫君子者，道德之楷模，处世之典范。其行止坐卧，皆以道德为纲，仁义为纪，不违礼法，不悖天理。故君子处世，必以和为贵，不争不抢，不骄不躁，如春风之拂面，秋月之照水，和而不同，同而不流。此乃君子处世之智慧也。

"奏假无言"，非惟祭祀之礼，亦君子处世之道。夫祭祀之时，人心肃穆，静默无言，以表对神灵之敬。君子处世，亦应如此。无论遇何境遇，皆需保持内心之宁静，不妄言，不妄动，静待时机之来。如此则能洞察世事，明辨是非，而行之有方。此乃君子处世之静默之道也。

“时靡有争”，此乃君子处世之至高境界。夫争者，人心之病，争名争利，争权争势，皆能乱人心志，毁人德行。君子深知此理，故不与人争，亦不为物累。其处世如行云流水，自然而成，无往而不胜。此乃君子处世之不争之德也。

是故，君子不赏而民劝，不怒而民威于铁钺。此言君子之影响力也。夫赏罚者，治国之利器，然非惟赏罚能劝民向善。君子之德行，如日月之经天，江河之行地，自然能感化人心，使民向善。故君子不须赏罚，而民自劝勉。又君子之怒，非如常人之怒，乃道德之怒，义理之怒。其怒也，不在于泄私愤，而在于正纲纪。故君子虽不怒，而民自畏其威，如铁钺之在前，不敢稍违。此乃君子处世之威严之力也。

君子处世，必以中庸之道为本。中庸者，道德之极致，处世之良法。夫中庸之道，非惟折中而已，乃在于明理、达情、守道。君子行此，则能处变不惊，应对自如。无论遇何困境，皆能坚守道德之底线，不失其本心。如临深渊，如履薄冰，而能泰然处之。此乃君子处世之中庸之道也。

困境之中，君子更需守中庸之道。夫困境者，人生之试金石也。君子遇困境，不怨天尤人，不自暴自弃，惟以道德为依归，以中庸为准则。如此则能转危为安，化险为夷，而成就其大德。故困境之中，君子之智慧与影响力更得以彰显。此乃君子处世之困境之智也。

中庸之道，亦适用于日常生活之中。夫日常生活，琐碎繁杂，易使人迷失本心。然君子以中庸之道处之，则能心平气和，从容不迫。无论遇事之大小，皆能以道德为准，以中庸为法，而行之有方，处之有度。如烹小鲜，如治大国，皆能得心应手，游刃有余。此乃君子处世之日常之道也。

夫修身者，君子之根本；齐家者，君子之责任；治国平天下者，君子之志向。君子修身以道德为本，齐家以和睦为要，治国平天下以仁义为先。此乃君子处世之修身齐家治国平天下之道也。

道德者，君子处世之基石也。夫道德者，立身之本，处世之基。君子无道德不立，故必以道德为先。其处世也，必以道德为准绳，不违仁义，不悖礼法。如松之挺立，如竹之坚韧，而能赢得人心，成就事业。故道德之力量，乃君子处世之智慧与影响力之源泉也。

夫君子之处世，如行云流水，自然而成。其智慧与影响力，非惟在于言辞之巧、权谋之深，更在于道德之崇高、人格之伟大。故君子必以道德为本，以中庸为道，而后能处事不惊、应对自如。其影响力如春风之化雨，润物无声；如秋月之照水，清澈明亮。此乃君子处世之道德人格之力也。

君子处世之智慧与影响力，非一朝一夕之功。必积日累月，持之以恒，方能成就。故君子必以恒心修身，以毅力处世，而后能道德日益深厚，人格日益完善。如磨杵成针，如滴水穿石，而能成就其伟大之业。此乃君子处世之恒心毅力之功也。

夫君子之处世，亦需注重谦逊之道。谦逊者，君子之美德，亦处世之良法。君子以谦逊为本，则能虚心纳谏，从善如流。如海纳百川，有容乃大，而能赢得他人之尊重与信任。无论遇何人之过，皆能以谦逊之心待之，不计较，不怨恨。此乃君子处世之谦逊之道也。

又君子之处世，需注重宽容之德。宽容者，君子之胸怀，亦社会之和谐之源。君子以宽容为怀，则能容纳百川，包容万物。如天空之广阔，如大地之厚重，而能赢得人心。无论遇何人之怨，皆能以宽容之心化之，不报复，不记仇。此乃君子处世之宽容之德也。

夫君子之处世，亦需勇于担当。担当者，君子之责任，亦事业之成功之要。君子以担当为荣，则能勇挑重担，不畏艰难。如勇士之赴战场，如壮士之斩荆棘，而能赢得他人之敬佩与信赖。无论遇何事之难，皆能以担当之心应之，不退缩，不逃避。如此则能成就事业，而流芳百世。此乃君子处世之担当之勇也。

君子之处世，更需注重合作之道。君子以合作为本，则能携手共进，共创辉煌。如兄弟之同心，如朋友之协力，而能汇聚众人之智慧与力量。无论遇何事之繁，皆能以合作之心处之，不独断，不专行。此乃君子处世之合作之道也。

原文5

《诗》曰："不显惟德，百辟其刑之。"是故君子笃恭而天下平。

冀金雨译曰

《诗经》上说："君主显扬好的德行，百官就会效法。"因此，君子应笃实恭敬，这样天下自然太平。

读典浅悟 笃恭而行，君子立身之基与治国之道

《诗》曰："不显惟德，百辟其刑之。"此言君子之行，非徒以威猛为能，亦以德行为本。其德显扬于外，而内蕴深厚，足以化民成俗，为百官之所效法。是以君子笃恭而天下平，其行也，诚能致治；其德也，实堪为范。吾读中庸，深感其义，遂作此篇，以解其意。

吾读中庸，深感君子之德行，实乃天下之所赖。其不显之德，内含光华，足以照耀寰宇；其笃恭之行，外显谦逊，足以感化人心。是以君子之德，非徒修身齐家治国平天下之本，亦为百姓之所仰望，历代为政者所效法。

夫君子之德，首重笃恭。笃，乃专注无二心；恭，为谦和有节。君子持此二者为立身之基，故能成其大器，自修而及家、国、天下。

论其修身，君子如切如磋，如琢如磨，务求尽善尽美，无一丝瑕疵。于家庭之中，和乐融融，家人间互相敬重，如同宾客。在治国之道，君子秉持公心，不徇私情，洞察世间百态，无所不知。至若平天下之志，则以和谐为本，携手众国，共创繁荣。

君子之笃恭，实为天下所盼，为万民所依赖。盖因此二者，既能塑造君子之完美人格，又能确保其行事之公正无私。笃恭之道，深入君子之心，流露于其一

瀛海笔谭

言一行，成为天下人之楷模。

故君子持笃恭以行于世，无论身处何地，皆能展现其高尚品德，赢得世人敬仰。此乃君子之象，亦为世人所应效法之典范。

夫君子之德，隐而不露，然内含璀璨之光。其笃恭之举止，虽不肆意炫耀，然其影响力足以移风易俗，使民众受到感化。百官所应遵循的，非是严苛的法律条文，而是君子所展现的德行典范。

君子之德，虽不刻意显露，却自然而然地彰显出其高洁。其行事之风格，秉持笃恭之道，而能致天下安宁。君子并不仅仅依赖言辞来取信于人，更以其深厚的德行触动人心，使人深受感染。

我辈应当以君子为楷模，坚定践行君子之道，不断修身养性，期望有朝一日能达到天下太平的美好境界。虽然或许难以完全实现，但只要我们心怀向往，不断努力，便足以自我鞭策，持续进步。

君子之道，诚为内修外行之融合。非唯言辞之恭谦，更在于行动上对道德规范之恪守。言辞之雅，固能显君子之风范；然行动之正，方显其德行之本。故，欲近君子之境，必内外兼修，言行一致，志存高远，心怀天下。

君子不以华言取宠，而以实行见真。于日常之中，无论巨细，皆秉持道德之原则，不为私欲所动摇。其行也，如春风化雨，润物无声，使人感其诚而随之。是以，君子之道，在于内外兼修，言行相顾。愿共勉之，以君子为范，求己之进步，亦为天下之福。

夫君子之行，本于德而形于行。其德之不显，非德之无有，实乃含藏内蕴，不轻易显露，而光华自在其中。百官所应遵循，非严酷之法令，实为君子之德行，足为百官之楷模。

是以，君子之行虽无炫目之功绩，然其贤能，天下人皆能自知；虽无显赫之声名，然其德行，百姓皆能自感而服。此非仅依赖其言辞或行为以取人之信，更在于其深厚之德行，能深深触动人心。

君子之道，不求闻达，但愿德行于世，使人心生敬仰，自然化民成俗。其行也，静默而深沉，其德也，厚重而深远。君子以此修身齐家治国平天下，虽无大张旗鼓之举，然其影响，却能深入人心，化人于无形。

故君子之行，以德为本，虽功名不著，而德行之光，自能照耀四方。此乃君子之显，亦吾等所应效法之道也。君子之行，不仅独善其身，更愿兼济天下。以己之正，化人之邪；以己之德，感人之善。

夫君子以德感人者，如春风之化雨，润物无声；如秋霜之凝露，凝华自然。百姓观其行为，而知其德；闻其言语，而服其教。是以君子之平天下，不在严刑峻法，而在德行之深厚；不在声色之厉，而在心灵之感化。

今者更当修身养性，以德行感人，以行为化人。

省思鉴行 德行为本，处世之道与心灵修行

孔子曰："不显惟德，百辟其刑之。"此言昭示着德行的重要性。君子笃恭而天下平，修身、齐家、治国、平天下，皆以德行为本。故本文将以此探讨处世之要义，以期在大千世界中，寻得一份宁静与和谐。

德行，为人处世之基石。古人云："道德仁义，非礼不以正。"德行高尚者，必能敬人、爱人、信人。待人以礼，宽以待人，和而不同。赢得他人的尊重与信任。反之，德行败坏，则为人所不齿，难以在社会中立足。故德行为处世之基石，须时刻铭记在心。

谦逊，为人处世之关键。古人云："谦受益，满招损。"谦逊之人，能虚心接受他人的意见和建议，时刻反省自己，不断进步。而骄傲自大之人，往往目中无人，固步自封，难以成就大事。故谦逊为处世之关键，须时刻保持。

宽容，为人处世之妙法。古人云："海纳百川，有容乃大。"宽容之人，能容忍他人的缺点和错误，给予理解和关爱。宽容是一种境界，它能让我们在面对纷繁复杂的社会时，保持一颗平和的心。宽容他人，也是宽容自己，让我们在处

世中，收获更多的友谊和快乐。

诚信，为人处世之根本。古人云："人无信不立，国无信不兴。"诚信之人，言行一致，言出必行。诚信是社会的基石，是国家繁荣昌盛的保障。在处世中，诚信不仅能赢得他人的信任，还能让我们在困境中得到他人的帮助。故诚信为处世之根本，须时刻坚守。

勤奋，为人处世之途径。古人云："业精于勤，荒于嬉。"勤奋之人，努力耕耘，不懈怠，终获丰硕的果实。在处世中，勤奋能让我们不断提升自己，实现人生价值。反之，懒惰散漫之人，难以成就大事。故勤奋为处世之途径，须时刻坚持。

综上所述，德行、谦逊、宽容、诚信、勤奋，此五者乃处世之要义。在大千世界中，若能以此为佐引，必能行走自如，赢得他人的尊重和信任。同时，我们还需时刻警醒，反省自己的言行，以确保遵循这些原则。在这纷繁复杂的社会中，保持一份宁静与和谐。

古人云："修身、齐家、治国、平天下。"修身乃处世之基石，德行为修身之核心。故在追求事业成功、家庭幸福和国家繁荣的过程中，我们应时刻铭记德行的重要性，以谦逊、宽容、诚信和勤奋为处世之道。实现个人价值，为社会和谐与国家昌盛贡献力量。

终愿世人皆能悟透德行之要理，以谦逊、宽容、诚信与勤奋为处世之道，为实现世界之和平与繁荣，贡献己之力。

然世事纷扰，众生百态，如何在复杂之人际关系中坚守德行，实乃一大课题。吾等当如何在尘世喧嚣中保持一颗清净之心，如何在物欲横流之际，坚守道德之底线，此乃心灵之修行，生活之艺术也。

修身之道，首在克己。孔子云："克己复礼为仁。"此言明示，修身者须约束自己之欲望，以礼为准则，终达仁之境界。在现代社会，此理依然适用。我们要学会自我管理，克制欲望，不被物质所奴役，保持内心之清净与独立。

齐家之要，和在和谐。家庭和谐，是社会稳定之基石。古语有云："家和万事兴。"

家庭成员之间，应以爱为本，相互尊重，共同承担家庭责任。在家庭中实践德行，不仅能够培养良好之家风，亦能让孩子在温暖之环境中成长，学习尊重与爱。

治国之道，德行为先。孟子曰："民为贵，社稷次之，君为轻。"治国者，必须以民为本，以德行凝聚民心，以法治维护社会秩序。政府官员当以廉洁自律为本，以公正公平为行事准则，才可获得民众之信任与支持。

然德行之修践，乃需锲而不舍之勤勉。吾辈当于寻常生计中，无论亲眷友朋，抑或职事与生人之交，皆应恪守德行之准绳。务求诚笃守信，待人以宽，勤于所事，而谦恭自持。

于今之世，瞬息万变，吾等尤需领悟，德行非独修身之要，更系乎社稷之和、邦国之理乃至寰宇之宁。是以，匹夫匹妇皆应为德行之使，以己之行，化及他人，同筑一道德崇高、和谐静好之世间。

夫德者，人心之本，社会之基。无德不立，无德不兴。故当以德润身，以德化人，以德立国，以德平天下。于此纷繁复杂之世，持守德行，不为浮华所惑，不为私欲所动，则能立身于不败之地，亦能为社会注入一股清流。

原文 6

《诗》云："予怀明德，不大声以色。"子曰："声色之于以化民，末也。"
《诗》曰："德輶如毛。"毛犹有伦，"上天之载，无声无臭。"至矣！

冀金雨译曰

《诗经》说："我怀念周文王的明德，他并不高声疾呼，也不疾言厉色。"孔子说："用声音和脸色来教化百姓，只是教化的末流手段而已。"《诗经》又说："德行轻得就像羽毛一样。"但羽毛再轻，也还有可比之物。可是上天所承载的万物，却是无声无臭的，这才是最高的境界啊。

读典浅悟 至德之行，内在修为与外在表现

《诗》云："予怀明德，不大声以色。"此言至德之行，非以声色为显，乃以内蕴为尊。子曰："声色之于以化民，末也。"是言教化之道，非徒在于声色之厉，更在于德行之感。故《诗》又曰："德輶如毛。"毛虽微末，然有其序；德虽不显，然有其质。至于"上天之载，无声无臭"，则德行之至极，无声无色，而化育万物，此真至德也。吾读此文，深感其义，遂作此篇，以解其意。

夫明德者，心藏至德之道也；而声色者，不过表象之技。教化之道，贵在以德润心；德虽细微，然其条理清晰。天之化物也，虽无声色之显，然能滋养万物；君子之怀德也同，虽无张扬之态，然能深感人心。

明德之修，非赖外在之炫耀，而依内在之积厚。其行止也，从容不迫，泰然若定；其言辞也，温文尔雅，和煦如春风拂面。是以，君子怀明德，不事张扬，不尚炫耀，而众人自然感其德，敬其人。

此等境界，非但凭言辞或行为以取信，更以德行之深厚而触动人心。君子之道，在于持续修身，不断积累内在之德。其影响之力，虽无形而强大，足以化人，足以服众。

故，明德之道，实乃内心修炼与社会实践之结合。愿世人皆能明了此理，以德为本，修心养性，以期达到更高之境界。如此，则世道可清，人心可向善，社会和谐有望也。

夫声色之用于化民，虽有其术，然终非至理也。声色纵能严厉，足以震慑人心，但难以深植于心，更无从谈及改变人之本性；而德行，虽看似细微，却能深深触动人心，改变人的气质与精神。是以，君子不重声色的威严，而重德行的感化。

君子教化民众，首重以身作则，以德润人。其教民之方式，犹如春风细雨，悄然滋润万物，使人在不知不觉中受到感化；其影响之力，又如秋霜凝露，自然而然使万物得以成熟。此乃真正的教化之道，不仅仅依赖声色的严厉来震慑人心，更以德行的深厚来触动人心。

德行之轻如羽毛，虽看似微不足道，却有其独特的条理与逻辑。君子之德，虽不张扬于外，但内在却饱含深厚；虽不刻意在众人面前炫耀，却能深深地打动人心。这才是真正的至德，不仅仅通过言行来取信于人，更以德行的深厚来感动人心。

声色之威，或能令人一时震慑，然其效难以持久；而德行之感，虽初看平淡无奇，却能深入人心，产生深远的影响。是以，君子更偏向于以德感人，而非以声色吓人。

夫德辅如毛，其细微之处，却有内在之条理。毛之纤细，然每根毛发皆有其生长之序；德之幽微，然蕴含了深厚之本质。君子所怀之德，非以外在显赫为意，而在于其内在之深厚与真挚。

君子之德，细如毫芒，却井然有序；柔如蚕丝，但质地坚韧。故君子虽不张扬其德，却能深深打动人心；虽不在众人面前炫耀，但其德行之深厚，足以化育万物。

是以，德之微妙，如同细毛之有序，君子修德，不求闻达于外，但求内心充实，品质高洁。其德行之影响力，如同春雨润物，悄然无声，却能深深改变周围之环境与人心。君子以此修身、齐家、治国、平天下，实为天下之福祉。

至于"上天之载，无声无臭"，实乃德行之至高境界。观上天运载万物，虽无声无色，然其化育之力却能滋养世间生灵；君子内心所怀之德，虽同样无声无色，但其深厚之情感却能深入人心。

此乃真正之至德，不单依赖外在言行以取信他人，更以德行之深厚触动人心。君子修德至此，已臻化境，无需张扬，亦能使人感受到其内在之美。

吾辈应以君子为榜样，怀揣至德之心，行尽善之举，力求在人生道路上达到至善至美之境。不断修身养性，以内在之德行为根基，为世间带来正能量与美好。

吾读《中庸》，深感至德之可贵。明德之人，不依赖声势或华丽言辞以取信于人，而是凭借其内在深厚的德行来深深打动人心。其举止从容不迫，泰然处之；

其言辞温文尔雅，和煦温暖如同春日阳光。此乃真正君子之行径，不单以言行赢得他人信任，更以德行的深厚来触动人心。

至德之行，犹如春风化雨般悄无声息地滋润万物；又如秋霜凝露，自然而然使万物得以成熟。其行为举止始终保持着从容与泰然，言辞温文尔雅且温暖人心。这不仅是君子言行的典范，更是其深厚德行的体现。

省思鉴行 明德为本，内在修为与外在表现

夫山川千寻，万物苍苍，处世之道，若迷雾之中，求索无尽。孔子曰："予怀明德，不大声以色。"此言明德之内涵，非声色所能表也。夫声色，化民之末也，不足以载德之深厚。故君子务本，求其内在之明德，而非外在之表象。

《诗》又曰："德輶如毛。"毛者，细腻柔软，若有若无，然其存在，不可忽视。德之存在，亦如毛之细腻，无所不在，无时不在。君子处世，当以德为本，如毛之细腻，影响他人，使之受益。

然德之承载，非声色所能为，唯内心修行，可体现。故君子务虚，求心之明德，非外在繁华。心者，人之根本，修心可修身，修身可治国，治国可平天下。内心修行，为立身之本，治国之基，平天下之要。故君子重内心修行，以达至高之境。

《诗》又曰："上天之载，无声无臭。"此言天之高远，无声无息，然其存在，不可忽视。天之载，无所不在，无时不在。君子处世，当如天之高远，无声无息，但行好事，莫问前程。

君子处世，当顺应天道，遵循人道，以明德为本，以修心为宗，以无声无息之行，影响他人，使之受益。

然则，处世之道，亦非孤立无援，需与他人共处，相互影响，相互帮助。故君子处世，当以和为贵，以合作为基，以共赢为目标。

夫和者，和谐也，人与人之间，事与事之间，能和谐相处，能共生共荣。君

子处世，当明辨是非，但求和谐，不争强斗胜，不以私欲害人。

合作者，共同行事也，君子处世，当以合作之道，与他人共事，相互尊重，相互信任，相互支持。共成大事，共赴大业。

共赢者，相互受益也，君子处世，当以共赢为目标，与他人共同追求，共同奋斗，共同实现目标。使众人满意，使众人受益。

然则，处世之道，亦非一成不变，需顺应时势，灵活应对。故君子处世，当以时为变，以变为通，以通为久。

夫时者，非独指时间之流转，实为时代气象、时事动态之体现。君子欲立身处世，必须洞察时代之变迁，紧随时事之发展。盖因此，君子方能融入当下环境，进而谋求个人与社会之共同进步。时代日新月异，君子必须与时俱进。

言及变者，乃变革、更新之意。君子在行事之时，务必勇于面对变革，敢于破旧立新，以此跟上时代之快节奏，持续取得进步。那些墨守成规、固步自封者，难以适应时代之变迁，终将被淘汰于历史的洪流之中。

论及通者，意即通达、明智。君子处世之道，在于能够明辨是非，灵活应对各种情况，通权达变。在错综复杂的世界中保持和谐与平衡。

再言久者，意指长久、持续。君子在立身处世之时，应以通达的心态追求长久的发展。只将通达作为长久的基石，以长久作为恒定的目标，这才是通向成功的必由之路。

故言，君子处世之道，在于顺应时代潮流，勇于变革创新，明辨是非曲直，并以通达之心态追求长久发展，立足在不断变化的世界，创造美好未来。然则，君子处世，亦非独善其身，更需兼济天下。故君子之行，既修身，又治国，终平天下。修身者，修心养性，端正言行，以求内外一致，表里如一。为政者，以德化民，以礼待人，以法治国，以求国泰民安。平天下者，以和为贵，以合作为基，以共赢为目标，以期和平。

然世事无常，人生如梦。故君子应顺应时势，随遇而安，不强求，不固执。

如《诗》云："天地之大德，生而无有，死而不亡。"君子处世，当知生死，顺其自然，明辨是非，坚守道义，不受世俗之累，不受物欲之诱。如《诗》云："德之不修，学之不讲，闻义不能徙，不善不能改。"君子处世，当以此为戒，修身齐家治国平天下，以求道义之实现，人生之圆满。

且人非圣贤，孰能无过。故君子应宽容待人，以包容之心，对待他人之过，以求和谐共处。如《诗》云："有过则改，无过则勉。"君子处世，当以此为座右铭，以宽容之心，对待他人之过，以自省之心，对待自己之过。

文至此刻，著者感曰：夫君子处世，当以明德为本，以修心为宗，以和为贵，以合作为基，以共赢为目标，以时为变，以变为通，以通为久，或可无往而不胜。

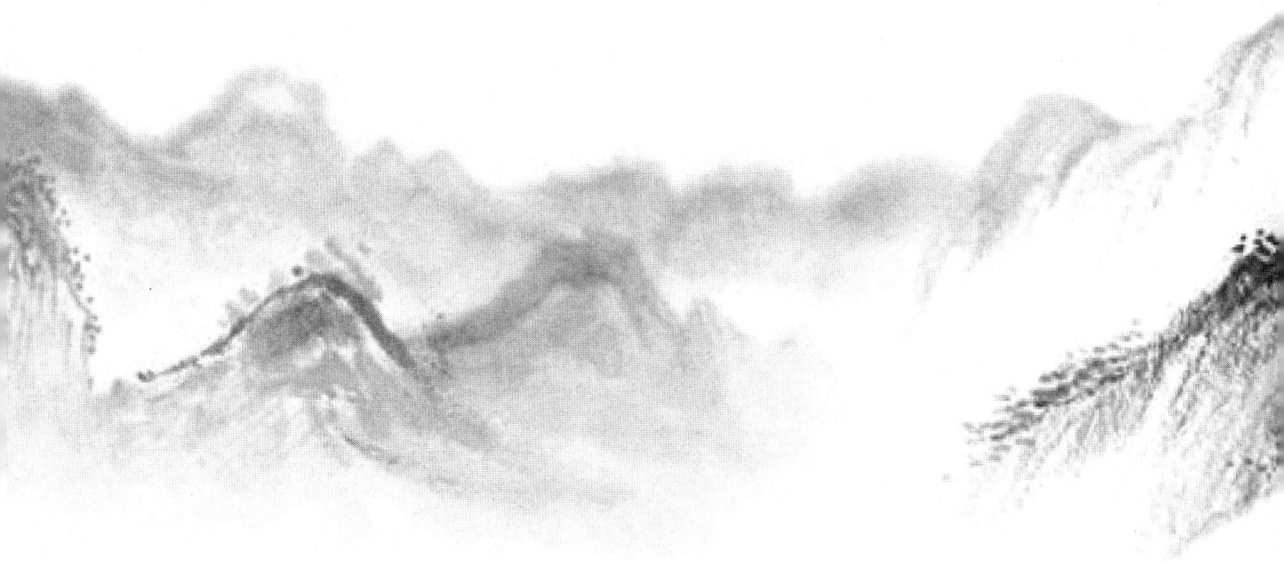

【上部终篇】

儒家文化的核心价值与现代启示

——兼作上跋

戊戌年己未月丙午日，余著既成矣。掩卷长思，感慨系之。今援笔而为后记，聊表心曲。

本书分为"读典浅悟"与"省思鉴行"两部分。旨在通过对《大学》《中庸》的深入解读，揭示儒家文化的核心价值，以期对现代人的道德修养有所启示。

"读典浅悟"之中，余试从立志、明德、亲民、至善四端，解儒家之伦理，探其实践之道。修身立德，儒家之基也；明德之光，修身之要也。余于其中，强调以史为镜，明兴替之理；以和为贵，求无讼之境。又论修身之道，上自天子，下及庶民，皆应以此为本。诚意正心，不自欺也。

"省思鉴行"之篇，余结合儒家之伦理与现代之生活，提出修身齐家治国平天下之指南。仁、义、礼、智、信，此五常之德，乃治国安邦之要也；家庭和谐，乃国家治理之基。又述知所止，明人生选择之智；以民为本，显治国理念之现代启示。

书中所论，皆以明德为本，修身齐家治国平天下为纲。自立志至至善，皆儒家伦理之实践路径。君子求道德之完善，克明德以修身，此人生践行也。仁、敬、孝、慈、信，传统美德之精髓，于今之世，仍具实践之意。斐然君子，博学厚德，道盛德至善，品行卓然，其影响力自显。

以史为鉴，可知兴替。文王武王之道，乃智慧之传承与实践。求和为贵，化讼为无，此亦处世之智也。格物致知，探本质与成长之关系，于今尤有意义。修身之道，无论贵贱，皆应以此为基。曾子之智，诚其意而不自欺，此乃修身之要也。

瀛海笔谭

读书以明理，修身以齐家。儒家经典，和谐之理，家庭至国家，一目了然。仁、义、礼、智、信，五常之德，家国之间，内在联系，亦可由此而得。正心之道，修身与处世之核心；絜矩之道，治国之伦理基础。以民为本，民心向背，国家兴亡，皆令人深思。

君子之道，费而隐，广大且深微。由家至天地万物，道不远人，人亦不可远道。忠恕之道，近道而行，忠诚宽恕，人生秘诀也。孝道为根，忠信仁义为枝，德行立身之本也。礼之用，和为贵，仁义礼智信与修养之关系，亦可由此而悟。

古代政治哲学中之政道与个人品德相辅相成。知、仁、勇三维修养可为今人借鉴。五达道与三达德显示儒家伦理之个人品德修养皆以好学、力行、知耻为基石。修身治国九经之道亦可为今人提供智慧之源泉。

本书虽为散文随笔之形式，然力求严谨治学遵循儒家之精神。文字表述尽量遵循文言语法，以期传达儒家之韵味。然水平有限，书中难免有疏漏之处，敬请诸君不吝赐教予以指正。

夫《大学》《中庸》，儒家之经典也，修身治国平天下，咸备于斯。余不揣浅陋，取二书之精髓，杂以已意，敷衍成文。然才疏学浅，难窥圣人之堂奥，然亦竭尽心力，期于一得之见。

时光荏苒，著书之途，艰辛备至，难以尽述。书中所述，虽已繁多，然余情犹未已。夫儒学浩瀚如苍渊，博大精深，著者乃仅阐以微言矣。

著者，于燕山之侧金雨庐

瀛海笔谭 [下]

心性归同与儒道相通

冀金雨 著

中国书籍出版社
China Book Press

图书在版编目(CIP)数据

瀛海笔谭. 下 / 冀金雨著. -- 北京：中国书籍出
版社，2024. 11. -- ISBN 978-7-5241-0004-1

I. I267.1

中国国家版本馆 CIP 数据核字第 20245KM968 号

瀛海笔谭·下

冀金雨　著

责任编辑	杨铠瑞
责任印制	孙马飞　马　芝
出版发行	中国书籍出版社
地　　址	北京市丰台区三路居路 97 号 (邮编 :100073)
电　　话	(010)52257143(总编室)　(010)52257140(发行部)
电子邮箱	eo@chinabp.com.cn
经　　销	全国新华书店
印　　刷	廊坊市印艺阁数字科技有限公司
开　　本	787 毫米×1092 毫米　1/16
字　　数	754 千字
印　　张	53.5
版　　次	2024 年 12 月第 1 版
印　　次	2024 年 12 月第 1 次印刷
书　　号	ISBN 978-7-5241-0004-1
定　　价	168.00 元 (全二册)

目　录

下部开篇

《瀛海笔谭》散文随笔分上下两部，上部完结于 2018 年，初为闲暇感读随记而已。

2020 年初，时逢殊常，且母亲年逾九十之耆年，受挚友兼董事长周健所厚，无须劳心公司诸务，奉母自守于家。久而久之，颇有"闭门家中坐，自是惊心处"之坐以待毙感也。余为掩惊怯而求静心，遂又重温《大学·中庸》两典之义。

度日如年之某日，忽有所惑，《大学》言心、《中庸》讲性多有前人所言。其双璧映儒林，一文一理，相得益彰。前者明修身治国之大道，后者述中和位育之至理，皆为儒家学说之精髓，必有其所同矣！然所同几何？同于何处呢？

自此，余于《大学·中庸》两典寻章摘句，甄别比校，辨其异同，而思得其论也，是为"心性归同"，然其皆囿于著者所悟《大学·中庸》之限也。其所谓心性归同，乃指性与心之相辅相成也。性者，心之本源，决定人心之善恶；心者，性之显现，昭示人性之贤愚。性喻为水源，而心则似波澜；性为体之根本，心则为用之所依。二者互为表里，缺一不可。欲明心，须先知性；欲尽性，则必定心。是以儒者修身之道，在于洞察心性，以求至善之境。故，"心性归同"之名，自此始矣。盖言君子以《大学》《中庸》为基，践于行，成于德，修学实践也。

至于《儒道相通》，乃完结《心性归同》之力之未尽，且又余兴勃勃，一鼓作气焉。儒家之中庸言性与大学论心，与道家之道德经所阐道与德，虽入手处异，然其归宿则同。中庸言性，谓人之初生，秉性本善，内含仁之潜能。大学言心，以心为道德之源，情感意志之本，修身治国之要。而道德经所论之道，乃宇宙运行之根本法则，无形无相，为万物之始母。德者，应道而生，顺乎自然，无为而成。故儒道两家，虽各有所重，然于人性道德之探讨，及其所追求之和谐境界，实有相通之处。是以称之为儒道相通，意在揭示两家学说之互补与交融，共致人性之完善与社会之和谐。性心道德，一以贯之，皆为人类精神生活之基石，相辅相成，以达至善之境。此乃"儒道相通"之义也。

　　如上文所述，本著"儒道相通"之所论，皆源于著者所感知《大学·中庸》《道德经》之教诲。特立是明义也。

　　时至 2022 年中秋日，余按下最后 ctrl+s 键，下部终于搁笔。

　　凡所论点，皆缘之著者浅悟，进而循己鄙见延伸而发。所发之论，又因著者愚钝之资，管窥蠡测水平，不过井底蛙说，且述为著者随感所发，信口而拈，不敢言倡也。

【心性归同　大学篇】

〔第一章〕

原文 1

大学之道，在明明德，在亲民，在止于至善。知止而后有定，定而后能静，静而后能安，安而后能虑，虑而后能得。物有本末，事有终始。知所先后，则近道矣。

心性归同　《大学》《中庸》心性修养的相通性

大学之道，首在明明德，即在弘扬内心的光明德性。而《中庸》有云："天命之谓性，率性之谓道，修道之谓教。"此言人之天性得之于天，顺应天性而行即是道，而对此天性的修养教化，便是教育的精义。由此观之，《中庸》所强调的"性"与"大学之道"中的"明德"有异曲同工之妙，皆在强调人内心的本善与光明。

大学之道又言"在亲民"，意在以仁爱之心亲近民众，使之得到教化。《中庸》亦云："喜怒哀乐之未发，谓之中；发而皆中节，谓之和。中也者，天下之大本也；和也者，天下之达道也。致中和，天地位焉，万物育焉。"此言人心之情感在未发之时，保持一种中正平和的状态，此即"中"；情感发出而能合乎节度，即是"和"。中与和为天下之大本与达道，达到此种境界，则天地各安其位，万物得以繁育。

这与大学之道中的"亲民"理念相通，皆在倡导一种和谐共生的社会关系。

再者，"大学之道"提到"知止而后有定"，意指知道目标所在，心才能安定。《中庸》亦言："知者过之，愚者不及也。道之不行也，我知之矣：知者过之，其为愚也；愚者不及也，其为不肖也。人莫不饮食也，鲜能知味也。"此言智者往往过度，愚者往往不足，皆因未能恰到好处地把握"中"的原则。知道适可而止，方得其中道，这与"知止而后有定"的理念不谋而合。

大学之道所言"在止于至善"，意在追求最高的善。《中庸》亦云："诚者，天之道也；诚之者，人之道也。诚者不勉而中，不思而得，从容中道，圣人也。"此言"诚"是天道的体现，而人应追求"诚"，以达到圣人的境界。这里的"诚"与"至善"相通，皆在表达一种对最高道德境界的追求。

至于"定而后能静，静而后能安，安而后能虑，虑而后能得"，《中庸》中也有相应的体现："博学之，审问之，慎思之，明辨之，笃行之。"此言求学问道需广泛学习、详细询问、慎重思考、明确辨别、切实实行，这一过程与定、静、安、虑、得的心路历程相呼应，皆在强调求知与修行的渐进过程。

夫大学之道，首在明明德，继以亲民，终于至善之境。是道也，昭示心性之修养，亦明示道德之追求。明德者，心之本源；至善者，性之极致。欲论心性归同之理，试以《大学》之心与《中庸》之性相较，观其同，可求其归。

《大学》言明明德，盖指心中自有之光明，须经省察克治而后显。此心之明德，如同初露之晨光，待云散雾开，方显其真容。明德之显，在于修心。心若明镜，常拂尘埃，方映照万物。

《中庸》论性，谓天命之谓性，率性之谓道。性者，天生之质，质朴无华，然需经教化，方能显其善。性之善，如同璞玉，待雕琢而后成器。修性之道，在于教化。性若清泉，长流不息，才可滋养万物。

心性之归同，在于明明德与修性之道并行不悖。心为性之表，性为心之里。心之明德显，则性之善亦随之而出。反之，性之善显，则心之明德愈发光大。

知止而后有定，定者心之静也。心静则能安，安则能虑，虑则能得。此过程亦即修性之道。物有本末，事有终始，知所先后，则近道矣。心性之归同，亦需知所先后，先修心以明明德，再修性以显其善。

原文2

古之欲明明德于天下者，先治其国；欲治其国者，先齐其家；欲齐其家者，先修其身；欲修其身者，先正其心；欲正其心者，先诚其意；欲诚其意者，先致其知；致知在格物。

心性归同 《大学》《中庸》的道德修养路径

"古之欲明明德于天下者，先治其国；欲治其国者，先齐其家；欲齐其家者，先修其身；欲修其身者，先正其心。"此言修心之要，乃达明德之基。今吾欲从心性归同之角度，探寻《中庸》中与此言相应之章文。

《中庸》开篇明义，言简意赅："天命之谓性，率性之谓道，修道之谓教。"数语之间，蕴藏着深邃的人生之道。言"天命之谓性"，即人之本性，天赋也，不可移也。言"率性之谓道"，盖言顺乎本性而为，乃合乎自然之"道"。至于"修道之谓教"，明示教化之旨，在于修心，以使心性与天命相合。

此思想与儒家他言"欲修其身者，先正其心"相通，皆强调修身、齐家、治国、平天下，莫不始于修心。人若欲求自身之完善，必先正其心性，使之纯乎天然，于乱世中亦能保持明智，行乎当行，止乎当止。

由此观之，心性在儒家思想中占据至高无上的地位。心性既是行为之起点，亦是道德之准绳。心性纯良者，无论处何境，皆能持守道义，不为外物所摇。心性不良者，纵有才华地位，亦难以赢得他人之尊重与信任。

又，《中庸》云："喜怒哀乐之未发，谓之中；发而皆中节，谓之和。中也者，天下之大本也；和也者，天下之达道也。"此言心之未发状态为中，情感发出而能合乎节度则为和。中与和，乃心性之理想状态，亦为修心之目标。与"先正其心"相呼应，皆在追求心性之平和与和谐。

再者，《中庸》有言："诚者，天之道也；诚之者，人之道也。诚者不勉而中，不思而得，从容中道，圣人也。"诚为心性之本质，达到诚的境界，进而从容中道，此与"欲诚其意"之意境相通。诚其意者，必先修其心，使心性归于诚。

此外，《中庸》亦提到："自诚明，谓之性；自明诚，谓之教。诚则明矣，明则诚矣。"此言诚与明之关系，心性本诚则自然明了道理，明了道理又能反过来增强心性之诚。此与"欲诚其意者，先致其知"之理相呼应，皆在强调知与诚的相互促进关系。

综上所述，《中庸》中诸多章文与"心性归同"之理念相通，皆在强调心性的基础地位及修心的重要性。从"天命之谓性"到"诚者天之道也"，无不体现出心性归同的思想。

自古圣贤，欲明明德于天下，必先治国；治国之本，在于齐家；齐家之要，在于修身；修身之基，则在正心。此乃《大学》之道，讲心之重要，可见一斑。而《中庸》云："天命之谓性，率性之谓道。"性者，心之本源；道者，性之所发。心性相通，归同一理。

论心性归同之道，先从《大学》之心论起。心者，人之主宰，万事之根本。心正则身修，身修则家齐，家齐则国治，国治则天下平。故《大学》之道，在于修心以明明德。修心者，必先正其心。正心者，必先诚其意。诚意者，必先致其知。

再论《中庸》之性。性者，天生之质。性之本善，然受外物之诱，或失其本真。故《中庸》之道，在于率性而行，复其本善。性之善者，心之本体也。修性者，必先教化。教化之本，在于修心。心性相通，一而二，二而一也。

原文 3

物格而后知至，知至而后意诚，意诚而后心正，心正而后身修，身修而后家齐，家齐而后国治，国治而后天下平。

心性归同 从格物致知到致中和

"物格而后知至。"物者，事物之谓也；格者，穷究之谓也。言人欲致其知，必先即物而穷其理，而后知无不至。此即心性修养之始，以知为本，而知必源于心。心者，知觉之府，万理之藏。故格物者，实乃格心；知至者，实乃心知之至。心知既至，则意自诚矣。

意诚而后心正。意者，心之所发；诚者，实而无伪之谓。心知既至，则意无所欺，自然诚矣。意诚则心无所偏，自然正矣。心正者，非但无恶念之萌，亦无善念之执。无恶无执，则心体廓然，与天地同流，此即心性之本体也。

心正而后身修。身者，心之载也；修者，治而使之完善之谓。心既正，则身之行无不中道。中道者，不偏不倚，无过不及之谓。身行中道，则自然修矣。身修则家齐，家齐则国治，国治则天下平。此皆心性修养之自然流露，非有意而为之也。

然则《大学》之言心性，虽未明言"性"字，而实已寓于其中。盖心性本一，不可分离。心为性之动，性为心之体。心动则性显，性显则心明。故《大学》之言"心"，即所以言"性"也。

再观《中庸》，其言心性，尤为详明。《中庸》开篇即言："天命之谓性，率性之谓道。"天命者，天所赋予人之性也；率性者，循性而行之谓也。此言人性本善，为天所赋，人当循此善性而行道。道者，人心之共由，亦即人性之表现。故率性而行，即所以行道也。

又言："喜怒哀乐之未发，谓之中；发而皆中节，谓之和。"中者，心之本体，无过不及之谓；和者，心之用，发而中节之谓。此言心性之动静，皆当以中为本，以和为用。中则不偏，和则不悖。心性归同于中，则自然和矣。

瀛海笔谭

《中庸》又言："致中和，天地位焉，万物育焉。"致者，推而极之之谓；中和者，心性之至境也。言人若能致其心性于中和之地，则天地自然定位，万物自然生育。此即心性修养之极致，亦即人与天地万物和谐共生之道也。

然则《大学》之言心与《中庸》之言性，虽各有侧重，而实则相通。《大学》以"心"为主，而实已寓"性"于其中；《中庸》以"性"为主，而实已明"心"之用。心性本一，不可分离。故《大学》之言"心"，即《中庸》之言"性"；《中庸》之言"性"，即《大学》之言"心"。二者相通相融，共明心性之要。

《中庸》亦言："君子之道，造端乎夫妇，及其至也，察乎天地。"此言君子之道，始于夫妇之微，而终于天地之大。然皆以心性为本，以道德为纲。故心性归同者，自然能察乎天地，通乎万物也。

且夫《大学》与《中庸》之言心性归同，非但理论之相通，亦实践之相符。盖心性修养，非空言所能致，必于实践中见之。故《大学》言"格物致知"，实则于实践中穷理；《中庸》言"率性行道"，实则于实践中循性。实践者，心性修养之要途也。又《大学》言修身齐家治国平天下，实则皆心性修养之自然流露。修身者，修心性也；齐家者，和家族也；治国者，治天下也。然皆以心性为本，以和谐为用。故心性归同者，自然能修身齐家治国平天下也。

再者，《大学》与《中庸》皆强调心性修养与知识探求之紧密结合。夫心性者，道德之原；知识者，行事之基。心性修养与知识探求，实乃相辅相成之道。故《大学》言"格物致知"，实则以心性为本，而求知识之全；《中庸》言"博学笃行"，实则以知识为用，而修心性之德。二者相通相融，共明心性知识之要。

又《大学》与《中庸》皆注重自我认知与自我超越之重要性。夫自我认知者，明己之长短，知己之善恶；自我超越者，克己之私欲，达己之善境。故《大学》言"诚意正心"，实则以自我认知为基础，而求自我超越之道；《中庸》言"慎独"，实则于独处之时，更需明心性之要，而求自我超越之境。二者皆强调自我修养之重要性，而以求心性之完善为归宿。

自天子以至于庶人，壹是皆以修身为本。其本乱而末治者否矣。其所厚者薄，而其所薄者厚，未之有也！

心性归同 儒家心性归同与个人品德修养

《中庸》言"性"，《大学》言"心"，二者皆阐幽发微，穷理尽性，而心性归同，实为圣学之要义。吾欲从《大学》《中庸》两者之视角，探讨"心性归同"之奥秘，以期发幽显微，抉疑解惑。

《大学》一书，开篇即言："大学之道，在明明德，在亲民，在止于至善。"此三者，实乃修身之要义。明明德者，旨在明晰本心，使智慧之光显现；亲民者，视同赤子，慈爱以抚之；至善者，则求尽人之天性之善。修身立命，一以贯之，皆需以正心为基。《大学》有云："欲修其身，先正其心。"正心之重，譬如树之深根，水之远源，不可或缺。正心，即回归本性，使心不偏不倚。夫正心者，修身之始也，心正则身修，身修则家齐，家齐则国治，国治则天下平。此乃《大学》之道，亦为人生指南，当深悟之，笃行之。

《中庸》一籍，深谈心性之要义。有言："上自天子，下至庶民，皆以修身为根本。若其本紊乱，而希冀其末梢得以治理者，实为难事。犹如树根既毁，枝叶岂能独存？厚此薄彼，亦或厚彼薄此，皆不得其正也。"此言修身乃万事之基，心性相通之理亦在其中。

修身之道，以正心为要。心乃神之所居，心正则身修，心邪则行悖。君子欲修身，必先治心。心性之炼，日积月累，功在不舍。此时燕山之侧，风袭金雨庐，余乃思曰，山谷之风，喻世之纷扰，能吹去人之小我，使心性归一。大我者，自我意识也；小我者，私欲狭心也。修身者，当令此风吹散纷扰，明理通达。知修身之本，乃付诸行，非徒托空言。无论尊卑贵贱，皆应以修身为先。若心性纷乱无章，则修身之道难有所成；若心性归同，明理通达，则修身之道自然水到渠成。此乃知晓根本之谓也，能识此理者，可谓真知灼见。能识此道者，则可展智显勇。

故《中庸》所强调者，在于心性之修炼与归一。心性归一，则言行举止皆能合于道义，不偏不倚，无过无不及。此乃中庸之道，亦为修身之本。

《大学》中论及"诚意"，与《中庸》所言之"心性归同"有异曲同工之妙。诚意，即正心之要，乃修身之基石。诚意之道，源于致知，而致知之途，在格物。格物者，穷理尽性也，物格而后知至。知既至，则意念自然真诚无伪。意诚则心正，心正而身修，此乃循序渐进之道。身修则家道自齐，家齐则国治，国治而天下太平。此皆源于心性归一，修身至于极致之体现。故，"心性归同"与"诚意"之道，实乃一理相通，皆指向修身立命之本。若深悟此道，亦可为求得内心修为与社会和谐，赴修身齐家治国平天下之大道也。

《中庸》言："自天子以至于庶人，壹是皆以修身为本。"此言修身之重要。修身之道，在于正心。而《大学》言及正心之道，在于诚意。诚意之道，在于致知。致知之道，在于格物。格物而后知至，知至而后意诚，意诚而后心正，心正而后身修。身修而后家齐，家齐而后国治，国治而后天下平。

辨析《大学》《中庸》本章之异同，可知二者皆言心性归同之理，然《大学》重诚意，而《中庸》重修身。诚意者，正心之谓；修身者，心性之谓。二者虽有侧重，然皆心性归同之要义。心性归同，修身之基也；修身成功，心性归同之效也。

本章"心性归同"之特点，在于强调修身之重要，以心性为本，以诚意为中介，以致知为途径，以格物为手段。修身之道，在乎正心；正心之道，在乎诚意；诚意之道，在乎致知；致知之道，在乎格物。此皆心性归同之要素，修身之关键也。

瀛海笔谭

原文

《康诰》曰:"克明德。"《大甲》曰:"顾諟天之明命。"《帝典》曰:"克明峻德。"皆自明也。

心性归同 心性之德行涵养的共通智慧

《中庸》之道,在于致中和,天地位焉,万物育焉。而心性归同,亦为求中和之境,使心性得以归正。今观《康诰》《大甲》《帝典》之言,皆在于明明德,即心性之明也。从心性归同的角度视之,《中庸》中多有与之相呼应者。

《中庸》首章即言:"天命之谓性,率性之谓道,修道之谓教。"此言心性之本原出于天命,顺应天性而行动即是道,修养此道则需教化。与《康诰》所言"克明德"相呼应,皆在强调人性的光明与善良,需通过教化与修养显现。心性之明,乃明明德之基,亦是修身之本。

《中庸》云:"喜怒哀乐之未发,谓之中;发而皆中节,谓之和。"此言心性之平和,即中和之境。与《大甲》所言"顾諟天之明命"相通,皆在强调顺应天命,保持心性的平和与中和。

《中庸》中提到:"诚者,天之道也;诚之者,人之道也。诚者不勉而中,不思而得，从容中道，圣人也。"此言心性之真诚为天道，人应追求真诚之道以达圣人之境。与《帝典》所言"克明峻德"相对应，皆在强调心性之真诚与峻德之修养。

《中庸》还言："唯天下至诚，为能经纶天下之大经，立天下之大本，知天地之化育。"此言心性之至诚，能通达儒学之道，与诸经典所言明明德、峻德之意相通。

又云："自诚明，谓之性；自明诚，谓之教。诚则明矣，明则诚矣。"此言心性之明与真诚相辅相成，明则心性自然真诚，真诚则心性自然明。此与《康诰》《大甲》《帝典》所言皆在于明明德、峻德之意相呼应。

《中庸》论天命、中和、真诚等篇，与《康诰》《大甲》《帝典》所言之"心"，关连甚密。二者同强调心性之明与真诚之重及心性归同之必要性。

昔之经典，载道深远。《康诰》有言："克明德。"此言人之心性，当能明德，显其光明。《大甲》亦云："顾諟天之明命。"盖言人应顺从天命，心性所归，须与天道相应。《帝典》所谓"克明峻德"，更是强调了心性之明，峻德之立，皆在于自明。

论及心性，当以《大学》之心与《中庸》之性为鉴。《大学》之道，在于明明德，亲民，止于至善。明明德者，心性之明也；亲民者，心性之用也；止于至善者，心性之归也。而《中庸》之道，则在于致中和，天地位，万物育。致中和者，心性之平和也；天地位者，心性之安定也；万物育者，心性之生发也。

心性归同之理，在于明明德与天命之性的相通。明明德者，心之明也；天命之性者，性之本也。心性相通，则明明德可亲民，可止于至善。

夫心性者，人之精神魂魄也。心之明德，显于外则为言行举止之光明磊落；性之天命，藏于内则为品德气质之深沉厚重。心性相通，则内外一致，形神兼备，此乃心性归同之真义也。

今人修身养性，当以心性归同为要。诚意正心，致知在格物，皆心性归同之道也。诚意者，心之真也；正心者，心之定也；致知者，心之明也；格物者，心之用也。心性归同之理，实乃诚意正心、致知格物之本也。

故言心性归同之道者何？以《大学》之心与《中庸》之性相较而知之矣。明明德之心与天命之性相通相融，则为至善之道也。

复论心性之学，《大学》以修身为本，正心为宗，《中庸》言天命之性，诚意为先。二者互为羽翼，共显心性归同之奥义。诚意正心，则明德亲民，至于至善，此心性归同之精义也。

心性之用，至为广大。《大学》以心之明德在亲民，止于至善，《中庸》以性之天命在致中和，诚意正心。二者共显心性归同之奥义。

《大学》之心与《中庸》之性，实于心性归同之论。明德之心与天命之性相融，则为至善之道。此心性归同之论，实为修身之要。

心性之论，以《大学》之心与《中庸》之性相较，则心性归同之理可见。明德之心与天命之性，实为一身之两面，相通相融，皆为修身之本。今人宜以是为鉴，诚意正心，以求心性归同之途，以达修身之目的。心性者，人之根本也。心性相通，则明德可亲民，可止于至善。是以知心性归同之理，修身养性，达于至善之境。

〔第二章〕

原文

汤之《盘铭》曰："苟日新，日日新，又日新。"《康诰》曰："作新民。"《诗》曰："周虽旧邦，其命惟新。"是故君子无所不用其极。

心性归同 从中庸之道到个人修身

《中庸》之道，求天地之正道，亦注重心性之修炼。今观汤之《盘铭》《康诰》《诗》之言，皆在于强调"新"，即不断更新、不断进步之意。此与心性归同之理颇为契合，因心性归同亦在于使心性得以不断更新、完善。

《中庸》有云："诚者，天之道也；诚之者，人之道也。诚则明矣，明则诚矣。"此言心性之真诚与通达。与汤之《盘铭》"苟日新，日日新，又日新"相呼应，皆在强调心性的不断更新与进步。心性之真诚，需通过不断学习与实践，日新月异，不断进步。

又，《中庸》中提到："知、仁、勇三者，天下之达德也。"此言心性之德行涵养之要，在于培养智慧、仁爱、勇气等品质。与《康诰》"作新民"相通，皆在鼓励人们成为新品格的人，不断追求进步。

再者，《中庸》云："好学近乎知，力行近乎仁，知耻近乎勇。"此言心性之德行涵养需好学、力行、知耻，不断完善自身。与《诗》"周虽旧邦，其命惟新"相对应，皆在强调无论时代如何变迁，我们仍需保持心性的不断更新与进步。

此外，《中庸》中还提到："诚之者，择善而固执之者也。"此言心性之德行涵养需坚定选择善良并持之以恒。与"是故君子无所不用其极"相呼应，皆在强调君子在心性之德行涵养上应竭尽全力，不断追求完美。

《中庸》之论心性之德行涵养，与汤之《盘铭》《康诰》《诗》所述"心"法，关联密切。二者皆强调心性之持续更新与精进及追求圆满之重要性。今以心性归同之视角观之，《中庸》之道与诸经典所述"新"法，实则相辅相成。透过心性之德行涵养，使心性得新更新与完善，方真实现个人之进步与社会之和谐。且夫心性之修炼，乃人之根本。通过不懈学习与实践，使心性得新归正，则人皆可为君子也。《中庸》中关于心性之德行涵养之内容，与诸经典所述"心"法相通，共同揭示了心性之道也。

又，《中庸》云："唯天下至诚，为能经纶天下之大经，立天下之大本，知天地之化育。"此言心性之至诚，能通达儒学之道，与诸经典所言"新"之意境相通，皆在激励人们不断追求进步与完善自身也。

昔者，汤之《盘铭》有云："苟日新，日日新，又日新。"此言人之求新也，若每日皆能更新，则心性得以日新。《康诰》亦云："作新民。"盖言使人成为新品格之民，亦在于心性之更新。《诗》云："周虽旧邦，其命惟新。"此言周朝虽是古老之国，然其使命在于不断创新。是故，君子于修身之道，无所不用其极，以求心性之归同。

论及心性，当以《大学》之心与《中庸》之性为基石。《大学》之道，在于明明德，此明德之源，乃心性之光明也。亲民者，心性之仁爱也；止于至善者，心性之完善也。而《中庸》之道，则在于致中和，天地位焉，万物育焉。中和者，心性之平和也；天地位者，心性之安定也；万物育者，心性之滋养也。

心性归同之理，在于《大学》之心与《中庸》之性之相通。明明德之心，显

瀛海笔谭

于外则为言行之光明磊落，此乃心性之明也；致中和之性，藏于内则为品德之深沉厚重，此乃心性之定也。心性相通，则内外一致，形神兼备，此乃心性归同之真要也。

今人修身养性，当以心性归同为要。诚意正心，致知在格物，皆心性归同之道也。夫心性归同者，非独修身之道，亦为治国平天下之基。诚意者，心之真也；正心者，心之定也。致知在格物者，心性之通达也。格物者，非独外物之探究也，亦为心性之自省内察也。通过格物致知，使心性得以明达通透。

心性归同，诚意正心之要也。心性相通，言行一致，内外和谐，此心性归同之显也。诚意正心，明明德显，亲民止于至善。心性之法，以《大学》之心、《中庸》之性为鉴。明明德之心，显于外；致中和之性，藏于内。心性归同，修身之智慧也。

心性之道，人之精神魂魄也。心意相通，言行一致，内外和谐。明明德之心显于外，致中和之性藏于内，此心性归同之理，乃为修身之要；引汤之《盘铭》《康诰》《诗》之言，从《大学》之心、《中庸》之性，讲心性归同之道，知心性归同之理，修身养性，达至善之境，此乃修身之过程也！

瀛海笔谭

《诗》云:"邦畿千里,惟民所止。"《诗》云:"缗蛮黄鸟,止于丘隅。"子曰:"于止,知其所止,可以人而不如鸟乎!"《诗》云:"穆穆文王,於缉熙敬止!"为人君,止于仁;为人臣,止于敬;为人子,止于孝;为人父,止于慈;与国人交,止于信。

心性归同 儒家修身之道与《诗经》的伦理启示

《诗》云:"邦畿千里,惟民所止。"此言民生之依归,亦如心性之所系。心性者,人之本也,其动静皆关乎行为之所止。《中庸》之道,亦在于明心性,使人知其所止。

又,《中庸》首章言:"天命之谓性,率性之谓道,修道之谓教。"此与《诗》所言之"止"相呼应。天命之性,乃人心之所止之本源。率性而行,即是知其所止,不逾矩,此即修道之谓也。心性之道,在于顺应天命之性,而后能止于至善。

再观《中庸》之十四章:"君子素其位而行,不愿乎其外。素富贵,行乎富贵;素贫贱,行乎贫贱;素夷狄,行乎夷狄;素患难,行乎患难。君子无入而不自得焉。"此言君子之行,皆随遇而安,无往而不自得。此与《诗》所言"知其所止"

相通，皆在强调行为之适度与恰当。心性归同者，亦应如此，顺应性情，安于所处，而后能行乎其道。

又，《中庸》二十章有言："诚者，天之道也；诚之者，人之道也。诚者不勉而中，不思而得，从容中道，圣人也。"诚为心性之本，亦为行为之所止。心性归同之道，在于至诚。至诚则能从容中道，无所偏倚，此即知其所止也。

且看《中庸》二十七章："大哉圣人之道！洋洋乎！发育万物，峻极于天。"心性归同，心性合一，则行为自然合乎道义，此即圣人之所止也。与《诗》所言"为人君，止于仁；为人臣，止于敬；为人子，止于孝；为人父，止于慈；与国人交，止于信"相呼应，皆在强调行为之准则与所止之境。

《中庸》之理与《诗》所言"知其所止"相通。心性归同之道，在于顺应天命之性，至诚而行，内省不疚，而后能止于至善。

《诗》云："邦畿千里，惟民所止。"言民之所居，亦心性之所系也。又云："缗蛮黄鸟，止于丘隅。"鸟尚知所止，何况人乎？夫子亦曰："于止，知其所止。"盖言行为举止，皆应知其所当止之处。夫心性者，行为之根源；行为者，心性之外现。是以，《大学》言心以明行为之本，《中庸》言性以定行为之则，二者共成人之修养。

《大学》之道，在明明德，首言正心。心正则行为不偏，心邪则行亦随之。心之所向，行为之所趋也。故正心者，修身之本，亦行为之端。《中庸》之道，在于率性。性者，本然之质，行为之所由也。性之所发，而致情之所动，皆应合乎道义，止于至善。

为人君者，应止于仁。仁者，心之本体，性之所发。君以仁心治国，则民安物阜，国泰民安。此心性归同之效也。

为人臣者，应止于敬。敬者，心之诚，性之正。臣以敬心事君，则君臣和谐，政治清明。此亦心性归同之功也。

为人子者，应止于孝。孝者，心之顺，性之和。子以孝心奉亲，则家庭和睦，亲情笃厚。此乃心性归同之德也。

为人父者，应止于慈。慈者，心之爱，性之柔。父以慈心育儿，则子女成材，家门昌盛。此亦心性归同之福也。

与国人交者，应止于信。信者，心之真，性之诚。人以信心相交，则友谊长存，社会和谐。此乃心性归同之美也。

原文 2

《诗》云："瞻彼淇澳，绿竹猗猗。有斐君子，如切如磋，如琢如磨。瑟兮僩兮，赫兮喧兮。有斐君子，终不可谖兮！"如切如磋者，道学也；如琢如磨者，自修也；瑟兮僩兮者，恂慄也；赫兮喧兮者，威仪也；有斐君子，终不可谖兮者，道盛德至善，民之不能忘也。

心性归同 《中庸》与《诗经》的古典智慧

《中庸》首章言："天命之谓性，率性之谓道，修道之谓教。"此与《诗》中所言君子自修之道相通。天命之性，乃心性归同之始，率性而行，即如诗中所言"如切如磋，如琢如磨"，皆在修道之中。心性相通，乃显君子之德。观《中庸》所言："诚者，天之道；诚之者，人之道。"诚为心性交融之基，君子依诚自修，其威仪自显。诗中所云"瑟兮僩兮，赫兮喧兮"，皆心性一致之彰显。

《中庸》复言："唯天下至诚，为能尽其性；能尽其性，则能尽人之性。"此言至诚之道，与诗意相应。君子持诚修身，极尽其性，其道德之光自然显现。盛德至善，皆源于心性之和谐。

心性一致，君子之德表露无遗。君子修身以诚，尽展其性，道德之光辉自然照耀。无需外求，心性相通，德行之高显矣。再观《中庸》所论，至诚者尽其性，亦能尽他人之性。此与君子之德相辅相成，心性归一，德行之高，不言而喻。故君子务本，本立而道生，心性归同，德自显矣。

《中庸》之言："知、仁、勇三者，天下之达德也。"此三者，亦为心性归同之体现。知者，明理义；仁者，爱人如己；勇者，无所畏惧。君子以知、仁、勇修身，心性自然归同，与诗中所言君子之威仪、盛德相得益彰。

且《中庸》有云："君子之道，或出或处，或默或语，四海之内，皆兄弟也。"此言君子之道无处不在，无时不有，与诗中所言君子之不可喧兮相呼应。心性归同者，无论出处语默，皆能显其君子之德。

《诗》云："瞻彼淇澳，绿竹猗猗。有斐君子，如切如磋，如琢如磨。瑟兮僴兮，赫兮喧兮。有斐君子，终不可喧兮！"此言君子之道，如切如磋，如琢如磨，皆心性之德行涵养之过程也。心性本一，然受外界之影响，或善或恶，皆由心之动。修炼心性，若琢若磨，使之归于至善，此君子之行也。

《中庸》言性之道，亦以修炼心性为本。心性一如，然性者，天赋之本质；心者，情之所发。心性相互影响，互为因果。性善则心清，心正则性明。故，《中庸》云："天命之谓性，率性之谓道，修道之谓教。"言性之本源来自天命，依性而行则得道，修炼此道则为教。性与心，皆人之本质，二者互为依存，缺一不可。

心性归同者，言心与性皆应归于善。心之善，源于性之善；性之善，显于心之善。心性一体，不可分离。修炼心性，当如切如磋，如琢如磨，至于至善之境。

论心性归同之理，须明心性之关系。心为情之所发，性为天赋之本质。心性一如，相互依存。

修炼心性，当以心导性，以性养心。心清则性明，性正则心定。故心性归同之道，在于修炼心性，使之达到和谐之境。是以君子养心，莫善于寡欲。寡欲则心自定，心定则性自明。性明则天下之至赜皆备，备则无患。故心性归同，非一日之功，亦非一事之成，在乎持之以恒，在乎日积月累。

心性归同，亦在乎修身齐家治国平天下。修身在于正心，齐家在于和亲，治国在乎明法，平天下在乎仁爱。此四者，皆心性之体现，皆心性归同之重要环节。

心性归同，非独为己之私，亦为天下之公。

心性归同，亦在乎自省。自省者，知己之过，知人之善，知己之短，知人之长。自省则心自明，性自正。心性归同，非独为个人之修养，亦为社会责任。君子修心，以性导心，以心养性，心性合一，此乃归同之境。

原文 3

《诗》云："於戏！前王不忘。"君子贤其贤而亲其亲，小人乐其乐而利其利，此以没世不忘也。

心性归同 儒家《中庸》与《诗经》的共通智慧

《中庸》有云："天命之谓性，率性之谓道，修道之谓教。"此言与《诗》所云"前王不忘"，皆在强调人应遵循天性而行，以达至道。君子贤其贤而亲其亲，乃率性而行，不忘其本；小人乐其乐而利其利，亦是求其本心所乐，此皆修道之谓也。

《中庸》言："喜怒哀乐之未发，谓之中；发而皆中节，谓之和。"君子之于人，无不善也，犹《诗》云君子贤其贤，皆因君子之心，中节而和，其行皆合于道，故能得人之贤而贤之，此亦心性归同之理。

《中庸》又云："诚者，天之道也；诚之者，人之道也。"君子以诚为本，与《诗》云君子亲其亲相呼应。诚于己，则能诚于人，故能亲人之亲，此皆因心性相通，以诚为本也。

《中庸》亦言："自诚明，谓之性；自明诚，谓之教。诚则明矣，明则诚矣。"此言与《诗》中小人乐其乐而利其利相应。小人虽求利乐，然若能从心性出发，亦可达至诚之境，乐其本性之乐，利其本性之利，此亦心性归同之道。

再观《中庸》："唯天下至诚，为能尽其性；能尽其性，则能尽人之性；能尽人之性，则能尽物之性；能尽物之性，则可以赞天地之化育；可以赞天地之化育，

瀛海笔谭

22

则可以与天地参矣。"此言至诚之道，可与《诗》云"前王不忘"相印证。至诚者，不仅能尽己之性，亦能尽人之性，尽物之性，乃至与天地相参，此皆因心性归同，至诚之道也。

《中庸》言："其次致曲。曲能有诚，诚则形，形则著，著则明，明则动，动则变，变则化。唯天下至诚为能化。"此言致曲之道，亦与《诗》所云相应。君子之贤，小人之乐，皆从心性出发，形于外，明于众，动人心，变风俗，化天下，此皆心性归同，至诚之道也。

综上，《中庸》所言，皆与《诗》云"於戏！前王不忘。"相应。君子贤其贤而亲其亲，小人乐其乐而利其利，皆因心性归同，至诚为本。故，《中庸》之道，乃心性之道，与《诗》所云，相得益彰。

论心，《诗》所云君子之贤、小人之乐，皆源于心之所发。心者，情感之所系，志意之所存。君子之心，以道义为归，故能贤人之贤，亲人之亲，其行也端，其志也坚。小人之心，虽溺于私欲，然亦有其本真之乐，利其所利，求其所求，此乃心性之自然流露。故，《诗》之言心，实乃言人心之所向，情性之所归。

论性，《中庸》有言："天命之谓性。"性者，天赋之本质也，非人力所能改变。君子之性，本于天而形于人，故能行中庸之道，不偏不倚，无过无不及。小人之性，虽多偏颇，然亦有其本然之善，若能引导得宜，亦可归于正道。是以，《中庸》之言性，实乃言人性之本原，行为之所依据。

心性归同之理，在于明人心性之本一也。心与性，虽名异而实同，皆指人性之本质。心性相通，则人心可通，善恶可辨，行为可规。君子小人，虽志向不同，行为各异，然其心性之本则一。故，心性归同之说，实为探究人性之深奥，明人心之所向，归人性于本原。

［第五章］

原文

子曰："听讼，吾犹人也，必也使无讼乎！"无情者不得尽其辞，大畏民志，此谓知本。

心性归同 儒家修身的内在逻辑

《中庸》有言："喜怒哀乐之未发，谓之中；发而皆中节，谓之和。"此言心性之本，与仲尼所言"听讼"之道相通。盖心之未发，乃中性也；心之发而中节，乃和也。听讼者，若能守中持和，则民自无讼。此与仲尼所言"必也使无讼乎"相呼应，皆在强调心性之正。

又，《中庸》云："诚者，天之道也；诚之者，人之道也。"诚于心，则行于外，自然无讼。仲尼所言"无情者不得尽其辞"，亦在强调诚心之重要。诚则心正，心正则言行皆正，讼自不起。故，《中庸》之诚与仲尼之无讼，实乃心性归同之道也。

再者，《中庸》言："自诚明，谓之性；自明诚，谓之教。诚则明矣，明则诚矣。"此言诚明之道，与心性紧密相关。诚于心，则能明理；明理，则能更诚。此与仲尼所言"大畏民志，此谓知本"相通。诚明之道，乃心性归同之本也。

又观《中庸》所云："唯天下至诚，为能尽其性；能尽其性，则能尽人之性。"此言至诚之道，可与仲尼所言相对应。至诚者，心性之本也；尽人之性者，无讼之道也。心性归同之理，在于至诚尽性。故，《中庸》之至诚与仲尼之无讼，皆在强调心性之本。

综上所述，《中庸》所言诚、中、和等理念与仲尼所言无讼之道实乃相辅相成。心性归同之理在于诚明之道与无讼之道的相互呼应之中得以彰显。

《中庸》云："天命之谓性，率性之谓道。"性者，天赋之质也，心之所本。道者，性之所发，心之所向。心性相通，道亦相随。是以，明心见性，方能行道。

孔子所言"必也使无讼乎"，意在使民心向善，不争而讼自消。此与《中庸》之"率性之谓道"相呼应。率性而行，则心正行端，讼自不起。心性相通，皆以善为本。

"无情者，不得尽其辞"，此言听讼之道，在明察秋毫，使隐情者无所遁形。而明察之基，在于心性之明。心明则性显，性显则情伪无所遁。是以，心性归同之理，在于明心见性，使无情者不得尽其辞。

"大畏民志"，畏者，敬也。民志者，民心之所向也。听讼者若能使民心向善，则讼自减少。此与《中庸》所言"修道之谓教"相契合。修道者，修心养性也。心性归同，则民心可畏，讼自减少。

孔子所言"此谓知本"，本者，心性之本也。知本者，明心性相通之理也。心性归同，方能知本。知本则能行道，行道则能无讼。

夫心者，人之根本也。心性相通，即是以心为本，明了人与人之间，心性本自相同。此乃知本之精义。知本者，明了人之本性，受天命所赋，而率性而行，便是遵循天道。

心性归同，方能知本。知本，则能行道。行道，即是以道义为准则，以善行为目标，以和谐相处为追求。行道之人，心正身直，言辞真诚，行为端正，为人所敬仰。

知本而行道，便能无讼。无讼，即是以和谐之道，解决纷争，以和平之心，对待他人。无讼之人，明了心性相通之理，以道义为准则，以善行为目标，以和谐相处为追求。无讼之人，以和平之心，对待他人，以和谐之道，解决纷争，使社会安宁，世界和平。

夫君子者，修身之要，以知本为始点，行道为径途，无讼为标的。于人生践行之际，恒修其身性，以臻知本无讼之境。俾自我与他人，谐和相与，共臻长进。君子之途，修身之本，亦为处世之智睿，为人之指南也。

夫知本者，知己之本也。知本而后能行道，行道而后能无讼。无讼者，和也。和则无争，无争则天下宁。故君子者，当以修身为务，以行道为责，以无讼为求。

〔第六章〕

原文

此谓知本。

所谓致知在格物者，言欲致吾之知，在即物而穷其理也。盖人心之灵莫不有知，而天下之物莫不有理，惟于理有未穷，故其知有不尽也。是以《大学》始教，必始学者即凡天下之物，莫不因其已知之理而益穷之，以求至乎其极。至于用力之久，而一旦豁然贯通焉，则众物之表里精粗无不到，而吾心之全体大用无不明矣。此谓物格。此谓知之至也。

心性归同 致知格物与修道之谓教

《大学》云："此谓知本。所谓致知在格物者，言欲致吾之知，在即物而穷其理也。"此言知本在于致知，而致知之道在于格物。格物者，非外求于物，乃内省于心。以心之灵，照物之理，而后知得以明。此即心性相通之证也。夫心之灵，本自能知；而物理，待心而显。故心与物交，而知生焉。此知非外来，乃心之本体所固有。故曰："盖人心之灵莫不有知，而天下之物莫不有理。"

《中庸》则云："天命之谓性，率性之谓道，修道之谓教。"此言性之本体，浑然天成，乃天命所赋，非由外铄。性者，人之本质，心之体，寂然不动；心者，性之发动，感而遂通，性之用，昭昭不昧。故心性相通，互为表里，不可分离，犹影之随形。性之本体，至善无恶，莹彻清净；而心之用，则因物而迁，随境流转。故必以道修心，制其妄动，以教正性，复其本然。而后可以复其本体之善，归于至中至和。此即《中庸》所谓"致中和，天地位焉，万物育焉"之旨，微妙玄通也。

详而言之，性为天赋之良，心为性之动用。性静而心动，性内而心外。以道修身，则心得其正；以教养性，则性不失真。心性合一，内外兼修，进而能致中和而天地位，万物由此而生生不息。《大学》之格物，非徒向外物索知，实欲以心之灵明，深窥物之内在理蕴。此非仅对外界之认知，实为复归心性本体之要途。于格物之际，人心之灵与物之理交相辉映，心性由此磨砺，本体之善渐次显现，此乃心性归同之大道也。故云："唯理有未穷，知乃不尽。"此言理之无穷无尽，人心之灵亦具无限求知之潜能。学者于格物之时，必当勤勉不懈，于理上穷极研探，进而令知得以全然彰显。《大学》格物之论，实乃心性相通之理。当心性臻至归同之境，知则无有不尽之处。格物之际，既磨砺心性，又复归本体之善，终达心性归同之境界。同时，亦彰显理之无穷与知之无穷之关系，以及心性相通、知无不尽之真理。此过程非仅知识之累积，实为心性之提升与完善，尽显儒学心性归同之要义。

又《大学》云："是以《大学》始教，必始学者即凡天下之物，莫不因其已知之理而益穷之，以求至乎其极。"此言《大学》之教，必使学者即物而穷理，以求心性之本体。夫物者，理之所在；理者，心之所照。故即物穷理，即所以明心性之本体。此即《中庸》所谓"博学之，审问之，慎思之，明辨之，笃行之"之旨也。皆欲以学问思辨之功，而复其心性之本体。

至于用力之久，而一旦豁然贯通焉，则众物之表里精粗无不到，而吾心之全体大用无不明矣。此言用力之久，则心性之本体自然显现。夫心性之本体，本自具足，无有欠缺。只因物欲之蔽，而不得显。故必用力之久，而后可以豁然贯通。此即《中庸》所谓"诚则明矣，明则诚矣"之旨也。诚者，心性之本体；明者，心性之显现。故诚则明，明则诚，心性相通，而无有间隔。

夫《大学》之格物致知，《中庸》之致中和，皆欲明心性之本体，而复其本然之善。故二者虽名异而实同，皆儒学之心性归同之道也。夫心性归同者，非徒知心性之相通，乃欲以心性之本体为归宿，此即儒学之根本追求。《大学》言"心"，重在揭示心之灵明知觉之能，通过格物致知，以磨砺心性，复归本体之善。

又《中庸》云："唯天下至诚，为能尽其性；能尽其性，则能尽人之性；能尽人之性，则能尽物之性；能尽物之性，则可以赞天地之化育；可以赞天地之化育，则可以与天地参矣。"此言至诚者，能尽其心性之本体，而与天地同流。夫心性之本体，纯善无恶，与天地同体。故能尽其心性者，即能与天地同流，而赞其化育。

综上所述，《大学》与《中庸》虽各有侧重，然其理则一。皆欲明心性之本体，二者虽切入点不同，然终归于心性归同之道，而复其本然之善。

〔第七章〕

原文

所谓诚其意者：毋自欺也。如恶恶臭，如好好色，此之谓自谦。故君子必慎其独也！

小人闲居为不善，无所不至，见君子而后厌然，掩其不善，而著其善。人之视己，如见其肺肝然，则何益矣。此谓诚于中，形于外。故君子必慎其独也。

曾子曰："十目所视，十手所指，其严乎！"富润屋，德润身，心广体胖。故君子必诚其意。

心性归同 儒家修身的道德修养

夫《大学》之道，乃儒家修齐治平之纲领，其言心之处，实乃探究人性之本源。而《中庸》之理，贵在执中守正，论性之时，亦在揭示心之微妙。今观《大学》所云"所谓诚其意者：毋自欺也"，与《中庸》之旨，心性归同，实有异曲同工之妙。

《大学》之"诚其意"，在于不自欺，如恶恶臭，如好好色，此乃人之常情，亦为人性之自然流露。而此所谓"自谦"，非谦逊之谓，乃是指自我满足，自我成就之感。君子于此，必慎其独，即在无人监督之时，亦能恪守道义，不失其本心。而小人则不然，闲居之时，易为不善，见君子则掩其不善，而著其善，此等行径，实乃自欺欺人。然人心难欺，人之视己，如见其肺肝然，此等伪装，又有何益？故君子必诚其意，以真心待人，方为上策。

《中庸》之道，首重天命之性，而此性与心紧密相连。其云："天命之谓性，率性之谓道，修道之谓教。"是以心之发动，皆源于性。而《中庸》又云："诚者，天之道也；诚之者，人之道也。"此诚与《大学》之"诚其意"相呼应。诚其意者，必先诚意于心，进而诚意于人。而诚意之心，又必源于天性之善。

细观《中庸》之章句，其与《大学》本章心性归同之处，尤其在诚意之重要性与实践上。如《中庸》所言："诚则明矣，明则诚矣。"此语揭示了诚意与明理之密切关联，意谓人之真诚，能使其明智；而明智之人，自能真诚。此与《大学》所提"诚其意"之观点相吻合，皆强调了心意之真诚是修身之本。

又，《中庸》续云："自诚明，谓之性；自明诚，谓之教。诚则明矣，明则诚矣。"此语阐述明与诚之互动关系，明指理解与智慧，诚指真诚与诚实。自诚而明，即由内心之真诚发显出智慧；自明而诚，即由理解之明达至真诚之行。此亦与《大学》之诚意相呼应，皆认为心意之真诚是达成个人修养与社会和谐的关键。

《中庸》与《大学》虽表述各有侧重，然其心性修养之核心，均在于强调诚意的重要性。诚意不仅是内在心性的表现，也是外在行为的准则。通过诚意的修养，可以实现情感与理智的平衡，达到个人内心的和谐，进而影响行为和决策，促进家庭、国家乃至整个世界的和谐发展。此为儒家思想之精髓。

再观两者之异同。《大学》所强调的是"诚意"，即真心实意地对待自己和他人，而《中庸》则更侧重于"诚"，即真诚无欺的天性。然而，"诚意"之根源，亦在于"诚"之天性。故，《大学》《中庸》在心性归同之层面，实乃一体两面。

本章心性归同之特点，在于揭示了人性之善与心之真诚是相互关联的。心之真诚，源于性之善；而性之善，又通过心之真诚得以显现。此等心性归同之理，实乃儒家思想之精髓。通过修养心性，使心与性合而为一，达到儒家所追求的理想人格。

"为学日益，为道日损。"心性归同之道亦然。修心者，必先充实其内，而后可以应外。去恶心，存善心，使心性纯一，真诚无伪，此君子之所以为君子也。心者，性之体现；性者，心之根源。心性相辅，内外合一，可臻至善之道。《大学》《中庸》二书，深谈心性归一之理，实为儒家修身之要旨。

《大学》有言："修身在正其心。"复又云："心正则身修。"此乃修身之初衷。心性归一，则可修身；修身而后家齐，家齐而后国治，国治而后天下平。此儒家修身、齐家、治国、平天下之大道也。

心性归一者，心与性相辅相成，和谐一致，而后可修身养性，达至善之境。修身者，始于正心，心正则言行举止皆合道义，进而可影响家庭，使家道正直。家道正直，则可推而广之，治国安邦。国治则天下太平，此乃儒家之理想境界也。《中庸》亦云："至诚无息，不息则久。"此言心性之恒久，真诚之不懈，亦为修身之重要。《大学》《中庸》在心性归同之视角具有深厚的内在联系。两者共同揭示了人性之善与心之真诚是相互关联的深刻道理，并为后人指明了一条修养心性、实现理想人格的道路，诚为儒家思想也。

且夫心性归同者，实乃儒家修身之要义。盖心为性之用，性为心之体。心性相通，内外一致，表里如一。故君子修身，必求心性归同，源于《大学》之道，在明明德，在亲民，在止于至善。而《中庸》之理，亦在追求至诚至善之境。心性归同者，亦乃两者之共通之处。按照儒家教义，盖人性本善，而心意本真。修身之道，无非去伪存真，复其本性而已。

〔第八章〕

原文

所谓修身在正其心者，身有所忿懥，则不得其正；有所恐惧，则不得其正；有所好乐，则不得其正；有所忧患，则不得其正。

心不在焉，视而不见，听而不闻，食而不知其味。此谓修身在正其心。

心性归同 儒家修身齐家的文化价值

自古儒家之道，以修身为本，而修身之要，又在正心。昔者，《大学》有云："所谓修身在正其心者，身有所忿懥，则不得其正；有所恐惧，则不得其正；有所好乐，则不得其正；有所忧患，则不得其正。心不在焉，视而不见，听而不闻，食而不知其味。此谓修身在正其心。"斯言也，实乃探心性之微，究修身之奥。今以《中庸》为镜，观其与《大学》本章心性归同之处，辨其异同，明其特点。

《中庸》之道，首言天命之性，而归于至诚。其云："喜怒哀乐之未发，谓之中；发而皆中节，谓之和。"此言心性之和，与《大学》之正心，实有异曲同工之妙。盖心之未发，性也；心之已发，乃情也。情之发而能中节，则心正矣。故，《中庸》之"中"，即《大学》之"正"。

又，《中庸》云："君子素其位而行，不愿乎其外。素富贵，行乎富贵；素贫贱，行乎贫贱；素夷狄，行乎夷狄；素患难，行乎患难。君子无入而不自得焉。”此言君子之心，不随外物而移，无论处何境遇，皆能安之若素，保持心性之中。此与《大学》所谓"心不在焉，视而不见，听而不闻，食而不知其味"相呼应。盖君子之心，不在于外物之纷扰，而在于内心之安定。心定则正，正则能修身。

再观《中庸》之"诚"，实乃心性归同之核心。其云："诚者，天之道也；诚之者，人之道也。诚者不勉而中，不思而得，从容中道，圣人也。"诚，即真实无妄之心，乃天性之所固有。而人能诚其心，则能发而中节，达到心性之和。此与《大学》之正心，殊途而同归。盖诚则心正，正则身修，身修则家齐，家齐则国治，国治则天下平。此儒家修身齐家治国平天下之道也。

然则，《大学》《中庸》在心性归同之上，又有何异同乎？盖《大学》之言心，重在修身之实践；而《中庸》之言性，重在心性之本体。然两者皆以心性为基础，以修身为目的。故，《大学》以正心为修身之要，《中庸》以诚为心性之本。诚则心正，心正则身修。此两者心性归同之精义也。

至于本章心性归同之特点，在于揭示了心性之和谐与修身之关系。心性之和，乃修身之基础；修身之要，又在于正心。而正心之本，则在于诚。诚则能发而中节，达到心性之和；和则能安处各种境遇，保持心性之定。故本章心性归同之特点，在于以诚为本，以和为贵，以修身为目的。

《大学》《中庸》于心性归同之视阈，具深厚之内在联属。二者相得益彰，共揭心性之和洽与修身之奥秘。而本章心性归同之特质，复在于以挚诚为本、以和婉为贵、以修身为鹄的。

彻悟此理，以之奉为修身之指南，求获内心宁谧与社会之和融。此乃儒门思想之所系，亦为人所宜追寻之理想境界也。夫君子者，当以修身立德为己任，诚心正意，求和婉之境。

儒家思想，博大精深，蕴含无尽之智慧。吾等当潜心研习，汲取其精华，以臻至善之境。

瀛海笔谭

夫儒家之学，包罗万象，其道德伦理，处世之道，治国方略，皆为世人所称道。吾等当以谦逊之心，勤勉之姿，深入探究其内涵。学儒家之仁，以爱人为本，推己及人，广施仁爱；悟儒家之礼，以敬为要，尊师重道，恪守礼仪。

　　儒家之智慧，亦能启吾等之思维，拓吾等之视野。于生活中，践行儒家之教诲，以修身齐家，治国平天下为己任。如此，则国家昌盛，社会和谐，人民幸福，皆可得矣。吾等当勉力为之，不负儒家之教诲，不负时代之使命。

　　且夫心性归同者，实乃儒家修身之道也。盖心之正与否，关乎身之修与不修；而性之和与否，又关乎心之正与不正。故君子修身，必求心性归同而后可也。夫《大学》之道，在明明德、在亲民、在止于至善；而《中庸》之理，亦在追求至诚至和之境。两者皆以心性为基础、以修身为目的、以和谐为归宿，实乃儒家思想之核心也。

【第九章】

原文

　　所谓齐其家在修其身者，人之其所亲爱而辟焉，之其所贱恶而辟焉，之其所畏敬而辟焉，之其所哀矜而辟焉，之其所敖惰而辟焉。故好而知其恶，恶而知其美者，天下鲜矣！故谚有之曰："人莫知其子之恶，莫知其苗之硕。"此谓身不修不可以齐其家。

心性归同 儒家修身齐家的现代应用

　　本章云："所谓齐其家在修其身者。"此言修身之要，在于先修其心。心之不修，则身不能修；身之不修，家何以齐？是以，心性归同之理，于修身齐家之中，尤为显著。

　　《中庸》有云："喜怒哀乐之未发，谓之中；发而皆中节，谓之和。"此言心性中和之状态，为修身之本。若心之亲爱、贱恶、畏敬、哀矜、敖惰之情偏颇，则心性不得其和，修身之道难以达成。是以，《中庸》所言中和之道，与修身齐家之理念，实乃相辅相成。

　　再者，《中庸》云："知者过之，愚者不及也。"此言知与愚之差别，在于对道的理解与实践。若心之亲爱、贱恶、畏敬、哀矜、敖惰之情过或不及，皆难以达到修身的目的。是以，《中庸》所言知之过与不及，与修身之道，心性归同之理，亦相通也。

夫心性归同之理，在于诚心正性以修身。若心有不正，如亲爱而辟、贱恶而辟、畏敬而辟、哀矜而辟、敖惰而辟等，皆使心性不得其正，修身之道亦无从谈起。故《中庸》所言之道与本章所言修身齐家之理念实乃一脉相承皆以心性为基础相互印证。

是以，从心性归同的角度来看，《中庸》中关于诚心、中和、知之过与不及等理念与修身齐家之言相互依存。心性归同之理在于诚心正性以达成修身齐家的目的。

再者，《中庸》有言："唯天下至诚，为能尽其性。"至诚者心性之本也尽人之性者修身之道也。修身之道，必先正其心；而心之正，必先诚其意。诚其意，则心性归同；心性归同，则身修家齐。此理甚明。

夫修身者，必先正其心。心正则性正，性正则家可齐。是以《大学》有云："所谓齐其家在修其身者。"此言修身之要，首在正心，而使心性相通。然《中庸》言性，与心何异？性者，天赋之质，心之本源。心性相得益彰，心性归同，则修身齐家无忧矣。今以《中庸》之理，论心性归同之道，以明修身齐家之本。

《中庸》云："天命之谓性，率性之谓道，修道之谓教。"性由天赋，道由性生，教为修道之途。心性相通，性为心之体，心为性之用。

又观《中庸》所言："喜怒哀乐之未发，谓之中；发而皆中节，谓之和。"此言心性之中和状态。修身者，必求心性中和，达至善之境。若心性不和，则修身之功难成，齐家更无从谈起。故，《中庸》之中和理念与修身之本，心性归同之旨，实乃一脉相承。

且夫心有所偏，则性不得其正。如《大学》所言，人之亲爱、贱恶、畏敬、哀矜、敖惰之情，皆可使人心性偏颇。是以修身者，必以诚心正性为本，心性归同，达成修身齐家之目标。

再者，《中庸》尝言："诚者，天之道也；诚之者，人之道也。"诚实乃心性之根本，修身之要径存于诚心也。诚心则可明理而践行其道，明理自能行道。心性归同之理，在乎诚心正性以齐家修身。夫心性归同之论，非唯修身之途，亦为人生修养之关键也。

故本章心性归同之说，其初衷乃明心性之根本，以求修身齐家之法。心性相通，则可明理行道；心性相悖，则身不得修而家不得齐焉。且修身须先正其心，心正则行端，行端而后家可齐，家齐而后国可治，国治而后天下平。是以诚心正性，实乃人生之大本，不可不察也。

〔第十章〕

原文 1

所谓治国必先齐其家者，其家不可教而能教人者，无之。故君子不出家而成教于国。孝者，所以事君也；悌者，所以事长也；慈者，所以使众也。

《康诰》曰："如保赤子。"心诚求之，虽不中不远矣。未有学养子而后嫁者也！

心性归同 儒家修身与治国平天下的关键

儒家经典浩如烟海，而《大学》《中庸》皆为修身齐家治国平天下之要典。今以《大学》之"所谓治国必先齐其家者"一节，与《中庸》之心性之说相较，探寻两者心性归同之奥妙。

《大学》有云："所谓治国必先齐其家者，其家不可教而能教人者，无之。故君子不出家而成教于国。"斯言矣，家国同构，家之不教，岂能教国乎？是以君子修身以齐家，而后治国平天下。此节所论，在于强调家庭教化对于国家治理之重要性，亦体现了儒家"修身齐家治国平天下"之理念。

而观《中庸》之书，虽未直接论及治国必先齐其家，然其言心性之道，实与此理相通。《中庸》曰："天命之谓性，率性之谓道，修道之谓教。"此言人之天性得之于天。是以，《中庸》所论心性之道，实为教化之根本，与《大学》所论家庭教化，有异曲同工之妙。

细辨之，《大学》所论家庭教化，乃是以家庭为单位，通过孝、悌、慈等道德规范的实践，以达到教化之目的。而《中庸》所论心性之道，则更侧重于个体内在的道德修养。然两者皆以道德教化为宗旨，实为心性归同之体现。

《大学》引《康诰》之言曰："如保赤子"，以赤诚之心待人，虽不中，亦不远矣。此言家庭教化之精义，在于以真诚之心去实践道德规范。《中庸》亦强调"诚"之重要性，认为"诚者，天之道也；诚之者，人之道也"。是以，两者皆以"诚"为道德教化之基石，再次印证了心性归同之理。

夫"诚"也，乃修身之本，治国之基。君子以诚心待人，必能感召他人之善心。家庭和国家，皆需以诚为本。君王以诚治国，则国家安宁；家人以诚相待，则家庭和睦。诚之道，无远弗届，无深不至。故《大学》《中庸》所言，心性归同，实为修身治国之关键。

《大学》又言："所谓齐家在修其身者，言身不正，不足以齐家。"此亦强调以诚修身之重要性。身正则心正，心正则身修。身修而后家齐，家齐而后国治，国治而后天下平。此即心性归同之实践，亦为《大学》《中庸》所言"诚"之具体体现。

《大学》《中庸》所述心性归同之说，实乃儒家学说之要义。二者互补，共阐发了人性之善与心灵之真诚的密切关系，为后人指明了修养心性、塑造理想人格的正确路径。此乃儒家思想之瑰宝，心性归同亦为修身治国之核心，乃《大学》《中庸》所强调之"诚"的具体体现。

至于《大学》所言"未有学养子而后嫁者也"，实则强调道德修养应先行于社会实践。而《中庸》亦言："或生而知之，或学而知之，或困而知之，及其知之，一也。"此言道德修养之途径虽异，然其结果则同，皆能达到心性归同之境界。

夫心性归同者，乃儒家修身齐家治国平天下之核心理念也。盖人之天性本善，而教化之目的在于明心见性、复其本善。故《大学》以家庭为单位，通过实践道德规范以达教化；而《中庸》则从个体出发，修明心性之道以成教化。两者实为心性归同也。

故本章心性归同之论，不仅限于儒家经典之解读，亦可引申为人类社会普遍之道德追求。

原文 2

一家仁，一国兴仁；一家让，一国兴让；一人贪戾，一国作乱。其机如此。此谓一言偾事，一人定国。

尧、舜率天下以仁，而民从之；桀、纣率天下以暴，而民从之。其所令反其所好，而民不从。是故君子有诸己而后求诸人，无诸己而后非诸人。所藏乎身不恕，而能喻诸人者，未之有也。故治国在齐其家。

心性归同 儒家经典中的道德修养

本章文所言之"心"，其义颇丰。

其一，以一家之仁让与国之兴仁兴让相较，显其由家至国之关联，乃心之推衍也。家有仁心，国可兴仁，此乃心之影响力，由小及大，见心之能左右风气之变。

其二，一人之贪戾可致一国之乱，凸显个体之心性对家国之重大影响，心之善恶关乎天下之治乱。

其三，尧、舜以仁率民，桀、纣以暴率民，民从之异，足见君心对民心之导向作用，此亦为心之引领体现。且令反好则民不从，更示心之真诚才可服众。

其四，君子有己而后求人，无己而后非人之论，乃言修心正己之重要，心正而后可正人，此为心之自律与对他人之影响。

其五，身不恕而欲喻诸人未之有，强调心之恕道，己心不正，岂能使他人明悟，此亦为心之关键所在。

此章文所述于家国关联、个体心性、君心民心、修心正己、恕道等诸多方面，皆为"心"之要义体现，阐明心于治国齐家乃至天下太平之关键地位，其所述皆围绕心之种种表现与作用，深蕴大学问也。

《中庸》与《大学》皆儒家之经典，一者言性，一者论心。《中庸》有云："天命之谓性，率性之谓道，修道之谓教。"此言人之性乃天所赋，循性而行即是道，修此道者，即是教化。与《大学》所论心性相通，皆以人为本，修身齐家治国平天下为纲领。心性归同，实乃儒家修身之要义。

《中庸》开篇即言"天命之谓性"，指出人性乃天命所赋予。而《大学》所言之"仁""让"，亦可视为天命之性的体现。一家之仁让，可影响一国之风气；一人之贪戾，能导致一国之动乱。其机如此，此谓一言偾事，一人定国。尧、舜率天下以仁，而民从之；桀、纣率天下以暴，而民从之。其所令反其所好，而民不从。是故君子有诸己而后求诸人，无诸己而后非诸人。所藏乎身不恕，而能喻诸人者，未之有也。故治国在齐其家。

又《中庸》曰："喜怒哀乐之未发，谓之中；发而皆中节，谓之和。中也者，天下之大本也；和也者，天下之达道也。致中和，天地位焉，万物育焉。"此言人情之未发，心无偏倚，即为中；情发而能合乎理，即为和。中与和，乃心性之体现，亦是一家仁、一国兴仁之基石。一家仁，则心性之仁可感染一国，使之兴仁；一家让，则心性之让可影响一国，使之兴让。反之，若一人心性贪戾，则一国将因此作乱。由此可见，心性对家国之影响甚深。

《中庸》云："喜怒哀乐之未发，谓之中；发而皆中节，谓之和。"此言心性中和之道，为修身之本。若一家之主能修中和之心性，则家国皆可达至和谐之境。

再观《中庸》所论："诚者，天之道也；诚之者，人之道也。诚者不勉而中，不思而得，从容中道，圣人也。"诚，乃天道之本，人若能至诚，则能合于天道，不勉中，不思而得。此诚之道，这与本章文所言及家庭、国家之间的相互影响，有着异曲同工之妙。亦是一家让、一国兴让之义。皆在强调个人心性之正直与诚信，对于家庭与国家的兴旺发达有着至关重要的作用。

瀛海笔谭

至于"一人贪戾，一国作乱"，《中庸》亦有相应之论："道也者，不可须臾离也；可离非道也。是故君子戒慎乎其所不睹，恐惧乎其所不闻。莫见乎隐，莫显乎微。故君子慎其独也。"此言道不可离，君子在独处时更应谨慎。若一人心性不端，贪戾成性，则易导致一国之乱，与《大学》所论相呼应。

《中庸》所云："君子之道，或出或处，或默或语，四海之内，皆兄弟也。君子之道，造端乎夫妇，及其至也，察乎天地。"此言君子之道无处不在，无论出处语默，皆能体现其道义。而君子之道的起点在于夫妇之间的相处，其极致则能洞察天地之道。又《中庸》云："唯天下至诚，为能尽其性；能尽其性，则能尽人之性；能尽人之性，则能尽物之性；能尽物之性，则可以赞天地之化育；可以赞天地之化育，则可以与天地参矣。"此言至诚之道，能尽己之性，亦能尽人之性，进而尽物之性，与天地并立为三。这与《大学》所言个人的贪戾可以影响整个国家的安定相呼应，都在强调个人心性对于家国天下的深远影响。

《中庸》又言"自诚明，谓之性；自明诚，谓之教"，强调通过自我修养以达到至诚之境，从而实现人性之完善。而《大学》所言"修身、齐家、治国、平天下"，亦是以修身为根本，通过正心诚意，以达到齐家治国平天下之目的。

夫心性归同，可谓儒家修身治国之本。又观本章所言："一家仁，一国兴仁；一家让，一国兴让。"此乃心性归同之实证也。心之仁，则性亦仁；心之让，则性亦让。心性相通，家国同构。是以，心性归同，则家国兴旺；心性不一，则家国衰败。此理甚明，毋庸赘述。

原文 3

《诗》云："桃之夭夭，其叶蓁蓁。之子于归，宜其家人。"宜其家人，而后可以教国人。《诗》云："宜兄宜弟。"宜兄宜弟，而后可以教国人。《诗》云："其仪不忒，正是四国。"其为父子兄弟足法，而后民法之也。此谓治国在齐其家。

心性归同 家庭教化在本章与《中庸》中的地位

昔览儒家典籍，尝闻本章文论心，《中庸》谈性。今以"心性归同"之视角，探寻本章文所引《诗》云之章文与《中庸》之相应内容，以明两者心性之理，实乃相通也。

本章文有云："《诗》云：'桃之夭夭，其叶蓁蓁。之子于归，宜其家人。'宜其家人，而后可以教国人。"又云："《诗》云：'宜兄宜弟。'宜兄宜弟，而后可以教国人。"再云："《诗》云：'其仪不忒，正是四国。'其为父子兄弟足法，而后民法之也。"此皆本章文阐述治国必先齐家之理念，彰显家庭教化对于国家治理之基石作用。

而观《中庸》之书，虽未直接引用《诗经》，然其言心性之道，与本章文所论家庭教化之理，实有异曲同工之妙。《中庸》开篇即言："天命之谓性，率性之谓道，修道之谓教。"此言人之天性得自天命，顺应天性行事即是道，而教化则在于修明此道。是以，《中庸》以心性为本，教化为用，与本章文所论家庭教化之道，实乃心性归同之体现。

细辨之，本章文所引《诗》云，皆在强调家庭和睦。而《中庸》虽未明言家庭教化，然其强调个体心性修养之道，实则为家庭教化之根基。盖家庭教化之精义，在于以真诚之心待人，以道德规范修身，而后影响家人，进而影响国人。此与《中庸》所论心性之道，实乃相通。

又，本章文所引"《诗》云：'桃之夭夭，其叶蓁蓁。之子于归，宜其家人。'"此言女子出嫁，若能和睦家庭，则可以教化国人。盖女子在家庭之中，地位独特，其德行亦影响全家。女子若能尽其本分，相夫教子，维系家庭和谐，则家人皆受其益，进而可以教化邻里，使国人亦遵循道德规范。故女子在家庭之中，扮演着重要角色，其德行亦成为国家治理之基石。女子若能修身齐家，以德行感化家人，则家人皆法其行，而民法随之。此即本章文所言之治国在齐其家，亦为儒家学说之心性归同之体现。

而《中庸》亦言："君子之道，或出或处，或默或语，四海之内，皆兄弟也。"此言君子无论处于何种境地，皆能以真诚之心待人，视天下人为兄弟。是以，《中庸》所论心性之道，实则包含了家庭教化之精义，即真诚待人、和睦家庭，进而影响社会。

君子之行，无论身处朝堂之上，还是退隐江湖之中，无论保持沉默，还是发表言论，皆能以真诚之心，对待他人。

家庭之中，君子以真诚之心待妻子、子女、父母，以孝悌之道，维护家庭和谐。在家庭和睦的基础上，君子又能以身作则，教化邻里，使周围的人也能感受到君子的真诚与道德修养，从而使家庭之外的人也能受到君子的影响。

社会之中，君子以真诚之心待他人，无论贵贱长短，皆能一视同仁。君子之所以能如此，是因为其内心具有深厚的道德修养，能洞察人心，理解他人，从而以真诚之心待人。君子之行，能影响社会，使社会风气归于和谐。

再者，本章文所引"《诗》云：'其仪不忒，正是四国。'"意在强调父子兄弟之仪范对于国家治理之重要性。而《中庸》亦言："诚者，非自成己而已也，所以成物也。成己，仁也；成物，知也。"此言真诚之心不仅在于修养自身，更在于成就他人。是以，《中庸》所论心性之道，实则强调了家庭教化之目的，即成就他人、影响社会。

本章文所论家庭教化与《中庸》所论心性之道，虽角度不同，然其宗旨相同，皆以道德教化为本。心性归同之理，在于强调道德修养之重要性，无论是个体内在修养还是家庭教化，皆应以此为基石。是以，本章心性归同之特点，在于强调道德修养之普遍性、根本性与实践性。

且说本章文以《诗》为引，阐述家庭教化之理；而《中庸》则直接从心性出发，探讨道德修养之道。两者虽路径不同，然其归宿则一。

〔第十一章〕

原文 1

　　所谓平天下在治其国者，上老老而民兴孝，上长长而民兴弟，上恤孤而民不倍。是以君子有絜矩之道也。

　　所恶于上，毋以使下；所恶于下，毋以事上；所恶于前，毋以先后；所恶于后，毋以从前；所恶于右，毋以交于左；所恶于左，毋以交于右。此之谓絜矩之道。

心性归同 同一心性归同理念的不同诠释

　　夫大学之道，在于修齐治平，而平天下之要，首在治其国。治其国者，又必先齐其家，而齐家之本，实乃心性之修养。今观《大学》所论"平天下在治其国"，与《中庸》之言心性，两者虽各有侧重，然其理相通，皆以道德教化为宗旨。故曰，《大学》言心，《中庸》言性，心性归同也。

　　本章文云："所谓平天下在治其国者，上老老而民兴孝，上长长而民兴弟；上恤孤而民不倍。"此言治国者当以身作则，尊老爱幼，体恤孤寡，而后民众兴起孝悌之心，不背道义。此皆因心性之本善，得之于天，而教化之功，在于引导民众明心见性，复其本善。是以，本章文所论，实乃心性之教化也。

　　而观《中庸》之道，虽未直言治国平天下之术，然其论心性之修养，实乃治国平天下之根本。《中庸》曰："喜怒哀乐之未发，谓之中；发而皆中节，谓之和。"此言心性之中和，为道德修养之要。又云："中也者，天下之大本也；和也者，天下之达道也。"是以，《中庸》所论心性之道，乃天下之本，达道之途。

细辨之，本章文所论治国平天下之术，皆以心性之教化为基础。而《中庸》所言心性之道，又为教化之根本。故，《中庸》之"中也者，天下之大本也"，与本章文之"上老老而民兴孝"等理念，虽表述不同，然其旨归一，皆在于通过心性之教化，实现国家治理之目的。

再观本章文所论"絜矩之道"，实乃心性修养之具体体现。所谓"所恶于上，毋以使下；所恶于下，毋以事上"等言，皆在强调君子当以心性为本，推己及人，实现社会和谐。而《中庸》亦云："君子之道，或出或处，或默或语，四海之内，皆兄弟也。"此言君子无论处于何种境地，皆能以心性为本，视天下人为兄弟，与本章文所论"絜矩之道"实乃相通。

本章文所论治国平天下之术与《中庸》所言心性之道，实乃相辅相成、心性归同之体现。两者皆以道德教化为宗旨，强调心性修养之重要性及其在社会治理中的基础作用。

且夫心性归同之理，乃儒家思想之精要也。盖人之天性本善，而教化之目的，在于明心见性、复其本善。本章文以治国平天下为旨归，而强调心性之教化；《中庸》则直接从心性出发，探讨道德修养之道。两者虽角度不同，然其归宿则一，皆在于实现心性归同、社会和谐之理想。

且说本章文《中庸》皆儒家之经典，其言心性虽殊途而同归。本章文以治国平天下为要，而强调心性之教化；《中庸》则从心性修养出发，以达道德修养之目的。

再观本章所论"平天下在治其国"及"絜矩之道"，皆以心性为基础，强调道德教化之重要性。而《中庸》所论心性之道，亦与此理相通，皆在于引导人们明心见性，复其本善，实现社会和谐之目标。是以本章心性归同之特点，在于强调道德修养之普遍性、根本性与实践性，以及推己及人、视天下人为兄弟之博大胸怀。

原文2

《诗》云："乐只君子，民之父母。"民之所好好之，民之所恶恶之。此之谓民之父母。《诗》云："节彼南山，维石岩岩。赫赫师尹，民具尔瞻。"有国者不可以不慎。辟则为天下僇矣。

心性归同 修齐治平的实践路径

《诗》云："乐只君子，民之父母。"此言君子之心，当与民心相通，乐民之乐，忧民之忧。心性之归同，实乃君子与民相亲之根本。又云："民之所好好之，民之所恶恶之，此之谓民之父母。"此乃心性相通也，君子之心，与民心同频，无有差异。

今以《中庸》为鉴，探求心性归同之道。《中庸》首章言："天命之谓性，率性之谓道，修道之谓教。"此言心性之本源，在于天命。君子若能率性而行，便是与民心性相通之道。民之所好，君子亦好之；民之所恶，君子亦恶之。此乃心性归同之真义。

又，《中庸》有云："诚者，天之道也；诚之者，人之道也。"君子之心，贵乎至诚。至诚之心，能与民心相通，无所阻隔。故君子之乐，在于民心之乐；君子之忧，在于民心之忧。心性归同，实乃君子之道也。

再观《中庸》所言："喜怒哀乐之未发，谓之中；发而皆中节，谓之和。"君子之心，喜怒哀乐未发之时，便与民心相通；发而中节，更与民心和谐。心性归同之道，在于君子之心与民心之和谐。和谐则心性相通，心性相通则天下平。

《中庸》又言："唯天下至诚，为能尽其性；能尽其性，则能尽人之性。"君子至诚之心，能尽己之性，亦能尽民之性。尽民之性，便是与民心性相通。心性相通之道，在于至诚之心也。

论及君子与民心性相通之重要，《中庸》云："故君子之道，或出或处，或默或语，四海之内，皆兄弟也。"君子以心性相通之道，视四海之内皆兄弟。无论出处语默，皆能与民心相通相亲。心性归同之道，实乃君子之道也。

然则君子如何修为心性归同之道？《中庸》有云："好学近乎知，力行近乎仁，知耻近乎勇。"君子好学不倦，以求知心性相通之道；力行不息，以实践心性相通之道；知耻而后勇，以坚守心性相通之道。此乃心性归同之修行法门也。

综上所述，《中庸》与《诗》所言心性归同之道相通相融。君子以《中庸》为鉴，为心性归同之道，便能与民心相通相亲。如此则天下平治可期也。

心性归同者，君子与民同乐同忧之道也。夫君子者当以民心为心以民忧为忧以民乐为乐。如此方为心性归同之精义。《中庸》之道与《诗》之所言相得益彰皆在阐明心性归同之理实乃君子之道也。深悟其旨，以之为生民立命之本，则天下幸甚矣。

《诗》有云："乐只君子，民之父母。"此言君子以民心为心，顺民心而行政，如父母之爱子女，无微不至。故君子之心，与民心相通，此之谓心性归同。今取《中庸》之理，与《诗》之所言相印证，以明心性归同之道。

《中庸》言："天命之谓性，率性之谓道。"性者，天之所赋，人皆有之。然人之心性，各有不同，何以能归同乎？盖因人心本善，皆能向善而行。君子知此，故能率性而行，与民心相通。民心所好，君子亦好之；民心所恶，君子亦恶之。如此，则心性自然归同。

又《中庸》云："诚者，天之道也；诚之者，人之道也。"诚为心性之本，君子以诚待人，则民心自然归附。诚者，不欺不诈，真心实意。君子以诚心行政，则民心可安，心性可归同。是以，《诗》中所言君子之乐民之乐，忧民之忧，皆源于诚。

再观《中庸》所论："喜怒哀乐之未发，谓之中；发而皆中节，谓之和。"君子之心，未发之时，保持中正；已发之时，皆能中节，与民心和谐相融。心性归同之道，在于和谐。和谐则心性相通，相通则天下平。

君子以至诚之心行政，则民心自然相通，心性自然归同。

然则心性归同之道何在？《中庸》有云："或生而知之，或学而知之，或困而知之，及其知之一也。"无论生知、学知，还是困知，最终皆能达到心性归同之境。故君子当不断修学、进德以求知心性相通之道。

夫心性归同者，实乃君子之道也。君子以民心为心以民性为性故能与民相亲相爱如父母之爱子女也。是以君子之道乃心性归同之道也。

综上所述心性归同之道，在于君子以诚心待人，尽己之性以尽民之性。如此，则心性自然相通，天下自然和谐，此乃余由本章而发心性归同之述也。

原文 3

《诗》云："殷之未丧师，克配上帝。仪监于殷，峻命不易。"道得众则得国，失众则失国。

是故君子先慎乎德。有德此有人，有人此有土，有土此有财，有财此有用，德者，本也；财者，末也。外本内末，争民施夺。是故财聚则民散，财散则民聚。是故言悖而出者，亦悖而入。货悖而入者，亦悖而出。

心性归同 《大学》《中庸》的内在联系

《大学》《中庸》并为修身治国之宝典。本章文所引"殷之未丧师，克配上帝。仪监于殷，峻命不易"一节，与《中庸》相应之处相较，以明心性之道。

本章文所论，以心为本，强调君子之德行为治国之要。其云："得众则得国，失众则失国。"此理甚明，盖国以民为本，民以德为归。故君子务修德行，而后能得民心，得民心者得天下。此心性之修养，实为治国平天下之基石。

再观《中庸》，虽未直言得众失众之道，然其论心性之修养，与本章文所论实有异曲同工之妙。《中庸》有言："天命之谓性，率性之谓道，修道之谓教。"

此言人之天性得自天命，顺应天性行事即是道，而教化则在于修明此道。是以，《中庸》所论心性之道，亦为治国理政之根本。

细辨之，本章文所云"有德此有人"，与《中庸》之"率性之谓道"相呼应。盖德行乃心性之自然流露，君子修心养性，具备德行，进而吸引民众，得众则得国。而《中庸》所论心性之道，亦在于引导人们顺应天性，修明道德，以达到治理国家的目的。

又，本章文所言"财聚则民散，财散则民聚"，实则阐述了德行与财富之间的关系。财富虽重要，然若过于聚敛，则民心离散；反之，若君子能散财以济民，则民心自然归聚。此理与《中庸》所强调的心性修养相辅相成。盖心性修养之高下，直接影响君子之德行与行为选择，进而决定其是否能得民心、治天下。

再者，本章文所云"言悖而出者，亦悖而入；货悖而入者，亦悖而出"，意在告诫君子言行一致、取财有道之重要性。此亦与《中庸》所论心性之道相通。盖心性之修养，不仅关乎个人道德品质之提升，更在于塑造一个和谐稳定的社会环境。若君子能修心养性、言行一致、取财有道，则自然能赢得民心、治理好国家。

本章文与《中庸》虽角度不同、侧重各异，然其关于心性归同之理则一以贯之。两者皆以心性为本、德行为要、治国平天下为目的。

著者以为：心性归同之道，乃儒家思想要也。本章文以心为本，强调德行与民心之关系；《中庸》则直接从心性出发，探讨道德修养与治国理政之道。

今人当以此为鉴，注重心性修养与道德教化之结合，真正实现心性归同、社会和谐之理想。夫心性归同者，乃儒家修身齐家治国平天下之核心理念也。盖人之天性本善，而教化之目的，在于明心见性，复其本善。是以，本章文以得众失众为要，而强调心性之德行；《中庸》则从心性修养出发，以达道德修养与治国理政之目的。

且说本章所论"得众则得国；失众则失国"及"财聚则民散，财散则民聚"等理念，皆以心性为基础，强调德行与民心之重要性。而《中庸》所论心性之道，亦与此理相通，皆在于引导人们修心养性、顺应天性行事，实现社会和谐之目标。是以本章心性归同之特点，在于强调心性修养为治国理政之根本，以及德行与民心之紧密关系。

再者，本章所论"言悖而出者，亦悖而入；货悖而入者，亦悖而出"，实乃心性修养之具体体现。言行一致、取财有道，乃君子之必备品质。此修心养性、言行合一，心性归同之谓也。

原文 4

《康诰》曰："惟命不于常。"道善则得之，不善则失之矣。《楚书》曰："楚国无以为宝，惟善以为宝。"舅犯曰："亡人无以为宝，仁亲以为宝。"

《秦誓》曰："若有一个臣，断断兮，无他技，其心休休焉，其如有容焉。人之有技，若己有之。人之彦圣，其心好之，不啻若自其口出，实能容之。以能保我子孙黎民，尚亦有利哉！人之有技，媢疾以恶之。人之彦圣，而违之俾不通，实不能容。以不能保我子孙黎民、亦曰殆哉！"唯仁人放流之，迸诸四夷，不与同中国。此谓惟仁人为能爱人，能恶人。见贤而不能举，举而不能先，命也。见不善而不能退，退而不能远，过也。好人之所恶，恶人之所好，是谓拂人之性，灾必逮夫身。是故君子有大道：必忠信以得之，骄泰以失之。

心性归同 《大学》"心"与《中庸》"性"之探

本章文有云："康诰曰：'惟命不于常。'道善则得之，不善则失之矣。"此言命运之变迁，系于善恶之行。善则得天命之眷顾，不善则失之。此理与《中庸》所论心性之道，实有相通之处。

观《中庸》之言性，首章即云："天命之谓性，率性之谓道，修道之谓教。"此言性乃天命所赋，人能率性而行，便是合道。是以，本章文所言"心"与《中庸》

所言"性"，皆源于天命，心性归同之理，可见一斑。

又，《中庸》有云："诚者，天之道也；诚之者，人之道也。"诚为心性之本，君子以诚待人，则心性自然归同。此与本章文所言"必忠信以得之"相呼应，皆在阐明心性归同之道。

再观《中庸》所论："喜怒哀乐之未发，谓之中；发而皆中节，谓之和。"此言心性之和，即心性归同。君子之心，未发之时，保持中正；已发之时，皆能中节，与本章文所言心性相通相融。

且本章文云："见贤而不能举，举而不能先，命也；见不善而不能退，退而不能远，过也。"此言君子当见贤而举之，见不善而退之。此与《中庸》所言"唯天下至诚，为能尽其性"相呼应。至诚之心，能见贤而举之，能尽人之性，此乃心性归同之精义。

又，《中庸》云："或生而知之，或学而知之，或困而知之，及其知之一也。"此言人之心性，虽有生知、学知、困知之别，然最终皆能达到心性归同之境。此与本章文所言"是故君子有大道，必忠信以得之"相呼应，皆在阐明心性归同之道。

综上所述，本章文所言之心，与《中庸》所言之性，在心性归同下有着深刻的契合。君子以诚待人、尽己之性以尽人之性，得心性归同之境。此境之中君子之心与万民之心相通相融共同追求真善美之境。

且《中庸》又云："唯天下至诚为能化。"此言至诚之心能化育万物，此乃心性归同也。君子以至诚之心待人则心性自然归同天下自然和谐此乃本章心性归同之论矣。

自古圣贤之教，皆以心性为本。心性者，乃人之根本，善恶之源也。《康诰》有云："惟命不于常。"言命运之变迁，系于心性之善恶。善则得天命之眷顾，不善则悖之。此理与《中庸》所论心性之道，实乃相通。是以《中庸》之理，与本章所言相互印证，以明心性归同之道。

《中庸》言："天命之谓性，率性之谓道。"此言性乃天命所赋，人能率性而行，便是合道。心性本一，皆源于天命，故心性归同之理，显而易见。

又观本章所文，皆言善恶之行，关乎心性。如《楚书》所言："楚国无以为宝，惟善以为宝。"善者，心性之正也。心性正则行为善，行为善则得天命之眷顾。此与《中庸》所言"诚者，天之道也；诚之者，人之道也"相呼应。诚为心性之本，善亦心性之本，二者皆以心性为根基。

再观《秦誓》所论，言人之有技，若己有之；人之彦圣，其心好之。此皆心性归同之表现。君子之心，能容人之技，好人之圣，此乃心性相通之境。若心性不归同，岂能如此？

且夫，《中庸》又云："唯天下至诚，为能尽其性。"此言至诚之心，能尽其性。尽其性者，即心性归同之谓也。是以君子务本立道，必先修心养性，才得心性归同之境。

再者，《中庸》有云："诚则形，形则著，著则明，明则动，动则变，变则化，唯天下至诚为能化。"君子以至诚之心待人，则心性自然归同，天下自然和谐，此亦心性归同之道也。

且夫心性归同者，必以善行为本，以诚心为要，如此则达于道矣。此外，《中庸》又言："知、仁、勇三者，天下之达德也。"此三者皆心性之表现也。知则明理，仁则爱人，勇则无畏。君子修此三者，则心性自然归同。是以本章心性归同之论又可引申至此三者之修炼也。

原文 5

生财有大道：生之者众，食之者寡，为之者疾，用之者舒，则财恒足矣。仁者以财发身，不仁者以身发财。未有上好仁而下不好义者也，未有好义其事不终者也，未有府库财非其财者也。孟献子曰："畜马乘不察于鸡豚，伐冰之家不畜牛羊，百乘之家不畜聚敛之臣。与其有聚敛之臣，宁有盗臣。"此谓国不以利为利，以义为利也。长国家而务财用者，必自小人矣。彼为善之，小人之使为国家，灾害并至。虽有善者，亦无如之何矣！此谓国不以利为利，以义为利也。

心性归同 《大学》到《中庸》的修身理念

夫《大学》之道，在于明明德，而《中庸》之理，求于至诚之道。今以"心性归同"之说，探寻本章文之"修身在正其心"与《中庸》之相应篇章，又欲明晰本章文之"生财有大道"与心性之关联。故特此论之。

本章文有云："所谓修身在正其心者，身有所忿懥，则不得其正；有所恐惧，则不得其正；有所好乐，则不得其正；有所忧患，则不得其正。心不在焉，视而不见，听而不闻，食而不知其味。"此言修身之要，首在正心。心若不正，则身不能修，行不能正。忿懥、恐惧、好乐、忧患，皆能扰心，使心不得其正。是以修身者，必先正其心，而后能行其道也。

而《中庸》亦言心性，其理相通。吾观《中庸》之"喜怒哀乐之未发，谓之中；发而皆中节，谓之和。中也者，天下之大本也；和也者，天下之达道也"。此言心之未发，即为中，发而能中节，即为和。中与和，皆心性之体现，与本章文之正心，实有异曲同工之妙。

再观本章文所论"生财有大道"一节，其言生财之道，在于生之者众，食之者寡；为之者疾，用之者舒。此虽言财，然其理亦通于心性。生财者，若心性不正，则必以不义之财为利，此小人之行也。而仁者以财发身，其心性之正可见一斑。是以心性之正与不正，于生财之道亦有大影响。

《中庸》亦云："诚者，天之道也；诚之者，人之道也。诚者不勉而中，不思而得，从容中道，圣人也。"诚，即心性之正，亦为人之道。心性之正，则行为自然中道，无需勉强与过度思考。此与本章文之修身在正其心，实乃一以贯之。

至于本章文所提"未有上好仁而下不好义者也"，更见心性之重要。上好仁，则下必好义，此皆心性之正所致。若心性不正，则上不能好仁，下亦不能好义其国必乱，其家必败。

又，本章文言"孟献子曰：'畜马乘，不察于鸡豚；伐冰之家，不畜牛羊；

百乘之家不畜聚敛之臣。与其有聚敛之臣，宁有盗臣。'"此言治国者当以义为利，而非以利为利。心性之正者，自然能明此理，而心性不正者，则必以利为先，终至败亡。

综上所述，本章文之"修身在正其心"与《中庸》之"心性"说，实乃互为依存。心性之正，方能修身；修身之道，亦在于正心性。而本章文之"生财有大道"，亦与心性之正密不可分。心性正者，以义为利，生财有道；心性不正者

，则必以利为利，终至败亡。

夫心性之正者，行事皆合于道，无论修身、齐家、治国、平天下，皆能从容中道。是以本章所论"心性归同"之特点，即在于心性之正为万事之基。心性正则身修家齐国治天下平；心性不正则身不修家不齐国乱天下危。

且夫心性之论，博大精深，非一言可尽。然本章所论"心性归同"之道，实为修身治国之要。

"心性之正，天地之大道也。"此言人之本心，乃顺应天地自然之理，遵循宇宙至善之道。愿吾辈皆能以此为座右铭，时时警醒自身，勿忘心性之正。如此，则个人修身有望，家庭和睦可期，国家昌盛可待也。

修身在于正心，心性端正，行善积德，成为品德高尚之人。家庭和睦，源于家庭成员之间心性相合，相互理解，和睦相处。国家昌盛，需国民心性向善，齐心协力，共筑国家繁荣昌盛之基。

心性之正，是为人处世之根本，是社会和谐之基石。吾辈当以此为人生指南，不断修炼心性，追求至善，以期实现个人、家庭、国家之和谐与昌盛。

夫心性之正者，如日月之明，照彻寰宇；如江河之行，润泽万物。愿皆能以此为榜样，不断磨砺自身心性，使之日臻完善。如此，则不负天地之造化，不负父母之养育，亦不负自身之期望也。

故言心性归同，宜先识本章与《中庸》之深旨。二者相辅相成，若阴阳互济，共筑心性之坦途。是以修身之士，务求心性之端；为人处世，必以义为先。心性之正，乃立身之本；义利之辨，为修齐治平之要。明此理者，能通达心性之道也。

【儒道相通 大学篇】

〔第一章〕

原文 1

大学之道，在明明德，在亲民，在止于至善。知止而后有定，定而后能静，静而后能安，安而后能虑，虑而后能得。物有本末，事有终始。知所先后，则近道矣。

儒道相通 明德亲民与道法自然

《大学》之篇，明德亲民，止于至善，儒家之经典也。其言明明德，亲民，止于至善，为大学之道，而物有本末，事有终始，知所先后，则近道矣。然，《道德经》亦言，道可道，非常道，名可名，非常名。无名天地之始，有名万物之母。此两者，虽出自不同之经典，然皆探求天地万物之根本，寻求人生之真也。

《道德经》第一章，言道之无名，天地之始，万物之母。此与《大学》本章文之明明德，亲民，止于至善，有何关联？盖明德者，道也，亲民者，一也，止于至善者，万物也。道生一，即为明明德，一生二，即为亲民，二生三，即为止于至善。故，《大学》本章文之明明德，亲民，止于至善，盖源于《道德经》之道生一，一生二，二生三，三生万物。盖有无相生，难易相成，即为知止而后有定；长短相形，高下相倾，即为定而后能静；声音相和，前后相随，即为静而后能安。

故,《大学》本章文之知止而后有定,定而后能静,静而后能安,实源于《道德经》,此乃著者冀金雨揣测也。

《道德经》第二章云:"天下皆知美之为美,斯恶已;皆知善之为善,斯不善已。"此言阐明了美善之相对性,揭示了事物之阴阳互补、相互依存的道理。《大学》本章文所倡之明明德、亲民、止于至善,亦是以至善为归宿,讲究修德以亲民,达到德行之极致。两者虽表述有异,然其精神内核相通,皆在追求人性之美善,引导人们向善而行。儒道两家博大精,于此可见一斑。

至于《道德经》第三十二章,言道常无名,无为而治。此与《大学》本章文之亲民,有何相似之处?盖亲民者,即为无为而治也。无为而治,即为道常无名。道常无名,无为而治,民自亲之。故,《大学》本章文之亲民,实源于《道德经》之道常无名,无为而治。

明德者,道之显也;亲民者,仁之一端也;止于至善,则万物皆得其正。此三者,实乃儒家修身之要。然观道家之旨,亦有异曲同工之妙。有无相生,难易相成,此乃道家之辩证,亦明示万物之相互联系与转化。长短相形,高下相倾,不止于形态之对比,更蕴含了道家顺应自然、不强求之智慧。声音相和,前后相随,则揭示了和谐共处、相互依存之道。

是故,儒道两家,虽路径不同,其归宿则一。皆以追求至善、和谐为目标,体现了儒道相通之精神。儒家重人事,强调明德与亲民;道家重自然,倡导无为而治。然二者皆能使人心灵得到滋养,社会得以和谐。

然,《大学》本章文与《道德经》,虽相通,亦有不同。儒家重人伦,道家重自然。儒家讲求道德修养,以明德亲民为宗旨;道家讲究顺应自然,以无为而治为宗旨。故,《大学》本章文与《道德经》,实各有侧重点。

《大学》本章文与《道德经》之精义,亦为世人修身、齐家、治国、平天下之根本。是以,无论儒家之道,还是道家之论,皆为世人求取真理,探寻人生之道的重要佐引。

夫理论者，犹玉之未琢，虽有其质，未经实践之磨砺，则不能显其光华。修身之道，非空谈所能致，必身体力行，而后可成其德。道家之无为，亦非无所作为，乃在因势利导，顺乎自然之理。是以，二者之道，皆须以行为本，方可深悟其意。

《大学》本章文与《道德经》之道，匪独于义理相契合，尤在于实行之交融。儒家以修齐治平为务，专心于品德之琢磨与世道之厘正；道家则标举无为，崇尚自然之理。然则，无论是修身抑或无为，皆非徒托空言，而必于实践中体悟。

故，行动为本，融理论于日常行事，乃能真悟《大学》本章与《道德经》所含儒道相通之义。不然，难探其深旨。儒道相通，何解？道之德经阐道与德，儒之大学言心。立论虽殊，理实相通。道，为万物之本法，无形象可寻，德则顺道而治，无为而成。心为道德之根，情志之源，修身治国所依。儒道二家，入手虽异，归宿则同，皆以人性完善、社会和谐为鹄。故言儒道相通，明其互补交融，共求至善之道。

然理论未经实践，如空中楼阁，难立其足。唯于实行中探索体悟，方可洞察儒道之精髓，深悟其相通之处。是以，实践为要，于行中求知，方能得两家思想之真义。

原文2

古之欲明明德于天下者，先治其国；欲治其国者，先齐其家；欲齐其家者，先修其身；欲修其身者，先正其心；欲正其心者，先诚其意；欲诚其意者，先致其知；致知在格物。

儒道相通　修身哲学的相互呼应

《大学》与《道德经》皆为古代圣贤智慧之结晶，一者崇人伦，一者尚自然。然其究竟归乎一道，相互阐发。吾试从《道德经》中寻找与《大学》本章"古之欲明明德于天下者，先治其国；欲治其国者，先齐其家；欲齐其家者，先修其身；

欲修其身者，先正其心；欲正其心者，先诚其意；欲诚其意者，先致其知；致知在格物"相对应之章文与内容，以辨析儒道相通之处，揭示其处世佐引。

《道德经》第四十八章云："为道日损，损之又损，以至于无为。"此与《大学》本章"致知在格物"相呼应。为道日损，即减去后天习气，损之又损，直至恢复先天本源。致知在格物，即通过观察事物，理解其本质，从而达到致知的境界。二者皆强调通过修炼与实践，达到与道合一的境界。

《道德经》第五十五章云："含德之厚，比于赤子。"此与《大学》本章"欲修其身者，先正其心"相呼应。含德之厚，即内心充满道德。正其心，即保持内心的纯洁与正直。二者皆强调内心的修养，以达到道德的境界。

《道德经》第六十六章云："江海所以能为百谷王，以其善下之。"此与《大学》本章"欲齐其家者，先修其身"相呼应。江海之所以能为百谷王，以其善下之，即江海能够容纳百川，是因为它善于处于低下之地。修其身，即通过自我修养，达到身心的和谐。二者皆强调通过自我修养，达到治理家庭的目的。

《道德经》第七章云："是以圣人后己而人先，外其身而身存。"此与《大学》本章"欲治其国者，先齐其家"相呼应。圣人后己而人先，即圣人总是把自己的利益放在后面，先考虑他人的利益。齐其家，即通过治理家庭，达到治理国家的目的。二者皆强调通过治理家庭，达到治理国家的境界。

《道德经》第二十二章云："曲则全，枉则直，洼则盈，敝则新，少则得，多则惑。"此与《大学》本章"欲正其心者，先诚其意"相呼应。曲则全，枉则直，即弯曲的线条可以构成完整的图形，弯曲的道路最终会通往直路。诚其意，即真诚地对待自己的心意，不被虚假所迷惑。二者皆强调在行事为人中，应保持真诚与本真，以达到心灵的正直。

《道德经》第四十三章云："天下之至柔，驰骋天下之至坚。"此与《大学》本章"欲修其身者，先正其心"相呼应。至柔者，顺应自然，不争不抗；至坚者，坚定而不移。正其心，即保持内心的平和与坚定。二者皆强调内心的修养，以达到身心的和谐与坚定。

《道德经》第六十六章云："是以欲圣人上民，必以言下之。"此与《大学》本章"欲治其国者，先齐其家"相呼应。上民者，引领民众；言下之，即以谦卑的态度对待民众。

《道德经》第七十八章云："天下莫柔弱于水，而攻坚强者莫之能胜。"此与《大学》本章"致知在格物"相呼应。水柔弱，却能攻克坚硬的障碍。致知在格物，即通过观察事物，理解其本质。二者皆强调通过柔软与智慧，达到克服困难的目的。

综览诸多经典章文，本章所阐述之"古之欲明明德于天下者，先治其国；欲治其国者，先齐其家；欲齐其家者，先修其身"之理念，与《道德经》之诸多思想不谋而合，深刻揭示了儒道两家的紧密联系与相通之处。

儒家文化以人伦道德为内核，倡导通过修身、齐家、治国、平天下的路径，实现个人之完善与社会之和谐。此过程中，儒家强调个人之道德修养及对社会、对他人之责任与贡献，体现积极入世、勇于担当之精神。

道家则更注重顺应自然、无为而治，追求道法自然、内心平静与社会和谐。道家倡导超脱世俗、回归自然之生活态度，强调内心之平和与自由，为人们在纷繁复杂之世界提供心灵之避风港。

儒道二家，虽所重各异，然皆探人生至理与和谐之道，究如何善处人世。儒家尚人伦，重道德修养，勉人积极投身社会，服务他人；道家则崇自然，求淡泊宁静，倡与自然和谐共生。二家之学，虽路径庭，然皆以人修养为归，异曲同工，皆可明示于处世为人之道也。

原文 3

物格而后知至，知至而后意诚，意诚而后心正，心正而后身修，身修而后家齐，家齐而后国治，国治而后天下平。

儒道相通 心性修养与道德实践

夫《大学》之道，始于"物格"，终于"天下平"，其间次第分明，皆以心性为本，而推及于家国天下。今欲论其与《道德经》之相通，必先明《大学》此段之儒学要义，而后可求其与《道德经》之契合。

《大学》之言曰："物格而后知至，知至而后意诚，意诚而后心正，心正而后身修，身修而后家齐，家齐而后国治，国治而后天下平。"此言心性修养之次第，亦儒学之精髓所在。物者，事物之谓；格者，穷究之谓。人欲致其知，必先即物而穷其理，而后知无不至。此即心性修养之始，以知为本，而知必源于心。心者，知觉之府，万理之藏。故格物者，实乃格心；知至者，实乃心知之至。心知既至，则意自诚矣。意者，心之所发；诚者，实而无伪之谓。心知既至，则意无所欺，自然诚矣。意诚则心无所偏，自然正矣。心正者，非但无恶念之萌，亦无善念之执，无恶无执，则心体廓然，与天地同流，此即心性之本体也。

心正而后身修，身者，心之载也；修者，治而使之完善之谓。心既正，则身之行无不中道。中道者，不偏不倚，无过不及之谓。身行中道，则自然修矣。身修则家齐，家者，人心之所系；齐者，和而不同之谓。身修则能齐家，家和则万事兴。家齐则国治，国者，众人之所聚；治者，秩序井然之谓。家齐则能治国，国治则天下安。国治而后天下平，天下者，四海之内，万民之所居；平者，和平共处，无有纷争之谓。天下平则人心安，人心安则天下定。

此乃《大学》之言心性修养与家国天下之关系，实乃儒学之要义所在。然则《道德经》之言，虽与《大学》异曲同工，而实则相通相融。

《道德经》之言曰："道生一，一生二，二生三，三生万物。"此言道之本体，为万物之根源。道者，无形无象，而无所不在；生者，化育流行，而无所不周。一者，道之始也；二者，阴阳之分也；三者，天地人三才也；万物者，天地间一切事物也。道生万物，而万物皆归于道。此言与《大学》之物格而知至相通，皆言及事物之本体与规律。

又《道德经》言："知人者智，自知者明；胜人者有力，自胜者强。"此言知与胜之道，皆以自我为本。知人者，能明他人之长短；自知者，能明自己之善恶。胜人者，以力制人；自胜者，以德服人。此言与《大学》之意诚而心正相通，皆言及心性修养与自我认知之重要。

再者，《道德经》言："治大国若烹小鲜。"此言治国之道，在于无为而治，不言之教。治大国者，如烹小鲜，不可急躁，不可妄动，必以和平为本，以安静为要。此言与《大学》之家齐而国治相通，皆言及家国治理之要道。

且夫《道德经》之言道德，与《大学》之言心性，实乃异曲同工，相通相融。道德者，人心之共由；心性者，道德之根源。人心向善，则道德兴；心性纯正，则道德备。故《道德经》之言道德，实则言及心性之修养；《大学》之言心性，实则言及道德之实践。二者皆以心性为本，以道德为纲，而推及于家国天下。

又《道德经》言："上善若水，水善利万物而不争，处众人之所恶，故几于道。"此言上善之人，如水之性，善利万物而不与之争，处众人之所恶，而能安之若素。此言与《大学》之心正而身修相通，皆言及心性之纯正与道德之高尚。

再者，《道德经》之言无为而治，与《大学》之言格物致知，亦相通相融。无为者，非无所为，乃顺应自然，不妄作为之谓；致知者，非徒求知，乃即物穷理，以求心性之真知。无为而治者，以道德为本，以和平为要；格物致知者，以心性为根，以知识为用。二者皆以心性道德为本，而推及于治国平天下之道。

且夫儒道二家，虽各有侧重，而实则相通相融。儒家重心性之修养，道家重道德之实践；儒家言家国天下，道家言自然无为。然皆以心性为本，以道德为纲，而求天人合一之道。故《大学》本章文与《道德经》之言道德实践与自然无为，实乃相通相融，共明心性道德之要。

原文4

自天子以至于庶人，壹是皆以修身为本。其本乱而末治者否矣。其所厚者薄，而其所薄者厚，未之有也！

儒道相通 虚心静守与正心诚意

《大学》与《道德经》并为儒家道家之经典，其内涵丰富，深奥无穷。吾试从《道德经》中寻找与《大学》本章"自天子以至于庶人，壹是皆以修身为本。其本乱而末治者否矣。其所厚者薄，而其所薄者厚，未之有也！"相对应之章文与内容，以辨析儒道相通之处，揭示其处世佐引。

《道德经》第十六章云："致虚极，守静笃。"其意与《大学》本章"自天子以至于庶人，壹是皆以修身为本"相呼应。致虚极，意为心灵之虚空与宁静；守静笃，意为内心之平静与沉着。修身为本，以修身为根基，而达治理国家与民众之境界。二者皆强调修身养性，以治国平天下之境界。

夫致虚极，守静笃，此乃修身之重要途径。内心虚空，则能容纳万物，洞察世事；内心宁静，则能处变不惊，泰然自若。修身之道，首在养心，心静如水，则可得其修身齐家治国平天下之悟。

修身为本，乃治国平天下之基石。上自天子，下至庶人，皆应以修身为根本。修身之道，在于正心诚意，克己奉公，以道德修养为基础，而达治国平天下之境界。

故《道德经》与《大学》相互呼应，皆强调修身养性，以治国平天下。修身之道，虚心静守，正心诚意，以此为治国平天下之根基。学之者当汲取两家之智慧，以修身为本，而达治国平天下之境界。

《道德经》第四十三章有云："天下之至柔，驰骋天下之至坚。"其意与《大学》本章"其本乱而末治者否矣。其所厚者薄，而其所薄者厚，未之有也"相映成趣。至柔者，指的是顺应自然、不争不抗的处世态度；至坚者，则是指坚定不移、不易动摇的意志。本乱而末治者否，意味着如果根本不稳定，就无法实现有效的治理。这两部经典都在强调，在行事为人时，应兼顾柔软与坚定，以期达到成功的境界。

至柔者，能够顺应自然，不强求，不争斗，以柔克刚，四两拨千斤。至坚者，则是在面对困难和挑战时，保持坚定的信念和决心，毫不动摇。本乱而末治者否，告诉我们，在追求成功的过程中，必须保持"静而后能安"，才能在面对挑战时，做出正确的决策和选择。

于日常生活中，人当因时制宜，巧妙运用至柔与至坚之策略。遭遇艰难险阻时，必须心如止水，坚定如山，犹如至坚者，不屈不挠。至于应对人事交往与解决纷扰，则应顺应天道，以柔克刚，如同至柔者，不争不抗。

是以，《道德经》与《大学》之教诲，对世人启示深远。其教导人在行事为人之际，当保持心之柔软与坚定，顺应自然之理，而又不失信念之坚定。并于纷繁复杂之世，寻得成功之道，实现心中之目标。

《道德经》第七章云："是以圣人后己而人先，外其身而身存。"此与《大学》本章"自天子以至于庶人，壹是皆以修身为本"外其身而身存，即放下自我，以他人的利益为重。修身为本，即以修身为基础，达到治理国家的目的。

《道德经》第五十七章云："以正治国，以奇用兵。"此与《大学》本章"其本乱而末治者否矣。其所厚者薄，而其所薄者厚，未之有也"相呼应。以正治国，即以正道治理国家；以奇用兵，即以奇谋用兵。本乱而末治者否，即若根本不稳定，则无法达到有效的治理。二者皆强调在治理国家时，应保持正道与奇谋的平衡，以达到成功的境界。

《道德经》第七十八章云："天下莫柔弱于水，而攻坚强者莫之能胜。"此与《大学》本章"此谓知本，此谓知之至也"相呼应。水柔弱，却能攻克坚硬的障碍。知本，即了解事物的根本；知之至，即达到知识的最高境界。

综观典籍，本章所言之"自天子以至于庶人，壹是皆以修身为本"，与《道德经》之理多有契合，尽显儒道两家之共通。儒家素重个人道德修养，以此为齐家治国平天下之基石。藉由修身，儒家勉人以积极之心入世，存爱他人，肩负起所当之责与务。道家则倡一更超脱之生活观，讲究顺天应人、无为而治，此或对儒家积极入世之补充。道家寻淡泊宁静与自由共生，重与自然和谐共处，此态为人提供别一种处世之哲学。

儒道二家，一则重社会责任与道德之行，一则倡自然法则与内心之静。各有所执，然相得益彰，同构中华文化之重要干城，为人间生活提供周详而深邃之智导。儒家勉人以德行立世，道家则教人以自然养心，虽趣向不同，然皆致力于人道之完善，实为中华文化之双璧，千古智慧之道统也。

〔第二章〕

原文

《康诰》曰："克明德。"《大甲》曰："顾误天之明命。"《帝典》曰："克明峻德。"皆自明也。

儒道相通 儒道融合的道德修养之路

《康诰》《大甲》《帝典》之言，皆儒家明德之道也。明德者，光明磊落，自我显明，犹天之日月，照耀四方。而道家之《道德经》，虽立言不同，亦有相通之处。今以《道德经》之章文，与儒家明德之道相应，论其相通之妙。

《道德经》第二章云："天下皆知美之为美，恶已；皆知善，斯不善矣。有无之相生也，难易之相成也，长短之相刑也，高下之相盈也，音声之相和也，先后之相随，恒也。"此言美丑、善恶、有无、难易、长短、高下、音声、先后，皆相对而言，互为依存。儒家言明德，亦须明其相对之"不明德"，更显明德之可贵。是以，《道德经》此章，与儒家之明德观念，在哲学层面上有着异曲同工之妙。

《道德经》第十六章云："致虚极，守静笃，万物并作，吾以观其复。夫物芸芸，各复归其根。归根曰静，是谓复命。复命曰常，知常曰明，不知常，妄作，凶。

知常容，容乃公，公乃全，全乃天，天乃道，道乃久，没身不殆。"此言致虚守静，以观其复，即是要人保持一种虚静的心态，以观察万物的变化。儒家之明德，亦需虚静其心，能洞察天地之正道。故，《道德经》此章，与儒家之明德之道，在修身养性、体悟天地之道上，有着相通之处。

《道德经》第四十一章云："上士闻道，勤而行之；中士闻道，若存若亡；下士闻道，大笑之。不笑不足以为道。故建言有之：明道若昧，进道若退，夷道若纇。上德若谷，大白若辱，广德若不足，建德若偷，质真若渝。大方无隅，大器晚成，大音希声，大象无形。道隐无名，夫唯道，善贷且成。"此言上士、中士、下士对道的理解与反应各不相同，强调道之深邃与不易理解。儒家之明德，亦是高深莫测，需用心体悟，能得其玄妙与精要。

《道德经》与儒家之明德之道，虽立言不同，但在哲学思想、修身养性、体悟天地之道、追求真理等方面，皆有着相通之妙。是以，儒道相通，皆以明德为本，追求真理为道，实为中华文化之精髓也。

《康诰》有云："克明德。"此言修身立德，显明己德之重要。《大甲》亦云："顾諟天之明命。"此言人应常思天命，不负天之所赋之明德。《帝典》复云："克明峻德。"皆在阐明人性本善，德行可昭，皆需自明其德。

儒家重德行之修炼，以仁义礼智信为本，视心性为德行之源泉。道家虽言"道法自然"，然亦非无视心性之修炼。心性者，乃人之本质，亦是人之所以为人之根本。儒道两家，虽途径不同，然在心性修炼上，实有相通之处。

儒家言"性相近，习相远"，认为人性本善，然因习染不同，故有善恶之分。道家则言"道生一，一生二，二生三，三生万物"，万物之根源皆出于道，心性亦然。儒道两家皆认为心性乃人之根本，修炼心性即是修炼人生。

心性修炼，儒家以"诚意、正心"为本，道家则倡导"清静无为"，虽方法不同，然其目的皆在使心性归于本真、至善之境。儒家通过格物致知，诚意正心，以达修身齐家治国平天下之目的。道家则通过修炼心性，达到清静自然之境，以求天人合一。二者皆以心性修炼为基础，体现了儒道相通之处。

再览《康诰》《大甲》《帝典》，深悟心性之明德，实自我觉醒、自我修炼之果，非外力所能赐。儒家勤勉以求，通过学问与实践不断磨砺德行；道家则重在心性修炼，务求无为而治。二者途径虽异，然终归一致，皆显儒道精神之相融。更深处之共鸣在于，儒道两家皆崇尚内省与自省，儒家日省其身，道家静心悟道，皆是通过自我审视以提升心性。儒道修炼之法虽异，然皆致力于使心性达至善之域，实现个人与社会的和谐共融。此乃儒道两家在追求心性修炼上之共鸣与交融也。

【第三章】

原文

汤之《盘铭》曰："苟日新，日日新，又日新。"《康诰》曰："作新民。"《诗》曰："周虽旧邦，其命惟新。"是故君子无所不用其极。

儒道相通 求新至善的修身哲学

汤之《盘铭》有言："苟日新，日日新，又日新。"此言求新之道也。《康诰》亦云："作新民。"意在鼓舞人民自我更新，奋发向前。而《诗》所云："周虽旧邦，其命惟新。"更见创新之精神，虽古国而命维新。儒家倡导君子应无所不用其极，以追求至善至新之境。

道家之《道德经》，虽主旨不同，然在求新求变之道上，亦有相通之处。今寻《道德经》中与之相呼应之章文，以明儒道相通之理。

《道德经》第四十章云："反者道之动，弱者道之用。天下万物生于有，有生于无。"此言万物之变化，皆由反转而生，道之运用在于柔弱。故万物之新，皆从反转与柔弱中来。此与儒家所倡之"日日新"相呼应，皆在强调变化更新之道。

《道德经》第二十五章云："有物混成，先天地生。寂兮寥兮，独立而不改，周行而不殆，可以为天地母。吾不知其名，强字之曰道，强为之名曰大。大曰逝，逝曰远，远曰反。故道大，天大，地大，人亦大。域中有四大，而人居其一焉。人法地，地法天，天法道，道法自然。"此章言"道"之玄妙，强调人应效法自然之道，顺应自然以求新求变。儒家所倡之"作新民"，亦在于激发人民之创新精神，顺应时代之变，以求国家之新发展。

《道德经》第八章云："上善若水，水善利万物而不争，处众人之所恶，故几于道。"水以柔弱胜刚强，以不变应万变，此亦是一种求新之道。儒家君子在追求至善至新之境时，亦应如水之柔弱善变，无所不用其极。

汤之《盘铭》中所言："苟日新，日日新，又日新。"此语含义深广，其旨不仅在于物质之更迭与变迁，亦在于精神之不断革新与自我超越。此非仅对个人修养之激励，亦为对整个社会文明进步之期待。

在是言之启示下，吾人易于理解《康诰》中"作新民"之深意。此"新民"非指新来之人，而是勇于破旧立新，不断追求卓越，力求成为更好自己之民众。此理念激励民众自强不息，不断在思想、行为、文化等方面求新求变，以推动社会文明之持续进步。

又，《诗经》亦云："周虽旧邦，其命惟新。"此语鲜明地揭示了国家民族之生命在于不断创新。无论历史何其悠久，无论传统何其深厚，国家、民族欲求生生不息、繁荣昌盛，必须不断进行改革创新。此创新不仅体现在科技、经济等硬实力方面，亦体现在文化、教育、制度等软实力方面。此不仅是物质层面的更新，更是精神层面的洗礼与升华。儒者通过不断学习与实践，日新其德，使自己的品德更加高尚。道家则通过修炼心性，顺应自然之道，以求达到更高境界。二者皆强调个人修养与提升，体现了儒道相通的精神内核。

创新乃永恒之主题，贯穿于个人成长、社会进步、国家发展之始终。无论是汤之《盘铭》的"苟日新，日日新，又日新"，还是《康诰》的"作新民"，抑或是《诗经》的"周虽旧邦，其命惟新"，皆传递着同一信息：唯有不断创新，不断前行，方能于时代洪流中立于不败之地。

儒者尚德，道家贵道，二者虽异，其理相通。德者，人之本也；道者，天地之根。儒家重仁义礼智信，以修身为本，进而齐家治国平天下。道家则倡导无为而治，顺应自然，以求天人合一之境。然儒道两家，皆以"新"为贵，儒家讲日新其德，道家言与时偕行。

儒者之道，在于明明德，亲民，止于至善。是故君子无所不用其极，以求自我完善，进而兼济天下。此与道家之"无为而无不为"之理相通。无为者，非无所作为，乃是不强求，顺其自然，因势利导，以达到无为而治之境。

道家讲"道法自然"，强调与自然和谐共处，顺应天时地利人和。儒家亦倡导"天人合一"，认为人与自然应和谐相融，不可逆天而行。二者皆体现了中国传统文化中的"和"之思想，亦体现了儒道相通的哲学基础。且儒道相辅之理，既显于个人修养与世之治理，又显于文化传承与创新，当深悟并行之。

儒道相同　大学篇

原文 1

《诗》云："邦畿千里，惟民所止。"《诗》云："缗蛮黄鸟，止于丘隅。"子曰："于止，知其所止，可以人而不如鸟乎！"《诗》云："穆穆文王，於缉熙敬止！"为人君，止于仁；为人臣，止于敬；为人子，止于孝；为人父，止于慈；与国人交，止于信。

儒道相通 仁义与无为的道德规范与哲学思想

自古儒道两家，异曲同工，一者尚仁，一者贵道，然皆以求淡泊宁静与社会安定为归宿。今观《大学》与《道德经》，皆见二者之相通处，于人生指南、处世之道，大有裨益。

《大学》有云："《诗》云：'邦畿千里，惟民所止。'《诗》云：'缗蛮黄鸟，止于丘隅。'子曰：'于止，知其所止，可以人而不如鸟乎！'《诗》云：'穆穆文王，於缉熙敬止！'为人君，止于仁；为人臣，止于敬；为人子，止于孝；为人父，止于慈；与国人交，止于信。"此段意在阐明，人生在世，各有所止，知其所止，方能得其所安。

而《道德经》中，亦有多处与《大学》此章相呼应。如《道德经》第十六章云：

"致虚极，守静笃，万物并作，吾以观其复。夫物芸芸，各归其根。归根曰静，是谓复命。复命曰常，知常曰明，不知常，妄作，凶。知常容，容乃公，公乃全，全乃天，天乃道，道乃久，没身不殆。"此章讲求内心的虚静，强调万物各有其道，应顺其自然，与《大学》中"知其所止"之理相通，皆在说明人应了解自己的本分与归宿。

再观《道德经》第四十九章："圣人无常心，以百姓心为心。善者，吾善之；不善者，吾亦善之，德善。信者，吾信之；不信者，吾亦信之，德信。圣人在天下，歙歙焉为天下浑其心，百姓皆注其耳目，圣人皆孩之。"此章强调圣人以百姓之心为心，善待万物，不分善恶、信疑，皆以善意待之。这与《大学》中提到的"为人君，止于仁；为人臣，止于敬；为人子，止于孝；为人父，止于慈；与国人交，止于信"相呼应，都在倡导一种以仁、敬、孝、慈、信为核心的道德规范。

《道德经》第十八章有云："大道废，有仁义。"此虽似批判儒家之仁义，实乃老子感叹世风日下，需以更高境界审视仁义。与《大学》所提"为人君，止于仁"相呼应。儒家之仁，乃爱人之心；道家虽倡无为，然非无情，而是追求更高层次的自然与和谐。

再观《道德经》第六十七章："我有三宝，持而保之：一曰慈，二曰俭，三曰不敢为天下先。"其中"慈"字，与《大学》中"为人父，止于慈"不谋而合。道家讲慈，是谓对万物之慈爱；儒家言慈，更多指家庭伦理中之慈爱。二者虽侧重点不同，然其精神内核相通。

《道德经》第二十三章云："希言自然。"意指少发号施令，让事物按照自身的规律发展，这恰恰与儒家所倡导的"敬"相呼应。《大学》云："为人臣，止于敬。"儒家之"敬"，是对上级、对职责的敬重与忠诚；而道家之"希言"，亦含有敬重自然、不妄为的意味。

儒家之"仁、敬、孝、慈、信"，于道家思想中亦能寻得相应之共鸣。而《道德经》中所言"致虚极，守静笃"，乃是一种内心之修为，通过内心的平静与虚灵，达到与天地万物之和谐共鸣。

复论处世之术，《大学》以仁、敬、孝、慈、信为行为规范，强调人际之间之道德规范与社会责任。而《道德经》则提倡"上善若水，水善利万物而不争"，以柔和、包容之心面对世事，强调无为而治、顺应自然之智慧。二者在处世之术上，亦显异曲同工之妙。

至于"信"，《道德经》虽未直接提及，但其整本经典都贯穿着"道法自然"的理念。信者，不欺也。道家追求真人境界，讲究内外一致，不虚伪，这本身便是一种"信"的体现。与《大学》中"与国人交，止于信"的理念相通。

《大学》此章所述"止"者，实乃度之把握，知所止矣。此与道家"无为而治"之思想，同工异曲。"止"亦为自我认知与定位之智慧。人必知己之角色与位置，乃能在社会中安身立命。

原文2

《诗》云："瞻彼淇澳，绿竹猗猗。有斐君子，如切如磋，如琢如磨。瑟兮僩兮，赫兮喧兮。有斐君子，终不可谖兮！"如切如磋者，道学也；如琢如磨者，自修也；瑟兮僩兮者，恂慄也；赫兮喧兮者，威仪也；有斐君子，终不可谖兮者，道盛德至善，民之不能忘也。

儒道相通 如切如磋与慎终如始的修行智慧

《诗经》有云："瞻彼淇澳，绿竹猗猗。有斐君子，如切如磋，如琢如磨。瑟兮僩兮，赫兮喧兮。有斐君子，终不可谖兮！"此诗绘君子之像，若生动画卷，展现君子修行之风范与内蕴。

《诗》云"如切如磋"，喻如匠人琢玉，屡经切磋，终成美器。君子求学之道，亦应勤修不息，深思熟虑，刻苦钻研，以悟其中之奥理，渐进于高境。

"如琢如磨"，此喻君子自修之姿，如匠者砺剑，必常砥砺，使其益锐完善。

君子修身之道亦然，宜自省不息，日进其德，才可步履稳健，循序渐进。

儒家之说，重修身齐家治国平天下，以立德为一切之本。君子之修，不仅关个人之成长与进步，亦关社会之和谐与稳定。故儒家重人伦道德之培养，提倡仁爱、诚信、礼义等价值观，以期通过个体之道德修养，推动社会之进步与发展。

君子之修如同匠人雕玉、磨剑，需不断精进与自修。儒家之说则为吾等提供了修之方向与目标，使吾等能在人生之路上不断前行，追求更高之境界与更美好之未来。

道家之《道德经》，虽与儒家路径不同，然其核心理念、心性修养等方面存在相通之处。今以儒道相通之视角，可寻《道德经》中与上述《诗》句对应之章文。

《道德经》第六十四章言："其安易持，其未兆易谋。其脆易泮，其微易散。为之于未有，治之于未乱。合抱之木，生于毫末；九层之台，起于累土；千里之行，始于足下。为者败之，执者失之。是以圣人无为故无败，无执故无失。民之从事，常于几成而败之。慎终如始，则无败事。是以圣人欲不欲，不贵难得之货，学不学，复众人之所过，以辅万物之自然而不敢为。"

此章所言"慎终如始，则无败事"，与《诗》中"如切如磋，如琢如磨"之精神相呼应。皆强调持之以恒、精益求精之态度。儒家讲求学无止境，道家亦倡导持续不懈之努力。虽道家注重无为而治，然其无为非无所作为，乃是顺应自然、不刻意为之，与儒家之积极进取相辅相成。

再观《道德经》第四十一章："上士闻道，勤而行之；中士闻道，若存若亡；下士闻道，大笑之。不笑不足以为道。故建言有之：明道若昧，进道若退，夷道若纇。上德若谷；大白若辱；广德若不足；建德若偷；质真若渝。大方无隅；大器晚成；大音希声；大象无形；道隐无名。夫唯道，善贷且成。"

此章所言"上德若谷"，与儒家所追求之盛德至善相通。皆在强调君子应有包容天下之胸怀与气度。儒家讲求立德为本，道家亦倡导内心平和与社会和谐。两者虽路径不同，然其终极目的皆在于使人之心性得以净化与升华。

瞻彼淇澳，绿竹猗猗。诗中所描绘的君子形象，如切如磋，如琢如磨，尽显儒家修身立德之志。然儒家之道，非孤立存在，与道家之理念亦相通焉。以儒道相通之视角，观述本章所言之"儒"与"道"之共通处，深悟其通也。儒者以仁、义、礼、智、信为纲，倡导人之为人，应行善积德，修身齐家治国平天下。道家则以道为本，追求自然无为，顺应天地之道，达到天人合一之境。二者虽在方法上有所差异，但在人生至理，和谐共生的目标上，"通"亦"同"也。

原文 3

《诗》云："於戏！前王不忘。"君子贤其贤而亲其亲，小人乐其乐而利其利，此以没世不忘也。

儒道相通 仁爱与慈爱之比较

《诗》云："於戏！前王不忘。"此言对前贤之缅怀与尊崇，乃儒家尊贤亲亲之本义。儒家之道，在于立德、立功、立言，以求百世流芳，此与道家之理念亦有相通之处。今以儒道相通之视角，探寻《道德经》与《诗》中所言之对应。

《道德经》第三十八章有云："上德不德，是以有德；下德不失德，是以无德。上德无为而无以为；下德无为而有以为。"此语阐明道德修行之两境，及道家对"无为"之独解。

"上德"者，乃道德之最高境界，非刻意追求或夸耀之德，自然而然流出，不待彰显。此乃无为而治，为道家所倡顺应自然之道。如春风化雨，润物无声，而万物生长繁茂。此无为，非无所作为，而是在顺应自然之规律下，以最小之人力干预，达至最大之效果。

相对而言，"下德"者，刻意追求、坚守道德之人。表面看似有德，实失道德之玄妙与精要。过于执着于形式，而忽略道德之内涵。此道德修行之道，虽看似有所作为，实则背离自然之道。

儒家之君子，亦体现此无为而为之德。贤其贤，亲其亲，以仁爱之心待人接物，不待回报，自然而为。此德，正是儒家所倡立德之本。虽儒家与道家于道德修行之道有异，然立德之本，二者相通。故《道德经》第三十八章所论"上德"与"下德"之别，不仅阐明道德修行之两境，亦显道家无为而治、顺应自然之道之哲思。此思想对于我们理解道德修行之玄妙与精要，提升个人品德，具有重要意义。

又，《道德经》第六十七章言："我有三宝，持而保之。一曰慈，二曰俭，三曰不敢为天下先。慈故能勇；俭故能广；不敢为天下先，故能成器长。"此章所言"慈"，与儒家之"仁"相通，皆讲求对他人的关爱与慈悲。儒家尊贤亲亲，道家亦倡慈爱之道，虽表述不同，然其精神内核一致，皆在于营造一个和谐有序的社会环境。

再观《道德经》第十八章："大道废，有仁义；智慧出，有大伪；六亲不和，有孝慈；国家昏乱，有忠臣。"此章虽似对仁义等美德提出批判，然其意在于指出社会出现问题时，这些美德才更显珍贵。这与儒家强调的亲亲、尊贤之道实则协同作用。儒家通过修身立德来影响家庭、国家乃至天下，道家亦倡导通过修身来达成社会的和谐稳定。

此外，《道德经》第二十七章云："圣人常善救人，故无弃人；常善救物，故无弃物。是谓袭明。故善人者，不善人之师；不善人者，善人之资。不贵其师，不爱其资，虽智大迷，是谓要妙。"此章所言圣人善于救人救物，无所遗弃，此与儒家之仁爱精神相通。儒家讲求仁爱，对人对物皆怀有慈悲之心；道家亦倡导包容与救赎之道，两者在精神实质上是一致的。

综上所述，《道德经》中虽无直接对应《诗》中"前王不忘"之句，然其核心理念如"无为而治""慈爱之道""包容与救赎"等与儒家之立德、尊贤、亲亲等理念存在相通之处。

"於戏！前王不忘。"此言前贤之德，流芳百世，为后人所缅怀。儒家以此为鉴，倡导君子应贤其贤而亲其亲，小人则乐其乐而利其利。儒家之道，在于立德、立功、立言，以求没世不忘。然则，道家之理念，与儒家又有何相通之处？以儒道相通之视角，可有如下之观也。

儒家尊贤亲亲，注重人伦道德，致力于构建一个和谐有序的社会。其核心理念在于仁爱，以亲亲、尊尊为本，强调人与人之间的情感纽带与道德规范。道家虽主张无为而治，顺应自然，然其亦注重人与人之间的和谐关系，倡导谦和退让，贵柔守弱。以为人之道，贵在和睦相处，不争之争，方为大胜。故曰："上善若水，水善利万物而不争。"水之柔弱，却能穿石，此乃道家所崇尚之柔中带刚，弱可胜强之理。又云："人之所恶，我必恶之；人之所好，我必好之。"此言人与人之交，当以同理心相待，尊重他人，和谐共处。道家之理念，实乃求和谐、促共融之良策也。

儒家学说，根深叶茂，广博而深奥。其崇敬贤才、重视亲情的理念，犹如明灯照耀，为人伦道德之路照明，引领人趋向和谐有序之社会。儒家视贤才为敬重推崇之对象，亲亲为亲情关系之珍视维护。

儒家注重人际之情谊与道德之规范，以营造充满仁爱、和谐共处之社会为宗旨。于儒家而言，仁爱不仅是情感之表露，更是道德之要求。仁爱之心，以亲亲尊尊为根本，尊重他人之权利与尊严，关怀他人之需求与感受。借仁爱之传递与实践，儒家期望人际间能建立深情厚谊，从而推动社会之和谐与进步。

与此同时，道家虽主无为而治、顺应自然，亦重人际之和谐。道家认为，人心应保持平和与清静，超脱尘世之纷扰与诱惑。此心之平和与超脱，不仅能提升个人之修养与境界，亦能促进人际之和谐相处。于道家而言，人际之和谐非赖外在之强制与约束，而是源自内心之修炼与超脱。

虽儒家与道家在方法途径上有所不同，然其终极目标相同：使人之心性得以净化，社会得以和谐。无论是儒家的仁爱之道，还是道家的无为而治，均旨在引导人达到更高之道德境界。

〔第五章〕

原文

子曰："听讼，吾犹人也，必也使无讼乎！"无情者不得尽其辞。大畏民志，此谓知本。

儒道相通 使无讼乎与无为而治

子曰："听讼，吾犹人也，必也使无讼乎！"此语圣人所言。诉讼虽为法制之环节，然频繁诉讼，乃社会矛盾之体现。孔子之意，在于提倡高远治理之策，即以教化德治，使民向善，彼此和谐，争端自息，无需诉讼。

儒家重立德为本，立德者，树道德之基，使民心向善，行为合道。儒家以为，道德教化乃治世之根本，教育引导，使民自觉守道德，自然成和谐稳定之世序。以德育人，不仅减讼，亦能提升社会道德，以致长治久安。

道家与儒家异，然核心理念亦有相似。道家主无为而治，顺自然之道，以求和谐共生。道家有言，诉讼为社会失序之表，治理在于导民归自然本性，使社会复和谐。故道家亦重道德教化，提倡修身养性，以提升个人与社会。

故儒家与道家皆重道德教化在治世中之重要性。立德、修身、养性，使民向善，行为合道，从而减讼，实现社会和谐稳定。此治理理念，不仅蕴含深厚文化底蕴，亦对现代社会治理具有启示。

《道德经》第五十七章云："我无为而民自化，我好静而民自正，我无事而民自富，我无欲而民自朴。"此言无为而治之理念，与孔子所言"使无讼乎"之意，实有相通之处。道家倡导无为，非无所作为，乃是不刻意为之，顺应自然。如此，则民众可自然向善，争端自消，与儒家通过教化德治以减少诉讼之目标，殊途同归。

又，《道德经》第十八章言："大道废，有仁义；智慧出，有大伪；六亲不和，有孝慈；国家昏乱，有忠臣。"此章虽言仁义智慧之产生，源于大道之废，然其深层含义，在于强调德治之本。若大道不废，则仁义智慧皆无需彰显，民众自然和谐共处，何需诉讼之争？此与孔子所言"使无讼乎"之愿景，不谋而合。

《道德经》第四十九章有云："圣人之心，无常心，以百姓心为心。"此语若钥匙，启古之圣贤治国安民之秘奥。圣之所以为圣，非以其神智超群，乃因其能捐私欲，真以民之需愿为念，时以此为起点与归宿。

自古而今，儒家亦重民为本。儒家所言，治国非恃强制与威压，此乃以教化德治，导民向善和谐。此民为本之治国论，实儒家与道家核心共通之处矣。

深析两家学说共通，可见其皆以民心为归，民利置于至高。此民为本之思，不仅显古圣贤深民情，亦显其对社会和谐稳定之不懈求索。于今之世，吾人仍可从此民为本之思中汲取智慧。

此外，《道德经》第七十九章云："和大怨，必有余怨，安可以为善？是以圣人执左契，而不责于人。"此言圣人处理怨恨之道，不在于责罚报复，而在于和解宽容。儒家亦倡导宽容与和解之道，以减少社会矛盾与争端。两家皆致力于营造一个和谐宽容的社会环境，使民众能够和睦共处。

《道德经》中虽无直接对应孔子"听讼，吾犹人也，必也使无讼乎！"之句，然其核心理念如无为而治、顺应自然、以民为本、宽容和解等与儒家之教化德治、减少诉讼等理念存在相通之处。

〔第六章〕

原文 1

此谓知本。所谓致知在格物者，言欲致吾之知，在即物而穷其理也。盖人心之灵莫不有知，而天下之物莫不有理，惟于理有未穷，故其知有不尽也。是以《大学》始教，必始学者即凡天下之物，莫不因其已知之理而益穷之，以求至乎其极。至于用力之久，而一旦豁然贯通焉，则众物之表里精粗无不到，而吾心之全体大用无不明矣。此谓物格。此谓知之至也。

儒道相通 心性修养与道德实践

《大学》云："此谓知本！"何谓知本？即知心性之本原也。人心之灵，本具知觉，此知觉之能力，乃人心之本体。而天下之物，各具其理，理者，物之本性也。人心之灵与物之理，本自相通，故能即物而穷其理，此即知本之义也。

"所谓致知在格物者，言欲致吾之知，在即物而穷其理也。"致知者，乃是通过不断学习与实践，扩充吾心之知觉，使之达到全面而深入，无一遗漏也。此过程需心无旁骛，专注致志，方能洞察世间万物之生生不息。

格物者，实乃亲身接触事物，深入探究其内在之理也。非但观其表面，更要洞悉其本质，把握其规律。如此方能言格物，方能言知物。

人心之灵，虽本具知觉，然若不与物接，不与事历，则知觉无以显现，无以磨砺。故必即物而穷其理，通过实践之历练，方能致吾之知，方能明辨是非，洞察秋毫。

此即儒学之格物致知之道也，与道家所倡之"道法自然""无为而治"实有相通之处。道家亦重实践，亦重知行合一，虽入手不同，然归宿则一。皆欲通过实践之历练，明心性之本体，复其本然之善。

人心之灵，莫不有知；而天下之物，莫不有理。理无穷尽，故知亦无穷尽。惟于理有未穷，故其知有不尽。是以《大学》始教，必始学者即凡天下之物，莫不因其已知之理而益穷之，以求至乎其极。此乃儒学之教育方法也，欲使学者通过格物致知，不断扩充其知觉，最终达到心性之完善。

至于用力之久，而一旦豁然贯通焉，则众物之表里精粗无不到，而吾心之全体大用无不明矣。此言学者在格物致知过程中，经过长时间的努力和积累，终于达到豁然贯通的境界。此时，学者不仅能深入洞察事物的本质和规律，还能全面把握事物的表象和细节。同时，其心性也得到了极大的提升和完善，达到了"全体大用无不明"的境界。

此谓物格。此谓知之至也。物格者，事物之理已尽知也；知之至者，知觉已扩充至极致也。此乃儒学之最高境界也，学者若能至此境界，则心性已完全完善，知觉已无障碍，可称之为圣人矣。

然观《道德经》之篇，虽与儒学异曲同工，然亦有其相通之处。道德经云："道可道，非常道；名可名，非常名。"此言道之深奥难测，非言语所能尽述也。然道家亦认为人心之灵与道相通，故能体道而行。此与儒学之即物而穷其理、致吾之知之道相通也。

且夫《道德经》亦论求知。其言"为学日益"，即谓求知当日益积累，不可懈怠。又言"不出户，知天下；不窥牖，见天道"，则明示求知之道，在于内求心性，而非外逐物欲。此与《大学》之"即物而穷其理"，虽入手不同，然其归宿则一。盖皆欲明心性之本体，而复其本然。

又《道德经》言"致虚极，守静笃"，实即心性修养之法门。夫虚者，无物也；静者，不动也。致虚极，则心无杂念；守静笃，则性不妄动。当此之时，心性已明，知觉已全，故能照见万物之理，洞悉天下之道。此与《大学》之"豁然贯通"，实乃异曲同工之妙。

且道家强调自然无为、顺应天道，而儒学亦认为人性本善、应顺乎天理。二者虽表述不同，然其意旨皆在于强调人与自然、人与社会之和谐共生。此亦儒道相通之重要表现也。

再者，《道德经》云："知人者智，自知者明；胜人者有力，自胜者强。"此言知人易而自知难，胜人易而自胜难。然儒学亦认为心性修养之关键在于自知自胜。故儒道二家皆强调自我认知与自我超越之重要性。

综上所述，《大学》之"知本"与"格物致知"之道与《道德经》之意旨相通也。二者皆强调心性修养与知识探求之紧密结合，皆认为人心之灵与物之理（或道）本自相通。故儒道二家虽异曲同工，然其相通之处亦甚多。如汉代之黄老之学，即儒道融合之典范。又如宋代之理学，亦深受道家思想之影响。故儒道相通，实乃历史之事实。然儒道相通之道非止于此。儒学强调仁义礼智信五常之道德规范；道家则注重无为而治、顺应自然之原则。然二者皆以心性修养为本、以和谐共生为归。

今人当以开放之心态，包容之胸怀，深究儒道之理，取其精华，去其糟粕，以成新时代之文化。进而继往开来，以绵延华夏之文明，贡献于世界之和平与发展也。又云："为学日益，为道日损。"为学者，不断积累知识；为道者，则逐渐减损私欲杂念。然无论为学为道，皆需用心于内，而有所得也。

〔第七章〕

原文

所谓诚其意者：毋自欺也。如恶恶臭，如好好色，此之谓自谦。故君子必慎其独也！小人闲居为不善，无所不至，见君子而后厌然，掩其不善，而著其善。人之视己，如见其肺肝然，则何益矣。此谓诚于中，形于外。故君子必慎其独也。曾子曰："十目所视，十手所指，其严乎！"富润屋，德润身，心广体胖。故君子必诚其意。

儒道相通　儒道修身理念的异同

与《道德经》相比，所引《大学》第七章关于诚意慎独的论述，理念上与《道德经》的某些章文有异曲同工之妙。

夫《大学》之教，诚意为本，而《道德经》之理，亦以自然为宗。观乎"诚其意者，毋自欺也"，与《道德经》之"知人者智，自知者明"相呼应。诚意者，不自欺，不自瞒，如明镜止水，映照天地万物之真；自知者，了解己身，洞彻内心，亦如澄澈秋水，洞悉世间百态。二者皆强调内心真实无欺，此乃相通之一端也。

又，《大学》本章文言"慎其独"，意在无人之时，亦能持身以正，不逾规矩。而《道德经》则云"道法自然"，虽独处幽居，亦应顺应自然之道，无为而为。

慎独之道，贵在守心；自然之理，要在不违。二者皆倡导内外一致，行为不悖于心，此相通之二端也。

且《大学》本章文所云"诚于中，形于外"，与《道德经》中"大音希声，大象无形"之理相契合。诚意内充，则形之于外，虽不言而人自知；大道至简，虽无形而万物生。二者皆以内在修为为本，外化于形，此相通之三端也。

《大学》本章文云："诚于中，形于外"，此语总结了儒家修身之要，旨在阐发内心真诚之重要。真诚非徒言辞之空泛，而是发自心灵深处的真挚情感与坚定信仰。内心真诚，则行为自然流露，不需多言，他人亦能感知其真诚。此内外一致之境界，为儒家道德修养之极。

与此同时，《道德经》云："大音希声，大象无形"，此语蕴含道家哲学之深远智慧。大道至简，不需繁复之言辞与形式，真智慧往往藏于看似平淡无奇之物中。此"无形"非真无形态，而是超越有限，含括万物生长变化。犹如大道无形，却能生育万物，生命延续与宇宙运行皆寓其中。

结合两者，可知其相通之处。无论儒家的"诚于中，形于外"，还是道家的"大音希声，大象无形"，皆强调内心修养之重要。内心充实真诚，则行为表现自然流露，不需多装饰伪装。同时，内心修养非孤立，将通过行为影响他人事物，促进社会和谐发展。

故言，《大学》本章文与《道德经》虽表述有异，然所传达之内心修养与外化行为之理念是相通的。此相通处，不仅显于个人修身，更见于对社会之积极影响。唯有真理解此相通，善融儒家道家智慧，于践行人生中，实现个人社会共进步共发展。

然则，《大学》本章文所论，更侧重于人世间的道德修养与行为准则；而《道德经》则更偏向于宇宙间的自然法则与无为而治。此其异也。

曾子有言："十目所视，十手所指，其严乎！"言下之意，人之行为，难以遁形，众目昭彰之下，更应恪守正道。而《道德经》亦云："天网恢恢，疏而不漏。"

天地之间，虽幽微难察，然善恶有报，如影随形。二者皆警示世人，行善积德，方得善果。

《大学》与《道德经》在修身养性、治国理政等方面皆有相通之处。二者虽途径不同、方法各异，然其终极目标皆在于使人类社会更加和谐美好、使个人修为更加精进完善。

所谓诚其意者：毋自欺也。此儒家之修身要义，意在告诫世人应真诚面对自己的内心，不欺骗自己。如恶恶臭，如好好色，此之谓自谦。人之本性，好善恶恶，此乃天道之常，人心之所向。

〔第八章〕

原文

所谓修身在正其心者，身有所忿懥，则不得其正；有所恐惧，则不得其正；有所好乐，则不得其正；有所忧患，则不得其正。心不在焉，视而不见，听而不闻，食而不知其味。此谓修身在正其心。

儒道相通 修身在正其心与致虚守静

夫《大学》之旨，在于修身齐家治国平天下，而修身之要，首在正心。心者，身之主也，心正则身修，心邪则身败。故《大学》本章文言："修身在正其心。"此言何解？盖谓心之不正，则身之行为皆失其度，如忿懥、恐惧、好乐、忧患之情，皆能使心失其正。心若不在，则视而不见，听而不闻，食而不知其味，此皆心之不正所致也。

而观《道德经》，亦强调内心清净、无为而治之道。如第十二章所云："五色令人目盲，五音令人耳聋，五味令人口爽。"此言与《大学》之"心不在焉，视而不见，听而不闻，食而不知其味"相呼应。皆在告诫世人，过度追求外物之欲，必使心之清明失守，导致身心俱疲。

故，《大学》第八章与《道德经》第十二章，皆以修身为本，强调正心之重要。

二者相通之处在于，都认识到心之正与否，直接关系到个人修为的高低。然而，《大学》更侧重于从情感的层面剖析心之不正的缘由，而《道德经》则更注重于外界诱惑对内心的影响。

夫修身之道，非朝夕之功，需日积月累，方可成效。而正心之要，在于去除杂念，保持清明。如《道德经》第十六章所云："致虚极，守静笃。"意在使人回归内心宁静，体悟自然之道。此与《大学》所强调的修身在正其心，实有异曲同工之妙。

且夫《大学》之道，乃儒家之经典，其理念以仁、义、礼、智、信为本，旨在培养品德高尚之君子。而《道德经》则倡导道家之无为而治，强调顺应自然，不违天道。二者虽途径不同，然其终极目标，皆在于修身齐家治国平天下，使人类社会更加和谐美好。

夫修身者，非徒养形也，更在于炼心。心之不正，形如槁木，何谈修身？故《大学》有言："修身在正其心。"此乃儒家修身之玄妙与精要也。而道家之《道德经》，亦不乏修身之智慧。今将二者相融，共探修身之道。

《大学》第八章，详述心之不正之弊。忿懥、恐惧、好乐、忧患，皆心之病也。此四病不除，心难清明，身难修矣。而《道德经》中，亦多言及修身之道。如"上善若水，水善利万物而不争"，此水之道，亦即修身之道也。水之心，清澈无欲，故能利万物；人之心，若能如此清澈无欲，则身自修矣。

又，《道德经》有言："重为轻根，静为躁君。"此言修身之道，在于稳重、沉静。而《大学》亦云："知止而后有定，定而后能静，静而后能安，安而后能虑，虑而后能得。"二者皆强调静之重要性。静者，心之清明也；定者，心之专注也。心能静定，则身自修矣。

夫修身在正其心者，亦需明理通达。《大学》之道在于格物致知诚意正心；而《道德经》则倡导为道日损、损之又损以至于无为。二者相通之处在于皆强调内在修为的重要性。然则，《大学》更注重于人世间的道德修养与行为准则；而《道德经》则更偏向于宇宙间的自然法则与无为而治。此其异也。

所谓修身在正其心者，乃儒家之核心理念。心为身之主，心正则身修，身修则家齐，家齐则国治，国治则天下平。儒家以修身为治国平天下之基石，而修身之要，在于正心。心若不正，则身无所依，行无所从。此儒家修身之要义也。

道家亦重内心之修炼，虽与儒家宗旨有异，然其精神内核与儒家同出一辙。道家尚心灵之宁静与自然之流动，主张无为而治，顺乎天地之大道，与万物共荣。此与儒家正心之论，于追求心灵之平和，实出一辙。

儒家以正心修身，及家治国，平天下，而道家则主心灵之归真与顺应自然之智。皆以人为本，以心性之修养与德行之提升为根本。心有怒火，则心志摇曳，理智不存。儒家教以克己复礼，以消怒火，保持心之宁静；道家亦强调平和之心，以超脱尘世之纷扰，达心灵自由之境。

心有恐惧，则心灵慌乱，难以自持。儒家提倡勇对恐惧，以正心御之，则惧自消；道家亦讲求内心平和与超脱，以为心平则无所惧。此亦儒道两家心性修养之共通。

心有好乐或忧患，皆易使人心生动荡，难以保持平和。好乐使人沉迷，失理智；忧患使人心灵蒙尘，忧愁不绝。儒家提倡节情制欲，以保持心之平和与理智；道家则追求心灵平和与超脱尘世之境界，使人能超越物欲与情感之束缚。

儒道二家，虽心性修养之侧重不同，然其归一也。儒崇伦理道德之行，道尊自然无为之法，皆欲人怀平和理智之心。此共通之理念，于中华文化之河中交映生辉。二者之交融，共铸华夏独特之精神风貌，历千古而不衰。儒道互补，实乃中华文化之精髓，传千古而不衰。

原文

所谓齐其家在修其身者,人之其所亲爱而辟焉,之其所贱恶而辟焉,之其所畏敬而辟焉,之其所哀矜而辟焉,之其所敖惰而辟焉。故好而知其恶,恶而知其美者,天下鲜矣!故谚有之曰:"人莫知其子之恶,莫知其苗之硕。"此谓身不修不可以齐其家。

儒道相通 《大学》与《道德经》的修身理念比较

夫《大学》之道,乃儒家修齐治平之纲领,而《道德经》则道家无为而治之宝典。今取《大学》之篇章,名之曰"齐其家在修其身",与《道德经》相映证,以探两家学说之相通处,亦以明修身之要义。

《大学》有言:"所谓齐其家在修其身者:人之其所亲爱而辟焉,之其所贱恶而辟焉,之其所畏敬而辟焉,之其所哀矜而辟焉,之其所敖惰而辟焉。故好而知其恶,恶而知其美者,天下鲜矣。故谚有之曰:'人莫知其子之恶,莫知其苗之硕。'此谓身不修不可以齐其家。"此言修身之难,亦修身之要。人往往因亲爱、贱恶、畏敬、哀矜、敖惰之心,而有所偏颇,难以客观看待事物。故修身者,必先去此五弊,心正身修,而后家齐国治。

而《道德经》中，亦有与修身相关之论述。且看第二十七章："善行无辙迹，善言无瑕谪，善数不用筹策，善闭无关楗而不可开，善结无绳约而不可解。是以圣人常善救人，故无弃人；常善救物，故无弃物。是谓袭明。故善人者，不善人之师；不善人者，善人之资。不贵其师，不爱其资，虽智大迷，是谓要妙。"此言圣人善于救人救物，无所遗弃，实乃修身之极致。圣人以善为行，言行举止皆合于道，无所偏颇，故能成其大。

再观道德经第四十九章："圣人无常心，以百姓心为心。善者吾善之，不善者吾亦善之，德善。信者吾信之，不信者吾亦信之，德信。圣人在天下，歙歙为天下浑其心，百姓皆注其耳目，圣人皆孩之。"此言圣人以百姓心为心，无私无我，对善与不善、信与不信者皆以善与信待之，此乃修身之至境。圣人之心如明镜，映照万物而无所偏私。

夫《大学》所言之"身不修，不可以齐其家"，其义深远，实乃古人修身齐家治国平天下之道的核心要义。此言非空泛之谈，乃是古人千百年来从生活实践中得出的智慧结晶。修身，即修炼自我，使身心和谐，内外一致。唯有身修，方能心正，心正则言行举止自然得体，合乎礼仪。家，作为社会之基本单元，其和谐与否直接关系到社会的稳定与发展。而家的和谐，又离不开每一个家庭成员的修身养性。

再观《道德经》所描绘的圣人境界，乃是一种超凡脱俗、无私无我的精神境地。圣人以善为行，始终秉持一颗善良之心，对待世间万物皆怀慈悲之意。他们以百姓心为心，关心民众疾苦，致力于实现天下大同。这种无私无我之境，正是修身之极致，也是《大学》所强调的修身理念的完美体现。

由此可鉴，《大学》与《道德经》虽为两部不同的经典，但在修身齐家之道上却有着异曲同工之妙。它们皆强调了修身的重要性，认为修身是齐家治国平天下的根本。而要达到修身之境，则需不断修炼自我，提升个人修养，使身心和谐、内外一致。这样，我们才能在日常生活中做到言行一致、表里如一，为家庭和社会带来和谐与安宁。

又，《大学》所言人因亲爱、贱恶、畏敬、哀矜、敖惰之心而有所偏颇之弊，亦可在《道德经》中找到解决之道。《道德经》倡导人们应去除私欲杂念，恢复自然本性之纯净无染状态。如第十二章所言："五色令人目盲，五音令人耳聋，五味令人口爽，驰骋畋猎令人心发狂，难得之货令人行妨。是以圣人为腹不为目，故去彼取此。"此言人们应节制欲望、保持内心平静以修身养性。

儒道两家，异曲同工，皆以修身为本。儒家《大学》言修身之难，亦言其要。人心易偏，因亲爱、贱恶、畏敬、哀矜、敖惰之情，难以中正观物。故修身者，必先涤除五弊，而后心正身修，家齐而后国治。道家《道德经》则倡去私欲杂念，复归自然之性，修身养性以为先。两家皆重修身，以为齐家治国平天下之基石。欲达修身之境，必勤修不辍，日新其德，使身心和谐，言行不悖，表里如一。诚如此，则家齐国治，天下平矣。

〔第十章〕

原文 1

　　所谓治国必先齐其家者，其家不可教而能教人者，无之。故君子不出家而成教于国。孝者，所以事君也；悌者，所以事长也；慈者，所以使众也。《康诰》曰："如保赤子。"心诚求之，虽不中不远矣。未有学养子而后嫁者也！

儒道相通 齐家治国与无为而治

一、不同中的相通。昔者，《大学》有云："所谓治国必先齐其家者，其家不可教而能教人者，无之。"此言治国之道，亦即齐家之理。便有学之者以为，儒家重家庭，道家重自然，两者似难觅相通之处。然，余窃以为，《道德经》中亦有类似之观点，可与《大学》此言相发明。

《道德经》第二十七章云："故善人，不善人之师；不善人，善人之资。"此语与《大学》所云"未有学养子而后嫁者也"颇有相似之处。养子者，教之使其成为善人；嫁人者，亦希望其成为善人。此即家庭教育之重要性。而《道德经》又云："故道大，天大，地大，王亦大。域中四大，而王居一。"此言王者，即治国者，亦应顺应大道，以道为本。此与《大学》所云"故君子不出家而成教于国"相呼应。王者，在家中已学得大道，故能将其应用于国家治理。

老子《道德经》第三十章曰："不以兵强天下，其事好还。"此言示人，强取豪夺，用兵征伐，非长久之计。德行服人，自修而正，方能持久。此理与《大学》言"孝者，所以事君也；悌者，所以事长也；慈者，所以使众也"不谋而合。孝、弟、慈，乃家庭之基，日用常行之道。移之于国，则为德治之要。

德治者以德行为范，以身作则，感化百姓，使人心悦诚服。德行高远，民众向化，国家自然和谐稳定。此非仅凭权势武力所能维系。是以，以德服人，实为治国之上策。

是以，《道德经》与《大学》所言，皆强调德行在治国中的重要性。治国者，须内外兼修，德法并重。唯有如此，国家长治久安，百姓安居乐业。此即"儒道相通"之所在，亦为吾辈学之者所当铭记于心，实践于行也。

至于"如保赤子"，《道德经》第五十五章云："含德之厚，比于赤子。"此言含德深厚者，如同婴儿般纯真。此与《大学》所云"如保赤子。心诚求之，虽不中不远矣"相映照。乃言治国者，应保持纯真之心，真诚地追求治国之道。

余又有感于《道德经》中"无为而治"之理念，与《大学》所云"治国必先齐其家"之观点，似有异曲同工之妙。老子在《道德经》中多次强调"无为而治"，即是不以个人的意志强行干预自然和社会的运行，而是顺应其自然规律。此与《大学》所言，治国者应先从齐家开始，通过修身、齐家，自然能达到治国平天下的目的，有异曲同工之妙。

《道德经》中又有"道法自然"之观点，强调人应顺应自然，不应违背自然规律。此与《大学》中"治国必先齐其家"之观点相呼应。治国者若要齐家，必须先修身，修身的过程就是一个顺应自然，遵循自然规律的过程。只有修身齐家，才能真正达到治国平天下的目的。

此外，《道德经》中还有"柔弱胜刚强"之观点，认为柔弱者往往能战胜刚强者。此与《大学》中"未有学养子而后嫁者也"相呼应。而"柔弱胜刚强"亦是一种家庭教育之道，即是以柔弱之道，教养成善之人。

《大学》与《道德经》之"儒道相通"，如《大学》所云："欲治其国者，先齐其家；欲齐其家者，先修其身。"修身、齐家、治国、平天下，此即《大学》与《道德经》之"儒道相通"之真。学之者当以此为指南，庶乎致吾道焉。

《大学》与《道德经》之间，确有相通之处。儒家重家庭，道家重自然，然在治国之道上，两者皆强调道德之重要性。《大学》以家庭之道德，应用于国家治理；《道德经》以自然之道，指导国家治理。此即所谓"儒道相通"。

然，亦有不同之处。儒家注重人伦关系，如孝、悌、慈等，强调人与人之间的和谐；道家则注重顺应自然，强调人与自然之间的和谐。故，儒家之道，适用于治国；道家之道，适用于修身。

二、本章之儒道相通之特征。至于《大学》本章之"儒道相通"之特征，余以为，主要有以下几点：一是家庭教育之重要性，即善人教不善人；二是治国者应顺应大道，以道德为本；三是治国者应以德服人，以家庭之道德，应用于国家之事；四是治国者应保持纯真之心，真诚地追求治国之道。

自古以来，儒道二家，并为中华文化之双璧。儒家重仁义，道家贵自然。然其归宿，实出一辙。《大学》之"治国必先齐其家"，与《道德经》之"无为而治"，皆言治国之根本。此可见一斑。

《大学》曰："所谓治国必先齐其家者，其家不可教而能教人者，无之。"此言治国之基，在于齐家。而《道德经》亦云："天下难事，必作于易；天下大事，必作于细。"由小及大，由易至难，治国之道，亦复如是。

《道德经》中"无为而治"一语，可与《大学》之"治国必先齐其家"相对应。无为，即不违背自然规律，不强求。治天下如齐家，皆需顺其自然，不可强为。此即道家之治国智慧。儒家亦强调仁义之道，如孔子曰："己所不欲，勿施于人。"皆为治国之要。

《道德经》中"道法自然"一语，即可视为《大学》之"治国必先齐其家"的具体实践。道法自然，即顺应自然，无为而治。此与儒家仁义之道，看似相悖，实则相通。儒家讲求克己复礼，道家讲究清静无为，皆为求得内心之平和，以达致天下之和谐。

《大学》与《道德经》之治国，虽各有侧重，然皆强调内心之平和，社会之和谐。儒家重仁义，道家贵自然，实则皆为求得内心之平和，以达致社会之和谐。此即儒道相通之玄妙与精要。

吾观历史，治国之道，儒家以为基，道家以为法，其理一也。治国之要，在于明德亲民，安邦定国。德者，治国之基也。民者，治国之本也。明德亲民，则能顺应自然，无为而治。安邦定国，则能克己复礼，以礼治国。此二者，一为内，一为外，实为一体。

《道德经》有云："道生一，一生二，二生三，三生万物。"此言道之广大，万物皆生于道。而《大学》所谓"治国"，亦即是通过治国之道，寻求道之玄妙与精要。道法自然，治国亦然。顺应自然，不违背道义，此即治国之玄妙与精要。

然则，《大学》与《道德经》之治国，虽同出一源，其表述各异。《大学》强调治国之基，上至君主，下至百姓，皆应齐家。而《道德经》则强调治国之法，道法自然，无为而治。此二者，看似不同，实则相互印证。

《大学》："所谓治国必先齐其家者，其家不可教而能教人者，无之。故君子不出家而成教于国。孝者，所以事君也；悌者，所以事长也；慈者，所以使众也。《康诰》曰：'如保赤子'，心诚求之，虽不中不远矣。未有学养子而后嫁者也！"强调的是治国之基。上至君主，下至百姓，皆应齐家。而《道德经》之"无为而治"，则强调的是治国之法。顺应自然，无为而治。此二者，看似不同，实则相互印证。

《大学》与《道德经》论治国之道，异曲同工。儒家尚仁义，以修齐治平为本，求诚意正心与社会和谐；道家则崇自然，强调无为而治，亦旨在心平气和，民安物阜。二者虽殊途，却同归于追求内心平和与社会和谐之终极目标。由此可见，儒道两家治国理念，实乃相辅相成，殊途同归，均为人类谋求福祉之道也。此即儒道相通之玄妙与精要。

《大学》与《道德经》之"儒道相通"，在于强调治国之重要以及治国之方法。顺应自然，无为而治，克己复礼，皆为治国之道。此道，既适用于个人，亦适用于治理国家。故《大学》之"治国必先齐其家"，《道德经》之"无为而治"，皆寓深理。儒道两家，虽路径稍异，然其归趣同也。皆欲人安物阜，国富民强。《大学》云："所谓治国必先齐其家者，其家不可教而能教人者，无之。"又《道德经》言："我无为，而民自化。"斯乃儒道之精髓，治国之要义。夫治国者，非以繁政扰民，宜清静为天下正，而后家齐国治，天下平矣。此儒道相通之处，不可不察也。

原文 2

　　一家仁，一国兴仁；一家让，一国兴让；一人贪戾，一国作乱。其机如此。此谓一言偾事，一人定国。尧、舜率天下以仁，而民从之；桀、纣率天下以暴，而民从之。其所令反其所好，而民不从。是故君子有诸己而后求诸人，无诸己而后非诸人。所藏乎身不恕，而能喻诸人者，未之有也。故治国在齐其家。

儒道相通 仁爱和谐的治国共通

　　自古儒道相通，犹川之与泽，异流而同归。今取《大学》之篇章，与《道德经》相映证，探赜索隐，以明儒道之深邃。

　　《大学》有云："一家仁，一国兴仁；一家让，一国兴让；一人贪戾，一国作乱。其机如此。此谓一言偾事，一人定国。尧、舜率天下以仁，而民从之；桀、纣率天下以暴，而民从之。其所令反其所好，而民不从。是故君子有诸己而后求诸人，无诸己而后非诸人。所藏乎身不恕，而能喻诸人者，未之有也。故治国在齐其家。"斯言不谬，乃儒家修身齐家治国平天下之理念。

　　而《道德经》中，亦有与《大学》相呼应之处。且看《道德经》第十七章："太上，下知有之；其次，亲而誉之；其次，畏之；其次，侮之。信不足焉，有不信焉。悠兮，其贵言。功成事遂，百姓皆谓：我自然。"此言治理之道，与《大学》所论治国在齐其家，实有异曲同工之妙。

《道德经》又云："道生一，一生二，二生三，三生万物。万物负阴而抱阳，冲气以为和。"此乃道家之宇宙观，亦隐含了和谐共处，相生相克的哲理。而《大学》所倡导的"一家仁，一国兴仁"，亦是在强调和谐与仁爱的重要性。

再观《道德经》第六十七章："我有三宝，持而保之。一曰慈，二曰俭，三曰不敢为天下先。慈故能勇，俭故能广，不敢为天下先，故能成器长。"此三宝者，与儒家之仁、义、礼、智、信五常相呼应。儒家强调内在的德行修养，道家则倡导自然无为，二者在修身养性上，实有共通之处。

夫《大学》所言之"一家仁，一国兴仁"，乃指家庭之仁可以影响国家之仁。家庭是社会的细胞，家庭和睦则社会和谐，家庭仁爱则国家仁爱。此与《道德经》所倡导的无为而治，让百姓自然归化，有异曲同工之妙。

又，《大学》言"一人贪戾，一国作乱"，此乃言人之贪欲与暴戾，可致国乱。而《道德经》亦警示人们要知足不辱，知止不殆，可以长久。二者皆在告诫人们要节制欲望，以免招致灾祸。

至于《大学》所提"尧、舜率天下以仁，而民从之；桀、纣率天下以暴，而民从之"，此与《道德经》中"圣人无常心，以百姓心为心"相呼应。皆在强调应以民为本，顺应民心，长治久安。

《大学》与《道德经》在治国理念、修身养性、节制欲望等方面，皆有相通之处。儒道两家，虽路径不同，然其归宿则一，皆致力于人与社会之和谐共处。

故言儒道相通，非虚语也。

再论儒道之相通，不得不提二者对于人与自然关系的理解。《大学》虽未直接论述人与自然之关系，然其强调修身齐家治国平天下之道，实已隐含人与自然和谐共处之理。盖因人之修身，必尊重自然规律，顺应天时地利。

瀛海笔谭

而《道德经》则更明确指出："人法地，地法天，天法道，道法自然。"此言人与自然之关系，人应效法地之厚德载物，地则效法天之健运不息，天又效法道之无为而治，道最终则效法自然之和谐共生。由此可见，道家强调人应顺应自然，与自然和谐共处。

此外，《道德经》又云："大道废，有仁义；智慧出，有大伪；六亲不和，有孝慈；国家昏乱，有忠臣。"此言世风日下，大道不行，方显仁义之可贵；而智慧过度，则易生虚伪；家庭不和，方显孝慈之重要；国家混乱，方显忠臣之节操。

《大学》所论"一家仁，一国兴仁"之道，实乃儒家仁爱思想之体现。《道德经》所提"三宝"：慈、俭、不敢为天下先。此三宝与儒家之五常：仁、义、礼、智、信，实则相通。慈即仁爱之心，俭即节俭之道，不敢为天下先即谦逊之德。二者皆在倡导人们修身养性，以达至善之境。

至于治国之道，《大学》强调君子务本，本立而道生。君子应先修身齐家，其后治国平天下。而《道德经》则倡导无为而治，让百姓自然归化。二者虽方法不同，然其目标则一：实现国家之长治久安。

故本章所论"一家仁，一国兴仁；一家让，一国兴让；一人贪戾，一国作乱"之道，实为儒家仁爱思想与道家和谐共生理念之交融。治国在齐其家，家道正则国道正，家道邪则国道邪。此理与道家倡导之自然无为、顺应民心之道不谋而合。

原文 3

《诗》云："桃之夭夭，其叶蓁蓁。之子于归，宜其家人。"宜其家人，而后可以教国人。《诗》云："宜兄宜弟。"宜兄宜弟，而后可以教国人。《诗》云："其仪不忒，正是四国。"其为父子兄弟足法，而后民法之也。此谓治国在齐其家。

儒道相通 家国同构与顺应自然

昔者，《大学》有云："桃之夭夭，其叶蓁蓁。之子于归，宜其家人。"此言治国在齐其家也。吾思，《道德经》亦有所载，其义相似，故探究之，以明儒道相通之妙。

《道德经》第三十一章云："故君子居则贵左，用兵则贵右。居无为之事，行不言之教。万物作而弗始也，为而弗志也，成功而弗居也。夫唯弗居，是以不去。"此章之意，与《大学》所言家人之道，异曲同工。居无为之事，行不言之教，即宜其家人之道也。万物作而弗始，为而弗志，成功而弗居，此乃治国之要道，亦即齐家之基也。

又，《道德经》第五十二章云："天下有始，以为天下母。既得其母，以知其子，复守其母，没身不殆。"此言家人之道，亦即治国之理。守其母，即守其家，守其国。知其子，即知其民，知其世。母者，本也；子者，末也。本末相维，家国同构，此乃儒道相通之玄妙与精要。

然则，《大学》所言："宜其家人，而后可以教国人。《诗》云：'宜兄宜弟。'宜兄宜弟，而后可以教国人。《诗》云：'其仪不忒，正是四国。'其为父子兄弟足法，而后民法之也。"此亦与《道德经》第二十二章相呼应："曲则全，枉则直，洼则盈，敝则新，少则得，多则惑。"此言家人之道，亦即治国之理。曲直、洼盈、敝新、少多，皆相对而言，相互转化。故治国之道，在于明辨是非，把握阴阳，调和五行，以合乎道义之法治国家。

夫《大学》所述，治国在齐其家，宜其家人。此乃儒家之根本，教化之起点。家人和睦，国家安定；家国一体，道德得以传承。而《道德经》亦云："曲则全，枉则直"，言治国之道，亦如居家之理，曲直相宜，方能致和谐。

又，《大学》云："其仪不忒，正是四国。"此言君子之行，亦为家国之范。君子的言行举止，不偏不倚，中正平和，成为楷模，引领世人。《道德经》亦云："居无为之事，行不言之教"，此乃治国之要，教化之本。无为之治，不言之教，乃是出于自然，顺应人心，而非强加于人。

《大学》又云："宜兄宜弟，而后可以教国人。"此言兄弟之间，应当和睦相处，互相尊重。《道德经》亦云："万物作而弗始也，为而弗志也"，言治国之道，亦如兄弟之间，万物自有其生长之道，人当顺应自然，而非强为。

《大学》所言，治国在齐其家，宜其家人，实为儒家之道，教化之基。而《道德经》所言，无为之治，不言之教，实为道家之理，自然之道。虽言辞不同，其理相通，皆为治国之大道，教化之至理。

儒家之说，以人际为根本，教化为途径。人际涉及父子、君臣、夫妇、朋友等，教化则是修身、齐家、治国、平天下的术。儒家视道德之重，在以教化治理国家，引人向善，以达成治国之目标。道家之说，以自然为根本，顺应为法则。自然即天地之妙与万物之生长，顺应则是遵自然之规，无为而治。道家认智慧之重，在以无为治理国家，引人向自然，以达成治国之目标。

《大学》与《道德经》虽有共通之妙，亦有各自之特。儒家重人际之交往与教化，道重自然之顺应与智慧。故应用之时，当随事而变，勿偏废其一。

综之，《大学》与《道德经》之理念，皆重治国先齐家，使家人和睦。此即儒道相通之特质。其相通之处，在于强调家庭伦理，以家庭为基础，推及国家。吾人当以此为佐引，探索儒道相通之机，以明处世之道。内外兼修，德智兼备，能游刃有余应变也。

〔第十一章〕

原文 1

所谓平天下在治其国者，上老老而民兴孝，上长长而民兴弟，上恤孤而民不倍。是以君子有絜矩之道也。所恶于上，毋以使下；所恶于下，毋以事上；所恶于前，毋以先后；所恶于后，毋以从前；所恶于右，毋以交于左；所恶于左，毋以交于右。此之谓絜矩之道。

儒道相通 絜矩之道与无为而治

所谓平天下在治其国，此儒家之理念也。然观道家经典《道德经》，亦有其相通之处。今以儒道相通之视角，探讨《道德经》中与儒家"平天下"理念相对应之章文。

儒家言"上老老而民兴孝"，意在指君主尊敬老者，则民众亦会兴起孝道。此与《道德经》第十八章"大道废，有仁义；慧智出，有大伪；六亲不和，有孝慈"相呼应。虽道家此言意在批判世俗之仁义道德，但亦从侧面反映出孝道之重要。当社会道德沦丧，才更显孝慈之可贵。故儒家提倡孝道，道家亦不否认其价值。

儒家又言"上长长而民兴弟"，意指君主尊敬长者，则民众亦会兄弟和睦。此与《道德经》第六十七章"我有三宝，持而保之。一曰慈，二曰俭，三曰不敢为天下先"中"慈"之理念相通。道家倡导慈爱，不仅限于亲人之间，更推而广之至天下万物。儒家之悌道与道家之慈爱，皆在倡导人与人之间的和睦相处。

本章有云："上恤孤而民不倍"，其意谓君上若能够体恤孤寡，则百姓必然忠心不二。此论与《道德经》第七十九章"天道无亲，常与善人"相得益彰。道祖老子言，天道无私，然亦偏爱善良之辈。是以君主若行善政，体恤弱小，实为顺应天道之所示，百姓自会感恩戴德，拥护君主。

夫体恤孤寡，非但为君上之责，亦为君子之德。君子行善，不遗余力，故能得民心。民心者，国之大本也。君子若能时刻记挂百姓之疾苦，施以援手，则国家必然昌盛。盖因天道好生，人道好善，君上若能体天道与人道，行善政，则国家和谐，百姓安居乐业。

反之，若君主忽视孤寡，不恤百姓，则百姓离心离德，国家根基动摇。是以君子治国，必以民为本，行善政，施仁爱，使百姓得以安居乐业。如此，国家长治久安，繁荣昌盛。

儒家与道家之说相互印证，皆强调君主体恤孤寡，行善政，得民心。此为治国安邦之要道，亦为君子处世之准则。君子若能遵循此道，即可得到民众的拥护，国家亦将因此繁荣昌盛。

儒家所提"絜矩之道"，即要求君子以身作则，推己及人。此与《道德经》第三十三章"知人者智，自知者明。胜人者有力，自胜者强"相呼应。道家亦强调自知之明与自我克制的重要性，认为只有了解自己并战胜自己的人才是真正的强者。这种自我约束与儒家的"絜矩之道"有异曲同工之妙。

《道德经》中虽未直接提及儒家的"平天下"理念，但其中蕴含的慈爱、自知之明等思想与儒家思想有诸多相通之处。儒道两家虽侧重点不同，但在追求社会和谐、倡导道德规范方面却有着共同的目标。故曰儒道相通也。

再者，儒家强调君子的示范作用，而道家亦倡导无为而治、顺应自然的领导方式。两者皆在追求一种和谐稳定的社会秩序。儒家通过君子的德行来引导民众，注重心性修养与品德提升；道家则倡倡因势利导，行不言之诲。道家之论，谓宜若水之下流，勿与民争微利，而宜身先士卒，以己之行示范于众。无为而治者，非真无所施为也，乃在强调理政之时，宜顺乎自然、不强加干涉，俾事按其本然之律发展。同时，道家亦重顺民心，谓君当洞悉民之所需所愿，勿逆民心而强行己志。此法既保社会之和乐安定，又有助于民之自我进升。

平天下者，儒者之鹄的也；治其国，则平天下之基石矣。儒家倡言，上老老而民兴孝，上长长而民兴弟，上恤孤而民不倍，此皆以道德教化为本，以君子之絜矩之道为行。夫絜矩之道，即是以身作则，推己及人，以公正无私之心，行仁爱宽厚之事。即以其所不欲者，不施于人，推己及人之道也。

原文 2

《诗》云："乐只君子，民之父母"。民之所好好之，民之所恶恶之。此之谓民之父母。《诗》云："节彼南山，维石岩岩。赫赫师尹，民具尔瞻。"有国者不可以不慎。辟则为天下僇矣。

儒道相通 仁爱治国与道法自然

《大学》有云："乐只君子，民之父母。"此言治国在齐其家也。吾思，《道德经》亦有所载，其义相似，故探究之，以明儒道相通之妙。

《道德经》第五十三章云："使我介然有知，行于大道，唯施是畏。"此言与《大学》所言"民之父母"同理。大道之行，如民之父母，介然有知，畏施而行。治国之道，齐家之基也。

夫大道，平坦而广博，民之父母，仁爱而慈祥。介然有知，明辨是非，畏施而行，谨慎而为。此乃治国之要道，齐家之基也。然民之父母，有所畏惧，不敢妄为。行于大道，恐偏离正道，施于百姓，恐不当其心。故治国之道，需明辨是非，谨慎行事，以民为本，以道为宗。是以，《道德经》与《大学》所言，皆为治国齐家之大道。明辨是非，谨慎行事，以民为本，以道为宗。此乃治国齐家之要道，亦即民之父母之道也。

又，《道德经》第六十章云："以道莅天下，其鬼不神。"此言君子之道，亦即治国之理。以道莅天下，即如民之父母，以道治理，使鬼神不神，此乃治国之道，亦即为民之父母。然则，《大学》所言："民之父母，民之所好好之，民之所恶恶之。"此亦与《道德经》第二十七章相呼应："是以圣人常善救人，故无弃人。"此言君子之道，亦即治国之理。常善救人，即如民之父母，无弃人，此乃治国之道，亦即为民之父母。

《道德经》第八章云："上善若水，水善利万物而不争。"其意与《大学》所言"民之父母"相互促进。水之善，利万物而无所争竞，民之父母，无私欲而利益群生。此乃治国之要道，亦即为民之父母也。水之善利，因其柔弱而能穿石，因其包容而能载舟。民之父母，亦应无私无欲，利益万物，如同水之利万物。治国之道，在于民之父母，如同水之善利，无私无欲，利益万物。然民之父母，有所畏惧，恐偏离正道，利益不当。故治国之道，需明辨是非，谨慎行事，以民为本，以道为宗。民之父母，如同水之善利，利益万物，而不争竞。治国之道，亦在于此，以民为本，利益万物，而不争竞。

是以，《道德经》与《大学》所言，皆为治国齐家之大道。明辨是非，谨慎行事，以民为本，以道为宗。此乃治国齐家之要道，亦即民之父母之道也。又，《道德经》第四十二章云："道生一，一生二，二生三，三生万物。"此言道之生成万物，亦如民之父母，生育养护，使万物生长。此乃治国之道，亦即为民之父母。然则，《大学》所言："民之父母，民之所好好之，民之所恶恶之。"此亦与《道德经》第五十五章相呼应："含德之厚，比于赤子。"此言君子之道，亦即治国之理。含德之厚，即如民之父母，如同赤子，纯真无邪，此乃治国之道，亦即为民之父母。

《道德经》第七章云："是以圣人后己而人先，外其身而身存。"其意与《大学》所言"民之父母"相得益彰。圣人后己而人先，如同民之父母，无私无欲，以民为先。

此乃治国之要道，亦即为民之父母也。圣人与民之父母，均能舍己为人，先人后己。他们不计较个人得失，全心全意为民众谋福祉。治国之道，在于圣人般无私无欲，以民为先，如同民之父母。然而，民之父母在利益面前，有所畏惧，恐偏离正道，利益不当。故治国之道，需明辨是非，谨慎行事，以民为本，以道为宗。民之父母，如同圣人后己而人先，以民为先，利益万物。治国之道，亦在于此，以民为本，利益万物。

是以，《道德经》与《大学》所言，皆为治国齐家之大道。明辨是非，谨慎行事，以民为本，以道为宗。此乃治国齐家之要道，亦即民之父母之道也。

又，《道德经》第三章云："是以圣人之治，虚其心，实其腹，弱其志，强其骨。"此言君子之道，亦即治国之理。虚其心，实其腹，弱其志，强其骨，即如民之父母，养育子女，使之身心健全。此乃治国之道，亦即为民之父母。然则，《大学》所言："民之父母，民之所好好之，民之所恶恶之。"此亦与《道德经》第八章相呼应："上善若水，水善利万物而不争。"此言君子之道，亦即治国之理。上善若水，即如民之父母，无私无欲，利益万物，亦乃治国之道矣！

《大学》与道家之《道德经》之间微妙联系，治国理念共通。作者以为，《大学》之"民之父母"与《道德经》之"治国之道"，实乃异途同归，均强调以民为本，以道为宗。

原文 3

《诗》云："殷之未丧师，克配上帝。仪监于殷，峻命不易。"道得众则得国，失众则失国。是故君子先慎乎德。有德此有人，有人此有土，有土此有财，有财此有用，德者，本也；财者，末也。外本内末，争民施夺。是故财聚则民散，财散则民聚。是故言悖而出者，亦悖而入。货悖而入者，亦悖而出。

儒道相通 《大学》《道德经》的治国理念比较

《大学》有云："道得众则得国；失众则失国。是故君子先慎乎德：有德此有人，有人此有土，有土此有财，有财此有用。德者，本也；财者，末也。外本内末，争民施夺。是故财聚则民散，财散则民聚。是故言悖而出者，亦悖而入；货悖而入者，亦悖而出。"此言治国之道，以德为本，以财为末，德财并重，方得始终。

《道德经》亦讲治国之道，然其角度与儒家有所不同。可以儒道相通之视角，探讨《道德经》中与《大学》本章相对应之章文、内容，以辨析儒道相通之处，明确处世佐引。

《道德经》第五十四章云："修之于身，其德乃真；修之于家，其德乃溢；修之于乡，其德乃长；修之于国，其德乃丰；修之于天下，其德乃普。故以身观身，以家观家，以乡观乡，以国观国，以天下观天下。吾何以观之？以此。"此言修身、齐家、治国、平天下之道，与《大学》本章所言德者为本，财者为末，外本内末，争民施夺之理相通。

《道德经》第六十章云："治大国，若烹小鲜。以道莅天下，其鬼不神。非其鬼不神，其神不伤人。非其神不伤人，圣人亦不伤人。夫两不相伤，故德交归焉。"此言治国之道，以道莅天下，德交归焉。与《大学》本章所言德者为本，财者为末，外本内末，争民施夺之理相通。

《道德经》第七十七章云："天之道，其犹张弓欤？高者抑之，下者举之，有余者损之，不足者补之。天之道，损有余而补不足。人之道则不然，损不足以奉有余。孰能有余以奉天下，唯有道者。是以圣人为而不恃，功成而不处，其不欲见贤。"此言治国之道，以道莅天下，德交归焉。与《大学》本章所言德者为本，财者为末，外本内末，争民施夺之理相通。

《道德经》第八十一章云："信言不美，美言不信。善者不辩，辩者不善。知者不博，博者不知。圣人不积，既以为人，己愈有；既以与人，己愈多。天之道，利而不害；圣人之道，为而不争。"此言治国之道，以诚信为本，以辩才为末，诚信治国。与《大学》本章所言德者为本，财者为末，外本内末，争民施夺之理相通。

《道德经》第五十七章云："以正治国，以奇用兵。"此言治国之道，以正为本，以奇为末，正奇并用，得民心则国家安宁。与《大学》本章所言德者为本，财者为末，外本内末，争民施夺之理相通。

《道德经》第六十七章云："我有三宝，持而保之：一曰慈，二曰俭，三曰不敢为天下先。慈故能勇，俭故能广，不敢为天下先故能成器长。今舍慈且勇，舍俭且广，舍后且先，死矣。夫慈，以战则胜，以守则固。天将救之，以慈卫之。"此言治国之道，以慈为本，以勇为末，慈勇并用。与《大学》本章所言德者为本，财者为末，外本内末，争民施夺之理相通。

儒道之德财观上一致。由《大学》本章与《道德经》相应篇章之比照，能更深入地悟儒道相承之内涵与特点。吾观儒道两家，犹两川之长流，各自主脉，又相融汇。儒家如春风润物，道家如清泉顺流。虽其途异，然其通也。

原文4

《康诰》曰："惟命不于常。"道善则得之，不善则失之矣。《楚书》曰："楚国无以为宝，惟善以为宝。"舅犯曰："亡人无以为宝，仁亲以为宝。"《秦誓》曰："若有一个臣，断断兮，无他技，其心休休焉，其如有容焉。人之有技，若己有之。人之彦圣，其心好之，不啻若自其口出，实能容之。以能保我子孙黎民，尚亦有利哉！人之有技，媢疾以恶之。人之彦圣，而违之俾不通，实不能容。以不能保我子孙黎民、亦曰殆哉！"唯仁人放流之，迸诸四夷，不与同中国。此谓惟仁人为能爱人，能恶人。见贤而不能举，举而不能先，命也；见不善而不能退，退而不能远，过也。好人之所恶，恶人之所好，是谓拂人之性，灾必逮夫身。是故君子有大道，必忠信以得之，骄泰以失之。

瀛海笔谭

儒道相通 内在德行与外在财富

《大学》本章有言："康诰曰：'惟命不于常。'道善则得之，不善则失之矣。"此言人之命运，非恒定不变，而在乎人之行为善恶。道家的《道德经》亦有所言："天下难事，必作于易；天下大事，必作于细。"此言事物发展变化之道，从小到大，从易到难。两者的观点看似不同，实则相通。此与《道德经》中"天道无亲，常与善人"之理相呼应。道家亦倡导顺应天道，为善去恶，方可得天庇佑。故，《道德经》第七十九章云："和大怨，必有余怨，安可以为善？是以圣人执左契，而不责于人。有德司契，无德司彻。天道无亲，常与善人。"此言圣人持契而不责人，有德者掌管契约，无德者掌管税收，而天道则不分亲疏，总是眷顾行善之人。儒家之"道善则得之"，与道家之"天道无亲，常与善人"，实乃异曲同工，皆以善为行事之准则。

《大学》本章还言："人之有技，若己有之；人之彦圣，其心好之。"这是说，一个人应该欣赏和尊重别人的才能和美德。而《道德经》中也有类似的观点："上善若水，水善利万物而不争。"此语云，至善之德犹如水之润物，无私无争。是以，儒家道家教人，皆尚谦抑，敬重他人。

《大学》本章所言："道善则得之，不善则失之矣。"此言人之命运，非恒定不变，而在乎人之行为善恶。道家的《道德经》亦有所言："天下难事，必作于易；天下大事，必作于细。"此言事物发展变化之道，从小到大，从易到难。两者的观点看似不同，实则相通。

《大学》本章有："楚国无以为宝，惟善以为宝。"此即言最宝贵的非为财富，善良品质也。而《道德经》中也有类似的观点："道生一，一生二，二生三，三生万物。"这是说，万物的本源是道，而道的表现就是善良。再引舅犯之言："亡人无以为宝，仁亲以为宝。"此皆强调善与仁之珍贵，超越世俗之财宝。而《道德经》亦重视内在之德胜于外在之财，如第六十七章所言："我有三宝，持而保之：一曰慈，二曰俭，三曰不敢为天下先。慈，故能勇；俭，故能广；不敢为天下先，故能成器长。"道家之三宝，慈、俭、不敢为天下先，皆与儒家之善、仁相通，皆以内在之修为为本，而非以外在之财物为意。

《大学》本章又引《秦誓》之言，论及容人之量。其云："若有一个臣，断断兮，无他技，其心休休焉，其如有容焉。人之有技，若己有之；人之彦圣，其心好之。"此言君子之胸怀博大，能容人之所长，不妒贤嫉能。而《道德经》亦倡导包容之心，如第四十九章云："圣人无常心，以百姓心为心。善者吾善之，不善者吾亦善之，德善。信者吾信之，不信者吾亦信之，德信。"道家圣人无常心，以百姓之心为心，对善与不善、信与不信之人皆以善待之、信任之，此即包容之心也。

《大学》本章有云："人之有技，若己有之；人之彦圣，其心好之。"此言人宜赏人之能，尊人之德。若《道德经》所云："上善若水，水善利万物而不争。"此亦言至德若水，润物无声。故无论儒道，皆尚谦抑，敬人。

《大学》本章又言："见贤而不能举，举而不能先，命也；见不善而不能退，退而不能远，过也。"此言人应勇于任事，及时正误。若《道德经》所云："民之饥，以其上食税之多，是以饥。"此亦言治国者宜恤民，轻赋。故无论儒道，皆重担当，强调责任。

《大学》本章中强调："好人之所恶，恶人之所好，是谓拂人之性，灾必逮夫身。"此即言人应顺天道，遵循道德。而《道德经》中也有类似的观点："道法自然。"此言寓，人之作为当合乎自然之理。是以，儒家与道家皆倡导顺应天命，恪守道德。

原文 5

生财有大道：生之者众，食之者寡，为之者疾，用之者舒，则财恒足矣。仁者以财发身，不仁者以身发财。未有上好仁而下不好义者也，未有好义其事不终者也，未有府库财非其财者也。孟献子曰："畜马乘不察于鸡豚，伐冰之家不畜牛羊，百乘之家不畜聚敛之臣。与其有聚敛之臣，宁有盗臣。"

此谓国不以利为利，以义为利也。长国家而务财用者，必自小人矣。彼为善之，小人之使为国家，灾害并至。虽有善者，亦无如之何矣！此谓国不以利为利，以义为利也。

儒道相通 仁爱重义与自然淡泊

自古儒道并流，一者尚仁义，二者崇自然，虽取向有异，然其理相通，皆求人与天地和谐共处之道也。今余取《大学》之"生财有大道"文，与《道德经》相应之理相较，以探儒道相通之深旨。

一、生财之道，儒道共鸣。《大学》有云："生财有大道，生之者众，食之者寡；为之者疾，用之者舒；则财恒足矣。"斯言简而意深，明生财非易，须勤于生产，俭于消费，方得长保富足。儒者以此倡导勤劳节俭之美德，亦隐含均衡与和谐之理念。

而道家《道德经》虽未直言生财之道，然其"无为而治""道法自然"之思想，与生财之理相通。如七十七章所云："天之道，损有余而补不足。"此言天道均衡，亦如儒家所倡之生财之道，旨在维护社会之和谐稳定。儒道两家于此，皆见均衡和谐之思想，实乃相通也。

二、仁者以财发身，儒道共赞。《大学》云："仁者以财发身，不仁者以身发财。"此言仁者视财富为修身齐家治国平天下之资，以之养身而非役身；不仁者则反是，为财所困，甚至丧身失性。儒家以仁爱为本，重义轻利，视财富为身外之物，当以道义为先。

道家于此亦有类似之观念，《道德经》九章云："金玉满堂，莫之能守；富贵而骄，自遗其咎。"此言财富虽好，然过度追求则易招灾祸，当适可而止，以之为生活之资而非目的。道家倡导淡泊名利，回归自然之本性，与儒家之仁爱重义实有相通之处。

三、国不以利为利，儒道同归。《大学》本章又言："国不以利为利，以义为利也。"此言国家当以道义为先，非纯粹追求利益。儒家认为国家之富强非以利益为衡量标准，而应以道义、正义为基石。此理念彰显了儒家对于道义与正义的坚守与追求。

道家于此亦有共鸣，《道德经》六十七章云："我有三宝，持而保之。一曰慈，二曰俭，三曰不敢为天下先。"此言道家所重之三宝：慈爱、节俭、谦逊。其中慈爱与儒家之仁爱相通；节俭则与儒家倡导之勤劳节俭相呼应；不敢为天下先则体现了道家之谦逊低调与和谐共处之理念。道家虽未直言以义为利，然其倡导之理念实与儒家相通。

四、儒道相通之处世佐引。《大学》与《道德经》二书，其论生财与治国之道，实有共通之妙。二者均提倡勤劳节俭，重视道义，轻视贪利，以个人修养、家庭和谐、国家治理、天下太平为己任。是故，二者相通之处，不仅映射出儒道两家追求和谐共生的共同理想，亦为世人提供了为人处世的智慧与方向。

世人行事，当以儒道两家之智慧，结合仁爱之心与自然之道，兼顾个人品德与社会和谐。在追求物质之丰盈的同时，不忘精神之升华；在积极向上的同时，保持谦逊与低调，保持道家之清静内心与儒家之修齐治平，而得安身立命之道也。

五、儒道交融，处世之鉴。儒道相通，义蕴深远。儒家《大学》言心，道家《道德经》论道与德，虽各有所重，然其理相通，互为表里。

《大学》之心，乃道德之源，情感意志之本，修身治国之要。心正则行正，心邪则行偏。故儒家强调正心诚意，以心之真诚为道德行为之基。心之状态，关乎个人道德，亦影响社会和谐。

道家之《道德经》，阐道与德之奥义。道者，宇宙万物之根本法则，无形无相，超越名言。德者，顺道而行，无为而治，强调内在修养与外在行为之和谐。道家倡导顺应自然，无为而治，与儒家正心诚意之道，实有异曲同工之妙。

儒道相通，在于皆求人性完善，社会和谐。儒家以心为本，注重内在道德修养；道家以道德为要，倡导顺应自然。故儒道相通之概念，实为揭示两家思想之深层

瀛海笔谭

联系，共谋智慧之道，以达至善之境。

　　夫儒道两家，虽学说各异，然其归旨一也。皆以修身、齐家、治国、平天下为务，求人心向善，社会和谐。于本章生财之道，儒者尚勤劳节俭，以义为先；道者倡无为自然，淡泊名利。取儒家之仁爱重义，道家之自然淡泊，融会贯通于日常。重义轻利，以诚待人；顺应自然，不强求不执拗。如此二者相得益彰，实为处世之良鉴也。

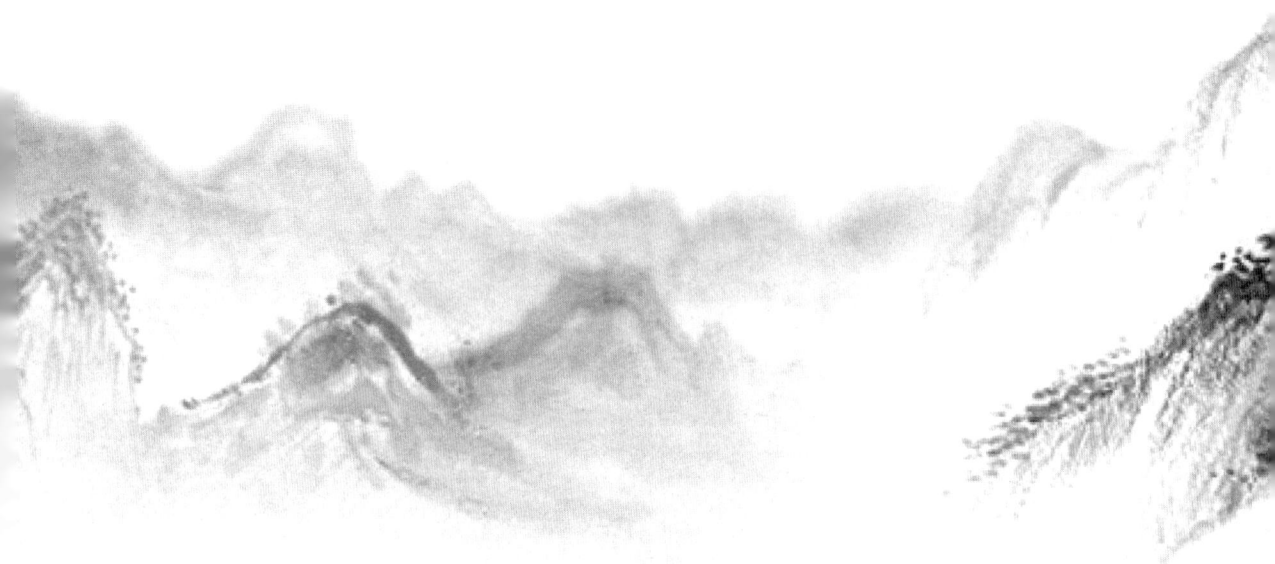

【心性归同 中庸篇】

〔第一章〕

原文

天命之谓性，率性之谓道，修道之谓教。

道也者，不可须臾离也，可离非道也。是故君子戒慎乎其所不睹，恐惧乎其所不闻。莫见乎隐，莫显乎微。故君子慎其独也。喜怒哀乐之未发，谓之中；发而皆中节，谓之和。中也者，天下之大本也；和也者，天下之达道也。致中和，天地位焉，万物育焉。

心性归同 明明德与天命之谓性

《大学》首章之"明明德"，乃《中庸》本章文以"天命之谓性"对其之发挥。明明德，即显扬人之天性，天之所赋也。此性与《中庸》本章文中"率性之谓道"相呼应，言人当遵循天性，以达于道。而《大学》中之"亲民"与"止于至善"，乃"修道之谓教"之具体实践，即通过教育使民明道德、修身养性，最终实现社会之和谐与个人之完善。

《大学》第六章中"致知在格物"者，言欲致其知，先致其知之者，致知在格物。此"致知"乃对"道"之认识与理解，而"格物"则是对事物本质之探究。此与《中庸》本章文中"率性之谓道"相联系，皆强调知行合一之重要性。通过深入探究事物，人能更好地理解道，从而遵循本性，实现心性之归同。

《大学》第八章中"修身在正其心"者，言欲修身，先正其心。此"修身"与《中庸》本章文中"修道之谓教"相呼应，皆强调修身养性之重要性。而"正其心"则与《中庸》本章文中"君子慎其独也"相呼应，皆强调无人看见时亦保持内心之正直。此理念在《大学》第九章中进一步阐述："治国必先齐其家，家齐而后国治，国治而后天下平。"此治国、齐家、平天下之理念与《中庸》本章文中"修道之谓教"相呼应，皆强调和谐与平衡之重要性。

　　《中庸》本章文中提到"喜怒哀乐之未发，谓之中；发而皆中节，谓之和。"此"中"与"和"乃心性之表现，与《大学》中"修身在正其心"相呼应，皆强调和谐与平衡之重要性。在《大学》中，通过正心修身，人能实现内心之平和，从而面对各种情感时皆能保持适度，达到心性之归同。

　　天命之性，玄妙难言；大学之心，博大精深。二者归同，乃修身之本。性者，天赋之理，宇宙之精；心者，人之灵府，感知之根。性为心之体，心为性之用。

　　夫性者，静若处子，动若脱兔，藏之深而不露，发之妙而不竭。其静也，如秋水之沉静，如古木之兀立；其动也，如春风之解冻，如夏日的阳光。性之动也，必假于心之活动而显，如月之借光于日，如花之依叶而艳。喜怒哀乐之情，皆由心生，如水之自动，随风之东西；仁义礼智之德，皆从性出，如花之结果，树之生叶。心之动也，性情随之，如影之随形，如声之应和；性之行也，心意从之，如水之就下，如月之赴海。故心与性，一而二，二而一，不可分离，如刀之与剑，如琴之与瑟。心性之关系，犹鱼之与水，犹鸟之与天空。无水则鱼死，无天空则鸟亡；无心则性无所依，无性则心无所归。

　　《中庸》云："天命之谓性，率性之谓道，修道之谓教。"此言人之本性，受天命所赋，故率性而行，即是遵循天命，修道而教，即是修身之始。《大学》云："所谓修身在于正其心。"此亦言修身之重要，心正则身修，心邪则身乱。

　　道也者，不可须臾离也，可离非道也。是故君子戒慎乎其所不睹，恐惧乎其所不闻。莫见乎隐，莫显乎微。故君子慎其独也。此言君子之心，应时刻保持道德之修养，不论独处或与众，皆应谨慎行事，不敢有丝毫懈怠。《大学》云："所谓修身在于正其心。"与此相呼应，皆言心性之重要，心正则身修，心邪则身乱。

"喜怒哀乐之未发，谓之中；发而皆中节，谓之和。中也者，天下之大本也；和也者，天下之达道也。致中和，天地位焉，万物育焉。"此言人心应保持中和之道，喜怒哀乐，皆应适度，不可过激。人心中和，则天地安泰，万物得以生长。《大学》云："所谓平天下在于治其国。"治国之道，亦在于人心之和，国家安宁，人民安居乐业，方能实现天下太平。

夫心性归同，不唯儒家所独有。然儒家心性之学独具特色，强调心性相通、内外合一之道。心性归同则身心和谐、家国兴旺；心性不一则身心俱疲、家国衰败。是以儒家心性之学实为修身齐家治国平天下之要道也。

心性归同，道德之基。盖心性归同，能洞察世间万物之本质，明辨是非，知荣辱，懂礼仪。自然能赢得他人尊重与信赖，亦能展现出卓越之领导力与团队协作能力。在日常生活中，无论工作还是学习，心性归同，均能展现出个人魅力与社会价值。以儒家视角，心性归同，不仅是道德高尚、品行端正之表现，亦是人生成功之修养。

《中庸》之论性与《大学》之谈心，虽各有所重，然归同之道则一。性者，心之本也，定人心之善恶；心者，性之用也，显人性之贤愚。性如水源，心犹波澜；性为体，心为用。二者相辅相成，缺一不可。故知性而后能定心，定心而后能尽性。儒者修身之道，要在明心见性，以达至善之境。此亦乃"心性归同"之谓也。

〔第二章〕

仲尼曰：“君子中庸，小人反中庸。君子之中庸也，君子而时中；小人之反中庸也，小人而无忌惮也。”

心性归同 从君子而时中通向《大学》之道

《大学》首章：“大学之道，在明明德，在亲民，在止于至善。”这里的“明明德”可以理解为彰显人的天性，即“天命之谓性”。而“止于至善”则是追求道德的极致，与《中庸》本章文中的“君子而时中”相呼应。

《大学》第七章：“所谓致知在格物者，言欲致其知，先致其知之者，致知在格物。”这里的“致知”可以理解为对“道”的认识和理解，而“格物”则是对事物本质的探究。这与《中庸》本章文中的“君子而时中”相联系，都强调了知行合一的重要性。

《大学》第八章：“所谓修身在正其心者，言欲修身，先正其心。”这里的“修身”与《中庸》本章文中的“君子而时中”相呼应，都强调了修身养性的重要性。而“正其心”则与《中庸》本章文中的“小人而无忌惮也”相呼应，都强调了在无人看见的时候也要保持内心的正直。

《大学》第十章："所谓治国必先齐其家，家齐而后国治，国治而后天下平。"这里的治国、齐家、平天下的理念与《中庸》本章文中的"君子而时中"相呼应，都强调了和谐与平衡的重要性。

《大学》《中庸》本章文虽然侧重点不同，但它们都强调了道德修养、内心平和以及行为适度的重要性。这些观点都是心性归同理念的体现。从心性归同的角度来看，《大学》《中庸》本章文相互补充，是心性归同的又一明示，为后世提供了宝贵的道德准则与行为规范。

仲尼有云："君子中庸，小人反中庸。"斯言矣，揭示人性之差异，彰显君子小人之道不同也。君子秉持中庸，时中而行，不偏不倚，此皆因其性之纯良、心之正直。今余欲论《中庸》本章文之"性"与《大学》之"心"，以明二者归同之理。

夫《中庸》本章文言性，乃天赋之理，人皆有之，然小人不知持守，肆意妄为，故反中庸。性者，静如潭水，深不可测，含藏道德之源，仁义礼智之端。君子依性而行，故能中庸，不失其道。

再观《大学》，"所谓修身在正其心者"一章，更是对心的作用进行了深入剖析。心者，感知之官，思维之器，性的外在显现也。心正则身修，心乱则行悖。是以，《大学》强调修心以养性，性通过心得以体现。

性与心，一内一外，此呼彼应。性为心之本，心为性之用。无性则心无所依，无心则性无所显。二者归同，方能成就君子之人格。是以，《中庸》本章文讲性，《大学》论心，实则共同构成儒家修身养性的部分理论基础。

且夫心性归同，虽不唯儒家所独有，然儒家心性之学独具特色。谓人之性与心，虽各有所重，然其归一之道则同也。性者，心之本源，定人心之善恶；心者，性之显现，彰人性之贤愚。性犹水源，心若波澜；性为本质，心为其用。二者相互依存，缺一不可。故唯有洞悉性之理，方能安定其心；心定之后，方能尽显其性。儒者修身之要道，在于明晰心性之关联，以臻至善之境。是谓"心性归同"，乃可洞察世间万物之本质，明辨是非、知荣辱、懂礼仪。

心性归同，必使人道德高尚、品行端正，能赢得他人尊重与信赖。此乃心性归同所带来之个人魅力与社会价值也。

再论心性归同之道与君子之修行。君子修行，必先正其心、诚其性。心正则行端，性诚则德厚。心性归同，通达儒学之道。

天命之性，静水流深；人心之灵，感物而动。性者，天赋之理，寂然不动；心者，人之灵府，应物而显。

君子持性而行，中庸之道自在其中。性之纯良，如静水之清澈；心之正直，如明镜之高悬。性为心之本，心依性而行。是以君子之行，不偏不倚，时中而行，皆因心性归同也。

小人不知持性，肆意妄为，故反中庸。性之乱矣，如浊水之混沌；心之失矣，如昏镜之无明。小人之心无所依归，故其行悖逆无道也。

又曰：心性归同，道德之源；君子秉持，行而中正。小人悖逆，无所忌惮；心性失和，行则无道。是以知，"性"为心之本，"心"为性之用。

【第三章】

原文

子曰："中庸其至矣乎！民鲜能久矣！"

心性归同 从《大学》到《中庸》的实践

《大学》首章云："大学之道，在明明德，在亲民，在止于至善。"此三者，皆需心性平和、正直。明明德者，需去除私欲，保持心性之平和，显明德性；亲民者，需心性正直，公正无私，真正关爱他人；止于至善者，更需心性坚定，持之以恒，达到至高善境。

孔子所言中庸之道，实乃心性之德行涵养之要。《大学》亦强调心性之修炼，如云："所谓修身在正其心者。"此即指心性之修炼为修身之本。又云："心不在焉，视而不见，听而不闻，食而不知其味。"此言心性若不在，则难以真正感知外界，更无法谈及明明德、亲民与止于至善。

《大学》中提到："诚意正心，修身齐家治国平天下。"此六者以心性为基础。诚意者，需心性真诚无伪；正心者，需心性正直无邪。此皆与中庸之道相符，皆需心性之平和与正直。

孔子所言民众难以持久遵循中庸之道，亦因心性易受外界影响而偏离中道。

《大学》亦警示我们："小人闲居为不善，无所不至，见君子而后厌然，掩其不善，而著其善。人之视己，如见其肺肝然，则何益矣。此谓诚于中，形于外，故君子必慎其独也。"此言心性之真诚与否，必形于外，故需慎独，时刻保持心性之正直与平和。

《大学》论诚意正心、修身等篇，与孔子言中庸之道，关连甚密。二者同强调心性之德行涵养之重，及持之以恒之必要性。故宜取《大学》与孔子之思想，不断修炼心性，以达中庸之道，持之以恒，免偏离中道。今以心性归同之视角观之，《大学》之道与孔子所言中庸之道，实则互相应和。通过不懈修炼心性，使心性平和、正直，并持之以恒，方真达明明德、亲民、止于至善之境。故言《大学》之道与孔子所言中庸之道互补，皆以心性为基础，探求持久之道也。

子曰："中庸其至矣乎！民鲜能久矣！"斯言矣，彰显中庸之道之至高无上，而民众难以恒久持守。盖因此道涉及人性与心志之深奥，非浅尝辄止者所能领悟。今余欲阐述中庸之"性"与《大学》所论之"心"的内在联系，以明二者归同之理。

夫中庸之道，以性为本，心性相通，方得其中。性者，天赋之理，人之本质也。心者，感知之官，思维之器也。性为心之本，心为性之用。

《大学》有云："所谓修身在正其心者。"此章深入剖析心之作用，强调心之专注与警觉对于修身之重要性。心正则身修，心乱则行悖。是以，《大学》论心，实乃修身之要诀。

而《中庸》言性，注重人之本质与道德之源。性之纯良，如静水之清澈；性之邪恶，如浊水之混沌。君子秉持中庸之道，皆因其性之纯良也。小人偏离中庸，皆因其性之邪恶也。是以，《中庸》讲性，实为道德行为之内在根据。

性与心之关系，犹如源与流。性为源，心为流。源清则流清，源浊则流浊。心性归同，进而通达儒学之道，成就君子之人格。

仲尼叹中庸之至道，鲜有久持者。盖因此道深奥，涉及心性与道德之源。

天赋之性，静如潭水，深不可测；人心之灵，动如波澜，显现性情。性为心之本，心为性之用。《大学》论心，强调正心以修身。心正则身修，心乱则行悖。修心之道，在于保持专注与警觉，以确保性之真态不被外界所扰。《中庸》言性，注重道德之源。性之纯良，君子秉持中庸之道；性之邪恶，小人偏离道德之路。

性与心之关系，源与流之比。性为源，心为流，源清则流清。天赋之性，静如潭水，人心之灵动如波澜。论及人心之性，求其归同，非儒家之独见也。实则，诸多哲学流派及宗教信仰，皆涉猎于人同此心性之探究与认知。然儒家于心性之学，有其独到之见，重心在强调心性之通与修齐治平之大道。

儒家以为，人若能识心性之归同，依此道以行，即可达成身心之和谐。此和谐非独存于己身，亦能推及于家、于社会、于国。反观之，若人各有异，性格价值观相左，则人将疲于内，社会国家亦难以免于衰败与动荡。

是以，儒家心性之学，实为修身齐家治国平天下之关键。其教人，由识心性之通，起修德之行。修身养性，培养德行与道德之智，可达内心之平和与强大。内心平和且强大之个体，自能对家、社会、国家产生积极之影响，推动集体向和谐、稳定、繁荣之方向发展。

〔第四章〕

原文

　　子曰："道之不行也，我知之矣：知者过之，愚者不及也。道之不明也，我知之矣：贤者过之，不肖者不及也。人莫不饮食也，鲜能知味也。"

心性归同 大学之道知与行的微妙

　　夫《大学》之道，在明明德，在亲民，在止于至善。是书也，言心之术多矣。若乃《中庸》之书，则论性之旨深焉。今取二书之同义，以探心性之归同，得非至理乎？

　　吾观《大学》有云："所谓修身在正其心者，人之所欲，莫烈于生；生之莫害，莫甚于情；情之所累，莫甚于欲。"此言心之易动，情之难制，皆因人心之不古，易为外物所诱。是以修身者，必先正其心，而后可以齐家、治国、平天下也。

　　而《中庸》本章文，亦妙论，与《大学》之言，心性归同之妙，实可相辉映。子曰："道之不行也，我知之矣：知者过之，愚者不及也。道之不明也，我知之矣：贤者过之，不肖者不及也。人莫不饮食也，鲜能知味也。"斯言也，岂非与《大学》所言"心"之妙理，有异曲同工之妙乎？

　　今细析之，《中庸》此段，首言"道之不行"，盖言世之知者，往往过于聪明，反被聪明误，是以道不行也。而愚者则因其昧，而未能及道之至理。此与《大学》言心之易动，情之难制，其理一也。皆言人之心性，非过则不及，鲜能得其中庸之道。

次言"道之不明"，盖贤者过于求道，反失道之本真，不肖者则因其鄙，而未能明道之精义。此亦与《大学》所言修身在正其心者相应。皆在阐明，无论知愚贤不肖，其心性之难调，一也。

末言"人莫不饮食也，鲜能知味也"，此乃以日常之事，喻人心性之难以自知。饮食者，日常之行也，然鲜有人能真知味之美恶，况乎心性之微妙乎？

故，《中庸》此段，实与《大学》言心之说，归同于一理。皆在告诫世人，心性之修炼，非易事也。须得中庸之道，方可明心见性，修得正果。

夫心性归同之论，岂止于此乎？盖《大学》言心，《中庸》论性，皆以人道为本，以天道为归。心性本一，不可分割。心者，性之表现；性者，心之本源。

是以，《中庸》之"道之不行""道之不明"，皆因心性之未修，未能得其中庸之道也。而《大学》之"修身在正其心"，亦在强调心性之修炼，为修身之本。

综观二典，心性归同之理，昭然若揭。皆在告诫世人，欲修身齐家治国平天下者，必先修其心性也。心性之德行涵养之道，虽难却非不可得。只需得其中庸之道，便可明心见性，通达天道。

孔子言"知者过之，愚者不及也"，此即心性之偏差。知者过于自信，愚者则缺乏理解，皆未能适中。《大学》有云："所谓修身在正其心者，身有所忿懥，则不得其正；有所恐惧，则不得其正；有所好乐，则不得其正；有所忧患，则不得其正。"此言心性之平和正直对于修身之重要性，若心性有所偏颇，则不得其正，与孔子所言知者、愚者之过与不及相呼应。

孔子言"贤者过之，不肖者不及也"，此亦指心性之过与不及。《大学》中提到："诚意、正心、修身、齐家、治国、平天下。"此六者以心性为基础。贤者过于追求完美，不肖者则懈怠不足，皆未能达到适中之道。而《大学》之道，在于引导人们诚意正心，以达到修身齐家治国平天下之目的，与孔子所言贤者、不肖者之过与不及相契合。

孔子又言："人莫不饮食也，鲜能知味也。"此言人们对事物之本质往往缺乏深刻的理解和领悟。《大学》亦强调对事物之本质的认知与体悟，如云："物有本末，事有终始，知所先后，则近道矣。"此言事物皆有本末终始之理，人应知之而后行。若不知事物之本质而盲目行事，则难以达到明明德、亲民、止于至善之境。

《大学》论诚意正心、修身齐家治国平天下、知所先后等篇，与孔子言心性之过与不及，关连甚密。二者同强调心性之德行涵养之重，及对事物本质之理解与领悟。故宜取《大学》与孔子之思想，不断修炼心性，以达适中之道，免过与不及之弊。

今以心性归同之视角观之，《大学》之道与孔子所言心性之过与不及。通过不懈学习与实践，可使心性至适中，免过与不及之失，进而实现明明德、亲民、止于至善之目标。故言《大学》之道与孔子所言心性之过与不及，相辅相成，皆以心性为基础，探求适中之道也。

〔第五章〕

原文

子曰："道其不行矣夫。"

心性归同 人心与道的微妙

《大学》有云："诚意正心，修身齐家治国平天下。"此言心性之德行涵养之次序，亦为人之道也。然，若人心不古，道岂能行？孔子所叹之道不行，亦因人心之不正也。故，《大学》所强调之诚意正心，实为世道兴衰之关键。

《大学》言："所谓修身在正其心者，人之所欲，莫烈于生；生之莫害，莫甚于情；情之所累，莫甚于欲。"此言修身之道在于正心，而正心之难，在于克服过度的欲望和情感之困扰。若人心被欲望所蒙蔽，则道自然不行。因此，孔子所叹，与《大学》所强调之修身正心，实有相通之处。

《大学》中提到："知止而后有定，定而后能静，静而后能安，安而后能虑，虑而后能得。"此心性之德行涵养之过程，亦为人心向善之道。若人心不知止，则无法安定；不定则无法静心；不静则无法安处；不安则无法深思；不思则无法有所得。故，世道之兴衰，在于人心之知止与否。孔子所言之道不行，亦因人心不知止也。

《大学》亦云："物有本末，事有终始，知所先后，则近道矣。"此言事物之发展皆有次序，人心亦应知之而后行。若人心不明本末终始之理，则行事无序，道自然不行。因此，《大学》所强调之知所先后，与孔子所叹之道不行，亦有相通之处。

《大学》论诚意正心、修身齐家治国平天下、知止等篇，与孔子言世道之不行，联系紧密。二者同强调心性之德行涵养之重要以及世道兴衰与人心之关系。故宜取《大学》之思想，通过诚意正心、修身齐家治国平天下等方式，来修炼心性，以使世道兴盛。

今以心性归同之视角观之，《大学》之道与孔子所叹世道之不行，实则相辅相成。通过不断修炼心性，使人心向善，则世道自然兴盛；反之，若人心不正，则世道必然衰败。故言《大学》之道与孔子所言，皆以心性为基础，探求兴衰之道也。

夫《中庸》一书，孔子垂教，旨远言深。其曰："道其不行矣夫。"盖叹世风日下，人心不古，道德之沦丧也。今余欲以《中庸》之"性"与《大学》所论之"心"，合而为一，探其归同之道。

《大学》有云："大学之道，在明明德，在亲民，在止于至善。"明德者，性之本也；亲民者，心之用也。至善者，性心合一之境也。是以论性，必及于心；谈心，不离于性。性者，心之体；心者，性之用。

《中庸》言性，以中为本，以和为贵。中者，性之正道；和者，性之达德。性之中和，即心之平和。心若平和，则言行举止，无不中节。然人性易偏，心亦随之。故孔子叹道之不行，性之难明，皆由此也。是以修心养性，实为归同之道。

《大学》论心，以诚为本。诚意者，心之真也。心真则性明，性明则道行。然心何以诚？在格物致知，在知止而后有定。格物者，去其物欲也；致知者，致其良知也。知止者，知所当止也；有定者，心有定主也。如是则心之本体得矣，性亦随之而显。

夫《中庸》之性与《大学》之心，实乃一体两面。性者，心之本；心者，性之用。修心即养性，养性亦正心。若心性分离，则人失其本真，道亦难行矣。

心性归同之道，亦为学问之基。心性不定者，其志不坚，其学不专，岂能有所成？故心性归同，学问之基也。再言心性归同之道，又为治国安邦之要。人人皆能心性归同，则言行一致，信义可嘉，社会自然和谐稳定，国家亦可长治久安矣！

《中庸》之道，以中为贵，追求和谐。中者，天下之大本也；和者，天下之达道也。致中和，则天地位焉，万物育焉。是以《中庸》之道，实为心性归同之性也。夫心性归同，必求诸己，反求诸心。心之本体，即性之本源。故修心以养性，实为归同之捷径也。

《大学》之道，在明明德，在亲民，在止于至善。明德者，性之光明也；亲民者，心之仁爱也；至善者，心性合一之极致也。是以《大学》之道，亦为心性归同之心也。夫心性归同，必以诚为本，以正为基。诚意者，心之真实无妄也；正心者，去其不正以归于正也。故诚意正心者，实为心性归同之要也。

再言心性归同之重要，不仅在于个人修身，更关乎社会和谐与国家安定。盖因心性归同，其言行必正，其德必高。

心性归同之道，乃儒家修身之基。深悟此理，以之为修身之本，勉力行之，以求心性归同之境，则道德可成，学问可就，社会可安矣！

〔第六章〕

原文

　　子曰："舜其大知也与！舜好问而好察迩言，隐恶而扬善，执其两端，用其中于民。其斯以为舜乎！"

心性归同 舜之大知与德行

　　孔子赞舜之大知，以其好问、好察迩言，能隐恶扬善，执其两端而用其中。此皆体现了舜的心性之德行涵养境界。对应到《大学》中，"明明德"即是要发扬内在的光明德性，如同舜隐恶扬善之行；"亲民"则是要关爱他人，与人为善，如同舜之好问、好察迩言，以了解民情，为民谋福；"止于至善"，则是要达到最高的善境，如同舜之执其两端而用其中，以达到和谐的治理。

　　《大学》又云："诚意、正心、修身、齐家、治国、平天下"，此六条目，实为心性之德行涵养的步骤。舜之好问、好察迩言，正是其"诚意"的体现，不耻下问，广纳百川；隐恶扬善，则是其"心性正直，能正其心"；执其两端而用其中，则体现了其"修身、齐家、治国、平天下"的智慧。

　　《大学》中提到："知止而后有定，定而后能静，静而后能安，安而后能虑，虑而后能得。"此言心性之德行涵养的过程，与舜的行为有着异曲同工之妙。舜之好问、好察，正是其在寻求"知止"的过程；隐恶扬善，则是其"心性安定"的体现；执其两端而用其中，则是其深思熟虑后的"得"。

《大学》云："物有本末，事有终始，知所先后，则近道矣。"舜在治理天下时，亦能明辨本末终始，知所先后，故能执其两端而用其中，此即"近道"也。

今以心性归同之视角观之，《大学》之明明德、亲民、止于至善之道，与孔子所言舜之大知，多有相应。二者皆在探究心性之真诚与善良之道也。明明德者，需诚意正心，方显明德性；亲民者，需以民为本，扬善隐恶；止于至善者，则需达和谐之境也。

昔者，仲尼称舜之大知，好问而察微言，隐恶而扬善，执两端而用其中。斯乃中庸之至道，亦人之性也。夫《大学》阐性之微，《中庸》述心之妙，今合两者而一之，探归同之旨。

《大学》首章云："大学之道，在明明德，在亲民，在止于至善。"明德者，性之本也；亲民者，心之用也；至善者，心性合一之境也。是以论性，必及心；谈心，不离性。性者，心之体；心者，性之用。

夫《中庸》言性，在于执中。中者，性之正道也。舜之大知，执两端而用其中，斯乃性之中庸，亦即心之平和。心若平和，则言行举止，无不中节。然人性易偏，或过于刚，或过于柔，鲜有能执其中者。是以孔子赞舜之大知，以其能执中而行，实为心性归同之典范。

再观《大学》论心，以诚意为本。诚意者，心之真也。心真则性明，性明则道行。然心何以诚？在致知在格物，在知止而后有定。致知者，致其良知也；格物者，去其物欲也。知止者，知所当止也；有定者，心有定主也。如是则心之本体得矣，性亦随之而显。

夫《中庸》之性与《大学》之心，实乃一体两面。性者，心之本；心者，性之用。修心即养性，养性亦正心。若心性分离，则人失其本真，道亦难行矣。故心性归同之道，实为修身之本也。

且心性归同之道，是以君子修身以养性，必先正其心。心正则身修，身修则性显。性显则道行矣。夫心性归同者，言行一致，信义可嘉。人皆信之，则能立足于世。是以心性归同之道，实为处世之大道也。

　　再论心性归同与社会和谐之关系。心性归同者，能坚守道义，不为外物所诱，其德行自然高尚。若人人皆能心性归同，则言行一致，信义可嘉，社会自然和谐稳定。反之，若心性不一，则言行相悖，信义全失，社会岂能安定？故心性归同之道，亦为治国安邦之大道也。

　　且心性归同之道，又为学问之基。心性不定者，岂能有所成？故心性归同，乃学问之基也。再言心性归同之道，又为德行之源。心性归同者，其行必正，其德必高。故心性归同，德行之源也。

　　又，心性归同之道，在于明理践行。理者，心性之理也；行者，心性之行也。明理者，必求诸经；践行者，必身体力行。是以君子修身必以心性归同为要明理践行为本。夫心性之理博大精深非一家之言所能尽述故君子当博学多闻兼容并蓄以求更全面更深入地理解心性归同之道。

　　再观心性归同与人格完善之关联，心性归同者，其人格自然完善。盖因能坚守本心不为外物所动其人格自然高尚。反之，若心性不一则易为外物所诱其人格岂能完善？故心性归同之道实为完善人格之要道也。

　　且心性归同之道，必也积久方显。然则如何积久？在于日常之修为。修为者何？即心性之锻炼也。今以《中庸》之性与《大学》之心相较，更见心性归同之重要。性者，心之本；心者，性之用。

　　深悟儒理，奋而行之，以达心性归同之境。则德修学进，人臻于善矣！

〔第七章〕

原文

子曰："人皆曰予知，驱而纳诸罟擭陷阱之中，而莫之知辟也。人皆曰予知，择乎中庸而不能期月守也。"

心性归同 知行合一的中庸之道

《大学》之道，在于明明德、亲民、止于至善，亦关乎心性之德行涵养。今以心性归同之视角，观孔子所言，人常自称知，然遇困境则不知所措，又或择中庸之道而不能持久。此情此景，与《大学》所论心性之德行涵养之道，多有契合。

《大学》有云："知止而后有定，定而后能静，静而后能安，安而后能虑，虑而后能得。"此言心性之德行涵养之次序，首在知止。知止者，知己之所当止之地，不贪求无厌，不越雷池一步。然人常言知，而行为失度，犹如被驱入陷阱之中，此即不知止也。孔子所言，人虽自称知，然遇困境则不知所措，此即不知止之弊。故，《大学》所言知止，与孔子所言，皆在告诫人们应知己之所当止，避免陷入困境。

《大学》云："物有本末，事有终始，知所先后，则近道矣。"此言事物皆有本末终始之理，人应知之而后行。然人常言知，而行事无序，此即不知本末终始之故。孔子所言，人择中庸而不能持久，亦是因为不知中庸之本末终始，故而不能坚守。因此，《大学》所言知本末终始，与孔子所言一致，皆在强调人们应明了事物之理。

《大学》云："诚意、正心、修身、齐家、治国、平天下。"此六者，乃心性之德行涵养之次序，亦是人之道也。人皆欲诚意正心，然心不正则意不诚。孔子所言，人虽欲行中庸之道，然心不正，故不能持久。此与《大学》所言诚意正心之道相通。

《大学》论知止、知本末终始、诚意正心等篇，与孔子言自知之明、守中庸之道，联系紧密。二者同强调心性之德行涵养之重要，即通过不断修炼心性，明了事物之理，以行而正，免陷困境。故宜取《大学》与孔子之思想，持续修炼心性，至于知止、知本末终始、诚意正心，以守中庸之道，免人生路上之陷阱与困境。

今从心性归同之视角观之，人应知己之所当止，明了事物之本末终始之理，诚意正心而后行，守中庸之道而不失其度。故言《大学》之道与孔子所言心性之德行涵养之理，皆以心性为基础，探求明明德之道也。

《大学》第八章载："修身在正其心。"此言修身之基，必先正其心也。仲尼亦言，人虽知中庸之美，而不能守，盖心未正也。《大学》此章，细述怒、惧、乐、忧之情对心之作用及如何以正心修身。

《大学》第六章云："致知在格物。"此言求真知者，必深究物之本也。此与仲尼所言人自以为智而陷困境相呼应，警人须真知物之本，避盲信与陷阱。

夫知者，人心之灵也，能烛照万物，明辨是非。然世人往往自矜其知，以为无所不知，无所不能。岂知天地之大，宇宙之广，其间奥妙无穷，岂是凡夫俗子所能尽知？故夫子有言："人皆曰予知。"盖言世人皆以己为知也。

然知易行难，知者未必能行。夫子又言："驱而纳诸罟攫陷阱之中，而莫之知辟也。"此言何解？盖言世人虽自以为知，然一旦遭遇困境，便如坠罗网，身陷囹圄，不能自拔。何以故？以其知未及行，行未及果也。知者当明辨是非，审时度势，以避祸患。然世人往往为名利所惑，为情欲所牵，不能自拔于罗网之中，此乃知行之悖也。

又云："人皆曰予知，择乎中庸而不能期月守也。"中庸者，道之正也，不偏不倚，无过无不及。夫子尝言："中庸之为德也，其至矣乎！"盖言中庸之道，乃人生之最高境界也。然世人虽知中庸之美，而能守之者鲜矣。何以故？以其心不诚，志不坚也。然世人往往急功近利，不能持之以恒，故不能期月守也。

夫知者当自知之明，行者当自强不息。知而不行，非真知也；行而不知，非真行也。故夫子之言，实乃警世之良言也。人当以此为鉴，自省自身，以求真知灼见，行之不倦。

且夫知者贵乎自知，不贵乎人知。人知者，虚名也；自知者，实德也。世之所谓知者，往往以人知为贵，而不知自知之重要。故夫子言："人皆曰予知"，非真知之谓也。真知之者，自知其不足，故能虚心向学，不断进步。而人知者，往往自满自足，不思进取，此乃知者之大忌也。

又行者贵乎恒久，不贵乎一时。一时之行，易也；恒久之行，难也。世之所谓行者，往往以一时之行为荣，而不知恒久之行的重要。故夫子言"不能期月守也"，非真行之谓也。真行之者，持之以恒，锲而不舍，故能成就大事。而一时之者，往往半途而废，不能善始善终，此乃行者之大忌也。

然则如何真知真行乎？吾以为当以诚为本，以恒为魂。诚者，心之真也；恒者，行之久也。心真则知真，行久则功成。故人当以诚心向学，以恒心行事，真知真行。

夫知行之理，实乃人生之大道也。知而不行，行之不知，皆非人生之正途。故人当以夫子之言为鉴，自省自身，以求真知真行。真知者，能明辨是非，审时度势；真行者，能持之以恒，锲而不舍。如此进而避祸患于无形，成大事于有形矣。

且夫人生在世，当以修身为本，以齐家治国平天下为务。修身者，修心养性也；齐家者，和睦家庭也；治国者，安定国家也；平天下者，协和万邦也。此四者皆以知行为基础。故知行之理，实乃人生之根本也。

知行之理，乃人生之大道也，人当以诚心向学，以恒心行事，以求真知真行。避祸患于无形，成大事于有形矣。

［第八章］

原文

子曰："回之为人也，择乎中庸，得一善，则拳拳服膺而弗失之矣。"

心性归同 中庸之道乃善念之行

《大学》之道，在于明明德、亲民、止于至善，此皆与心性紧密相关。今观孔子所言颜回之为人，择乎中庸，得一善则拳拳服膺，而弗失之，可见其对中庸之道的坚守与对善行的珍视。

《大学》首章提及"知止而后有定"，此与颜回择乎中庸，得一善则坚守之的精神相呼应。知止者，知所当止之地，亦知所当行之道。颜回择中庸之道，得一善则拳拳服膺，正是知止而后能定的体现。他深知中庸之道为至善之道，故能坚守不移。

《大学》有言："所谓修身在正其心者。"此与颜回坚守中庸，珍视善行的行为相契合。正心者，需去除私欲，保持心性之平和。颜回得一善则拳拳服膺，正是其心性平和、正直的体现。他通过坚守中庸之道，不断修身正心，以达到更高的道德境界。

《大学》中提到："诚意、正心、修身、齐家、治国、平天下。"此六者以心性为基础。颜回择乎中庸，得一善则坚守之，正是诚意的体现。他真诚面对自己的心性，坚守善道，正心、修身，进而齐家、治国、平天下。

孔子对颜回的赞誉，也体现了《大学》中对君子"诚意正心，格物致知，修身齐家治国平天下"品行的要求。君子应以中庸之道为行为准则，珍视每一个善行，坚守道德原则。颜回正是这种君子的代表，他通过不断修身正心，达到了较高的道德境界。

《大学》论知止、正心、诚意诸篇，与孔子言颜回之道，联系紧密。二者同强调心性归同之要，即修身正心，守善道，以进道德之高境。颜回取中庸之道，得一善则拳拳服膺，与《大学》之旨相成，共显心性归同之义。

今从心性归同之视角观，颜回之道与《大学》同求心性之平和与正直，修身正心，以达道德之高境。二者共显善行之珍视，中庸之道之坚守。

子曰："回之为人也，择乎中庸，得一善，则拳拳服膺而弗失之矣。"此言颜回之修行也，择中庸之道，得一善行，即深藏于心，拳拳服膺，不失其初心。今余欲论《中庸》此章所言之"性"与《大学》所论之"心"，以求归同之道。

《大学》有云："所谓修身在正其心者，人之所欲，莫烈于生，莫甚于死。置诸心而为信，其所厚者薄，而其所薄者厚，未之有也！"此言心之重要，知所先后，则近道矣。心正则身修，身修则性显。是以《大学》讲心，实乃讲性之本源。此言人之性格，当取中庸之道，得一善，则紧握不放，恒久不变。然，《中庸》之"性"与《大学》之"心"，又有何干系乎？

夫《中庸》之"性"，即人之天性，生于世间，受之于天，平等无二。此性纯洁无瑕，犹如明镜，未曾染尘。然而，人处世间，外物诱惑，内心欲望，易于迷失本性，陷入纷扰。故，《中庸》强调，人之性格，当取中庸之道，以保其本性，不受外界干扰。

且夫心性归同之道，在于明理践行。理者何？心性之理也；行者何？心性之行也。明理者必求诸心，践行者必身体力行。是以君子修身以养性，必先正其心。

心正则身修，身修则性显。性显则道行矣。

今以《中庸》此章所论之性，与《大学》所论之心相较，可见心性归同之道。性者，心之本源；心者，性之表现。二者互为表里。修心即养性，养性亦正心。

颜回择乎中庸，得一善则深藏于心，此即心性归同之境。得一善而行之，拳拳服膺，弗失之矣。此乃心性归同之典范也。

再观《大学》所论之心，"所谓诚其意者：毋自欺也。如恶恶臭，如好好色，此之谓自谦。故君子必慎其独也！"诚其意者，心之真诚也；慎其独者，心之自律也。心性归同者必诚意正心，而后可以立命安身，可以齐家治国平天下，此乃心性归同之道也。

而《大学》之"心"，则指人心，为人之主宰。人心包含无数思绪，善恶交织，若不加以整治，则易于迷失方向，走入歧途。故，《大学》提倡，人之内心，当正心诚意，以修身齐家治国平天下。

《中庸》之"性"与《大学》之"心"，实有密切关联。人之性格，生于天性，而人之内心，又受性格影响。若人心不正，则易于迷失本性；反之，若人心正，则易于保持本性。故，《中庸》与《大学》，虽分别论及"性"与"心"，实则共同指导人如何立身处世。

第九章

原文

子曰："天下国家可均也，爵禄可辞也，白刃可蹈也，中庸不可能也。"

心性归同 道之至简至难

《大学》开篇即云："大学之道，在明明德，在亲民，在止于至善。"此三者，亦可谓之心性归同之要义。明明德者，显明自身本有之光明德性；亲民者，使人人能明此德性；止于至善者，达至最高之善境。而孔子所言"天下国家可均也，爵禄可辞也，白刃可蹈也，中庸不可能也"，实指中庸之道难以实行，然其难不在于外物之阻碍，而在于心性之修炼。

孔子言天下国家可均，此均非指物质之平均，而是指治理天下之公平正义，此与《大学》所云"修身齐家治国平天下"之道相通。修身者，心性之修炼也，乃齐家治国平天下之基。心性之德行涵养至均平之境，进而公正治国，平天下。

孔子又言爵禄可辞，此指对于名利之淡泊，与《大学》所云"知止而后有定"相呼应。知止者，知其所当止之地也，不贪求过多之名利。爵禄虽诱人，然心性坚定者，可辞而不受。

再者，孔子言白刃可蹈，此指勇敢面对困难与挑战之精神。与《大学》所强调之"诚意、正心"相通。诚意者，心性之真诚也；正心者，心性之正直也。

然而，孔子所言"中庸不可能也"，实指中庸之道难以实行。中庸之道，在于保持心性之平和与正直，不偏不倚，无过无不及。此与《大学》所云"所谓修身在正其心者"相呼应。正心者，需去除心中之偏执与杂念，保持心性之平和与正直，而行中庸之道。

《大学》之明明德、亲民、止于至善之道与孔子所言心性归同之理多有对应。明明德者需正心诚意，以显明德性；亲民者需公正治国平天下；止于至善者则需保持心性之平和与正直，行中庸之道也。今以心性归同之视角观之，《大学》之道与孔子所言，皆在探求心性之正直，保持平和与正直，不偏不倚，行中庸之道也。

子曰："天下国家可均也，爵禄可辞也，白刃可蹈也，中庸不可能也。"此言中庸之难行，甚于治国平天下，辞爵禄，蹈白刃。何也？盖因中庸之道，非轻易可达。今余以本章所论之"性"，与《大学》所论之"心"，相较而谈，以求归同之道。

《大学》有云："欲修其身者，先正其心；欲正其心者，先诚其意。"心者，性之发端；性者，心之本源。心性相依，不可分割。是以《大学》言心，实则言性；《中庸》论性，亦不离心。二者互为表里。

今观《中庸》此章，孔子叹中庸之难行，非外在之难，乃心性之难也。天下国家可均，爵禄可辞，白刃可蹈，此皆外在之难，有志者皆可为之。然中庸之道，需心性合一，方可达成。心性合一者，言行一致，内外相符，此为中庸之道也。

再观《大学》，"所谓修身在正其心者，人之所欲，莫烈于生，莫甚于死，况爵禄乎！若夫恶恶臭，好好色，乃人之常情，而可以不正其心者，未之有也。"此言心之重要，心正则身修，身修则性显。是以《大学》讲心，实乃讲性之本源。

且心性归同之道，在于明理践行。理者何？心性之理也；行者何？心性之行也。明理者必求诸心；践行者必身体力行。是以君子修身以养性必先正其心。

孔子曾言："天下国家可均也，爵禄可辞也，白刃可蹈也，中庸不可能也。"

此语揭示了《中庸》之"性"与《大学》之"心"的关系。性者，人之本也；心者，性之显也。性如田，心如农夫，农夫善耕，则田肥沃；心正，则性善。

天下国家可均，谓之人君之性。人君者，一国之主，肩负均天下之重任。均天下者，公平正义，使百姓安居乐业。人君之性，当以仁爱为本，以明智为用，以公正为准则。此为人君之性，亦为人君之心。

爵禄可辞，谓之人臣之性。人臣者，辅佐人君，为国家之栋梁。辞爵禄者，不受私利之诱惑，坚守道义之高地。人臣之性，当以忠诚为前提，以勤勉为态度，以廉洁为品德。此为人臣之性，亦为人臣之心。

白刃可蹈，谓之勇士之性。勇士者，临危不惧，以身殉国。蹈白刃者，英勇无畏，为正义而战。勇士之性，当以勇敢为特质，以忠诚为信仰，以牺牲为荣耀。此为勇士之性，亦为勇士之心。

然而，中庸不可能也，谓之君子之性。《中庸》云："中也者，天下之大本也。"君子者，秉持中道，不偏不倚。中庸之道，难以践行，因其要求人在任何情况下都能保持平和、适度。君子之性，当以中庸为原则，以平和为心态，以适度为行为。此为君子之性，亦为君子之心。

性心一体，相得益彰。人君、人臣、勇士、君子，皆因其性而显其心。性者，心之基；心者，性之显。人之为人，当以性为本，以心为用。唯如此践行中庸之道，才可成为真正之强者。《大学》亦云："所谓修身在于正其心。"修身之道，在于正心。心正则性善，性善则心正。故《大学》《中庸》之教，皆以性心为本，以修身为要，以中庸为道。学者当以此为志，庶乎致其道矣。

第十章

原文

子路问强。子曰："南方之强与？北方之强与？抑而强与？宽柔以教，不报无道，南方之强也，君子居之。衽金革，死而不厌，北方之强也，而强者居之。故君子和而不流，强哉矫！中立而不倚，强哉矫！国有道，不变塞焉，强哉矫！国无道，至死不变，强哉矫！"

心性归同　诚意、正心与修身的实践路径

《大学》云："所谓修身在正其心者，身有所忿懥，则不得其正；有所恐惧，则不得其正；有所好乐，则不得其正；有所忧患，则不得其正。"此言心性之平和正直对于修身之重要性。孔子与子路论强中，亦体现了心性之平和与坚韧。

子路问强，孔子答以南方之强与北方之强，实则是论述心性之不同表现。南方之强，宽柔以教，不报无道，体现了心性之宽容与平和；北方之强，衽金革，死而不厌，体现了心性之坚韧与刚毅。此两者皆心性之强也。

《大学》又云："知止而后有定，定而后能静，静而后能安，安而后能虑，虑而后能得。"此言心性修养之步骤，与孔子所言"君子和而不流，中立而不倚"相呼应。君子之和而不流，乃心性之平和，不随波逐流；中立而不倚，乃心性之坚韧，不偏不倚，皆体现了心性之强。

再者，《大学》所言"诚意、正心、修身、齐家、治国、平天下"之道，亦与孔子所言心性之强相通。诚意者，心性之真诚也；正心者，心性之正直也。修身者，需先诚意正心，而后齐家治国平天下。孔子所言君子之强，亦是以诚意正心为基础，而后表现出宽容与坚韧。

此外，《大学》云："物有本末，事有终始，知所先后，则近道矣。"此言物事皆有本末终始之理，知所先后，方能近道。此与孔子所言"国有道，不变塞焉；国无道，至死不变"相呼应。皆强调了心性之坚韧与恒定，无论环境如何变化，皆能保持本心不变。

综上所述，《大学》之诚意、正心、修身等篇目，与孔子所言心性之强，多有契合之处。二者皆强调了心性之真诚、平和与坚韧的重要性。心性归同之观点观之，《大学》之道与孔子所言心性，皆以心性为基础，探求修身之道也。两者在心性归同方面，多有相通之处。

子路问强之道，仲尼析之，分南北之异。南人之强，宽柔以教，不报无道，显其深厚之涵养与包容；北人之强，衽金革而不厌，示其刚毅与坚韧。然君子之强，非徒力之强，更在于心之强，性之坚。是以君子和而不流，中立不倚，无论国有道无道，均能坚守其志，此之谓真强。

吾人论及"心"与《中庸》之"性"，当知二者密切相关。性者，人之本也，心者，性之显也。性如田，心如农夫，农夫善耕，则田肥沃；心正，则性善。故《中庸》云："尽人之性，所以尽其心。"尽其心者，尽其性也。

北人之强，衽金革而不厌，示其刚毅与坚韧。刚毅者，心之坚也；坚韧者，性之实也。北人之所以刚毅，因其心志坚定，不为外物所动摇；之所以坚韧，因其性格刚毅，不服输，不气馁。此皆性之实，心之坚也。

南人之强，宽柔以教，不报无道，显其深厚之涵养与包容。宽柔者，心之和也；涵养与包容者，性之厚也。南人之所以宽柔，因其心胸宽广，能容人之短；之所以有涵养与包容，因其性格宽厚，不计较，能忍让。此皆性之厚，心之和也。

瀛海笔谭

然君子之强，非徒力之强，更在于心之强，性之坚。心之强，性之坚，皆源于"中"。中者，不偏不倚，无过无不及。君子之所以和而不流，中立不倚，是因为其心守中，性保持平和。无论国有道无道，均能坚守其志，此之谓真强。

性者，心之基；心者，性之显。性心共同构成了人的品质。北人之刚毅，南人之宽柔，皆为性心之表现。而君子之强，在于心之强，性之坚，守中之道。故曰："性心一体，相得益彰。"

今观《中庸》此章所论之强，实乃性之坚韧与刚毅。性之强，不在于外在之力，而在于内心之坚定与执着。君子之强，在于和而不流，中立不倚，此皆心性之表现也。

再观《大学》，"所谓诚其意者：毋自欺也。如恶恶臭，如好好色，此之谓自谦。故君子必慎其独也"。诚其意者，心之真诚也；慎其独者，心之自律也。心性归同者，必诚意正心，而后可以立命安身，可以齐家治国平天下。此乃心性归同之道也。

《大学》云"修身在正其心"，此诚至理名言也。人生于世，所欲之事，孰有烈于生命之维系？孰有甚于死亡之恐惧？乃至爵禄之荣宠，皆不足以动其心志。然人之常情，固有好恶之分，恶恶臭，好好色，此亦天理之自然，人情之所不能免。然则，人心之不正，岂可因好恶之情而放纵之哉？未之有也。

故知，心之重要，莫过于此。心正则身修，身修则性显。盖心为人之主宰，一身之纲纪，万理之源泉。心正则言行一致，内外相应，德性之光辉自然发露。若心之不正，则虽形貌之美，爵禄之富，皆不足以掩其内在之陋也。

《大学》之言心，实亦言性也。性者，人之本质，心之所发。心正则性善，心邪则性恶。故修身之要，在于正心。正心之道，无非去私欲，存天理，使心之本体得以显现。

〔第十一章〕

原文

子曰："素隐行怪，后世有述焉，吾弗为之矣。君子遵道而行，半途而废，吾弗能已矣。君子依乎中庸，遁世不见知而不悔，唯圣者能之。"

心性归同 中庸之道乃德行之极

孔子所言"素隐行怪"，意指那些追求奇异行为以引人注目者，此非君子之行。《大学》云："所谓修身在正其心者，人之所欲，莫烈于生；生之莫害，莫甚于情；情之所累，莫甚于欲。"此言修身之道在于正心，而正心需去除过度的欲望和情感之累，这与孔子反对"素隐行怪"相呼应，皆强调了心性之平和正直。

孔子又言："君子遵道而行，半途而废，吾弗能已矣。"此言君子应坚定不移地遵循道义而行，不可半途而废。《大学》亦云："有弗学，学之弗能，弗措也；有弗问，问之弗知，弗措也。"此言求学问道需有恒心，不可轻言放弃，与孔子所言君子之行坚持不懈之理相通。

再者，孔子所言"君子依乎中庸，遁世不见知而不悔"，意指君子行事应依据中庸之道，即使不被世人所知，亦无怨无悔。《大学》亦强调中庸之道，云："知止而后有定，定而后能静，静而后能安，安而后能虑，虑而后能得。"此言心性修养需知止、定、静、安、虑等步骤，进而有所得，此与孔子所言中庸之道相通也。

孔子所言"唯圣者能之"，意指只有圣者才能做到遁世不见知而不悔。《大学》亦云："所谓诚其意者：毋自欺也。如恶恶臭，如好好色，此之谓自谦。故君子必慎其独也！"此言君子应真诚面对自己的心性，不自欺，即使独处时亦需谨慎行事，此与孔子所言圣者之行相通。

综览之，《大学》之明明德、亲民、止于至善之道，与孔子所言心性归同之理，多有契合。明明德者，需正心诚意，去欲除累；亲民者，需循道守义，恒久不懈；止于至善者，需依中庸之道，虽隐亦无怨。故《大学》之道与孔子所言心性归同之理，皆以心性为本，求明明德之道也。今以心性归同之观点观之，《大学》与孔子所言，皆在求心性之真诚与明德之道也。心性之真诚，为明明德之基；明德之道，在于循义依中，虽难亦守，无怨无悔也。

仲尼有言："素隐行怪，后世有述焉，吾弗为之矣。"此言旨在阐述，那些追求奇异、隐秘之行径者，虽或能留名后世，然非君子所为。夫君子之行，遵道而行，持之以恒，半途而废者，非君子也。又言君子依中庸之道而行，即使遁世不见知，亦无所悔。此乃儒家修身养性之至理。

盖君子之行，非同小人之举。小人好异，喜显，以奇异之行，求后世之名。然君子之道，异于小人。君子务本，守中，遵道而行。夫道也，天下之公理，万物之准则。君子行道，如日月之行，恒久不变。故君子之行，虽或无人知晓，然于心无愧，于道无违。

夫中庸之道，至矣尽矣。君子之道，尽于此矣。中者，不偏不倚，无过无不及。庸者，常道也。君子之行，恒守中庸，不偏不倚，无过无不及。故君子之行，虽或遁世不见知，亦无所悔。因其遵道而行，持之以恒，无问东西，无问南北。

《大学》亦云："所谓修身在正其心者，人之所欲，莫烈于生，莫甚于死，况爵禄乎！若夫恶恶臭，好好色，乃人之常情，而可以不正其心者，未之有也。"此言君子之心，恒正而不邪。君子之行，恒善而不恶。夫心正则身修，身修则性显。性显则德备，德备则道全。

君子之行，遵道而行，持之以恒。夫道也，中庸之道，心性归同之道。君子依此道而行，虽或遁世不见知，亦无所悔。此乃儒家修身养性之要，亦为《中庸》与《大学》心性归同之理。君子之道，广大而深远，微妙而难识。

夫心者，人身之主，神明之府，群生之本。心正则神清，神清则身修。身修者，不仅仅是外形之整饬，更是内心之修炼。内心之修炼，即是性之修养。性者，天赋之资，上应天命，下系人心。性显则德备，德备则道全。

《大学》所言，心正则身修，身修则性显，是言心性之关系也。心性二者，一物两面，不可分割。心者，性之表现，人之情感，意志之所在。性者，心之底蕴，人之本性，天赋之资。

夫心正，则内心无邪，意念纯正，从而能正确对待人生，不受外物诱惑，保持人性的纯洁。身修，则行为端正，符合道德规范，从而使人性得以体现。性显，则指人性得到充分展现，人得以实现其天赋之资。

然而，心之正与否，性之显与否，皆取决于人之自省。人若能时刻反省自身，检视内心，则心可正，性可显。反之，若人沉溺于物欲，迷失于名利，则心易邪，性易隐。是以，《大学》所言"所谓修身在正其心者"，实为提醒人们要重视内心修养，以达到性之显现，人之实现。

今以《中庸》此章所论之性，与《大学》所论之心相较，以求归同之道。夫中庸之道，不偏不倚，无过无不及。君子遵道而行，半途而废者，弗能已矣。而《大学》所言心之重要，亦在于此。心正则身修，身修则性显，性显则道行矣。

原文 1

君子之道费而隐。夫妇之愚，可以与知焉，及其至也，虽圣人亦有所不知焉。夫妇之不肖，可以能行焉，及其至也，虽圣人亦有所不能焉。

心性归同 《大学》《中庸》的诚意与君子之道

《中庸》论性，《大学》论心，然心性相通，理无二致。今欲寻《大学》中与《中庸》"君子之道费而隐"一节心性归同之章文，当取《大学》之"诚意"章以相较。

《中庸》有言："君子之道费而隐。夫妇之愚，可以与知焉，及其至也，虽圣人亦有所不知焉。夫妇之不肖，可以能行焉，及其至也，虽圣人亦有所不能焉。"此言君子之道，广大而精微，浅显而深远。愚夫愚妇，亦可得知行之，然其至极之处，虽圣人亦有不能知不能行者。

而《大学》之"诚意"章云："所谓诚其意者：毋自欺也。如恶恶臭，如好好色，此之谓自谦。故君子必慎其独也！小人闲居为不善，无所不至，见君子而后厌然，掩其不善而著其善。人之视己，如见其肺肝然，则何益矣？此谓诚于中，形于外。故君子必慎其独也。"此章讲诚意之道，要求人们真诚面对自己的内心，不自欺欺人，亦是君子之道的一种体现。

辨析二者，可见《中庸》所言君子之道，费而隐，意在表明其道之广博与深邃，无所不包，又微妙难测。而《大学》"诚意"章，则强调真诚面对内心，是君子修身之要。二者虽角度不同，然皆指向心性之正，归于至善。心性归同之处，在于皆求君子之道，皆重内心真诚与修身。

至于本章文"心性归同"之特点，可概括为三。

一者，广博性与微妙性并存。君子之道，既广大又精微，既浅显又深远。此正如心性之复杂多变，既包含显性的意识与行为，又蕴含隐性的情感与动机。心性之广博与微妙，恰如君子之道的费而隐。

二者，普遍性与特殊性相融。君子之道，夫妇之愚不肖可知可行，然其至极之处，圣人亦有所不能。此亦如心性之表现，既有普遍性，人人皆可体悟；又有特殊性，因人而异，因时而变。心性之普遍与特殊，与君子之道的普遍性与特殊性相契合。

三者，真诚性与修身性并重。《大学》"诚意"章强调真诚面对内心，是修身之要。而《中庸》所言君子之道，亦需以真诚为本，方能致远。心性之真诚与修身，是君子之道不可或缺之要素，亦是心性归同之重要特点。

综上所述，《中庸》与《大学》在"心性归同"之视角下，相互印证，相互补充。二者所论君子之道与心性之学，共同丰富了心性归同的内涵。通过深入剖析二者之异同及"心性归同"之特点，可更深刻地理解儒家学问之精髓与价值所在。

且说心性归同之特点，更有四者，不可不察。

一是同源而异流。心性本自一体，如水源之出，然流淌间或成江河，或成溪流，形态各异。君子之道亦如此，源于心性，却展现为千变万化的行为与思想。

二是无形而有感。心性虽无形无质，却可感可知。如同君子之道，虽费而隐，难以言传，但人们却能在日常生活中感受到它的存在，体会到它的力量。

三是微妙而难测。心性之变化，微妙难测，如同君子之道的深远之处，即使圣人也有所不知，有所不能。这正是心性与君子之道的神秘与魅力所在。

四是可修而可成。心性虽微妙难测，但并非不可改变。通过修身养性，人们可以逐渐接近君子之道，实现心性的升华和完善。如同《大学》所强调的"诚意"之道，只要真诚面对自己的内心，不断修身养性，便能逐步接近君子之道，达到心性归同的境界。

心性之源，虽同出一脉，然其流向各异，故言"同源异流"。此心性虽无形无质，却能深感其存在，是为"无形有感"。其微妙之处，难以用言语形容，更难以测度，故称"微妙难测"。然此心性非固定不变，而是可通过个人修为而得以提升和完善，这便是"可修可成"。

深知人性之本质者，其自我修养之道必不悖逆，顺应自然而无为勃发。明了事物之规制者，其行事亦不会迷茫，举措皆合于道而不惑。

心性之特点，揭示了其与君子之道间的内在联系。君子修身养性，即是顺应心性之源，不悖逆、不迷惑。而此道之修行，亦有明确方向与路径可循。

能见事物之本源而知其枝末，通过观察细微之处而预见其最终，而明了在何种境遇下该如何行事，智慧地指引自己，此亦乃心性归同之道也。

原文 2

天地之大也，人犹有所憾。故君子语大，天下莫能载焉；语小，天下莫能破焉。《诗》云："鸢飞戾天，鱼跃于渊。"言其上下察也。君子之道，造端乎夫妇，及其至也，察乎天地。

心性归同 修身齐家治国平天下之基础

《中庸》与《大学》皆儒家之经典，其理一也，皆求心性归同。今以《中庸》之言性段落，寻《大学》心性相应之章，辨析二者之异同，以明"心性归同"之理。

《中庸》有言："天地之大也，人犹有所憾。故君子语大，天下莫能载焉；语小，天下莫能破焉。《诗》云：'鸢飞戾天，鱼跃于渊。'言其上下察也。君子之道，造端乎夫妇，及其至也，察乎天地。"此段以天地之大，喻人性之广，言君子之道，无微不至，无不包容，且由近及远，推及夫妇之道，至察天地之大道。

于《大学》中求心性相应之章，当观"所谓修身在正其心者"一章。其言曰："所谓修身在正其心者，人之所欲，莫烈于生；生之莫害，莫甚于情。情之所累，莫甚于志、意、知、物之欲。志者，心之所向也；意者，心之所发也；知者，心之官也；物者，心之感也。四者之欲，皆生于心，而心不正，则情必累于其不正。故君子必慎其独也，小人闲居为不善，无所不至，见君子而后厌然，掩其不善，而著其善。人之视己，如见其肺肝然，则何益矣。此谓诚于中，形于外，故君子必慎其独也。"

此章论修身之要在正心，心正则情不累，情不累则志、意、知、物之欲皆得其正。心为情欲之主，修身必先正心。与《中庸》所论心性之道，实有相通之处。

辨析二者异同，可见《中庸》以天地之大道，喻君子之道，心性之广，推及夫妇之道，至察天地，强调的是心性之宏大与包容。《大学》则从修身之要，在于正心，心正则身修，身修则家齐，家齐则国治，国治则天下平，亦由心性之微，推及家国天下，二者异曲同工。

《中庸》之言，以天地之大，显心性之广，重在阐述君子之道，无微不至，察乎天地。《大学》之言，以正心修身，推及家国，重在实践，由心性之微，至家国之大。二者虽路径不同，然其归宿则一，皆求心性归同，达于至善。

至于本章文"心性归同"之特点，可见二者皆以心性为本，推及家国天下。心性之广大，如天地之大，无所不包；心性之微妙，如修身之要，必在于正心。心性之道，实乃儒家学问之根基，亦为人类修身齐家治国平天下之关键。

再论"心性归同"之特点，可归纳为三：其一，心性为本。儒家学问，以心性为本，认为心性乃人之根本，心性正则行为正，心性邪则行为邪。故儒家强调修身必先正心，正心必先诚意，诚意必先致知，致知在格物，格物在明理。此心性为本之特点，贯穿儒家学问之始终。

其二，推及家国。儒家认为，心性之道，非仅限于个人修身，更可推及家国天下。此家国情怀，源于心性之道，亦归于心性之道。故儒家强调个人与社会、国家之紧密联系，倡导以天下为己任，积极入世，建功立业。

其三，达于至善。儒家心性归同之最终目的，在于达于至善之境。至善者，心性之极致也，亦是人类修身齐家治国平天下之最高理想。儒家认为，通过不断修身、正心、诚意、致知、格物等努力，可逐渐接近至善之境，实现个人价值与社会价值之和谐统一。

《中庸》与《大学》虽各有侧重，然其主旨皆在于明心性之道，推及家国天下，达于至善之境。二者共同构建了儒家心性归同的完整体系。

瀛
海
笔
谭

原文 1

子曰："道不远人。人之为道而远人，不可以为道。《诗》云：'伐柯伐柯，其则不远。'执柯以伐柯，睨而视之，犹以为远。故君子以人治人。改而止。"

心性归同 从个人到家国天下的实践路径

自古儒门经典，莫不究心性之微。《中庸》言"性"，《大学》论"心"，皆以明道德之本，人心之善。今欲从"心性归同"之说，探《大学》《中庸》之深意，取二书相通之处，辨其旨趣，以明心性之学。

《中庸》有云："道不远人。人之为道而远人，不可以为道。"此言何解？盖道在人心，非远离人间者。若求道者背离人情，是离道愈远矣。又引《诗》云："伐柯伐柯，其则不远。"柯者，斧柄也。执柯伐木以为柯，近取诸身，远托诸物，皆以身边之物为法则。故君子之道，不远离人情世故，以人治人，改过迁善而后已。道非远离人间者也。若有人行道而疏离众人，此非真道也。盖道者，本乎人心，通乎人情，非高远难及之物。人欲求道，必观乎身边，取法乎人，然后能得。

今有人欲求道而远人，此非道也。道在人心，人心即道。人之为道，当观人心，取法乎人，然后能得真道。故君子之道，或出或处，或默或语，皆以人心为则，皆以治人为本。

夫求道者，若梦里寻蓬莱，然蓬莱何在？非在远方，而在心中。待心中有余香，方悟道不远人，人自远之，此皆为性也。纵有莺花留住，东风不住，也只添眼前愁闷。何如求性于人心之中，方得其真也。

《诗》有云："伐柯伐柯，其则不远。"此言非虚，乃教人以身边之事为则，以求正道。执柯以伐柯，虽则睨视，仍觉其远，何也？盖因心未至焉。心至则道至，心远则道远。

故君子欲治人，先治己心。以己心度人心，以人心治人心，此之谓也。人心相通，以心换心，何远之有？若夫心之不至，虽近在咫尺，亦如隔山海。

今观《大学》之书，亦有心性之说。其"诚意"一章，与《中庸》本章文"道不远人"之旨颇为相通。诚意者，心之所发，无伪无妄。若心有不诚，则意不真诚，何以为道？《大学》云："所谓诚其意者：毋自欺也。如恶恶臭，如好好色，此之谓自谦。故君子必慎其独也！"此言诚意之道，在于不自欺，如同恶恶臭、好好色之自然反应，此乃心性之真诚流露。君子于独处时，尤需谨慎，以保心性之纯一。

再观《大学》"正心"一章，亦与心性之说密切相关。心正则身修，身修则家齐，家齐则国治，国治则天下平。此乃儒家内圣外王之道。心之不正，岂能修身？身之不修，何以齐家治国平天下？《大学》云："所谓修身在正其心者，人之所欲，莫烈于生；生之莫害，莫甚于情；情之所累，莫甚于欲。故其心不正，则情欲乱其志，志乱则身不修。"此言心之重要，情欲之干扰，皆需正心以制之。

由是观之，《大学》之"诚意""正心"，与《中庸》本章文"道不远人"之旨，皆在阐明心性之学。心性本一，归于至善。诚意者，心性之真；正心者，心性之正。

再取本章文"道不远人"与《大学》"诚意""正心"相比较，可见心性归同之说。道在人心，非远离人间者。诚意正心，皆以明道之本。君子求道，不离人情世故，以人治人，改过迁善。此乃心性归同也。

《中庸》与《大学》皆以心性为学之本，共明心性之道。心性归同之说，由此可见一斑。求道者当以身边之人为则，不可远离人群而空谈道义。诚意正心，明道之本，以明道德之源流。

原文2

"忠恕违道不远，施诸己而不愿，亦勿施于人。"

心性归同 儒家心性比较分析

《大学》《中庸》均为儒家经典，其中心性归同是一个重要的理论。在《中庸》中提到："忠恕违道不远，施诸己而不愿，亦勿施于人。"这一句话，是儒家思想中关于道德修养的重要原则。今以心性归同的视角，可寻《大学》中与之相对应的内容辨析。

《大学》中提到："所谓修身在于正其心者，必也其心正，然后其身正；其身正，然后其家正；其家正，然后其国正；其国正，然后天下正。"《大学》所言"正心"，就是指修养心性，使之心地善良、正直。这与《中庸》中的"忠恕"思想是一致的。忠恕即忠诚和宽容，是对他人的尊重和理解。一个人只有正其心，才能做到忠诚和宽容，从而达到道德的修养。

《大学》中还提到："所谓齐家在于修其身者，必也其身修，然后其家齐；其家齐，然后其国治；其国治，然后天下平。"《大学》所言"修其身"，也是指修养心性。一个人只有自身心性修养良好，才能治理好自己的家庭，进而治理好国家，实现天下的和平。这与《中庸》本章文的"施诸己而不愿，亦勿施于人"的思想相呼应。也就是说，一个人应该以自己的道德修养为基础，对待他人也要忠诚和宽容，不要对他人做自己不愿意承受的事情。

《大学》中还有"所谓平天下在于治其国者，必也其国治，然后天下平"，所言"治其国"，也是指修养心性。一个国家要想治理好，首先要从个人开始，个人修养心性，才能治理好国家，实现天下的和平。

《大学》中还有"所谓诚意在于致其知者，必也其知致，然后其意诚；其意诚，然后其言信；其言信，然后其行笃"，其所言"致其知"，也是指修养心性。一个人只有心性修养好，才能有真正的知识，有真正的知识，才能有真正的诚意，有真正的诚意，才能有真正的言语，有真正的言语，才能有真正的行动。

故《大学》中"所谓修身在于正其心者，必也其心正，然后其身正；其身正，然后其家正；其家正，然后其国正；其国正，然后天下正"，意在明之一个人只有心性修养好，才能有正直的行为，有正直的行为，才能有和谐的家庭，有和谐的家庭，才能有稳定的国家，有稳定的国家，才能有和平的天下。

综本章文而言之，《大学》《中庸》心性归同之理论，皆强调个人心性修养对家庭、国家及天下和平之重要性。二者均认为，治理家庭国家，需心性正与忠诚宽容。心性修养为知识、诚意、言语及行动之根本，影响个人及社会之发展。《大学》以心性归同之视角，论述修身、齐家、治国、平天下之要，强调忠恕、家庭治理、国家治理及天下和平之重要性。心性正，则可致知，达成诚意，言信行笃。

原文 3

"君子之道四，丘未能一焉：所求乎子以事父，未能也；所求乎臣以事君，未能也；所求乎弟以事兄，未能也；所求乎朋友先施之，未能也。庸德之行，庸言之谨。有所不足，不敢不勉，有余不敢尽。言顾行，行顾言，君子胡不慥慥尔？"

心性归同 《大学》的明明德与《中庸》的性善论

《大学》《中庸》者，儒家之经典也。其旨在于述人性与道德之关系以及修身、齐家、治国、平天下之途径，以实现社会之和谐。《中庸》论性，强调人性本善与天道之自然法则；而《大学》言心，注重心性之修养与道德行为之实践。从心性归同之视角观之，《大学》中与《中庸》相对应之章文与内容，主要体现在以下几方面。

一、《大学》首章云："大学之道，在明明德，在亲民，在止于至善。"此章揭示大学之核心思想，即通过明明德、亲民、止于至善之实践，以实现心性之归同。明明德，即显扬人性中之善德；亲民，即关爱民众，以民为本；止于至善，即追求道德之极致。此与《中庸》所言性之概念相呼应，强调人性本善之观点。

二、《大学》第八章曰："所谓修身在于正其心。"此章阐释修身与正心之关系，指出修身之基在于正心。正心，即调整心态，使之合乎道德规范。此与《中庸》中性之修养观念一致，强调心性归同之必要性。

三、《大学》第九章云："所谓齐家在于修其身。"此章论述齐家与修身之关系，认为修身之关键在于治理好自己的家庭。家庭为社会组织之基本单位，家庭和谐有利于社会和谐。此与《中庸》中性之体现相一致，皆强调人性在社会生活中之作用。

四、《大学》第十章曰："所谓治国在于齐家。"此章指出治国与齐家之紧密关系，认为治理国家首先要治理好家庭。家庭为国家之基础，家庭和谐有利于国家和谐。此与《中庸》中性之体现相吻合，皆强调人性在治国理政中之重要性。

五、《大学》第十一章云："所谓平天下在于治国。"此章阐释平天下之关键在于治国，治国之前提在于治理好自己的家庭。此与《中庸》中性之体现相一致，皆强调人性在实现天下和谐之作用。

继而，《大学》《中庸》本章文所述"君子之道四，丘未能一焉"之论述，需加辨析。盖《大学》所论修身、齐家、治国、平天下之道，实与《中庸》中之性观念相吻合。孔子于《中庸》中提出君子之道四，即事父、事君、事兄、事友，此四者皆为人性中善德之表征。而《大学》中之修身、齐家、治国、平天下，正是此四者之具体实践。

又，《大学》中论及庸德之行、庸言之谨，与《中庸》中之性观念相得益彰。孔子于《中庸》中强调君子之道在乎遵循天道，而在《大学》中，庸德之行、庸言之谨，正是遵循天道、实现心性归同之具体体现也。

本章之心性归同，首重人性本善。无论是《大学》还是《中庸》，均认同人性本具纯善之本质。只需透过修身、齐家、治国、平天下的实践路径，便能引导心性回归至善。次之，心性归同注重道德行为之实际践行。《大学》《中庸》皆强调，道德行为在成就心性归同的过程中至关重要。又，心性归同倡导社会和谐。《大学》《中庸》均认为，心性归同有助于推动社会的和谐发展。终之，心性归同强调个人修养之必要性。《大学》《中庸》都指出，个人修养是实现心性归同的关键所在。

《大学》《中庸》，皆儒家之经典，深究心性之学，明人性之本、道德之要、和谐之理。自心性归同之视角观之，二书同诠人性、道德及社会和谐之奥义。

细析《大学》篇章，其言修身、齐家、治国、平天下之道，实与《中庸》之心性说相契合。二书皆谓，欲达心性归同，非实践修身之道不可。由己及人，由家至国，乃至天下，皆需以心性为本，修身为基。

【第十四章】

瀛海笔谭

原文 1

君子素其位而行，不愿乎其外。

素富贵，行乎富贵；素贫贱，行乎贫贱；素夷狄，行乎夷狄；素患难，行乎患难。君子无入而不自得焉。

心性归同 心性归同理论与现代生活之道

《大学》中言"所谓修身在于正其心"，此语与《中庸》所言"君子无入而不自得焉"共述君子之心性修养。盖因"正其心"者，使心思无邪，行为合乎道德规范，而"无入而不自得"者，无论身处何种环境，皆能保持内心之平和与自得。

夫"正其心"，即修身之根本。心者，人身之主，一切行为之源。心正，则行为亦正；心邪，则行为亦邪。故君子务求正心，以修身养性。无论处于富贵、贫贱、夷狄、患难之中，皆能以平和之心对待，不被外物所动摇，保持内心之宁静与自得。

富贵之时，不骄奢淫逸，仍能保持谦逊之心，以正道行事；贫贱之时，不自卑自弃，仍能保持自信之心，以坚忍行事；夷狄之时，不附敌媚外，仍能保持忠义之心，以忠诚行事；患难之时，不怨天尤人，仍能保持坚韧之心，以勇敢行事。此皆为"正其心"之表现，亦为"无入而不自得"之实践。

故君子无论处于何种境遇，皆能以正心修身，保持内心之平和与自得。此心性修养之道，不仅为个人之修养，亦与《大学》之"心"对应也。

又如《大学》中提道"所谓齐家在于修其身"，此与《中庸》本章文中"素富贵，行乎富贵；素贫贱，行乎贫贱；素夷狄，行乎夷狄；素患难，行乎患难"相呼应。盖因"修其身"方能"行乎其外"，无论处于何种环境，都能保持一颗平和、自得之心。

再如《大学》中提道"所谓治国在于齐其家"，此与《中庸》所言"君子无入而不自得焉"相合。盖因"齐其家"进而"无入而不自得"，无论处于何种环境，都能保持一颗平和、自得之心。

论及《大学》，之"八条目"乃儒家修身治国之根本。

首曰"格物致知"，求知事物之真相，此乃修身之始也。吾等同此，《中庸》所言"君子素其位而行，不愿乎其外"，皆强调君子当安于本分，自省而求道德智慧之增长。格物致知，实为心性修养之过程，通过对事物深入探究，以提升道德之境界。

次曰"诚意正心"，此为心性修养之重要环节。诚意者，真诚面对自己之心意，不欺骗自我；正心者，使心思合乎道德规范。此诚正与自得，正是心性修养之体现。

又次曰"修身"，此为《大学》之核心环节，亦为齐家、治国、平天下之基础。修身者，修正自身行为，使之符合道德规范。此与《中庸》中所言"素富贵，行乎富贵；素贫贱，行乎贫贱；素夷狄，行乎夷狄；素患难，行乎患难"相呼应，皆在强调君子应随环境而调整自身行为，使之合乎道德。

再曰"齐家治国平天下"，此为修身之外在表现与扩展。齐家者，治理家庭，使之和谐有序；治国者，治理国家，使之繁荣昌盛；平天下者，使天下太平，人民安居乐业。此与《中庸》中"君子无入而不自得焉"相合，皆在表明君子应将道德修养扩展至家庭、国家乃至天下，使众人皆能享受和谐与安宁。

综而论之，《大学》《中庸》论述"心"与"性"之理，虽有侧重，然相互映衬。《大学》以修身为本，推及家庭、国家、天下，强调心性修养之实践；而《中庸》则重于心性之内在内涵，强调君子无论处于何种境遇，皆能保持内心之平和与自得。

原文 2

在上位，不陵下；在下位，不援上。正己而不求于人，则无怨。上不怨天，下不尤人。

故君子居易以俟命，小人行险以徼幸。子曰："射有似乎君子，失诸正鹄，反求诸其身。"

心性归同 儒家心性修养在现代社会的意义与应用

《中庸》有云："在上位，不陵下；在下位，不援上。正己而不求于人，则无怨。上不怨天，下不尤人。故君子居易以俟命，小人行险以徼幸。子曰：'射有似乎君子，失诸正鹄，反求诸其身。'"此言何解？盖言君子无论处于何位，皆能守正不阿，不陵下以自高，不援上以自媚。君子正己而不求于人，故能无怨。遇事不怨天尤人，但求诸己。居易以俟命，安分守己以待天时；小人则行险以徼幸，企图通过不正当手段获取利益。射箭之喻，意在说明君子失之正鹄，反求诸身，不责于人。

今观《大学》之书，其"格物致知"与"诚意正心"之章文，与《中庸》上述之旨颇为相通。

《大学》云："欲修其身者，先正其心；欲正其心者，先诚其意；欲诚其意者，先致其知；致知在格物。"此言修身之道，在于正心诚意。而正心诚意之基，又在于致知格物。致知者，求知之道也；格物者，穷理之事也。君子欲修身以立德，必先致知以明理，然后正心诚意以行之。此与《中庸》所云"正己而不求于人"之理相通，皆在强调修身立德之重要性。

又《大学》云："所谓修身在正其心者，身有所忿懥，则不得其正；有所恐惧，则不得其正；有所好乐，则不得其正；有所忧患，则不得其正。心不在焉，视而不见，听而不闻，食而不知其味。此谓修身在正其心。"此言修身之道，在于正心。心之不正，则身之不修。君子当去忿懥、恐惧、好乐、忧患之心，以正其心。此与《中庸》所云"上不怨天，下不尤人"之理相通，皆在强调正心以立德之要义。

由是观之，《大学》之"格物致知""诚意正心"与《中庸》"正己而不求于人""上不怨天，下不尤人"之旨趣相通。二者皆为心性归同之组成，强调修身立德之重要性。心性本一，归于至善。君子当以正心诚意为本，去恶存善，以实现心性归同之境。

再观《中庸》本章文所云"君子居易以俟命"，意在说明君子应安分守己，静待天时。而《大学》亦云："知止而后有定，定而后能静，静而后能安，安而后能虑，虑而后能得。"此言知止之道，在于定静。君子当知止而定，定而静，静能安身立命。此与《中庸》所云"居易以俟命"之理相通，皆在强调安分守己以待天时之重要性。

综上本章所言，《大学》《中庸》在思想观念上具有高度一致性。从心性归同之视角观之，二者皆在阐述人性、道德与社会和谐之关系。通过修身立德、正心诚意之实践，达至心性归同之境。于本章，《中庸》与《大学》之修身齐家治国平天下理念相通，皆强调守正不阿，无怨无悔，正心诚意，致知格物。无论处上位或下位，皆以正己为本，不陵下以自高，不援上以自媚。遇事不怨天尤人，居易以俟命，安分守己以待天时。君子修身立德，去忿懥、恐惧、好乐、忧患之心，以正其心。去恶存善，实现心性归同之境。

二者皆在阐明心性归同之道，修身立德之要及安分俟命之理。盖心性为本，修身立德为基，而安分守己，静待天时，乃君子处世之常态也。夫心性归同，人心与天道合一之谓也；修身立德者，所以成己成物也；安分守己以待天时者，知天命而不妄为也。二者所论，虽言辞有异，而理实相通，皆欲人明心见性，修齐治平，以达于至善之境。

第十五章

原文

君子之道，辟如行远必自迩，辟如登高必自卑。《诗》曰："妻子好合，如鼓瑟琴。兄弟既翕，和乐且耽。宜尔室家，乐尔妻帑。"子曰："父母其顺矣乎！"

心性归同 构建和谐社会的伦理思考

君子修身以齐家，而后能治其国，平其天下，此亦如行远必自迩之理。盖修身者，必先正其心，诚意其志，方能齐家治国平天下。《大学》云："欲修其身者，先正其心；欲正其心者，先诚其意。"此言修身之道，在于先正其心，而正心之道，又在于先诚意。君子之道，亦是以诚意正心为本，而后齐家治国平天下。

《诗》云："妻子好合，如鼓瑟琴。兄弟既翕，和乐且耽。宜尔室家，乐尔妻帑。"此言家庭之和睦，夫妻之和顺，兄弟之团结，皆以心性之和谐为基础。而《大学》亦云："所谓治国必先齐其家者，其家不可教而能教人者，无之。"此言齐家之道，在于心性之和顺，而后治国平天下。故君子之道，与《大学》所言之齐家治国之理相通。

又，《大学》云："身有所忿懥，则不得其正；有所恐惧，则不得其正；有所好乐，则不得其正；有所忧患，则不得其正。"此言修身之道，在于去除心中之偏执与杂念，保持心性之平和与正直。而君子之道，亦在于保持心性之平和与正直，而后登高行远。

子曰："父母其顺矣乎！"此言家庭之和谐亦包括父母与子女之间的和顺关系。而《大学》亦云："孝者，所以事君也；悌者，所以事长也；慈者，所以使众也。"此言孝、弟、慈之道乃齐家治国之本。君子之道与父母其顺之理相通皆在于心性之和顺与慈爱。

再者，《大学》云："所谓平天下在治其国者：上老老而民兴孝，上长长而民兴弟，上恤孤而民不倍。"此言治国之道在于以孝、弟、慈为本而后能平天下。君子之道亦是以孝、弟、慈为本而后能行远登高此乃心性归同之道也。

纵而观之，君子之道与《大学》所言之理，相通皆在于心性之和顺与正直，以孝、弟、慈为本，而后能齐家治国平天下。此乃心性归同也。故君子之道，行远必自迩，登高必自卑，与《大学》之道皆以心性归同为基础，而达成修身齐家治国平天下之目标也。

天地之间，人性为本。君子之道，性之所发。行远自迩，性之渐进；登高自卑，性之谦卑。如晨曦初露，渐显万物之生机；如夜幕星辉，遥映宇宙之深邃。性者，天生之质，藏于内而显于行，为君子立身之本。

君子之行，始于心性。心性之善，如水之就下，自然而然。君子依性而行，积小善以成大德。是以，君子之道，实乃修性之道。修性者，必以诚为本，以善为行，无愧于心。

《中庸》言性，《大学》论心，心性相依，实为一体。性为心之本源，心为性之表现。如阴阳相生，缺一不可。

《大学》有云："知止而后有定，定而后能静，静而后能安，安而后能虑，虑而后能得。"此乃修心之道。心定则性显，性显则道明。是以，《大学》所论之心，与《中庸》所论之性相辅相成。

心性归同者，言行一致，其德必高，其学问必深。修心养性之道，实为儒家思想之至理，亦为人类社会之福祉。

夫君子之道，修性立德为本。性者，心之根本；心者，性之显现。《中庸》云性之善，如水趋下，自然之理。君子循性而行，无偏无倚，立身之基矣。故修性者，君子立身之要也。《大学》论心之定，定则静，不扰于外物。心静若水，静则安，安则思，思则得。此修心之道焉。

性者，天赋之质，纯然无杂，内藏无限可能。心者，智之所在，主宰行思。性如璞玉未琢，须心之砥砺修炼，乃显其光华。心如利剑，赖性之磨砥，展其锋锐。

心性相扶，如树之根叶，相依而长，相促而茂。根深则叶盛，叶盛则根固。心性亦然，性之修炼，心得以养；心之滋养，性得以显。心性相依，又若池之源流，相互依赖，互为补益。源远则流绵，流绵则源浚。心性同此，性之修炼，心得以广；心之广延，性得以发。

心性相扶，亦如阴阳之交，相依而存，相衡而立。阴阳相生，乃生万物；心性归同，成其人生。心性相依，又似星辰之明暗，相互依存，相互辉映。明暗交映，辉映苍穹，夜空因之而璀璨；心性相融，智德兼备，人生由此而绚烂。心性归同，乃心之睿智与性之纯善，二者相照相映。

综上，心性相依，犹如一源之水，一木之本，实为一体也。性者，心之深根，情之所系，质之所存；心者，性之枝叶，情之所发，意之所向。二者犹如阴阳之相生，天地之相成，缺一不可也。愿君子深悟此理，修心养性，以达心性归同之境，则人格能完善，人生能成功，社会能和谐。

观《大学》之言，曰："知止而后有定，定而后能静，静而后能安，安而后能虑，虑而后能得。"此言修心之道也。心若能定，则纷扰不生，性情自显；性情显现，则道义自明。故，《大学》所论修心之要，与《中庸》所言修性之理，实乃相得益彰。

［第十六章］

子曰："鬼神之为德，其盛矣乎！视之而弗见，听之而弗闻，体物而不可遗。使天下之人，齐明盛服，以承祭祀。洋洋乎！如在其上，如在其左右。《诗》曰：'神之格思，不可度思，矧可射思。'夫微之显，诚之不可掩如此夫！"

心性归同 明明德与诚其意的内在联系

孔子言鬼神之为德，虽视之弗见，听之弗闻，然其体物而不可遗，此乃心性之微妙也。而《大学》首章即云："大学之道，在明明德。"明明德者，即是要显明那微妙难见的心性之德，使之发扬光大。故，《大学》之明明德，与孔子所言鬼神之为德的微妙性，皆体现了对心性之理的探求。

孔子又言，鬼神使天下之人齐明盛服以承祭祀，洋洋乎如在其上，如在其左右。此言人们对鬼神的敬畏之心，亦体现了心性之诚。《大学》中云："所谓诚其意者：毋自欺也。"诚其意，即是要真诚面对自己的心性，不自欺，这与孔子所言对鬼神的敬畏之心，皆体现了心性之真诚。

再者，孔子引《诗》云："神之格思，不可度思，矧可射思。"此言鬼神之思不可度量，更不可轻视。而《大学》亦云："诚意者，物之终始，不诚无物。"此言诚意之重要性，无诚意则无物，与孔子所言鬼神之思的不可轻视性相呼应。

孔子又言："夫微之显，诚之不可掩如此夫！"此言心性之微妙虽然难以察觉，但其真诚却无法掩饰。而《大学》亦云："富润屋，德润身，心广体胖，故君子必诚其意。"此言心性之德能润泽己身，使人心态开阔，体态安泰，皆因心性之真诚。故，《大学》之诚意与孔子所言心性之真诚，皆体现了心性归同之道。

《大学》又云："知止而后有定，定而后能静，静而后能安，安而后能虑，虑而后能得。"此言心性之修养需知止、定、静、安、虑等步骤。而孔子所言鬼神之为德，亦需人们以敬畏之心去体悟感知。两者皆体现了心性修养的过程。

今以心性归同之视角观之，《大学》与孔子所言皆在探求心性之理、明德之道。心性之微妙与真诚乃人之本真体现，修养心性即是明明德之道也。

孔子曾言鬼神之德，其意深远。鬼神虽幽隐难见，但其性却遍布万物之间，无形而能化物，无声而能感人。此性非他，乃天地之正气，宇宙之精华。它如丝如缕，贯穿于万物之中。虽视之不见，听之不闻，然其影响却能无微不至，润物无声。

鬼神之性，其大无外，其小无内。既微妙又显明，既难知又易见。其盛德在于无形之中，却能化物，其影响深远且广泛。是以孔子赞叹鬼神之为德，其盛矣乎！

人之性，亦如此。虽难以言明，但无处不在，影响深远。人应效法鬼神之德，以诚心正意修身齐家治国平天下。性之所在，即心之所向，亦为人之根本。故言，性者，人之本也，如鬼神之德，无形而能化物，无声而能感人。人应知性、养性、用性，无愧于心。

孔子论鬼神之德，实乃探讨万物之性。而《大学》所言之心，乃人性之核心，情感之所系，意志之所依。心与性，一为表，一为里，相互依存，不可分割。《大学》有云："所谓修身在正其心者。"心正则身修，而性亦随之显现。心性相依，如影随形。是以，《大学》所论之心与《中庸》所论之性实乃相辅相成之道也。

鬼神之德，犹如天地之正气，无所不在，无时不在。其盛德之至，令人叹为观止。然鬼神虽隐，其德不隐；鬼神虽幽，其德不幽。其德之盛，犹如日月经天，江河行地，沛然莫之能御。

人之性，亦如鬼神之德，虽难以捉摸，却无处不在，无时不在。人若能正心诚意，则能修身齐家治国平天下。性之所在，心之所向，为人之根本。

心与性，一为表，一为里，相互依存，不可分割。心正则身修，性亦显现；心邪则身乱，性亦隐匿。心性相依，如影随形。

夫中庸之道，其"性"之概念，更是揭示了万物之本质。此"性"非一般之性质，而是深藏于万物之中，难以捉摸却又无处不在的奥秘。它如同鬼神之德，虽无形无相，却能悄然间影响万物之生长、变化，甚至影响着人类社会的发展进程。这种影响，既深远又广泛，如同春风化雨，润物无声。

而大学之道，作为儒家思想的重要组成部分，其"心"之概念，则是人性之核心，情感之所系，意志之所依。此"心"非单纯之心脏或心理，而是涵盖了人的思想、情感、意志等多方面内容的综合体现。它既是人类认识世界、理解生活的起点，也是人类追求真理、实现价值的动力源泉。

第十七章

原文

子曰："舜其大孝也与！德为圣人，尊为天子，富有四海之内，宗庙飨之，子孙保之。故大德必得其位，必得其禄，必得其名，必得其寿。故天之生物，必因其材而笃焉。故栽者培之，倾者覆之。《诗》曰：'嘉乐君子，宪宪令德。宜民宜人，受禄于天。保佑命之，自天申之。'故大德者必受命。"

心性归同 儒家修身理念的现代解读

孔子赞舜之大孝，称其德为圣人，尊为天子。此与《大学》所云"明明德"相呼应。明明德者，即是要显明人本身所具的光明德性。舜之德，显然已明明德至极致，故能尊为天子，此正是心性归同之表现。

孔子又言舜富有四海之内，宗庙飨之，子孙保之。此则与《大学》所云"亲民"相通。亲民者，意在使人人皆能明明德，从而达到社会的和谐与进步。舜以天子之尊，而能保民安民，使百姓安居乐业，此正是亲民之道。

再者，孔子论大德者必得其位、禄、名、寿，此与《大学》所言"止于至善"相应。止于至善，即是追求最高的善，达到最完美的境地。舜之大德，显然已达此境，故能得位、得禄、得名、得寿，此乃心性归同之表现。

孔子引《诗》云："嘉乐君子，宪宪令德。宜民宜人，受禄于天。保佑命之，自天申之。"此言君子之德，既宜于民，又宜于人，受天之禄，得天之保佑。此与《大学》所云"修身齐家治国平天下"之道相通。修身者，即是要明明德；齐家治国平天下者，即是要亲民，亦即是要将个人的明德推及他人，使人人皆能明明德。舜之大孝大德，显然已达此境界。

又，《大学》云："所谓诚其意者：毋自欺也。如恶恶臭，如好好色，此之谓自谦。故君子必慎其独也！"此言诚意之道在于不自欺。舜之大孝大德亦体现了此道，其孝德皆出于内心之诚，非外力所能强。此与《大学》所云诚意之道相应。

再者，《大学》亦云："知止而后有定，定而后能静，静而后能安，安而后能虑，虑而后能得。"此言知止之道，实为修身之基。知止者，明其止境；定者，心有定向；静者，心无旁骛；安者，心得其所；虑者，详思熟虑；得者，成就所愿。舜之大孝大德，显然已悟此道。

综而观之，《大学》之"明明德""亲民""止于至善""诚意""知止"等篇章，与孔子所言舜之大孝大德，在心性归同之理念上，多有契合。两者皆重心性归同之要，以及如何通过修身、齐家、治国、平天下等步骤，实现此一目标。

孔子曾曰："舜之大孝，德被四海，此皆因其性之纯善也。"性者，天赋之质，内在而外显。舜之性，以孝悌为本，因此德行天下，尊为天子，皆因其性之所致也。性之善者，如水之就下，自然而成。舜之性善，故能宜民宜人，受福于天。此乃性之力量，可使人立德、立功、立言，乃至立天下。故，性者，人之本也，善之源泉，德之根基。舜之大德，必得其位，必得其禄，必得其名，必得其寿。此乃性善之报，天道之常。是以，人应修性以立德，立德以立身，则福禄寿名皆可得也。

舜之大孝，显其性之纯善；大学论心之正，明其理之深奥。心性相依，二者缺一不可，如同天地之阴阳，相生相益。性为心之本源，心为性之表现。大学有云："所谓修身在正其心。"心正则身修，身修则性显。舜之性善，故其心正，心正则身修，身修则德被天下。是以，《大学》所论之心，与《中庸》所论之性，实乃相通之道也。心性相依，如影随形。修性以立德，立德以正心。心性归同，乃修心养性之道，亦儒家思想之至理。

性者，人之本也，善之源泉，德之根基。心性相依，共成儒家修身之道。深悟此理，以求心性归同之境，则道德可成，学问可就矣。天地之间，人性为本，修心养性之道实为立身之本。

中庸与大学，一脉相承，皆论及人性与心性之奥秘。中庸言舜之大孝，显其性之纯善；大学则阐心之正道，明其理之深奥。舜之性善，故其心正，德被四海，此皆心性归同之功。

《大学》之道，在明明德，此明德即源于性之善也。是以，中庸之性与大学之心，实乃同源之水，同根之木，共成儒家修身之道。

夫中庸言性之善，如舜之大孝，德被四海；大学论心之正，如明明德，亲民止于至善。二者实为一体，皆儒家修身之道也。性者心之本源，心者性之表现，如同天地之阴阳。舜之性善，故能立德立功立言乃至立天下，此皆因其心性归同也。

〔第十八章〕

子曰："无忧者其唯文王乎！以王季为父，以武王为子。父作之，子述之。武王缵大王、王季、文王之绪，壹戎衣而有天下。身不失天下之显名，尊为天子，富有四海之内，宗庙飨之，子孙保之。"

心性归同 从《大学》《中庸》看个人修养

子曰："无忧者其唯文王乎！以王季之贤父，育其德义；以武王之勇子，扬其名声。文王以孝友著称，武王以威武立世。父作之，奠定王业之基；子述之，继承先人之志。

武王缵续大王、王季、文王之伟业，承前启后，光耀门楣。一戎衣而扫清寰宇，定鼎天下，功烈显赫。身居高位，不失天下之显名，被尊为天子，威仪四方。富有四海之内，疆域无垠，国泰民安。

宗庙飨之，神明庇佑，万世流芳。子孙保之，传承不息，福泽绵长。文王武王，功德兼隆，垂范百世。无忧之境，非文王莫属，福泽之深，岂武王能及？"

在《大学》之第一章，有云："大学之道，在明明德，在亲民，在止于至善。"此言修己治人之心法。其中，"明明德"者，即显扬己所固有之德性，与《中庸》

所论人性本善之说相辅相成。而"亲民""治国平天下"则彰显心性归同之理念，意指通过修身、齐家、治国、平天下之步骤，以达成个人与社会之和谐统一。

至第八章云："所谓修身在于正其心。"此明修身之关键在于正心。心正则身修，身修则家齐，家齐则国治，国治则天下平。此过程实乃心性归同之展现，强调个人心性修养对于社会和谐与国家治理之重要性。

又，《大学》中言："所谓齐家在于修其身。"此言家庭和谐之基在于个人修养。而"所谓治国在于齐其家"，则显国家治理之依赖家庭和谐。终之，"所谓平天下在于治其国"，此揭治国平天下的根本在于国家治理。此一系列论述，无不是心性归同之思想的体现，即通过个人心性修养，以实现家庭、国家乃至天下的和谐。

与《中庸》中子曰："无忧者其唯文王乎！"相对应者，《大学》中言"所谓平天下在于治其国"，强调治国平天下的关键在于个人心性的修养。文王、武王之所以能统一天下，成就伟业，正因其具备高尚之品德与坚定之信念。此品德与信念，正是心性归同之体现。

辨析《中庸》与《大学》中关于心性归同之观点，可见两者思想之密切联系。《中庸》从人性本善之视角出发，强调个人心性修养是实现社会和谐与国家治理之基础；而《大学》则从心志修养之角度，论述修身、齐家、治国、平天下的过程，实际即为心性归同之展现。两者互为补充，共构儒家心性论之核心。

本章子曰："无忧者其唯文王乎！"所彰显之"心性归同"特点，主要在于：首先，强调道德榜样之重要性。文王、武王继承先祖之德性，并发扬光大，成为后世修身、齐家、治国、平天下之指导。其次，揭示心性归同之过程。文王、武王通过修身、齐家、治国、平天下的实践，实现心性之归同。最后，彰显心性归同之价值。文王、武王以高尚之品德与坚定之信念，取得天下之尊崇，实现个人与社会之和谐统一。此心性归同之价值，在《大学》一书中得到充分之体现与阐述。

瀛海笔谭

《大学》《中庸》在心性归同之观点上有着紧密之联系，相互补充，共构儒家心性论之核心。通过辨析二书相关章文与内容，能更深入理解心性归同之思想，为今日之社会和谐与个人修养提供有益之启示。

原文 2

"武王末受命，周公成文、武之德，追王大王、王李，上祀先公以天子之礼。斯礼也，达乎诸侯大夫，及士庶人。父为大夫，子为士，葬以大夫，祭以士；父为士，子为大夫，葬以士，祭以大夫。期之丧，达乎大夫。三年之丧，达乎天子。父母之丧，无贵贱一也。"

心性归同 孔子赞文王与《大学》的明明德

吾闻《大学》之"诚意"章云："所谓修身在于正其心者，身正则心正，心正则天下正。故君子必慎其独也。"此语展示了心性归同之理念，言修身以正心，心身协调，进而致天下之和。与《中庸》所载"武王末受命，周公成文、武之德，追王大王、王李，上祀先公以天子之礼。斯礼也，达乎诸侯大夫，及士庶人"相呼应。其中，《中庸》以礼制上下有序，贵贱有别，社会和谐。而《大学》以修身之心性归同，实现天下之和。

又，《大学》之"修身"章云："身修而后家齐，家齐而后国治，国治而后天下平。"此语进一步阐释心性归同之理念，言修身以实现家庭、国家及天下之和。与《中庸》所载"父为大夫，子为士，葬以大夫，祭以士；父为士，子为大夫，葬以士，祭以大夫。期之丧，达乎大夫，三年之丧，达乎天子。父母之丧，无贵贱，一也"相呼应。

《大学》中与"心性归同"观点相对应之章文和内容，主要出现在"诚意"和"修身"两章。在《大学》中，通过修身以实现心性归同，进而实现家庭、国家及天下之和。此观点与《中庸》中以礼制实现社会和谐之观念相呼应。

在本章中，"心性归同"之特点主要体现在以下几方面：一是强调修身重要性；二是注重礼仪规范；三是追求仁爱之道；四是强调贵贱有别。在《大学》《中庸》两部儒家经典中，虽各有侧重，但相互补充，共同构成儒家哲学中，关于心性论完整体系之部分。《大学》更侧重于个人修养和家庭国家和谐之重要性，而《中庸》，则更侧重于礼治思想和尊卑秩序之重要性。《大学》《中庸》在心性归同之理念上，相互呼应。《大学》重个人修养及家庭国家和谐，而《中庸》则重礼治思想及尊卑秩序。两者共同揭示了儒家心性归同之深刻内涵。

儒家经典《大学》《中庸》，虽以不同之篇章，阐述心性归同之理念，然彼此相辅相成，共同织就儒家心性论之宏伟大厦。盖《大学》以"修身"及"平天下"两章，尤显心性归同之重要。

在《大学》之"修身"章中，明言修身之道，首在正心。心正则身正，身正则天下正。此与《中庸》所载周公追尊先王，上祀先公之礼制相呼应。周公以礼治，显尊卑有序，上下和谐。而《大学》则重个人内心之修养，以为家庭、国家之和谐，必以个人之心性归同为前提。

又，《大学》之"平天下"章，提出"齐家"以"平天下"之观点。家庭为国家之根本，家庭和谐有赖于个人修养。此与《中庸》中丧葬礼仪之规定相呼应，体现家庭内部之尊卑秩序。而《大学》更进一步强调个人修养对于家庭和谐之重要性。

《大学》中之心性归同，不仅限于个人修养，亦及于礼制之重视。

第十九章

原文 1

子曰:"武王、周公,其达孝矣乎!夫孝者,善继人之志,善述人之事者也。春秋修其祖庙,陈其宗器,设其裳衣,荐其时食。宗庙之礼,所以序昭穆也;序爵,所以辨贵贱也;序事,所以辨贤也;旅酬下为上,所以逮贱也;燕毛,所以序齿也。"

心性归同 儒家心性论的传承与创新

《大学》《中庸》均为儒家经典,其思想内容虽各有侧重,但均围绕"仁、义、礼、智、信"等核心价值观展开。《大学》言"心",主要讲述修身、齐家、治国、平天下的道理;而《中庸》言"性",则主要阐述人性本善,强调"中庸之道"。从"心性归同"的视角来看,《大学》《中庸》本章文之间存在着紧密的联系。

在《大学》中,我们可以找到与《中庸》本章文 "子曰:'武王、周公,其达孝矣乎!夫孝者,善继人之志,善述人之事者也。春秋修其祖庙,陈其宗器,设其裳衣,荐其时食。宗庙之礼,所以序昭穆也;序爵,所以辨贵贱也;序事,所以辨贤也;旅酬下为上,所以逮贱也;燕毛,所以序齿也。'"相对应的内容。

《大学》中提到:"所谓修身在于正其心者,必诚其意,必敬其事,必致其志。夫然后能修其身。"这段话阐述了修身的过程,即正心、诚意、敬事、致志。

这与《中庸》本章文中关于孝道的论述有着密切的联系。孝道是一种美德，是对父母养育之恩的回报，是对家族传承的尊重。而孝道的体现，正是通过心性的修养来实现的。

在《大学》中，还有"所谓齐家在于治国者，必先齐其家。家齐而后国治，国治而后天下平"这段话，进一步阐述了齐家与治国之间的关系。治国的前提是齐家，而齐家的关键在于正心、诚意、敬事、致志。此与《中庸》此章所述孝道，共显心性归同之义也。

《大学》有云："所谓治国在于平天下者，必先治国。国治而后天下平。"此语阐明治国与平天下之紧密相连，实为儒家治国理念之要义。治国之先，必以平天下为基，盖天下未平，则国难安立；而平天下之要，又在于治国，国若不治，则天下无以平。

治国之要，首在正心、诚意、敬事、致志。正心者，使心无邪念，归于正道；诚意者，以诚待人，无欺无诈；敬事者，恭敬其事，勤勉不怠；致志者，专心致志，无分散之虞。此四者，皆心性之修，为治国之本。

此与《中庸》论孝道之义，实相表里。孝者，心性之自然流露，敬爱父母，乃天性之所在。治国者若能以孝为本，推己及人，进而能敬爱百姓，治国有方。故孝道与治国之道，实相通相融，共显心性归同之理。

《大学》《中庸》此章文，于心性归同之观点，主要从修身、齐家、治国、平天下四端详加阐述。孝道，乃儒家文化之重要组成部分，实为心性归同之具体显现。透过对《大学》《中庸》此章文之辨析，可见两部经典在思想内容上具有高度之共通性，皆强调正心、诚意、敬事、致志之重要性。此心性归同之理念，为儒家文化之核心价值，对于现代人生之指导，仍具有重大之意义。

在本章中，主要阐述了孝道的内涵和重要性。孝道是儒家文化的重要组成部分，是心性归同的具体体现。

论本章之谊，可见孝道非独报父母养育之恩，亦非独尊家族之传，实乃守人性之善。此心性归同之特质，实乃儒家文化之核心，于导引我辈现代人之生活，亦具有重大之意义也。

原文 2

"践其位，行其礼，奏其乐，敬其所尊，爱其所亲，事死如事生，事亡如事存，孝之至也。郊社之礼，所以事上帝也。宗庙之礼，所以祀乎其先也。明乎郊社之礼、禘尝之义，治国其如示诸掌乎。"

心性归同 《大学》《中庸》修身理念的现代解读

首言，践位行礼，心性之诚，此乃儒家修身之关键。"践其位，行其礼"，此言揭示人在社会中，各自有其定位，各自遵循其礼仪规范。位者，乃个人立足之地，犹如根基之于大树，必须稳固；礼者，乃人际交往之准则，如同道路之于行走，必须遵循。

践位者，应安于本位，不越雷池，勤勉尽责，如同臣子对君主之忠诚，子女对父母之孝顺，这正是心性之诚的体现，是立身之本，处世之道。行礼者，则需恭敬谦让，和谐中求差异，以礼相待他人，犹如宾主间之敬意，朋友间之信义，这体现了心性之和，是和谐之源，秩序之要。

心性之诚与和，皆根植于性之本善，此乃天赋之美德，人心之平衡；而它们在心之动中显现，则体现在行为之中。因此，践位行礼不仅是外在的仪式，更是心性之诚与和的表现。通过内修心性，外化于行，能践位守职，行礼尽敬，这正是儒家修身、齐家、治国、平天下的实践。

且践位行礼，又与《大学》修身之道相通。《大学》云："身修而后家齐，家齐而后国治，国治而后天下平。"此言修身者，当先修心性之诚和。夫心性诚和者，必能和谐家庭，和睦邻里，尽职社会，而后可以治国平天下。故践位行礼者，实乃修身之道之实践，亦为社会和谐之本。

再言，奏乐敬尊，心性之敬。"奏其乐，敬其所尊"，此言人之在礼乐，当以敬为本。乐者，心之声也；尊者，性之所敬也。奏乐者，当以恭敬之心，奏出和谐之音，以乐感人，此心性之敬也。敬尊者，当以尊敬之心，待于所尊之人，此心性之尊也。夫心性之敬与尊，皆源于性之本善，而见于心之动。故奏乐敬尊，实乃心性之敬尊之表现，亦为礼乐文明之基。

且奏乐敬尊，又与《大学》齐家之道相通。《大学》云："所谓齐其家在修其身者，人之其所亲爱而辟焉，之其所贱恶而辟焉，之其所畏敬而辟焉，之其所哀矜而辟焉，之其所敖惰而辟焉。故好而知其恶，恶而知其美者，天下鲜矣！故谚有之曰：'人莫知其子之恶，莫知其苗之硕。'此谓身不修不可以齐其家。"此言齐家者，当先修心性之敬尊。夫心性敬尊者，必能尊敬家人，和睦相处，而后可以齐家治国。故奏乐敬尊者，实乃齐家之道之实践，亦为礼乐文明之本。

三言，爱亲事死，心性之孝。"爱其所亲，事死如事生，事亡如事存"，此言人之在亲情，当以孝为本。亲者，性之所系；死者，生之终也。爱亲者，当以深厚之情，待于所亲之人，此心性之爱也。事死者如事生者，事亡者如事存者，此心性之孝也。夫心性之爱与孝，亦源于性之本善，而见于心之动。故爱亲事死，实乃心性之孝之表现，亦为孝道之基。

且爱亲事死，又与《大学》治国之道相通。《大学》云："孝者，所以事君也；悌者，所以事长也；慈者，所以使众也。"此言治国者，当先修心性之孝悌。夫心性孝悌者，必能尊敬君长，慈爱百姓，而后可以治国平天下。故爱亲事死者，实乃治国之道之实践，亦为孝道之本。

四言，郊社宗庙，心性之祭。"郊社之礼，所以事上帝也。宗庙之礼，所以祀乎其先也"，此言人之在祭祀，当以敬为本。郊社者，祭天之礼；宗庙者，祭祖之礼。祭天者，当以恭敬之心，事于上帝，此心性之敬天也；祭祖者，当以孝敬之心，祀于先祖，此心性之孝祖也。夫心性之敬天与孝祖，还是源于性之本善，而见于心之动。故郊社宗庙之祭，实乃心性之敬孝之表现，亦为祭祀文明之基。

且郊社宗庙之祭，又与《大学》平天下之道相通。《大学》云："所谓平天下在治其国者，上老老而民兴孝，上长长而民兴弟，上恤孤而民不倍，是以君子有絜矩之道也。"此言平天下者，当先修心性之敬孝。夫心性敬孝者，必能尊敬天地，孝敬先祖，而后可以平天下。故郊社宗庙之祭者，实乃平天下之道之实践，亦为祭祀文明之本。

五言，明礼知义，心性之智。"明乎郊社之礼、禘尝之义"，此言人之在礼仪，当以智为本。礼者，心性之表；义者，心性之里。明礼者，当知礼仪之规矩，此心性之知也；知义者，当明道义之本原，此心性之智也故明礼知义者，实乃心性之智之表现，亦为智慧之基。

且明礼知义，又与《大学》格物致知之道相通。《大学》云："物格而后知至，知至而后意诚，意诚而后心正，心正而后身修。"此言格物致知者，当先明心性之知智。夫心性知智者，必能明辨是非，洞察秋毫，而后可以修身齐家治国平天下。故明礼知义者，实乃格物致知之道之实践，亦为智慧之本。

《中庸》开篇即言："天命之谓性，率性之谓道。"此言性之本原于天，非由人作，乃天赋之良。性者，人之本质，纯粹至善，无有不善。而心者，性之动也，为善恶之门户，主宰一身之行为。心性虽异名，实则相通。性静而心动，性内而心外，然心性相依，互为表里，不可分离。故《大学》言"心"，实则兼及于性；《中庸》言"性"，亦未尝遗心。心性归一，乃儒家修身之道也。

〔第二十章〕

原文 1

哀公问政。子曰："文武之政，布在方策。其人存，则其政举；其人亡，则其政息。人道敏政，地道敏树。夫政也者，蒲卢也。故为政在人，取人以身，修身以道，修道以仁。仁者，人也，亲亲为大。义者，宜也，尊贤为大。亲亲之杀，尊贤之等，礼所生也。在下位，不获乎上，民不可得而治矣。故君子不可以不修身；思修身，不可以不事亲；思事亲，不可以不知人；思知人，不可以不知天。"

心性归同 儒家心性修养的现代意义

哀公问政于孔子，孔子对曰："文武之政，布在方策。其人存，则其政举；其人亡，则其政息。"此言文武周公之治，皆载于典籍，然政之兴废，不在于典籍之存亡，而在于人之存亡。盖政治之道，以人为本，人存则政兴，人亡则政废。此与《大学》所言"有德此有人，有人此有土，有土此有财，有财此有用"，皆强调德行之重要，以人为本，非徒求于外物。

孔子又言："人道敏政，地道敏树。夫政也者，蒲卢也。故为政在人，取人以身，修身以道，修道以仁。"人道者，人之所以为人之道；地道者，物之所以为物之道。敏政者，勤于政事；敏树者，顺于生长。政者如蒲卢，言其易变而难持，故为政之道，在于人之修身。修身者，修其心性也；取人者，取其德行也。修身以道，则心性得以归同于善；修道以仁，则德行得以充实于内。此与《大学》所言"自天子以至于庶人，壹是皆以修身为本"，同归于强调修身之重要，而为心性归同之基。

仁者，人也，亲亲为大。此言仁之本质，在于人之亲情。亲亲者，爱其亲也，乃人性之自然流露，亦仁之始也。故仁者必亲亲，亲亲则能推己及人，而爱及天下。此与《大学》所言"孝者，所以事君也；悌者，所以事长也；慈者，所以使众也"，皆强调亲情之重要，而为仁之基础。仁者以亲亲为大，则能行孝悌之道，而家庭和睦；家庭和睦，则能推而广之，而社会和谐。

义者，宜也，尊贤为大。此言义之本质，在于尊重贤者。尊贤者，敬其德也，乃人性之善端，亦义之始也。故义者必尊贤，尊贤则能尚德崇善，而化及天下。亲亲之杀，尊贤之等，皆礼所生也。此言亲情与尊贤之间，应有适度之差别与等级。差别者，以别亲疏；等级者，以分尊卑。然此差别与等级，皆应以礼为准则，而不可妄为。此与《大学》所言"为人君，止于仁；为人臣，止于敬；为人子，止于孝；为人父，止于慈；与国人交，止于信"，皆强调各守其位，各尽其责，而为义之体现。

故君子不可以不修身。修身者，修其心性也。心性归同于善，则君子之德得以成就。思修身，不可以不事亲。事亲者，尽孝道也。孝道者，人性之自然流露，亦修身之始也。思事亲，不可以不知人。知人者，明人性也。明人性，则能顺应人心之善恶，而施之以教化。此与《大学》所言"知所先后，则近道矣"，皆强调明理知序之重要。思知人，不可以不知天。知天者，明天道也。明天道，则能顺应天地之变化，而行之以政令。此与《大学》所言"格物、致知、诚意、正心、修身、齐家、治国、平天下"，皆强调明理修身之重要，而为心性归同之道。

性与心，如月之明，如日之恒。性者，心之基，心者，性之果。基固则果盛，果盛则基愈固。是以，心性相辅。遂想起古之学子，于静夜，挑灯独坐，展卷而读，油灯摇曳，昏黄之光映卷上，字字珠玑，句句入心。而心性之说，正如灯之焰，焰生于油，油生于地。心性归同，如金之坚，如木之生。坚生相资，亦刚亦柔。

以心修身，心之所向，以性定政。素履以往，心性相辅，性修政举，国治天下平。如日月之明，如星辰之恒。心性归同，立身无患，处世无愧。故著者曰：中庸以政论性，显人性之本；而大学则以心论道，明人心之正道。

原文2

"天下之达道五，所以行之者三。曰君臣也，父子也，夫妇也，昆弟也，朋友之交也；五者，天下之达道也。知、仁、勇三者，天下之达德也，所以行之者一也。或生而知之，或学而知之，或困而知之，及其知之一也。或安而行之，或利而行之，或勉强而行之，及其成功一也。子曰："好学近乎知，力行近乎仁，知耻近乎勇。知斯三者，则知所以修身；知所以修身，则知所以治人；知所以治人，则知所以治天下国家矣。""

心性归同 从《大学》与哀公问政看修身治国

从心性归同之视角论之，《大学》与"哀公问政"一章所言之理念，多有相通之处。

文武之政，布在方策。其人存，则其政举；其人亡，则其政息。《大学》有云："自天子以至于庶人，壹是皆以修身为本。"此言修身之重要，与孔子所言"为政在人，取人以身"相呼应。文、武之政虽布在方策，然政之兴衰，系于人身。故君子务本，修身以立德，而后可以立政。

修身以道，修道以仁。《大学》言："所谓修身在正其心者。"又云："心不在焉，视而不见，听而不闻，食而不知其味。"此言修身之道，在于正心。而正心之本，在于仁。仁者，爱人也，以仁修身，则身修而政举。此与孔子所言"修身以道，修道以仁"相契合。

仁者，人也，亲亲为大。义者，宜也，尊贤为大。又《大学》云："孝者，所以事君也；悌者，所以事长也；慈者，所以使众也。"此言亲亲之道，与孔子所言"仁者，人也，亲亲为大"相呼应。仁者以亲亲为本，而义者则以尊贤为大。《大学》亦强调尊贤之重要，如"见贤而不能举，见不肖而不能退，则可谓之好恶无节矣"。

亲亲之杀，尊贤之等，礼所生也。《大学》言："物有本末，事有终始，知所先后，则近道矣。"此言物事之顺序，与孔子所言"亲亲之杀，尊贤之等"相呼应。礼者，理也，乃亲亲尊贤之节制与规范。故《大学》亦强调礼之重要。

故君子不可以不修身；思修身，不可以不事亲；思事亲，不可以不知人；思知人，不可以不知天。《大学》云："古之欲明明德于天下者，先治其国；欲治其国者，先齐其家；欲齐其家者，先修其身。"此言修身齐家治国平天下之道，与孔子所言修身事亲知人之道相呼应。君子欲立政于天下，必先修身以立德。而修身之本在于事亲知人。事亲则知孝悌之道，知人则明人情世故之理。此乃心性归同之道也。

天下之达道五，行之者三，皆源于性。君臣、父子、夫妇、昆弟、朋友之交，五者乃社会之基本伦理，皆由性生。知、仁、勇，三者为天下之达德，亦为性之所发。性者，质之本也，定行为，显德行。是以，达道、达德皆源于性，性善则道明，性恶则道晦。

生而知之、学而知之、困而知之，虽途径不同，然及其知之，归同也。性之本源，不分先后，只问结果。安而行之、利而行之、勉强而行之，虽起点各异，然及其成功，亦归同也。性之显现，不拘形式，只看成效。

五达道，如五行之定位，各司其职，相互依存。君臣之间，以义相连；父子之间，以爱相承；夫妇之间，以情相守；昆弟之间，以友相待；朋友之间，以信相交。此五者，皆人性之所钟，性善则关系和谐，性恶则关系破裂。

知、仁、勇三者，如三才之立地，各有所长，相互辅助。知者，明理也；仁者，爱人也；勇者，断事也。此三者，皆人性之所赋，性善则德行昭著，性恶则德行缺失。

人性之善恶，系乎一心。心正则性善，性善则道明；心邪则性恶，性恶则道晦。生而知之、学而知之、困而知之，皆心之作用，心正则知之明，心邪则知之暗。安而行之、利而行之、勉强而行之，皆心之引导，心正则行之久，心邪则行之短。

是以，人性为本，心性相依，达道达德，皆源于性。性善则道明，性恶则道晦。五达道，三达德，皆为人类社会之基石，性之善恶，决定了人类社会之兴衰。

天下之达道五，达德三，皆由性生，而大学则论心之正道。性为心之本源，心为性之显现。知、仁、勇，三者源于性之善，显于心之正。心正则身修，身修则性显。

好学近乎知，源于性之聪颖，显于心之明晰；力行近乎仁，源于性之善良，显于心之仁爱；知耻近乎勇，源于性之刚毅，显于心之勇敢。三者皆性之所发，亦为心之正道。心性相依，如影随形，修性以立德，立德以正心，是以中庸之性与大学之心，实乃相通之道也。

仁者，性之所发，亲亲为大，此乃人性之本也。义者，亦性之所显，尊贤为大，此乃人性之贵也。亲亲之杀，尊贤之等，皆礼所生，此乃人性之序也。心者，性之表现，修身之本也。修身以齐家治国平天下，必不可或缺。性为心之基，心为性之展。达道五，达德三，皆性之所发，亦显于心之正道。心性相依，如影随形，修性以养德，立德以正心，此中庸与大学之至理也。

夫中庸之性，乃人心之本，显于达道五、达德三。大学之心，则为性之表现，正则身修，性亦显矣。二者心性归同，实为一体。

性者，心之本源，质之本也。定行为，显德行，皆由性生。心者，性之表现，修身之本也。正心以立德，立德以显性。是以，心性归同者，能坚守道义，不为私欲所动，其德行自然高尚，其学问自然渊博。

凡为天下国家有九经。曰：修身也，尊贤也，亲亲也，敬大臣也，体群臣也，子庶民也，来百工也，柔远人也，怀诸侯也。修身则道立，尊贤则不惑，亲亲则诸父昆弟不怨，敬大臣则不眩，体群臣则士之报礼重，子庶民则百姓劝，来百工则财用足，柔远人则四方归之，怀诸侯则天下畏之。

心性归同 儒家修身则道立的探索

修身则道立。《大学》云："自天子以至于庶人，壹是皆以修身为本。"此言修身之道，为立国之本，与"修身则道立"相呼应。修身者，必先正其心，诚意而后能正心。心意既正，则道自立。

尊贤则不惑。又《大学》言："见贤而不能举，见不肖而不能退，可谓好恶无节矣。"此言尊贤之重要，尊贤则能明辨是非，不惑于世事。

亲亲则诸父昆弟不怨。《大学》有云："孝者，所以事君也；悌者，所以事长也。"此言亲亲之道，以孝悌为本。亲亲则家庭和睦，诸父昆弟自然无怨。

敬大臣则不眩，体群臣则士之报礼重。《大学》云："所谓治国必先齐其家者，其家不可教而能教人者无之。"此言君主应敬重大臣，以身作则，而后能教化百姓。体群臣之辛劳，则群臣自感报礼之重。

子庶民则百姓劝。又《大学》言："一家仁，一国兴仁。"君主以百姓为子，则百姓自然受到感化而勤勉向善。

来百工则财用足。《大学》有云："生财有大道，生之者众，食之者寡，为之者疾，用之者舒，则财恒足矣。"此言君主应善待百工，使之各尽其能，则国家财用自然充足。

柔远人则四方归之，怀诸侯则天下畏之。又《大学》云："有德此有人，有人此有土。"君主以柔道待人，则远方之人自然归附；怀柔诸侯，则天下皆敬畏之。

细言之，《大学》之道在于修身治国平天下，而修身之本在于正心。意诚而后能立德，立德则能齐家，齐家则能治国，治国则能平天下。此皆心性归同之道也。而"九经"所言，亦不外乎此，即从修身做起，通过尊贤亲亲敬大臣、体群臣、子庶民、来百工、柔远人、怀诸侯等方式实现治国平天下之目标。此与《大学》之道相通相融之理也。

凡治天下国家，有九经之道，皆源于性。修身者，性之本立，道德之基石也；尊贤者，性之明智，不惑于纷扰也；亲亲者，性之和睦，诸父昆弟无怨也；敬大臣者，性之稳重，不为外物所眩也；体群臣者，性之谦逊，故士之报礼重；子庶民者，性之仁爱，故百姓自劝；来百工者，性之勤劳，故财用充足；柔远人者，性之包容，四方归之如流；怀诸侯者，性之威严，天下畏之如虎。故性之影响力，可见一斑。

性者，心之本源也，质之本也。性善则九经之道得立，性恶则道不行。是以，性之重要，不言而喻。修身以立德，立德以显性，此乃儒家思想之至理也。

九经之道，皆源于性，而大学则论心之正道。性为心之本源，心为性之显现。修身立道，源于性之纯善；心正则身修，身修则性显。尊贤、亲亲、敬大臣等九经之道，皆为性之所发，亦显于心之正道。

心性相依，如影随形。修性以立德，立德以正心。是以，中庸之性与大学之心，实乃相通之道也。

中庸言九经之道，皆源于性之纯善，心性归同之道也。性为心之本源，心为性之表现。修身立道，尊贤亲亲，皆性之所发，亦为人心之正道。是以中庸之性与大学之心，实乃相通之道也。

天地之间，人性为本，修心养性之道，实为立身之本。修身尊贤亲亲等九经之道，皆源于性之纯善，显于心之正道。

原文4

齐明盛服，非礼不动，所以修身也。去谗远色，贱货而贵德，所以劝贤也。

尊其位，重其禄，同其好恶，所以劝亲亲也。官盛任使，所以劝大臣也。忠信重禄，所以劝士也。时使薄敛，所以劝百姓也。日省月试，既廪称事，所以劝百工也。送往迎来，嘉善而矜不能，所以柔远人也。继绝世，举废国，治乱持危，朝聘以时，厚往而薄来，所以怀诸侯也。凡为天下国家有九经，所以行之者一也。

心性归同 从《大学》《中庸》修齐治平实践路径

《大学》之道，在明明德，在亲民，在止于至善。若言心性归同之理，乃在于格物、致知、诚意、正心、修身、齐家、治国、平天下之道。今观"齐明盛服，非礼不动，修身之道也"云云，实与《大学》之理念相通。今以文言书之，以示其对应。

《大学》有云："所谓修身在正其心者，人之所欲，莫烈于生；生之莫害，莫甚于情；情之所累，莫甚于欲。人皆有其所不欲，必先去其所恶，而后能行其所欲。故先致其知，则近道矣。"此言修身之要，在于正心诚意，与"齐明盛服，非礼不动，所以修身也"相呼应。皆言人修身应克制私欲，以礼自守。

又，《大学》言："知止而后有定，定而后能静，静而后能安，安而后能虑，虑而后能得。"此言致知之道，在于先止其纷扰之心，而后可得真知。与"去谗远色，贱货而贵德，所以劝贤也"相通，皆强调远离纷扰，重德轻财，以求真知。

《大学》又云："家齐而后国治，国治而后天下平。"此言家庭和谐，国家则可安定；国家安定，天下自然太平。与"尊其位，重其禄，同其好恶，所以劝亲亲也"相映，皆言家庭、国家之和谐，需以亲亲之道为本。

《大学》有言："君子有诸己而后求诸人，无诸己而后非诸人。"此言君子应先做好自己，再要求他人；自己不愿做的事，也不要强求他人去做。与"官盛任使，所以劝大臣也"相符，皆强调以身作则，而后才能劝勉他人。

《大学》又云："富润屋，德润身，心广体胖，故君子必诚其意。"此言财富可装饰房屋，德行可滋润身心。与"忠信重禄，所以劝士也"相应，皆言以忠信为本，重视德行，而后可劝勉士人。

《大学》有言："生财有大道，生之者众，食之者寡，为之者疾，用之者舒，则财恒足矣。"此言生财之道在于开源节流，与"时使薄敛，所以劝百姓也"相通，皆强调轻徭薄赋，以养百姓。

《大学》又云："所谓治国必先齐其家者，其家不可教而能教人者，无之。"此言治国之道在于先治其家，与"日省月试，既廪称事，所以劝百工也"相映，皆强调勤勉工作，各尽其职。

《大学》有言："有德此有人，有人此有土，有土此有财，有财此有用。"此言德行为本，而后才能聚人、得土、获财、致用。与"送往迎来，嘉善而矜不能，所以柔远人也"相符，皆强调以德行感化远方之人。

《大学》又云："一家仁，一国兴仁；一家让，一国兴让；一人贪戾，一国作乱；其机如此。"此言一家之仁可让一国兴起仁爱之风；一家之谦让可让一国兴起谦让之风。与"继绝世，举废国，治乱持危，朝聘以时，厚往而薄来，所以怀诸侯也"相通，皆强调以仁爱之心怀柔诸侯，治国平天下。

凡此九经之道，《大学》皆有相应之理念与之相通。心性归同之理亦在其中矣。

齐明盛服，非礼弗动，此乃性之端庄；去谗远色，此乃性之清净；贱货贵德，此乃性之淡泊；尊位重禄，此乃性之公正；同好恶，此乃性之和同；官盛任使，此乃性之能干；忠信重禄，此乃性之忠诚；时使薄敛，此乃性之仁爱；日省月试，此乃性之勤奋；送往迎来，嘉善矜不能，此乃性之宽容；继绝世，举废国，此乃性之大义。凡此九经，皆源于性之善也。性善则道明，性恶则道晦。是以，修身立德，必先知性。

九经之道，皆由性生，而大学则论心之正道。性为心之本源，定心之方向；心为性之显现，显性之光辉。心性相依，如影随形。

故又可曰：齐明盛服、非礼不动，显于心之明晰；去谗远色、贱货贵德，源于性之清净与淡泊，显于心之坚定与高尚；尊位重禄、同其好恶，源于性之公正与和同，显于心之公平与和谐；官盛任使、忠信重禄，源于性之能干与忠诚，显于心之勤勉与尽责；时使薄敛、日省月试，源于性之仁爱与勤奋，显于心之慈悲与刻苦；送往迎来、嘉善矜不能，源于性之宽容与大度，显于心之友善与包容。

凡事豫则立，不豫则废。言前定则不跲，事前定则不困，行前定则不疚，道前定则不穷。

心性归同 《大学》与凡事豫则立

《大学》开篇云："大学之道，在明明德，在亲民，在止于至善。"此言大学之真奥，在显扬内在之明德，近民亲民，且致力于至善之境。又云"凡事豫而立"，盖言先立定心志，标定目标，然后行事，可望功成。二者均重事前筹谋与心性修为。

复观《大学》所言："知止而后有定，定而后静，静而后安，安而后虑，虑而后得。"斯言心止则志定，志定则心静，心静则行安，行安则思深，思深则有所获。此理与"凡事豫而立"之说相通，皆着眼于事前准备与心性稳定。

又，《大学》有言："物有本末，事有终始，知所先后，则近道矣。"言事物之本质与次序，明辨其条理，则近乎悟道。"凡事豫而立"，亦倡事先筹谋，步骤明确，事半功倍。二者均着眼于事前规划与准备。

综上所述，《大学》之理念与"凡事豫而立"之言，均强调事前之深思熟虑与妥善安排，以及心性之修养与稳定，此乃成功之关键也。

此外，《大学》中还提到："所谓修身在正其心者，人之所欲，莫烈于生；生之莫害，莫甚于情；情之所累，莫甚于欲。欲之所牵，莫甚于爱。爱之所溺，莫甚于私。私之所蔽，莫甚于偏。偏之所蔽，莫甚于党。党之所蔽，莫甚于争。争之所蔽，莫甚于利。利之所蔽，莫甚于财。财之所蔽，莫甚于金玉。故圣人不贵难得之货，而贵身之货。不贵货财之货，而贵道德之货。"此言修身之道，在于正心。而正心之道，在于节制私欲，不为情所累，不为爱所溺，不为私所蔽。这与"凡事豫则立"之理亦相通，皆在强调心性之修养与节制。

综之，《大学》所言心，与"凡事豫则立，不豫则废"之性，实则相辅相成。心性归同，乃明确目标，事前准备；而事前之准备，亦需心性之安定与节制。二者缺一不可，是心性归同之组成。

豫者，预也，凡事豫则立，此性之谓也。事前定则不困，性之明达也；言前定则不跲，性之决断也；行前定则不疚，性之沉稳也；道前定则不穷，性之深邃也。夫性者，人之本心，事之根基，犹水之源，木之本，不可或缺也。

性之明达，如晨曦初露，照彻幽暗，使人不困于迷茫，不迷于纷扰。事前定夺，胸有成竹，临事不惧，泰然处之，此明达之性所使然也。性之决断，如快刀斩麻，当机立断，不拖泥带水，不犹豫不决。言前定音，字字珠玑，句句铿锵，令人信服，此决断之性所展现也。

性之沉稳，如山岳之重，如大海之深，不为浮名所动，不为利益所诱。行前定轨，步步为营，不冒进不轻退，稳健前行，此沉稳之性所流露也。性之深邃，如夜空之星，深不可测，又如古井之水，波澜不惊。道前定路，洞悉先机，把握大局，游刃有余，此深邃之性所体现也。

是以，性者，人之根基也。明达、决断、沉稳、深邃，四者兼备，则事无不成，业无不就。故曰：凡事豫则立，不豫则废，皆因性之所至也。

天地之间，人心惟危，道心惟微。人心者，情欲之所累；道心者，天理之所存。然人心非尽恶，道心非尽善。善恶之间，皆在乎一心。是以，《大学》言心，而本章论性，皆欲人明心见性，归于至善。

心者，性之府也；性者，心之质也。心性归同，则人可立于世，事可成于手。

瀛海笔谭

归同之道，何在？在于明理尽性。明理者，明乎天道之常、人道之纪也；尽性者，尽己之性、尽人之性、尽物之性也。

凡事豫则立，此性之明达也。明达之性，源于心之正直。心正则性明，性明则不困于迷茫，不迷于纷扰。言前定则不跲，此性之决断也。决断之性，源于心之清净。心清则性断，性断则字字珠玑，句句铿锵。

行前定则不疚，此性之沉稳也。沉稳之性，源于心之宽广。心宽则性稳，性稳则步步为营，稳健前行。道前定则不穷，此性之深邃也。深邃之性，源于心之深邃。心深则性邃，性邃则洞悉先机，把握大局。

故知，心性归同之道，在乎明理尽性。明理尽性，则心性相通，相通则归同。归同则至善可至，大道可成。是以，修身之道，在于正心养性；心性相济，则身修而事立；事立则家齐、国治、天下平矣！

原文 6

在下位不获乎上，民不可得而治矣。获乎上有道：不信乎朋友，不获乎上矣。信乎朋友有道：不顺乎亲，不信乎朋友矣。顺乎亲有道：反诸身不诚，不顺乎亲矣。诚身有道：不明乎善，不诚乎身矣。

心性归同 从《大学》看如何获得上级青睐

《大学》云："古之欲明明德于天下者，先治其国；欲治其国者，先齐其家；欲齐其家者，先修其身。"此修身、齐家、治国、平天下之序也，与"在下位不获乎上，民不可得而治矣"之言相应。盖言欲治民者，必先得君心，而后可施展抱负。如不得君心，虽有治民之志，亦难以成事。

《大学》言："所谓诚其意者：毋自欺也。如恶恶臭，如好好色，此之谓自谦。故君子必慎其独也！"此言诚意之道，在于不自欺，犹如人之恶恶臭，好好色，皆发乎自然，非外力所能强。诚意者，必慎其独，不欺暗室。此与"信乎朋友有道，不顺乎亲，不信乎朋友矣"相应。盖言信乎朋友，必先诚意于己，而后能信于人。若不顺乎亲，则无以见信于朋友。

《大学》有云："所谓修身在正其心者，人之所欲，莫烈于生；生之莫害，莫甚于情；情之所累，莫甚于欲。故正其心者，必去其欲也。"此言修身之道，在于正心。心之不正，皆因私欲所蔽。去其私欲，则心可正，身可修。此与"诚身有道：不明乎善，不诚乎身矣"相应。盖言诚身之道，在于明善。不明乎善，则无以诚身。

《大学》言："知止而后有定，定而后能静，静而后能安，安而后能虑，虑而后能得。"此言知止之道，乃修身之始。知止者，知其所当止之地也。定者，心有所主也。静者，心无杂念也。安者，心安理得也。虑者，深思熟虑也。得者，得其所欲也。此修身之序也。再观本章之言，"在下位不获乎上"，则无以治国；"不信乎朋友"，则无以取信于人；"不顺乎亲"，则无以见信于朋友；"不明乎善"，则无以诚身。皆修身之要也。

又，《大学》言："君子有诸己而后求诸人，无诸己而后非诸人。"此言君子之修身也，必先有诸己，而后可求诸人。若己所不欲，勿施于人。此与本章之言"在下位不获乎上""信乎朋友有道"等相应。皆言修身之道，在于先求诸己，而后可施于人。

且夫《大学》有言："物有本末，事有终始，知所先后，则近道矣。"此言事物之次序也。修身为本，治国为末；诚意为先，得民为后。此皆与本章之言相通。修身者，必先知所止，而后能定、能静、能安、能虑、能得。此皆修身之次序也。

故言，《大学》之"修身"及"诚意""正心"等章文，与本章之言皆心性归同之道。修身为本，诚意、正心为要。此皆心性相通之处也。

下位之人，欲获上之青睐，非民治之道也；欲获上之青睐，必有道存焉。道何在？在朋友之信也。朋友之信，非凭空而得，必有源也。其源何在？在亲之顺也。

亲之顺者，又何以得？在身之诚也。身之诚者，岂易言哉？必明善而后可诚身矣。

夫性者，人之根本，事之始源。获上之性，在于信友；信友之性，在于顺亲；顺亲之性，在于诚身；诚身之性，根于明善。性者，如水流之源，木生之本，不可或缺也。

明善之性，如晨曦初露，驱散黑暗，佐引前行之路。不明善，则身不诚；身不诚，则亲不顺；亲不顺，则友不信；友不信，则上不获。故明善之性，为万事之始，成人之基。

顺亲之性，春风拂面般和煦，人心所向，情之所钟。亲者，血脉相连，情感所依，非顺之无以立信。若春风不至，何以解冻？故顺亲者，如春风吹拂，融化冰霜，使亲情更加浓厚，信任愈加深厚，友亦因此而生信。

信友之道，磐石之坚，泰山之稳，令人心安。友为同行之伴，有扶持之力，无信不立。若磐石不坚，何以承载？故信友者，如持重之锚，稳定人心，风雨同舟，共同驶向成功之岸，上亦因此而生赏。

获上之眷，如日中天，光辉四射，人皆仰视。上者，提携之力，赏识之眼，无获上则下位难展。若日无光，何以照耀？故获上者，如日中天，普照四方，才华得以施展，抱负得以实现，宏图大展，人皆称颂。

三者相辅相成，缺一不可。顺亲则家和，信友则人助，获上则事成。春风解冻，磐石承重，日照四方，此乃人生成功之道也。

是以性者，人之根基也。明善、顺亲、信友、获上四者相辅相成，缺一不可。明善以诚身，顺亲以信友，信友以获上此乃成功之道也。

心者性之宅也性者心之质也，心正则性明性明则心正，《大学》所言"心"者何？乃修身之本也，本章所言"性"者何？乃心之所发也，"心"为内，"性"为外，"心"主静，"性"主动，"心"为体，"性"为用二者合一则身修而事立。

明善之性与《大学》之正心相应，《大学》云："心不在焉，视而不见，听而不闻，食而不知其味。"明善者，心之所发也，不明善则心不正，心不正则性不明。故明善之性乃正心之要也。

顺亲之性与《大学》之孝悌相应，《大学》云："孝者，所以事君也；悌者，所以事长也。"顺亲者，孝之始也，不顺亲则不孝，不孝则心不正。故顺亲之性乃孝悌之本也。

信友之性与《大学》之诚信相应，《大学》云："与国人交，止于信。"信友者，诚之所至也；不信友，则不诚；不诚，则心不正。故信友之性，乃诚信之基也。

获上之性与《大学》之治国相应，《大学》云："国治而后天下平。"获上者，事业之成也；不获上，则事不成；事不成，则心不正。故获上之性，乃治国之要也。

故知，《大学》所言"心"与本章所言"性"实互为表里也。修身之道在于正心养性，心性相济则身修而事立也。

天地之间，人心惟危，道心惟微，惟精惟一，允执厥中。人心者，情欲之所累；道心者，天理之所存。然人心非尽恶，道心非尽善。善恶之间，皆在乎一心。是以，《大学》言心，而本章论性，皆欲人明心见性，归于至善。

心者性之宅也，性者心之质也。心性归同，则人可立于世，事可成于手。归同之道何在？在于明理尽性。明理者何？明乎天道之常、人道之纪也。尽性者何？尽己之性、尽人之性、尽物之性也。

明善之性与正心相应。明善者，心之明达也；正心者，性之根基也。明善以诚身，诚身以正心，心性归同，则身修而家齐，家齐而国治，国治而天下平。故明善之性，实乃正心之本也。

顺亲之性与孝悌相通。顺亲者，孝之始也；孝悌者，心性之发也。顺亲以信友，信友以获上，此乃孝悌之道也。心性归同，则孝悌之道备矣，信友之性与诚信相符。

原文7

诚者，天之道也；诚之者，人之道也。诚者，不勉而中，不思而得，从容中道，圣人也。诚之者，择善而固执之者也。博学之，审问之，慎思之，

瀛海笔谭

明辨之，笃行之。有弗学，学之弗能弗措也；有弗问，问之弗知弗措也；有弗思，思之弗得弗措也；有弗辨，辨之弗明，弗措也；有弗行，行之弗笃弗措也。人一能之，己百之；人十能之，己千之。果能此道矣，虽愚必明，虽柔必强。

心性归同 儒家心性论与现代企业管理

《大学》开篇即云：“大学之道，在明明德，在亲民，在止于至善。”此三纲领，实与“诚者，天之道也；诚之者，人之道也”相呼应。明明德者，即诚之之道也，意在显明人本身所具之光明德性，此即天道之诚在人身上的体现。亲民者，即是要将此明德推及他人，使人人皆能明明德，此即是人道之诚，乃择善固执之道也。止于至善，则是明明德与亲民的终极目标，亦即是诚之至极之境。

《大学》有云：“所谓致知在格物者，言欲致吾之知，在即物而穷其理也。”此致知之道，与“博学之，审问之，慎思之，明辨之，笃行之”相应。博学、审问、慎思、明辨，皆是为了致知，即明了事物之理，明了善之所在。笃行，则是将所知所明，切实地体现在行动上，此即诚之者之道也。

《大学》言：“物格而后知至，知至而后意诚，意诚而后心正，心正而后身修，身修而后家齐，家齐而后国治，国治而后天下平。”此即是言，通过格物致知，明了善之所在，然后能意诚，心正，身修，家齐，国治，天下平。此过程，正是从博学、审问、慎思、明辨到笃行的过程，也是从诚之者到诚者的过程。

《大学》有云：“自天子以至于庶人，壹是皆以修身为本。”修身之道，在于诚意正心，而诚意正心之道，又在于致知格物。此即与“诚者，不勉而中，不思而得，从容中道，圣人也。诚之者，择善而固执之者也”相应。诚者，即圣人，其修身之道已至化境，无需刻意勉强，便能从容中道。而诚之者，则需通过择善固执，不断努力修身，以期达到圣人之境。

《大学》有云：“知止而后有定，定而后静，静而后安，安而后虑，虑而后得。”

此言人欲修其身，必先知其所止，而后志可坚；志坚则心自静，心静则神自安；神安则思可深，思深则事可成。此由初之诚意，至诚之极致之变，显见立志、静心、安心、深思、终至事成之过程。

换言之，人须先识界限，后立志向；志向既定，心自宁静；心静则神安，神安则思深；深思熟虑，终可成事。此乃由初心之诚，渐至诚之极致之转变，即从立志起，经静心、安心、深思，终至获志之全程也。

综而观之，《大学》所述之明明德、亲民、止于至善之三大纲领，以及格物致知、诚意正心、修身齐家治国平天下的八条目，再加知止、定、静、安、虑、得之修身次序，皆与"诚者，天之道也；诚之者，人之道也"及"博学之，审问之，慎思之，明辨之，笃行之"等言在心性归同之理念上相互呼应。此二者皆重修身之道，强调以心性为本，通过勤学不辍、身体力行，以达至个人与社会之和谐与进步。

诚者，天道之真，性之本源；诚之者，人道所循，性之所向。诚之不勉而中，性之自然流露；不思而得，性之内在光明。圣人从容中道，性之至高境界；固执择善，性之坚定选择。是以，性者，诚之体现，人之道也。

博学、审问，性之求知渴望；慎思、明辨，性之智慧闪耀；笃行，性之实践力量。弗学者，性之懒惰也；弗问者，性之闭塞也；弗思者，性之迟钝也；弗辨者，性之混沌也；弗行者，性之懦弱也。是以，有学而不能措，问而不知措，思而不得措，辨而不明措，行而不笃措，皆性之缺失也。

人一能之，己百之，性之勤奋也；人十能之，己千之，性之坚韧也。虽愚必明，性之智慧可开；虽柔必强，性之勇气可嘉。是以，性者，人之根本，事之成败，皆系于此。

故知，诚为性之本，择善为性之用。博学、审问、慎思、明辨、笃行，皆性之所发，成人之道也。性之明达，如晨曦初露，驱散黑暗；性之坚韧，如磐石立地，稳固不移。此乃本章之"性"也。

《大学》有云："欲修其身者，先正其心。"心正而后身修，身修而后性显。故知，《大学》所言"心"，与本章所论之"性"，实乃互为表里。

心者，性之宅也；性者，心之质也。心正则性明，性明则诚现。是以，《大学》所言正心之道，实为明性之基。心之不正，则性之不明；性之不明，则诚之不显。故知，正心以明性，明性以显诚，此乃《大学》与本章所共通之道也。

博学、审问、慎思、明辨、笃行，皆为正心之道，亦为明性之法。心之不正，则无以博学、审问、慎思、明辨、笃行；性之不明，则无以显诚、择善、固执。是以，《大学》之"心"与本章之"性"，实乃一而二，二而一者也。

故知，修身之道，在于正心明性。心正性明，则身修而事立；身修事立，则家齐国治而天下平。此乃《大学》与本章所共探之智慧之道也。

天地之间，人心惟危，道心惟微。然人心可正，道心可明，皆因心性可归同也。归同之道，何在？在于明理尽性，在于正心诚意。

《大学》言心，心者理之所在，性之所依。本章论性，性者心之所发，诚之所现。心性归同，则人心不危，道心不微。归同之道，实乃修身齐家治国平天下之本也。

博学、审问、慎思、明辨、笃行，此五者乃正心之道，亦为明性之法。心正则性明，性明则诚现。诚现则择善固执，此乃心性归同之道也。

〔第二十一章〕

原文

自诚明，谓之性；自明诚，谓之教。诚则明矣，明则诚矣。

心性归同 儒家心性修养与自我提升

自诚而明，性之本源；自明而诚，教之所归。诚则明现，性光熠熠；明则诚至，教化无疆。性者，诚之所发，明之所依，如日中天，光照四方。诚者，心之真，性之实；明者，性之光，诚之显。自诚而明，性之自然；自明而诚，教之所致。性之诚明，互为表里，不可或缺。

性者，如水之源，木之本，生生不息，源源不断。诚则性明，如水之清，可鉴天地；明则性诚，如木之茂，可蔽风霜。性之诚明，天地之大道，人心之所向。故知，性者，诚明之本，教化之源。诚明之性，可通天地，可感鬼神，可化万物，可成人间。此乃本章之"性"也。

性之至理，存于人心，发于自然。人心之诚，如金之坚，如石之固，不可移也；人心之明，如日月之辉，如星辰之耀，不可掩也。性之诚明，如春风之暖，如夏阳之热，如秋月之明，如冬雪之洁。性之诚明，教化之基，道德之端。

性之诚明，如松之常青，如竹之常绿，四时更替，而其色不变。性之诚明，如山之稳重，如水之深邃，万物变迁，而其心不摇。性之诚明，如日月之明，如星辰之恒，天地变化，而其光不灭。

《大学》有云："欲修其身者，先正其心。"此言心正身修之道，亦即性显之途。诚明之性，源于正心；正心之道，显于诚明。心者，性之宅也；性者，心之质也。心正则性诚明，性诚明则心正。心与性，互为依存，如日月之交辉，如天地之相照。

《大学》所言"心"，乃修身之本；本章所论"性"，乃诚明之源。心正性诚明，身修而事立；性诚明心正，事立而家齐。心与性，一而二，二而一也。故知，《大学》之"心"与本章之"性"，实乃相通相融，互为表里。正心以修身，修身以显性；显性以正心，正心以成人。此乃《大学》与本章所共通之道也。

心者，人之主宰，性之宝藏。心正则神清，神清则性明。性明则行端，行端则事成。心正性明，如日月之辉煌，如星辰之皎洁。心与性，如花之盛开，如木之繁茂。心正性明，如春风之和煦，如夏阳之热烈。心与性，如秋水之澄清，如冬雪之纯洁。

天地浩渺间，人心常动摇，道心甚微妙。所幸人心能正，道心可昭，皆缘于心性之可归同也。归同之途何在？存乎诚明之本质，正心之关键。

夫诚明者，心性之基石也；正心者，修身之先导也。以诚明立心，则人心自正，不偏离道义；以正心行事，则道心自明，不迷失方向。心性归同之道，实乃修身之本，立德之基。故当修诚明之性，守正心之要，而后可达心性归同之境，与天地合一，与道义同行。此乃天地人合一之道，心性归同之理也。

《大学》言心，重在正心；本章论性，旨在诚明。然心与性，实乃一体两面，不可分割。正心则性诚明，性诚明则心正。心性归同，则儒学之精义可明，人间之事可立。

诚明之性，源于正心；正心之道，显于诚明。心性归同，则人心不危，道心不微。是以，《大学》所言"心"与本章所论"性"，皆归于一也。

【第二十二章】

原文

唯天下至诚，为能尽其性；能尽其性，则能尽人之性；能尽人之性，则能尽物之性；能尽物之性，则可以赞天地之化育；可以赞天地之化育，则可以与天地参矣。

心性归同 从至诚到人际信任的建立

唯天下至诚，为能尽其性。《大学》开篇即云："大学之道，在明明德。"至诚之道，即明明德之道。唯至诚者，方能尽其性，尽其天赋之本能与德行。明明德者，亦必至诚以尽其性也。

能尽其性，则能尽人之性。又《大学》言："所谓平天下在治其国者，上老老而民兴孝，上长长而民兴弟，上恤孤而民不倍。"此言君子若能尽其性，则能推己及人，尽人之性。至诚者，必先自尽其性，方能感化他人。

能尽人之性，则能尽物之性。《大学》云："知止而后有定，定而后能静，静而后能安，安而后能虑，虑而后能得。"此言心之定静，养洞察万物之性。至诚者尽其性，亦能尽人之性，进而能体察尽物之性，此皆心性归同之道。

能尽物之性，则可以赞天地之化育。又《大学》言："物有本末，事有终始，知所先后，则近道矣。"知物之本末终始，即能尽物之性。尽物之性者，可与天地并立为三，赞天地之化育，此皆至诚者之所能为。

可以赞天地之化育，则可以与天地参矣。《大学》云："壹是皆以修身为本。"修身者，至诚以尽其性也。至诚者能与天地参，盖因其能修身以赞天地之化育，此皆心性归同之功效也。

综之，《大学》中明明德、修身、知止等章文与"唯天下至诚，为能尽其性"等理念相通相融。皆在强调心性，以至诚为本，修身齐家治国平天下为用。

细言之，《大学》之道在于修身治国平天下。而修身之本，在于至诚以尽其性。至诚者，必先正其心；意诚方可知其本末终始之物性，进而能定、能静、能安、能虑、能得。此乃心性归同之道也。唯天下至诚者，能与天地参矣。此皆《大学》与"唯天下至诚为能尽其性"等理念相通之处也。

至诚之道，尽其性也；尽其性者，通万物之情。性者，心之本，诚之源，尽性则通人、通物、通天地。至诚者，性之极致，能尽其性，则尽人之性，尽物之性，此乃儒学之精义，化育之本。

尽其性者，明心见性，通达万物；能尽人之性者，体察人情，善解人意；能尽物之性者，洞悉物理，顺应自然。至诚之道，尽性之妙，可赞天地之化育，与天地并立。

性者，如水之源，流而不息；如木之本，生而不已。至诚尽性，则源远流长，生生不息。尽性之道，在于至诚；至诚之心，可通万物。此乃本章之"性"也。

《大学》言心，重在明理；本章论性，旨在尽性。然心与性，实乃一体两面，不可分割。明理之心，得于尽性之诚；尽性之诚，显于明理之心。心性归同，则儒学之精义可明，人间之事可立。

归心于诚，尽性于理，此乃心性归同之义。至诚之心，如日中天，光照四方；明理之心，如月之恒，长照人间。心性归同，则可立于世，可成于事，此乃天地之大道，人心之所向也。

且说至诚之道，能尽其性，尽人之性，尽物之性，则可与天地参矣。此乃至诚尽性之妙，通万物之情，达儒学之精义也。人当以至诚之心，尽性之理，求天地之道，立人间之事！

诚者，天之道也；性者，心之本也。至诚尽性，则可通天地，可感鬼神，可化万物，可成人间。此乃圣人之道也。

至诚尽性之道，与《大学》明理之心，实乃相通相融，互为表里，一体两面，不可分割。

〔第二十三章〕

原文

其次致曲，曲能有诚。诚则形，形则著，著则明，明则动，动则变，变则化。唯天下至诚为能化。

心性归同 从《大学》看心性修行的显化过程

从心性归同之视角论之，《大学》与"其次致曲，曲能有诚。诚则形，形则著，著则明，明则动，动则变，变则化。唯天下至诚为能化。"之理念，实有诸多相通之处。

其次致曲，曲能有诚。《大学》有言："所谓修身在正其心者，人之所欲，莫烈于生；生之莫害，莫甚于情；情之莫困，莫甚于色。中也者，天下之大本也；和也者，天下之达道也。致中和，天地位焉，万物育焉。"此言修身之道，在于正心，而正心之要，在于致中和。致曲之道，亦即求诚之道。曲者，细微之处也；诚者，真实无妄之心也。君子于细微处致力，亦能显现其诚。

诚则形，形则著。《大学》云："富润屋，德润身，心广体胖，故君子必诚其意。"诚于中，则形于外，此之谓也。君子之诚，必形于外，而形于外者，必著于世。著者，显著也，明见也。君子之诚，如日月之明，无所不照，无所不显。

著则明，明则动。又《大学》曰："此谓知本，此谓知之至也。"著明之后，自然光照四方，此明之谓也。明者，智慧之光也，能照亮人心，启迪人智。明则能动，动者，感化人心，推动事物发展也。君子之诚，既能著明于世，亦能感化人心，推动社会进步。

动则变，变则化。《大学》有云："汤之《盘铭》曰：'苟日新，日日新，又日新。'"动则能产生变化，变化则能促成新事物之产生，此即"化"也。君子以诚动之，则万物皆可变，可变则可化，此天地之大道也。

唯天下至诚为能化。《大学》言："自天子以至于庶人，壹是皆以修身为本。"修身之本在于诚意正心，而诚意正心之极致即为至诚。至诚之道，唯天下至诚之人，可以化育万物，可以感通天地。

综之，《大学》中诸多章文与"其次致曲""诚则形""著则明""明则动""动则变""变则化"以及"唯天下至诚为能化"等理念相互呼应。皆在阐明心性归同之道，强调诚意正心之重要。

曲径通幽，诚心可至；致曲之道，性之所发。曲中藏诚，诚心乃现；形于外者，著而不隐。诚心既著，明朗无疑；明则能动，动而生变。变化无穷，唯诚能化；至诚之道，化育万物。

性者，心之所发，诚之所依。曲中寓诚，诚心乃显；诚心既显，性光熠熠。形著明动，变化随心；至诚之道，性之所归。诚心之性，如曲径通幽，引人深思；如清泉涌流，润泽万物。性之诚心，可通天地，可化金石，此乃本章之"性"也。

诚者，心之真，性之实；明者，性之光，诚之显。自诚而明，性之自然；自明而诚，教之所致。性者，如水之源，木之本，生生不息，源源不断。诚则性明，如水之清，可鉴天地；明则性诚，如木之茂，可蔽风霜。性之诚明，天地之大道，人心之所向。

故知，性者，诚明之本，教化之源。诚明之性，可通天地，可感鬼神，可化万物，可成人间。此乃本章之"性"也。至诚尽性，则能曲中寓诚，诚心显性，性光熠熠。形著明动，变化随心，至诚之道，化育万物。深悟性之诚明，以之为人生之指南，行为之准则。淡泊以明志，宁静以致远，方能入德成为真正君子。以此自勉，以此自省，以此自修，以此自正，以实现人生之理想，以成就道德之高尚。

心性之关系，如月之与日，互相依存，互相映照。心正则性明，性明则心正。心性相映，如天地之交泰，如阴阳之和谐。心性之道，即是修身之道，即是致曲之道。

天地之间，人心惟危，道心惟微。然人心可正，道心可明，皆因心性可归同也。归同之道，何在？在于诚心正心，显性明理。《大学》言心，重在正心修身；本章论性，旨在诚心致曲。然心与性实乃一体两面，不可分割。诚心之性，显于心正；正心之道，在于诚心。心性归同，或掌握先机，可通神明之境也。

【第二十四章】

原文

　　至诚之道，可以前知。国家将兴，必有祯祥；国家将亡，必有妖孽。见乎蓍龟，动乎四体。祸福将至：善，必先知之；不善，必先知之。故至诚如神。

心性归同　解析心性与至诚的乾坤之道

　　乾坤既育，万物滋长，性之为本，德者其光。至诚之道，乃性之极致，可以前知国家兴衰，祯祥妖孽，皆由此现。性者，非单指情欲之动，更涵括天地之正气，人心之本善。诚于中，形于外，国家兴亡，皆系于此。是以，至诚如神，性之所至，无所不知，无所不能。

　　天地之间，万物生于乾坤，性为本，德为光。至诚之道，极致之性，能预知国家之兴衰，祯祥妖孽，皆由此显。性不只是情欲之动，更是天地之正气，人心之本善。内心诚实，外显德行，国家之兴亡，皆系于性。

　　在《大学》一书中，心与性之间的关系被深刻地阐述，它们互为表里。心性合一，是通达至诚之道的关键，也是预知未来、掌握先机的基石。心性归同，集儒学之要，是宇宙运行的法则。只有当心性归同，人的心灵才能达到至诚的境界。至诚如神，具有预知未来的能力，能够洞察国家的兴衰，祯祥妖孽，都是心性归同之道的体现。

乾坤运转，心性相依，至诚之道由此开启。性是心之本源，心是性之寓所，二者归同，才能显露出至诚之道。在《大学》中，心的重要性被强调，而章则深入探讨了性的深邃。心性归同，使人能够洞察先机，预知未来。因此，修心养性，是通达至诚之道的必由之路。

至诚如神，只有心性合一的人才能达到。心性相依，使人无所不知，无所不能。这是本章所论述的"性"与《大学》所论述的"心"归同的真实含义。心性归同，是至诚之道。心正性显，至诚之道才能实现。因此，修心养性的人，才能通达至诚之道。

性之深邃，如幽谷难测；性之广大，如海天无边。至诚者，性之至善也，能预知未来，洞察先机。性之深邃，如碧海之渊，莫测其底；性之广大，如苍穹之盖，无边无际。至诚之道，乃性之极致，可以洞察先机，预知未来。国家将兴，性必先觉其祯祥；国家将亡，性必先感其妖孽。此乃性之至诚如神也。

性之所动，天地感应，人心相通。是以，性者，至诚之本，而诚者，性之用也。性之灵动，如风之舞柳，飘逸而柔美；性之坚韧，如石之破空，刚强而有力。至诚者，性之所动也，可以通达儒学之心，感悟万物之理。

天道酬勤，地道载物，人性至善，至诚为本。性者，人心之根本，至诚之道由此生。性如幽兰之香，远而益清；性如碧玉之润，久而益明。至诚者，性之所至也，无所不知，无所不能。

《大学》之道，在于明明德、亲民、止于至善。而此三者，皆以修心为本。心者，性之寓所也；性者，心之本源也。二者互为表里。至诚之道，亦需心性相依，方可通达。

心之不正，则性难显；性之不显，则至诚无从谈起。《大学》强调，正心修身，而后方可齐家治国平天下。至诚之道，亦需心性相依，方可预知未来，洞察秋毫。是以修心养性者，通达至诚之道也。

心性归同者，或可洞察先机。故言心性归同，得至诚之道也。

《大学》有云："欲修其身者，先正其心。"心者，性之所居，性由心显，心随性动。至诚之道，与心相应，心诚则性显，性显则至诚如神。

夫"心性归同"，乃集《大学》《中庸》之精要，盖言人性与心志，虽各有所偏，然其终极之道则一也。性者，为心之根本，决人心之善恶所向；心者，性之显现，彰人性之贤愚之别。性若水源之深远，心则波澜之起伏；性为本质之所在，心乃功能之发挥。此二者相辅相成，不可或缺。是以，知性而后心可得定，心定则性可尽显。儒者修身之道，务在明晰心志，洞见人性，以求至善之境界。此即"心性归同"之真义也。

心之不正，性亦难显；性之不显，至诚无从谈起。

第二十五章

原文

诚者自成也，而道自道也。诚者物之终始，不诚无物。是故君子诚之为贵。诚者，非自成己而已也，所以成物也。成己，仁也；成物，知也。性之德也，合外内之道也，故时措之宜也。

心性归同 诚者自成的修身智慧与自我完善

诚者自成，而道道自。《大学》有云："所谓诚其意者：毋自欺也。"此言修身之要，在于诚意，不可自欺。诚者，自我完善也，与"自成"相呼应。道者，自然之理，非由外铄，故曰"自道"。君子务本，本立而道生，是诚之道也。

诚者物之终始，不诚无物。《大学》曰："物有本末，事有终始，知所先后，则近道矣。"此言物之始终，皆需以诚为本。不诚，则无以成物，无以达道。故君子必以诚为贵，而后可以立身于世。

诚者非自成己而已也，所以成物也。又《大学》云："壹是皆以修身为本。"修身者，非但为己，亦为成物。诚之至者，不仅能自成，亦能成物。此与"成己，仁也；成物，知也"相呼应，显见心性归同之道。

性之德也，合外内之道也。《大学》言："所谓修身在正其心者。"心性之德，合于内外之道，正心则可修身。心正则身修，身修则家齐，家齐则国治，国治则天下平。此皆心性归同之效也。

综之，《大学》之诚意、修身、正心等章文与"诚者自成""性之德也合外内之道也"等理念相通相融。皆强调心性之道，以诚意为本，修身齐家治国平天下为用。君子务本立道生知之矣。

乾坤运转，万物滋生，皆源于性，显于诚。性者，物之根本，诚者，性之表现。物之终始，皆由性定，不诚则无物，此乃天地之道，自古而然。

君子修身之道，以诚为尊。诚之为德，非独修身立命之本，亦能成全他物。成己之身，乃仁爱之道；助他物成，乃智慧之所及。性之德也，实乃贯通内外之理，故可随机应变，无往不易。

君子自修，性为首要。性之深奥，如幽谷之难测；性之广博，似碧海之无垠。至诚之道，乃性之所至，故能洞悉万物，无所不能为。因此君子，珍视己性，视之为修身之根基。

性者，心之所发，乃情之所系。君子知性之理，通性之用，故能立身行道，无愧于心。性之德也，合内外之道，贯通天地人，无所不包，无所不容。是以君子修身，必先知性，而后能立命安身，成己成物。

君子之修性，如磨刀不误砍柴工。性之锋利，可破万难；性之坚韧，可挡万箭。君子以诚修性，则无所不至，无所不能。此乃君子修身之至理，亦为心性归同之要义。人当共勉之，以诚修性，以求心性归同之境。

性之深邃，如幽谷难测；性之灵动，如流水不息。至诚之道，由性而生，诚于中，形于外，无所不至，无所不知。是以君子诚之为贵，能通达儒学之道。

诚于心，显于性，心性相依，至诚之道可成。此乃本章与《大学》"心"之深厚关系也。

心性相依，至诚之道；诚者自成，道者自道。性之德也，合外内之道，心性相依，至诚之道乃修身之本；诚自内心发，道随行自显，性德圆满，内外合一。

《大学》有云，修身者必先正其心。盖心为性之寓所，性由心显，心性相依，互为表里。至诚之道，需心性合一，方可通达。若心之不正，性亦难以显现；性之不显，至诚之道则无从谈起。故《大学》之教，重在正心修身，与本章所论之性，实乃相辅相成，共为修身之要道。

　　心性归一，则道德可立，学问可成。心正则行端，性显则诚至。儒家修身之道，旨在通过正心显性，达到心性合一之境，进而成就君子之德。

【第二十六章】

原文 1

故至诚无息，不息则久，久则征，征则悠远，悠远则博厚，博厚则高明。博厚，所以载物也；高明，所以覆物也；悠久，所以成物也。博厚配地，高明配天，悠久无疆。如此者，不见而章，不动而变，无为而成。

心性归同 《大学》《中庸》心性修养之辨析

《大学》中与《中庸》之"故至诚无息，不息则久，久则征，征则悠远，悠远则博厚，博厚则高明。博厚，所以载物也；高明，所以覆物也；悠久，所以成物也。博厚配地，高明配天，悠久无疆。如此者，不见而章，不动而变，无为而成"所对应的章文和内容如下。

一、《大学》之道，在明明德，在亲民，在止于至善。知止而后有定，定而后能静，静而后能安，安而后能虑……其所厚者薄，而其所薄者厚，未之有也！

二、所谓修身在正其心者，身有所忿懥，则不得其正；有所恐惧，则不得其正；有所好乐，则不得其正；有所忧患，则不得其正。夫修身在于正其心者，身正则心正，心正则身修。

三、所谓齐家在修其身者，家必有道，然后修其身；身修则家齐，家齐则国治。

四、所谓治国在齐其家者，国必有道，然后齐其家；家齐则国治，国治则天下平。

五、所谓平天下在治国者，必先齐其家；齐其家者，必先修其身；修其身者，必先正其心；正其心者，必先诚其意；诚其意者，必先致其知；致其知者，必先格其物。物格而后知至；知至而后意诚；意诚而后心正；心正而后身修；身修而后家齐；家齐而后国治；国治而后天下平。

以上五段内容，可以与《中庸》本章文所归同也。

"修身在正其心者，人之所欲，莫烈于正心，身正则心正，心正则身修。"此言修身之道，务在正其心志。心之正则行为端，行为端则品德高。而正心之要，源于至诚之心。至诚者，心之极致也，如明镜高悬，能映照万物之真相，无所不察，无所不知。诚如古人云："诚者，天之道也；诚之者，人之道也。"故，《大学》之道，修心养性之道。修得正心，以达心性归同之境，此乃君子之所求也。

再观《中庸》之教，"故至诚无息，不息则久，久则征，征则悠远，悠远则博厚，博厚则高明"。此言至诚之德，绵绵不绝，如江河之水，源远流长。至诚者，心性之根本，道德之基石，唯至诚可以动天地、感鬼神，通万物之理，达人心之性。至诚之道，持之以恒，可成就博厚、高明、悠久之德。至诚之心，如日月之光，照耀四方，使人明理达道，知行合一。

上述《大学》《中庸》章文，皆以修身正心为立人之基。修身者，必正其心；正心者，必求至诚。至诚，乃儒家修身之精要，养性之要法。人若持至诚之心以修身，必能心正身修，通达儒学万物之理，进而成就君子之崇德。至诚之道，实乃求道之本，为学之根。深悟至诚之理，则心明眼亮，行事无愧，光耀于人。故当孜孜以求至诚之境，诚如古贤所云："至诚之道，可以前知。"深谙此理者，必能洞察先机，顺应天道，终成大器。

细品儒家之理，可观《大学》所论"修身、齐家、治国、平天下"之道，实乃内心修炼之渐进过程。此途深邃，与《中庸》所倡"博厚、高明、悠久"之境界相得益彰。修身者，必求内心博厚如山，方能承载世间万物之重量，无论风吹雨打，皆能屹立不倒；内心亦须高明如炬，以智慧之光照亮前行之路，坚定而不困惑；更需内心悠久如河，历经岁月沧桑，传承源远流长千古之智慧与德行。

故此，修身之道在于内心之修炼，不断积淀、提升与传承。从而齐家、治国、平天下，实现个人与社会之和谐共荣。如何将内心修炼与社会实践之完美结合，值得世人深悟细品。

又，《大学》之"修身在正其心者，身正则心正，心正则身修"与《中庸》之"不见而章，不动而变，无为而成"相互辉映。至诚之心，无需张扬而自然彰显；无需动作而自然变化；无需刻意而自然成就。此乃心性归同之至理也。

终观二者皆重"久"之道。《大学》言"悠久无疆"，意在强调心性之德行涵养之持久与深远；《中庸》言"久则征，征则悠远"，亦在阐明心性之坚定与长久。二者皆以"久"为心性归同之基石也。

原文 2

天地之道，可一言而尽也。其为物不贰，则其生物不测。天地之道：博也，厚也，高也，明也，悠也，久也。

心性归同 儒家心性修养的传承

夫《中庸》之篇，深探天地之道，而于"天地之道，可一言而尽也"至"悠也，久也"之论，尤为精微奥妙，阐发心性之源。今欲以此段文字为纲，与《大学》相应章节之心性之说相参证，以明《大学》言"心"，《中庸》讲"性"，虽名殊而实同，终归一心性之大理。

《中庸》有云："天地之道，可一言而尽也。其为物不贰，则其生物不测。"此言天地之道，至简至一，无有二致。其为物也，纯粹无杂，故能生化万物，无穷无尽。夫天地者，万物之父母，心性之根源。天地之道，即心性之道。心性若能如天地之纯粹，则能生化无穷之善，此即《大学》所言"心"之本体，亦《中庸》所言"性"之"象"。

又云："天地之道：博也，厚也，高也，明也，悠也，久也。"此言天地之道，广博无垠，深厚无比，高远难测，光明照耀，悠久绵长。夫博者，能容万物；厚者，能载万物；高者，能凌万物；明者，能照万物；悠者，能育万物；久者，能存万物。此六者，皆天地之道之显现，亦心性之修炼法门。

《大学》有云："古之欲明明德于天下者，先治其国；欲治其国者，先齐其家；欲齐其家者，先修其身；欲修其身者，先正其心；欲正其心者，先诚其意。"此言修身齐家治国平天下之道，皆以正心诚意为本。心者，人身之主宰，万物之统帅，其正与否，关乎人之德行与事业。而此正心诚意之道，实与《中庸》所言天地之道相呼应。天地之道，至简至一，无有二致，故能生化万物；人心若能如天地之道，至诚无息，则能明明德，亲民，止于至善。

夫心性者，人心人性之总称也。人性者，天赋之善；人心者，人性之动。虽名殊而实同，皆为人之本质。故儒家强调心性德行涵养之重要性，认为通过心性德行涵养，可以明明德、亲民、止于至善、修身齐家治国平天下。而此心性德行涵养之道，实与《中庸》所言天地之道相契合。

《中庸》言："其为物不贰，则其生物不测。"此言心性若能如天地之道，纯粹无杂，则能生化无穷之善。人心若能如天地之纯粹，不为物欲所蔽，则能明辨是非，不为私欲所累，此即《大学》所言"心"之修炼法门。夫心者，易为物欲所动，故需时时修省，以保其纯粹。而此修省之道，实与《中庸》所言"慎独"之功相辅相成。慎独者，独处时亦能谨慎自守，不为私欲所动，此即心性德行涵养之要义。

又《中庸》言："天地之道：博也，厚也，高也，明也，悠也，久也。"此言天地之道之广博深厚高远光明悠久绵长，皆为人心人性所应追求之境界。人心若能如天地之道之广博，则能包容万物，不为狭隘所限；若能如天地之道之深厚，则能承载万物，不为浮躁所扰；若能如天地之道之高远，则能超越万物，不为低俗所染；若能如天地之道之光明，则能照耀万物，不为黑暗所蔽；若能如天地之道之悠久绵长，则能恒久不息，不为短暂所困。此即《大学》所言"心"之修炼所应达到之境界。

原文 3

今夫天，斯昭昭之多，及其无穷也，日月星辰系焉，万物覆焉。今夫地，一撮土之多，及其广厚，载华岳而不重，振河海而不泄，万物载焉。今夫山，一卷石之多，及其广大，草木生之，禽兽居之，宝藏兴焉。今夫水，一勺之多，及其不测，鼋、鼍、鲛、龙、鱼、鳖生焉，货财殖焉。

心性归同 《大学》到《中庸》的道德修养之旅

夫《中庸》之篇，深探天地之道，阐发性命之理，而于"今夫天"至"货财殖焉"之论，尤为精妙。今以此段文字为据，与《大学》相应章节之心性之说相参照，以明心性虽异而终归同之理。

本章文开篇即言："今夫天，斯昭昭之多，及其无穷也，日月星辰系焉，万物覆焉。"此言天之广大无边，日月星辰皆系其上，万物皆蒙其覆庇。天者，至公至正，无私无偏，其昭昭之多，恰如人性之本善，纯粹无杂，光明磊落。人性若能如天之昭昭，则能明辨是非，不为物欲所蔽，此即《中庸》所谓"性"之体现也。

本章文以"今夫地，一撮之土，广厚无垠，载华岳而弗重，振河海而弗泄，万物生焉"之辞，显地之广厚与包容。地能载山川，育万物，此如人心之微，虽小而德大焉。人心若地之广厚，则能容万物，不为私欲所牵。此包容广厚，实乃心性德行涵养之征，与《大学》论"心"之修炼相契合。

《大学》虽未以地为喻论"心"，然其"正心诚意"之说，与《中庸》言地之广厚，实有异曲同工之妙。正心诚意，即修心使之正，诚意以应物，不为外扰所动，此亦需包容广厚之心态。

故论《大学》《中庸》之心性学，当知二者名异实同，皆重心性德行涵养，及修炼所至之境。此境无论《大学》之"明明德、亲民、止于至善"，抑或《中庸》之"天地之道"，皆为人心人性之纯粹光明所现。

再观《大学》之心性之说，有云："古之欲明明德于天下者，先治其国；欲治其国者，先齐其家；欲齐其家者，先修其身；欲修其身者，先正其心；欲正其心者，先诚其意；欲诚其意者，先致其知；致知在格物。"此言修身、齐家、治国、平天下之道，皆以正心诚意为本。心者，人身之主宰，万物之统帅，其正与否，关乎人之德行与事业。故《大学》强调正心诚意之重要性，认为此乃修身齐家治国平天下之基。

夫心性者，人心人性之总称也。人性者，天赋之善；人心者，人性之动。虽名异而实同，皆为人之本质。故儒家强调心性德行涵养之重要性，认为通过心性德行涵养，可以明明德、亲民、止于至善、修身齐家治国平天下。

《中庸》此段论述，以天地山水为喻，阐发了人性之本善与人心之微茫。天者昭昭之多，如将《中庸》此段论述与《大学》心性之说相参照，可见二者虽侧重点不同，然心性归同之理则一。天地之广大深厚，恰如人性之本善与人心之微茫；而人性之修炼与人心之正诚，则皆需以天地为法，以天地之道为行。

人性之本善；地者广厚无垠，如人心之包容；山者博大巍峨，如人心之坚韧；水者深邃无垠，如人心之柔和。此四者皆为人性人心之象征，通过修炼心性，人们可以逐渐达到天地山水之境界，实现心性归同之理。

而《大学》之心性之说，则更侧重于人心之修炼。正心诚意者，人心之修炼也；修身齐家治国平天下者，人心之表现也。通过正心诚意之修炼，人们可以明明德、亲民、止于至善；而通过修身齐家治国平天下之实践，人们则可以验证心性归同之理。

原文4

《诗》云："维天之命，於穆不已！"盖曰天之所以为天也。"於乎不显，文王之德之纯！"盖曰文王之所以为文也，纯亦不已。

心性归同 明明德与心性归同的体现

夫《中庸》之篇，深究天地人性之微，而于"《诗》云：'维天之命，於穆不已！'盖曰天之所以为天也。'於乎不显，文王之德之纯！'盖曰文王之所以为文也，纯亦不已"之论，尤为精微。

《中庸》引《诗》云："维天之命，於穆不已！"此言天之命，即天地之道，至大至尊，至善至美，永恒不息。夫天之命，乃天地万物之根源，亦人心人性之本原。人心若能顺应天之命，至善至美，则能成就大德，此即《大学》所言"心"之向善之本。盖心者，人身之主宰，其善恶与否，关乎人之德行与事业。

又云："於乎不显，文王之德之纯！"此言文王之德，至纯至善，不显而彰，乃文王之所以为文王也。夫文王之德，实乃人性之典范，亦人心所应追求之境界。人性若能如文王之德，至纯至善，则能成就人生，此即《中庸》所言"性"之善之本。盖性者，天赋之善，人心之根，其纯与不纯，关乎人之本质与命运。

《中庸》又云："纯亦不已。"此言人性之纯，亦如天之命，永恒不息。人性若能保持其纯，不为物欲所蔽，则能生生不息，成就无限可能。此即人心人性之最高境界，亦儒家所追求之人生理想。

夫《大学》之言"心"，《中庸》之论"性"，虽名殊而实同，皆指向人心人性之本质也。心者，人性之动，乃人性于现世之显现与反应；性者，人心之根，为人心深处之本质与根基。心性相系，不可分割，互为表里，相依相存。

故儒家倡言，人心当顺应天性，即人心应循天赋之善性，不悖人性之本原。以善为本，谓人心应以善良、仁爱为基，此乃人性之根本；以诚为基，谓人心应以真诚、诚实为础，此乃人心与人性相通之桥梁。惟此，方能成就大德，即人心人性之完善与提升，臻儒家所求之道德境界。实现人生之价值，即通过顺应天性、以善为本、以诚为基之修养，使人生充盈意义，达儒家所倡之"内圣外王"之理想人格。

《大学》有云："古之欲明明德于天下者，先治其国；欲治其国者，先齐其家；欲齐其家者，先修其身；欲修其身者，先正其心；欲正其心者，先诚其意。"此言修身齐家治国平天下之道，皆以正心诚意为本。而此正心诚意之道，实与《中庸》所言"纯亦不已"之道相呼应。夫心者，易为物欲所动，故需以诚为本，以善为导，方能保持其纯；而性者，易为私欲所蔽，故需以善为基，以诚为用，方能显其善。

又《大学》有云："所谓修身在正其心者，人之所欲，莫不有求；求而无得，则不能无忿；忿而无礼，则不可止矣。故心之所发，不可不慎也。"此言人心之动，易为物欲所引，故需谨慎自守，以善为导，不为物欲所动。而此谨慎自守之道，实与《中庸》所言"纯亦不已"之道相契合。夫人性若能保持其纯，则心之所发，自然合乎礼义；而心之所发，若能合乎礼义，则自然能成就大德。

夫《中庸》所言"纯亦不已"之道，实乃人心人性之最高境界。人性若能保持其纯，不为物欲所蔽；人心若能顺应天性，至善至美；则能生生不息，成就无限可能。此即儒家所追求之人生理想。

故儒家强调"慎独"之功，认为独处时亦能谨慎自守，不为私欲所动，此即保持人性之纯之要义。又强调"博学、审问、慎思、明辨、笃行"之功，认为通过不断学习与实践，可以逐渐领悟人性之奥秘，实现人心之完善与提升。

夫《大学》与《中庸》之心性之说，虽异名而实同。皆以人心应顺应天性为本，以善为基，以诚为用。而此顺应天性之道，实乃儒家心性学说之精要。故论《大学》与《中庸》之心性归同时，当知二者虽异名而实同，皆以人心顺应天性为本，以天地之道为佐引。

夫人心顺应天性之道，需内外兼修。内者，修心养性以善为本；外者，齐家治国平天下以诚为用。而此内外兼修之道，实与《大学》所言"格物、致知、诚意、正心、修身、齐家、治国、平天下"之道相契合。夫格物者，穷理尽性也；致知者，明心见性也；诚意者，心之所发皆诚也；正心者，心之所向皆正也；修身者，身之所行皆善也；齐家者，家之所治皆和也；治国者，国之所治皆安也；平天下者，天下之所平皆公也。

【第二十七章】

原文

　　大哉圣人之道！洋洋乎！发育万物，峻极于天。优优大哉！礼仪三百，威仪三千。待其人而后行。故曰苟不至德，至道不凝焉。故君子尊德性而道问学，致广大而尽精微，极高明而道中庸。温故而知新，敦厚以崇礼。是故居上不骄，为下不倍。国有道其言足以兴，国无道其默足以容。《诗》曰："既明且哲，以保其身。"其此之谓与？

心性归同　圣人之道的广博与心性归同

　　大哉圣人之道，洋洋发育万物，峻极于天，此言圣人之道，宏大无边，如同天地间之大道，滋养万物，高耸入云，无所不包，无所不涵。在《大学》之中，此道亦有所体现，首章即言"大学之道，在明明德，在亲民，在止于至善"，所强调者，亦是道德之广大，心性之高远。

　　优优大哉！礼仪三百，威仪三千，待其人而后行。此言礼仪之重要，且需待人而后行。

　　《大学》有云："自天子以至于庶人，壹是皆以修身为本。"修身者，乃心性归同之道也，而礼仪威仪，皆为修身之表现。故，《大学》之道与心性归同之

225

理相通，皆在于修身。

故曰苟不至德，至道不凝焉。此言德之重要，无德则道不凝。《大学》亦云："德者，本也。"德为本，道为末，无本则末不立。故君子务本，本立而道生。此亦心性归同之理，德为本，心性归同为道之体现。

君子尊德性而道问学，致广大而尽精微，极高明而道中庸。此言君子之道，既广大又精微，既高明又中庸。《大学》云："知止而后有定，定而后能静，静而后能安，安而后能虑，虑而后能得。"此过程既体现了心性归同之道，又彰显了君子之道的中庸与广大。心性归同，知止而定，定而静，静而安，安而虑，虑而得，此乃心性归同之路径，亦为君子之道。

温故而知新，敦厚以崇礼。此言温习旧知，领悟新知，且需以敦厚之态度尊崇礼仪。《大学》亦云："物有本末，事有终始，知所先后，则近道矣。"心性归同者，需明辨本末，知所先后，方能近道。温故知新，即是对本末先后的明晰，而敦厚崇礼，则是心性归同之表现。

是故居上不骄，为下不倍。此言君子无论处于何种地位，皆能保持心性归同，不骄不躁，谦逊有度。《大学》云："所谓修身在正其心者……心不在焉，视而不见，听而不闻，食而不知其味。"心性归同者，正其心，无论处于何种环境，皆能保持本心，不为外物所扰。

国有道其言足以兴，国无道其默足以容。此言君子之言行，皆以心性归同为本，有道则言足以兴邦，无道则默足以容身。《大学》亦倡导君子之行，皆以道德为本，无论世事如何变迁，皆能保持本心，不为世俗所染。

《诗》曰："既明且哲，以保其身。"此言心性归同者，既能明理通达，又能保全其身。《大学》之道亦在于此，通过修身齐家治国平天下之道，实现心性归同与社会和谐之目标。

综之，从心性归同的角度，《大学》之道更显得深邃而广阔。

乾坤既育，万物生光，性之为本，乃天赋之良。洋洋圣人之道，以性为纲，优优大哉！至德凝至道，皆由此性生光。非德性之尊，岂能至此洋洋？

天赋之性，峻极无双。礼仪因性而立，威仪以性而彰。若水之源，若木之根，皆由此性而长。故曰："性者，心之本，道之纲。"无性不成人，无性不成章。

尊性而行，道德自然明亮；依性而学，问学自然有方。性之广大，包含万物；性之精微，入于毫芒。极高明者，性之至也；道中庸者，性之常也。故君子之道，尊性而行，无所不往。

温故而知新，性之智也；敦厚以崇礼，性之仁也。性者，不骄不躁，不卑不亢。国有道，性之言足以兴邦；国无道，性之默足以存身。《诗》云："既明且哲，以保其身。"岂非性之明哲，能保其身乎？

《大学》有云："欲修其身者，先正其心。"心者，性之所发；性者，心之所依。心与性，相辅相成，不可分离。心之不正，性岂能纯？性之不纯，心岂能定？故修心必先养性，养性必先正心。心正则性纯，性纯则心定。

《大学》又云："心不在焉，视而不见，听而不闻，食而不知其味。"此皆心性不一之所致也。心性合一，则视听食息皆得其正。故《本章》所言之性与《大学》所论之心，实乃一体两面，不可分割。尊性即正心，正心即养性。心性相济，道德自成。

洋洋圣人之道，发育万物，峻极于天。皆因心性归同，道德乃全。《大学》论心，《本章》谈性，实则心性相通，不可分离。

心为性之发，性为心之依。心性合一，则视听言动皆得其正。若心性分离，则视听言动皆失其序。故欲修其身者，必先正其心；欲正其心者，必先养其性。

尊性而行，则心正而身修；依心而学，则性纯而道凝。心性归同，则道德自成。

【第二十八章】

原文 1

子曰:"愚而好自用,贱而好自专,生乎今之世,反古之道。如此者,灾及其身者也。"

心性归同 正心与诚意的内在要求

子曰:"愚而好自用,贱而好自专,生乎今之世,反古之道。如此者,灾及其身者也。"此语深揭人性之弊,亦启示心性修养之必需。今借此章精髓,与《大学》中心性之说相互印证,以阐明《大学》所言"心"与《中庸》此章所论"性",虽名异实同,终归于一心性之大理。

《中庸》此章首提"愚而好自用",意指无知者妄自尊大,擅自妄为,终无所成。此乃心性之弊一。人心易为外物所诱,若无智慧之光引领,便易陷入愚昧。故《大学》有云:"物有本末,事有终始,知所先后,则近道矣。"此言人心应洞悉事物之本末终始,以智慧为灯,方能趋近大道。由此可见,《大学》论"心"与《中庸》此章"愚而好自用"相呼应,皆强调人心需以智为导,不可妄行。此两者对于心性修养的见解不谋而合,共同揭示了智慧在人生修养中的重要性。

继而,《中庸》此章言及"贱而好自专",意指卑微者妄图掌控一切,僭越无礼，终招祸患。此乃心性之弊二。人性之尊，在于顺应天理，不僭不越。卑微者若好自专，便是逆天而行，必受天谴。故《大学》有云："身修而后家齐，家齐而后国治，国治而后天下平。"此言人性应修身、齐家、治国、平天下，以天理为尺，方能成就人生。由此可见，《大学》论"心"与《中庸》此章"贱而好自专"相契合，皆强调人性应顺天理，不可僭越。两者均从人性角度出发，阐述了顺应天理、恪守本分的重要性，为后世提供了宝贵的人生指南。

此外，《中庸》此章还言及"生乎今之世，反古之道"，意指今人易受时俗影响，背离古道。古道乃天地之道，人心应顺应而行。若背离古道，便是逆天而行，必遭灾祸。故《大学》有云："德者本也，财者末也。外本内末，争民施夺。"此言人心应以德为本，财为末。若舍本逐末，必失人心。由此可见，《大学》论"心"与《中庸》此章"反古之道"相呼应，皆强调人心应顺天理，以德为本。两者均强调了道德在人生中的核心地位，提醒人们要坚守道德底线，不为时俗所动。

最终，《中庸》此章以"如此者，灾及其身者也"作结，意指人心若不知而行、逆天而行、舍本逐末，必遭灾祸。灾祸乃天谴，天谴乃天心之怒，因人心悖天理而行所致。故《大学》有云："所谓修身在正其心者，身有所忿懥，则不得其正；有所恐惧，则不得其正；有所好乐，则不得其正；有所忧患，则不得其正。"此言人心若被忿懥、恐惧、好乐、忧患所蒙蔽，便无法保持正直。无法保持正直，便必遭灾祸。由此可见，《大学》论"心"与《中庸》此章"灾及其身"相契合，皆强调人心应正直无蔽，方能避灾祸。两者均从灾祸的角度出发，警示人们要时刻保持内心的清醒与正直，以免招致不必要的祸患。

又《大学》有云："所谓修身在正其心者，人之所欲，莫不有求；求而无得，则不能无忿；忿而无礼，则不可止矣。故心之所发，不可不慎也。"此言人心之动易为外物所引，故需谨慎自守，以善为导，不为外物所动。人性若能保持其善，则心之所发自然合乎礼义；心之所发若能合乎礼义，则自然能成就大德。两者均从心性修养的实践角度出发，阐述了保持人性之善和谨慎自守在人生中的重要作用，为后世提供了宝贵的人生实践指南。

人性若能保其善，不为之物所蔽；人心若能顺其天，至善至美，则生生而不息。此儒家所求之人生至境也。

综而论之，《大学》所述之"心"，《中庸》此章所论之"性"，名虽异而实则同。心者，人性之动也；性者，人心之根也。心性与人性，紧密相连，互为表里。儒家之道，强调人心当顺应天性，以善为本，以诚为基。本章文，实为世人提供了珍贵之人生修养指南也。

原文 2

非天子，不议礼，不制度，不考文。今天下车同轨，书同文，行同伦。虽有其位，苟无其德，不敢作礼乐焉；虽有其德，苟无其位，亦不敢作礼乐焉。

心性归同 德位相配的政治伦理

按本章所述，著者解曰："非天子之尊，不妄议礼制，不定制度规章，不考订文字。当今天下，车轨一统，文字货币相同，人们的行为都遵循同样的道德规范。即便身居高位，若无相应之德行，亦不可轻率地制订礼乐；即便拥有高尚的德行，如果没有相应的地位，同样也不能随意制订礼乐。故德位相配，议礼作乐，此乃天地之道，不可违背。不妄自尊大，亦不妄自菲薄。有其位者，更应以德行为先，以德配位，长治久安。夫礼乐者，乃社会之基石，非天子不可轻议。然天子亦需德位兼备，才能制订恰当的礼乐。天下人当修身立德，以配其位。如此，则天下安泰，百姓乐业也。"

孔子之《大学》《中庸》二篇，皆论及心性之归同。其中，《中庸》言"性"，而《大学》言"心"。此二者，虽表述有异，然其旨归则一。故有心性归同之论。

《大学》中，与《中庸》之"非天子，不议礼，不制度，不考文。今天下车同轨，书同文，行同伦。虽有其位，苟无其德，不敢作礼乐焉；虽有其德，苟无其位，亦不敢作礼乐焉"相对应者，乃"所谓修身在于正其心"一章。此章所言，正是心性归同之义。

《大学》曰："所谓修身在于正其心者，身修而后家齐，家齐而后国治，国治而后天下平。自天子以至于庶人，壹是皆以修身为本。其本乱而末治者否矣。其所厚者薄，而其所薄者厚，未之有也！"此段话中，修身、正心，是心性归同之基。修身在于正其心，而心正则身修。身修而后家齐，家齐而后国治，国治而后天下平。此即心性归同之道。

《中庸》所言："非天子，不议礼，不制度，不考文。今天下车同轨，书同文，行同伦。虽有其位，苟无其德，不敢作礼乐焉；虽有其德，苟无其位，亦不敢作礼乐焉。"则是言，礼乐之道，必须由天子来主持。今天下车同轨，书同文，行同伦，则是言天下之人，皆应遵循同一之礼乐。此即心性归同之实。

辨析二者，可以发现，《大学》重在心性之修养，而《中庸》则重在礼乐之道。心性归同，是修身之基；礼乐之道，则是心性归同之实。心性归同，是内在之修养；礼乐之道，则是外在之表现。心性归同，使人内在之心性达到一致；礼乐之道，则使人外在之行达到一致。

本章"非天子，不议礼，不制度，不考文。今天下车同轨，书同文，行同伦。虽有其位，苟无其德，不敢作礼乐焉；虽有其德，苟无其位，亦不敢作礼乐焉"之心性归同之特点，在于强调心性之修养与礼乐之道之重要性。心性归同，是修身之基，是齐家、治国、平天下之关键。礼乐之道，则是心性归同之实，是实现心性归同之手段。

原文 3

子曰："吾说夏礼，杞不足征也；吾学殷礼，有宋存焉；吾学周礼，今用之，吾从周。"

心性归同 儒家心性修养与个人品德塑造

昔孔子在《中庸》言："吾论夏礼，杞不足征也。吾习殷礼，宋有存焉。吾研周礼，今用之，吾从周。"此语表明孔子对于夏商周三朝礼制，有所研究而理解之，然于夏礼，孔子以为杞国已不足以证其实；于殷礼，虽宋尚有其遗迹，然孔子未亲历，仅可作为学问之对象；至于周礼，孔子亲身体验，实践其道，故决意追随周礼。

《大学》一书，论心性归同之义，与《中庸》中"心性归同"之论互相发明。其中，第二章"大学之道，在明明德，在亲民，在止于至善"乃"心性"之纲要。明明德，即显扬己之德性；亲民，即爱护民众；止于至善，即追求极善。此三者本为一理，由明明德以亲民，由亲民以止于至善。此与《中庸》中孔子之论相吻合，即通过三代礼制之研究，以求心性归同之道。

后续章文如"修身在于正其心"，"齐家在于修其身"，"治国在于齐其家"，"平天下在于治国"，皆为"心性归同"之具体发挥。修身、齐家、治国、平天下，实为递进之过程，由内而外，由个人至社会。此过程之归宿，即为心性归同。

《中庸》中"吾论夏礼，杞不足征也。吾习殷礼，宋有存焉。吾研周礼，今用之，吾从周"之言，《大学》中"修身在于正其心"可视为其具体发挥。正其心，即调适己之心性，使其合乎道德规范。此与孔子对三代礼制之态度相符，即通过对礼制之学习与理解，以求心性归同之道。

《大学》中"齐家在于修其身"，可视为《中庸》中"吾习殷礼，宋有存焉"之具体发挥。修其身，即调适己之行为，使其合乎道德规范。孔子由学习殷礼，发现宋国仍有其遗迹，此表明殷礼在一定程度上符合道德规范，故孔子决意从殷礼中寻求心性归同之道。

《大学》中"治国在于齐其家"，"平天下在于治国"，可视为《中庸》中"吾研周礼，今用之，吾从周"之具体发挥。齐其家，治国，平天下，实为递进之过程，由内而外，由个人至社会。此过程之归宿，即为心性归同。通过对周礼之学习与

瀛海笔谭

理解，孔子发现周礼在当时社会中仍发挥重要作用，故决意从周礼中寻求心性归同之道。

综论《大学》一书，详述心性归同之理，为后世提供修身、齐家、治国、平天下之理论指导。《中庸》中"吾论夏礼，杞不足征也。吾习殷礼，宋有存焉。吾研周礼，今用之，吾从周"则为心性归同之具体实践。两者相互发明，共同构筑儒家心性归同之思想体系。

孔子此段话，体现其历史观与价值观。孔子认为历史为发展之过程，礼制亦随时代变迁而不断完善。孔子尊重历史，非盲目复古，而根据时代需求，选择最适之礼制。此正为儒家心性归同之特色，即在尊重传统基础上，追求时代之进步与发展。

自心性归同之视角观之，孔子于斯言中显露心性一统之价值取向。孔子曰：无论夏礼、殷礼，抑或周礼，皆古人之睿思所凝，蕴含心性之法则。孔子潜心研礼，意在探寻其规律，以之为行为指南，期达心性一统之境。此等寻求心性一统之理念，实乃儒家所求之至境也。

【第二十九章】

原文 1

王天下有三重焉，其寡过矣乎！上焉者，虽善无征，无征不信，不信民弗从。下焉者，虽善不尊，不尊不信，不信民弗从。

心性归同 明明德与王天下

今观"王天下有三重焉"一章，特论王者治理天下之大道，而此道实与人性之善恶、诚信、尊贵紧密相连，乃心性归同之要义所在。

首论，《中庸》论"性"于王道之微。

《中庸》云："王天下有三重焉，其寡过矣乎！"此言王者欲治理天下，必有三重关键，方能减少过失，成就王道。而此三重关键，皆以人性为本，顺天而行。

首重者，为"虽善无征，无征不信，不信民弗从"。夫王者之善，源于人性之善本。然善心虽具，若无实际行动以证明之，则民众难以信服。盖人性之中，有求真务实之本能。王者欲得民心，必先以真诚之心，行实际之事，使民众见其实而信其言。此中"性"之体现，乃真诚与务实也。王者之善，非但内心之善念，更需见于行事之善果。故善无征则不信，不信则民弗从，此乃王道治理之第一重关键。

次重者，为"虽善不尊，不尊不信，不信民弗从"。夫王者之尊贵，非仅地位之高，更在于内心之修养与品德。王者若能以尊贵之品质，行高尚之事，则民众自然敬之信之。盖人性之中，有崇高与卑贱之分别。王者欲得民心之敬，必先自尊自贵，以崇高之品德，行正义之事。此中"性"之体现，乃尊贵与正义也。王者之尊贵，非但外在之地位，更需内在之修养。故善不尊则不信，不信则民弗从，此乃王道治理之第二重关键。

夫此二者，皆以人性之善本为根基，顺天而行，方能得民心而安天下。然王者之善与尊贵，非但内心之修养，更需见于外在之行事。故《中庸》又云："力行近乎仁"，此言王者需以力行实践其善与尊贵，方能近乎仁道，成就王道。

二论，《大学》之"心"与《中庸》之"性"相通。

《大学》之道，在于明明德、亲民、止于至善。而此三者，皆以"心"为本。夫心者，人性之主宰，万化之源泉。故《大学》所论之"心"，与《中庸》所论之"性"，实乃相通相契。

《大学》云："所谓诚其意者：毋自欺也。"此言心之诚也。夫诚者，心之实也，无伪无欺。王者欲使民众信服，必先诚其意，毋自欺于人。此与《中庸》所论"虽善无征，无征不信"之理相通。盖心之诚，则行之果必真；心之伪，则行之果必假。故王者之善，必以心之诚为本。诚其意者，乃能明其性；明其性者，乃能行其善。此乃心性相通之要义也。

又《大学》云："正其心者，先诚其意。"此言心之正也。夫心正则行正，心邪则行邪。王者欲使王道正则，必先正其心，以崇高之品德示人。此与《中庸》所论"虽善不尊，不尊不信"之理相契。盖心之正，则行之果必善；心之邪，则行之果必恶。故王者之尊贵，必以心之正为本。正其心者，乃能尊其性；尊其性者，乃能行其正义。此乃心性相契之要义也。

夫《大学》所论之"心"，实则包含了人性之善恶、诚信、尊贵等要义。而此等要义，又与《中庸》所论之"性"相辅相成。故心性归同，乃儒学之大道所在。

王者欲治理天下，必明此心性归同之理，能顺应天道、得民心而安天下。故古之王者明治，必洞悉心性之微。心性归同，儒学之至理，贯通天人之际。故王者修身齐家，必先诚心正意，尊性崇德。如此，而能内圣而外王，顺应天道，得民心，而安天下。此心性归同之理，古之王者自知，故有所建树也。

综而言之，本章文论"性"，侧重于人性之善本及尊贵正义，强调真诚务实与内在修养之外化，乃王道治理之关键。《大学》则言"心"，重心之诚正，明心见性，以心之善恶、诚信、尊贵为基石，成就至善之德。心性归同，贯通天人，古之王者明治，因洞悉此理。修身齐家，诚心正意，尊性崇德，而能内圣外王，从而顺应天道，得民心而安天下。

原文 2

故君子之道，本诸身，征诸庶民，考诸三王而不缪，建诸天地而不悖，质诸鬼神而无疑，百世以俟圣人而不惑。质诸鬼神而无疑，知天也；百世以俟圣人而不惑，知人也。是故君子动而世为天下道，行而世为天下法，言而世为天下则。远之则有望，近之则不厌。

心性归同 内在性、实践性与超越性的三个维度

《中庸》与《大学》皆为儒家经典，其思想精髓相辅相成。《中庸》言"性"，《大学》言"心"，然二者于心性归同之视角，可相互印证。本章："故君子之道，本诸身，征诸庶民，考诸三王而不缪，建诸天地而不悖，质诸鬼神而无疑，百世以俟圣人而不惑。质诸鬼神而无疑，知天也；百世以俟圣人而不惑，知人也。是故君子动而世为天下道，行而世为天下法，言而世为天下则。远之则有望，近之则不厌。"即为心性归同之论述。

在《大学》中，可找到与本章相对应之章文及内容。如《大学》之首章："大

学之道，在明明德，在亲民，在止于至善。"明明德即为本章之"本诸身"，亲民即为本章之"征诸庶民"，止于至善即为本章之"建诸天地而不悖"。又如《大学》之第二章："所谓修身在于正其心。"修身即为本章之"动而世为天下道"，正心即为本章之"行而世为天下法"。由此可见，《大学》各章文内容与本章心性归同之观点相互呼应。

本章之心性归同，以下数端可资以明其理。

性即心。本章所言"故君子之道，本诸身"，即指君子之道源于内心。心性归同，即心与性相通，心为性之表现，性为心之本质。在《中庸》中，亦提及"性"与"心"之关系："性相近也，习相远也。"性相近，即心性归同之基础；习相远，即心性归同之障碍。

心性归同之实践。本章所言"征诸庶民，考诸三王而不缪"，即指心性归同之实践需以庶民为本，以三王为借鉴，以求真理。心性归同并非空谈，而是需在实践中不断验证、完善。在《大学》中，亦强调实践的重要性："所谓诚其意者：毋自欺也。"诚其意，即心性归同之实践；毋自欺，即心性归同之态度。

心性归同之境界。本章所言"质诸鬼神而无疑，百世以俟圣人而不惑"，即指心性归同之境界为超越时空，得到天地鬼神之认可，百世之后，圣人亦无惑。心性归同之境界，即为至善之地，至真之境。在《中庸》中，亦提及心性归同之境界："致中和，天地位焉，万物育焉。"致中和，即心性归同之境界；天地位焉，万物育焉，即心性归同之效果。

本章之心性归同特点如下。

内在性。本章强调心性归同之内在性，即心性归同源于内心，心为性之表现，性为心之本质。内外相通，心性归同。

实践性。本章强调心性归同之实践性，即心性归同需在实践中不断验证、完善。征诸庶民，考诸三王，心性归同之道得以践行。

超越性。本章强调心性归同之超越性，即心性归同之境界为超越时空，得到天地鬼神之认可。心性归同，可达至善之地，至真之境。

心性归同之修养。本章所言"动而世为天下道，行而世为天下法，言而世为天下则"，即指心性归同之修养，需以行为准则，以言语为规范，以动作为世道之引领。心性归同不仅是内在的道德修养，更是外在行为的表现。在《大学》中，亦提及修养之道："所谓修身在于正其心。"修身即为本章之"动而世为天下道"，正心即为本章之"行而世为天下法"。心性归同之修养，需内外兼修，言行一致。

心性归同之影响。本章所言"远之则有望，近之则不厌"，即指心性归同践行者，能获得远近之人之尊敬与喜爱。心性归同践行者，以其高尚之品德，影响着周围之人，使他们也追求心性归同之境界。在《大学》中，亦强调修身之影响："所谓治国必先齐其家。"治国即为本章之"远之则有望"，齐家即为本章之"近之则不厌"。心性归同之影响，是潜移默化之中，使众人向善。

原文3

《诗》曰："在彼无恶，在此无射。庶几夙夜，以永终誉。"君子未有不如此而蚤有誉于天下者也。

心性归同 从诚意到正心的心性归同之路

昔者，《中庸》言"性"，《大学》言"心"，二者皆探求人之内在本原，以求得道德之极致。然则，《大学》《中庸》心性归同之旨，何在？今试寻之。

《大学》一书，开篇即言"大学之道，在明明德，在亲民，在止于至善。"明明德者，明其心也；亲民者，爱民如子也；至善者，道德之极也。此三者，实为一事，即心性归同之旨。而《中庸》本章（《诗》曰："在彼无恶，在此无射。庶几夙夜，以永终誉。"君子未有不如此而蚤有誉于天下者也。）亦言："在彼无恶，在此无射。庶几夙夜，以永终誉。"此与《大学》心性归同之旨，异曲同工。

在《大学》中，欲明心性归同之旨，首当其冲者即为"诚意"一章。诚意者，真心实意也。人之为善，必先诚意。无诚意，则无真心，无真心，则无法明其心性。故《大学》言："所谓诚其意者：毋自欺也。"此即《中庸》本章之意。在彼无恶，在此无射，庶几夙夜，以永终誉。君子未有不如此而蚤有誉于天下者也。诚意之道，即心性归同之始。

其次，《大学》中"正心"一章，亦与心性归同之旨密切相关。正心者，正其心也。心正则身正，身正则天下正。故《大学》言："所谓正其心者，必诚其意。"亦即《中庸》本章之意。在彼无恶，在此无射，庶几夙夜，以永终誉。君子未有不如此而蚤有誉于天下者也。正心之道，即心性归同之基。

再者，《大学》中"修身"一章，亦与心性归同之旨紧密相连。修身者，修其身也。身修则心修，心修则性修。故《大学》言："所谓修身在于正其心。"此即《中庸》本章之意。在彼无恶，在此无射，庶几夙夜，以永终誉。君子未有不如此而蚤有誉于天下者也。修身之道，即心性归同之果。

《大学》《中庸》心性归同之旨，在于诚意、正心、修身。此三者，实为一事，即心性归同。而《中庸》本章（《诗》曰："在彼无恶，在此无射。庶几夙夜，以永终誉。"君子未有不如此而蚤有誉于天下者也。）所言，亦为此意。在彼无恶，在此无射，庶几夙夜，以永终誉。君子未有不如此而蚤有誉于天下者也。此即心性归同之特点，无论在任何时候，任何地点，都能保持内心的纯洁，不受外界的干扰，始终追求道德的极致。

《大学》《中庸》心性归同之论，实乃儒家学说之核心，寓言于经，发人深省。《中庸》之"性"与《大学》之"心"，一脉相承，皆为儒家道德修养之基。《诗》云："在彼无恶，在此无射。庶几夙夜，以永终誉。"此诗所言，无恶无射，即心性之纯净，无有任何污染；夙夜不懈，即修心之恒心，无有任何间断。君子之所以蚤有誉于天下，正是因其心性归同，道德修养深厚，故能获得众人之尊敬。

进一步论之，《大学》中"修身"一章，实为心性归同之实践。修身之道，在于正其心，诚其意，修身齐家治国平天下，皆以此为基础。正如《中庸》所云：

"善人教民七年，亦可以即戎矣。"此言教化之功，亦即心性归同之效。教育民众，使其心性归同，道德修养提高，国家自然得以治理，社会得以和谐。

又，《大学》中"齐家"一章，亦与心性归同之论紧密相连。齐家之道，在于修身之道，正心诚意，使家人和睦相处，共享天伦之乐。此即心性归同之家庭实践。《中庸》所言："一家仁，一国兴仁；一家让，一国兴让。"此即家庭心性归同之影响，亦为国家社会和谐之基础。

此外，《大学》中"治国"一章，更明确指出心性归同之重要性。治国之道，在于明明德，亲民，止于至善。明明德，即心性归同之表现；亲民，即心性归同之实践；至善，即心性归同之目标。故《中庸》所言："知之者不如好之者，好之者不如乐之者。"即以儒治国者，必须归同心性，乐于此道，才可真正治国安民。

《大学》中"平天下"一章，为心性归同之最高境界。平天下之道，在于亲民，使民得其所，心性归同。此即《中庸》所云："民为贵，社稷次之，君为轻。"

第二十章

原文

仲尼祖述尧、舜，宪章文、武，上律天时，下袭水土。辟如天地之无不持载，无不覆帱，辟如四时之错行，如日月之代明。万物并育而不相害，道并行而不相悖。小德川流，大德敦化。此天地之所以为大也！

心性归同 修齐治国平天下的实践路径

《大学》开篇即言"大学之道，在明明德"。此言所扬者，光明之德行也，与仲尼所述圣人德行相应。明明德者，心性归同之基石，意在彰显并提升个人内在之德行。

修身在正其心。《大学》第八章有"修身在正其心"之论，详述如何修正己心，以求心性归同。此论与仲尼所述圣人之心性之德行涵养颇为契合，皆重心性之要。

家齐、国治、天下平。《大学》有云："身修而后家齐，家齐而后国治，国治而后天下平。"此言个人心性之德行涵养与社会和谐之紧密关联。与仲尼所言"万物并育而不相害，道并行而不相悖"之理相通，皆重和谐共生之要义。

仲尼，大智慧者也，继承尧舜之典范，宪章文武之精华。其智慧，上顺天时之变迁，下应水土之灵气。彼之智慧，如天地之广袤，无所不载，无所不覆；又似四时之更迭，日月之交辉，尽显万物之生长收藏。

其智慧，犹天地之造化，包罗万象，无所不包。如日月之运行，星辰之闪烁，揭示宇宙之奥秘；如山川之壮丽，河流之奔腾，展现自然之神奇。其智慧，如春风之拂面，秋水之潺潺，温暖人心，滋润万物。

彼之智慧，深入浅出，揭示性之至理。性者，人之本也，天之所赋也。性善论，性恶论，皆为其智慧之体现。性善论者，言人之本性善良，需善加培养；性恶论者，言人之本性恶浊，需谨慎修剪。二者皆认为，人之性格，可通过后天的教化与修养，得以改变与提升。

仲尼之智慧，如明灯照亮黑暗，佐引人们追求真理，修养品德。其教化，如春风化雨，润物无声，使人们明白，性之至理，在于自我修养，自我提升。只有通过不断地学习与实践，才能达到性与天的和谐，实现人生的价值。

故仲尼之智慧，不仅是一种思想，一种理论，更是一种人生哲学，一种人生态度。

性者，乃万物之本，天地之心。小德川流，乃性之流动，如水之流淌，温润而细腻；大德敦化，乃性之彰显，如山之沉稳，厚重而深远。性之所至，万物并育而不相害，道并行而不相悖，此皆性之和谐，性之包容也。

故知仲尼之性，乃天地之大性，包容万物，化育群生。其性如光，照耀四方；其性如水，滋养万物。彼以性为本，以智为用，故能祖述尧舜，宪章文武，上律天时，下袭水土。此乃性之大者，仲尼之智也。

心正则性明，性明则智生。仲尼之性，源于其心之正；其心之正，又显其性之明。故知心与性，相辅相成，缺一不可。

仲尼之性，如天地之广袤；其心之正，如日月之光明。彼之心性合一，祖述尧舜，宪章文武。而《大学》所言"心"，亦强调心之正，身修、家齐、国治、天下平。故知仲尼之性与《大学》之"心"，实乃相通，皆以正心为本，以明性为用。

天地之大德，在于化生万物；人心之至善，源于正心诚意。仲尼之性，融天地之大德，汇人心之至善，实乃性与心之归同。

《大学》云："欲修其身者，先正其心。"心正则性显，性显则智生。仲尼之智，源于其心之正，显于其性之明。故知正心为修身之本，明性为智慧之源。

彼之性与心，如天地之阴阳，相得益彰，合二为一。性为心之本，心为性之用。心性归同，进而通达儒学之道，洞悉人心之理。故仲尼之性与《大学》之"心"，归同于正心诚意之中，归同于智慧之道中。

仲尼之智，非但源于其心之正，亦显于其性之明。彼以正心为本，以明性为用，祖述尧舜之典范，宪章文武之精华。而吾辈欲求智慧之道者，亦当先正其心而后明其性也。进而通达儒学之道、洞悉人心之理矣！

夫心性归同，盖在于日常修行之中也。时刻保持心之清净、性之明朗；时刻追求心之正直、性之善良；时刻反省自身言行举止是否符合道义、是否符合天地之心意也！

【第三十一章】

原文 1

唯天下至圣，为能聪明睿知，足以有临也；宽裕温柔，足以有容也；发强刚毅，足以有执也；齐庄中正，足以有敬也；文理密察，足以有别也。

心性归同 儒家思想中的个人修养与社会和谐

夫《中庸》本章文，深探性命之道，而于"性"之论述，尤为精微。今观"唯天下至圣，为能聪明睿知，足以有临也；宽裕温柔，足以有容也；发强刚毅，足以有执也；齐庄中正，足以有敬也；文理密察，足以有别也"一章，实乃揭示至圣之性，亦即人性之极致。而《大学》之道，虽重在"心"之修养，然"心""性"相通，终归于一。故本文欲就此章与《大学》相应章节，论其"心性归同"之妙。

一、聪明睿知与心之明智。《中庸》本章文云："唯天下至圣，为能聪明睿知，足以有临也。"此言至圣之性，聪明睿智，足以统御万物。夫聪明者，耳聪目明，能察秋毫之末；睿知者，智慧深远，能通天地之理。此皆人性之光辉，亦心之明智所现。故《大学》有云："知止而后有定，定而后能静，静而后能安，安而后能虑，虑而后能得。"此言心之知止，进而定、静、安、虑、得，实乃心之明智之体现。至圣之性，聪明睿知，亦不过心之明智之至极。故知，《中庸》本章文之"性"与《大学》之"心"，于此处心性归同，皆显明智之妙。

二、宽裕温柔与心之仁爱。《中庸》本章文又云："宽裕温柔，足以有容也。"此言至圣之性，宽裕温柔，能容万物。夫宽裕者，胸怀广阔，无所不包；温柔者，性情和顺，无所不容。此皆人性之美德，亦心之仁爱所现。故《大学》有云："身修而后家齐，家齐而后国治，国治而后天下平。"此言心之仁爱，进而能修身、齐家、治国、平天下。至圣之性，宽裕温柔，亦不过心之仁爱之广施耳。故知，《中庸》本章文之"性"与《大学》之"心"，于此处心性归同，皆显仁爱之德。

三、发强刚毅与心之勇气。《中庸》本章文再云："发强刚毅，足以有执也。"此言至圣之性，发强刚毅，能执守正道。夫发强者，奋发向前，无所畏惧；刚毅者，坚定不移，无所动摇。此皆人性之刚健，亦心之勇气所现。故《大学》有云："富润屋，德润身，心广体胖。"此言心之勇气，则能富贵不能淫，贫贱不能移，威武不能屈。至圣之性，发强刚毅，亦不过心之勇气之坚守耳。故知，《中庸》本章文之"性"与《大学》之"心"，于此处心性归同，皆显勇气之坚。

四、齐庄中正与心之恭敬。《中庸》本章文续云："齐庄中正，足以有敬也。"此言至圣之性，齐庄中正，能恭敬天地人伦。夫齐庄者，整齐严肃，不苟言笑；中正者，不偏不倚，合于中道。此皆人性之庄严，亦心之恭敬所现。故《大学》有云："所谓修身在正其心者，人之所欲，莫甚于生；所欲有甚于生者，故不为苟得也。"此言心之恭敬，进而尊重生命，不为苟得。至圣之性，齐庄中正，亦不过心之恭敬之体现耳。故知，《中庸》本章文之"性"与《大学》之"心"，于此处心性归同，皆显恭敬之庄。

五、文理密察与心之精明。《中庸》本章文终云："文理密察，足以有别也。"此言至圣之性，文理密察，能辨别是非。夫文理者，文章条理，清晰明了；密察者，观察细致，无所遗漏。此皆人性之精明，亦心之精明所现。故《大学》有云："物有本末，事有终始，知所先后，则近道矣。"此言心之精明，进而能明辨是非，知所先后。至圣之性，文理密察，亦不过心之精明之运用耳。故知，《中庸》

本章文之"性"与《大学》之"心"，于此处心性归同，皆显精明之辨。

综上所述，《中庸》本章所论之"性"，与《大学》相应章节所论之"心"，实乃心性归同，相通相契。夫心性者，人性与心之统称，实乃一物两面，不可分离。故《中庸》论"性"，实则兼论"心"；《大学》言"心"，实则亦涉"性"。两者相辅相成，共同构成儒学之心性学说。王者欲明治天下，必先明此心性归同之理，方能顺应天道，得民心而安天下。故古之儒者，皆重视心性之修养，以期达到内圣外王之境。此心性归同之妙，实乃儒学之精髓所在。

心性归同之理，乃在于心与性之相通，道与德之相融。心性归同者，谓人性与心志之所归一也。盖《中庸》论性，而《大学》谈心，虽各有侧重，然其归一之道则同。性者，心之根本，定人心之善恶；心者，性之显现，示人性之贤愚。性若水源之深静，心似波澜之动荡；性为体之基础，心为用之表现。二者相辅以成，缺一则不全矣。故知人性之本质，而后能安定其心志；心志既定，方能尽展人性之本真。儒者修身之道，要在洞悉心志，明了人性，以臻至善之境界。此乃"心性归同"之所在也。

心性之明，皆源于天道之光明；心性之容，皆合于地道之厚德；心性之执，皆行于人道之正义；心性之敬，皆尊于礼乐之教化；心性之别，皆辨于文理之精微。故言心性归同，乃天地人之道合而为一也。

然则，《大学》之心与《中庸》之性何以归同乎？盖因心者性之用，性者心之体。心性相通，体用一源。心之明睿，性之诚明也；心之宽裕，性之博厚也；心之刚毅，性之高明也；心之齐庄中正，性之尊贤使能也；心之文理密察，性之精微辨别也。心性归同，道之所在。

夫心性之道大矣哉！心之明睿，足以察天地之奥理；性之博厚，足以载万物之生机。心性归同者，得天地人之正道而行之于世，则无往而不利矣！故言心性者，必言其道也；言其道者必言其心性也。心性之道，一而二，二而一，一而不二，不二而一者也！

溥博渊泉，而时出之。溥博如天，渊泉如渊。见而民莫不敬，言而民莫不信，行而民莫不说。是以声名洋溢乎中国，施及蛮貊。舟车所至，人力所通，天之所覆，地之所载，日月所照，霜露所队，凡有血气者，莫不尊亲。故曰配天。

心性归同 明明德与诚之本的伦理学解读

一、《中庸》论性与《大学》言心。《中庸》本章文云："溥博渊泉，而时出之。溥博如天，渊泉如渊。"此言至诚之性，如天之溥博，如渊之深邃，时而出之，则能泽被万物。夫性者，人之本质，天赋之德，藏于内而发于外。至诚之性，乃人性之极致，与天道相合，故能溥博渊泉，无所不至。

而《大学》之道，则重在"心"之修养。其云："大学之道，在明明德，在亲民，在止于至善。"又云："古之欲明明德于天下者，先治其国；欲治其国者，先齐其家；欲齐其家者，先修其身；欲修其身者，先正其心；欲正其心者，先诚其意。"此言心之修养，乃明明德、亲民、止于至善之本。心者，人之主宰，神明之舍，藏智慧、情感、意志于其中。故心之修养，实为人生之根本。

然则，《中庸》之"性"与《大学》之"心"，虽名异而实同。性者，心之体；心者，性之用。性藏于内，心显于外。故心性相通，归同于一。

二、心性归同。《中庸》本章文云："溥博渊泉，而时出之。"此言至诚之性，如溥博之渊泉，时而出之，滋润万物。夫溥博者，广大无边；渊泉者，深邃无尽。此皆人性之广大与深邃也。而《大学》云："知其本，则知之矣；不知其本，茫然无所知。"又云："物有本末，事有终始，知所先后，则近道矣。"此言心之广大，在于知其本，即知天命、人性之本原。故知，《中庸》之"性"与《大学》之"心"，皆显广大之妙，心性归同于此。夫心性之广大，实乃儒学之根本所在。性者，内在之本质，天赋之德性；心者，外在之显现，神明之主宰。性藏于内，心显于外，心性相通，归同于一。故知，《中庸》之"性"与《大学》之"心"，虽名异而实同，皆显广大之妙。广大者，无所不包，无所不容。如天之高远，地之深厚，皆心性之广大所显。儒者修身齐家治国平天下，皆需明此心性归同之理，进而顺应天道，得民心而安天下。故心性之广大，实为儒者必修之学问，亦儒学之大道所在。愿诸儒者皆能明此心性归同之理，修身养性，以广大之心性，包容万物，顺应天道，成就儒家之大道。

《中庸》本章文云："见而民莫不敬，言而民莫不信，行而民莫不说。"此言至诚之性，见于外则民敬，言于外则民信，行于外则民悦。夫敬者，尊敬之心；信者，信任之基；悦者，喜悦之情。此皆人性之诚正与和顺也。而《大学》云："诚意正心，修身齐家，治国平天下。"又云："所谓诚其意者：毋自欺也。如恶恶臭，如好好色，此之谓自谦。故君子必慎其独也！"此言心之诚正，进而能修身、齐家、治国、平天下，使民敬信悦服。故知，《中庸》之"性"与《大学》之"心"，皆显诚正之功，心性归同于此。诚正者，心性之本也。夫诚者，真诚无伪；正者，正直无邪。至诚之性，显于外则民敬信悦服，此人性之诚正所致也。而心之诚正，进而能修身齐家治国平天下，此亦心性之诚正所显。故知，《中庸》之"性"与《大学》之"心"，皆以诚正为本，心性归同于此。儒者欲修身齐家治国平天下，必先明此心性归同之理。

《中庸》本章文云："是以声名洋溢乎中国，施及蛮貊。舟车所至，人力所通，天之所覆，地之所载，日月所照，霜露所队，凡有血气者，莫不尊亲。故曰配天。"此言至诚之性，声名远播，洋溢乎中国，乃至蛮貊之地，无所不至，无所不亲。夫声名者，德行之表；洋溢者，充满之状；尊亲者，敬仰之情。此皆人性之光明与伟大也。而《大学》云："德润身，心广体胖。"又云："富润屋，德润身，心广体胖，故君子必诚其意。"此言心之光明，则德行润身，心体宽广，无所不容。故知，《中庸》之"性"与《大学》之"心"，皆显光明之德，心性归同于此。光明之德，乃心性之极致。至诚之性，声名远播，为众人所尊亲，此人性之光明所照也，此亦心性之光明所显。故《中庸》之"性"与《大学》之"心"，皆以光明为德也。

【第三十二章】

原文

　　唯天下至诚，为能经纶天下之大经，立天下之大本，知天地之化育。夫焉有所倚？肫肫其仁，渊渊其渊，浩浩其天。苟不固聪明圣知达天德者，其孰能知之？

心性归同 从心性归同到至善之道的理念

　　夫儒道之深远，莫过于《中庸》之论"性"与《大学》之言"心"，二者虽各有侧重，然终归于心性之同一。而《中庸》第三十二章之文，比照《大学》相应章节，其心性归同之处，庶几可得儒学之精微大义。

　　《中庸》有云："唯天下至诚，为能经纶天下之大经，立天下之大本，知天地之化育。"此言至诚之性，实为天地之道，乃天地之根本，为万物生长化育之源泉，万物之化育所由出也。至诚者，心性之极致，此诚非由外铄，亦非由物诱，乃内发于心，本自具足，纯一无伪，无有杂染。

　　故至诚者能经纬天地，以诚为纲，以信为目，纲纪群伦，使万物各得其所。又能立天下之大本，以诚为本，以仁为体，知万物生成变化之理，洞察秋毫，无有不明。此心性之纯，犹如日中天，光照四方，无所不照，无所不烛，万物皆得其光，皆得其暖。

儒者修身齐家治国平天下，皆以心性之修为本。心性归同，则内外合一，动静得宜。故当致力于心性之修，以诚为本，以明为用。诚则心性光明，明则万物皆显。由此而能经纬天地，纲纪群伦，立天下之大本，知万物生成变化之理。此乃儒学之精髓，心性归同之妙用也。

《大学》则曰："心不在焉，视而不见，听而不闻，食而不知其味。"此言心之主宰，万物之根本，心不存则一切皆失其真。心者，性之发见处，性之本体虽静，而心则动而能应万物。故《大学》又云："欲修其身者，先正其心；欲正其心者，先诚其意。"意诚则心正，心正则身修，身修则家齐，家齐则国治，国治则天下平。此心性之修，由内而外，由微至著，皆本于心之诚与不诚。

观《中庸》之论"性"与《大学》之言"心"，二者实乃一体两面，相辅相成，心性归同，本无二致，无有差异。至诚之性，乃天赋之良，非外铄也，实乃内发于心，根于性而形于情，故曰心性归同。心性之纯，犹如日中天，光明普照，无所不照，诚则性明，不诚则性隐。

性之本体虽静谧无动，然心则灵动不居，能应万物之变。心之动，乃性之发见处，性静而心动，乃心性之动静相宜"象"，而心性之修，皆在于心之诚与不诚，诚则心性光明，不诚则心性晦暗。

《中庸》所谓"经纶天下之大经，立天下之大本，知天地之化育"，此非但言圣人治理天下之道，亦喻心性之广大精微。心性之广大，如天地之无垠，能包容万物；心性之精微，如丝缕之经纬，能条理万端。故至诚之性，能经纬天地，纲纪群伦，立天下之大本，知万物生成变化之理。

而《大学》所言"正心诚意"，亦是指向心性之修。心之正，在于意之诚；意之诚，则心自无不正。心性之修，非外求也，内省而已。故《大学》强调修身齐家治国平天下，皆以心性之修为本。心性之修，即所以立天下之大本，知天地之化育也。

由此观之，《中庸》之论"性"与《大学》之言"心"，实乃心性归同之论。心性之纯，如日中天，无所不照，无所不烛。心性之修，皆在于心之诚与不诚。心之诚，则性显；心之不诚，则性隐。故儒道之深远，莫过于心性之修，心性之修，则天下平矣。

再进而言之，心性之归同，不仅在于其本体之纯一无伪，更在于其功能之广大精微。心性之纯，如潭水之深，如苍天之广，能包容万物，能条理万端。此心性之功能，实乃天地之德，万物之原。而心之动，即性之发见处，心之诚与不诚，即性之显与不显也。

【第三十三章】

《诗》曰："衣锦尚絅。"恶其文之著也。故君子之道，暗然而日章；小人之道，的然而日亡。君子之道，淡而不厌，简而文，温而理，知远之近，知风之自，知微之显，可与入德矣。

心性归同 淡而不厌，简而文，温而理

昔者，《中庸》言"性"，《大学》言"心"，二者皆探求人之内在本原，以求明道德之至理。然则，《大学》《中庸》心性归同之旨，如何体现于具体篇章之中？

《大学》一书，开篇即言"大学之道，在明明德"，明德者，心性之谓也。书中诸多篇章，如"诚意""正心""修身"等，皆围绕心性展开，强调内心之修养，以达到道德之境界。而《中庸》则从"天命之谓性"出发，论述性与天道之关系，强调人性本善，只需遵循天道，即可实现心性之升华。

《大学》所论之道，实为修身齐家治国平天下之基。明德者，心性之光明也。心性光明，进而诚意正心，修身养性。诚意者，真心实意，不为虚伪；正心者，中心端正，不为邪曲；修身者，身心合一，不为分裂。此三者，皆为明德之体现，

亦为心性之修养。

《中庸》则从天道之角度论述心性。天命之谓性，性者，心性也。明德修身，人道也；遵循天道，天道也。心性本善，乃天道所赋予。天道无私，人道好善，人能顺其自然，即可得心性之真也。

综上所述，《大学》《中庸》皆强调心性之修养，以达到道德之境界。二者从不同角度出发，然心性归同之旨，一脉相承。君子若能明德修身，遵循天道，即可实现心性之升华，达到道德之境界，从而更好地修身齐家治国平天下。

本章，《诗》曰："衣锦尚絅。"恶其文之著也。故君子之道，暗然而日章；小人之道，的然而日亡。君子之道，淡而不厌，简而文，温而理，知远之近，知风之自，知微之显，可与入德矣。所言，君子之道，暗然而日章，小人之道，的然而日亡。此即心性归同之体现。君子内在道德修养深厚，不需张扬，自然流露，日积月累，愈发显著。而小人虽表面文章做得好看，然内在道德空虚，日渐暴露，终至灭亡。

《诗》云："衣锦尚絅"，恶其文之彰著也。故君子之道，幽微而日益彰明；小人之行，炫耀而日渐消亡。君子之德，淡泊无厌，简约而文雅，温和且条理，知远由近，识风之源，察微之显，此乃入德之径也。

所言君子之道，幽微日彰，小人之行，炫耀日亡，实乃心性归同之表征。君子内修心性，不事外饰，其德自然流露，日积月累，愈显其光。小人虽外饰繁华，然内无实德，日久必露其陋，终至败亡。此段论述，既揭心性归同之内涵，又显君子之道之重要。中庸论性，大学谈心，儒学终以心性归同为本，此乃修身齐家治国平天下之基石矣。

《大学》中，与本章相对应之篇章，如"诚意""正心"等，皆强调内心之修养。如"诚意"篇言："所谓诚其意者：毋自欺也。"强调内心真诚，不自我欺骗。又如"正心"篇言："所谓修身在于正其心。"指出修身之关键在于正心。这些篇章，与本章之心性归同之旨，相互印证，共同丰富了《大学》心性修养之体系。

《中庸》之中，与本章相对应之篇章，如"天命""慎独"等，亦强调心性之修养。如"天命"篇言："天命之谓性，率性之谓道。"又如"慎独"篇言："莫见乎隐，莫显乎微。故君子慎其独也。"强调在无人看见之处，也要保持心性之纯洁。共同丰富了《中庸》心性修养之体系。

本章之心性归同，淡而不厌，简而文，温而理，知远之近，知风之自，知微之显。此即君子之道，内在修养深厚，外表温文尔雅，知进退，明是非。如《大学》所谓"修身在于正其心"，《中庸》所谓"慎其独也"。此即心性归同之特点，亦为君子与小人之心性修养之区别。

原文 2

《诗》云："潜虽伏矣，亦孔之昭！"故君子内省不疚，无恶于志。君子之所不可及者，其唯人之所不见乎？

心性归同 知远之近，知风之自，知微之显

昔者，《中庸》言"性"，《大学》言"心"，二者皆儒家经典，为后世学之者所宗。然则《大学》《中庸》所言"心性归同"，究竟何在？吾试从二者之视角，寻觅本章（《诗》云："潜虽伏矣，亦孔之昭！"故君子内省不疚，无恶于志。君子之所不可及者，其唯人之所不见乎？）之"心性归同"，以期阐明其特点。

《大学》一书，开篇即言"大学之道，在明明德，在亲民，在止于至善。"明明德者，明其心也；亲民者，仁民也；至善者，善其性也。故《大学》所言"心性归同"，实为"明德、仁民、善性"之归同。（《诗》云："潜虽伏矣，亦孔之昭！"故君子内省不疚，无恶于志。君子之所不可及者，其唯人之所不见乎？）所言"心性归同"，亦在于此。

《大学》之中，有"所谓修身在于正其心"之说。正心者，明明德也。明明德者，昭昭乎如日之升，潜藏而不失其光。故君子内省不疚，无恶于志。内省者，察己之过也；不疚者，无愧于心也；无恶于志者，正其志也。此与《中庸》本章所言"潜虽伏矣，亦孔之昭"。故君子内省不疚，无恶于志。君子之所不可及者，其唯人之所不见乎？二者之意，皆在言君子之德性，虽潜藏而不显，然其内在之光明，仍能昭昭乎如日之升。

"潜虽伏矣，亦孔之昭！"此言谓君子之德性，虽潜藏不显于外，然其内在之光辉，犹能朗朗然，若晨曦初照，明亮不可掩。故君子内省无疚，志向纯洁，无有恶念。盖因其心性归同，内外相融，光明正大，无所愧疚。君子之高远，非仅在于外在之行，更在于内在之修养，人所未窥之处，乃其真正不可及也。中庸论性之深，大学谈心之广，实则心性归一，同归于修。君子修身以道，德性日臻完善，虽不显山露水，然其内在之光，自能照亮前行之路，引领众人。此即"心性归同"之一也。

又，《大学》有"所谓齐家在于修其身"之说。修其身者，亲民也。亲民者，仁民也。仁民者，视民如伤，仁爱之道也。此仁爱之道，心性之显。故修身者，必先修心；修心者，必先明性。心性归同，则修身齐家之道得矣。君子修身以道，心性归一，仁爱广施，家齐国治，皆由此道。皆在言君子之仁爱，虽潜藏而不显，然其内在之仁心，仍能视民如伤。此即"心性归同"之二也。

再者，《大学》有"所谓治国在于平天下"之说。平天下者，善性也。善性者，至善也。至善者，善其性也。此与《中庸》本章所言"故君子内省不疚，无恶于志"君子之所不可及者，其唯人之所不见乎？二者之意，皆在言君子之善性，虽潜藏而不显，然其内在之至善，仍能善其性。此即"心性归同"之三也。

《大学》《中庸》本章所言"心性归同"，在于明明德、亲民、善性之归同。明明德，为心之昭昭；亲民，为心之仁爱；善性，为心之至善。

吾以为，在于人心之内，有一明明德、仁民、善性之光明，虽潜藏而不显，然其内在之光明、仁爱、至善，仍能昭昭乎如日之升。然则如何达到此心性之归同？本章给出的答案是："内省不疚，无恶于志。" 君子之所不可及者，其唯人之所不见乎？君子应时常内省，审视自己的行为与心意，确保无疚无悔，不对自己的志向产生恶念。君子之所以难以达到，是因为这些德行常常发生在人们不可见的地方，需要自我约束和修养。

原文 3

《诗》云："相在尔室，尚不愧于屋漏。"故君子不动而敬，不言而信。

心性归同 道德修养之《大学》《中庸》的内在联系

《中庸》言"性"，《大学》言"心"，二者皆探求人之内在本原，以求得道德修养之极致。然则，《大学》《中庸》心性归同之旨，何在？吾试论之。

《大学》一书，开篇即言"大学之道，在明明德，在亲民，在止于至善"。明明德者，即为人之性也。亲民者，即为人之心也。至善者，即为人之道德也。故《大学》一书，言心言性，皆以求道德之至善为目的。

《中庸》一书，开篇即言"天命之谓性，率性之谓道，修道之谓教"。天命者，即为人之性也。率性者，即为人之心也。修道者，即为人之道德也。故《中庸》一书，言心言性，亦以求道德之至善为目的。

由此观之，《大学》《中庸》心性归同之旨，在于以性为本，以心为用，以道德为归。此即心性归同之旨也。

然则，《大学》中何章文与《中庸》本章之"相在尔室，尚不愧于屋漏。故君子不动而敬，不言而信"相对应？吾试寻之。

《大学》中有"所谓修身在于正其心者，身正则心正，心正则天下正"此章文与《中庸》本章相对应。盖"相在尔室，尚不愧于屋漏"者，即言人在独处之时，亦当保持内心的敬畏与诚实，不做亏心事，不怕鬼敲门。此即心正之表现。而《大学》中"身正则心正，心正则天下正"之言，即言人之修身在于正其心，而心正则可致天下正。此与《中庸》本章"故君子不动而敬，不言而信"之意相吻合。

《大学》又有"所谓齐家在于修其身者，身修则家齐，家齐则国治"，此章文亦与《中庸》本章相对应。盖"相在尔室，尚不愧于屋漏"者，即言人在家庭之中，亦当保持内心的敬畏与诚实，以修其身，以齐其家。而《大学》中"身修则家齐，家齐则国治"之言，即言人之修身在于齐家，而家齐则可致国治。

《大学》又有"所谓治国在于齐其家者，家齐则国治，国治则天下平"，即言人在国家之中，亦当保持内心的敬畏与诚实，以齐其家，以治国。而《大学》中"家齐则国治，国治则天下平"之言，即言人之修身在于治国，而国治则可致天下平。亦与《中庸》本章"故君子不动而敬，不言而信"之意相吻合。

《大学》又有"所谓平天下在于治国者，治国则天下平，天下平则万物盛"，此章文亦与《中庸》本章相对应。盖"相在尔室，尚不愧于屋漏"者，即言人在天下之中，亦当保持内心的敬畏与诚实，以治国，以平天下。而《大学》中"治国则天下平，天下平则万物盛"之言，即言人之修身在于平天下，而天下平则可致万物盛。亦与《中庸》本章"故君子不动而敬，不言而信"之意相吻合。

由是观之，《大学》中"所谓修身在于正其心者，身正则心正，心正则天下正""所谓齐家在于修其身者，身修则家齐，家齐则国治""所谓治国在于齐其家者，家齐则国治，国治则天下平""所谓平天下在于治国者，治国则天下平，天下平则万物盛"四章文，与《中庸》本章之"相在尔室，尚不愧于屋漏。故君子不动而敬，不言而信"相对应，皆言心性归同之旨。

《大学》中"所谓修身在于正其心者"，正体现了心性归同之要义。心者，性之表现，性者，心之根源。心正则性善，性善则心自正。故君子修身，先正其心，心正则身修，身修则天下平。此即心性归同之实践路径。

又，《中庸》本章所言"相在尔室，尚不愧于屋漏。故君子不动而敬，不言而信"，亦是对心性归同之深刻诠释。相在尔室，即指人在独处之时，内心仍保持敬畏与诚实，不愧于屋漏，即不为私欲所动，保持道德之纯洁。此即心性归同之内在要求。

进而言之，《大学》《中庸》所言心性归同，实乃一种道德修养之过程。修身、齐家、治国、平天下，皆为心性归同之具体体现。

《诗》曰："奏假无言，时靡有争。"是故君子不赏而民劝，不怒而民威于铁钺。

心性归同 从《大学》到《中庸》的哲学路径

孔子之《大学》《中庸》，一以贯之，言性言心，皆归于道。故《大学》言"心"，亦与《中庸》之性相辅相成，心性归同。吾试从《大学》中寻觅与《中庸》本章之（《诗》曰："奏假无言，时靡有争。"是故君子不赏而民劝，不怒而民威于铁钺。）相对应之章文与内容，以辨析心性归同之奥义。

《大学》开篇即言："大学之道，在明明德，在亲民，在止于至善。"明明德者，即心性之光明也。而《中庸》本章所言之君子不赏而民劝，不怒而民威于铁钺，亦在于明德之显，使民自然向善，无需强制。此即心性归同之一端。

继而，《大学》言："古之欲明明德于天下者，先治其国；欲治其国者，先齐其家；欲齐其家者，先修其身；欲修其身者，先正其心；欲正其心者，先诚其意；欲诚其意者，先致其知；致知在格物。"此段所言，即为心性归同之次第。

又，《大学》言："所谓修身在于正其心者，身正则心正，心正则政举。"此即心性归同之实践。君子修身，以正其心，使政事得以正当进行。而《中庸》本章所言之君子不赏而民劝，不怒而民威于铁钺，亦在于君子以正心之功，使民自然敬畏，无需刑赏之力。此即心性归同之三端。所言，皆于心性归同。心性归同，即心性归于道德之善。君子修心，使心性光明，自然能够感化民众，使民众向善。此即心性归同之特点。

本章文所言，君子之德性深沉，感化万民，无需赏罚之辞，而民众自勉；不怒不威，而民敬畏如同铁钺加身。此乃君子心性归同，德性光辉自然流露，内外一致，感化于无形之效也。故君子修身以道，心性归一，则以身为范，以心为则，民众观之，自感其德，归向于善。君子之行，自然而成，无有造作。此儒学心性归同之妙，君子之德，化民成俗，无声无息，而民自归服。故君子当修心性，明道德，以身作则，为万民之表率。夫心性归同，则内外一致，德行自显，无需多言，而民自知其善。此乃君子修身齐家治国平天下之要义，当深究而笃行之。

《大学》《中庸》，言性言心，归于至道。君子修身以明明德，正心诚意，致知格物，皆心性之修炼。心性归同，则内外一致，德行自显，无需赏罚，而民自劝勉；不怒不威，而民敬畏。此儒学心性归同之妙，君子之德，化民成俗，无声无息，而民归服。故君子当修心性，明道德，以身作则，为万民表率。心性归同，非但为个人修身之道，亦为治国平天下之要。君子感化万民，使民向善，无需强力也。

原文 5

《诗》曰："不显惟德，百辟其刑之。"是故君子笃恭而天下平。

心性归同 儒家道德修养的内在逻辑

本章《中庸》章文所言之"性"，《大学》言"心"，二者皆探求人之内在本原，以求得道德之极致。《大学》《中庸》心性归同之旨，如何体现？试从《大学》中寻找与《中庸》本章之"《诗》曰：'不显惟德，百辟其刑之。'是故君子笃恭而天下平"相对应之内容，以辨析二者心性归同之特点。

《大学》一书，开篇即言"大学之道，在明明德，在亲民，在止于至善"。明明德者，即显扬人之德性也。德者，性之表现也。故《大学》所言"心"，实指人之德性，德心。德心者，人心之善良本原也。此与《中庸》所言之"性"，即人之天性，天性纯善，亦指人心之善良本原，实相吻合。

《大学》中"心性归同"之具体章文，可于"诚意"一章中见之。诚意者，言必行，行必果，心口如一也。此章所言："所谓修身在于正其心者，身正则心正，心正则天下正。"此即指修身之关键在于正心，正心之道在于诚意。诚意之道，实源于人心之善良本原，即德心。德心显发，则诚意自然流露，而人心归同于善良。

又，《大学》中"心性归同"之理念，亦可见于"修身"一章。修身者，修身齐家治国平天下之基也。修身之道，在于正心，正心之道，在于修身。此章所言："身修而后家齐，家齐而后国治，国治而后天下平。"此即指人心之善良本原，德心显发，则修身齐家治国平天下之道，自然归同。

与《中庸》本章"《诗》曰：'不显惟德，百辟其刑之。'是故君子笃恭而天下平"相对应，《大学》中"心性归同"之理念，即可理解为：德心显发，则人心归同于善良，从而实现天下之和平。

然则，《大学》《中庸》心性归同之特点，又有何异同？二者皆强调人心之善良本原，德心之显发。然《大学》更注重于修身，修身之道在于正心，正心之道在于诚意。诚意者，心口如一，言行一致。此即《大学》心性归同之特点：以诚意为修身之关键，以德心为人心之善良本原，从而实现天下之和平。

故《中庸》心性归同之特点：以天性为人心之善良本原，以德心为修身之关键，从而实现天下之和平。

若夫《大学》之"心性归同"，细绎其文，可得"修身在正其心"一句，实为枢机。正心者，格物、致知、诚意、正意之综合体现也。格物者，明辨事物之理，去其蔽塞，使心明眼亮；致知者，探求知识，扩展心胸，使心广博；诚意者，心口相应，内外一致，使心诚实；正意者，端正意志，使之不偏不倚，使心坚定。此四者，皆为正心之功夫，而心性归同之极致也。

又，《大学》中"心性归同"之理念，亦可见于"齐家"一章。齐家者，修身之延伸也。家为国之细胞，国家之和谐，源于家庭之和谐。此章所言："所谓齐家在于修其身者，家齐则身修，身修则家齐。"此即指家庭之和谐，源于家庭成员之心性归同，即德心之显发。德心显发，则家庭和谐，进而延伸至国家之和谐。

原文 6

《诗》云："予怀明德，不大声以色。"子曰："声色之于以化民，末也。"

《诗》曰："德輶如毛。"毛犹有伦，"上天之载，无声无臭。"至矣！

心性归同 德之内在与外在的辩证法

昔者，《中庸》言"性"，《大学》言"心"，二者心性归同，相辅相成。吾欲从《大学》中寻找与《中庸》本章之（《诗》云："予怀明德，不大声以色。"子曰："声色之于以化民，末也。"《诗》曰："德輶如毛。"毛犹有伦，"上天之载，无声无臭。"至矣！）相对应之章文与内容，并条理清晰地辨析之，以阐明本章心性归同之特点。

在《大学》中，吾发现第八章与本章内容颇为相似。第八章曰："大学之道，在明明德，在亲民，在止于至善。"此章所言，明明德即为本章之"予怀明德"，亲民即为本章之"声色之于以化民"，止于至善即为本章之"德輶如毛，毛犹有伦，上天之载，无声无臭"。可见，《大学》第八章与本章心性归同。

然，《大学》中尚有其他章文与本章内容有所关联。如第十章："知止而后有定，定而后能静，静而后能安，安而后能虑，虑而后能得。"此章所言，知止即为本章之"德輶如毛"，定、静、安、虑、得即为本章之"上天之载，无声无臭"。又如第十五章："身修而后家齐，家齐而后国治，国治而后天下平。"此章所言，身修即为本章之"予怀明德"，家齐、国治、天下平即为本章之"声色之于以化民"。

然则，《中庸》本章之（《诗》云："予怀明德，不大声以色。"子曰："声色之于以化民，末也。"《诗》曰："德輶如毛。"毛犹有伦，"上天之载，无声无臭。"至矣！）与《大学》中之章文内容虽有相似之处，但辨析之下，亦有

瀛海笔谭

不同。

《中庸》本章强调的是德之内在，无声无臭，而非《大学》中所言的明明德、亲民、止于至善等外在行为。本章所言："予怀明德，不大声以色。"强调德之内在，而非外在声色。子曰："声色之于以化民，末也。"意味着声色并非德之本质，不足以化民。又言："德輶如毛。"毛犹有伦，"上天之载，无声无臭"。至矣。此言德之细腻、微妙，如同毛发般细腻，且上天所载之德，无声无臭，难以察觉。

而《大学》中所言的明明德、亲民、止于至善等，则是德之外在表现。如第八章所言："大学之道，在明明德，在亲民，在止于至善。"明确指出大学之道在于明明德、亲民、止于至善。又如第十章所言："知止而后有定，定而后能静，静而后能安，安而后能虑，虑而后能得。"强调知止、定、静、安、虑、得等外在行为。

《中庸》更注重德之内在，无声无臭，而《大学》则更注重德之外在表现，如明明德、亲民、止于至善等。

本章心性归同之特点，在于强调德之内在与外在的统一。德之内在，无声无臭，细腻微妙；德之外在，明明德、亲民、止于至善，彰显德之行。内外相应，共同构成了心性归同之质。

然则，心性归同并非易事。需在《大学》中所言的明明德、亲民、止于至善等外在行为中，寻求《中庸》本章所言的德之内在，无声无臭。如此，真正做到心性归同，达到《大学》所言之"大学之道，在明明德，在亲民，在止于至善"之境界。

在《大学》第八章之明明德，亲民，止于至善。明明德即显明心中之德性，亲民则是以德行影响民众，使之上行下效，止于至善则是追求道德之极致，不断修身齐家治国平天下，以期达到道德之最高境界。此与《中庸》本章所言德之内在无声无臭，上行下效，无声无臭，相互印证，彰显了心性归同之重要。

又如，《大学》第十章所言知止、定、静、安、虑、得，与《中庸》本章所言德之细腻、微妙，毛犹有伦，上天之载，无声无臭，亦相互呼应。知止即为本章之德辍如毛，定、静、安、虑、得即为本章之毛犹有伦，上天之载，无声无臭。此皆为心性归同之具体体现。

【儒道相通 中庸篇】

【第一章】

原文

　　天命之谓性，率性之谓道，修道之谓教。道也者，不可须臾离也，可离非道也。是故君子戒慎乎其所不睹，恐惧乎其所不闻。莫见乎隐，莫显乎微。故君子慎其独也。喜怒哀乐之未发，谓之中；发而皆中节，谓之和。中也者，天下之大本也；和也者，天下之达道也。致中和，天地位焉，万物育焉。

儒道相通 心性修炼与和谐之道

　　《道德经》首章有云："道可道，非常道；名可名，非常名。"此言与"天命之谓性，率性之谓道"相呼应。皆在论述"道"之深奥与不可言传之性质。性由天命所赋，道则是性之自然流露，此与老子思想中"道"之无形无象、先天地生之理念相通。

　　再观《道德经》第十六章："致虚极，守静笃，万物并作，吾以观其复。夫物芸芸，各复归其根。归根曰静，是谓复命。"此章所言"致虚守静"，与中庸之"喜怒哀乐之未发，谓之中"有异曲同工之妙。皆在强调心性之平和、宁静，以达到与道合一之境。

　　《道德经》第四十二章云："道生一，一生二，二生三，三生万物。"此章论道生万物之理，与"天命之谓性"相呼应，皆在阐述万物之根源。性由天命所赋，而道则生万物，二者在此处相通。

《道德经》第五十五章言："含德之厚，比于赤子。毒虫不螫，猛兽不据，攫鸟不搏。骨弱筋柔而握固。未知牝牡之合而朘作，精之至也。终日号而不嗄，和之至也。"此章所论含德之厚者，其心境平和、与世无争之态，与中庸所追求之"和"境界颇为相似。皆在倡导一种和谐、平衡之生活态度。

《道德经》第二十八章云："知其雄，守其雌，为天下谿。为天下谿，常德不离，复归于婴儿。知其白，守其黑，为天下式。为天下式，常德不忒，复归于无极。知其荣，守其辱，为天下谷，常德乃足，复归于朴。"此章所论知雄守雌、知白守黑之理，与中庸"中也者，天下之大本也；和也者，天下之达道也"相呼应。皆在强调一种中庸之道，即保持心性平和、不偏不倚之态度。

天命之谓性，率性之谓道，此儒家之根本，亦与道家之旨趣相通。儒家言性，以仁义礼智为本，求其中和；道家虽未直言性之善恶，然其追求清静无为，亦是求心性之和。二者皆以心性为基石，此乃儒道相通之初衷也。

修道之谓教，儒家以教育化人，使人明理行道，心性得以显现。道家倡道法自然，清静无为，体悟天地之道，以求心性之和。儒道两家，虽途径不同，然其目的皆在于修身立德，使心性归于和谐之境。此儒道相通之奥义也。

道也者，不可须臾离也，可离非道也。是故君子戒慎乎其所不睹，恐惧乎其所不闻。此儒家之修身立德之道，亦与道家之清静无为、顺应自然之旨相契合。儒道两家皆强调心性修炼之重要性，皆以和谐为目标，追求个人与社会的共同进步。

莫见乎隐，莫显乎微。故君子慎其独也。儒家倡导慎独，强调在无人监督的情况下，依然能保持心性之纯正。道家亦倡导清静无为，顺应自然之道，在独处时更能体悟天人合一之境。此儒道相通之处，皆在强调心性修炼之重要性与持续性。

喜怒哀乐之未发，谓之中；发而皆中节，谓之和。儒家追求中庸之道，以中为心性之本，通过教育与实践，使人明理行道，以达到和谐之境。道家虽无中庸之名，然其倡导清静无为，亦是追求心性之和。二者皆以心性中和为基础，进而推及万事万物。此儒道相通之哲学基础也。

中也者，天下之大本也；和也者，天下之达道也。儒家以中庸之道为修身之本，进而推及家庭、国家、天下。道家则通过修炼心性，体悟天地之道，以达到天人合一之境。二者皆以心性中和为修身之要，此儒道相通之精神实质也。

致中和，天地位焉，万物育焉。儒家以中庸之道为修身之本，道家倡导清静无为、顺应自然之道。二者虽途径不同，然其目的则一。

儒道两家在心性修炼、修身立德上实有相通之处。皆以使心性归于和谐之境为己任，以追求个人与社会的和谐为目标。且夫心性者，人之根本也。儒道两家皆以心性为修身之本，虽方法途径各异，然其目的则一，皆在使心性归于和谐之境。

论及"天命之谓性"之理，亦体现了儒道相通之思想。儒家言人性本善，以仁义礼智为性之四端；道家倡导清静无为，亦是以心性之自然为善。二者皆以心性为根基，体现了儒道相通之哲学基础。儒道相通，乃儒家言性心、道家论道德之共融也。儒家《中庸》言性，指人之初生善良之性，需经教化而彰显；《大学》论心，乃道德之源，修身之本，情感意志所系。道家《道德经》谈道与德，道为宇宙运行之法则，德者应道而生，无为而治，顺应自然。儒道两家虽路径有异，然皆求人与自然、社会和谐之道，此即儒道相通也。

第二章

原文

仲尼曰："君子中庸，小人反中庸。君子之中庸也，君子而时中；小人之反中庸也，小人而无忌惮也。"

儒道相通 君子中庸的立身之本

仲尼所言君子执中庸，小人逆其道；君子之行中庸，持中而时时适度；小人之悖中庸，恣意而无有所畏。诚哉斯言！君子如秤，常求平衡；小人如波，随流而动。君子中庸，乃因其心存敬畏，行有所止；小人无忌，是因其心无底线，恣意妄为。中庸之道，实乃儒家之精髓，求中、求和、求稳，以达天人合一之境。君子践行之，则言行举止皆合道义；小人背弃之，则肆无忌惮，无所不为。故中庸之道，乃君子立身之本，小人所不能为也。从"儒道相通"的视角观之，《道德经》中亦有些许章文与仲尼之言相呼应。

《道德经》第二十九章云："将欲取天下而为之，吾见其不得已。天下神器，不可为也，不可执也。为者败之，执者失之。"此章意在告诫人们要顺其自然，不可强求，与中庸之道中"时中"之理相通。君子能顺应时势，把握时机，做到恰到好处，而小人则不知节制，肆无忌惮，终致败亡。这与仲尼所言君子持中、小人逆其道的思想不谋而合。

又，《道德经》第五十章言："出生入死。生之徒，十有三；死之徒，十有三；人之生，动之死地，亦十有三。夫何故？以其生生之厚。盖闻善摄生者，陆行不遇兕虎，入军不被甲兵；兕无所投其角，虎无所用其爪，兵无所容其刃。夫何故？以其无死地。"此章讲述了养生之道，在于不贪生、不惧死，顺应自然。这与中庸之道所倡导的"时中"之理有异曲同工之妙。君子能顺应自然规律，保持平和心态，不贪生怕死，而小人则过于贪生，反而容易陷入死地。

再观《道德经》第八章："上善若水，水善利万物而不争，处众人之所恶，故几于道。"水之为物，柔弱却能穿石，顺应万物而不与之争。君子之道亦应如此，持中而行，不与小人针锋相对，而是善于调和矛盾、化解纷争。这与仲尼所言君子中庸的思想相吻合。

此外，《道德经》第四十一章亦云："大方无隅，大器晚成，大音希声，大象无形。"此章意在表达大道至简、大智若愚的思想。君子行中庸之道亦应如此，不求表面上的华丽与显赫而注重内在的修养与品德。这与仲尼所言君子注重内在修养、不张扬的思想相呼应。

本章所论，揭示中庸之道乃君子立身之本，而小人背弃之。而探本章之深意，论儒道两家在心性修炼、立身行道等，皆多共通之处。

君子之行，以中庸为道，时中而立。中庸者，非平庸无为，亦非折中妥协，乃求心性平衡，行事恰到好处，无过无不及。此与道家追求清静无为、顺应自然之旨，实有相通之处。二者皆以和谐为目标，使心性归于中正平和之境。

道家虽未明言中庸，然其倡导无为而治，清静自然，实则亦在寻求一种内在的平衡与和谐。此与儒家之中庸精神不谋而合，皆在修身立德，使心性得以显现。

儒道两家，虽途径不同，然在心性修炼上，实有相通之处。儒家以仁义为本，通过教育与实践，使人明理行道，心性得以中和。道家追求清静无为，体悟天地之道，亦在修心养性。二者皆以心性修炼为基础，体现了儒道相通之精神实质。

且论及"君子而时中"之理，亦在言立身行道需持之以恒。儒家通过诚意、正心，以达修身齐家治国平天下之目的。道家则倡导清静无为，顺应天时地利人和之变化，以达到天人合一之境。二者虽方法途径各异，然其修身立德之旨则同。

　　儒道两家，学问也，其相贯之处，颇多矣。

〔第三章〕

原文

子曰："中庸其至矣乎！民鲜能久矣！"

儒道相通　儒道两家共同的智慧融合

子曰："中庸其至矣乎！民鲜能久矣！"此语道出了中庸之道的至高无上，然而民众能长久践行者寥寥无几。从"儒道相通"的视角来看，《道德经》中亦有些许内容与孔子此语相呼应。

《道德经》第四十一章言："上士闻道，勤而行之；中士闻道，若存若亡；下士闻道，大笑之。不笑不足以为道。"此章讲述了不同人对道的理解和接受程度，上士听闻道之后会勤勉践行，中士则半信半疑，而下士则会嘲笑之。这与孔子所言民众难以长久践行中庸之道相呼应，表明真正理解并践行中庸之道的人并不多。

《道德经》第七十章曰："吾言甚易知，甚易行。天下莫能知，莫能行。言有宗，事有君。夫唯无知，是以不我知。知我者希，则我者贵。是以圣人被褐而怀玉。"此章言道之难知难行，虽道简易，然天下人鲜能真知真行。此与孔子言民众难以持久行中庸之道相呼应，更彰显中庸之难能可贵。夫道，简而深，易而难。人皆知之，然鲜能行之。盖因人心之复杂，欲望之纷扰，难以做到知行合一。言辞虽有宗，事物虽有君，然无知之人，难以识之。知我者希，则我者贵，是以圣人虽处尘世，而内心保持玉之纯洁。

中庸之道，亦然。其为儒家修身立德之基，要求行止之间，保持平衡，不偏不倚。然而，现实生活中，人们往往受外界诱惑，内心纷扰，难以持之以恒地践行中庸之道。故中庸之道，愈发显得珍贵。圣人之被褐而怀玉，象征其于尘世中，保持内心之纯洁与高贵。虽外界纷扰，不改其志。此亦为中庸之道之体现，于纷繁复杂之中，保持内心的平静与外在的平衡。

故知，道之难知难行，中庸之道之难能可贵。人生道路上，若能持之以恒地践行中庸之道，定能获得内心的平和与外在的和谐，能领悟道之奥义，获得智慧与力量。

《道德经》第六十七章："天下皆谓我道大，似不肖。夫唯大，故似不肖。若肖，久矣其细也夫！"此章表达了道的博大精深与不可限量，正因为其大无边，所以看似与具体事物不相似。中庸之道亦是如此，其内涵深远广大，非一般人所能轻易领悟与践行。

《道德经》第十五章言："古之善为道者，微妙玄通，深不可识。夫唯不可识，故强为之容：豫兮若冬涉川；犹兮若畏四邻；俨兮其若客；涣兮其若凌释；敦兮其若朴；旷兮其若谷；混兮其若浊。"此章描绘了得道之人的形象与心境，他们微妙玄通、深不可测。中庸之道，亦需深厚的修养与境界，真正领悟与践行。

子曰："中庸之道，其至矣乎！民鲜能久矣！"此语表明，中庸之道乃儒家修身立德之基，强调行为思想之间要保持平衡，不偏不倚。此道追求和谐平衡，避免偏激与执着。同时，中庸亦与道家自然无为之道相合。道家主张顺应自然，不强求，不刻意，以达内心之平和与外在之和谐。中庸与自然无为，皆强调与自然和谐共处，内心与外在保持平衡。此思想在中国传统文化中占有重要地位，影响深远，塑造了无数人的价值观与生活方式。

儒家讲中庸，求心性平衡，致和谐之境。不偏不倚，无过无不及，此中庸之奥义也。道家倡无为，亦在寻求一种自然的、和谐的生存状态。由此可见，二者虽术途有别，然皆以和为目的，显儒道相贯之精神实质。

道家尚清静无为，深悟天地自然之道，意在修心养性，致虚极，守静笃，以求天人合一之至境。彼之修行，重在宁静致远，淡泊名利，随遇而安，与天地同呼吸，与万物共命运。

儒家则以仁义为立人之本，以礼为行事之则。借教化以启智，通过实践以明理行道，俾使心性得以彰显。然此道亦难行，非一朝一夕之功。仲尼有云："中庸其至矣乎！民鲜能久矣！"斯言诚哉，不仅揭示中庸之道难行，更诚告世人，心性修炼之途，充满挑战，非易行之路。

夫心性之修，犹如逆水行舟，须不断努力，得儒道相通之精义，达到至善之境。此乃儒家与道家共同追求之目标，亦为世人修行之奥义。儒道相通之概念，乃指儒道两家学说之互补与交融。儒家《中庸》论性，强调天性之善与仁之潜能，倡导后天教化以成德。道家《道德经》阐道与德，道为宇宙之根本法则，德为顺道之行。儒家《大学》言心，视之为儒家道德之源、情感意志之本。儒道相通，在于共探人性道德，追求社会和谐。性心道德，相辅相成，皆致力于人类精神生活之提升，同归至善之境。

故言，无论道家之清静无为，抑或儒家之仁义礼智，皆以修心养性为本。持之以恒，达至善之境，实现天人合一之理想。

［第四章］

原文

子曰："道之不行也，我知之矣：知者过之，愚者不及也。道之不明也，我知之矣：贤者过之，不肖者不及也。人莫不饮食也，鲜能知味也。"

儒道相通 中庸之道与无为而治

子曰："道之不行也，我知之矣：知者过之，愚者不及也。道之不明也，我知之矣：贤者过之，不肖者不及也。人莫不饮食也，鲜能知味也。"此言儒家之道，在于中庸，不可过亦不可不及。而道家思想，亦有相通之处。

《道德经》第二十九章云："将欲取天下而为之，吾见其不得已。天下神器，不可为也，不可执也。为者败之，执者失之。"此言治国者若过于强求，反而会失去天下，与儒家"知者过之"之理相呼应。道家倡导无为而治，实则强调顺应自然，不过度干预，此与儒家之中庸之道有异曲同工之妙。

又，《道德经》第四十一章云："上士闻道，勤而行之；中士闻道，若存若亡；下士闻道，大笑之。不笑不足以为道。"此言人们对道的理解有深浅之分，贤者过之则失道之奥义，不肖者不及则无法理解道之深意。此与儒家"贤者过之，不肖者不及也"之理相通。

再者，《道德经》第六十四章云："其安易持，其未兆易谋。其脆易泮，其微易散。为之于未有，治之于未乱。"此言在事物初露端倪时就要及时处理，以防事态扩大，这与儒家强调的中庸之道殊途同归。儒家倡导折中而行，既不过激也不过缓；道家则强调防患于未然，亦是在寻求一种平衡与和谐。

此外，《道德经》第十五章又云："古之善为道者，微妙玄通，深不可识。夫唯不可识，故强为之容：豫兮若冬涉川；犹兮若畏四邻；俨兮其若客。"此言得道之人的心境和行为举止都体现出一种谨慎和敬畏的态度对待自然和他人都保持着尊重和谦逊这与儒家所倡导的谦逊有礼、尊重他人的态度不谋而合。

老聃《道德经》中诸多章文所蕴含之思想，与儒家所言"中庸之道"颇有相通。儒道两家皆在追寻一种和谐、均衡之社会秩序，强调道德规范与民心所向之重要性。

孔子曰："道之不行也，我知之矣：知者过之，愚者不及也。道之不明也，我知之矣：贤者过之，不肖者不及也。人莫不饮食也，鲜能知味也。"斯言儒家之道，贵在得中，过与不及，皆失其真。道家之旨，亦求自然，无过无不及。

儒家之道，以仁为本，中庸之道为其核心。仁者，爱人如己，推己及人，以达和谐共处之境。中庸者，无过无不及，恰如其分，以达天人合一之境。孔子之言，道出儒家之奥义，亦揭示了人性之弱点。知者过于聪明，反而偏离了道；愚者未能领悟，亦难行道。贤者过于追求，反而迷失了道；不肖者自暴自弃，更无法触及道之奥义。

道家之道，倡导无为而治，顺应自然。其理念与儒家之中庸之道有异曲同工之妙。无为者，非无所作为，而是不强求，不刻意，顺其自然，以达到无为而治。此与儒家所倡导的中庸之道相通，皆在寻求一种平衡与和谐。

孔子云："人莫不饮食也，鲜能知味也。"此语虽简，内涵深远。与《道德经》第五十三章"使我介然有知，行于大道，唯施是畏。大道甚夷，而人好径。"此语意味着，尽管大道（即正确的道路或原则）极为平坦，人们却偏好走捷径，忽视了正确的方法。

　　饮食常事，人皆习之，然能深谙其味者，鲜矣。此言与道家之旨趣甚相契，均倡重视今朝，体悟自然之妙。儒家亦重日常之行，以道德实践为要，求修身、齐家、治国、平天下。食为天之赐，当细品其味，以之为生，亦以此悟道。儒家修身之要，亦在日常点滴，以道德为纲，行仁义之道，致中和，达修身齐家治国平天下之境。食之道，修身之道，皆需用心体悟，方得其真也。

原文

子曰："道其不行矣夫。"

儒道相通 儒道思想中的智慧与和谐

子曰："道其不行矣夫。"嗟乎，儒者之道，行于世间，有时而遇阻。然则道家之教，亦有时而相通。今欲寻《道德经》中与儒家此言相应之章，以明儒道相通之理。

《道德经》第四十一章有云："上士闻道，勤而行之；中士闻道，若存若亡；下士闻道，大笑之。不笑不足以为道。"此语道出了士人闻道之后的不同反应，实乃人心向背、智慧高下的直观体现。上士闻道，能够身体力行，勤奋实践，体现了他们对道之奥义的深刻理解和敬畏。中士闻道，心有疑虑，不能坚定信仰，说明他们对道的理解尚浅，未能真正领悟其中的智慧。下士闻道，则加以嘲笑，这是因为他们对道之奥秘全无所知，无法理解其深意。

此段话亦与孔子之叹相通，孔子亦曾感叹："吾道不行矣。"道之不行，并非道本身有何过错，而是人们未能认识到道的重要性，不愿去实践道。上士、中士、下士对道的不同态度，反映了人们内心对道的认识和接受程度的差异。因此，道之难行，实乃人心之难移，对道之领悟，亦有深浅之别。我们应以上士为榜样，闻道而后行，不断实践，以期达到与道相合的境界。

《道德经》第六十四章云："其安易持，其未兆易谋。其脆易泮，其微易散。为之于未有，治之于未乱。合抱之木，生于毫末；九层之台，起于累土；千里之行，始于足下。"此言事物之始，皆需细心培育，方可成其大。道之不行，或因初之不慎，未能持之以恒，终至半途而废。

儒家之道，孔子曰："道之不行也，我知之矣：知者过之，愚者不及也。"夫知者过于聪明，反不能持之以恒；愚者未能领悟，亦难以坚持。故儒家重中庸之道，以求持之以恒。中者，无过无不及，恰如其分。

又，《道德经》第二十九章云："将欲取天下而为之，吾见其不得已。天下神器，不可为也，不可执也。为者败之，执者失之。"此言治国者若过于强求，反而会失去天下。儒家亦强调中庸之道，不过度干预，以顺其自然。

综合两家之言，可知：事物之初，需细心培育；道之不行，因缺乏持之以恒。故儒家与道家，皆强调持之以恒，以行其道。

再者，《道德经》第七十四章又云："民不畏死，奈何以死惧之？若使民常畏死，而为奇者，吾得执而杀之，孰敢？常有司杀者杀。夫代司杀者杀，是谓代大匠斫，夫代大匠斫者，希有不伤其手矣。"此言治国者当以德为本，不可过用刑罚。若道之不行，或因治国者失德，致使民心不附。儒家亦强调德治为先，与道家此理相通。

子曰："道其不行矣夫。"嗟呼，儒者闻之，心有戚戚。非道之不可行，人心不古，难以从之也。孔子以为，道德之衰，非道德本身之过，乃人知道德而未能守也。由此，道德之实践，因人心之离，而失其效。故孔子呼吁，人当返内心之纯，重新识道德，行道德，以复社会之道德序。

儒家之道，以仁义为本，期以教化世人，使之归于正道。然世风日下，人心不古，道之难行，可见一斑。孔子之叹，实为世道之忧，人心之虑。儒家之道，贵在立德，修身齐家治国平天下，此乃儒家之教也。

道家之道，追求自然，无为而治。虽与儒家之道异曲同工，然其核心理念亦有相通之处。道家倡导内心的平和，顺应自然，不强求，不刻意。是以，儒道两家之学，在心性修养、道德提升等方面，皆有相通之处。

今以仲尼之言，论儒道相通之理。仲尼叹道之不行，实则忧人心之不古。彼之道，乃指仁义之道，人心向善之道也。道家亦重心性之修养，珍视德行，与儒家立德修身之理念相通。儒者尚仁义，道者崇自然，虽路径不同，然其归宿，皆在于人之道德提升与心性完善。

儒道两家，皆视道德为立人之本，民心为治国之基。儒家以仁义教化百姓，道家则倡导无为而治，顺应民心。二者虽方法迥异，然其目的皆在于使民心向善，社会和谐。此又儒道相通之处也。故言，儒道两家虽各有侧重，然在道德之重视，民心之可贵上，实有相通之处。皆以立德修身为本，以治国安邦为要。儒道相通之理，由此可见一斑。

〔第六章〕

原文

子曰："舜其大知也与！舜好问而好察迩言，隐恶而扬善，执其两端，用其中于民。其斯以为舜乎！"

儒道相通 舜之大知与道家的阴阳平衡

昔仲尼称舜之大知，言其好问、善察，且能执两用中，实乃儒家之典范。今吾欲从儒道相通之视角，探寻《道德经》中与舜智相对应之章句，以示两家思想之交融。

《道德经》第二章有云："天下皆知美之为美，斯恶已；皆知善之为善，斯不善已。故有无相生，难易相成，长短相形，高下相倾，音声相和，前后相随。"此章言美丑、善恶、有无等皆相对而生。舜之隐恶扬善，亦体现此理。恶不可长，善不可灭，舜之智慧在于把握善恶之平衡，以中为用，此与道家之阴阳平衡，异曲同工。

又，《道德经》第五章言："天地不仁，以万物为刍狗；圣人不仁，以百姓为刍狗。天地之间，其犹橐籥乎？虚而不屈，动而愈出。多言数穷，不如守中。"此章倡导无为而治，顺应自然，与舜之好问好察，顺乎民意，应乎天意，亦有相通之处。舜不强制而为之，乃顺乎自然，此即道家无为而治之奥义。

再观《道德经》第四十二章："道生一，一生二，二生三，三生万物。万物负阴而抱阳，冲气以为和。"此章讲述道生万物的过程，强调阴阳调和，和谐共生。舜之执两用中，亦在寻求和谐，使民心安定，社会和谐。儒道两家均追求和谐之道，虽路径不同，然其归宿一也。

此外，《道德经》第六十章言："治大国，若烹小鲜。以道莅天下，其鬼不神。非其鬼不神，其神不伤人；非其神不伤人，圣人亦不伤人。夫两不相伤，故德交归焉。"此章以烹小鲜喻治国之道，强调顺应自然，不妄为。舜治国理政，亦顺应自然，不逆天而行，此与道家之理念相通。

孔子论舜之大知，言其好问、好察，隐恶扬善，执两用中。此章所论，不惟儒家之典范，亦道家之精髓也。从儒道相通之视角，可观舜之智慧与道家思想之契合，可明两家之互补与交融。

论儒之道，必先言其仁爱。舜好问而好察，非唯求知，亦在体恤民情，此即儒家仁爱之心也。孔子云："仁者爱人。"舜之察言观色，洞悉民瘼，其意在以仁爱之心，抚民以安。而道家亦倡"无为而治"，非无所作为，乃顺应自然，不妄为也。舜之治国，隐恶扬善，非强制而为之，乃顺乎民心，应乎天意，此与道家之无为而治，实有相通之处。

再论儒之中庸。孔子赞舜"执其两端，用其中于民"，此中庸之道也。中庸者，不偏不倚，无过无不及。舜以中道治国，平衡各方利益，求和谐稳定。道家亦讲"阴阳平衡"，万物相生相克，互为补充。舜之执两用中，岂非道家阴阳平衡之理念乎？是以儒道两家，在中庸之道上，亦有异曲同工之妙。

论及儒之教化，必言其德行之培养。舜扬善隐恶，意在引导民风向上，此儒家教化之功也。孔子云："道之以德，齐之以礼。"舜以德行为先，教化万民，使民心向善。而道家亦重内在修养，强调"道法自然"，顺应自然之道。舜之教化，与道家之修养理念，实乃相辅相助。

舜之大知，亦体现在其对人与自然的和谐共处的理解上。儒家强调"天人合一"，认为人与自然应和谐共生。舜治国理政，道家追求与自然相融，舜之治国理念，实乃儒道两家共同之追求。

　　论及儒之实用主义，必提其经世致用之志。舜之智慧，非空谈义理，乃实实在在用于治国理政。孔子云："学而时习之。"舜将所学所问，应用于实践，使国家昌盛，此儒家实用主义之体现也。而道家亦非完全超脱现实，其追求道德修养与社会和谐，亦需通过实际行动得以实现。舜之实用主义，与道家之实践精神，亦为相通。

　　舜之睿知，诚为儒道二家之智所交融与互补也。儒家尚仁爱、崇中庸、重教化、讲天人合一与实用之理，而道家则倡无为而治、求阴阳之衡、修内在之养、循道法自然与实践之志，皆于舜之睿知中显矣。故儒道相通，此言非虚。且舜之大知，兼儒兼道，诚为百代之楷模。其治天下，以仁爱抚民，以中庸调和，以教化育人，以天人合一求和谐，以实用为本。同时，又取道家之无为，达阴阳之平衡，修内在之德，循自然之道，行实践之志。舜之智慧，博大精深，千古之典范也。

【第七章】

原文

子曰："人皆曰予知，驱而纳诸罟攫陷阱之中，而莫之知辟也。人皆曰予知，择乎中庸而不能期月守也。"

儒道相通 儒道两家之自省与持恒

仲尼有言："人皆曰予知，驱而纳诸罟攫陷阱之中，而莫之知辟也。人皆曰予知，择乎中庸而不能期月守也。"此言儒者之自省，亦可见道家警世之深意。今以儒道相通之视角，寻《道德经》中与仲尼之言相呼应之章句，以明两家思想之交融。

《道德经》第二十三章云："希言自然。飘风不终朝，骤雨不终日。孰为此者？天地。天地尚不能久，而况于人乎？故从事于道者，道者同于道，德者同于德，失者同于失。同于道者，道亦乐得之；同于德者，德亦乐得之；同于失者，失亦乐得之。信不足焉，有不信焉。"此章言天地之自然，与儒者自省之道相通。儒者知自身之不足，而求诸内心，以达中庸之道。道家亦倡自然之道，警人不可自满，须常自省而求进步。

又，《道德经》第四十一章云："上士闻道，勤而行之；中士闻道，若存若亡；下士闻道，大笑之。不笑不足以为道。故建言有之：明道若昧，进道若退，夷道若纇。

上德若谷，大白若辱，广德若不足，建德若偷，质真若渝。大方无隅，大器晚成，大音希声，大象无形。道隐无名。夫唯道，善贷且成。"此章言士人对道之态度，亦与儒者之中庸相通。儒者求中庸之道，须持之以恒，不可半途而废。道家亦言，上士闻道，勤而行之。

再观《道德经》第六十四章："其安易持，其未兆易谋，其脆易泮，其微易散。为之于未有，治之于未乱。合抱之木，生于毫末；九层之台，起于累土；千里之行，始于足下。为者败之，执者失之。是以圣人无为故无败，无执故无失。民之从事，常于几成而败之。慎终如始，则无败事。是以圣人欲不欲，不贵难得之货；学不学，复众人之所过。以辅万物之自然而不敢为。"此章言防微杜渐、持之以恒之道，与儒者之中庸、自省相呼应。儒者须时刻自省，防微杜渐，以保持中庸之道。道家亦倡无为而治，顺应自然，不妄为。

综上所述，《道德经》中诸多章文与儒家自省、中庸之道相通。儒道两家虽侧重点不同，然在自省、持恒、无为等方面却有异曲同工之妙。故曰儒道相通，实非虚言。愿世人皆能明理行道，则天下太平矣。

子曰："人皆曰予知，驱而纳诸罟擭陷阱之中，而莫之知辟也。人皆曰予知，择乎中庸而不能期月守也。"斯言矣，乃儒家自省之辞，亦可见儒道相通之妙。以儒道交融之视角，论本章之"儒"与"道"相通之处，著文以记之。

儒者，尚仁义，重礼乐，求中庸之道。然中庸之道，非易行也。人皆自以为智，然遇陷阱而不能自知，遇中庸而不能坚守。此乃人之常情，亦儒者自省之处。孔子此言，意在告诫世人：知易行难，须时刻警醒，方可趋近于道。

道家者，崇自然，尚无为，讲究顺应天道。道家之无为，非无所作为，乃是不妄为，顺应自然之道。陷阱者，人为之祸也；中庸者，天道之常也。人若能无为而治，不妄动，不陷人于阱，不驱人于险，则近道矣。

儒道两家，虽路径不同，然其归宿一也。儒者求仁义，道家尚自然，皆欲使人向善，归真。孔子之言，亦可用于道家。人皆自以为智，然不能自知其陷阱，亦不能坚守其中庸。此与道家警世之言，何其相似！

　　道家讲"上善若水"，水善利万物而不争，处众人之所恶，故几于道。儒者亦应如此，虽遇陷阱而不惧，虽不能长守中庸而不懈。儒道两家，皆倡内省与自修，以求近道。

　　再观孔子之言，"择乎中庸，而不能期月守也"。此言儒者之难，亦言道家之不易。中庸之道，乃天地之正道，然人难以常守。道家亦言，"道法自然"，然真正顺应自然，又何其难也！儒道两家，皆知此行路难，然皆勇往直前，以求近道。

　　故言儒道相通，实非虚语。儒者尚仁义，道家崇自然，皆以人为本，以道为归。孔子之言，既警儒者之行，亦示道家之路。愿世人皆能深悟儒道两家之精髓，以之为行，则近道矣。

　　上述之言，余尝试从儒道相通的视角，以孔子的引言为起点，探讨了儒家与道家的相通之处。主要通过解释儒家的中庸之道与道家的无为而治等理念，展现了两者在追求人的自我完善、顺应自然、内省自修等方面的共通性。

瀛海笔谭

第八章

原文

子曰："回之为人也，择乎中庸，得一善，则拳拳服膺而弗失之矣。"

儒道相通 儒家中庸之道与道家无为而治的交融

此语寓意深远，言人之行事，当求中道，得一良法，则紧握不放，持之以恒。夫中庸者，不偏不倚，无过无不及，此为儒家所重。然道家和儒家，虽各有宗旨，然其理相通，彼此之间，互有发明。

《道德经》者，道家之经典也，其书八十一章，篇篇皆含玄机，字字皆寓哲理。若以《道德经》与孔子所言中庸之道相较，则多有契合之处。

首章"道可道，非常道；名可名，非常名"。此言道之难以言表，名之难以固定，故常道无常，常名无常。此与中庸之选乎道，求其中，不偏不倚，无过无不及，暗合。

第二章"天下皆知美之为美，斯恶已；皆知善，斯不善已"。此言美与善之相对，美善之所以为美善，乃因其有恶与不善之对比。此与中庸之道，求善而弃恶，得一善则拳拳服膺，弗失，相呼应。

第三章"不尚贤，使民不争；不贵难得之货，使民不为盗"。此言不崇尚贤能，不珍视难得之货，以消除民之贪争。此与中庸之道，不偏尚贤，不偏重货利，

287

求其中和平衡，相符合。

第四十二章"道生一，一生二，二生三，三生万物"。此言道之生万物，由一而二，由二而三，由三而万物。此与中庸之道，由一善而推及众善，由众善而成万物，相吻合。

夫中庸之道，儒家之所尚，而道家亦视为至道。中者，不偏不倚，无过无不及；庸者，常道，无奇无异。故中庸者，即无过无不及，常道也。子思此言，明示回之为人，当以中庸为择，得一善，则拳拳服膺，弗失之。此即儒家之修养，亦即道家之自然。

然则，何为"道"哉？道，即自然，即无为。道家的无为，并非无所作为，而是顺其自然，不强求。道法自然，道即自然，故道家的无为，实为无不为。此与儒家中庸之道，有何相通之处？

儒家之中庸，虽强调修养，然亦强调顺其自然。盖人之所以为人，当有道德之修养，然亦不可忽视自然之规律。故儒家之道，亦含道家之无为。回之为人，择乎中庸，得一善，则拳拳服膺，弗失之，此即无为而治，顺其自然也。

又，相通之处，在于道家的顺应时势，儒家的随遇而安。道家认为，人当顺应时势，不可强求。儒家亦认为，人当随遇而安，不可强求。此即道家的顺应时势，儒家的随遇而安。回之为人，择乎中庸，得一善，则拳拳服膺，弗失之，此即顺应时势，随遇而安也。

吾人试观夫子所述："回之为人也，择乎中庸，得一善，则拳拳服膺而弗失之矣。"此语亦寓含道家的顺应自然之意。回之为人，择乎中庸，即为人处世，力求无过无不及，合乎道德规范。得一善，拳拳服膺，弗失之，此即在修养过程中，把握道家的顺应自然，无为而治之道。故儒家之中庸，实与道家之无为，相互映衬。

进一步言，本章所揭示之"儒"与"道"之通，亦表现在对待人生境遇的态度上。儒家倡导随遇而安，安贫乐道；道家则提倡顺应时势，知止知足。

二者虽表述有异，然其内核皆为顺应自然，不强求。回之为人，择乎中庸，得一善，拳拳服膺，弗失之，此即在面对人生境遇时，既能坚守儒家道德规范，又能顺应道家自然之道。

综上所述，本章之"儒"与"道"之通，实为天人合一之境。夫子以回之为人，择乎中庸，得一善，拳拳服膺，弗失之，示吾人应以儒道两家之智慧，求道于自然，修身于中庸，以达致和谐统一。故相通之处，在于无为而治，顺其自然，以及顺应时势，随遇而安。求道于自然，修身于中庸，达致儒道之和谐统一。

〔第九章〕

子曰："天下国家可均也，爵禄可辞也，白刃可蹈也，中庸不可能也。"

儒道相通 共同追求和谐与平衡的人生境界

《道德经》第一章云："道可道，非常道；名可名，非常名。"此言道之无形无象，不可言说。而孔子所言"中庸不可能也"，亦指中庸之道难以捉摸，难以言传。道之难以言说，与中庸之难以捉摸，二者相通。又，道家的"无为而治"，即顺其自然，不强求，与儒家中庸之道，亦相通。

《道德经》第三十一章云："有道者不处也，居无为之事，行不言之教。"此言有道者居无为之事，行不言之教。而孔子所言"天下国家可均也，爵禄可辞也，白刃可蹈也"，即指有道者不为世俗之物所动，不为名利所累，此与道家之无为，相通。

《道德经》第八章云："上善若水。水善利万物而不争，处众人之所恶，故几于道。"此言上善之人，如水般利万物而不争，处众人之所恶。而孔子所言"中庸不可能也"，实指上善之人，难以达到中庸之道。上善之人，如水般顺应自然，利万物而不争，此与儒家中庸之道，亦相通。

《道德经》第四十三章云："天下之至柔，驰骋天下之至坚。"此言柔弱之力，能胜过坚强之物。而孔子所言"白刃可蹈也"，即指在面对强硬之事时，能以柔克刚，此与《道德经》之旨相通。又，《道德经》第二十二章云："曲则全，枉则直，洼则盈，敝则新。"此言曲直、盈亏、新旧的相互转化。而孔子所言"天下国家可均也"，即指在面对世间之事时，能以曲直、盈亏、新旧的眼光来看待，此与《道德经》之旨相通。

进一步言，《道德经》第三十八章云："上德不德，是以有德。"此言上德之人，不拘泥于德行，而能自然流露。而孔子所言"爵禄可辞也"，即指上德之人，不为名利所动，此与《道德经》之旨相通。又，《道德经》第七十五章云："民之饥，以其上食税之多，是以饥。"此言治国之道，应减轻百姓负担，使其得以安居乐业。而孔子所言"天下国家可均也"，即指治国之道，应使百姓得以平均分配，此与《道德经》之旨相通。

夫天下国家之均，乃儒家之志也；爵禄之辞，白刃之蹈，亦儒家之勇也。然而，中庸之不可能，实乃儒家之难也。

然则，道家有云："天下莫柔弱于水，而攻坚强者莫之能胜。"此语与孔子之言，似乎相悖，实则相通。夫水之柔弱，犹道之无为；攻坚强者，犹道之无不为。水能载舟，亦能覆舟；道能生万物，亦能制万物。此即道之无为而无不为也。

吾以为，儒家之"均""辞""蹈"，与道家之"无为""无不为"，并无矛盾，而有相通之处。均天下国家，乃儒家之理想，而道亦能使天下国家和谐有序；辞爵禄，蹈白刃，乃儒家之勇，而道亦能引导人勇往直前。然儒家之难，在于中庸之道，而道家中之"无为而无不为"，亦是一种中庸之道。

道家中之"无为"，并非无所作为，而是不妄为，不强为。夫人生而有三不朽之志：立德、立言、立功。若皆依道之无为而为，则人生无有遗憾。然儒家之"中庸"，实乃道家中之"无为"也。中庸之道，难矣哉！夫中庸者，不偏不倚，无过无不及，此即道之无为也。

故吾以为，儒家之"均""辞""蹈"，与道家中之"无为""无不为"，实乃相通也。均天下国家，不偏不倚；辞爵禄，蹈白刃，无过无不及。此即儒家与道家中之中庸之道，亦即无为而无不为也。

然则，人生之难，在于如何把握中庸之道，如何行无为而无不为。故孔子曰："中庸不可能也。"此乃儒家之悲，亦即人生之难。然而，道家中之"无为"，亦是一种人生之道，一种人生之境界。夫无为者，顺其自然，不强求，不妄为。以此观之，人生之难，实乃道家中之"无为"也。

吾以为，儒家与道家中之"中庸"与"无为"，皆为人生之追求，人生之境界。人生而有欲，有求，然过度之欲，过度之求，皆可能导致人生之失谐。故儒家提倡中庸，以平衡人生之各种欲望与追求；道家提倡无为，以顺应自然，避免过度之人为干预。

〔第十章〕

原文

子路问强。子曰："南方之强与？北方之强与？抑而强与？宽柔以教，不报无道，南方之强也，君子居之。衽金革，死而不厌，北方之强也，而强者居之。"故君子和而不流，强哉矫！中立而不倚，强哉矫！国有道，不变塞焉，强哉矫！国无道，至死不变，强哉矫！"

儒道相通 柔弱胜刚强与宽柔以教

《道德经》中云："柔弱胜刚强。"此语与孔子所言南方之强，宽柔以教，不报无道，有着密切之联系。水之柔弱，能利万物而不争，处众人之所恶，几于道。南方之强，亦能宽柔以教，不报无道，君子居之。

又，《道德经》中云："知其雄，守其雌，为天下溪。"此语与孔子所言北方之强，衽金革，死而不厌，有着密切之联系。知其雄，守其雌，即为不强求，不妄为。北方之强，强者居之，死而不厌，亦是一种坚强之力。

子路问强，子曰："南方之强与？北方之强与？抑而强与？宽柔以教，不报无道，南方之强也，君子居之。衽金革，死而不厌，北方之强也，而强者居之。"此语揭示了儒家的强与道家的强，二者虽有不同，其精神实质却是相通的。

南方之强，孔子谓之"宽柔以教，不报无道"。此儒家之所谓"仁"也，以宽容、教化为本，不求速战速决，而重在润物无声。儒家尚德，以德化人，故君子居之，以德服人，此儒之大道也。而道家亦倡无为而治，虽非直接教化，却亦在顺应自然之中，显现出一种宽容与柔和。故南方之强，实亦融儒道两家之精髓。

北方之强，则在于勇猛果敢，"衽金革，死而不厌"。儒家虽重德，然亦不乏刚毅之气。孔子曾言："志士仁人无求生以害仁，有杀身以成仁。"此儒家之坚韧与刚毅也。而道家则倡坚韧不拔，虽处逆境，亦能坚守本心，不改初衷。故北方之强，亦体现了儒道两家之共通精神。

然则，《道德经》与儒家之强，虽有相似之处，亦有不同之点。《道德经》之强，更注重顺应自然，不强求，不妄为；而儒家之强，更注重和中，中立，不偏不倚。然二者皆旨在引导人生走向和谐与圆满之境界。

又云："无为而治。"此语与孔子所言君子和而不流，中立而不倚，有着相似之处。无为而治，即是不妄为，不强为，顺其自然。君子和而不流，中立而不倚，亦是一种不强求，不妄为之道。

又云："道可道，非常道；名可名，非常名。"此语与孔子所言国有道，不变塞焉，国无道，至死不变，有着密切之联系。道可道，名可名，即是一种中立而不倚之道。国有道，不变塞焉，国无道，至死不变，亦是一种坚强之力。

《道德经》中云："柔弱胜刚强。"此语与孔子所言南方之强，宽柔以教，不报无道，有着密切之联系。水之柔弱，能利万物而不争，处众人之所恶，几于道。南方之强，亦能宽柔以教，不报无道，君子居之。

《道德经》中云："上善若水。水善利万物而不争，处众人之所恶，故几于道。"此语与孔子所言南方之强，宽柔以教，不报无道，与孔子所言君子和而不流，中立而不倚，有着相似之处。水之柔弱，能利万物而不争，处众人之所恶，几于道。南方之强，亦能宽柔以教，不报无道，君子居之。

夫儒者，尚仁义，重教化。孔子言"宽柔以教，不报无道"，此儒之奥义也。

以宽柔之心，教化万民，使之明理达道，此儒者之责。不报无道，非懦弱也，乃大智若愚，以德报怨，化干戈为玉帛。

孔子又言："君子和而不流，强哉矫！中立而不倚，强哉矫！"和而不流，中立不倚，此皆儒家之中庸之道也。儒家尚和，然非盲目附和，而是坚守正道，和而不同。道家则倡无为，然无为非无所作为，而是顺应自然，不偏不倚。故君子之中立不倚，实亦融合了儒道两家之思想。

儒道两家虽各有侧重，然在本章之中，亦可见其相通之处。南方之强与北方之强，实亦融合了儒道两家之精髓。儒家重德尚仁，道家倡无为而治；儒家讲忠孝之道义，道家则倡顺应自然之理念。然在追求真善美之境上，二者实为一致。故曰"儒道相通"，诚哉斯言！

南方之强，以宽柔教化为本，不报无道，此儒家之仁也。君子居之，以德化人，润物无声。儒家之道，重德尚仁，以立德为本，此其一也。道家虽倡无为，然无为非无所作为，乃顺应自然，不强行干涉之意。南方之强，柔中带刚，与道家顺应自然、柔中带刚之理相通。

北方之强，勇猛果敢，死而不厌。儒家虽尚仁，然亦知勇猛之重要。北方之强，体现了儒家之刚毅与坚韧。而道家亦倡坚韧不拔，虽处逆境，不改初衷。故北方之强，亦与道家之坚韧精神相通。

孔子又言君子和而不流，中立而不倚。和而不流，乃儒家之中庸之道，不偏不倚，恰到好处。道家亦倡顺应自然，不偏不倚，与儒家之中庸之道相通。中立不倚，既体现了儒家的中庸思想，又彰显了道家的自然之道。

国有道不变塞，国无道至死不变。此儒家之忠贞也。儒家忠孝为本，无论国家有道无道，皆应坚守本心。道家则倡坚守道义，不改初衷。在坚守道义上，儒道两家实有相通之处。

〔第十一章〕

原文

子曰："素隐行怪，后世有述焉，吾弗为之矣。君子遵道而行，半途而废，吾弗能已矣。君子依乎中庸，遁世不见知而不悔，唯圣者能之。"

儒道相通 上善若水与素隐行怪的交融

《道德经》中云："上善若水。水善利万物而不争，处众人之所恶，故几于道。"此语与孔子所言素隐行怪，后世有述焉，吾弗为之矣，有着密切之联系。水之柔弱，能利万物而不争，处众人之所恶，几于道。素隐行怪，亦能宽柔以教，不报无道，君子居之。

又，《道德经》中云："知其雄，守其雌，为天下溪。"此语与孔子所言君子遵道而行，半途而废，吾弗能已矣，有着密切之联系。知其雄，守其雌，即为不强求，不妄为。君子遵道而行，半途而废，亦是一种坚强之力。

《道德经》之言，寓意深广。知其雄，守其雌，言明了在世间纷扰中，应知雄强之极，反守雌柔之态。此非示弱，而是一种智慧，一种顺应自然、不强求、不妄为的处世之道。正如孔子所言，君子遵道而行，半途而废，表明君子在追求道德之路上，虽遇艰难险阻，却仍坚定不移，勇往直前。此种精神，正是一种坚强之力，一种对道德信仰的坚守，一种对理想人格的追求。《道德经》与儒家思想在描述人生哲学与道德修养方面，虽表述各异，然其内在精神却相互映照。二者均强调在纷繁复杂的世界中，保持内心的宁静与坚定，追求道德的完善与理想的人格。此为两家思想之共同点，亦为人类精神追求之高级境界。

又，《道德经》中云："道生一，一生二，二生三，三生万物。"此语与孔子所言君子依乎中庸，遁世不见知而不悔，有着密切之联系。道生万物，万物皆有阴阳刚柔之分。君子依乎中庸，遁世不见知而不悔，亦是一种不强求，不妄为之道。

《道德经》第四十三章云："天下之至柔，驰骋天下之至坚。"此言柔弱之力，能胜过坚强之物。而孔子所言"素隐行怪"，即指隐居避世，行为怪异。此与《道德经》之旨相通。又，《道德经》第二十二章云："曲则全，枉则直，洼则盈，敝则新。"此言曲直、盈亏、新旧的相互转化。而孔子所言"君子遵道而行，半途而废"，即指君子应顺应道义，不半途而废，此与《道德经》之旨相通。

进一步言，《道德经》第三十八章云："上德不德，是以有德。"此言上德之人，不拘泥于德行，而能自然流露。其德行之所以高，正是因为不刻意追求德，而能自然而然地做到德行无缺。此即无为而治，顺应自然之理。

而孔子所言"君子依乎中庸，遁世不见知而不悔"，即指君子应顺应自然，利万物而不争，此与《道德经》之旨相通。君子之行，不偏不倚，中庸之道也。即使身处遁世之境，不被世人所知，亦能坚持正道，不悔不懈。此乃君子之品质，亦为《道德经》所倡导之上德境界。

又，《道德经》第七十五章云："民之饥，以其上食税之多，是以饥。"此言治国之道，应减轻百姓负担，使其得以安居乐业。而孔子所言"君子依乎中庸，遁世不见知而不悔"，亦指治国之道，应使百姓得以平均分配，此与《道德经》之旨亦通也。

总之，以本篇看，其儒道相通之处在于以下几点。

一是顺应自然，无为而治。《道德经》强调顺应自然，不强求，不主观臆断地干预事物。在行事时，应遵循自然规律，不强求结果，保持内心的平和与宁静。这与孔子的中庸之道中强调的内在和谐相呼应，即在行为上不偏不倚，无过无不及。

二是虚心谦逊，自省修身。《道德经》中提倡"上善若水"，水善利万物而不争，无惧处众人之所恶。保持谦虚低调遵道而行，利益他人而不争名夺利。这与孔子所说的"君子遵道而行，半途而废，吾弗能已矣"相呼应。

瀛海笔谭

〔第十二章〕

原文 1

君子之道费而隐。夫妇之愚，可以与知焉，及其至也，虽圣人亦有所不知焉。夫妇之不肖，可以能行焉，及其至也，虽圣人亦有所不能焉。

儒道相通　儒家与道家对道之本质的共通理解

本章文云："君子之道费而隐。夫妇之愚，可以与知焉，及其至也，虽圣人亦有所不知焉。夫妇之不肖，可以能行焉，及其至也，虽圣人亦有所不能焉。"此段深刻阐述了君子之道既广大又精微的特性，以及道之实践在不同层次上的普遍性与高深境界的难以企及。

"费而隐"，意指君子之道既广大无边，又精微深邃，难以一眼望穿。普通男女虽愚，亦可初识其道；然至高深处，即便是圣人亦感困惑。同理，虽有不肖之徒，亦能践行其道于日常，然其极致，圣人亦难完全达成。此言道之普适性与高深性并存，鼓励人们从日常做起，不断追求更高境界。

再论，《道德经》相应章句阐释与儒道相通之论证。《道德经》中，虽无直接对应《中庸》此章之文字，然其哲理精髓，与《中庸》所论之道，实有诸多契合之处。以下择取数章，以明儒道相通之理。

《道德经》开篇第一章："道可道，非常道；名可名，非常名。"此言道之难以言尽，与《中庸》之"费而隐"不谋而合。儒家言君子之道既广且深，道家亦谓"道"为万物之宗，无形无象，而无所不在。两者均认为，真正之"道"，超乎言语之外，需以心悟，以行践。

　　《道德经》第二十章："绝学无忧，唯之与阿，相去几何？美之与恶，相去若何？"此言学问之极致，在于超脱学问，归于自然。与《中庸》所言"及其至也，虽圣人亦有所不知焉"相呼应。儒家认为，学问至高之处，圣人亦有所不知；道家则谓，智慧之巅，在于忘却世俗学问，复归自然本真。两者均强调，真正之智慧与境界，非言语所能尽述，需以心体认，以行证悟。

　　《道德经》第四十一章："上士闻道，勤而行之；中士闻道，若存若亡；下士闻道，大笑之，不笑不足以为道。"此言道之难易，因人而异，与《中庸》之"夫妇之愚，可以与知焉；夫妇之不肖，可以能行焉"相契合。儒家认为，愚者亦能初识其道，不肖者亦能践其行；道家则言，上士闻道即行，中士犹豫，下士嘲笑。两者均表明，道之普适性不变，但人对道的领悟和实践或因人之智愚而有所异。

　　《道德经》第四十八章："为学日益，为道日损，损之又损，以至于无为。无为而无不为。"此言求道之过程，需不断舍弃世俗杂念，与《中庸》所论"及其至也，虽圣人亦有所不能焉"相印证。儒家认为，求道至高之处，圣人亦难尽其能；道家则谓，求道需不断损减世俗之心，至于无为，方能无不为。两者均强调，求道之过程，需不断内省、修身，方能达至高远境界。

　　《道德经》第六十四章："合抱之木，生于毫末；九层之台，起于累土；千里之行，始于足下。"此言事物之发展，皆由小至大，由易至难，与《中庸》所论"君子之道，造端乎夫妇，及其至也，察乎天地"相呼应。儒家认为，君子之道始于日常生活，而能通达天地；道家则言，万物之生成，皆由微小而起，积少成多。两者均强调，求道需从日常生活做起，不断积累，方能达至高远境界。

　　《道德经》第七十章："吾言甚易知，甚易行，天下莫能知，莫能行。"此言道之简易与难行并存，与《中庸》所论"及其至也，虽圣人亦有所不能焉"相印证。儒家认为，道之至高之处，圣人亦难尽其能；道家则谓，道虽简易，然天下人莫能知、莫能行。两者均强调，求道之过程需付出极大努力与坚持。

综而论之，儒道两家虽教义不同，然其理趣相通之处甚多。儒家强调君子之道既广且深，需以心悟、以行践；道家亦谓"道"为万物之宗，需以心体认、以行证悟。两者均认为真正之智慧与境界非言语所能尽述，需以心传心、以行证行。

天地之大也，人犹有所憾。故君子语大，天下莫能载焉；语小，天下莫能破焉。《诗》云："鸢飞戾天，鱼跃于渊。"言其上下察也。君子之道，造端乎夫妇，及其至也，察乎天地。

儒道相通 儒家与道家心性修养的哲学对话

本章文云："天地之大也，人犹有所憾。故君子语大，天下莫能载焉；天下莫能破焉。《诗》云：'鸢飞戾天，鱼跃于渊。'言其上下察也。君子之道，造端乎夫妇，及其至也，察乎天地。"此言天地之广大，而人犹有遗憾，故君子论道，无论大小，皆能得其"象"。如《诗》所言，鸢飞于天，鱼跃于渊，皆能自在遨游，无所拘束，此即君子之道，既察于细微，又通于广大。君子之道，始于夫妇之常，而终于天地之妙，此乃儒家修身齐家治国平天下之要义。

《道德经》中，虽无直接对应《中庸》此章之文字，然其哲理精髓，与《中庸》本章文所论之道，实有诸多契合之处。以下择取数章，以明儒道相通之理。

《道德经》第二十五章："有物混成，先天地生。寂兮寥兮，独立而不改，周行而不殆，可以为天地母。吾不知其名，强字之曰道，强为之名曰大。"此言道之先天地而生，独立不改，周行不殆，为天地之母。与《中庸》本章文所言"天地之大也，人犹有所憾"相呼应，皆强调道之广大无边，而人有所不知。

《道德经》第三十四章："大道泛兮，其可左右。万物恃之以生而不辞，功成而不有。衣养万物而不为主，可名于小；万物归焉而不为主，可名为大。以其终不自为大，故能成其大。"此言大道之泛，可左可右，万物皆赖之以生，而道不居功。道既衣养万物，又不为主，故可名于小；万物皆归道，而道不为主，故可名为大。此与《中庸》本章文所言"君子语大，天下莫能载焉；语小，天下莫能破焉"相契合，皆强调道之既大且小，无所不包。

《道德经》第六十四章："合抱之木，生于毫末；九层之台，起于累土；千里之行，始于足下。"此言事物之发展，皆由小至大，由易至难。与《中庸》本章文所言"君子之道，造端乎夫妇，及其至也，察乎天地"相呼应，皆强调道之始于细微，而终于广大。

《道德经》第二十一章："孔德之容，惟道是从。道之为物，惟恍惟惚。惚兮恍兮，其中有象；恍兮惚兮，其中有物。窈兮冥兮，其中有精；其精甚真，其中有信。"此言道之恍惚窈冥，中有象、有物、有精、有信。与《中庸》本章文所言"鸢飞戾天，鱼跃于渊"相印证，皆强调道之既实且虚，既动且静，无所不在。

儒家强调君子之道既广且深，需以心悟、以行践。《中庸》本章文所言"君子语大，天下莫能载焉；语小，天下莫能破焉"即体现了这一点。而道家亦认为道之广大无边，无所不包。《道德经》所言"大道泛兮，其可左右"即是对道之广大的描述。两家在道之广大与细微上的理解是相通的，都认为道既包含宇宙万物，又存在于日常生活之中。

儒家认为道既实且虚，既动且静。《中庸》本章文所言"鸢飞戾天，鱼跃于渊"即体现了道之虚实与动静的统一。而道家亦强调道之恍惚窈冥，中有象、有物、有精、有信。《道德经》所言"孔德之容，惟道是从"即是对道之虚实与动静的描绘。两家在道之虚实与动静上的理解是相通的，都认为道既具有实在性，又具有超越性；既处于不断变化之中，又保持着某种恒定。

儒家强调道之始于细微，而终于广大。《中庸》本章文所言"君子之道，造端乎夫妇，及其至也，察乎天地"即体现了这一点。而道家亦认为事物之发展皆由小至大，由易至难。《道德经》所言"合抱之木，生于毫末；九层之台，起于累土"即是对事物发展过程的描述。两家在道之始终与修养上的理解是相通的，都认为修道需从日常生活做起，不断积累，方能达至高远境界。

儒家虽重人事、尚礼仪、崇道德，然亦不忽视自然之规律与法则。《中庸》本章文所言"君子之道，本诸身，征诸庶民，考诸三王而不缪，建诸天地而不悖"即显儒家对自然之理之尊崇，而道家则更重自然之无为与逍遥，谓人应顺应自然，回归本真，以达至高之境。《道德经》有云："人法地，地法天，天法道，道法自然"，此乃强调自然之无为也。儒道两家于道之自然与人为之理解，实有相通之处，皆谓人应尊重自然之理，同时发挥己之能动性，以与天地和谐共生为要。

儒家强调道之始于细微，而终于广大。《中庸》本章文所言"君子之道，造端乎夫妇，及其至也，察乎天地"即体现了这一点。而道家亦认为事物之发展皆由小至大，由易至难。《道德经》所言"合抱之木，生于毫末；九层之台，起于累土"即是对事物发展过程的描述。两家在道之始终与修养上的理解是相通的，都认为修道需从日常生活做起，不断积累，方能达至高远境界。

儒家虽重人事、尚礼仪、崇道德，然亦不忽视自然之规律与法则。《中庸》本章文所言"君子之道，本诸身，征诸庶民，考诸三王而不缪，建诸天地而不悖"即显儒家对自然之理之尊崇，而道家则更重自然之无为与逍遥，谓人应顺应自然，回归本真，以达至高之境。《道德经》有云："人法地，地法天，天法道，道法自然"，此乃强调自然之无为也。儒道两家于道之自然与人为之理解，实有相通之处，皆谓人应尊重自然之理，同时发挥己之能动性，以与天地和谐共生为要。

〔第十二章〕

原文 1

子曰："道不远人。人之为道而远人，不可以为道。《诗》云：'伐柯伐柯，其则不远。'执柯以伐柯，睨而视之，犹以为远。故君子以人治人。改而止。"

儒道相通 道不远人的共通智慧

子曰："道不远人。人之为道而远人，不可以为道。"此语宣示儒家之道，即在日用寻常之中，贴近人心。若求道而远离人群，乖僻异行，则乖违大道。《道德经》亦云："道可道，非常道；名可名，非常名。"此言道之广大，无所不包，亦不离人世。虽道家崇尚自然，然其理亦寓于人伦日用之间。故儒家与道家，虽各有侧重，其理实相通。儒家重人伦，尚教化，而道家重自然，尚无为。然皆以道为宗，以人为本。故曰：道不远人。

《道德经》中云："大道甚夷，而人好径。"此语指出，大道本甚为平坦，而人众却偏好走曲折的小路。此与儒家"道不远人"之理念相呼应。若人求道而行远离人群，便是走上了小径，偏离了大道。儒家之道，在于以人治人，改过自新而止；道家则倡导顺应自然，无为而治。二者虽路径有异，然其最终目标皆在追求社会的和谐与人的自我完善。儒家之道，贴近人心，以教化为宗；道家之道，崇尚自然，以无为为本。然皆以道为宗，以人为本。故曰：道不远人。

又，《道德经》言："上善若水，水善利万物而不争。"此言水之善，与儒家之道相通。水滋润万物，无所不至，正如儒家之道贴近人心，无处不在。水之不争，亦如儒家所倡导的谦和处世，不与人争锋。水遇容器而成形，不拘一格，此亦如儒家之道，随物赋形，无固定之模式。水能载舟亦能覆舟，喻示着儒家之道之包容与变化，既能扶持君子，亦能涵容小人。水之至善，利而不争，此道不远人，而人鲜能达之。故儒家与道家之哲学，虽各有侧重点，然在追求和谐与平衡之道上，实有共通之处，均旨在引导人们达到一种高尚的品德与精神境界。

再者，《道德经》云："知者不言，言者不知。"此言真正了解道的人不会轻易言说，而轻易言说的人往往并不真正了解道。这与儒家"敏于事而慎于言"的教诲相呼应，皆在强调言行一致，内敛而不张扬。知者不言，盖深知言辞之不足以尽道，故选择沉默以示谦抑。轻易言说者，或对道理解不深，或试图以言语显己，然不知言多必失，难以准确传达心中所悟。儒家亦认为，智者应在行事上勤敏，言语上谨慎，以言行一致显品德之高尚，以内敛不张扬示内心之平和。故两家之说，虽各有侧重，然在倡导修身养性，追求道德之路上，实有共通。

故儒家与道家，虽各有其宗旨，然其精神实质，实可相通。若深究其理，则可知儒家之"仁爱"，与道家之"无为"，皆在追求天地之大和，人与自然之和谐。

孔子曰："己所不欲，勿施于人。"此言仁爱之道，而老子亦云"无为而治"，此亦是一种仁爱之体现。儒家主张以仁爱之心待他人，而道家则主张不妄为，不强为，以顺其自然。此二者，看似相悖，实则皆在追求人与人，人与自然之和谐。

又如儒家之"中庸之道"，与道家之"道法自然"，亦是可以相互印证。儒家言中庸，即不偏不倚，恰到好处，而道家言道法自然，亦是言万物自有其道，不可强为。此二者，皆在强调一种恰到好处的平衡，一种顺应自然的智慧。

再如儒家之"礼治"，与道家之"无为而治"，虽看似有别，实则皆在追求社会的和谐与秩序。儒家以礼治，使人各安其位，各尽其职，而道家以无为，使万物自然生长，自然有序。此二者，皆在强调一种自然的，有序的社会状态。

故儒家与道家，虽各有其特色，然其精神实质，实可相通。皆在追求人与自然，人与社会的和谐，皆在追求一种恰到好处的平衡，一种顺应自然的智慧。

原文 2

"忠恕违道不远，施诸己而不愿，亦勿施于人。"

儒道相通 忠恕之道的相通与实践

"忠恕违道不远，施诸己而不愿，亦勿施于人。"此言儒家之道德准则，以己之心，度人之腹，推己及人，实乃儒家仁义之核心。道家虽与儒家在诸多理念上有所差异，然在道德伦理、修身养性方面，亦有相通之处。

《道德经》有言："天道无亲，常与善人。"此言天道无私，惟善是与。儒家讲忠恕之道，道家则倡导与天道合一，顺应自然。二者虽路径不同，然其归宿皆为求善。儒家以忠恕为本，推己及人；道家则强调无为而治，实则亦在倡导一种不扰民、不害民的政治理念，与儒家的仁爱思想有异曲同工之妙。

又，《道德经》云："上善若水，水善利万物而不争。"此言水之善，乃在于其滋养万物而不争强好胜。儒家之忠恕，亦在于以善心待人，不强加于人。水之善与儒家之忠恕，皆在强调一种柔和、包容的态度，此乃儒道相通之一端。

再者，《道德经》言："知者不言，言者不知。"此言智者不言而喻，愚者则多言而无益。儒家亦倡导敏于事而慎于言，言行一致。儒道两家皆在强调言行的重要性，虽角度不同，然其意相通。

且论本章之"儒"与"道"之通实为中华文化之精髓所在。儒家之道义尚仁爱注重道德修养；道家则倡导无为而治实则亦在强调顺应自然与人和谐共处。

夫"忠恕违道不远"，此儒家之箴言也。言忠者，心之诚也；言恕者，心之宽也。儒家之道，以此为基，而后能立人立己。若施诸己而不愿之事，亦勿施于人，此乃儒家推己及人之大义。

忠恕之道，实乃修身之本，处世之规。忠者，忠诚之道，对君王忠诚，对朋友诚信，对事业敬业，此乃忠诚之体现。恕者，宽恕之道，以宽厚之心待人，以容忍之量接物，此乃宽恕之表现。

忠恕之道，不是空谈理论，而是实践之行。人若欲立己，必先立人。以忠恕之心待人，使人与人之间和谐相处，彼此尊重，互相理解。人能忠诚，则可获得他人之信任；人能宽恕，则可获得他人之敬意。

忠恕之道，亦是对人生态度的体现。人应学会宽容，对他人之过错，应以宽恕之心对待，给予他人改正的机会。同时，人应保持忠诚之心，对事业、对家庭、对朋友，都应忠诚以待，以诚心换真心。

忠恕之道，是儒家伦理的核心，是为人处世的准则。人能遵循忠恕之道，以忠诚之心待人，以宽恕之心处世。则可得到他人的尊重和认可，实现自我价值。

道家虽不言"忠恕"，然其理亦相通。道家崇尚自然，倡导无为而治，实则亦在强调人与人之间的和谐。若人心存忠恕，则能顺应自然，不逆人意，此与道家之理相契合。

且儒家之道，始于夫妇之微，而终至天地之广。其间，仁、义、礼、智、信，五者缺一不可。而忠恕之道，实乃仁义之根本。夫仁者，爱人也；义者，宜也。爱人以诚，处事以宜，此乃儒家之道德准则。道家虽不言仁义，然其倡导清静无为，实则亦在追求人与人之间的和谐共处，此乃儒道相通之一端。

且说本章所言"忠恕违道不远"，实乃儒家道德之核心。然道家亦有相通之理。此外，"忠恕"之道亦体现了儒家"己所不欲，勿施于人"的处世原则。此原则与道家"无为而治"的理念相通。无为而治者，非无所作为也，而是强调顺应自然、不逆人意。

"君子之道四，丘未能一焉：所求乎子以事父，未能也；所求乎臣以事君，未能也；所求乎弟以事兄，未能也；所求乎朋友先施之，未能也。庸德之行，庸言之谨。有所不足，不敢不勉，有余不敢尽。言顾行，行顾言，君子胡不慥慥尔？"

儒道相通 儒家孝道与道家自然之本

孔子所言之"君子之道四"，实乃儒家修齐治平之要义。今以儒道相通之理，寻《道德经》中与儒家思想相应之章文，细述如下。

《道德经》云："上善若水，水善利万物而不争，处众人之所恶，故几于道。"（第八章）此言水之柔弱善下，与儒家"所求乎子以事父"之孝行相通。水之为德，润物无声，子女侍奉父母亦当如此，尽心而不张扬，默默奉献，无所求于外。孔子所言"未能也"，亦自感孝行未尽，犹如水之滋养万物，永无止境。

又《道德经》言："天下之至柔，驰骋天下之至坚。"（第四十三章）此言柔能克刚，与儒家"所求乎臣以事君"之忠贞相通。为臣者，当以柔顺之心，尽忠报国，虽遇刚强之君，亦能委婉进谏，坚守正道。孔子自感"未能也"，亦是追求为臣之道的更高境界。

《道德经》又云："大道废，有仁义。"（第十八章）此言仁义之道，源于大道之失。而儒家所倡"所求乎弟以事兄"之悌道，亦是仁义之体现。兄弟之间，当以仁义为本，和睦相处，互敬互爱。孔子所言"未能也"，意在自省悌道之不足，与道家思想相映成趣。

再观《道德经》有云："信不足焉，有不信焉。"（第十七章）此言诚信之道。儒家所倡"所求乎朋友先施之"之信义，与此相通。朋友之间，贵在诚信，有信则友情深厚，无信则情谊难存。孔子所言"未能也"，意在表明自己在信义之道上，

瀛海笔谭

仍有提升空间。

至于"庸德之行，庸言之谨"，则与《道德经》中"多言数穷，不如守中"（第五章）相呼应。儒家讲究言行一致，道家亦倡导守中之道，二者都强调言行举止之谨慎。孔子所言"有所不足，不敢不勉，有余不敢尽"，正是对言行举止的严格要求，与道家思想相契合。

而"言顾行，行顾言"之理念，则与《道德经》中"知者不言，言者不知"（第五十六章）相映相照。儒家强调言行一致，道家则倡导知行合一，二者均重视言行之间的协调与统一。孔子所言"君子胡不慥慥尔"，意在表明君子应当言行一致，真诚无伪，与道家思想不谋而合。

综上所述，《道德经》与儒家思想在诸多方面有相通之处。二者均强调道德、仁义、信义等品质的培养与实践，以及言行一致、知行合一的理念。通过对比分析，《道德经》中诸多章文内容与孔子所言"君子之道四"有着深刻的对应关系。

夫儒家之所谓"子事父"，乃孝也。道家亦倡孝道，虽不言"孝"之名，而行孝之实。《道德经》云："六亲不和，有孝慈。"（第十八章）孝之为德，儒家以礼教之，道家以自然为本。二者异曲同工，皆求人心之和、家庭之睦。故，"子事父"之道，儒道相通也。

儒家所谓"臣事君"，乃忠也。道家虽不重君臣之名分，然其"无为而治"之理，实寓忠贞之道。君无为，而臣有为；臣尽忠，而君得安。此亦儒道相通之妙也。是以，"臣事君"之义，儒道皆有所取焉。

再言"弟事兄"，儒家谓之悌。道家虽不直言悌道，然其强调和谐共处、相互尊重之理，与儒家悌道无异。兄弟之间，和睦为贵；朋友之交，诚信为先。儒道两家，皆以此为要。故，"弟事兄"之悌，儒道相通也。

至于"朋友先施之"，儒家重信义，道家亦然。《道德经》云："信者，吾信之；不信者，吾亦信之，德信。"（第四十九章）此言信之至也。儒家以信为本，道家亦倡信德。是以，"朋友先施之"之信，儒道皆重之焉。

而儒家所谓"庸德之行，庸言之谨"，实乃日常修行之要。道家亦讲修行，虽路径不同，然其目的皆在于求道。儒家以礼为行，道家以自然为法。二者皆求人之完善、社会之和谐。故，"庸德之行，庸言之谨"，儒道相通也。

最后言"言顾行，行顾言"，儒家倡言行一致，道家亦求内外合一。《道德经》云："信言不美，美言不信。"（第八十一章）此言诚信为本，不求浮华之词。儒家重实践，道家倡自然。二者皆求真实无伪、言行一致之境。故，"言顾行，行顾言"，儒道相通也。

综本文述，可见儒道两家在诸多方面皆有相通之处。虽路径不同、方法各异，然其目的皆在于求人之完善、社会之和谐。是以本章所论之"儒"与"道"之通也。

〔第十四章〕

原文 1

君子素其位而行，不愿乎其外。素富贵，行乎富贵；素贫贱，行乎贫贱；素夷狄，行乎夷狄；素患难，行乎患难。君子无入而不自得焉。

儒道相通 素位而行与无为而治

儒家有言："君子素其位而行，不愿乎其外。素富贵，行乎富贵；素贫贱，行乎贫贱；素夷狄，行乎夷狄；素患难，行乎患难。君子无入而不自得焉。"此言儒家君子之处世哲学，随遇而安，无论境遇如何，皆能自得其乐。

《道德经》第十三章云："宠辱若惊，贵大患若身。何谓宠辱若惊？宠为下，得之若惊，失之若惊，是谓宠辱若惊。何谓贵大患若身？吾所以有大患者，为吾有身，及吾无身，吾有何患？故贵以身为天下，若可寄天下；爱以身为天下，若可托天下。"此言道家对于宠辱不惊、贵身爱身之理念，与儒家"君子素其位而行"之思想相通。儒家君子不以外物为意，无论富贵贫贱，皆能安然处之；道家亦倡导不以物喜、不以己悲，贵身爱身。二者皆强调内心平和、不为外物所扰之重要性。

又，《道德经》第四十四章云："名与身孰亲？身与货孰多？得与亡孰病？甚爱必大费，多藏必厚亡。故知足不辱，知止不殆，可以长久。"此言道家知足常乐、适可而止之智慧，与儒家"君子无入而不自得焉"之境界相呼应。

再观《道德经》第八章："上善若水，水善利万物而不争，处众人之所恶，故几于道。"水之道，乃无为而治、随方就圆，与儒家"君子素其位而行"之理相通。儒家君子随遇而安，无论处于何种环境，皆能顺应自然、融入其中；道家以水为喻，倡导无为而治、顺应自然之道。二者皆强调顺应自然、不强求之哲学思想。

而所云："君子素其位而行，不愿乎其外。素富贵，行乎富贵；素贫贱，行乎贫贱；素夷狄，行乎夷狄；素患难，行乎患难。君子无入而不自得焉。"此言儒家之君子，随遇而安，不慕荣华，不择地势，皆能自得于心。今以儒道相通之理，论儒家讲求"素位而行"，乃言君子应安于本位，不越雷池一步。道家亦倡导"无为而治"，强调顺应自然，不强行而为。儒家之"素位"，与道家之"无为"，皆在强调一种顺应时势、不妄为的态度。君子不论处于何种境遇，皆能泰然处之，此与道家"道法自然"之理相通。

论及"富贵"，儒家认为君子应行乎富贵而不失其本心。道家则言"金玉满堂，莫之能守"（第九章），亦告诫人们不可为富贵所迷惑，应保持内心的清净。儒家之富贵观，在于不因此而穷奢极侈；道家之富贵观，则在于超脱物质束缚，追求精神自由。二者皆在提醒人们，富贵不可强求，应顺其自然。

论及"贫贱"，儒家倡导君子在贫贱中亦能保持气节，不失其志。道家则言"知足者富"（第三十三章），认为知足方能常乐，不为贫贱所困。儒家之贫贱观，展现了君子的坚韧与不屈；道家之贫贱观，则体现了对生活的豁达与超然。二者皆在告诫人们，贫贱并非定数，关键在于内心的坚守与超脱。

论及"夷狄"，儒家认为君子即便身处蛮夷之地，亦能保持礼仪之道。道家则倡导"大道至简"，认为道无处不在，无时无刻。儒家之夷狄观，彰显了文化的传承与坚守；道家之道观，则体现了道的普遍性与永恒性。二者皆在强调，无论身处何地，道与礼仪皆不可失。

瀛海笔谭

论及"患难"，儒家认为君子在患难中更显英雄本色，能够坚守道义。道家则言"飘风不终朝，骤雨不终日"（第二十三章），认为患难终将过去，应保持内心的平静与坚韧。儒家之患难观，体现了君子的担当与勇气；道家之患难观，则展现了对待困境的从容与智慧。

综本文述，"儒"与"道"在诸多方面皆相通相融。儒家之"素位而行"，与道家之"无为而治"殊途同归；儒家之富贵、贫贱、夷狄、患难观，亦与道家之理相得益彰。

原文 2

在上位，不陵下；在下位，不援上。正己而不求于人，则无怨。上不怨天，下不尤人。故君子居易以俟命，小人行险以侥幸。子曰："射有似乎君子，失诸正鹄，反求诸其身。"

儒道相通 上位不陵下之道与下位不援上之理

若言儒家之道，重在于人世间的秩序与道德修养。而道家之《道德经》，虽旨趣不同，却亦有相通之处。今以儒道相通之角度，对应《论语》中"在上位，不陵下；在下位，不援上。正己而不求于人，则无怨。上不怨天，下不尤人。故君子居易以俟命，小人行险以侥幸。子曰：'射有似乎君子，失诸正鹄，反求诸其身。'"之教诲，取《道德经》相应章文以文对应之。

《道德经》第七十九章云："和大怨，必有余怨，安可以为善？是以圣人执左契，而不责于人。有德司契，无德司彻。天道无亲，常与善人。"此言在上不陵下之道也。儒家言上位者不欺压下位者，道家亦倡导以德报怨，不责难于人。圣人治理，如执左契，记录人们之间的恩怨但不以此责难，而是顺应天道，善待万民。如此，则在上者不欺下，与儒家思想不谋而合。

又《道德经》第六十八章云："善为士者，不武；善战者，不怒；善胜敌者，不与；善用人者，为之下。是谓不争之德，是谓用人之力，是谓配天古之极。"此言在下不援上之道也。道家主张不争，善于处下，此与儒家"在下位，不援上"的教诲相通。道家强调"善用人者，为之下"，即善于用人者，应懂得谦逊，不攀附权势，这恰与儒家所倡导的谦逊之德相呼应。

再观《道德经》第三十三章："知人者智，自知者明。胜人者有力，自胜者强。知足者富。强行者有志。不失其所者久。死而不亡者寿。"此言正己而不求于人之理也。道家讲究自知之明，不依赖他人评价，而是自足于内。儒家亦倡导修身正己，不怨天尤人，两者在此理念上再次交汇。

至于"君子居易以俟命，小人行险以徼幸"之理，《道德经》第四十四章有云："名与身孰亲？身与货孰多？得与亡孰病？甚爱必大费；多藏必厚亡。故知足不辱，知止不殆，可以长久。"道家主张知足不辱，知止不殆，这与儒家所倡导的君子安于现状，静待天命，不图徼幸之心态如出一辙。

最后，"射有似乎君子，失诸正鹄，反求诸其身"之意，在《道德经》第三十三章亦有所体现："知人者智，自知者明……胜人者有力，自胜者强。"道家也强调自知之明，自我反省，与儒家此理相通。

夫儒者，尚仁义而重礼教；道者，崇自然而贵无为。二者虽异，亦有相通之处。今取本章之"儒"，论其与"道"之通，以明两家学说之互补与交融。

"在上位，不陵下；在下位，不援上。"此儒家所倡之秩序与和谐也。儒者以为，君臣父子，各有其位，各有其责，不可逾越。然道家亦云："大国者下流，天下之交，天下之牝。"意在言上者宜谦下，不骄不躁，方能得民之心，此与儒家"不陵下"之理相通。而在下位者，道家亦主张不攀附权贵，安于己位，与儒家"不援上"之教诲不谋而合。

"正己而不求于人，则无怨。"儒家强调修身正己，而后方可齐家治国平天下。道家亦言："知人者智，自知者明。"意在言人应自知之明，不依赖于外界之评价，先正己而后可正人。儒道两家皆以正己为先，故能无怨于人，无怨于天。

"上不怨天，下不尤人。"儒家倡导乐天知命，不怨天尤人，而是积极面对现实，努力改变。道家亦云："天道无亲，常与善人。"意在言天道无私，人应顺应自然，不怨天不尤人，与儒家之教诲异曲同工。

"故君子居易以俟命，小人行险以徼幸。"儒家认为，君子应安于现状，静待天命，不图徼幸。道家亦主张知足不辱，知止不殆，意在言人应知足常乐，不贪求无厌，与儒家之君子居易以俟命之理相通。

"子曰：'射有似乎君子，失诸正鹄，反求诸其身。'"儒家倡导在未能达成目标时，应反求诸己，从自身找原因。道家亦强调自知之明和自我反省的重要性，二者皆以自我提升和完善为目标。

综本文述，儒道两家虽各有侧重，但在道德修养、处世哲学等方面存在诸多相通之处。儒者尚仁义礼教而重人伦秩序；道者崇自然而贵无为而治。通过本章之论述可知"儒"与"道"之通在于修身正己、乐天知命、知足常乐以及自我反省等方面，这些理念不仅对个人修养有着重要意义，而且对社会和谐与稳定也起着积极的推动作用。

〔第十五章〕

原文

君子之道，辟如行远必自迩，辟如登高必自卑。《诗》曰："妻子好合，如鼓瑟琴。兄弟既翕，和乐且耽。宜尔室家，乐尔妻帑。"子曰："父母其顺矣乎！"

儒道相通 君子之道与积小成大

君子之道，若行远自迩，若登高自卑，此乃积小步以至千里，累卑处以攀高峰之理也。儒者修齐治平，必先内修德行，而后外化于人，亦如辟如行远必自迩之意。道家之祖《道德经》中，亦有诸多章句与儒家君子之道相映成趣。

《道德经》云："合抱之木，生于毫末；九层之台，起于累土；千里之行，始于足下。"此言积小成大，与儒家"辟如行远必自迩"之理相通。道家讲究从小事做起，积少成多。儒家亦强调日常修行，日积月累。

论及家庭和睦，《道德经》虽未直接言及，然其倡导之和谐共生之道，亦可引申至家庭之中。如《道德经》所云："天长地久，天地所以能长且久者，以其不自生，故能长生。"家庭之和睦，亦需成员之间不自私自利，相互扶持。此与儒家所倡"妻子好合，如鼓瑟琴；兄弟既翕，和乐且耽"之家庭和谐理念不谋而合。

再者，《道德经》强调道法自然，无为而治，此与儒家所倡顺应自然、不刻意为之的教诲亦相通。如《道德经》所言："道之尊，德之贵，夫莫之命而常自然。"道家讲究顺应自然之道，不强行干预，而儒家亦倡导"父母其顺矣乎"，即顺应自然、不违背天性之理。

故著者曰：儒道相通，殊途同归。所述如下。

君子之道，深远如行，起始于足下寸步；崇高如攀，积累于卑微之初。此理同于儒道两家之精髓，虽称谓有异，然其义相通。

儒家言君子之道，必自迩行远，自卑登高。彼如行者，无始则不终；如攀者，无卑则不高。此理亦合于道家之积小成大，积卑成高之旨。道者，亦倡始于微末，终至伟大，与儒家之积跬步以至千里，汇小流以成江海之理不谋而合。

儒家重家庭之和睦，以《诗》中所言妻子和合、兄弟和谐为范。道家虽未直言家室之乐，然其追求和谐、顺应自然之道，亦可引申至家庭之中。家庭之和，非强力求之，乃自然而然。儒道两家均倡和谐，虽侧重点不同，然其精神内核一致。

儒家言"父母其顺矣乎"，强调顺应自然、不刻意为之。道家亦倡无为而治，顺应自然之道。二者皆以自然为尊，不强行干预，体现出儒道两家在顺应自然方面的共通之处。

儒家强调言行一致，少说多做；道家亦倡导知之为知之，不知为不知，是知也。儒道两家皆告诫世人要谦逊内敛、勿逞口舌之快，此乃儒道相通之处也。

综上本章所论，"儒"与"道"在诸多方面皆有相通之处。二者皆倡导内敛、和谐、顺应自然之理。儒道两家在君子之道、家庭和谐、顺应自然等方面，二者实乃相通。故儒道相通，诚非虚言也。

且儒道两家皆以修身为本，儒家讲修齐治平，必先内修德行；道家亦重内在修炼，以求道心。儒道两家在修身方面亦有共通之处，皆以修身为基石，进而推及家庭、社会乃至天下。

故而可见，儒道两家虽各有侧重，然其精神内核实有诸多相通之处。本章所论之"儒"与"道"之通，诚为中华文化之博大精深之体现也。

第十六章

原文

子曰："鬼神之为德，其盛矣乎！视之而弗见，听之而弗闻，体物而不可遗。使天下之人，齐明盛服，以承祭祀。洋洋乎！如在其上，如在其左右。《诗》曰：'神之格思，不可度思，矧可射思。'夫微之显，诚之不可掩如此夫！"

儒道相通 儒家鬼神观与道家道论

子曰："鬼神之德行，何其盛大！其存在虽目不能见，耳不能闻，然其能体察万物而无遗漏。故使天下之人，皆整齐恭敬，盛服以承祭祀之礼。神之灵验，仿佛洋溢于上空，又似陪伴在左右。《诗》云：'神之降临，深不可测，岂能怠慢不敬。'此言神之微妙难测，然其显现之时，真实无虚，无法掩饰。"

鬼神之道，虽幽微难见，然其影响却无处不在。人们通过祭祀之礼，表达对神灵的敬畏与感激，亦以此祈求神灵庇佑。而神灵之存在，虽不可见，但其力量却能感知，使人心生敬畏。

夫鬼神之为德，虽隐微难见，然其显现之时，却能让人感受到其真实存在。此诚为不可掩之事实。学之者当以此为鉴，知鬼神之存在，虽不可见，却应心怀敬畏，修德立身，以求神灵庇佑。同时，亦应明白，神灵虽盛，但更应依赖自身之努力。

本章子曰："鬼神之为德，其盛矣乎！视之而弗见，听之而弗闻，体物而不可遗。"此言鬼神之德，虽幽隐而不可见，然其影响却无处不在，使人敬畏。道家经典《道德经》中，亦有诸多章文与此相应，虽未直言鬼神，但所论之道，实与鬼神之德相通。

《道德经》第十四章云："视之不见，名曰夷；听之不闻，名曰希；搏之不得，名曰微。此三者不可致诘，故混而为一。"此章所论之"夷""希""微"，皆指道之幽隐难测，与儒家所言鬼神之不可见、不可闻相似，皆在阐述一种超越感官的存在。

又《道德经》第六十章曰："治大国，若烹小鲜。"此言治国之道，应顺应自然，不可妄为。此与儒家所倡"使天下之人，齐明盛服，以承祭祀"之顺天应人的思想相通。皆在强调一种顺应自然、尊重规律的态度。

再观《道德经》第四十一章："大方无隅，大器晚成，大音希声，大象无形。"此言大道至简，大象无形，与儒家所论鬼神之德"洋洋乎！如在其上，如在其左右"的无所不在、无形无相的特点相呼应。皆在阐述一种超越形象的存在方式。

此外，《道德经》第三十三章亦云："知人者智，自知者明。胜人者有力，自胜者强。"此言自知自胜之道，与儒家所倡"诚之不可掩"的真诚态度相通。皆在强调一种内在修养和自我超越的精神。

综上而观，《道德经》中诸多章文与儒家所言鬼神之德相通。二者虽表述方式略有差异，然其精神内核实乃一致。皆在阐述一种超越感官、顺应自然、无形无相、内在修养的思想。故曰：儒道相通，殊途同归。

且儒道二家并以修身为本，儒家通过祭祀以修身养性，道家则修道以期身心合一。二者皆重内在修养之提升与精神之超越。是以，《道德经》众章与儒家论鬼神之德，实有深合之处。

又，儒道二家皆尊天地，敬自然。儒家通过祭祀以表达对神明之敬与天地之恩；道家则提倡顺应自然，无为而治，强调与自然和谐共处。此种敬畏天地、尊重自然之态度，于两家思想中皆有所见，更显儒道相通之精神内核。

故儒道两家思想在多方面相通相融，共同凝聚成中华传统文化之精粹。深入探究儒道相通，可更好地理解中华文化之博大精深，并以之为指导修身养性，提升自我。

子曰："鬼神之为德，其盛矣乎！"此言鬼神虽幽隐难测，然其盛德却无处不在，使人肃然起敬。儒家重祭祀，尊鬼神，意在借鬼神之德以教化人心，导人向善。道家虽不言鬼神，然其所倡之道，实与鬼神之德有异曲同工之妙。今从"儒道相通"之视角，可观本章之"儒"与"道"之通。

儒家言鬼神之德，视之弗见，听之弗闻，然其影响却深远。此与道家所论之道颇为相似。道之为物，亦是无形无相，然却无处不在，无时无刻不在影响着万物。道家倡导人们应顺应自然之道，不可逆天而行。此理与儒家所倡敬畏鬼神、顺应天命之思想相通。

儒家通过祭祀活动，使天下之人齐明盛服，以承祭祀，意在借此表达对鬼神的敬意，以及对天地的感恩。道家虽无祭祀之仪，然其修身养性之道，实亦是对天地自然的敬畏与尊重。儒道两家皆强调顺应自然、尊重天地，此乃二者相通之处。

又儒家所言鬼神之德，"洋洋乎！如在其上，如在其左右"，意在表达鬼神之德无处不在，无所不覆。道家亦言大道至大至广，无所不包，无所不覆。儒道两家皆言及一种超越形象的存在，虽表述不同，然其意相通。

再观儒家所引《诗》云："神之格思，不可度思，矧可射思。"此言鬼神之思不可测度，非人力所能及。道家亦倡"道可道，非常道"，言及道之幽隐难测，非言语所能尽述。儒道两家皆在阐述一种超越人类认知的存在，其精神内核相通。

此外，儒家强调"诚之不可掩"，意在表达真诚之心不可掩饰，此乃修身之本。道家亦倡内心真诚无伪，以之为修道之基。儒道两家皆重真诚之心，认为此乃通达儒学、感悟大道之关键。

本章所论之"儒"与"道"在诸多方面皆有相通之处。二者皆倡导顺应自然、尊重天地、敬畏鬼神（或道）之理。虽儒道有别，然在敬畏天地、顺应自然、重真诚之心等方面实乃相通。故言儒道相通诚非虚言也。

第十七章

原文

子曰："舜其大孝也与！德为圣人，尊为天子，富有四海之内，宗庙飨之，子孙保之。故大德必得其位，必得其禄，必得其名，必得其寿。故天之生物，必因其材而笃焉。故栽者培之，倾者覆之。《诗》曰：'嘉乐君子，宪宪令德。宜民宜人，受禄于天。保佑命之，自天申之。'故大德者必受命。"

儒道相通　儒家孝道与道家德行相通的理念

子曰："舜真乃大孝之人也！其德行高洁，被誉为圣人；地位尊贵，身为天子；财富丰盈，统领四海。其宗庙之中，世代祭祀，子孙绵延不绝。"由此可见，拥有大德之人，必然会得到相应的地位、俸禄、名声和长寿。此乃天地之道，必然之理。

天之生养万物，皆因其材质而厚待之。犹如种植者，必会精心培育其幼苗，而对于倾斜欲倒之物，则会将其扶正。此理亦同于人之成长，有德者必受天眷。

《诗》云："嘉乐君子，宪宪令德。宜民宜人，受禄于天。保佑命之，自天申之。"此言君子之德，上合天意，下顺民心，故能受天之禄，得民之心。因此，拥有大德之人，必然会受到天命所归，得到应有的荣耀与地位。

大德者，天必佑之，人必敬之。学之者当以此为鉴，修德立身，以求天命所归，民心所向。

儒家以孝为本，推崇德行，故以舜之大孝、大德为例。道家虽不言孝，但对德行之重视，与儒家无异。今以"儒道相通"之视角，可探《道德经》中与本章所论儒家思想相对应之内容。

《道德经》第五十一章云："道生之，德畜之，物形之，势成之。是以万物莫不尊道而贵德。"此言道德为万物之根本，与儒家所论"大德必得其位，必得其禄，必得其名，必得其寿"相呼应。儒道两家皆认为，德行高尚者，必得天之眷顾，享有尊贵与福禄。

又《道德经》第七十九章言："天道无亲，常与善人。"此言天道不偏袒，但常常眷顾善良之人。儒家所论"大德者必受命"，亦在阐述德行高尚者，必将受到上天的眷顾与保佑，与道家思想相通。

再观《道德经》第六十七章："我有三宝，持而保之：一曰慈，二曰俭，三曰不敢为天下先。慈，故能勇；俭，故能广；不敢为天下先，故能成器长。"此言道家所重之三宝：慈、俭、不敢为天下先。其中"慈"与儒家所倡之"孝"有异曲同工之妙，皆在强调仁爱之心。而"俭"与儒家所倡之节俭、不奢靡之生活态度相呼应。至于"不敢为天下先"，则与儒家所倡之谦逊、不张扬之品质相通。

此外，《道德经》第四十一章云："上士闻道，勤而行之；中士闻道，若存若亡；下士闻道，大笑之。不笑，不足以为道。"此言不同层次之人对道的理解与接受程度不同。儒家亦强调学习与实践德行的重要性，认为只有不断努力提升自己的德行才能成为君子、圣人。此与道家所倡之勤奋求道、不断修行的思想相通。

综上所述，《道德经》中诸多章文与儒家所论之德行、孝道、节俭、谦逊等品质相通。儒道两家虽表述方式略有差异，然其精神内核实乃一致。皆在强调德行的重要性以及个人修养的必要性。

子曰："舜其大孝也与！"此语出，彰显儒家之孝道，为百行之先，德行之本。舜以孝闻，因德登天子之位，四海之内，无不敬仰。儒家重德，以德行为先，尊孝道，崇圣贤。道家虽不言孝，然其重德之心，与儒家无异。今就本章所论之"儒"，探其与"道"之通。

儒家言大德者必受命，此与道家所倡之"道法自然"相通。道家认为，万物皆应顺应自然之道，而德行高尚者，自能得到天地之眷顾，此与儒家所言大德者得天命之意颇为相似。虽儒家重人事，道家重天道，然二者皆认为德行可致福报。

儒家强调"大德必得其位，必得其禄，必得其名，必得其寿"，此四得者，皆因德行之深厚。道家亦倡道德之重，虽不言得位、得禄等具体福报，然其道法自然之精神，实与儒家相通。儒道两家皆认为，德行可带来福祉，此理甚明。

再观儒家所引《诗》云："嘉乐君子，宪宪令德。"此言君子之德行，可为民之表率，受天之禄。道家亦言"上善若水，水善利万物而不争"，意在表达一种无为而治、顺应自然的德行。虽表述不同，然其精神内核相通，皆在强调德行之重要性。

儒家以孝为本，推崇圣贤之道。道家虽不直言孝，但其追求内心清净、无为而治之道，实亦包含了对家庭和社会的责任感。儒道两家皆在倡导积极向上的生活态度和社会责任感。

〔第十八章〕

原文 1

子曰："无忧者其唯文王乎！以王季为父，以武王为子。父作之，子述之。武王缵大王、王季、文王之绪，壹戎衣而有天下。身不失天下之显名，尊为天子，富有四海之内，宗庙飨之，子孙保之。"

儒道相通 儒家仁爱与道家慈心的相通理念

子曰："无忧者其唯文王乎！"此言文王之无忧，以其德行之深厚，得以安享天下。儒家重德，以德行为立身之本，而道家亦倡道德之重，虽表述有异，然其精神内核相通。今以"儒道相通"之视角，探寻《道德经》中与本章所论儒家思想相对应之内容。

《道德经》第六十七章云："我有三宝，持而保之。一曰慈，二曰俭，三曰不敢为天下先。慈故能勇；俭故能广；不敢为天下先，故能成器长。"此言道家所重之三宝：慈、俭、不敢为天下先，皆与儒家之德行相呼应。慈者，仁爱之心也，与儒家所倡之仁爱相通；俭者，节俭之美德也，与儒家所倡之节俭生活态度相呼应；至于"不敢为天下先"，则与儒家所倡之谦逊、不张扬之品质相通。

又《道德经》第二十九章言："将欲取天下而为之，吾见其不得已。天下神器，不可为也，不可执也。为者败之，执者失之。"此言治理天下应顺应自然，无为而治，与儒家所倡之德治相通。儒家以德行为先，认为德行可安天下，道家亦倡无为而治，强调顺应自然之道。二者皆在追求一种和谐稳定的社会秩序。

再观《道德经》第四十九章："圣人常无心，以百姓心为心。"此言圣人应顺应民心，与儒家所倡之仁爱、民本思想相通。儒家强调以民为本，关注民生，道家亦倡导顺应民心、与民同乐。

此外，《道德经》第五十四章又云："善建者不拔，善抱者不脱，子孙以祭祀不辍。"此言善于建立德行之人，其德行不易被摧毁；善于保持德行之人，其德行不会消失。此与儒家所论"子孙保之"相呼应，皆在强调德行的长久与传承。

综上所述，《道德经》众章与本章所述儒家之说颇相通。儒道二家皆注重德行之重与修身之必需。虽其言辞小异，然其精神实质皆归于一。

子曰："无忧者其唯文王乎！"言文王以德为本，故得无忧。儒家崇德尚仁，以之为立国之本，安身之道。道家虽不言德仁，然其追求之无为而治、顺应自然，实亦含德仁之意。

儒家以孝为先，文王以王季为父，尽孝而得民心，此儒家之孝也。道家虽未明言孝道，然其倡导尊老爱幼、和睦共处之道，实亦与儒家之孝道相通。儒道两家皆重视家庭和谐，以之为社会稳定之基石。

儒家言武王缵大王、王季、文王之绪，壹戎衣而有天下，此儒家之继承与发扬也。道家则倡"道生一，一生二，二生三，三生万物"，意在表达一种持续不断的发展与变化。儒道两家皆重视传统与创新的结合，以推动社会进步。

儒家尊文王为天子，德被四海，此儒家之尊贤与富贵也。道家虽不言尊贤与富贵，然其求内心之清净、超脱尘世之境界，亦须物质之基础。儒道两家皆知物质与精神并重之理。

儒家重宗庙之祭，子孙之守，此儒家之祭祀与传承也。道家虽未明言祭祀与传承，然其顺自然、敬生命之道，亦含对祖先之敬仰与后世之期待。儒道两家皆注重家与社会之持续发展。

综上而言，本章所论之"儒"与"道"在多方面皆有共通之处。二者皆注重家之和谐、传统与现代之结合以及物质与精神并重之理。

原文 2

"武王末受命，周公成文、武之德，追王大王、王季，上祀先公以天子之礼。斯礼也，达乎诸侯大夫，及士庶人。父为大夫，子为士，葬以大夫，祭以士；父为士，子为大夫，葬以士，祭以大夫。期之丧，达乎大夫，三年之丧，达乎天子。父母之丧，无贵贱一也。"

儒道相通 上德不德与德行的自然流露

《道德经》与儒家所论，虽路径不同，然精神相通。今就"武王末受命，周公成文、武之德……"一段，探寻《道德经》中与之相呼应的章文。

儒家重礼，尊卑有序，葬祭之礼，严格分明。然道家虽不言礼之细节，但对孝道、尊卑之本质，亦有独到见解。

《道德经》第十九章云："绝圣弃智，民利百倍；绝仁弃义，民复孝慈。"此言虽似反对智、仁、义，实则是针对过度追求而导致的虚伪，意在回归自然、纯真的孝道和慈悲心。儒家强调葬祭之礼的严格，体现对逝者的尊重与缅怀，道家则倡导内心的真诚与自然的流露。二者虽方法不同，却都体现了对长辈的敬重与孝顺。

又《道德经》第三十八章言："上德不德，是以有德；下德不失德，是以无德。"此言上德之人不刻意为之，而德行自然彰显；下德之人刻意追求德行，反而失去了德行的奥义。儒家通过具体的礼节来体现德行，道家则强调内心的自然流露，二者殊途同归，都旨在培养人们的道德品质。

再观《道德经》第四十九章："圣人常无心，以百姓心为心。"此言圣人无我执，以民心为己心，与儒家所倡的仁爱、民本思想相通。儒家通过具体的礼仪制度来关爱百姓，道家则倡导无我、无为而治，二者皆以民为本。

此外，《道德经》第六十七章云："我有三宝，持而保之。一曰慈，二曰俭，三曰不敢为天下先。"其中"慈"与儒家所倡的孝道、仁爱相通。儒家通过葬祭之礼体现对长辈的慈爱和尊重；道家则通过内心的慈爱来体现对万物的关怀。

综上所述，《道德经》中诸多章文与儒家所论之德行、孝道、民本等思想相通。儒道两家皆以人为本、以民为本、以孝为先、以德为重。

夫儒道相通之理甚明无忧者如文王、武王以德行为先此儒家所倡之道也；而道家追求内心的真诚与自然的流露实与儒家相通。

昔武王末受命，周公继之，成文、武之德，追尊先王，以天子之礼祀之。此乃儒家所崇之礼也，尊卑有序，葬祭之制，严然分明。然则，道家之道，又何以与儒家之礼相通乎？

儒家重礼，以礼治国，尊卑贵贱，各有其序。道家虽不言礼之繁文缛节，然其追求自然、无为而治之道，实与儒家之礼有相通之处。儒家之礼，旨在维护社会秩序，使人民各安其位；道家之道，则倡导顺应自然，无为而治，使人民安居乐业。二者皆致力于社会和谐稳定，此其一通也。

儒家强调孝道，父母之丧，无论贵贱，皆应守孝三年。此乃儒家之孝，以孝为先，以孝治国。道家虽未明言孝道之具体形式，然其倡导尊老爱幼、家庭和睦之道，实亦包含孝道之意。儒道两家皆重视孝道在家庭和社会中的重要作用，此其二通也。

儒家通过具体的礼节来体现德行，如葬祭之制，严格遵循尊卑贵贱之序。道家则倡导内心的真诚与自然的流露，虽不拘泥于形式，然其追求真诚、善良之心与儒家相通。二者皆旨在培养人们的道德品质，提高社会风气，此其三通也。

再者，儒家强调以民为本，仁爱之心溢于言表。道家亦倡导无为而治、顺应民心之道。二者皆以民为本位思考治理之道，此乃其四通也。

〔第十九章〕

原文 1

子曰："武王、周公，其达孝矣乎！夫孝者，善继人之志，善述人之事者也。春秋修其祖庙，陈其宗器，设其裳衣，荐其时食。宗庙之礼，所以序昭穆也；序爵，所以辨贵贱也；序事，所以辨贤也；旅酬下为上，所以逮贱也；燕毛，所以序齿也。"

儒道相通　儒家孝道与道家思想的共通

子曰："武王、周公，其达孝矣乎！夫孝者，善继人之志，善述人之事者也。"此儒家所言之孝，重在继承与叙述先辈之志向与事迹。而道家虽不言孝之名义，然其精神内核与儒家之孝实有相通之处。

《道德经》第十六章云："致虚极，守静笃，万物并作，吾以观其复。夫物芸芸，各复归其根。归根曰静，是谓复命。"此言致虚守静之道，与儒家修祖庙、陈宗器之孝行，虽形式有异，然皆追求相通，此其一通也。

又，《道德经》第五十四章言："善建者不拔，善抱者不脱，子孙以祭祀不辍。"此言善于建立者，其德不易被摧毁；善于保持者，其德不会消失。子孙以此祭祀不断，与儒家强调的孝道传承相呼应。儒家通过春秋修祖庙、陈宗器等礼仪来表达对先辈的尊重和缅怀；道家则倡导内心的坚守与传承，使子孙后代能够不断缅

329

怀先辈之德。二者皆体现了对先辈的尊敬与缅怀，此其二通也。

再观《道德经》第四十九章："圣人无常心，以百姓心为心。"此言圣人无我执，以民心为己心，与儒家所倡的仁爱、民本思想相通。儒家通过具体的礼仪制度来关爱百姓、尊重先辈；道家则倡导无我、顺应民心之道，二者皆以民为本、以孝为先，此其三通也。

且《道德经》第八十一章言："信言不美，美言不信。善者不辩，辩者不善。知者不博，博者不知。"此言诚信与真实之美，与儒家所倡之诚信、真诚之孝行相通。儒家通过具体的孝行来表达对先辈的尊重和真诚；道家则倡导内心的真实与诚信之道，二者皆追求真诚与善良之美德此其四通也。

综上所述，《道德经》中诸多章文与儒家所论之孝行、德行相通。儒道两家皆以人为本、以孝为先、以德为重虽表述方式略有差异然其精神内核实乃一致。

子曰："武王、周公，其达孝矣乎！夫孝者，善继人之志，善述人之事者也。"斯言也，儒家所崇之孝，不仅在于供养父母，更在于承志述事，维系家族与社会之秩序。而道家虽不言孝之名义，其追求之无为而治、顺应自然之道，实亦蕴含深厚之家庭与社会责任感，与儒家孝道精神相通。

著者又论曰："儒家之孝，重在承志述事，春秋修祖庙，陈宗器，设裳衣，荐时食，此皆儒家崇孝之体现。"而道家虽未明言此等礼仪，然其倡导之尊老爱幼、家庭和睦之道，实亦是对先辈之尊重和缅怀。儒道两家皆重视家庭和谐，以之为社会稳定之基石，此其一通也。

儒家通过宗庙之礼，序昭穆，辨贵贱，序事以辨贤，此皆为了维护社会秩序，彰显孝道之精神。道家虽不言此等繁文缛节，然其倡导顺应自然、无为而治之道，实亦是为了社会和谐稳定。二者虽路径不同，然目标一致，皆致力于社会稳定与和谐，此其二通也。

儒家崇孝，传之后世，使子孙追思先德，继志述事。道守内心，传家之道，使后人常怀先人之泽，广其遗风。此二者，皆尊崇先祖，启迪后昆，此其三通也。

孝道之行，不止于私家，亦广于天下。儒家以孝治家，而家齐国治，形成道德之规范。道守道德，未直言孝，然其高境界，与儒相合。二者以道德为基，促进社会之进步，其四通也。

原文 2

"践其位，行其礼，奏其乐，敬其所尊，爱其所亲，事死如事生，事亡如事存，孝之至也。郊社之礼，所以事上帝也。宗庙之礼，所以祀乎其先也。明乎郊社之礼、禘尝之义，治国其如示诸掌乎。"

儒道相通 儒家尊卑有序与道家自然秩序观

夫儒者之道，在于明礼义，尊亲敬祖，治国安邦。而道家之学，虽言简意赅，亦有其相通之处。今就所引之儒家孝道，探寻《道德经》中与之呼应之章文。

儒家言"践其位，行其礼"，此乃尊卑有序、各安其位之意。而《道德经》第三十九章云："贵以贱为本，高以下为基。"此言虽简约，却昭示了贵贱相依、高下相成的道理，与儒家尊卑有序之观念相通。儒者通过具体的礼节来体现这种秩序，道家则倡导一种更为自然的秩序观，二者异曲同工。

儒家强调"敬其所尊，爱其所亲"，此乃孝道之核心。《道德经》第四十九章言："圣人无常心，以百姓心为心。"虽未直接论及孝道，却体现了道家之仁爱思想。圣人无执无著，以百姓之心为心，这种无我之境，实则包含了对万物的敬爱与尊重，与儒家之敬老爱幼、孝亲尊师之理念相通。

儒家云"事死如事生，事亡如事存"，此乃孝之至也。《道德经》第三十三章云："死而不亡者寿。"此言虽简洁，却蕴含有对生命的深刻理解。儒家通过具体的礼节来表达对逝者的尊重和缅怀；道家则通过内心的坚守与传承来表达对生命的尊重。二者虽方式不同，却都体现了对生命的敬畏与尊重。

再者，儒家重视"郊社之礼，所以事上帝也。宗庙之礼，所以祀乎其先也"，此乃对天地的敬畏与对祖先的缅怀。《道德经》第六十七章云："我有三宝，持而保之：一曰慈，二曰俭，三曰不敢为天下先。"其中"慈"字，即包含了对天地万物的敬畏与爱护，与儒家之敬畏天地、缅怀祖先之理念相通。

儒家通过明乎"郊社之礼、禘尝之义"，来治国安邦。《道德经》第五十七章云："以正治国，以奇用兵，以无事取天下。"此言治国之道在于正道，与儒家通过礼仪制度来治国安邦的理念相通。二者皆旨在实现国家的稳定与繁荣。

夫儒者之道，尊卑有序，礼乐之制，孝道为先。行其位，践其礼，奏其乐，敬尊爱亲，孝之至也。而道家虽不言礼之细节，但对孝道之本质，亦有独到见解。今就所引儒家孝道之论，探寻与道家思想之相通处。

儒家言孝，必称事死如事生，事亡如事存，此孝之至也。而道家追求道法自然，尊重生命，虽未直言孝道，然其精神与儒家相通。儒家通过具体的礼节来体现孝道，如郊社之礼，事上帝也；宗庙之礼，祀乎其先也。道家则倡导内心的真诚与自然的流露，虽不拘泥于形式，然其追求真诚、善良之心与儒家相通。

儒家强调礼乐之制，以明尊卑贵贱之序，此儒家之礼也。道家虽不言礼乐，然其追求自然、无为而治之道，实与儒家之礼有相通之处。儒家之礼，旨在维护社会秩序，使人民各安其位；道家之道，则倡导顺应自然，无为而治，亦是为了人民安居乐业。二者皆致力于社会和谐稳定，此其一通也。

儒家以孝为先，敬尊爱亲，此儒家之孝也。道家虽未明言孝道之具体形式，然其倡导尊老爱幼、家庭和睦之道，实亦包含孝道之意。儒道两家皆重视孝道在家庭和社会中的重要作用，此其二通也。

再者，儒家通过明乎郊社之礼、禘尝之义来治国安邦。道家亦倡导道德之重，虽未明言礼乐之制，然其追求之道德境界实与儒家相通。二者皆以道德为立身之本，推动社会进步与发展，此其三通也。

综上所述，"儒"与"道"在诸多方面皆有相通之处。且儒道两家皆以人为本、以孝为先、以德为重，虽表述方式略有差异，然其精神内核实乃一致。千言万语难以尽述儒道之深奥，然二者相通之处可见一斑矣。

瀛海笔谭

第二十章

原文 1

哀公问政。子曰："文武之政，布在方策。其人存，则其政举；其人亡，则其政息。人道敏政，地道敏树。夫政也者，蒲卢也。故为政在人，取人以身，修身以道，修道以仁。"

"仁者，人也，亲亲为大。义者，宜也，尊贤为大。亲亲之杀，尊贤之等，礼所生也。故君子不可以不修身；思修身，不可以不事亲；思事亲，不可以不知人；思知人，不可以不知天。"

儒道相通 儒家仁爱观念与道家无为理念

昔鲁哀公以政问于孔子，孔子对以文武之政，布在方策，强调"为政在人，取人以身，修身以道，修道以仁"。此言儒家之政道，以仁为本，修身齐家治国平天下之理也。今从儒道相通之视角，寻《道德经》中与此相对应之章文，以文述之。

孔子言"仁者，人也，亲亲为大"，此儒家之仁爱观也。《道德经》亦有所应，如第四十九章云："圣人无常心，以百姓心为心。"此言圣人无我，以民心为心，实乃仁爱之体现。儒家言仁者爱人，道家则倡导无我之境，二者虽表述不同，然其精神相通。

孔子又言"义者，宜也，尊贤为大"，此儒家之义理观也。《道德经》第二十七章云："善人者，不善人之师；不善人者，善人之资。"此言善人可为不善人之师表，亦应尊贤重能。儒家尊贤重义，道家亦倡导尊贤之道，二者相通也。

孔子所言"修身以道"，与《道德经》第五十四章"修之于身，其德乃真"相呼应。儒家强调修身以达道，道家亦重视修身养性。二者皆认为修身是达到更高境界的基础。

儒家之道，以修身齐家治国平天下为序，孔子言修身以道，即指修身乃实践道德之始。人能修身，方能正其心，诚意正心，而后可以言治国平天下之大道。儒家修身，重在克己复礼，通过不懈的努力，以达到道德的完善和人格的提升。

而道家之修身，则更注重内心的修炼和自然之道。老子言："修之于身，其德乃真。"强调的是人应顺应自然，修身养性，以达到道法自然。道家认为，修身不仅是对外在行为的规范，更是对内在的修养，以达到与自然和谐相处，从而实现生命的升华。

综合而论，儒家与道家虽各有侧重点，然在修身这一环节上，二者实则异途同归。修身不仅是个人品德的提升，亦是通向更高境界之路。无论是儒家之克己复礼，还是道家之顺应自然，皆是在告诫世人，修身乃人生之根本，是实现人生价值和社会和谐的基础。故修身之道，实乃儒家与道家共同推崇之人生哲理，为世人提供了修身养性的智慧与方法。

再者，孔子所言"思知人，不可以不知天"，与《道德经》第二十五章"人法地，地法天，天法道，道法自然"相呼应。儒家倡导知人知天之道，道家则强调顺应自然之法则。二者皆体现了对人与自然和谐共生的追求。

此外，《道德经》第八章"上善若水，水善利万物而不争"，亦与儒家所倡之仁爱、和谐相通。水之为物，善利万物而不争功，此与儒家之仁爱无私、和谐共处之理相通也。

鲁哀公以政问于孔子，夫子答之以文武之政，其理深邃，其义宏远。

孔子言："为政在人，取人以身，修身以道，修道以仁。"此言儒家为政之要，在于修身以道，而道家亦重修身养性，二者皆以修身为本，此乃儒道相通之一端。儒家倡导通过修身来达到仁的境界，道家虽不言仁义，然其追求道法自然、顺应自然之道，实与儒家修身之理相通。

孔子又言："仁者，人也，亲亲为大。义者，宜也，尊贤为大。"儒家以仁爱为本，尊贤重义。道家虽未直言仁义，但其倡导无为而治、顺应自然之道，实则包含了对万物的尊重与爱护。儒道两家皆以人为本，尊重生命，此其相通之二也。

再者，孔子言："思修身，不可以不事亲；思事亲，不可以不知人；思知人，不可以不知天。"此言儒家之修身、事亲、知人、知天之理。道家亦倡导顺应天道、与自然和谐共处之道。二者皆追求天人合一之境界，此其相通之三也。

综上所述，"儒"与"道"在诸多方面皆有相通之处。儒道两家皆以人为本、以修身为基础、以道德为立身之本、以天人合一为最高境界。

且儒道两家虽表述方式略有差异然其精神内核实乃一致。儒家重礼乐之制、尊卑有序；道家倡无为而治、顺应自然。

原文 2

> 天下之达道五，所以行之者三。曰君臣也，父子也，夫妇也，昆弟也，朋友之交也；五者，天下之达道也。知、仁、勇三者，天下之达德也，所以行之者一也。或生而知之，或学而知之，或困而知之，及其知之一也。或安而行之，或利而行之，或勉强而行之，及其成功一也。

儒道相通 儒家五达道与道家道德观念的共通

"天下之达道有五，而行之者则依赖三德。何为五达道？乃君臣之道，父子之道，夫妇之道，昆弟之道，及朋友之交道也。此五者，乃天下共通之道义。而知、仁、勇，乃天下共通之美德，是践行这些道义的动力。然此三者之行，其本原归一。

有人天生即知，有人通过学习得知，有人经历困境后方知，然其最终所知之真理则一。同样，有人安然行之，有人因利益而行之，有人勉强而行，但只要去实践，最终都能成功，此亦一理。

此乃儒家思想之精髓，明示人们不论知的途径和行的方式如何不同，最终的目标和效果都是一致的。故，学之者当深悟此理，勇往直前，以求真知。

本章文言："天下之达道五，所以行之者三。"此乃儒家之道德观也，言及君臣、父子、夫妇、昆弟、朋友之交，此五者，乃天下之达道。而知、仁、勇，乃天下之达德。今欲从儒道相通之角度，探寻《道德经》中与之相呼应之章文。

《道德经》云："大道废，有仁义。"此言虽简约，却昭示了道德之根本。儒家所言之五达道，实乃社会之基本伦理，与道家所倡导之道德观念相通。道家虽未直言五达道，然其精神内核，无不体现于道家经典之中。

又，《道德经》曰："上善若水，水善利万物而不争，处众人之所恶，故几于道。"此言水之德，亦体现了儒家之知、仁、勇三达德。水之流淌，无声无息，却滋养万物，此岂非知之大者乎？水之柔和，包容万物，此岂非仁之体现乎？水之坚韧，穿石而过，此岂非勇之象征乎？故知、仁、勇三者，于水之德中尽显无遗。

再者，《道德经》云："天地不仁，以万物为刍狗；圣人不仁，以百姓为刍狗。"此言虽看似冷酷，实则体现了道家之无为而治、顺应自然的理念。儒家强调仁爱，而道家倡导无为，二者虽方式不同，然其目的皆是为了社会和谐与人民幸福。故儒家之仁爱观念与道家之无为理念实乃相通。

此外，《道德经》又云："吾有三宝，持而保之：一曰慈，二曰俭，三曰不敢为天下先。"此言道家之三宝，与儒家之知、仁、勇三达德有异曲同工之妙。慈者，仁爱之心也；俭者，节俭之道也；不敢为天下先者，谦逊之德也。

综上所述，《道德经》中诸多章文与儒家所论之五达道、三达德相通。儒道两家皆以人为本、以道德为立身之本、以和谐为目标。且儒道两家皆认为道德是社会稳定与和谐的基础此理相通无疑矣。

本章文言，天下之达道有五，而行之者则以知、仁、勇为三纲。此三者，儒家之所谓达德也。然吾辈试观道家之理，亦有相通之处。今欲论儒道相通之理，当引经据典，以明其道。

本章文言君臣、父子、夫妇、昆弟、朋友之交，此五者乃天下之达道。而道家虽未明言此五道，然其倡导尊卑有序、家庭和睦、社会和谐之道，实与儒家之五达道相通。儒家强调知、仁、勇三者为天下之达德，道家亦倡导智慧、仁爱、勇敢之品质。此儒道两家在道德观念上之相通也。

儒家强调仁爱之心，以仁为本。道家虽不言仁，然其倡导无为而治、顺应自然之道，实则包含了对万物的尊重与爱护。此儒道两家在仁爱观念上之相通也。

儒家之勇，非好勇斗狠之谓，乃是为正义而勇往直前之精神。道家虽不言勇，然其追求真理、勇于面对困难之道，实与儒家之勇相通。

再者，儒家倡导通过修身来达到仁的境界，而道家亦重修身养性之道。二者皆以修身为本，追求内心与行为的和谐统一。此儒道两家在修身之道上之相通也。

原文 3

子曰："好学近乎知，力行近乎仁，知耻近乎勇。知斯三者，则知所以修身；知所以修身，则知所以治人；知所以治人，则知所以治天下国家矣。"

儒道相通 力行近乎仁的实践智慧

子曰："好学近乎知，力行近乎仁，知耻近乎勇。"此言意指，好学可增长智慧，身体力行则近乎仁爱，知道什么是羞耻就接近于勇敢。深知此三者之奥义，便能明了如何修身养性；明了修身之道，即可知晓如何管理人；掌握了管理人的方法，也就能懂得如何治理天下国家了。

故，为学之者，当勤奋好学以求知，身体力行以行善，知耻而后勇以改过。学之者当以此为勉，不断努力提升自己，以实现个人与社会的共同进步。

此乃儒家之核心理念，通过好学、力行、知耻三者的结合，实现个人的完善与社会的进步。

而今欲从儒道相通之角度，探寻《道德经》中与之相呼应之章文，以明儒道两家之共通处。

《道德经》有云："为学日益，为道日损。"此言求学之道，在于不断积累知识，此为"好学近乎知"之印证。儒家倡导好学，以求知为修身治国之本；道家虽不言求学，然其强调为道日损，实则亦在追求真理与智慧，二者在求知之道上实有相通之处。

又，《道德经》曰："上善若水，水善利万物而不争，处众人之所恶，故几于道。"此言水之德行，与儒家"力行近乎仁"之理相通。儒家强调身体力行，以仁爱为本；道家则倡导顺应自然、无为而治，然其精神内核亦为仁爱与和谐。故儒家之力行与道家之顺应自然，在仁爱之道上实有共通之处。

再者，《道德经》云："知足者富，强行者有志。"此言知足之重要，与儒家"知耻近乎勇"之理相呼应。儒家认为，知耻方能勇猛精进；道家则倡导知足常乐，实则亦在强调内心的坚韧与勇气。因此，儒家之知耻与道家之知足，在勇气与坚韧之道上亦有相通之处。

此外，《道德经》又云："治大国，若烹小鲜。"此言治国之道在于谨慎、细致，与儒家修身治国之理相通。儒家通过修身来治国平天下；道家则倡导无为而治、顺应自然之道。二者虽路径不同然其目标一致皆是为了社会和谐与人民幸福。

孔子有言："好学近乎知，力行近乎仁，知耻近乎勇。"此言儒家修身之要义，亦涉及治人、治天下国家之理。

儒家之力行近乎仁，强调实践、行动之重要性。道家倡导无为而治，实则亦需通过实践以达和谐之境。力行近乎仁，儒道两家均注重实践，虽路径不同，然其目标一致，皆是为了实现社会的和谐稳定。

儒家之知耻近乎勇，意指知错能改，勇于面对困难与挑战。道家追求真理，勇于面对现实，与儒家之知耻近乎勇的理念不谋而合。

知斯三者，则知所以修身。儒家强调修身以治国平天下，道家亦倡导修身养性以达到更高境界。儒道两家在修身之道上相通，均认为修身是治国平天下之基石。

知所以修身，则知所以治人。儒家通过修身来影响他人，达到治人之目的。道家虽不言治人之道，然其倡导无为而治，实则亦是通过自身修养来影响周围之人。儒道两家在治人之道上相通。

知所以治人，则知所以治天下国家矣。儒家认为通过修身、治人可以达到治天下国家之目的。道家虽未直言治天下国家之道，然其追求社会和谐、国家安定之道与儒家之理念相通。

综上所述，"儒"与"道"在诸多方面皆有相通之处。二者皆以人为本、以道德为立身之本、以和谐稳定为目标。

原文 4

凡为天下国家有九经。曰：修身也，尊贤也，亲亲也，敬大臣也，体群臣也，子庶民也，来百工也，柔远人也，怀诸侯也。修身则道立，尊贤则不惑，亲亲则诸父昆弟不怨，敬大臣则不眩，体群臣则士之报礼重，子庶民则百姓劝，来百工则财用足，柔远人则四方归之，怀诸侯则天下畏之。"齐明盛服，非礼不动，所以修身也。去谗远色，贱货而贵德，所以劝贤也。尊其位，重其禄，同其好恶，所以劝亲亲也。官盛任使，所以劝大臣也。忠信重禄，所以劝士也。时使薄敛，所以劝百姓也。日省月试，既廪称事，所以劝百工也。送往迎来，嘉善而矜不能，所以柔远人也。"继绝世，举废国，治乱持危，朝聘以时，厚往而薄来，所以怀诸侯也。凡为天下国家有九经，所以行之者一也。

儒道相通 儒家修身之道与道家养性之学

凡治天下国家，有九经之要。何谓九经？乃修身也，尊贤也，亲亲也，敬大臣也，体群臣也，子庶民也，来百工也，柔远人也，怀诸侯也。

修身为本，道因此立。尊贤则智不惑，得以明理。亲亲则家族和睦，无怨生起。敬大臣则政权稳定，不致眩晕。体恤群臣，则士人回报之礼更重。爱护百姓，子民自会勤勉。善待百工，国家财富自然充足。怀柔远道之人，四方自然归附。关怀诸侯，天下皆会敬畏。

齐明盛服，恪守礼仪，非礼之事，绝不轻动。此乃修身之要义。远离谗言，摒弃美色之诱，轻视财物而重视德行，如此则能进而劝勉贤能之士。

尊其位、重其禄，与人同好恶，此乃劝亲亲之道也。使官员各尽其职，此所以激励大臣也。对臣下以忠信，厚其俸禄，此乃勉励士人之法。及时派遣徭役，又轻徭薄赋，此乃鼓励百姓之道。每日督察、每月考核，根据其工作成效给予报酬，以此激励百工勤勉工作。对远道而来者，热情款待，送走旧客，迎来新朋，赞美贤者而怜悯弱者，以此怀柔远方之人。延续断绝的世系，复兴灭亡的国家，治理祸乱，扶持危局，按时接受朝见聘问，厚往薄来，以此安抚诸侯。治理天下国家有九条原则，但实行这些原则的道理都是一样的。

此乃儒家治国理政之精髓，通过尊重、激励、关怀与公正，使得国家昌盛，人民安乐。学之者当以此为鉴，明理行道，以实现国家长治久安，人民安居乐业之愿景。

而今欲从儒道相通之角度，探寻《道德经》中与之呼应之章文，以明两家思想之共鸣。

儒家言修身，则道立。道家亦倡修身养性，以求无为而治与社会和谐。虽路径稍异，然其目标一致，皆在修身以立德。故儒家之修身与道家之养性，在修身之道上相通。修身之道，儒家强调以礼为本，非礼不动，此乃儒家修身之要义。

瀛海笔谭

340

而道家虽不言礼，然其倡导清静无为、顺应自然之道，实则亦在追求内心的平和与修身之境。故儒家之修身与道家之清静无为，在修身之道上实有相通之处。如《道德经》第十三章所言："宠辱若惊，贵大患若身。何谓宠辱若惊？宠为下，得之若惊，失之若惊，是谓宠辱若惊。"此言修身之道在于不受外界荣辱之影响保持内心平静与儒家修身之道相通。

尊贤之道，儒家倡导尊贤使能，去谗远色，贱货而贵德。道家虽不言尊贤，然其追求真理、尊重知识之道，实则亦在尊重贤能之士。如《道德经》第二十七章所言："善行无辙迹，善言无瑕谪，善数不用筹策，善闭无关楗而不可开，善结无绳约而不可解。"此言善者之行、言、数、闭、结皆无痕迹可寻，此乃道家尊重知识与贤能之士之体现，与儒家尊贤之道相通。

儒家言亲亲，则诸父昆弟不怨。道家倡导家庭和睦，顺应自然之道，与儒家亲亲之道相通。虽表述不同，然其精神内核一致，皆在维护家庭和谐。亲亲之道，儒家强调亲亲则诸父昆弟不怨，此乃家庭和睦之要义。道家虽不言亲亲，然其倡导家庭和谐、顺应自然之道，实则亦在强调亲亲之道。如《道德经》第十八章所言："大道废有仁义；慧智出有大伪；六亲不和有孝慈。"此言家庭和谐之道，与儒家亲亲之道相通。

儒家强调敬大臣、体群臣，此乃治国之要道。道家虽未明言敬大臣、体群臣之道，然其追求无为而治、顺应民心之理念，实则亦在强调尊重与体恤群臣。故此二者在治国理政之道上相通。治大臣之道，儒家强调敬大臣则不眩，体群臣则士之报礼重。道家虽不言敬大臣，然其追求无为而治、让利于人之道，实则亦在强调尊重与体恤群臣。如《道德经》第六十六章所言："江海之所以能为百谷王者，以其善下之也，故能为百谷王。"此言应善于处下、尊重他人，与儒家敬大臣之道相通。

儒家重子庶民，以求百姓安居乐业。道家倡导顺应民心、让利于人之道，与儒家子庶民之道相通。皆以民为本，关注百姓福祉。子庶民之道，儒家强调子庶民则百姓劝，此乃治民之要义。道家倡导无为而治、顺应民心之道，实则亦在强调爱民如子之道。如《道德经》第四十九章所言："圣人常无心，以百姓心为心。"此言圣人应以民心为本，与儒家子庶民之道相通。

儒家言柔远人，则四方归之。道家倡导和谐共处之道，尊重万物之理，与儒家柔远人之道相通。皆在追求和谐稳定之社会环境。柔远人之道，儒家强调送往迎来，嘉善而矜不能，所以柔远人也。道家追求和谐共处、尊重万物之道，实则亦在强调柔远人之道。如《道德经》第六十七章所言："我有三宝，持而保之：一曰慈，二曰俭，三曰不敢为天下先。"此言慈爱、节俭、谦逊之道，与儒家柔远人之道相通。

综上所述，《道德经》中诸多章文与儒家所论之九经相通。儒道两家皆以人为本、以道德为立身之本、以和谐为目标。

儒家尊贤，以求不惑。道家虽未明言尊贤，然其倡导智慧之道，实则亦在尊重知识与贤能之士。智慧之道，乃道家所重，与儒家尊贤之理念相通。

儒家强调来百工，以足财用。道家倡导勤劳节俭之道，实则亦在强调勤劳致富之理。故此二者在勤劳节俭之道上相通。

儒家怀诸侯，以求天下畏之。道家虽未明言怀诸侯之道然其倡导和平共处、相互尊重之理与儒家怀诸侯之道相通。皆在维护国家间的和谐稳定。

原文 5

凡事豫则立，不豫则废。言前定则不跲，事前定则不困，行前定则不疚，道前定则不穷。

儒道相通 共通的行事智慧

凡事豫则立，不豫则废，此言儒家所重之预备之道焉。夫豫者，预备之谓也。凡事预为之备，则事易成；若无预备，事必荒废。此乃天地之常理，古今之通义，亦为人类行事之要则也。

儒家倡此理，意在告诫世人：行事之前，必先深思熟虑，筹划周详，方可期于成功。若无预备，贸然行事，鲜有不败者。故儒家强调凡事豫则立，以此为行事之准则，实为至理名言。

且夫预备之道，非但适用于小事，更关乎国家大计。一国之兴衰，亦需周详预备，方可长治久安。是以儒家倡导此理，意在提醒世人：无论事之大小，均需预备为先，以求立于不败之地。故凡事豫则立，实为儒家行事之奥义。世人若能深悟此理并付诸实践，则无论何事均可迎刃而解、马到成功矣。

而今欲寻《道德经》中与儒家此理相通之章文，以明儒道两家之共通处。

《道德经》有云："其安易持，其未兆易谋；其脆易泮，其微易散。为之于未有，治之于未乱。"此言预防之道，与儒家凡事豫则立之理相通。预防者，先于事情发生之前而谋划也，如此则事情可顺利发展，否则将遭遇困境。此即道家所倡之"为之于未有，治之于未乱"之理，与儒家凡事豫则立之意不谋而合。

又，《道德经》曰："重为轻根，静为躁君。是以君子终日行不离辎重，虽有荣观，燕处超然。奈何万乘之主，而以身轻天下？轻则失根，躁则失君。"此言稳重、沉静之道。君子行事，应稳重沉静，不轻举妄动，如此则能守住根本，不失其位。此理与儒家言前定则不跲、事前定则不困之理相通，皆在告诫人们行事之前需深思熟虑，稳重行事。

再者，《道德经》云："知者不言，言者不知。塞其兑，闭其门，挫其锐，解其纷，和其光，同其尘，是谓玄同。"此言智者之言行举止也。智者不言而行，言出必行，不轻易许诺，一旦承诺则必实践。此理与儒家行前定则不疚之理相通，皆在强调言行一致、信守承诺之重要性。

此外，《道德经》又云："治大国，若烹小鲜。"此言治国之道在于谨慎、细致。治国者需精心谋划、深思熟虑方可成功治理国家。此理与儒家道前定则不穷之理相通皆在强调谋划与预备之重要性。

综上所述，《道德经》中诸多章文与儒家所论之豫则立、言前定、事前定、行前定、道前定之理相通。儒道两家皆以人为本、以道德为立身之本、以和谐稳定为目标。且儒道两家皆认为道德是社会稳定与和谐的基础，此理相通无疑矣。

凡事豫则立，不豫则废，此乃儒家之格言，亦为人世之常理。夫预者，预备也，凡事预则成功在望，不预则易于失败。儒家倡此，意在告诫世人行事之先，须深思熟虑，方可立于不败之地。

儒家言"凡事豫则立"，意在强调预备之重要性。而道家虽未直言预备之道，然其倡导顺应自然、无为而治之理，实则亦需深思熟虑，方可达到无为而治之境。故儒家之预备与道家之顺应自然，在深思熟虑之道上实有相通之处。

儒家又言"言前定则不跲"，意指言语之前需先定其辞，方可流畅无阻。道家虽不言定辞之道，然其倡导清静无为，实则亦在追求言行一致、内心平静之境。因此，儒家之言前定与道家之清静无为，在言行一致之道上亦有相通之处。

儒家所言"事前定则不困"，意指事前有充分准备则不会陷入困境。道家倡导无为而治，实则亦需在事前深思熟虑，方可达到治理之最佳效果。故儒家之事前定与道家之无为而治，在深思熟虑之道上再次相通。

本章文言曰："行前定则不疚。"此言行动之前，若有明确之计划，则事后不至内疚于心。盖因筹谋于前，行事自能从容不迫，免失当之举。道家虽不常论及计划之详，然其探求真理、顺应自然之理念，实则亦寓含行事前之深思熟虑。是以观之，儒家之行前定与道家之顺天应人，在行事筹划上实有相通之处。

儒家复言："道前定则不穷。"此言在求道之先，须有明确之目标，而后行动不至迷茫，免蹈穷途之境。道家虽未显言目标之设定，然其倡导之随顺自然、无为而治之道，实亦需在求道之初，心存一定之向，而后可臻至真理之彼岸。故儒家之道前定与道家之求真之道，在立志定向之上，复见相通之处。由此观之，两家之学，虽路径各异，其归一也。

在下位不获乎上，民不可得而治矣。获乎上有道：不信乎朋友，不获乎上矣。信乎朋友有道：不顺乎亲，不信乎朋友矣。顺乎亲有道：反诸身不诚，不顺乎亲矣。诚身有道：不明乎善，不诚乎身矣。诚者，天之道也；诚之者，人之道也。诚者，不勉而中，不思而得，从容中道，圣人也。诚之者，择善而固执之者也。

儒道相通 诚信与善的共通理念

本章文云："在下位不获乎上，民不可得而治矣。"此言治民之先，须得获乎上，而得上级之信任，实有赖于朋友之信。然信乎朋友，又须顺乎亲。顺亲之本，乃在于诚身。而诚身之要，又在明善。诚者，天之道，人之本，不明善则不诚，不诚则无以立身。儒家以此阐明诚与善之重要。

今观《道德经》，虽体系与本章文异，然其强调道德、诚信之本，与儒家诚善之理相通。于《道德经》中，吾辈可寻得与儒家诚善观念相呼应之章文。

《道德经》十七章云："太上，下知有之；其次，亲而誉之；其次，畏之；其次，侮之。信不足焉，有不信焉。悠兮其贵言。功成事遂，百姓皆谓：'我自然'。"此章虽未直言诚善，然其强调统治者之诚信与无为而治，使百姓自然归顺，实乃诚信之体现，与儒家诚善之道相通。

又，《道德经》五十四章云："善建者不拔，善抱者不脱，子孙以祭祀不辍。修之于身，其德乃真；修之于家，其德乃馀；修之于乡，其德乃长；修之于邦，其德乃丰；修之于天下，其德乃普。故以身观身，以家观家，以乡观乡，以邦观邦，以天下观天下。吾何以知天下然哉？以此。"此章强调修身、齐家、治国、平天下之道德要求，与儒家通过诚身明善以达治天下之理念相通。

再者，《道德经》六十七章云："我有三宝，持而保之。一曰慈，二曰俭，三曰不敢为天下先。慈故能勇；俭故能广；不敢为天下先，故能成器长。"此章所言之慈、俭、不敢为天下先，皆为道德之要求，与儒家诚善之道同出一辙。

故言儒道相通之理，在于诚善之道也。《道德经》中诸多章文与儒家诚善之理相通，千言万语难以尽述儒道之深奥，然二者相通之处可见一斑矣！

本章文言："在下位不获乎上，民不可得而治矣。"此言治民者，必先获上之信任，而信任之源，在于诚信。儒家以诚信为立身之本，以善为行为之则，不明善则不诚，不诚则身不修，身不修则民不治。此儒家之诚信与善之理念也。

道家虽未直言诚信与善，然其倡导之道，实与儒家相通。道家追求自然、无为，实则亦在强调诚信与善。何以言之？道家主张无为而治，实则是要求人们顺应自然、真诚待人，此乃诚信之体现；同时，道家亦倡导积善行、修德行，此乃善之理念。

儒家言："诚者，天之道也；诚之者，人之道也。"道家亦认同此理，虽未直言，然其追求天人合一、顺应自然之道，实则亦在强调诚信之道。儒家所言："诚者，不勉而中，不思而得，从容中道，圣人也。"与道家无为而治、顺应自然之理相通，皆在追求一种自然而然、不刻意而为的境界。

儒家强调诚信与善为立身之本，道家亦倡导诚信与善为修行之要。二者虽途径不同，然其目标一致，皆在追求道德完善与社会和谐。故言儒道相通之理在于诚信与善之道也。

再者，儒家所言："诚之者，择善而固执之者也。"此理与道家积善行、修德行之道相通。儒家通过择善固执以达诚信之境，道家则通过积善行以修身养性，二者皆在强调善之重要性。

综上所述，"儒"与"道"在诚信与善之道上相通无疑矣。

儒道相通之理甚明，二者如出一辙，共同追求道德完善与社会和谐。儒家以诚信为立身之本，道家亦倡导诚信之道；儒家强调善为行为之则，道家亦注重积善行、修德行。故言儒道在诚信与善之道上相通无疑矣。

博学之，审问之，慎思之，明辨之，笃行之。有弗学，学之弗能弗措也；有弗问，问之弗知弗措也；有弗思，思之弗得弗措也；有弗辨，辨之弗明弗措也；有弗行，行之弗笃弗措也。人一能之，己百之；人十能之，己千之。果能此道矣，虽愚必明，虽柔必强。

儒道相通 儒家精神与道家思想的勤学笃行理念

本章文云："博学而审问，慎思且明辨，终而笃行。"此五者，实为求学问道之奥义，缺一不可也。儒家重学，勤而行之，对学问之探求，真可谓孜孜矻矻，锲而不舍。盖以博学为基，审问为要，慎思为本，明辨为助，笃行为归。五者互相映照，成就真学问。

儒家之倡导，在于勤学不辍，以求知为本，以实践为用，以期在世间留下不朽之贡献。故学之者当秉持此五要诀，以之为求学指南，真正领悟学问之精髓，实现自我价值之最大化。

有弗学之者，若学之而不能通，则不可轻言放弃；有弗问者，倘若问之而不得其解，亦不可懈怠；有弗思者，思考而无所获，更须持续探索；有弗辨者，若辨之而不明，不可就此止步；有弗行者，行之而不坚定，仍需砥砺前行。总之，无论遇到何种困难，均不可轻易放弃，必须持之以恒，方可取得真正成就。此乃儒家勤学不辍、锲而不舍之精神所在，学之者当以此为勉，不断进取，方可成为真正有用之才。

故曰："弗学弗措，弗问弗措，弗思弗措，弗辨弗措，弗行弗措。"有弗学则已，学则必求甚解；有弗问则已，问则必穷其理；有弗思则已，思则必得其意；有弗辨则已，辨则必明其是非；有弗行则已，行则必笃其实践。此儒家之学问精神也。

人一能之，己百之；人十能之，己千之。果能此道矣，虽愚必明，虽柔必强。

人一能之，我则百倍努力；人十能之，我则千倍用功。若真能秉持此道，即使原本愚昧，也必将变得明智；即使原本柔弱，也终将变得强大。此乃勤能补拙、努力超越之理。故学之者当自强不息，勇往直前，以百倍、千倍之努力，追求卓越，才可成就非凡。勿以愚笨为借口，勿以柔弱为理由，只要坚持不懈，定能化愚为智，转弱为强。

道家虽未直言博学、审问、慎思、明辨、笃行，然其思想体系之中，实有与儒家相通之处。《道德经》中，亦有多处体现勤学笃行之理。

如《道德经》第四十八章云："为学日益，为道日损。损之又损，以至于无为。无为而无不为。"此言求学之道，在于日积月累，勤学不辍，与儒家博学之理念相呼应。道家亦倡导不断自我反省、减少私欲，以达到无为而治的境界，此与儒家审问、慎思之意蕴相通。

又，《道德经》第六十四章云："合抱之木，生于毫末；九层之台，起于累土；千里之行，始于足下。"此言行事需从点滴做起，脚踏实地，与儒家笃行之理念不谋而合。道家强调积累与实践，亦如儒家之笃行，皆在勉励世人勤学不辍、勇于实践。

再者，《道德经》第七十七章云："天之道，损有余而补不足。人之道则不然，损不足以奉有余。"此言天道公平，而人道则常有偏颇。然道家倡导人们应效法天道，追求公平与正义，此亦需通过博学、审问、慎思、明辨以达之，与儒家求学问道之精神相通。

综上所述，《道德经》中诸多章文与儒家勤学笃行之理念相通。儒道两家皆倡导勤学不辍、勇于实践之道。

夫儒道相通之理甚明，儒家强调博学审问慎思明辨笃行之理念与道家思想相通之处，愿世人皆能深悟此道以之为学问指南求得真知与智慧之道也。

本章文言："博学之，审问之，慎思之，明辨之，笃行之。"此乃求学问道之奥义，亦为人世之常理。夫儒者，以勤学为本，以笃行为要，博学审问，慎思明辨，而后笃行，此乃儒家之学问精神也。

道家虽未明言五者，然其求道、顺自然之理，实则亦涵博学、审问、慎思、明辨、笃行之要。故儒家之学与道家之思，于求知笃行之道，实有相合之处。

儒家尚博学，盖欲人广增见闻，博采众长。道家虽未言博学，然其求道之途，实则亦需广涉猎、多闻见。故儒家之博学与道家之求道，理相通也。

儒家重审问，以警世人深究己学，质疑以求真。道家虽未言审问，然其清静无为、顺应自然之论，实则亦需深思己学，以求理明。故儒家之审问与道家之清静，理相通也。

儒家劝慎思，以警世人谨思己学。道家求道之论虽未言慎思，然其心静淡泊、无为而治之言，实则亦需谨思己学之真伪、是非。故儒家之慎思与道家之求道，理相通也。

儒家倡明辨，以警世人辨是非、别善恶。道家虽未言明辨，然其顺应自然、无为而治之论，实则亦需辨外界之扰、诱惑之别。故儒家之明辨与道家之顺应自然，理相通也。

儒家强调笃行，以显学知之实践重要性。道家虽未言笃行，然其无为而治、顺应自然之论，实则亦需实践以证学知之真伪、是非。故儒家之笃行与道家之无为而治，理相通也。

儒道相通之理明矣，儒家勤学笃行之理念与道家思想相通之处，愿世人皆能深悟此道，以之为求知之佐引，求得真知与智慧。广学则智生，深问则疑解，慎思则策明，辨明则是非分，笃行则事成。此亦儒家学问之奥义，亦与道家思想相通之处也。

【第二十一章】

原文 1

自诚明，谓之性；自明诚，谓之教。诚则明矣，明则诚矣。

儒道相通 儒家诚明之道与道家自然哲学

本章文云："自诚明，谓之性；自明诚，谓之教。诚则明矣，明则诚矣。"此言人性之本，在于诚与明之交融。诚者，天性之真；明者，智慧之光。儒家以诚为本，以明为用，二者共同丰富了人性的完整面貌。

今观《道德经》，虽体系与儒家有异，然其强调道德、诚信之本，与儒家诚明之理相通。于《道德经》中，亦可寻得与儒家诚明观念相呼应之章文。

《道德经》第二十二章云："曲则全，枉则直，洼则盈，敝则新，少则得，多则惑。是以圣人抱一为天下式。不自见，故明；不自是，故彰；不自伐，故有功；不自矜，故长。夫唯不争，故天下莫能与之争。古之所谓'曲则全'者，岂虚言哉？诚全而归之。"此章虽未直言诚明，然其强调圣人之道在于"不自见，故明"，与儒家"自诚明"之理相通。圣人不自见，故能洞察秋毫，此即诚而明也。

又，《道德经》第四十一章云："上士闻道，勤而行之；中士闻道，若存若亡；下士闻道，大笑之。不笑不足以为道。故建言有之：明道若昧，进道若退，夷道若纇。上德若谷；大白若辱；广德若不足；建德若偷；质真若渝。大方无隅；大器晚成；大音希声；大象无形；道隐无名。夫唯道，善贷且成。"此章强调道之深邃与隐秘，然亦提到"明道"，即洞察道理之意，与儒家"自明诚"之理相通。明道者，自能诚心向道，此即明而诚也。

再者，《道德经》第六十四章云："其安易持，其未兆易谋。其脆易泮，其微易散。为之于未有，治之于未乱。合抱之木，生于毫末；九层之台，起于累土；千里之行，始于足下。民之从事，常于几成而败之。慎终如始，则无败事。"此章强调未雨绸缪、防患于未然之理，实则亦在倡导一种明智的态度。诚如儒家所言"诚则明矣"，诚心向道，则可洞察先机、规避风险。

"自诚明，谓之性；自明诚，谓之教。诚则明矣，明则诚矣。"此言诚与明之关系，互为因果。儒家重诚，以之为人性之本，明则为诚之显现，二者缺一不可。

道家虽未如此明确论述诚与明，然其思想中亦蕴含此理。道家追求自然、无为，实则亦在强调一种内心的真诚与明了。无为而治，非无所作为，实乃顺应自然、真诚待人之道，此即诚也。而道家所倡之智慧，亦即明也。

儒家言"自诚明，谓之性"，意指由真诚而引发的智慧是人之本性。道家亦认同人性本善，真诚为本，此理相通。儒家所言"自明诚，谓之教"，意指通过教化使人明了真诚之道。道家虽不言教，其崇尚修身养性，实则寓含深远意蕴。

儒家强调"诚则明矣"，意指真诚可使人智慧明朗。道家亦倡导真心待人、顺应自然，则能洞察世间万物之真理，此即明也。儒家又言"明则诚矣"，意指智慧可使人更加真诚。道家追求真理之道，实则亦需通过明了世间万物之理，达到至上之境。

儒道两家皆以人为本、以道德为立身之本、以和谐稳定为目标，此理相通无疑。儒家以诚为本、以明为用，道家则倡导真诚待人、顺应自然。二者虽途径不同，然其目标一致，皆在追求人性之完善与社会和谐。

再者，儒家重教化，意在通过教育引导人们明了真诚之道；道家虽不言教而重自然，然其倡导修身养性，实则亦为教化之意，二者在教化之道上亦有相通之处。

综上所述，儒家强调诚与明之理念与道家思想相通之处，"儒"与"道"在诚与明之道上相通无疑矣。

千言万语难以尽述儒道之深奥，然二者相通之处可见一斑矣！

瀛海笔谭

【第二十二章】

唯天下至诚，为能尽其性；能尽其性，则能尽人之性；能尽人之性，则能尽物之性；能尽物之性，则可以赞天地之化育，可以赞天地之化育，则可以与天地参矣。

儒道相通 顺应自然，处下不争

本章文言："唯至诚之士，方能竭尽其性。性既尽矣，则能洞悉他人之性。知人之性，进而可识万物之性。万物之性既明，便可助天地之化育，与天地并立，共参造化之妙。"此言至诚之道，能使人充分发挥自身潜能，进而理解他人，洞察世间万物之本质。唯至诚者，才可与天地同德，共襄化育之功，此儒家修身之奥义也。

至诚如金，熠熠生辉；尽性之道，深邃难测。洞悉人性，善解人意；了悟物性，顺应自然。化育之功，可赞天地；与天地参，共谱华章。故儒家推崇至诚之道，以此为修身立德之本，期以达成个人与社会的和谐共生。

此言至诚之道，为儒家修身齐家治国平天下之根本。至诚者，能尽其性，亦能推己及人，尽人之性，进而穷尽万物之理，与天地同存，共襄化育之功。

道家虽未直接言及至诚尽性，然其理念中实有相通之处。《道德经》中，多有章文与此儒家理念相呼应。

如《道德经》第十六章云："致虚极，守静笃，万物并作，吾以观其复。夫物芸芸，各复归其根。归根曰静，是谓复命。复命曰常，知常曰明，不知常，妄作，凶。知常容，容乃公，公乃王，王乃天，天乃道，道乃久，没身不殆。"此章强调致虚守静，观察万物之循环往复，与儒家至诚尽性、顺应自然之道相通。

又，《道德经》第四十一章云："上士闻道，勤而行之；中士闻道，若存若亡；下士闻道，大笑之。不笑不足以为道。"此言闻道后的不同反应，上士闻道则行，中士闻道则疑，下士闻道则笑。此虽言人对道的态度，然亦隐含至诚之道。唯有至诚者，才可勤而行之，与儒家至诚尽性之理相通。

再者，《道德经》第八十一章云："信言不美，美言不信。善者不辩，辩者不善。知者不博，博者不知。"此言诚信与智慧之道，与儒家至诚之道相呼应。诚信者不言过其实，智者不炫耀知识广博。此皆为至诚之表现与儒家尽性之道相通。

综上所述，《道德经》中诸多章文与儒家至诚尽性之理相通。儒道两家虽途径不同然其目标一致皆在追求道德完善与人性之光辉。

"唯天下至诚，为能尽其性；能尽其性，则能尽人之性；能尽人之性，则能尽物之性；能尽物之性，则可以赞天地之化育，可以赞天地之化育，则可以与天地参矣。"此儒家之至理，以诚为本，尽性为要，旨在修身致诚，期与天地齐其德也。

道家虽未明言至诚尽性，然其追求自然、无为而治之理，实则与儒家之至诚尽性相通。无为非无所作为，实乃顺应自然、至诚待人之道也。

儒家强调至诚之道，认为唯至诚者能尽其性，进而尽人之性、尽物之性，与天地并立，共赞化育之道。道家亦倡导顺应自然、无为而治，实则亦在追求一种至诚之境。二者皆以人为本，以道德为立身之本，以和谐为目标，此理相通无疑。

且儒家所言至诚尽性，意在通过修身以达到与天地并立之境，此与道家追求自然、顺应自然之理相通。儒家通过至诚尽性以达道德完善之境，道家则倡导无为而治、顺应自然以修身养性，二者皆在追求人性之完善与社会和谐。

　　再者，儒家通过至诚之道以尽人之性、尽物之性，进而与天地并立，共赞化育之道；道家虽未直言尽性之道，然其追求真理、顺应自然之理，实则亦在尽性之中。二者在尽性之道上相通无疑。

　　且说儒家至诚之道，实乃人性之极致表现，能尽其性则能通达万物之理。道家亦倡导真诚之道，虽未直言尽性，然其无为而治之理念，实则蕴含尽性之意。儒道两家，皆以人为本为基，道德为立身之本，致和合为旨，其道相贯，明矣。

　　今以文论本章之"儒"与"道"之通，乃赏中华文化之博大精深也！儒家以诚为本、以尽性为要；道家倡导无为而治、顺应自然，实则亦在追求真诚与和谐之道，二者互相补充，乃求真知与智慧之道也。

第二十三章

瀛海笔谭

原文

其次致曲，曲能有诚。诚则形，形则著，著则明，明则动，动则变，变则化。唯天下至诚为能化。

儒道相通 至诚与道的仁爱、智慧与和谐

其次致曲，而曲径能通至诚之境。诚之显现，必先有其形，形之既成，则日渐显著，进而明朗，明晰之后能引动人心，人心既动，随之而变，变则通达，终至化育之境。然唯天下至诚之人，能真正实现此等化育之功。此亦儒家所强调之"至诚"之道，唯有至诚，才影响深远，化育万物。故君子当以此为修身立德之本，不断追求至诚之境，以实现个人与社会的共同进步。

"致曲"意指在细小的事情上也要追求真诚，这样才能逐渐达到至诚的境界。而"化育"则是指通过至诚的力量，影响和改变周围的人和事，实现个人和社会的共同进步。

《道德经》中与《中庸》中"其次致曲，曲能有诚。诚则形，形则著，著则明，明则动，动则变，变则化。唯天下至诚为能化"相对应的章文和内容是第二章"天地大德，生而无有，为而不争，功成而弗居"以及第八章"上善若水，水善利万

物而不争，处众人之所恶，故几于道"。

《中庸》之言，主要阐述了"诚"之重要性，以为唯有至诚，能化育万物，达到和谐之境。而《道德经》第二章亦云："天地大德，生而无有，为而不争，功成而弗居。"此言"道"之原则，即天地生育万物，而不占有，功成而不自居。这里的"道"与《中庸》中的"诚"有相似之处，皆强调了无私无欲的重要性。

天地以无私之心滋养万物，不以自我为中心，成就一切而后又无所居功，此即"道"之最高境界。而《道德经》第八章又言："上善若水，水善利万物而不争，处众人之所恶，故几于道。"此言"道"之无私和柔弱之美。水能利益万物而不与万物争斗，处于人们不愿意去的低洼之地，因此接近于"道"。与此相应，《中庸》之"至诚"亦为追求无私、柔弱境界的重要性。

故《中庸》与《道德经》在强调"诚"和"道"的重要性上有着紧密的联系。两者都在追求一种最高境界，即达到人与自然、人与社会的和谐统一。无论是儒家的"诚"还是道家的"道"，都是一种无私无欲、利他而为的精神，都是一种顺应自然、处下不争的智慧。这种智慧为我们提供了行事之指南，修身之秘诀，引导我们达到至善至美的境界。

《道德经》第八章云："上善若水，水善利万物而不争，处众人之所恶，故几于道。"此言"道"之无私与柔弱之美。水能利益万物，滋养大地，却从不与万物争斗，处于低洼之地，亦无怨无悔。此即水之至善，亦即"道"之境界。

此章之义，与《中庸》中"至诚"之理念异曲同工。所谓"至诚"，即为人行事，必以诚为本，感动天地，化育万物。而水之善利万物，亦是一种"诚"的表现，用水之无私，利益万物，用水之柔弱，处下不争。

水之无私，利他而为，无所图报，此即"道"之精神。人若能以"道"为行事之准则，以"诚"为修身之根本，则能达到无私、柔弱之境界，从而实现人与自然、人与社会之和谐统一。

综上所述，《道德经》第八章与《中庸》之理念相互映照，皆强调了无私无欲、利他而为的重要性。此即"道"之境界，亦即《中庸》之"至诚"。以"诚"为本，以"道"为行事之准则，则能达到至善至美之境界。

本章所言，其次致曲，曲能有诚。诚则形，形则著，著则明，明则动，动则变，变则化。唯天下至诚为能化。"儒道相通"的特点在于，它既强调了"诚"的重要性，又揭示了"道"的无私和柔弱之美。在儒家看来，"诚"是人与人、人与天地万物相处的根本原则；而在道家看来，"道"是宇宙万物的根源和规律。二者同追极致之域，实为促成人与自然、人与社会和谐共融之理。

夫《中庸》之言，诚为儒家之骨髓；道《道德经》之旨，玄牝为道家之灵魂。然则儒道相通，亦在此乎？

夫诚也，为人之德，亦为事之根。故《中庸》有云："其次致曲，曲能有诚。诚则形，形则著，著则明，明则动，动则变，变则化。唯天下至诚为能化。"此语寓意人之行事，当以诚信为根本，方能感化自然，培育众生。而《道德经》第二章亦云："天地大德，生而无有，为而不争，功成而弗居。"此言事物发展之道，亦需保持初心，不骄不躁。两篇文献，一脉相承，皆强调保持本真、原始状态之重要性。

然《道德经》第八章又言："上善若水，水善利万物而不争，处众人之所恶，故几于道。"此言"道"之行，无私而柔弱其美也。水善利万物而不争，处众人之所恶，故几于道。与此相类，《中庸》之言"至诚"，亦重无私、柔弱之境之要义矣。故两篇文献，在此亦呈相通之势。

综上而言，本章之"儒道相通"特点，在于强调保持本真、原始状态之重要性以及追求无私、柔弱之境界。此亦为儒家与道家共同追求境界，即达到人与自然、人与社会之和谐统一。

【第二十四章】

　　至诚之道，可以前知。国家将兴，必有祯祥；国家将亡，必有妖孽。见乎蓍龟，动乎四体。祸福将至：善，必先知之；不善，必先知之。故至诚如神。

儒道相通　儒家至诚之道与道家预知能力

　　本章文云："至诚之道，可以前知。国家将兴，必有祯祥之兆；国家将亡，则妖孽频现。此等征兆，可见于卜筮之蓍龟，显现在人们的行为举止之中。"此言至诚之道，能洞悉天机，预知未来。国家兴衰，皆有预兆，或是吉祥之兆，或是灾异之象。此等变化，不仅可从卜筮中窥见端倪，更可从人们的言行举止中察觉。

　　儒家借此强调至诚之道的重要性，唯有心诚至善，洞察天机，预见未来。国家兴衰，与个人命运息息相关，故应时刻保持警醒，以诚心待人接物，进而趋吉避凶。

　　儒家有云："至诚之道，神矣。祸福之来，善者必先知之，不善者亦必先知之。故至诚如神，能预知前事，预见国家之兴衰，洞察祸福之先机。"此言儒家至诚之道，其深奥神妙，可使人洞悉天机，预见未来。

　　至诚者，心如明镜，能映照万物之真相。以诚心待人接物，则能感知世间万物之微妙变化，预见国家兴衰之趋势，洞察祸福之先机。此等境界，非一般人所能及，唯有心诚至善者，能体悟其真奥也。

儒家强调至诚之理，旨在启示世人：唯有真诚相待、真诚行事，才可领悟天意、掌握先机。从而趋吉避凶、立命安身。至诚之道，实乃儒家修身治国之核心理念，值得深思与践行。

道家虽未直言至诚前知之术，然其思想体系与儒家之理念实有相通之处。《道德经》中，多有章文与儒家至诚之道相呼应。

如《道德经》第四十七章云："不出户，知天下；不窥牖，见天道。其出弥远，其知弥少。是以圣人不行而知，不见而明，不为而成。"此言圣人虽足不出户，却能洞察天下大事，了解天道运行之规律，与儒家至诚前知之理相通。皆在强调一种超越常人的洞察力和预知能力。

又，《道德经》第十六章云："致虚极，守静笃。万物并作，吾以观复。夫物芸芸，各复归其根。归根曰静，静曰复命。复命曰常，知常曰明。"此言致虚守静之道，通过洞察万物之循环往复，以之为常，则可明知天下之理。此与儒家通过至诚之道以预知祸福之理相通。

再者，《道德经》第七十八章云："天下莫柔弱于水，而攻坚强者莫之能胜，以其无以易之。弱之胜强，柔之胜刚，天下莫不知，莫能行。"此言水之柔弱胜刚强之理，实则亦在强调一种顺应自然、洞察先机的智慧。

《道德经》中与《中庸》本章相对应的章文和内容，可以理解为对"道"的洞察和预知能力的描述。在《道德经》中，第四十五章："善建不拔，善抱者不脱，子孙以祭祀不辍。修之于身，其德乃真；修之于家，其德乃溢；修之于乡，其德乃长；修之于国，其德乃丰；修之于天下，其德乃普。故以身观身，以家观家，以乡观乡，以国观国，以天下观天下。吾何以观之？以此。"在这一章文中，老子强调，可以达到对天下万事万物的洞察和预知，这与《中庸》中"至诚"可以前知的思想相呼应。

《中庸》本章中的"至诚之道，可以前知"体现了儒家对"诚"的极高追求，认为通过至诚的修养，人可以达到预知未来的境界。这种预知不仅仅是个人命运，也包括国家兴衰。而《道德经》中第四十五章所描述的修身、齐家、治国、平天下的过程，实际上也是一种对"道"的体悟和实践，通过这种实践，可以达到对天下万事万物的深刻理解和预知。

　　本章"至诚之道，可以前知"的"儒道相通"特点在于，儒家和道家都认为通过对道德修养的极致追求，可以达到超凡脱俗的境界，儒家称之为"至诚"，道家称之为"道"。这种修养不仅能够提升个人的道德品质，也能够洞察天地之道，预知未来的变化。在这一点上，儒家和道家的思想达到了相互印证和融合。

　　儒家之《中庸》本章与道家之《道德经》，虽各有其宗，然其理相通。若以《中庸》之"至诚"观之，可知"诚"之极致，可达预知之境。而《道德经》亦有所言，体道之过程，可达洞察万物之境界。

　　《中庸》云："至诚如神"，言诚之极，可通神明。神明者，对天地万物之深刻理解也，对未来变化之预知也。而《道德经》第四十五章所言之实践，可达与神明相通之境界。

　　然则，《中庸》本章之"至诚"与《道德经》之"道"，虽皆强调修养之极致，但其侧重点有所不同。儒家重"诚"之实践，以"诚"为行事之准则，强调个人道德之提升。而道家重"道"之体悟，以"道"为行事之准则，强调顺应自然，无为而治。

　　然而，无论儒家之"至诚"，还是道家之"道"，皆强调修养之极致，皆追求与天地万物之和谐。此即《中庸》与《道德经》之"儒道相通"也。通过修身、齐家、治国、平天下的实践，可以达到对天地万物之深刻理解，对未来变化之预知。而通过体道、悟道、修道的过程，也可以达到与天地万物之和谐相处，实现个人与社会之和谐统一。

【第二十五章】

原文

诚者自成也，而道自道也。诚者物之终始，不诚无物。是故君子诚之为贵。诚者，非自成己而已也，所以成物也。成己，仁也；成物，知也。性之德也，合外内之道也，故时措之宜也。

儒道相通 诚者自成，道者自道的共同追求

儒家有云："诚者自成也，而道自道也。"此言诚心乃人之自我成就之本，而道义亦由此自然显现。诚心，乃万物之始终，无诚心则无物可存。故君子以诚心为贵。诚心者，非但为自我修养，更能成就他物。自我成就，乃仁爱之心；成就他物，则为智慧之举。

诚心之道，乃儒家修身之要义，君子以诚心为本。诚也，既为个人之德行，亦为事业之根本。君子以诚待物，方能获人信敬，促进社会之和谐进步。故诚之重，昭然若揭。儒家之倡导，旨在警醒世人：待人以诚，行事以真。是以，诚信之重，不言而喻。儒家教化诚信之道，意在启迪众生：以诚为本，以信为行，方能实现自我与集体之和谐共融。

"性之德也，合外内之道也，故时措之宜也。"此言儒家所倡之诚信，乃人

性之固有德行，融合内外之道，适时采取适宜之举。儒家以诚信为尊，不仅助于个人修身立命，更可成就世间万物。修身以诚，可显仁爱之本性；将诚用于物，则显智慧之光芒。成己成物，皆需诚信为本，合内外之道，应时势而采取恰当行动。

儒家之道，注重内心与外在行为的和谐统一。诚信作为性之德，贯穿其中，使得个人在修身的同时，亦能影响周遭，实现个人价值与社会价值的和谐统一。故儒家强调诚信之重要，以其为立身之本，亦为处世之要。诚信者，立身之本，社会之基。君子持诚信，自成其德，亦助社会和谐进步。

道家之理念，虽未直言诚信之道，然其强调道法自然、无为而治，实则亦蕴含有诚信之精髓。无为而非无所作为，乃顺应自然、至诚待人之道。故儒道两家在诚信之道上实有相通之处。

如《道德经》第二十二章云："曲则全，枉则直，洼则盈，敝则新，少则得，多则惑。是以圣人抱一为天下式。不自见，故明；不自是，故彰；不自伐，故有功；不自矜，故长。夫唯不争，故天下莫能与之争。"此言圣人顺应自然、不争之德，与儒家诚信之道交相辉映。诚信者，不争而自胜，不矜而自长，此儒道相通之理也。

又，《道德经》第四十一章云："上士闻道，勤而行之；中士闻道，若存若亡；下士闻道，大笑之。不笑不足以为道。"此言闻道后的不同反应，上士闻道则行，中士闻道则疑，下士闻道则笑。此虽言人对道的态度，然亦隐含诚信之道。诚信为立身之本，君子持之，与儒家诚信之道相得益彰。

再者，《道德经》第五十四章云："善建者不拔，善抱者不脱，子孙以祭祀不辍。修之于身，其德乃真；修之于家，其德乃余；修之于乡，其德乃长；修之于邦，其德乃丰；修之于天下，其德乃普。"此言修身、齐家、治国、平天下之道德要求，与儒家通过诚信之道以修身、成物之理相通。

夫修身之道，首在诚信。诚信者，言行一致，心口相应也。故《大学》云："所谓修身在于正其心。"正心之道，在乎诚信。诚信立，则德行生；德行生，则仁义存。是以君子务本，本立而道生。齐家之道，亦在诚信。家人之间，以诚信相待，则家和万事兴。故《大学》又云："所谓齐家在于修其身。"修身之道，在乎齐家。齐家而成，则德行丰；德行丰，则家族盛。

治国之道，尤重诚信。国君取信于民，则国家安；臣子诚信于君，则政事和。是以《大学》云："所谓治国在于齐家。"齐家之道，在乎治国。治国而和，则德行丰；德行丰，则国家强。平天下之道，亦在诚信。天下之人，以诚信相交，则世界和平。故《大学》终云："所谓平天下在于治国。"治国之道，在乎平天下。平天下而成，则德行普；德行普，则天下和。

综上所述，《道德经》与儒家思想，虽各有侧重，然在修身、齐家、治国、平天下之道德要求上，实有相通之处。诚信为本，德行为先，此乃修身、齐家、治国、平天下之大道也。

诚者自成也，而道自道也。儒家言诚，乃人之本性，物之终始，非诚则无物。道亦然，道即自然，亦自道也。儒道两家，于此一点，已有相通之处。

儒家以诚为贵，非但为自成己身，更为成物。成己者，修身以达仁；成物者，明理以达知。此乃儒家性之德也，合外内之道，适时而为，无往不易。

道家虽未明言诚之为贵，然其追求自然、无为而治之理，实则亦在诚中。无为者，非无所作为，实乃顺应自然，至诚待人之道。道家修身养性，亦是在追求一种至诚之境。

儒家言诚，以之为修身之本，进而推己及人，成物成事。道家虽未直言诚，然其倡导自然之理，实则与儒家之诚相通。二者皆以人为本，以道德为立身之本，以和谐为目标，诚与道相通之处可见一斑。

〔第二十六章〕

原文 1

故至诚无息，不息则久，久则征，征则悠远，悠远则博厚，博厚则高明。博厚，所以载物也；高明，所以覆物也；悠久，所以成物也。博厚配地，高明配天，悠久无疆。如此者，不见而章，不动而变，无为而成。

儒道相通 《中庸》的至诚无息与《道德经》的道法自然

首言，《中庸》之至诚之道探析。

《中庸》云："故至诚无息，不息则久，久则征，征则悠远，悠远则博厚，博厚则高明。"此言至诚之心，如日月之恒照，无有止息。其不息则能历久弥新，如江河之不息，奔腾向前；其历久则能征验于外，如春华秋实，自然而成；其征验于外则能悠远流传，如古圣先贤之遗教，历久弥新；其悠远则能成就博厚之德，如大地之载物，无所不包；其博厚则能至于高明之境，如天空之覆物，无所不覆。

至诚之道，此言非虚，实儒家修身齐家治国平天下之根本所在。儒者以为，人心皆具诚性，此诚性乃天赋之良知，诚乃天道之体现，昭昭然不可掩。至诚之人，其心如镜，能通天彻地，洞悉宇宙之奥秘，与世间万物共生共荣，和谐无间。是以儒家重修身之道，孜孜以求，以诚为本，诚为修身之基石。谓诚则心明，如灯照暗室，心明则能洞察万物之真相，不为表象所迷，不为外物所惑，犹如明镜照物，清晰无碍。从而做出正确之判断与行动，犹如智者行路，步步踏实，无有差失。此即《中庸》所言"诚者，天之道也；思诚者，人之道也"。

再言，《道德经》相应章节之解读。

《道德经》作为道家之经典，其言简意赅，深邃博大。细观之，其中不乏与《中庸》至诚之道相通之处。如《道德经》第二十五章云："有物混成，先天地生。寂兮寥兮，独立而不改，周行而不殆，可以为天地母。吾不知其名，强字之曰道，强为之名曰大。"此言道之无形无象，先于天地而生，独立运行而不改其常，周流不息而无有止息。其大无外，包含万物，与《中庸》之至诚无息、悠久无疆相呼应。

又如《道德经》第四十一章云："上士闻道，勤而行之；中士闻道，若存若亡；下士闻道，大笑之。不笑不足以为道。故建言有之：明道若昧，进道若退，夷道若纇。上德若谷，大白若辱，广德若不足，建德若偷，质真若渝。大方无隅，大器晚成，大音希声，大象无形。道隐无名。夫唯道，善贷且成。"此言上士闻道则勤而行之，与儒家之至诚无息、积极修为相契合。道虽无形无象，然其善贷且成，万物得以生长，与儒家之至诚能载物覆物、成物悠久亦相呼应。

三言，儒道相通之论证。

儒道两家虽路径不同，然其精神深处未尝不相通。以下从三方面论证儒道相通之处。

一、天人合一之追求。儒家之中庸之道与道家之道均追求天人合一之境界。儒家认为人与天地同体，至诚则能通天彻地，与万物共生共荣。道家则强调顺应自然，无为而治，实则亦是在追求一种天人合一的和谐状态。两者虽入手处不同，然其终极目标均在于达到天人合一之境界。

《中庸》所言"博厚配地，高明配天"，实则是在将人的德性与天地自然相契合，追求一种超越性的境界。而《道德经》所言"人法地，地法天，天法道，道法自然"，亦是在强调人与天地自然的内在联系与和谐统一。故儒

瀛海笔谭

道两家在天人合一之追求上，实有相通之处。

二、无为与有为的统一。儒家之中庸之道看似有为，实则内含无为之妙。至诚无息，非刻意为之，而是自然而然，如水之就下，如日之东升。道家之道则主张无为而治，顺应自然，然其无为之中亦蕴含着有为的深意。两者虽表述不同，然其精神实质均在于顺应事物之内在规律，达到一种无为与有为的统一。

《中庸》所言"不息则久，久则征"，实则是在强调一种持续不断的努力与修养，然此努力与修养并非刻意为之，而是顺应人性与天道之自然流露。而《道德经》所言"治大国若烹小鲜"，亦是在强调治国理政应如烹小鲜般小心谨慎，不可妄为，实则亦是在强调一种顺应自然、无为而治的理念。故儒道两家在无为与有为的统一上，亦有相通之处。

三、德性与自然的契合。儒家之中庸之道强调德性的修养与提升，认为至诚之德能载物覆物、成物悠久。道家之道则主张回归自然、顺应自然，认为自然之道乃万物之根本。两者虽入手处不同，然其终极目标均在于达到德性与自然的契合。

《中庸》所言"悠远则博厚，博厚则高明"，实则是在强调一种德性的积累与提升，通过不断的修养与努力，达到一种博厚高明之境界。而《道德经》所言"上善若水，水善利万物而不争"，亦是在强调一种顺应自然、不争不抢的德性品质。故儒道两家在德性与自然的契合上，亦有相通之处。

综而论之，《中庸》本章文之至诚之道与《道德经》之无为而治虽路径不同，然其精神深处未尝不相通。两者在天人合一之追求、无为与有为的统一、德性与自然的契合等方面均展现出高度的相通性。

原文 2

天地之道，可一言而尽也。其为物不贰，则其生物不测。天地之道：博也，厚也，高也，明也，悠也，久也。

儒道相通 儒家天地观与道家自然哲学

儒家有云："天地之道，可一言而尽也。其为物不贰，则其生物不测。天地之道：博也，厚也，高也，明也，悠也，久也。"此言儒家之天地之道，博大精深，高明明亮，且悠久长远。儒家以此道观察万物，认为天地之道为物不二，故能生生不息，变幻莫测。

道家之理念，在《道德经》中亦有所体现，与儒家天地之道相通。今以儒道相通之视角，探寻《道德经》中与儒家天地之道相对应之章文。

《道德经》第四十章云："反者道之动，弱者道之用。天下万物生于有，有生于无。"此言道之循环往复，柔弱胜刚强之理，与儒家所言"天地之道：博也，厚也，高也，明也，悠也，久也"相通。儒家强调天地之道的博大、深厚、高明、悠久，道家则倡导柔弱胜刚强、循环往复之道，二者皆在表达一种深远、持久的自然法则。

又，《道德经》第二十五章云："人法地，地法天，天法道，道法自然。"此言顺应自然、无为而治之道，与儒家天地之道的顺应自然、博大深厚之理念相呼应。儒道两家皆在追求与自然的和谐共处，虽表述不同，然其理相通。

再者，《道德经》第四十二章云："道生一，一生二，二生三，三生万物。"此言道生万物的过程，与儒家所言"其为物不贰，则其生物不测"有异曲同工之妙。二者皆在探讨万物的生成与变化之道。

此外，《道德经》第七十八章亦云："天下莫柔弱于水，而攻坚强者莫之能胜，以其无以易之。"此言水之柔弱胜刚强之理与儒家天地之道的博大精深、顺应自然之理念相通。水虽柔弱却能穿透坚硬的石头，这正是天地之道"其为物不贰，则其生物不测"的体现。

本章"天地之道，可一言而尽也……"，此言儒家所理解的天地之道，博大精深，且历久弥新。儒家强调天地之道的广阔、深厚、高远、明亮、悠久，并以此观察万物的生成与变化，体悟其不测之神秘。

　　道家之《道德经》，虽不言如儒家之《中庸》详尽，然其追求道德之完善，顺应自然之理，实则与儒家之理念相通。是以，以儒道相通之视角，可寻儒家之"儒"与道家之"道"在天地之道上的共通之处。

　　道家曰"道法自然"，强调人应顺应自然之规律，不应违背自然之道。此与儒家之"天人合一"思想不谋而合。儒家认为，人应通过修身、齐家、治国、平天下的实践，达到与天地万物和谐共生的理想状态。在天地之道上，儒家与道家的共通之处，在于对道德完善和顺应自然的追求。

　　此外，儒家与道家在天地之道上的共通之处，还体现在对"中庸之道"的追求上。儒家认为，通过中庸之道，人可以实现个人修养的完善，达到与天地万物的和谐。而道家则认为，通过"道法自然"的方式，人可以实现与自然的和谐共生。这两种理念都在强调人应遵循一种平衡和谐的生活方式，以实现个人与社会的发展。

　　道家对于天地之道的理解，虽未直言如儒家之详尽，然其追求道德完善、顺应自然之理，实则与儒家之理念相通。无论是儒家的"天人合一"还是道家的"道法自然"，都在强调人应遵循天地之道，实现个人与社会和谐共生。这种共通之处，正是儒家与道家在天地之道上的相通之处。

　　道家倡导无为而治，实则亦在寻求一种内心的真诚与明了。无为非无所作为，乃是顺应自然、不刻意为之，此亦为一种对天地之道的体悟。儒家言天地之道博大精深，道家则倡导顺应自然，二者皆在追求人性之完善与社会和谐之道。

　　再者，儒家认为天地之道为物不二，故能生生不息，变幻莫测。此与道家追求真理、洞察世间万物之变化之理相通。二者皆以人为本、以道德为立身之本、以和谐为目标，此理相通无疑矣。

　　儒家以天地之道修身治国，而道家则主顺应自然，以观世间万象。儒家之论，以天地之大道，修身治国，平天下，道家亦提倡顺应自然，洞悉世事变迁。儒道两家，其理相通，皆在寻求预知未来，把握世事之道。儒家以天地之道，修身治国，道家以自然之理，洞察万象，两家之共同处，彰明较著。

原文3

今夫天，斯昭昭之多，及其无穷也，日月星辰系焉，万物覆焉。今夫地，一撮土之多，及其广厚，载华岳而不重，振河海而不泄，万物载焉。今夫山，一卷石之多，及其广大，草木生之，禽兽居之，宝藏兴焉。今夫水，一勺之多，及其不测，鼋、鼍、鲛、龙、鱼、鳖生焉，货财殖焉。

儒道相通 无垠无边的自然观

《中庸》本章文有云："今夫天，斯昭昭之多，及其无穷也，日月星辰系焉，万物覆焉。今夫地，一撮土之多，及其广厚，载华岳而不重，振河海而不泄，万物载焉。今夫山，一卷石之多，及其广大，草木生之，禽兽居之，宝藏兴焉。今夫水，一勺之多，及其不测，鼋、鼍、鲛、龙、鱼、鳖生焉，货财殖焉。"此段文字，以天、地、山、水为喻，阐述儒家对于宇宙万物生成、运行及其德性的理解，言辞简练，意蕴深远。

与《中庸》此章相对应，《道德经》对于天、地、水等自然元素的理解，以及对于"道"与"德"的阐述，与儒家思想有着异曲同工之妙。以下，冀金雨试从儒道两家对于宇宙万物的理解出发，探析"儒道相通"之内涵。

一、天之昭昭与道之无形无象。《中庸》言天之昭昭，强调其光明广大、无穷无尽之特性，日月星辰皆悬于其上，万物皆得其覆庇。此与《道德经》中"有物混成，先天地生。寂兮寥兮，独立而不改，周行而不殆，可以为天地母。吾不知其名，强字之曰道，强为之名曰大"之论述相呼应。道家认为，道先于天地而生，无形无象，却为天地万物之根源，其运行周流不息，无穷无尽。天之昭昭，正是道之无形的体现，二者在生化万物、无穷无尽之特性上相通。儒家强调天人合一，认为人与天地同体，应顺应天道而行；道家亦强调人应顺应自然，与天地合一，无为而治。两家在天人关系上，有着相似的理解。

二、地之广厚与道之包容万物。《中庸》言地之广厚，强调其能承载万物，载华岳而不重，振河海而不泄。此与《道德经》中"谷神不死，是谓玄牝。玄牝之门，是谓天地根。绵绵若存，用之不勤"以及"江海之所以能为百谷王者，以其善下之，故能为百谷王"之论述相契合。道家认为，谷神即道之象征，不死不灭，为天地之根源，其运行绵绵不断，用之不竭。地之广厚，正是道之包容的体现，二者在承载万物、生生不息之特性上相通。儒家强调地之德性为坤厚载物，与天之德性相辅相成；道家亦强调道之包容万物，无为而治。两家在地之德性与道之特性上，有着相通的理解。

三、山之广大与道之隐匿深藏。《中庸》言山之广大，强调其虽起于一卷之石，却能汇聚成岭，草木葱郁，禽兽栖息，宝藏蕴藏。此与《道德经》中"大白若辱，大方无隅，大器晚成，大音希声，大象无形"之论述相印证。道家认为，真正伟大的事物往往隐匿深藏，不显露于外。山之广大，正是道之隐匿深藏的体现，二者在默默无言、育万物之特性上相通。儒家强调山之德性为稳重坚韧，默默无言而育万物；道家亦强调道之隐匿深藏，不言之教。两家在山之德性与道之特性上，有着相似的理解。

四、水之柔弱与道之无为而治。《中庸》言水之柔弱，强调其虽起于一勺之微，却能汇聚成海，鼋、鼍、鲛、龙、鱼、鳖皆生于其中，货财亦殖于其内。此与《道德经》中"上善若水。水善利万物而不争，处众人之所恶，故几于道。居善地，心善渊，与善仁，言善信，政善治，事善能，动善时。夫唯不争，故无尤"之论述相一致。道家认为，水之德性最接近道，因其善利万物而不争，处众人之所恶而能自得其乐。水之柔弱，正是道之无为而治的体现，二者在顺应自然、善利万物之特性上相通。儒家强调水之德性为柔弱胜刚强、善下成其大；道家亦强调道之无为而治、顺应自然。两家在水之德性与道之特性上，有着高度的契合。

综上所述，《中庸》此章与《道德经》全书在论述天、地、山、水等自然元素时，虽用词不同、路径各异，然其精神深处未尝不相通。儒道两家均强调对宇宙自然规律的敬畏与顺应，以及对于德性修养的追求。天之昭昭与道之无形无象、地之广厚与道之包容万物、山之广大与道之隐匿深藏、水之柔弱与道之无为而治，均体现了儒道两家在宇宙观、道德观上的相通之处。

进一步而言，"儒道相通"不仅体现在对宇宙万物的理解上，更体现在对人生哲理的阐述上。儒家强调修身齐家治国平天下，认为人应通过修养自身之德性以达到与天地合一之境界；道家亦强调圣人应无为而治、顺应自然之道以治理国家。两家虽所述之方法不同，然其所述之目标实为一物，即实现社会之和谐稳定与繁荣发展。在此意义上，"儒道相通"之观点实乃确凿不移也。

综而言之，《中庸》此章与《道德经》，于论宇宙万物及人生至理之际，皆示其高度之相通。儒道二家，虽所循之径不同，言辞亦各有异，然其精神之深处，未尝不相通也。是故，"儒道相通"之言，非为空谈，实乃二家在追求天人合一、致社会和谐稳定与繁荣发展之终极目标上，心照不宣，殊途同归也。

原文 4

《诗》云："维天之命，於穆不已！"盖曰天之所以为天也。"於乎不显，文王之德之纯！"盖曰文王之所以为文也，纯亦不已。

儒道相通 维天之命与道法自然

《诗》云："维天之命，於穆不已！"此言天道运行之不息，如同儒家所崇尚之纯德，亦需不断修炼与进取。天道永恒，儒家之德亦应如此，无止境地追求完美。诗中又云："於乎不显，文王之德之纯！"此赞文王之德行纯粹，与天道相呼应。儒家尊文王为典范，崇尚其纯粹之德，以此为修身治国之基石。

儒家之道，以立德为本，追求德行之纯粹与高尚。文王之德，纯而无瑕，为

瀛海笔谭

儒家所推崇。彼以文王为榜样，致力于修身治国，以期达到德行之极致。天道不息，儒家之追求亦无止境，唯有不断学习、修炼，进而接近文王之纯德，实现个人与社会的共同进步。

道家之《道德经》，虽未直言文王之德，然其理念与儒家所倡之纯德相通。今以儒道相通之视角，可寻《道德经》中与儒家纯德相通之章文。

《道德经》第六章云："谷神不死，是谓玄牝。玄牝之门，是谓天地根。绵绵若存，用之不勤。"此言道之生生不息，如同儒家所言之纯德不已。儒家追求德行之纯粹，道家则强调道之永恒，二者皆在表达一种不懈的追求与无止境的完善。

夫道，恍兮惚兮，其中有象；惚兮恍兮，其中有物。道之为物，惟恍惟惚。惚恍之中，有象有物。象生万物，物载道德。故道生一，一生二，二生三，三生万物。万物负阴而抱阳，冲气以为和。和气生财，财生万物。是以，道之生生不息，如儒家所言之纯德不已。

儒家追求德行之纯粹，以修身齐家治国平天下。君子务本，本立而道生。道生德，德生仁，仁生义，义生礼，礼生智，智生信。信生诚，诚生敬，敬生和。和生万物，万物归一。一者，道也。道者，德之体也。德者，仁义礼智信之和也。故儒家以道德为人生之指南，追求德行之纯粹，以实现人类社会之和谐。

而道家强调道之永恒，以无为而治。道法自然，自然无为。无为而治，治而不治。不治而治，民自化之。民之化之，道之谓也。道之谓，德之谓也。德之谓，仁义礼智信之谓也。故道家以道之永恒，阐述人生之境界，追求精神之自由，以实现人类社会之和谐。

然儒家与道家，虽表述有异，然其精神相通。皆在追求人生之完善，社会之和谐。是以，谷神不死，是谓玄牝。玄牝之门，是谓天地根。绵绵若存，用之不勤。道之生生不息，如儒家所言之纯德不已。儒家与道家，皆在阐述人生之不懈追求，无止境之完善。

又，《道德经》第四十一章云："大方无隅，大器晚成，大音希声，大象无形。"此言大道至简，无需过多修饰，恰如儒家所追求之纯德，无需外饰，内心纯粹即为至德。儒家崇尚文王之德之纯，道家则倡导大道至简，二者相通之处在于都强调内在的纯粹与质朴。

再者，《道德经》第五十一章云："道生之，德畜之，物形之，势成之。是以万物莫不尊道而贵德。"此言万物皆由道生，由德养，与儒家所言之纯德表里相合。儒家以文王之德为范，道家则首重于对"道"之深入理解与顺应，亦注重"德"之内在修为与外显之行。遵"道"而行，养"德"以立，人可与自然和社会和谐共处，从而提升己身之生命，稳固社会之秩序，二者皆在强调德行之重要。

综上所述，"儒"与"道"在追求纯德与道之不已上相通无疑。儒家以文王为榜样，追求德行之纯粹；道家则倡导道之生生不息与大道至简。二者共同揭示了人与自然、人与道之和谐共处之道也。

于本章，"维天之命，於穆不已"。又云："於乎不显，文王之德之纯！"儒家借天之不已、文王之纯，以彰显其对于持续不断、纯粹无杂之德的推崇。此儒家之理念，亦与道家之思想有相通之处。

道家言"道法自然"，倡导无为而治，顺应自然之道。此与儒家所言之"纯亦不已"有异曲同工之妙。儒家强调德行之纯，如文王之德，纯粹无瑕，持续不断，此乃儒家修身治国之本。而道家虽未直言德行之纯，却通过倡导无为而治，追求内心的清净与社会的和谐，实则亦在寻求一种纯粹的道德境界。

瀛海笔谭

【第二十七章】

原文

　　大哉圣人之道！洋洋乎！发育万物，峻极于天。优优大哉！礼仪三百，威仪三千。待其人而后行。故曰苟不至德，至道不凝焉。故君子尊德性而道问学，致广大而尽精微，极高明而道中庸。温故而知新，敦厚以崇礼。是故居上不骄，为下不倍。国有道其言足以兴，国无道其默足以容。《诗》曰："既明且哲，以保其身。"其此之谓与？

儒道相通　儒家与道家的修身之道

　　儒道相通，自古有之。今观《道德经》之书，多有与儒家思想相契合之处。今以《道德经》之章文，与儒家"洋洋乎发育万物，峻极于天"等思想相较，以探两家学说之相通。

　　《道德经》云："道生一，一生二，二生三，三生万物。万物负阴而抱阳，冲气以为和。"（第四十二章）此言与儒家"洋洋乎发育万物"之说相应。皆言宇宙之源，万物之始。儒家强调圣人之道，洋洋乎发育万物，如同道家所言，道生万物，两者皆揭示了宇宙生成、万物繁衍的奥妙。

　　又《道德经》言："上善若水，水善利万物而不争，处众人之所恶，故几于道。"（第八章）此言水之德行，与儒家"敦厚以崇礼"相呼应。儒家倡导君子之德，温良恭俭让，如同水一般滋养万物而不争。水之柔弱，却能穿石，儒家之德，亦能化育人心。

《道德经》又云："大道废，有仁义；慧智出，有大伪；六亲不和，有孝慈；国家昏乱，有忠臣。"（第十八章）此言在大道废弃之后，才显现仁义等德行。而儒家则倡导仁义礼智信等道德准则。两者皆看到了社会道德的重要性，并以此为基石，构建各自的思想体系。

《道德经》中言："知者不言，言者不知。"（第五十六章）此与儒家"国有道其言足以兴，国无道其默足以容"相呼应。皆在阐述言行举止的智慧，知道何时该言，何时该默。在乱世之中，保持沉默以自保；在治世之中，积极发言以兴邦。

再观《道德经》云："我有三宝，持而保之。一曰慈，二曰俭，三曰不敢为天下先。"（第六十七章）儒家亦倡导仁爱、节俭与谦逊。两者皆看到了人性之美德，并以此作为修身之本。

此外，《道德经》中多次提及"无为而治"，强调顺应自然、不妄为的治理原则。而儒家亦倡导"无为而治"，孔子曾言："无为而治者，其舜也与？"两者虽表述不同，但都强调了顺应自然、不强制的治理方式。

大哉圣人之道！洋洋乎！发育万物，峻极于天。优优大哉！礼仪三百，威仪三千，待其人而后行。此乃儒家所崇尚之道德风范，亦可见其与道家思想之相通处。

儒家之道，重在德性之修养与社会责任之担当。洋洋乎发育万物，峻极于天，此乃儒家之宇宙观，亦是其对人之期望。礼仪三百，威仪三千，皆以待人而后行，儒家之礼，非但外在之仪式，更在于内心之敬畏与虔诚。苟不至德，至道不凝焉，此语道出儒家对道德之极致追求，无德则道不聚，亦无法显示其真正之意义。

道家之道，则重在自然与无为。道生一，一生二，二生三，三生万物，此乃道家之宇宙生成论。道家倡导无为而治，顺应自然之道，不强求，不刻意。此与儒家之"敦厚以崇礼"有异曲同工之妙。儒家虽重礼，然其礼亦非刻板之规矩，而是基于人性与自然之道而设。故儒家之礼，亦可视为一种顺应自然、尊重人性的表现。

君子尊德性而道问学，此儒家修身之本。儒家重视德性之培养，同时亦不忽视知识之学习。致广大而尽精微，此儒家之学问态度，既要求广博之知识，又追求精深之理解。道家亦有类似之观点，虽不言学问，然其对自然与生命之理解，亦需深入而细致。

极高明而道中庸，此儒家之中庸之道。中庸之道，即追求平衡与和谐，不过激，不偏执。道家亦倡导和谐与自然，其无为而治之道，即是追求一种自然的平衡状态。

温故而知新，儒家之学习态度与方法。儒家重视历史与传统，然亦不忽视创新与变革。通过温习旧知，发现新知，此儒家之智慧。道家虽不言学习，然其对自然与生命之洞察，亦需不断之体悟与领悟。

居上不骄，为下不倍，此儒家之为人处世之道。无论身处何位，皆应保持谦逊与低调，不骄不躁。道家亦倡导谦逊与低调，其无为而治之道，即是追求一种不张扬、不刻意之生活态度。

国有道其言足以兴，国无道其默足以容。儒家强调在治世中积极发言，以言论兴国；在乱世中则保持沉默以自保。此与道家之顺应自然、不刻意之态度相通。道家虽不言治世与乱世之分，然其倡导无为而治之道，在乱世中亦可视为一种自保与隐逸之智慧。

儒道二家，于诸多方面，皆有相通之处。皆见人性之美德，重自然之道，以此为修身立命之本。儒家尚仁爱，道家崇自然，虽取向稍异，然于追求人与自然和谐共生、倡导道德伦理之道上，实有异曲同工之妙。儒者修身以齐家治国，道者养性以顺应自然，皆致力于人心向善、世道昌平。修身之智，明哲保身，儒道二家皆然。乃殊途同归之智慧之道也。

故曰："既明且哲，以保其身。"其此之谓与！

第二十八章

原文1

子曰："愚而好自用，贱而好自专，生乎今之世，反古之道。如此者，灾及其身者也。"

儒道相通 古道今用与君子之行

子曰："愚而好自用，贱而好自专，生乎今之世，反古之道。如此者，灾及其身者也。"此言儒家对于固执己见、逆时而动者的批评。然道家之《道德经》中，亦有诸多与儒家此论相通之处，皆诫世人当因时顺势，谦恭慎微行事。

《道德经》第二十九章云："将欲取天下而为之，吾见其不得已。天下神器，不可为也，不可执也。为者败之，执者失之。"此言治理天下不可强为，不可固执己见，否则必将失败。此与儒家所言"愚而好自用，贱而好自专"相呼应，皆在批评那些不知变通、执意逆时而动者。

又，《道德经》第二十四章云："企者不立，跨者不行，自见者不明，自是者不彰，自伐者无功，自矜者不长。"此言自满自足、自以为是者难以成就大事，与儒家批评"自用""自专"之意相通。皆在告诫人们应谦虚谨慎，不可自以为是。

再观《道德经》第四十一章："上士闻道，勤而行之；中士闻道，若存若亡；

下士闻道，大笑之。不笑不足以为道。"此言不同层次的人对于"道"的领悟与态度各异。那些对"道"一无所知却嘲笑之人，正是儒家所言"愚而好自用"的写照。而道家亦以此告诫世人，应虚心向道，不可因无知而妄自尊大。

此外，《道德经》第八章云："上善若水，水善利万物而不争，处众人之所恶，故几于道。"此言水之德行与"道"相近，皆在强调柔顺、不争之品质。而儒家亦倡导君子应如水一般温润而泽，不与人争锋。此亦与儒家批评"自用""自专"之意相通，皆在强调谦虚、和顺之重要性。

综上所述，《道德经》中诸多章文与儒家"愚而好自用，贱而好自专"之批评相通。两者皆在告诫世人应顺应时势、谦虚谨慎、不可自以为是。通过对比儒道两家之思想，我们可以发现它们在诸多方面有异曲同工之妙。儒道相通之处不仅体现在对于个人修身的指导上，还体现在对于社会治理、人与自然关系等方面的思考上。

子曰："愚而好自用，贱而好自专，生乎今之世，反古之道。如此者，灾及其身者也。"此圣人之言，明指固执古法、不知变通之弊。然吾辈深思，此中亦蕴含儒道相通之理。

儒家重德，强调仁义礼智信，倡导君子之道，以修身、齐家、治国、平天下为己任。然儒家亦非刻板守旧，而是注重因时制宜，顺应时势。孔子曾言："君子之于天下也，无适也，无莫也，义之与比。"此言君子对于天下事，没有固定不变的态度，而是根据道义来权衡利弊。故儒家之道，在于明理通达，不拘泥于成法。

道家则崇尚自然，强调无为而治，顺应天道。道家认为，人之行为应合于自然之道，不可强求，不可逆天而行。老子在《道德经》中言"道法自然"，即强调万事万物均应顺应自然规律，不可违背。道家之无为，非无所作为，而是指不刻意为之，不违背自然之道。

今观孔子所言："愚而好自用，贱而好自专，生乎今之世，反古之道。如此者，灾及其身者也。"此语虽是对那些固执古法、不知变通者的批评，然亦可见儒道相通之处。儒家强调因时制宜，道家倡导顺应自然，二者皆反对刻板守旧，均主张应时而变。

儒道两家虽侧重点不同，然其精神内核相通。儒家注重人事，强调人的主观能动性；道家则更侧重于天道，强调顺应自然。然二者皆以追求和谐为目标，均致力于人与人、人与自然的和谐共生。儒家通过修身、齐家、治国、平天下以实现社会和谐；道家则通过无为而治、顺应天道以达到自然和谐。

儒道二家，于多方相通相融。孔子有言，教人以因时制宜之智，亦含道家顺应自然之理。斯言也，不仅显儒家之睿，亦彰道家之哲。两家之学，虽各有所重，然于智慧之道，实有共通之处。因时制宜者，儒家之精髓也，而顺应自然，则道家之要义。由此观之，儒道相通，智慧之道，一以贯之。

原文 2

"非天子，不议礼，不制度，不考文。今天下车同轨，书同文，行同伦。虽有其位，苟无其德，不敢作礼乐焉；虽有其德，苟无其位，亦不敢作礼乐焉。"

儒道相通 天子德位与礼乐之道

夫儒道之论，历久弥新，如日月之行，各放其光。今取《中庸》之言，以"非天子，不议礼，不制度，不考文"为本，窥其儒家之心性论，复寻《道德经》之篇章，冀求儒道归同之妙理。

《中庸》有云："非天子，不议礼，不制度，不考文。"此言儒家之礼制观念，强调礼制之制定与修订，非天子不能为之。盖因礼者，天地之序，人伦之本，非有至高之权位，不能定其章程。此亦儒家"君君、臣臣、父父、子子"之理念，强调尊卑有序，贵贱有别，以维护社会之稳定与和谐。

而观《道德经》之篇章，虽无直接对应"非天子，不议礼"之句，然其思想深邃，亦可见儒道相通之处。如《道德经》所言："道生一，一生二，二生三，三生万物。万物负阴而抱阳，冲气以为和。"此言道之生万物，万物皆由道出，道为万物之本源。此与儒家之"天命之谓性，率性之谓道"相契合，皆言天地万物之生成与变化，皆遵循一定之规律，即道也。

又《道德经》云："无为而治，不言之教。"此言道家之治国理念，强调以无为而治，以不言之教化民。此虽与儒家之积极入世有所不同，然其"无为"非真无所作为，而是顺应自然之道，不强行干预，以达到"无为而无不为"之境。此亦可见儒道相通之处，皆以"道"为治国之本，虽方法不同，但求和谐稳定之目标则一。

再观《中庸》所云："今天下车同轨，书同文，行同伦。"此言儒家之大一统思想，期望天下归一，车轨相同，文字统一，行为伦理一致。此亦儒家"大一统"理念之体现，强调国家之统一与稳定。

而《道德经》虽未直接言及"车同轨，书同文，行同伦"，然其"小国寡民"之理想，亦可见其对于社会和谐稳定之追求。如《道德经》所言："小国寡民，使有什伯之器而不用，使民重死而不远徙。虽有舟舆，无所乘之；虽有甲兵，无所陈之。使人复结绳而用之。甘其食，美其服，安其居，乐其俗。邻国相望，鸡犬之声相闻，民至老死不相往来。"此言虽描绘了一幅与世无争、自给自足之理想社会图景，然其追求社会和谐稳定之精神，与儒家之大一统理念不谋而合。

至于"虽有其位，苟无其德，不敢作礼乐焉；虽有其德，苟无其位，亦不敢作礼乐焉"，此言儒家之礼制观念，强调礼制之制定与修订，需兼具德位两全之人方可为之。德治为国本，儒家重之。治国以德，乃长治久安之计。君子行德，国家兴盛；小人纵欲，国家衰亡。是以德行天下，社稷长青。

而《道德经》虽未直接言及"德位两全"之理念，然其"上善若水"之思想，亦可见其对于德行之重视。如《道德经》所言："上善若水，水善利万物而不争，处众人之所恶，故几于道。"此言水之德性，利万物而不争，与道相近。此亦可见道家之思想，虽强调自然无为，然亦重视德行之修养，以达道之境。

由此观之，《中庸》与《道德经》虽为儒道两家之经典，然其思想亦有相通之处。儒家强调礼制与德治，以维护社会之稳定与和谐；道家则强调自然无为与德行之修养，以达道之境。两者虽方法不同，但皆以追求社会和谐稳定为目标。此即儒道相通之特征也。

然儒道相通之处，不仅在于其思想之共通，更在于其处世佐引之相通。儒家强调君子之行，如《中庸》所言："君子和而不流，强哉矫；中立而不倚，强哉矫；国有道，不变塞焉，强哉矫；国无道，至死不变，强哉矫。"此言君子之行，需坚持原则，不随波逐流，以维护社会之正义与公平。道家则强调"无为而治"，如《道德经》所言："我无为而民自化，我好静而民自正，我无事而民自富，我无欲而民自朴。"此言治国需顺应自然之道，不强行干预，以达民之自化、自正、自富、自朴之境。

综上所述，儒家强调礼制与德治，道家强调自然无为与德行之修养，两者皆以追求社会和谐稳定为目标。此即儒道相通之特征也。

原文3

> 子曰："吾说夏礼，杞不足征也；吾学殷礼，有宋存焉；吾学周礼，今用之，吾从周。"

儒道相通 礼道与时势的应变智慧

自古儒道两家，并行而不悖，各有所长，然亦有其相通之处。今余以《中庸》之一章，与《道德经》相印证，以探儒道之相通。

《中庸》录孔子之言曰："吾说夏礼，杞不足征也；吾学殷礼，有宋存焉；吾学周礼，今用之，吾从周。"此言，乃孔子论三代之礼之识见与取择也。

夏礼古远，杞国不足以为证；殷礼虽存宋地，然已非今世之制；唯周礼乃当今之典章，故孔子依之。此中深寓儒家之理念，一者，应时顺势，与时俱行，不泥于古；二者，尊古今之传统，承先人之遗德。

孔子之言，明示儒者之立场：既要顺应时代变迁，又须尊崇历史传统。夏礼之遥，不可考也；殷礼之存，已非时用；周礼之新，方为今法。故儒者当取今时之法，以应世之需，同时亦须缅怀先贤，不忘传统之精髓。

孔子之智慧，在于其能洞察时代之变迁，而又不失对传统之尊重。吾辈当效法孔子，创新而慎守传统，庶乎立足于世，不负先人之望，亦可开创未来之新局。

而于《道德经》中，虽无直接论及三代之礼，然其思想之精髓，与儒家之理念实有相通之处。《道德经》有言："执古之道，以御今之有，能知古始，是谓道纪。"此言虽简，然意蕴深远。执古之道，非泥于古，而是要汲取古人之智慧，以修齐治平也。能知古始，明了事物之发展脉络，把握其本质。此与孔子"学周礼，今用之"之理念，实有异曲同工之妙。

再者，《道德经》又云："道可道，非常道；名可名，非常名。"此言道之玄妙，非言语所能尽述。然儒家之礼，亦非一成不变之教条，而是随时代而演变，因人情而调整。礼之本质，在于规范人之行为，提升人之道德，以达社会和谐之目的。此与道家追求自然之道，实有相通之处。

细究之，《中庸》所言之礼，乃外在之规范，而《道德经》所论之道，乃内在之修养。然二者皆以人为本，关注人之生活与道德提升。儒家通过礼之教化，使人明理知义；道家则通过道之体悟，使人深悟自然与生命之真奥。两家虽各有所重，然其目标一也，皆在于助人修身立德。

其特点在于二者皆追求人之完善与社会之和谐。儒家以礼为手段，通过教化与规范，提升人之道德水平；道家则以道为佐引，通过内心体悟与自然之道相合，达到人之自我完善。二者虽途径不同，然目标一致，皆致力于人之成长与社会之进步。

儒家强调"中庸之道"，即行事不偏不倚，无过无不及。此理念告诫我们，在纷繁复杂之社会中，应保持清醒之头脑，行事既要顺应时势，又要坚守原则。而道家则倡导"无为而治"，即顺应自然之道，不强行干预事物之发展。此理念启示我们，在面对生活之挑战时，应保持平和之心态，以柔克刚，以静制动。

综观之，《中庸》《道德经》虽儒道殊途，其思想要义实多相合。二者咸以人为本，重生活之态与德行之修；皆务于人之全才及社会之和睦；皆为吾人处世之道，提供至贵之指南矣。故曰，《中庸》与《道德经》虽儒道异辙，然其思想之光辉，实可交相辉映，共照人间也。

夫儒道两家之学，博大精深，非一言可尽。然通过本章之辨析，可见儒道相通之处甚多。人当深悟儒道两家之思想精髓，以之为处世之道，求得个人成长与社会进步。

且夫儒道两家，同源而异流，各有千秋，然其归旨皆在于修身齐家治国平天下。儒家重礼义，尚中庸，以仁义为本，以礼乐为用，致力于构建和谐大同之世界。道家则崇自然，讲无为，以道为宗，以德为基，追求天人合一之境界。

今以《中庸》此章与《道德经》相印证，不仅可见儒道相通，更可明了二者在处世哲学上之异同。儒家讲入世，倡导积极有为，以礼义约束自身，以德行感化他人。道家则讲出世，主张顺其自然，以无为胜有为，以柔克刚，以静制动。然二者皆以修身为本，以治国平天下为终极目标。

故吾辈宜取儒道二家之精粹，以之为行事之要。遇世务繁芜，既须应时顺势，锐意进取；亦须守心平和，处事不惊，不为外物所惑。儒之立德修身，道之无为而治，皆为吾人处世之良方。取二者之长，融会贯通，则可在世事纷扰中保持一颗平静之心，以不变应万变。

再者，《中庸》所言之"吾学周礼，今用之，吾从周"，亦体现了儒家之实践精神。儒家不仅注重理论之探讨，更致力于将理论付诸实践之中。此与道家之"道可道，非常道"之思想亦相通。道非空谈之道，而是要在实践中体悟与践行之道。故儒道两家皆强调理论与实践相结合之重要性。

【第二十九章】

原文 1

王天下有三重焉，其寡过矣乎！上焉者，虽善无征，无征不信，不信民弗从。下焉者，虽善不尊，不尊不信，不信民弗从。

儒道相通 无为而治与德行为先的治国理念

首言，解读《中庸》之"王天下有三重焉"。

《中庸》第二十九章云："王天下有三重焉，其寡过矣乎！上焉者，虽善无征，无征不信，不信民弗从；下焉者，虽善不尊，不尊不信，不信民弗从。"此言深刻揭示了统治者治理天下所需遵循的中庸之道及其重要性。所谓"三重"，即指议礼、制度、考文三事，此三者为治理之根本。若此三者得宜，则过失自少。文中进而指出两种治理之弊：其一为制度虽善，然缺乏实证，民众难以信服，故不从；其二为制度虽佳，但未能彰显尊贵，亦难获民众之尊崇与信任，同样导致民众不服从。此二者皆非中庸之道，皆因未能深得民心所致。

再言，《道德经》相应章节之"儒道相通"。

自"儒道相通"之视角观之，《道德经》一书，虽无直接对应《中庸》"三重"治理之具体篇章，然其思想之精髓，与《中庸》此段所蕴含之哲理，实有诸多契合之处。以下略陈数端，以明二者之相通性。

一是道与礼的互补。《中庸》强调议礼以服人心，而《道德经》虽不言礼，却强调"道"之无形而化万物。如《道德经》第一章云："道可道，非常道；名可名，非常名。无名天地之始；有名万物之母。"此言"道"之无形无象，却为万物之根源。在治理上，儒家通过礼仪规范社会行为，道家则主张顺应自然之道，两者虽路径不同，却共同指向社会和谐与民众福祉。儒家之礼，可视为"道"在社会层面的具体体现，而道家之道，则为儒家礼仪提供了超越性的哲学基础。

二是信与无为的相通。《中庸》所言"不信民弗从"，强调信任对于统治的重要性。而《道德经》亦多处论及"信"与"无为"之治。如第三十七章云："道常无为而无不为。侯王若能守之，万物将自化。"道家之"无为"，并非无所作为，而是顺应自然规律，不强行干预。此与儒家通过制度、礼仪建立信任，进而实现社会有序治理的理念有异曲同工之妙。儒家通过积极作为建立信任，道家则通过"无为"达到"无不为"之境，两者均强调治理的有效性与民众的自觉性。

三是尊贵与谦下的共鸣。《中庸》指出制度虽善而不尊，则难以取信于民。道家则主张谦下以服人心，如第六十六章云："江海之所以能为百谷王者，以其善下之，故能为百谷王。是以圣人欲上民，必以言下之；欲先民，必以身后之。"道家之谦下，与儒家所言之尊贵，看似相反，实则相通。尊贵非傲慢自居，而是以德才服人；谦下亦非卑微自贱，而是心怀宽广，能容万物。在治理上，儒家通过尊贵彰显制度之权威，道家则通过谦下赢得民众之心，两者均是实现社会和谐的有效手段。

三言，儒道相通之论证。

其一，入世出世，其归一也。儒道二家，虽于世之出入各有所重，然其精神之核，实则相通。儒者尚入世，以仁、义、礼、智、信五常治天下；道家则崇出世之智，无为而治，以期社会之和谐。二者似相矛盾，实则相辅相成。儒者之入世，为世间提供治理之方案与道德之准则；道家之出世，则为儒者之积极作为，赋予超越之哲学支撑与心灵之慰藉。于治理实践之中，儒道互补，共筑中国古代社会治理之智慧体系。于斯体系之内，儒者以礼乐教化，定人心，安社稷，使万民皆遵礼法，共襄盛世；道家则倡无为而治，任自然，顺民心，使百姓安居乐业，共享太平。儒道二家，一显一隐，一刚一柔，相互为用，共同维系社会之稳定与繁荣。儒者之入世，如日中之光，照亮前行之路；道家之出世，如月下之影，提供静谧之思。二者相辅相成，互为表里。于今观之，儒道相通之智慧，仍具启迪之意。

其二，刚柔相济，治理之道。儒者重刚健有为，强调人之主观能动性；道家则尚柔顺无为，主张顺应自然之规律。于治理之上，儒者以礼仪制度、道德教化等手段，强化社会秩序与民众之信仰；道家则以"无为而治"为法，减少人为之干预，使社会自然发展。二者刚柔相济，刚则能立，柔则能容。儒者之刚健，为治理提供方向与动力；道家之柔顺，则为治理增添灵活与包容。

其三，德治法治，相辅相成。儒者强调以德治国，通过道德教化，提升民众之素质与社会之文明程度；道家则主张"道法自然"，认为法律与制度应顺应自然规律与民众之意愿。于治理之上，儒者之德治注重人心向善与社会之和谐；道家之法治则强调规则意识与公平正义。二者互补互成，德治为法治提供价值导向与伦理基础；法治则为德治提供制度保障与实践路径。

综而观之，《中庸》与《道德经》，虽分属儒道二家之典籍，然于治理之理念、信任之建立、尊贵与谦下之态度，皆示人以相通之深意。儒道之相通，非徒理论层面之互补融合，亦于实践之中，彰显其强大之生命力与适应性。

原文 2

故君子之道，本诸身，征诸庶民，考诸三王而不缪，建诸天地而不悖，质诸鬼神而无疑，百世以俟圣人而不惑。质诸鬼神而无疑，知天也；百世以俟圣人而不惑，知人也。是故君子动而世为天下道，行而世为天下法，言而世为天下则。远之则有望，近之则不厌。

儒道相通 从修身到治国平天下的理念融合

儒家有言："君子之道，源于己身，显于百姓，参验三王而无误，立足于天地而不悖理，质问鬼神而无疑虑，历经百世以待圣人而不困惑。质之鬼神无疑虑，此乃知天之明；历百世待圣人不困惑，此乃知人之智。故君子之举动，常为天下之先导；其行事，常为天下之楷模；其言语，常为天下之准则。远观则心生敬仰，近处则不厌其详。"

此言君子之道，乃以身为本，以民为鉴，考三王，法天地，质鬼神，以待来世之圣人。君子之言行，足为天下之法则，其德行之深厚，足以引领世人。远观之，令人敬仰；近处之，则不厌其烦。此乃君子之奥义，亦为儒家所推崇之理念。君子以此修身立德，为天下树立楷模，使世人得以效法，从而实现社会和谐与进步。

是故，君子之举动，常为天下之先导，其行可效法，其言可为准则。远观君子，心生敬仰，如望高山；近而习之，则觉其深厚，不厌其烦。君子之道，影响深远，为世所尊。君子之行，足为楷模，引人向善；君子之言，可为箴言，启人心智。无论远近，君子皆为人所敬仰，其德行、言行皆为天下之表率，可谓人中龙凤，世之楷模也。

今以儒道相通之理，寻《道德经》中与之相应之章句，以探两家学说之共通处。

《道德经》第二十七章云："善行无辙迹，善言无瑕谪，善数不用筹策，善闭无关楗而不可开，善结无绳约而不可解。是以圣人常善救人，故无弃人；常善救物，故无弃物。是谓袭明。故善人者，不善人之师；不善人者，善人之资。不贵其师，不爱其资，虽智大迷，是谓要妙。"此章虽未直言君子之道，然其所述"善行无辙迹"等语，实则与儒家"君子之道，本诸身"相通，皆在强调君子修身之重要。儒家以修身为本，而后可安人、安百姓；道家亦倡善行、善言、善数、善闭、善结，虽表述不同，然其精神内核一致，皆在追求君子之德。

又，《道德经》第六十七章云："我有三宝，持而保之。一曰慈，二曰俭，三曰不敢为天下先。慈故能勇；俭故能广；不敢为天下先，故能成器长。"此言道家三宝之道，实与儒家君子之道相通。儒家之道，强调君子应以慈爱之心待人，以节俭之德处世，以谦逊之态为人；道家亦倡慈、俭、不敢为天下先之道，皆在修身养性以达君子之境界。

再观《道德经》第五十四章："善建者不拔，善抱者不脱，子孙以祭祀不辍。修之于身，其德乃真；修之于家，其德乃馀；修之于乡，其德乃长；修之于邦，其德乃丰；修之于天下，其德乃普。故以身观身，以家观家，以乡观乡，以邦观邦，以天下观天下。吾何以知天下然哉？以此。"此章所言修身、齐家、治国、平天下之理与儒家君子之道不谋而合。儒家强调君子应以身作则修身齐家治国平天下；道家亦倡修身为本而后可安家、安邦、安天下之道。二者皆以修身为起点逐步推及至家、国、天下之理相通相融。

夫儒家之道，首重人伦，以修身、齐家、治国、平天下为己任，道德为本，仁义为纲。儒家之行，以天下为己任，推己及人，胸怀博大，志存高远。是以能建基于天地之间而无悖逆，质问鬼神而无疑虑。此理与道家之顺应自然、无为而治之思想相通。道家倡道法自然，以天地万物为鉴，依循自然法则。而鬼神者，乃自然力量之显现。儒家所言，质诸鬼神而无疑，此正揭示出道法自然之深奥。儒道两家，虽表述有异，然其精神内核相通，皆以天地自然为法则，以求人与自然和谐共生。

又，儒家有云"百世以俟圣人而不惑"，此乃洞察人心之明证。圣人，道德之巅峰，天下人心之所向。其与道家所言之"圣人无常心，以百姓心为心"，实有异曲同工之妙。儒家之圣人，道德高尚，行为世范；道家之圣人，则顺乎自然，无为而治，皆以百姓之福祉为念。

道家圣人，无为而治，顺百姓之自然，故能使人远观而心生敬仰，近处而不觉其厌。此理与儒家所言"动而世为天下道，行而世为天下法，言而世为天下则"不谋而合。儒、道两家，虽立论不同，然其终极目标皆为社会和谐、人心向善。

故观之，儒家重道德、礼仪，以圣人为道德典范；道家倡自然、无为，以圣人为自然之道之化身。二者虽路径不同，然其归宿则一，皆以圣人为至高理想，以之为世人树立楷模。如此，则儒道两家之理念，在追求人之完善与社会和谐方面，实有共通之处。

嗟夫！儒家与道家，虽各有侧重，然其理相通，皆在追求天地人之通和也。

原文 3

《诗》曰："在彼无恶，在此无射。庶几夙夜，以永终誉。"君子未有不如此而蚤有誉于天下者也。

儒道相通 儒道相通的修身处世

《中庸》有云："在彼无恶，在此无射。庶几夙夜，以永终誉。"此言君子之道，亦即儒道也。夫儒道者，修身齐家治国平天下之术也。然而，《道德经》亦有所云："上善若水。水善利万物而不争，处众人之所恶，故几于道。"此言亦道也，然则与儒道异乎？余以为，此亦儒道之别一种也。

夫《中庸》之言，言君子之道也。无恶无射，即无恶心无恶行也。夙夜，即昼夜也。永终誉，即永久享誉也。君子未有不如此而蚤有誉于天下者也。蚤者，早也，言君子早就有誉于天下也。此为儒道之基本也。

然而，《道德经》所言，亦颇有相似之处。上善若水，即善之至也。水善利万物而不争，即水能利益万物而不与之争也。处众人之所恶，即水能处于众人所不喜欢的地方也。故几于道，即因此水之特性几近于道也。由此观之，《道德经》所言，亦为道之基本也。

虽然，《中庸》与《道德经》所言，似有异也。然则其本质，实为一也。夫儒道，以仁义礼智信为基本，以修身齐家治国平天下为目标。道，以无为而治为基本，以顺应自然为目标。然而，其最终目的，皆为求得人心之和谐，社会之和谐，天下之和谐也。此即儒道之相通也。

本章之儒道相通之处，在于其强调君子之道，即修身之道。无恶无射，即修身之始也。夙夜，即修身之过程也。永终誉，即修身之成果也。而《道德经》亦强调修身之道，上善若水，即修身之品质也。水善利万物而不争，即修身之方法也。处众人之所恶，即修身之环境也。故几于道，即修身之目标也。

本章儒道相通之处，亦在于其强调处世之道。无恶无射，即处世之原则也。夙夜，即处世之态度也。永终誉，即处世之目标也。而《道德经》亦强调处世之道，上善若水，亦即处世之品质也。水善利万物而不争，即处世之方法也。处众人之所恶，即处世之环境也。故几于道，即处世之目标也。

由是观之，本章（《诗》曰："在彼无恶，在此无射。庶几夙夜，以永终誉。"君子未有不如此而蚤有誉于天下者也。）之儒道相通之处，实在于其强调修身处世之道。无恶无射，即修身之始也。夙夜，即修身之过程也。永终誉，即修身之成果也。上善若水，即修身之品质也。水善利万物而不争，即修身之方法也。处众人之所恶，即修身之环境也。故几于道，即修身之目标也。儒道异辙，而终极同归。儒以仁义礼智信为本，修身齐家，树道德于世；道崇自然无为，修身养性，求与天地和谐。儒道相通，非惟修身之理契合，亦皆重内修外行。儒以礼乐化人心，道以道法导行为，二者相辅，共筑中华修身齐家治国平天下之大道。几于道者，修身既成，复能留名于世，为后世所瞻仰。此乃儒道相通之要义，亦中华文化修身之道也。

由此，吾辈得以窥见处世之一二佐引。首当修身，以培育品德与能力。无恶无射，即心无恶念，行无恶行。夙夜不懈，即日夜不懈，努力学习，不断提升。永终誉，即追求永恒之名誉与成就。其次，当顺自然，即顺应社会之规律与发展。

上善若水，其理在随器而形，利泽及人，不与物争。如此，自能彰显其价值。水之善，在于利物而不争，能洞察机宜，兼顾多方利益。处众所恶，行人之未行，自能显其真价值。此乃近道之理也。

第二十章

原文

仲尼祖述尧、舜，宪章文、武，上律天时，下袭水土。辟如天地之无不持载，无不覆帱，辟如四时之错行，如日月之代明。万物并育而不相害，道并行而不相悖。小德川流，大德敦化。此天地之所以为大也！

儒道相通 道生万物与儒家万物并育

仲尼祖述尧、舜，宪章文、武，上律天时，下袭水土。其德如天地之无不持载，无不覆帱，四时之错行，日月之代明。儒者之道，可谓博大精深，与天地同流，与四时合序，日月同明。今欲从儒道相通之理，寻《道德经》中与仲尼所言之相对应者，以探两家学说之共通处。

《道德经》第二十五章有云："有物混成，先天地生。寂兮寥兮，独立而不改，周行而不殆，可以为天地母。吾不知其名，强字之曰道，强为之名曰大。大曰逝，逝曰远，远曰反。故道大，天大，地大，人亦大。域中有四大，而人居其一焉。人法地，地法天，天法道，道法自然。"此言"道"之玄妙，与仲尼所言"天地之所以为大"有相通之处。儒者之道，亦强调顺应天时，遵循自然之律，与道家"道法自然"之理相呼应。

又，《道德经》第四十二章云："道生一，一生二，二生三，三生万物。万物负阴而抱阳，冲气以为和。人之所恶，惟孤、寡、不谷，而王公以为称。故物或损之而益，或益之而损。人之所教，我亦教之。强梁者不得其死，吾将以为教父。"此言道生万物之理，与仲尼所言"万物并育而不相害"相通。儒道两家皆认识到自然界的和谐共生之道，强调万物之间的平衡与协调。

再观《道德经》第八章："上善若水。水善利万物而不争，处众人之所恶，故几于道。居善地，心善渊，与善仁，言善信，政善治，事善能，动善时。夫唯不争，故无尤。"此言水之德性与道相近，强调不争、处下、柔和之道。此与仲尼所言"小德川流，大德敦化"相通，皆在倡导一种谦逊、包容的德性。

且夫儒道两家皆以天地为大以万物为贵，强调顺应自然之道以达到个人与社会的和谐共生。儒家通过祖述尧、舜等先贤之道以立德修身；道家则倡导顺应自然之道以达到内心的平静与超脱。

儒家之道，以尧、舜为祖，以文、武为宪，上则顺应天时，下则因地制宜。其理若天地之无不持载，无不覆帱，包容万物，无所不涵。儒家倡导仁爱、礼义，以立德修身为本，而后可安人、安百姓，使万物并育而不相害，道并行而不相悖。此儒家之大道也。

道家之道，虽与儒家表述有异，然其精神内核相通。道家亦倡导顺应自然，无为而治，其理若四时之错行，日月之代明，皆顺应天地之道，不强求，不逆天。道家追求内心的平静与超脱，以达到个人与社会的和谐。其所谓"道"，即天地万物之始，亦是人类行为之准则。

儒道两家，虽各有侧重，然其相通之处在于顺应自然、追求和谐。儒家强调仁爱之心、礼义之道，以立德修身为基石；道家则倡导无为而治、顺应自然之理。

儒家之道，以立德为本，而后可安身立命于天地之间。其所谓"小德川流，大德敦化"，即言德行之积累，小善如川流不息，大善则能化育万物。此与道家无为而治之理相通，皆在强调德行的重要性。

道家之道，虽重在自然与无为，然其亦注重道德修养。其所谓"无为而无不为"，即强调顺应自然之道以达到无所不为的境界。此与儒家立德修身之理相通，皆在追求君子之德。

综上所述，儒道两家在诸多方面有相通之处。从"儒道相通"视角而观，儒家之道与道家之道并非截然分开，而是相得益彰。二者皆以顺应自然、立德修身为本，以达到个人与社会的和谐共生。

且夫儒道两家，儒家制定道德规范，行为准则，以约束人们行为，达到社会和谐稳定。道家则倡导顺应自然，无为而治，以达到内心平静与超脱。虽然二者方法不同，然其目的皆在于立德修身，以之为治国安民之本。

儒家之立德，通过教化，使人遵循道德规范，行善积德。强调仁爱、忠诚、诚信、宽容等品质，以建立和谐社会。道家之立德，强调顺应自然，内心无为，以达到精神自由与宁静。主张减少私欲，淡泊名利，以实现个人与社会和谐。

儒家主张"格物致知"，通过研究事物本质，来提高个人修养。道家主张"无为而治"，顺应自然规律，使社会自行和谐。二者虽途径不同，但皆以立德修身为核心。立德修身，是儒家治国安民之本，也是道家追求精神自由之基。

【第三十一章】

瀛海笔谭

原文 1

唯天下至圣，为能聪明睿知，足以有临也；宽裕温柔，足以有容也；发强刚毅，足以有执也；齐庄中正，足以有敬也；文理密察，足以有别也。

儒道相通 儒道共通的仁爱之道

夫儒者之道，崇尚至圣之德，以聪明睿知为基，宽裕温柔为怀，发强刚毅为骨，齐庄中正为本，文理密察为用。是道也，博大精深，与道家之思想实有相通之处。今从儒道相通之角度，探寻《道德经》中与儒家至圣之德相对应之章文。

《道德经》第十七章云："太上，不知有之；其次，亲而誉之；其次，畏之；其次，侮之。信不足焉，有不信焉。悠兮其贵言。功成事遂，百姓皆谓：'我自然'。"此言治国者之不同境界，以太上之境为最高，即民众不觉其存在而自然归化。此与儒家至圣之德相通，皆在强调一种无为而治、顺应自然的理念。儒家至圣，虽拥有高尚之德，却不强加于人，而是让民众自然感受到其影响力，此与道家"太上，不知有之"之境相契合。

又，《道德经》第八章云："上善若水。水善利万物而不争，处众人之所恶，故几于道。"此言水之德性，柔顺且包容，与儒家至圣之"宽裕温柔，足以有容也"

相呼应。水之流淌，不拒细流，汇成江海，此与儒家之宽容大度，实有异曲同工之妙。

再观《道德经》第三十三章："知人者智，自知者明。胜人者有力，自胜者强。知足者富。强行者有志。不失其所者久。死而不亡者寿。"此言自知自胜之道，与儒家至圣之"发强刚毅，足以有执也"相通。儒家强调内心的坚韧与刚毅，道家亦倡导自知自胜以达到内心的强大与坚定。

知人者智，能洞察他人之性格与品性，此为智之表现。然而，自知者明，能深入了解自己之优缺点，此乃明智之至。胜人者有力，能战胜他人，展现自身之力。然而，自胜者强，能战胜自我之弱点，此为真正之强者。知足者富，懂得满足，内心富足。强行者有志，坚持追求目标，此为有志之人。不失其所者久，坚守本分，长久不衰。死而不亡者寿，生命虽逝，精神永存，此为真正之长寿。

儒家主张内心坚韧，刚毅有力，以坚定之意志去实现人生目标。道家亦强调自知自胜，以强大内心应对世事变迁。二者虽路径不同，然其目的皆在于培养内心之强大与坚定。

总之，《道德经》第三十三章与儒家至圣之言相通，皆在告诫我们，要培养内心之强大与坚定，以应对世事变迁。我们应以此为人生指南，追求自知自胜，实现内心之富足与长久。此外，《道德经》第六十七章云："我有三宝，持而保之。一曰慈，二曰俭，三曰不敢为天下先。慈故能勇；俭故能广；不敢为天下先，故能成器长。"此言道家三宝之道，与儒家至圣之德亦有相通之处。儒家强调仁爱之心、节俭之美德以及谦逊之道；道家亦以此三宝为修身之本。

且夫儒道两家皆以立德为本而后可安身立命于天地之间。儒家通过修身来提升自己的品德；道家则修心，重内在之省察，悟自身之微妙，以期心域之广深。

夫儒者之道，崇尚至圣之德，唯至圣者，能兼具聪明睿知、宽裕温柔、发强刚毅、齐庄中正及文理密察之特质。今欲从儒道相通之理，探寻本章所言之"儒"与"道"之共通处。

儒家强调至圣之德，其聪明睿知，足以洞察世间万物之理；宽裕温柔，足以包容天下；发强刚毅，足以坚守道义；齐庄中正，足以彰显威严；文理密察，足以明辨是非。此儒家至圣之境，实乃修身齐家治国平天下之楷模。

道家虽未明确言及至圣之概念，然其道家思想之精髓，与儒家至圣之德多有相通之处。道家倡导无为而治，顺应自然，此与儒家宽裕温柔之德相呼应。儒家之宽裕，在于包容；道家之无为，亦在于不强行干涉，皆体现了对人与事的尊重和包容。

儒家发强刚毅，坚守道义，不为权势所屈；道家则强调内心的坚韧与刚毅，追求内心的平静与超脱。二者虽表现方式不同，然其精神内核相通，皆在强调一种坚韧不拔、持之以恒的精神。

儒家齐庄中正，以礼为行事之准则，彰显威严与庄重；道家虽不拘泥于形式，然其追求内心的中正与平和，与儒家之齐庄中正有异曲同工之妙。

儒家文理密察，明辨是非，注重细节与分辨力；道家亦倡导观察自然、体悟大道之理。二者虽侧重点不同，然其目的皆在于洞察世间万物之理。

原文 2

溥博渊泉，而时出之。溥博如天，渊泉如渊。见而民莫不敬，言而民莫不信，行而民莫不说。是以声名洋溢乎中国，施及蛮貊。舟车所至，人力所通，天之所覆，地之所载，日月所照，霜露所队，凡有血气者，莫不尊亲。故曰配天。

儒道相通 儒家溥博之德与道家顺应自然

溥博之德，深广难测，如天之无际，似泉之不竭。其德之源，时而出之，泽被万民，无所不至。彼之广博，可比苍穹，其深邃，又似深渊。儒者立身处世，以德为本，其行也端，其言也信，民众敬之，信之，悦之。

是以，儒者之名，声震中原，远播异域，乃至蛮貊之地。无论车船行至何处，人力所能及之地，乃至天之所覆，地之所载，日月所照，霜露所降，凡世间生灵，

瀛海笔谭

莫不对其尊崇备至，亲爱有加。此等威望，可谓配天。

儒者之道，以仁爱为本，立己达人。其言行举止，皆为世人楷模。彼之德性，如春阳之煦煦，如时雨之纷纷，使万物生长，民心向善。故儒者所至，民皆敬之如神，信之如命，亲之如母。

再者，儒者之教，以礼义为纲，以道德为绳。彼之教化，深入人心，使民众明理知义，向善去恶。故儒者之名，得以远播四海，其德行之深厚，可见一斑。

综观儒者之影响，可谓深远而广泛。其德行之高洁，如天之不可触；其声誉之隆盛，如日之不可掩。是以儒者之名，配天而无愧矣。

今从儒道相通之理，寻《道德经》中与儒家此等德行相对应之章文，以探两家思想之共鸣。

《道德经》第七十八章有云："天下莫柔弱于水，而攻坚强者莫之能胜，以其无以易之。弱之胜强，柔之胜刚，天下莫不知，莫能行。"此言水之柔弱，却能攻强克坚，与儒家之溥博如天、渊泉如渊之德相似。水之柔弱，犹如儒家之道，虽柔和却深远，其影响力无所不在，使万民敬仰。

水之柔弱，能攻坚强者，因其无以易之。同理，儒家之道，以溥博如天、渊泉如渊之德，能够潜移默化地影响人们，使人们自觉遵循。弱之胜强，柔之胜刚，此乃自然之道，亦为儒家之道。儒家强调以柔克刚，以德服人，使人们心悦诚服。

天下莫不知水之柔弱，却莫能行。同理，儒家之道，虽为世人所知，然而能够身体力行者，却寥寥无几。儒家教义，强调在日常生活中逐步体现，以此领悟其深刻的影响。水之柔美，表面上易懂，实则内涵丰富智慧。因此，日常行为应遵循中庸原则，不偏不倚，体现水之德。

综上所述，《道德经》第七十八章所言水之柔弱，与儒家之道相似。儒家之道，如水之柔弱，却能攻坚克坚，其影响力无所不在。我们应当学习水之柔弱，践行儒家之道，使自己成为德之化身，影响和帮助更多的人。

又，《道德经》第六十七章言："我有三宝，持而保之。一曰慈，二曰俭，三曰不敢为天下先。慈故能勇；俭故能广；不敢为天下先，故能成器长。"此三宝之道，实与儒家之德行相通。儒家倡导仁爱、节俭与谦逊，道家亦以此三宝为修身之本。

再观《道德经》第五章："天地不仁，以万物为刍狗；圣人不仁，以百姓为刍狗。"此言圣人应顺应自然之道，对百姓一视同仁，无偏爱无偏恶。儒家亦强调仁爱之心应普及众人，不分亲疏贵贱。二者虽表述不同，然其精神内核相通，皆在倡导一种平等、公正的社会秩序。

此外，《道德经》第四十九章云："圣人常无心，以百姓心为心。"此言圣人应无我执，以民心为己心，体现了道家对民众疾苦的深切关怀。儒家亦强调君子应以民为本，关注民生疾苦，二者在这一点上亦有共通之处。

溥博儒德，广袤如天，深邃似泉，可触可仰，高不可攀。儒道以立德为根，举止为民敬仰。声名洋溢中原，远播异域。日月所照，儒名皆闻，行者肃然，言者深信，此乃儒者之深远影响。

儒德如光，普照万物，不偏不倚，无私无我。儒者胸怀如海，纳百川而容万物；性情温和如春风，拂面暖心；言行谨慎，如临深渊；教化深远，润物无声，功成既往。

儒者之威，非但声名远播，更在德行深植人心。其德如指南，引人前行；教化如灯塔，照亮道路；其影响如江河奔腾，绵延不绝。

道家虽异于儒，然其精神与儒有相通之处。道家倡无为而治，顺应自然，与儒家仁爱、礼义相通。儒以立德为本，而后立身天地；道家亦重道德，以求和谐。二者皆以立德为基，共求个人与社会和谐共生。儒家言行一致，使人起敬、深信、心悦；道家倡诚信，无为而治，实乃立德。儒以仁爱待人，道则无为而治，皆求和谐共生。儒家重礼义，以为行事之准；道家不拘礼节，然求内心平和超脱，乃礼义之内在。

〔第三十二章〕

原文

唯天下至诚，为能经纶天下之大经，立天下之大本，知天地之化育。夫焉有所倚？肫肫其仁，渊渊其渊，浩浩其天。苟不固聪明圣知达天德者，其孰能知之？

儒道相通　至诚与道妙的哲学交融

首论，《中庸》至诚之道。《中庸》有云："唯天下至诚，为能经纶天下之大经，立天下之大本，知天地之化育。"此言至诚之德，为世间之至宝，唯至诚者，方能担当天下重任，经纬国家，安定社稷。至诚者，心无二念，志坚如石，其行也端，其言也信，故能立天下之大本，知天地之化育。夫至诚之道，无所倚傍，肫肫其仁，渊渊其渊，浩浩其天，非聪明圣知、达天德者，不能知其妙也。

再论，《道德经》之道妙与《中庸》至诚相通。观《道德经》之篇章，虽未明言至诚，然其所述之道，实与《中庸》之至诚有异曲同工之妙。《道德经》云："道可道，非常道；名可名，非常名。"此言道之玄妙，非言语所能尽述，然其运行于天地之间，无处不在，无时不有。至诚者，心合于道，故能知天地之化育，行无妄之治，此与道家之道妙相通。

观《道德经》之篇章，虽未明言至诚，然其所述之道，实与《中庸》之至诚有异曲同工之妙。《道德经》云："道可道，非常道；名可名，非常名。"此言道之玄妙，深邃难测，非言语所能尽述，然其运行于天地之间，绵绵不绝，无处不在，无时不有。至诚者，心无杂念，志坚如磐，心合于道。彼以纯粹之心，体悟大道之精微，故能知天地之化育，洞悉万物之生长。行无妄之治，不违自然之理，顺应天地之道，此与道家之道妙相通。道家言道法自然，无为而治，至诚者亦能以此心行事，不妄加干涉，使万物各得其所，自得其乐。

儒道两家学说有异，然其于至诚、于道之追求，实乃殊途同归。至诚者心合于道，道家亦言道之玄妙，两者相通之处，在于对生至境之向往。又《道德经》云："人法地，地法天，天法道，道法自然。"此言万物皆应顺应自然之道，不可强求。至诚者，心无杂念，行无妄为，故能顺应自然，与天地同德。此与儒家之至诚之道，皆强调内在之修养与外在之行为之和谐统一。

三论，经纶天下与无为而治。《中庸》言至诚者能经纶天下之大经，此言治国平天下之道也。至诚者，以诚待人，以信立身，故能得人心，安社稷。而《道德经》则倡无为而治，言君主当顺应自然，不妄加干预，使百姓自得其乐，国家自然昌盛。

至诚者，心若明镜，心无杂念，志如磐石，行无妄为，故能顺应自然之道，与天地同德。彼知天时之变化，察地利之得失，明人和之要义，故能顺应天时、地利、人和而行，无往而不胜。

至诚者以诚治国，犹若春日之阳，温暖而光明，以信安民，如秋夜之月，皎洁而宁静。百姓感其诚，怀其信，自然归心，如影随形。国家因之而强盛，如日中天，光芒万丈。此皆因至诚者心合于道，行无妄为，故能得天地之佑，百姓之拥戴。

道家言无为而治，实则与儒家之至诚治国相通。无为非无所作为，乃顺应自然之道，不妄加干涉。至诚者亦能如此，以诚治国，以信安民，不违自然之理，不悖天地之道。故曰，儒道两家虽学说有异，然其于治国平天下之大道，实乃殊途同归。

四论，立天下之大本与守道归一。《中庸》言至诚者能立天下之大本，此言修身齐家治国平天下之基也。至诚者，以诚为本，以信为基，故能立身于世，成就大业。而《道德经》则言守道归一，言万物皆应归于道之本原，不可偏离。此二者亦相通也。

至诚者，心合于道，故能守道而行，不偏离于正道。其修身也，以诚为本，去伪存真；其齐家也，以信为基，和睦相处；其治国也，以道为纲，顺应自然。此与道家之守道归一，同归于修身齐家治国平天下之大道。

五论，知天地之化育与道法自然。《中庸》言至诚者能知天地之化育，此言至诚者能洞悉天地万物之生长化育之道也，深微奥妙，非一般人所能及。至诚者，心无杂念，志坚如磐，故能感知天地之微妙变化，洞悉万物之生长化育，顺应自然之道而行，无往而不利。而《道德经》则言道法自然，此言至理。道者，自然之规律也，万物皆应按照自然规律生长化育，不可强求，不可逆转。此与《中庸》所言之至诚者能知天地之化育，实乃相通之理。至诚者心合于道，故能顺应自然，行无妄为；道家亦强调道法自然，无为而治。二者虽表述不同，然其核心理念实乃一致，皆强调顺应自然、尊重规律。

至诚者，心合于道，故能知天地之化育。其观物也，不以其形观之，而以其理观之；其行事也，不以其利行事，而以其义行事。此与道家之道法自然，同归于顺应自然、尊重规律之道。

六论，儒道相通之深论。儒道两家虽各有其学说体系与修身治国之道，然其核心理念实相通也。儒家强调至诚之道，以诚待人、以信立身、以义行事；道家则强调道法自然、无为而治、守道归一。此二者虽表述不同，然其追求之目标实为一也，即修身齐家治国平天下、顺应自然、尊重规律。

儒道相通之处，在于其皆认为人心之纯一、真诚为修身治国之本；皆强调顺应自然、尊重规律为行事之要。儒家之至诚之道，实即道家之道法自然在人伦日用中之体现；道家之无为而治、守道归一，亦与儒家之修身齐家治国平天下之道相契合。

故曰：儒道相通，非虚言也。儒道两家之学说，虽各有侧重，或偏于仁义礼乐，或重于自然无为，然其核心理念实相通也，皆在于求道、明德、修身、齐家、治国、平天下。虽各有其特色与体系，或详于礼仪规范，或精于哲理思辨，然其追求之目标实为一也，皆欲使人心向善、社会和谐、国家安宁也。

瀛海笔谭

第三十三章

原文 1

《诗》曰："衣锦尚絅。"恶其文之著也。故君子之道，暗然而日章；小人之道，的然而日亡。君子之道，淡而不厌，简而文，温而理，知远之近，知风之自，知微之显，可与入德矣。

儒道相通 儒道两家共通的治国理念

《中庸》有云："《诗》曰：'衣锦尚絅。'恶其文之著也。故君子之道，暗然而日章；小人之道，的然而日亡。君子之道，淡而不厌，简而文，温而理，知远之近，知风之自，知微之显，可与入德矣。"此言深微，乃儒家修身齐家治国平天下之要义也。今欲论其与《道德经》之相通之处，必先明其义，而后求其同。

"衣锦尚絅"，此言君子之德，不在于外之华饰，而在于内之修养。锦，华美之服也；絅，覆锦衣之素裳也。君子虽内怀锦绣之才，然外示朴素，不欲人知其美，此所以恶其文之著也。故君子之道，如暗室之烛，初虽不明，然日渐积累，其光自显，此"暗然而日章"之谓也。小人则反是，其初虽有所成，然不知修身养性，日渐放纵，其德日衰，此"的然而日亡"之谓也。

君子之道，其要在于"淡而不厌，简而文，温而理"。淡者，不浓不烈，中道也；

不厌者，久而不倦也。简者，去繁就简，得其要也；文者，礼乐教化，饰以美德也。温者，和而不躁也；理者，条理分明，无紊乱也。君子以此修身，则内外兼修，德业并进，故能"知远之近，知风之自，知微之显"，此皆因其心合于道，故能洞察万物之理，预知未来之变，此可与入德矣。

《道德经》虽未明言"中庸"，然其所述之道，实与《中庸》相通。如《道德经》云："道可道，非常道；名可名，非常名。"此言道之玄妙，非言语所能尽述，然其运行于天地之间，无处不在，无时不有，如君子之道，暗然而日章，虽不显于外，而实存于内。又云："上德不德，是以有德；下德不失德，是以无德。"此言上德之人，不刻意求德，而自然有德；下德之人，虽欲守德，而实无德。此与《中庸》所言"君子之道，淡而不厌"相合，皆强调内在之修养，而非外在之形式。

又《道德经》云："治大国若烹小鲜。"此言治国之道，在于无为而治，不妄加干涉，如烹小鲜，需小心谨慎，不可急躁冒进。此与《中庸》所言"温而理"相合，皆强调治国需以温和、理智之态度，顺应自然之道，而不可强求。

又《道德经》云："治大国若烹小鲜。"此言治国之道，在于无为而治，非以强力干预，使民自化，使国自治。不妄加干涉，乃因民有自然之性，国有自然之理，强为干预，则乱其自然之序。如烹小鲜，火候稍差，则鲜味尽失；治国亦然，政策稍偏，则民心尽失。故需小心谨慎，如临深渊，如履薄冰，不可有丝毫之差。不可急躁冒进，欲速则不达，治国需以时日，渐次推进。此与《中庸》所言"温而理"相合，皆强调治国需以温和、理智之态度，不可急躁冒进，不可强求。温和者，使民心安定，无惧无恐；理智者，使政策合理，无偏无私。顺应自然之道，则民安其位，国富其强，无需强力干预，而自然和谐。故治国者，当深谙此理，以无为而治为心，以温和理智为行，顺应自然之道，不强求而自成。

再者，《道德经》云："知人者智，自知者明；胜人者有力，自胜者强。"此言知人、自知、胜人、自胜，皆需内在之修养，而后能外在之行事。此与《中庸》所言"知远之近，知风之自，知微之显"相合，皆强调内在之智慧与洞察力，

瀛海笔谭

为修身齐家治国平天下之根本。

《道德经》又云："大道废，有仁义；智慧出，有大伪；六亲不和，有孝慈；国家昏乱，有忠臣。"此言大道废弃，方显仁义之可贵；智慧出现，方知虚伪之可恶；六亲不和，方显孝慈之重要；国家昏乱，方知忠臣之难得。此与《中庸》所言君子之道相反相成，皆揭示世态炎凉之时，方显君子之德。然《道德经》更侧重于批判世俗之弊，而《中庸》则更侧重于阐述君子之道，两者虽角度不同，然其核心理念实相通也。

《道德经》又言："天下莫柔弱于水，而攻坚强者莫之能胜，以其无以易之。"此言水虽柔弱，似无刚强之态，然能攻坚克强，以其柔弱之中蕴藏无穷之力，非刚强所能及也，以其顺应自然之道，随方就圆，无所不至，不变其性也，故能成其大。此与《中庸》所言"君子之道，淡而不厌，简而文，温而理"相合，皆强调顺应自然，不逆天时，不悖地利，保持本性为修身治国之要义，不可须臾离也。

君子之道，如水之柔弱，虽无刚强之形，而有刚强之实。其淡而不厌，如水之无味而能滋养万物；其简而文，如水之清澈而能映照天地；其温而理，如水之平和而能顺应自然。故君子修身治国，当如水之柔弱，顺应自然之道，保持本性之纯，不为外物所惑，不为私欲所动，方能成就大业，垂范后世。

儒道两家虽各有侧重，然其于顺应自然、保持本性之理念，实乃相通。

原文 2

《诗》云："潜虽伏矣，亦孔之昭！"故君子内省不疚，无恶于志。君子之所不可及者，其唯人之所不见乎？

儒道相通 修身之道的内省与无为

夫儒道两家，虽源流不同，然其归旨，亦有相通之处。今取《中庸》一章，与《道德经》相较，以探其儒道相通之妙。

《中庸》有云："《诗》曰：'潜虽伏矣，亦孔之昭！'故君子内省不疚，无恶于志。君子之所不可及者，其唯人之所不见乎？"此言君子之德行，虽潜藏而不露，然其光辉自不可掩。君子日三省吾身，确保无愧于心，无恶于志。其高洁之处，正在于人所不见之地，仍能保持操守，不为外物所移。

　　而于《道德经》中，亦可见此理。《道德经》第二十七章云："善行无辙迹，善言无瑕谪，善数不用筹策，善闭无关楗而不可开，善结无绳约而不可解。"此言善者之行，虽无迹可寻，然其效验自显。善者之言，完美无缺，无可指责。善者之计算，无需筹码，心中自有丘壑。善者之封闭，虽无锁钥，却难以开启。善者之结交，虽无绳索之约束，却情比金坚，不可解也。

　　夫《中庸》所言之君子，与《道德经》所言之善者，皆以内在修养为本，不务外饰。君子之行，虽潜藏而不露，然其德行之光，自会照耀四方。善者之行，虽无迹可寻，然其功效自著。此二者皆强调了内在修养之重要性，以及无为而治、顺其自然之理念。

　　细究之，《中庸》所言之"内省不疚"，乃儒家修身之本。通过不断反省自身，确保言行举止皆合于道义，从而达到无愧于心的境界。而《道德经》所倡之"无为而治"，则更侧重于顺应自然、不强行干预之道。二者虽方法不同，然其目标一致，皆在于提升个人修养。儒家藉内省以使人自知其过，从而改之进德；道家则崇无为，俾人顺乎自然，减无谓之争。二法相济，既利个体于社会中持良知与正直，又能催人于世变中守平和与冷静。故儒道两家之理念，诚为修身养性、进德之要诀也。

　　再观《中庸》所言"君子之所不可及者，其唯人之所不见乎"，此语深意在于，君子之高尚品质并非彰显于外，而是在人所不见之处仍能坚守原则、保持操守。这与《道德经》中"大智若愚，大巧若拙"之境颇为契合。真正之智者，不张扬于外，而内敛于心；真正之巧者，不炫耀技艺，而注重实效。二者皆体现了低调做人、高调做事之理念。

又，《道德经》第五十六章云："知者不言，言者不知。塞其兑，闭其门，挫其锐，解其纷，和其光，同其尘，是谓玄同。"此言道家追求玄同之境，即与万物混同一体，不显露锋芒。此与儒家君子内省不疚、无恶于志之理念相呼应。儒家君子在人所不见之地亦能保持德行一致；道家则倡导与万物玄同之境，二者皆在强调一种内在修养的重要性。

再观《道德经》第四十一章："大方无隅，大器晚成，大音希声，大象无形，道隐无名。"此言大道至简至大却无形无象与儒家"潜虽伏矣亦孔之昭"相对应。儒家君子之德虽潜藏却昭彰；道家之道虽隐匿却无处不在二者皆在阐述一种内在力量的伟大与深远。

此外，《道德经》第六十七章言："我有三宝，持而保之：一曰慈，二曰俭，三曰不敢为天下先。"此言道家三宝之道与儒家君子内省不疚、无恶于志之理念相通。儒家倡导君子应时刻内省，保持心地纯净；道家则以慈、俭、不敢为天下先为修身之本。二者皆在强调一种内敛而深沉的品德修养。

《道德经》中诸多章文与儒家思想相通，儒道两家皆以立德为本，而后可安身立命于天地之间，实乃中国传统文化之精髓也。《诗》云："潜虽伏矣，亦孔之昭！"此言君子之德，深藏而不露，然其光辉自显。君子之所以不可及，岂不在人所不见之处乎？儒家之教，重在修身立德，内省而无愧疚，志无恶念，此乃儒家所推崇之境界。

夫儒道两家之学，虽各有所长，然其相通之处在于均注重内在修养与道德提升。儒家通过不断反省与自我完善来达到高尚品质；道家则倡导顺应自然、无为而治来追求宁静淡泊与天人合一。

至于儒道相通之特征，二者皆以人为本，致力于提高人之道德与社会和谐，强调理论与实践之结合，倡导低调为人、高调行事之理念。此使儒道两家在处世之道上表现出高度一致。

处世之指南，《中庸》之君子与《道德经》之善者，皆为我辈之楷模，当以其为生活之指南，追求内心之安宁与社会之和谐。面对世事之复杂，需保持清醒之头脑，顺应时势，坚守原则，不断完善自我。

且儒道归同之理，非独本章所见，整部《中庸》《道德经》皆有体现。

再论《中庸》所言之"君子内省不疚"，实乃修身之本。君子时刻反省自身，确保言行合于道义，无愧于心。此与道家强调内心清净、顺应自然之理相通。道家虽未明言"内省"，然其修行之道，亦在于去除杂念，保持淡泊宁静。故儒道两家在修身方面，实有异曲同工之妙。

又，《中庸》所言"君子之所不可及者，其唯人之所不见乎"，此语道出君子之高尚品质在于人所不见之处。君子在无人监督之下，仍能坚守原则，保持操守。此与道家所倡之"慎独"颇为相似。道家修行，注重独处时之心境，要求自己在无人知晓之情况下，仍能恪守道义，不做亏心事。由此可见，儒道两家在道德修养方面亦有相通之处。

夫儒道之学，源远流长，博大精深。二者虽有所不同，然其相通之处亦不少。通过本章之探讨，可见儒道两家在修身、道德修养等方面皆有相通之妙。人当汲取两家之精华，以之为处世之道，求得淡泊宁静和盛世太平。

原文 3

《诗》云："相在尔室，尚不愧于屋漏。"故君子不动而敬，不言而信。

儒道相通 修身实践的慎独与无为

自古儒道两家，虽立论稍异，然在修身养性、为人处世之道上，亦有诸多共通之处。今取《中庸》一章，与《道德经》相较，探寻儒道相通之深义。

《中庸》有言："《诗》云：'相在尔室，尚不愧于屋漏。'故君子不动而敬，不言而信。"此言君子独处之时，犹能心怀敬畏，无愧于心，其品行高洁，无需言语，已能取信于人。此乃儒家所倡之"慎独"境界，强调在无人监督之下，亦能坚守道义，自我约束。

　　而道家经典《道德经》中，亦有与儒家"慎独"相呼应之理念。《道德经》第十七章云："太上，不知有之；其次，亲而誉之；其次，畏之；其次，侮之。信不足焉，有不信焉。悠兮，其贵言。功成事遂，百姓皆谓：我自然。"此言圣人治国，以无为而治为上策，使百姓安居乐业而不知有之。圣人言行悠远，不轻易发号施令，待功成事遂，百姓皆以为自然而然，此乃道家所追求之最高境界。虽未明言"慎独"，然其强调内心清净、顺应自然之理，与儒家"慎独"之自我约束、无愧于心实有相通之处。

　　细究之，《中庸》所言之"不动而敬，不言而信"，乃儒家修身之要。君子通过不断反省与自我完善，达到无需外力约束，自然而然地敬畏天地、取信于人之境界。而《道德经》所倡之"无为而治"，虽侧重于治国理政之道，然其核心理念在于顺应自然、不强行干预，使万物各得其所。二者虽应用领域不同，然其精神内核相通，皆在于提升个人修养与社会和谐。

　　再观《中庸》所言之"慎独"，实乃儒家修身之体现。君子在独处时，犹能保持清醒头脑，恪守道义，不做亏心事。此与道家修行中注重独处时之心境颇为相似。道家修行者，在独处时更能体悟天地之道、自然之理，从而达到内心清净、顺应自然的境界。二者皆强调了独处时的重要性以及在此过程中不断提升自我修养的必要性。

　　夫儒道两家之学，虽各有所长，然其相通之处在于均注重内在修养与道德提升。儒家通过"慎独"之境界来达到个人品德的完善；道家则倡导顺应自然、无为而治来追求内心清净与社会和谐。

　　至于本章"儒道相通"之特征，在于二者皆以人为本位出发点与归宿点；皆致力于提升人之道德水平与社会和谐；皆强调理论与实践相结合之重要性；皆倡导在独处时仍能坚守原则、保持操守之理念。这些特征使得儒道两家之学在处世哲学上呈现出高度一致性。

至于处世之佐引，中庸所述之君子与道德经所尚之圣人，皆为我辈之楷模。当以之为生活之指南，于独处时保持清醒之头脑，恪守道义；与人交往时以诚信为本，言行一致；在追求个人成长与社会进步中不断完善自身。若欲至儒家"慎独"之境，及道家"无为而治"之域，当正心修身，齐家治国，以致社会之和谐。此中，个人内心之宁静与社会整体之协调相辅相成，不可偏废。是以古语有云："修身齐家治国平天下。"个人需克己奉公，守道遵规，方能家和万事兴。国家亦需顺应民意，施政为民，方能国泰民安。此乃儒家与道家之共融，亦为中华文明之精髓，值得我们传承与发扬。

且儒道归同之理，非独本章所见，整部中庸与道德经中皆有所体现。

又，《中庸》所言之"不动而敬，不言而信"，实蕴含一种内在之力量与威严。此威严非来自外在之权力和地位，而是源于内心之道德力量和人格之魅力。此威严能让人在不言不语中感受到一种敬畏和信服，是儒家所追求之理想人格的重要体现。

道家所倡"无为而治"，实乃强调一种内在之深沉力量与广泛影响力。圣人深谙此道，故能通过不懈之修行，积累内在道德力量，进而自然而然地感化周围之人与环境，使万物各归其位，各得其所，此即无为而治之奥义。此种内在之力量与威严，正是道家所孜孜以求之理想境界。

由此反观儒家与道家，不难发现在追求内在力量和威严上，二者实有相通之处。儒家讲慎独、修身，道家谈无为、自然，虽路径各异，却都强调了内在修养与道德提升之至关重要性。二者皆认为，唯有通过持续不断地自我完善与内在提升，个体方能获得真正之力量与威严，进而在社会大环境中发挥举足轻重之作用，此亦儒道两家思想之共鸣与交融所在。

再述《中庸》之"慎独"与《道德经》之"无为而治"，皆蕴含自我约束与自我管理之深意。君子独处时，能自我节制，行止无愧，保持内心清净与敬畏之心；圣人治国理政，则顺应自然，不强加干涉，令万物各归其位。此种自律自治之精神，诚为修身之要义，亦为社稷和谐、进步之基石。故知，无论儒家之君子，抑或道家之圣人，皆以自我约束与管理为本，以之为修身立德之基础，进而推及家国天下，实现社会之和谐与昌盛。二者理念虽异，其致力于个人与社会共同进步之目标则一，此亦儒道相通之妙处。由是观之，自我约束与自我管理之道，实为修身治国不可或缺之要素也。

原文 4

《诗》曰："奏假无言，时靡有争。"是故君子不赏而民劝，不怒而民威于铁钺。

儒道相通 和谐共生的治国哲学

"奏假无言，时靡有争"，此言祭祀之时，乐声悠扬，人心肃穆，无有纷争。祭祀者，敬天法祖之道也，人心之诚，感于神明，自然和顺，无有争竞。此境乃中庸之道所追求之和谐境界，亦是君子修身治国之典范。君子者，当如祭祀之诚，内无妄念，外无纷扰，而后能致中和，达至善之境。故"奏假无言，时靡有争"，为中庸之道之体现。

"是故君子不赏而民劝，不怒而民威于铁钺。"此言君子之德，如春风化雨，润物无声。君子修身治国，非以赏罚为手段，而以德行为根本。民感其恩，自然向善，无需赏罚之威，而民自劝勉。此乃君子之德威并重，而民自然归化之道也。君子之治，不在于外在之赏罚，而在于内在之德行。此与道家《道德经》所倡之"无为而治""不言之教"有相通之处。

观《道德经》之论述，虽未直接言及"奏假无言，时靡有争"之语，然其思想精髓，实与中庸此章相通。如《道德经》云："治大国若烹小鲜。"此言治国之道，当如烹小鲜之细心谨慎，不可妄动，不可急躁。治国者，当以无为而治，不妄加干涉，使民自化，使国自治。此与中庸"不赏而民劝，不怒而民威"之旨，实乃相通。皆强调治国者当以德化民，而非以威压民。故治国之道，实乃中庸之道与道家思想在治国领域之融合也。

又,《道德经》云:"圣人无常心,以百姓心为心。"此言圣人治国,无有私心,而以百姓之心为心。圣人者,乃道德之化身,其治国之道,乃以民为本,顺应民心。此与中庸"君子不怒而民威"之旨相通。皆强调君子治国当以民为本,顺应民心,而非以己意强加于民。故治国之道,在于顺应民心,以德化民,此乃儒道相通之义也。

且夫中庸之道与道家思想之相通,非仅限于治国领域。在修身方面,两者亦多有契合之处。中庸之道强调君子当"慎独",即独处之时亦能保持心性之纯正,不为外物所诱。而道家思想亦注重"清静无为",即保持心性之清静,不为外物所动。两者皆强调修身者当注重内在之修养与顺应自然之道,而后能成就君子之德。此与中庸"不赏而民劝,不怒而民威"之旨相通,皆强调内在之修养与顺应自然之道的重要性。

再者,中庸之道以"中"为体,即顺应自然之道,不偏不倚,以求和谐;道家思想亦注重顺应自然之道,无为而治,以求和谐。两者皆认为,和谐乃修身治国之根本。故在修身方面,君子当顺应自然之道,保持心性之和谐;在治国方面,治国者当顺应自然之道,使民自化、国自治,以求和谐。

夫"儒道相通"之说,非空穴来风也。历史上之贤君明臣,多有儒道兼修者。如汉代之文景之治,以黄老之术治国,而亦崇尚儒家之仁义礼乐;唐代之贞观之治、开元盛世,虽以儒家思想为主,然亦兼采道家之无为而治。此皆儒道相通之实证也。故可知,儒道两家虽各有侧重,然其于"修齐治平"实有相通之处。

然中庸与道家之相通,非独见于深邃之理,亦可见于日用之常,此其妙矣。如处世之道,乃人生之要,中庸尚"和而不同",此言深微,谓与人和谐而不盲从,保持自我之独立;道家亦重"和光同尘",此语精妙,谓与人和谐而不张扬,顺应自然之流动。二者皆以和谐为本,此心同然,非以争斗为能,此乃修身齐家治国平天下之要义。

中庸之道，强调君子之德，以仁义礼乐为纲，注重内在之修养与外在之和谐。道家则重自然之道，无为而治，追求清静无为之境。然二者于处世之道，实有相通之处。

综观所述，《中庸》"奏假无言，时靡有争"与道家《道德经》之思想，实有相通之妙。二者皆强调治国以德为本，顺应自然之道；皆重内在修养与和谐之求。故"儒道相通"之说，乃有理有据。

然则，儒道相通之说，非谓儒道无别，亦非谓儒道可混。儒道两家各有其独特之思想体系与修身治国之道。儒家重仁义礼乐、道德教化，强调君子之德与治国之方；道家则重自然之道、无为而治，强调顺应自然与清静无为。故儒道相通之说，盖谓儒道两家于"修齐治平"多有相通，非谓儒道可混同或互相替代也。

原文 5

《诗》曰："不显惟德，百辟其刑之。"是故君子笃恭而天下平。

儒道相通 不显惟的道德修养

《诗经》中提到："不显唯有德，百辟其刑之。"因此，君子坚守恭谨，则天下安宁。这讲述了儒家的君子，虽不自我宣扬，但其德行显著，足以成为百官的典范。君子坚守诚信和恭敬，之后才能实现天下的和平。现在想探索《道德经》中与儒家这一理念相符的章文，以明确儒道两家的共同之处。

《道德经》第五十七章提到："我无为，而民自化；我好静，而民自正；我无事，而民自富；我无欲，而民自朴。"这阐述了道家的无为而治的理念，与儒家君子坚守恭谨从而天下太平的境界相呼应。儒家强调君子应坚守诚信和恭敬，以身作则，使民众自然归化；道家则提倡无为而治，通过统治者的清静无为，使民众自然正直、富足、质朴。两者都在强调通过统治者的自身修养和行为来影响民众，达到社会的和谐稳定。

《道德经》第十八章说："大道废，有仁义；智慧出，有大伪；六亲不和，有孝慈。"这阐述了道家对仁义、智慧等概念的独特见解，认为大道废弃后，才出现了仁义；智慧出现后，才有了虚伪。这与儒家强调的德行、仁义相合。儒家倡导君子应以德行为本，通过仁义来教化民众；道家则通过对于大道的追寻，来揭示仁义、智慧的本质。两者虽路径不同，然其终极追求皆为社会的和谐与民众的幸福。

《道德经》第二十七章云："善行无辙迹，善言无瑕谪。"此言道家之无为而治，行事不露形迹，与儒家君子不显惟有德之理念相通。儒家之君子，虽不张扬，然其德行昭昭，为人所敬仰；道家则倡善行而不留痕迹，皆在追求内外和谐之境。

儒道两家，虽路径各异，然其归宿则同，皆致力于内在修养与外在表现之统一。儒家重德行之实践，道家崇自然之法则，二者共同揭示修身之道。是以，君子当深悟儒道相通之理。进而达至善之境，实现个人价值与社会价值之共赢。

总而言之，《道德经》的各篇，与儒家学说，其理相通。儒道两家的共同之处，在于均以立德修身，为根基，以达个人与社会之和谐共生。儒家重视君子的德行与修养，以教化百姓；道家则主张无为而治，顺应自然，以求社会之和谐稳定。

《诗》云："不显惟德，百辟其刑之。"此言儒家之德，虽不显赫张扬，然其潜移默化之力甚大，足以使百官效法，以为楷模。故君子修身立德，无需外饰，其德行自然彰显，影响所及，远至百官万民。

君子之道，笃实恭敬为本。笃恭者，心诚而行谨，不务虚名，专注于实际。是以君子之行，皆出乎真诚，无一丝虚假。如此，则天下之人皆受其感化，自然趋于太平。

是故，儒家之德，不在言表，而在于行。君子以身为教，以德化人，其效甚于言传。百官见其德行，自然心生敬仰，竞相效法。如此，则儒家之德，如春风化雨，润物无声，使天下之人皆受其益。

君子立德为本，笃恭行事，天下自平。此言非虚，实为至理。儒家主张以德为基础，强调内心修养和品德提升。君子内在德行深厚，成为世人的楷模。道家虽不特别强调德行，但追求心灵平和与顺应自然，也蕴含立德的思想。

原文 6

《诗》云："予怀明德，不大声以色。"子曰："声色之于以化民，末也。"
《诗》曰："德輶如毛。"毛犹有伦，"上天之载，无声无臭。"至矣！

儒道相通 儒道两家的道德修养哲学

夫《中庸》与《道德经》，一为儒，一为道，虽有所不同，然皆以人为本，注重道德修养，强调内在修为，故有"儒道相通"之说。

《道德经》中，与《中庸》本章相对应者，莫过于第八章："有德者若谷，居善地，心善渊，与善仁，言善信，政善治，事善能，动善时。夫唯不争，故无尤。"此章所述，与《中庸》本章之意，异曲同工。皆言道德之重要，修身之必要。夫道德，为人之根本，国家之基石。道德高尚，则民风向善，国家昌盛；道德沦丧，则民风日下，国家衰败。故《道德经》亦重视道德之修养，与儒家并无二致。

《中庸》本章所言"予怀明德，不大声以色"，强调道德之内在，而非外在。子曰："声色之于以化民，末也。"此言道德之教化，不在于声色之上，而在于人心之道德。人之道德高尚，自可感化他人，无需借助声色。此与《道德经》第八章"夫唯不争，故无尤"相呼应。不争者，非争也，乃道德之高尚，内心之平和。不争之人，无需争斗，自有和谐。

《中庸》又曰："德輶如毛。"毛犹有伦，"上天之载，无声无臭。"此言道德之细腻，如同毛发，虽细小，却有伦次。上天之载，无声无臭，而言辞之道德，亦应如此。夫道德，非大声以色，而在于细腻之处，无声无臭之间。此与《道德经》中"居善地，心善渊，与善仁，言善信，政善治，事善能，动善时"相吻合。居处、心念、社交、言语、政事、行事、举动，皆日常所为，宜重德行之修养，以求和谐。

居则安其宅，心则正其思，与则和其人，言则诚其辞，政则明其道，事则勤其职，动则慎其行，皆以道德为根基。

《道德经》第三十七章云："道常无为而无不为。侯王若能守之，万物将自化。"此言道家无为而治之理念，与儒家"声色之于以化民，末也"相呼应。儒家强调不以声色化民，而道家倡导无为而治，皆在强调一种潜移默化的影响力，通过内在的德行与修养来影响他人，而非外在的张扬与强制。

又，《道德经》第四十一章言："大方无隅，大器晚成，大音希声，大象无形。"此言道家追求的一种超脱世俗的境界，与儒家"德輶如毛，上天之载，无声无臭"之理念相通。儒家强调德行之轻如羽毛，难以捉摸，却影响深远；道家则追求一种超脱世俗的境界，二者皆在强调一种内在的精神力量与深远的影响。

再观《道德经》第六十七章："我有三宝，持而保之。一曰慈，二曰俭，三曰不敢为天下先。慈故能勇；俭故能广；不敢为天下先，故能成器长。"此言道家所推崇之三宝：慈、俭、不敢为天下先。此与儒家强调的明德修养、不张扬声色、潜移默化之教化理念相通。儒家以明德为本，道家则倡导慈俭之道，二者皆在强调一种内在的品质与修养。

此外，《道德经》第五十七章言："我无为，而民自化；我好静，而民自正。"此言道家无为而治之理念与儒家不以声色化民之理念相通。二者皆在强调统治者的内在修养与品质对于民众的教化作用。

综上所述，《中庸》与《道德经》在本章中所体现之"儒道相通"的特征，主要有以下几点：一是皆以人为本，注重道德修养；二是强调内在修为，追求道德之高尚；三是主张处世之道，以道德为基础，实现个人与社会之和谐。

儒道相通，在于强调道德之内在，而非外在。道德之修养，需在日常生活中体现，如居、心、与、言、政、事、动等，皆需注重道德。此为《中庸》与《道德经》之共同主张。

然则，《中庸》与《道德经》之"儒道相通"，非止于理论之共通，更在于

瀛海笔谭

实践之交融。夫《中庸》所云"不动而敬，不言而信"，乃是一种内在之道德力量，使人在静默中感受到其威严与影响力。此与《道德经》中"无为而治"之理念表里俱合。圣人无为，非无所作为，而是不强行干预，顺应自然，使万物自行其道。此亦是一种内在之力量，使天下归服，无需言语。

《中庸》又曰："君子怀德，小人怀土；君子怀刑，小人怀惠。"此言君子与小人之区别。君子怀德，注重内在道德之修养；小人怀土，注重物质之利益。君子怀刑，注重法度之规范；小人怀惠，注重私利之获得。此亦与《道德经》中"上德不德，是以有德；下德不失德，是以无德"相呼应。上德之人，不拘泥于德，而自然具有德；下德之人，虽力求不失德，然终无德。

《中庸》与《道德经》皆强调，为人处世，当以道德为本，修心养性。夫道德之修养，非一日之功，而是终身之学。君子处世，当如水之就下，随地而安，随物而变，但求其自然，不强求，不干预。如《道德经》所云："上善若水。水善利万物而不争，处众人之所恶，故几于道。"水之利万物，而不与万物争，此亦为君子之德。

《中庸》与《道德经》所现"儒道相通"之理，源于二书对道德之共尊，对内在修为之深究，对处世哲学之探赜。二典皆以道德为立身之本，定国之础，系社稷之纽带。儒家以中庸之道为纲，重道德修养与实行；道家则主无为而治，崇尚内在自然与和顺。虽其径不同，然于道德一义，两家实有共识，同揭道德于个人、国家、社会中之不可或缺也。

【下部终论 心性归同】

【第一章】

心性归同

　　《大学》《中庸》二典所论，虽各有侧重，然皆以心性为本，归于和谐统一之道。今余取二者之精华，融以贯通，略论心性之理，曰之心性归同。意在明理通达，以之为修身指要。然搁笔之后，仍有余言犹恋恋未尽，遂再书之，是为"终论"。

　　《大学》以"心"为宗，主言必正心诚意，以达道德之修养。其举"明明德""亲民""止于至善"之三纲领，与"格物致知""诚意正心""修身齐家治国平天下"之八条目，莫不围绕内在心灵之修养，以实现个人道德之提升与社会之和谐。

　　《中庸》则以"性"为根，探求人与天地之关系，主在天命之下，致中和以谐个体与宇宙。其言"天命之谓性""率性之谓道""诚者，天之道也；诚之者，人之道也"，皆述人如何依天道以成性之完。

　　虽《中庸》与《大学》所重不同，一主"性"，一主"心"，然非孤立，实相辅相成，共成儒家心性之完体系。于斯体系中，"性"为人心之本质，"心"

为人事之活动。由"心"之修养以显发提升"性"之德性，由"性"之完善以指导"心"之活动，终至心性归同之境。

心性归同之，不仅深植古代中国之道德修养与社会治理，亦为现代社会提供了宝贵之价值指导。于现代社会，此思想可转化为人如何通过自我修养与内在心灵之和谐以提升个人道德，以及如何通过道德之实践以促进社会之和谐与进步。

《大学》有云，"所谓修身在正其心者"，精论心之功能与修心之要。心者，感知思维之官，性之外现，活动之所。性若静渊之水，心则波动之面，性之诸德，由心之活动而显。《大学》重"心不在焉，视而不见，听而不闻，食而不知其味"，旨在阐明心若不专，难以正确体悟性之内蕴。

《中庸》开卷明义，"天命之谓性"，赋人以本质，宇宙之理所注。性者，天赋之德，道德之源，内含仁义礼智之端。而《大学》之书，虽未显言性之主旨，然隐然涉及，尤在对"心"之阐释中，显与"性"之深厚纽带。

性乃心之根，心为性之用。在道德修养之道上，心须常保警觉专注，以保性之真态，免外界之扰。《中庸》之"性"，须借《大学》之"心"，以实现道德之值与行为之准。心对性之认识与实践，乃儒家修身养性之要环。

儒门之理，性与心者，相依而存，相辅相成。论其相依，乃有多端。心者，性之显也。心为能知之官，司人之主宰，担感知之任，负思考之职，乃性之外现。性者，借心而活，无心之感，无心之思，性则难识，亦难表达。性者，心之本也。性为先天所赋，或在世风熏陶、历史涤荡之下形成之本质。性为心之内在，定心之活动，明其方向，显其特点。心虽活跃善变，然其性稳，为心之活动提供指引，加以约束。

心性归同者，儒者之所求也。心性归同，则乃言行一致，信义凝聚，人皆信之也。此归同之道，为儒家修身之过程也。

心与性，互为影响，互为塑造。心之活动，可变其性，性又反之，制约心之活动，引导其方向。二者在动态中寻平衡，例如，心之力学与修养，可提性之层次；

性之本质，又影响心之选择与活动。

　　总之，性与心，于儒家之思，相依而存，互为影响，乃修身养性、处世为人之核心所在。《中庸》之"性"与《大学》论"心"之章，内在关联甚密。性为天赋之本，心为性之感知与实现之器。

　　然则如何达到此心性之归同？《中庸》给出的答案是："内省不疚，无恶于志。"君子之所不可及者，其唯人之所不见乎？

　　此言君子应时常内省，审视自己的行为与心意，确保无疾无悔，不对自己的志向产生恶念。君子之所以难以达到，是因为这些德行常常发生在人们不可见的地方，需要自我约束和修养。

　　在《大学》中，还有"诚意正心"之说。诚意者，诚其意也；正心者，正其心也。此与《中庸》所言："故君子内省不疚，无恶于志。"君子之所不可及者，其唯人之所不见乎？二者之意，皆在言君子之心性，虽沉潜而隐，然其内在之光明、正直，仍能昭昭乎如日之升。

　　明明德，为心之昭昭；亲民，为心之仁爱；善性，为心之至善。此三者，虽潜藏而不显，然其内在之光明、仁爱、至善，仍能昭昭乎如日之升。此即《大学》《中庸》"心性归同"之特点也。

　　故吾以为，《大学》《中庸》"心性归同"之"象"，实为一种内在之德性，一种含蓄内敛，却能昭昭乎如日之升的德性。此德性，即为明明德、亲民、善性。而《大学》《中庸》所言，便是要人发掘内心之光明、仁爱、至善，使之内化为自身之德性，从而达到心性之归同也。

瀛海笔谭

〔第二章〕

《中庸》构建的体系

　　《中庸》乃儒家经典，中庸之道，即中和之道，求得内心之平和，以达到身修之境。中庸之道，强调不偏不倚，不过不及，以达到道德之至善。中庸之道，以天命为本，以人事为末，以达到天人合一之境。儒家之道，以中庸为核心，以修身为本，以达至高无上之境界。

　　一、天道与人道之合一。中庸开篇即言："天命之谓性，率性之谓道。"此语揭示了天道与人道之紧密关联。天道即自然法则，人道则是人类行为之准则。中庸认为，人应遵循天道，以达到人道之完善。此乃中庸体系之基石。

　　二、中庸之德。中庸强调"中庸"之德，即追求平衡和谐，避免走向极端。此德行之培养，需经由修身之道。修身者，克己复礼，致中和，以求安心乐业与社会和谐。

　　三、诚之为本。"诚者，天之道也；诚之者，人之道也。"中庸以诚为本，认为诚信是修身、齐家、治国、平天下之根本。人应真诚面对自己，坦诚待人，以达到人格之完善。

四、知行合一。中庸之道，注重知行合一。知之者不如好之者，好之者不如乐之者。知识需与行动相结合，真正体现其价值。中庸倡导人们在日常生活中践行其所学，以达到知行合一之境。

五、和而不同。中庸之道，虽追求和谐，但并非一味苟同。和而不同，真正体现多元与包容。中庸倡导人们在保持个性的同时，寻求与他人之共同点，以达到和谐共处。

综上所述，中庸构建的体系架构包括天道与人道之合一、中庸之德、诚之为本、知行合一及和而不同等方面。此体系博大精深，既关注个体修身之道，又注重人与人、人与自然之和谐共处之道，实为儒家思想之精髓。

〔第三章〕

《大学》构建的体系

　　《大学》乃儒家经典，论述修身齐家治国平天下之道。其体系架构，以明明德、亲民、止于至善为宗旨，强调修身之重要。修身之道，在于正心诚意，以达到心性之明达通透。心正则身修，身修则家齐，家齐则国治，国治则天下平。此乃儒家之道，以和为贵，以和谐共处为目标。大学之道，亦在于和谐，以达到个人与社会之和谐统一。儒家之道，重在于人事作为，以修身为本，以达内圣外王之境。

　　一、三纲之立。《大学》开篇名义，提出"大学之道，在明明德，在亲民，在止于至善"。此三纲者，为《大学》体系之核心。明明德者，显明人之光明德性也；亲民者，使人民弃旧图新，向善而行；止于至善，则为人之终极追求。

　　二、七证之路。《大学》中提出知、止、定、静、安、虑、得七证，此乃内修心法之具体阐述。知为认知之始，止为心志之定向，定为心境之平稳，静为内在的修养，安为社会安定，虑为深思熟虑，得为领悟之道。七证循序渐进，引人逐步修行至善。

　　三、八目之展。《大学》又提出格物、致知、诚意、正心、修身、齐家、治国、平天下八目。此八目以修身为核心，格物为基础，平天下为终极目标。通过八目之修行，可达三纲之要求，实现个人与社会的共同进步。

综上所述，《大学》构建的体系以三纲为纲领，七证为修行路径，八目为具体实施步骤。此体系既关注个体内在德性的显明与提升，又注重社会实践与治理之道。其理念深邃且实用性强对后世产生了深远的影响。

〔第四章〕

《大学》讲"心" 《中庸》说"性"

一、中庸之"性"。性之本原：《中庸》开篇即言"天命之谓性"，明指性乃天赋，人皆有之，且各具特质。此性，非他，乃人之本质属性也。

率性之道：《中庸》倡导"率性之谓道"，即顺应天性而行，此即中庸之道。故，中庸所言之"性"，乃指导人行事之根本。

诚与性：《中庸》又云"诚者，天之道也；诚之者，人之道也"。诚，即真实无欺，与性紧密相连。人之性若能至诚，则与天道合一。

二、大学之"心"。心之发动：《大学》首章即提"大学之道，在明明德"。明德即心之本善，需通过修炼方能显现。故此心，为修行之起点。

修身与正心：《大学》有言"欲修其身者，先正其心"。心正则身修，身修则家齐、国治、天下平。可见，《大学》所论之心，乃修行之关键。

心之知止：《大学》又云"知止而后有定"，知止即心有所止，不妄动。此心之止，为修行之终极目标。

三、性心之别与合。性与心，虽各有所指，然在儒家中，二者相辅相成。性为本原，心为发动；性为体，心为用。中庸讲"性"，重在阐述人之本质与天命的联系；大学论"心"，则着眼于修行与实践。然二者之终极目标一致，皆求达人与天地的和谐共处。

瀛海笔谭

【下部终论　儒道相通】

〔第一章〕

儒道交融的影响

夫儒道两家，源远流长，自古并驰于中华之文化天地。余以《大学》《中庸》及《道德经》三书为引，论儒道相通之理。此篇乃《大学》《中庸》《道德经》三典融合之后，心生感言，一吐为快，遂放开手指，于键盘上信马由缰，曰之终论也。

《大学》之道，在明明德，在亲民，在止于至善。此三纲领者，实为儒家修身、齐家、治国、平天下之基石也。而《中庸》亦云："天命之谓性，率性之谓道，修道之谓教。"此言人之性乃天命所赋，顺应本性而行即为道，而修养此道则需教化。儒者之道，由此可见一斑。

然则道家何如？《道德经》有云："道可道，非常道；名可名，非常名。"老子思想之精髓，在于无为而治，顺应自然。道家所追求者，乃是与自然和谐共处，不刻意为之，而事物自会按其本性发展。

今观儒道两家，虽路径不同，然其终极目标则一：皆求人与自然、人与社会之和谐共处。儒家重礼教，道家倡无为，实则异曲同工，殊途同归。儒家之礼，旨在规范人之行为，使社会有序；道家之无为，则在于减少人为干预，让事物自然发展。

夫儒者之道，以仁义为根本，以礼教为手段。故《大学》言："身有所忿懥，则不得其正；有所恐惧，则不得其正；有所好乐，则不得其正；有所忧患，则不得其正。"此言修身之要，在于调控自身情绪，保持从容内心，方能行得正、坐得端。而道家亦倡"清静无为"，着重强调淡然处世与顺应自然。老子曰："致虚极，守静笃。"此言心境应达到的虚静，才可洞察秋毫，顺应自然。

再者，儒家讲"中庸之道"，追求的是平衡与和谐。子曰："中庸之为德也，其至矣乎！"此言中庸是道德的体现。而道家亦倡导"守中"，即保持内心的平衡与中和。老子曰："多言数穷，不如守中。"此言多言易失，不如守中之道，与儒家之中庸思想不谋而合。

夫儒道两家，虽理论表述有异，然其精神内核相通。皆以修身为本，追求人与自然、人与社会的和谐共处。儒家以礼教规范行为，道家倡无为而治；儒家讲仁义道德，道家重自然之道。

今人论儒道两家，或以为水火不容，实则大谬不然。儒道两家之思想，皆源于对人与自然、人与社会关系的深刻思考。儒家重视人的社会性，道家关注人的自然性；儒家强调人的道德修养，道家倡导人的自然本性。二者各有侧重，然其终极目标则一：皆求社会和谐、人心安宁。

故吾以为，儒道两家实乃相辅相成，相得益彰。儒家之道，以礼为本，规范社会行为；道家之道，以自然为宗，倡导无为而治。二者并行不悖。

且夫儒道相通之处，不仅在于修身之道，更在于其对人与自然、人与社会关系之洞察。儒家讲"天人合一"，认为人与自然应和谐共处；道家亦倡"道法自然"，主张顺应自然规律。二者皆体现了对自然的敬畏与尊重。

儒道两家，皆以修身为本。儒家修齐治平之道，始于"格物、致知、诚意、正心"，以炼心性，终至德行完备。道家则推崇"清静无为"，求淡泊宁静以修身，虽路径迥异，然修身之旨归一。

于治国理政，儒家尚德礼并举，以教化为先，导民向善；道家则主无为而治，倡政府少干预，任社会自然演进。二者手法虽殊，然其终极之目的，皆在于致社会和谐稳定。

再探《大学》《中庸》与《道德经》之儒道交融，不可不提其深远之影响。此三书蕴含无尽智慧，既为古贤所尊，亦为后世学之者所研、所传。其理念已深植中华民族之心，成历代思考问题、处理事务之依照。

儒道相通之奥妙，在于其能互补互益，各取所需。儒家重人事、崇道德、倡仁义，定人际交往之规矩；道家则主张随顺自然、无为而治，为应对世变提供心态与策略。二者相汇，使人在纷扰世界中，既能持守道德之底线，又能灵活面对万般挑战。

夫儒道两家，一刚一柔，一显一隐，如阴阳相济，共同构筑中华文化之博大精深。人当以此为鉴，既修儒家之仁义礼智信，又习道家之清静无为，能于世间纷扰与社会变迁中把握方向，于人生旅途中不断前行。

愿此智慧之道，传承不息，光照千秋。

第二章

道德经架构体系

一、道之本原。道生万物：道者，宇宙之本原，无形无象，先天地生。万物之始，皆由道生，道为天下母。

二、德之显现。德者，道之用：德者，道之在物也。物得道之精，乃成其德。德者，物之所得于道者也。

三、无为而治。无为而无不为：道常无为，而无不为。侯王若能守之，万物将自化。无为者，非无所作为，乃顺其自然，不妄为也。

四、道法自然。顺应自然：人法地，地法天，天法道，道法自然。万事万物，皆应顺应自然之理，不强行，不逆为。

五、阴阳相生。阴阳相济：万物负阴而抱阳，冲气以为和。阴阳相生相克，互为依存，此乃天地之道，亦为人之道。

六、柔弱胜刚强。柔之胜刚：人之生也柔弱，其死也坚强。草木之生也柔脆，其死也枯槁。故坚强者死之徒，柔弱者生之徒。是以兵强则灭，木强则折。强大处下，柔弱处上。

七、致虚守静。虚静为本：致虚极，守静笃。万物并作，吾以观复。虚则能容，静则能应。致虚守静，乃得大道。

八、反者道之动。物极必反：反者道之动，弱者道之用。天下万物生于有，有生于无。物壮则老，兵强则灭，木强则折。道之动也，反者必归于无。

《道德经》之架构体系博大精深，以道为本原，显现为德；倡导无为而治、道法自然；阐释阴阳相生相克之理；强调柔弱胜刚强之道；追求致虚守静之境；揭示反者道之动之规律。

第三章

中庸、大学与道德经之学融合

自古儒道两家，虽各有所重，然其理相通，实可互补。今以"儒道相通"诠释《道德经》，并探讨中庸、大学与此经典之相互融合。

一、论道之本源。《道德经》有云："道生一，一生二，二生三，三生万物。"此道，乃宇宙之本源，与《中庸》所言之"天命"有异曲同工之妙。中庸之道，亦在探求天地之间，人性之本源。大学之道，在明明德，亦在于寻找人性之光明。三者皆在追寻生命之本，道德之源。

二、论德之显现。道德经云："上德不德，是以有德。"德者，道之显现也。如中庸所云："诚者，天之道也；诚之者，人之道也。"德即诚之体现，人之行为准则。《大学》亦言："自天子以至于庶人，壹是皆以修身为本。"修身即修德，德之高低，直接影响个人与社会的和谐。

三、论无为而治。《道德经》强调无为而治，此无为非无所作为，乃是不强行，不逆为，顺其自然。与《中庸》之"率性之谓道"相呼应，皆在倡导顺应天性，不刻意而为。大学之道，亦在于格物致知，而后意诚、心正，方能修身、齐家、治国、平天下，此亦无为而治之理。

四、论心性与道德经相通。《道德经》言："致虚极，守静笃。"追求心性之虚静，与《中庸》之"致中和"有异曲同工之处，皆在寻求心性之平和、宁静。《大学》亦云："知止而后有定，定而后能静，静而后能安。"心性归同，儒道相通，乃千百年来之实践也。

五、论反者道之动。《道德经》有言："反者道之动。"物极必反，盛极必衰，此乃天地之道，亦是人之道。《中庸》亦云："喜怒哀乐之未发，谓之中；发而皆中节，谓之和。"情感之发，需节制而中，否则过犹不及，亦体现反者道之动之理。《大学》亦倡导修身齐家治国平天下，须循序渐进，不可急功近利，亦在体现此理。

第四章

儒道相通的辨析

自古儒道两家，各擅胜场。儒家阐中庸、大学之理，以修身为本，以齐家治国平天下为任；道家崇自然，尚无为而治，顺从天地之理。

儒家之中庸，其理在"诚"，至诚之道，可以前知。此诚非他，乃心性之本真，无伪无饰。中庸之道，以和为贵，和而不同。大学之道，在于明明德，亲民，止于至善。此三者，皆以修身为本，而修身之要，在于正心诚意。心正则身修，身修则家齐，家齐则国治，国治则天下平。故儒家之道，重在修身，以达内圣外王之境。

再观道家之道德经，其精髓在于"道法自然"。道者，天地之始，万物之母。道家强调无为而治，非无所作为，乃不强为，不逆自然之道。道生一，一生二，二生三，三生万物。万物负阴而抱阳，冲气以为和。此和之理，与儒家之中庸相通。道家亦讲求修身养性，以之为本，清静无为，体悟天地之道。

一、修身立德之共通。儒家述中庸之道，以修身为本，立德为先。中庸之道，平衡和谐，不偏不倚，无过无不及，意在修身立德，以和为贵。道家亦重修身养性，清静无为，体悟天地之道。二者皆以修身为起点，通过正心诚意，以达到个人道德素养的提升。儒家通过修身以立德，道家修身以养性，虽路径稍异，然其目的相通，皆在于修身立德，此乃儒道相通之一端也。

二、和谐共处之理念。儒家追求人与人之间的和谐共处，强调"和而不同"，意在保持社会的和谐稳定。道家亦讲求内心与自然的和谐相通，清静无为，顺应自然之道。两家皆以和谐为贵，虽侧重点不同，然其精神内核相通，皆在于追求和谐共处之道。此儒道相通之二端也。

三、天人合一之境界。儒家强调天人合一，认为人与自然、社会是一个整体，人应顺应自然规律，与自然和谐相处。道家亦倡导顺应自然，清静无为，体悟天地之道。两家皆追求天人合一之境界，虽方法不同，然其理念相通。此儒道相通之三端也。

儒道两家，虽路径不同，然其目的皆在于求道。儒家以积极入世之态度，通过修身齐家治国平天下以实践其道；道家则以出世之心境，追求道法自然与社会和谐。儒家之道重在人事作为，而道家之道重在自然体悟。然则二者皆以修身为本，以和为贵。修身则心性明达通透；和则万事兴旺发达。

再者，儒家之中庸大学之道与道家之道德经皆讲求心性修炼，此乃相通之处也矣！心性修炼者，非独修身之本，亦为治国平天下之基也矣！夫心性修炼者，在于明明德，亲民，止于至善，此乃儒家之道也；而道家则讲求清静无为，顺应自然之道，以达修身养性之境也矣！二者皆以心性修炼为要，此乃相通之处也矣！

且夫儒道两家之精义，博大精深，非一言可尽。然其相通之处，在于修身与和谐之道也矣！修身者，心性之本也；和谐者，万事之基也。细观儒道两家，其异中有同，同中有异儒家重人事，道家重自然，然皆以修身为本，以和谐为贵。儒家之道，在于积极进取，以明德引领社会；道家之道，在于清静无为，以自然体悟天地，二者相辅相成。

四、儒道相济，三典交融。夫《道德经》者，以"道"为宗，宣扬无为而治，崇尚自然之理。其所谓"道法自然"，即强调万物皆应顺应自然之规律，而非强行逆之。此乃道家之玄妙与精要，亦是人类生存之智慧。

再观中庸之道，其旨在于追求平衡和谐，不偏不倚，无过无不及。此平衡之道，非但适用于人事，亦可用于治国理政，乃至天地万物之间。中庸所倡导之"诚"与"中"，实乃儒家修身之要诀，亦是人类社会之基石。

而《大学》之道，在于明明德、亲民、止于至善。其所强调之修身、齐家、治国、平天下，乃儒家之理想境界。通过修身以达至善，进而齐家治国平天下，此儒家之大道也。

此三典虽各有所重，然细究之下，不难发现其相通之处。儒道两家，虽途径不同，然其归宿皆在于追求人与社会、人与自然的和谐共处。

《道德经》之无为而治，实乃顺应自然之最高境界。而中庸所倡导之平衡和谐，亦是以自然法则为基石。《大学》则以修身为本，通过明明德、亲民以达到至善之境。此至善之境，非但指个人道德修养之完善，亦包括人与社会、人与自然之和谐共处。由此可见，《道德经》《中庸》与《大学》三典之间，实乃相得益彰之关系。儒道两家之思想，在此三典中得到了完美交融。

故言儒道互补，三经合璧，尽显中华文化之深厚底蕴，亦为后世留下修身治国之珍贵智略。余忆往昔，曾于潮白河畔漫步，时值滂沱，波澜起伏之际，遥思河流千载之变迁。临河而观，满目新翠，宛如三典交融之具象。嗟夫！中华文化之精髓，在于儒道交融，互为补益。三典之中，智慧深藏，不仅昭示我华夏文明之深厚底蕴，更为千秋万代提供治国修身之要诀。我行雨中，思绪如波，波澜彼此相应而又起伏各异，然皆浑然一体，岂非正演绎了《道德经》《中庸》与《大学》之融合精髓乎？

跋

岁月悠悠，终得《瀛海笔谭》，意以文学诗意之韵，展《大学》《中庸》《道德经》三典之美，承先贤之遗，弘古圣之慧。今书既成，感慨系之，遂援笔此跋，以述其缘，兼表芹献。

《大学》，儒家修身之要典。开篇即论"大学之道，在明明德，在亲民，在止于至善"。此三者，犹如三阶，引领学者步步登高，渐入佳境。余细品其味，深感儒家修身之要，首在立志。志不立，则如无舵之舟，随风飘荡，终难抵岸。故立志为修身之始，亦为人生之基。次则明德，明德者，人心本具之光明也，去私欲之蔽，显本然之善，此即明明德之谓也。至于亲民，非徒事于外，亦须反求诸己，以己之德行感化他人，使之向善，此即儒家仁爱之体现。而止于至善，则是修身之终极目标。

余于"大学篇"中，不仅论及修身之要，更述及治国平天下之道。修身乃齐家治国之本，家齐国治，则天下可平。此理至明，然行之不易。故余特设"省思鉴行"一章，引导理论付诸实践，于日常生活中体悟儒家伦理。"大学篇"中论及"修身立德"之核心价值时，余深感古人对于品德修养之重视。品德者，人心之根基也，无德不立。故修身之道，首在立德。明德之光，照耀人心，使人远离邪恶，趋向善道。此即儒家所倡之"内圣外王"之道也。内圣则品德高尚，外王则事业有成。二者相辅相成，缺一不可。

至"中庸篇"，则专论中庸之道。中庸者，不偏不倚之谓也。夫道者，天下之公理也，中庸之道，即道之体现。儒家以中庸为至德，认为凡事皆应适度而行，过犹不及。故中庸之道，人生处世之要则也。余于篇中细述中庸之实践路径，如"君子而时中""诚之者人之道也"等语，皆为中庸之道之精髓所在。又论及"知行合一"之中庸之道时，余深感实践之重要。知而不行，犹如闭门造车；行而不知，则易入歧途。故知行合一者，方为真知真行也。

至"心性归同"篇，则专论儒家心性修养之相通性。心性归同者，谓人心之本性本同也。虽因境遇不同而有所差异，然其本原则一也。故修养心性者，须求其归同于本原。此即儒家所倡之"天人合一"之道也。人与天地同根同源，心性相通无碍。故修养心性者，实乃回归自然之道也。"心性归同"中亦论及儒家心性修养之实践路径。如诚意、正心、修身等步骤皆须依次而行，不可躐等。诚意者，去伪存真也；正心者，去邪存诚也；修身者，去恶存善也。三者相辅相成，渐入佳境，则心性自然归同于本原矣。

又"儒道相通"篇，则尝试融合儒道两家之智慧，探讨二者在修身、治国、处世等方面之共通之处。儒道虽异，然其旨归则一，皆以求道悟真为终极目标也。儒家重仁义礼智信，强调人与人之和谐；道家则重自然无为，强调人与自然之和谐。

于《儒道相通》中，余特设"儒道修身理念之异同"一章，探讨两家修身之道之异同点，旨在引导读者更全面地理解儒道智慧也。儒家修身重在克己复礼，强调道德规范之重要性；道家则重在顺应自然，强调心灵自由之价值所在也。二者各有侧重，然皆有助于人心之修养与提升也。

此外，"儒道相通"中亦论及儒道两家在治国理念上之共通之处，如仁爱和谐之治国理念等，皆有助于现代社会之治理与发展也。仁爱者，人心之本善也；和谐者，社会之基石也。二者相辅相成，共同构成现代社会之理想状态也。故探讨儒道治国理念之共通之处，对于现代社会之发展具有重要意义也。

夫文学者，乃情感与思想之载体也。余以文学之名，诠释儒道智慧，书中遣词造句，力求精准而富有韵味；论述逻辑，力求严密而流畅自然。然才疏学浅，难免瑕疵疏漏。每念及此，心中惴惴不安，深恐贻笑大方之家。然吾仍愿以此拙作，献于诸君之前，共赏儒学之美，共品文学之韵。

尚望师者不吝赐教，以匡不逮。或是指出逻辑之谬误，或是纠正用词之不当，抑或建议更为精准之表述。愿闻高论，以补疏漏，使此书更趋完善。愿师者慷慨不吝珠玑之言。余当洗耳恭听，虚心接受，顿首之意，尽在心中。

本书于壬寅中秋搁笔，然囿于资费浩繁，踌躇未决。

沈阳老师才华横溢，诗文俱佳，百忙之中为本书赐序，实乃幸事。其言辞简练，意义深远，既彰显儒学之博大精深，又点明本书之主旨。谨以此序，致敬沈阳老师之厚意。

著者　冀金雨于燕山之侧金雨庐

癸卯年仲春月二十六日